学词入门第一书·白香词谱

舒梦兰◎编撰

王新霞 杨海健◎注解

人民文学出版社

图书在版编目(CIP)数据

学词入门第一书:白香词谱/(清)舒梦兰编撰;王新霞,杨海健注解.
—2版.—北京:人民文学出版社,2016
(恋上古诗词:版画插图版)
ISBN 978-7-02-012174-8

Ⅰ.①学… Ⅱ.①舒… ②王… ③杨… Ⅲ.①词谱-
中国-古代 Ⅳ.①I207.23

中国版本图书馆 CIP 数据核字(2016)第 268690 号

责任编辑:葛云波
特约策划:尚　飞
装帧设计:高静芳

出版发行　人民文学出版社
社　　址　北京市朝内大街 166 号
邮政编码　100705
网　　址　http://www.rw-cn.com

印　　刷　山东德州新华印务有限责任公司
经　　销　全国新华书店等

开　　本　890 毫米×1240 毫米　1/32
印　　张　15.5
插　　页　2
字　　数　450 千字
版　　次　2011 年 9 月北京第 1 版　2017 年 1 月北京第 2 版
印　　次　2017 年 1 月第 1 次印刷

书　　号　978-7-02-012174-8
定　　价　58.00 元

如有印装质量问题,请与本社图书销售中心调换。电话:010-65233595

前　言

　　《白香词谱》是一部流传极广、影响很大的词谱，也是学人读词、填词的入门读物和常用工具书。为了使读者更好地理解和使用这本词谱，特对词与词谱的来历及相关知识做一个简要的介绍。

一、词与词谱

　　词原是隋唐以来配合燕乐而创作的歌词。清末在甘肃敦煌石室发现了手抄的"曲子词"，可以认为词就是"曲子词"的简称。曲，指音乐部分；词，指文字部分。因而词与诗歌的最大区别不仅在于词的句式长短不齐，更重要的是词的音乐性。早期的词是配合音乐的一种诗歌形式，是根据曲子所填的歌词，它是用来歌唱的，所以每首词都曾有过一个乐谱。每个乐谱都属于某种宫调(类似今天的C调、G调之类)，有一定的旋律与节奏，这乐谱就是词调。每种词调都有一个名称，这个名称就叫词牌。由于古代记谱的方法没有现在这样完善，所以多数乐谱都已经失传，也就是说，"曲子词"的音乐部分——"曲子"多数没有流传下来，只留下了词牌和文字部分的歌词。

　　词调的唱法约亡于宋南渡后，音谱和歌法失传之后，词就完全诗律化。后人写词主要是把前人的作品当作词调的样品，按式仿作，所以写词又称填词，即按前人的样式填写的意思。如此一来，一些列举前人作品当作典范的"词谱"就应运而生了。这些词谱和音乐完全脱离了关系，而是通过固定的字句和声韵来表现原来的词调，从而使词的创作格律化。这类词谱始于明代张綖的《诗余图谱》，其谱分列词调，旁注平仄：用白圈表平，黑圈表仄，半白半黑的表可平可仄。后来又有了程明善的《啸余谱》。但是《啸余谱》的错误也很多，直至清代万树的《词律》，才有了一部比较完善的词谱。《词律》共收词调660调，1 180余体，纠正了不少前人的错误与罅漏。康熙时王奕清等合编的《钦定词

1

谱》四十卷,列826调,2 306体,并仿《诗馀图谱》的方法,以黑白圈旁注平仄,较《词律》更为完备了。虽然如此,《词律》与《钦定词谱》尚不能反映古代词作的全貌,比如后来发现的敦煌曲子词,有些词调就没有收入词谱中,但是一些词家常用的词牌格式基本都已录入。然而,这些大部头的词谱适合研究词律,指导创作,却不便翻检使用。因此,在此基础上,清代嘉庆年间,出现了一部简明易懂、极具实用性的词谱——《白香词谱》。

《白香词谱》由舒梦兰编选。舒梦兰(1759～1835)字香叔,又字白香,晚号天香居士。他选辑自唐代至清朝59家著名词人的代表作共100首,凡一百调。按照格律分别注上平仄声,编成词谱,作为填词者的典范。所选词牌始于字数少的《忆江南》、《捣练子》(27字),终于字数多的《春风袅娜》(125字)和《多丽》(139字)。字数过少或过多的都不收。选录的一百调中,小令、中调、长调均有,都是较为通用的调式,尤其适合作初学者由浅入深学填词之用。在选词上,一般说来,编订词谱都以创调或早出之体调作为典范,如《钦定词谱·凡例》所云"必以创始之人所作本词为正体"。而《白香词谱》在所选词牌下大多不录原创或早出之词,而是选择一些艺术性较高的名作。舒梦兰选词虽然延续了传统文人的审美趣味,崇尚清雅,重在言情,但也能兼收并蓄,既录婉约,也收豪放,是一本较佳的词学入门读物。因此,此书问世后久盛不衰,至今流传。

《白香词谱》的版本相当丰富,本书以上海古籍书店印行的陈栩、陈小蝶《考正白香词谱》为底本,因为此本保持了《白香词谱》的原貌,而不像某些版本随意改变原谱的词牌顺序,如《白香词谱笺》等将一百首词调以作者年代先后为序重新编排,这样虽然将同一作者的作品集中起来了,却没有体现出原谱由小令到长调、由浅入深、由易而难的编排思路。而词谱作为工具书,在鉴赏作品的同时,更重要的是为了指导创作。

在尊重原谱的同时,我们对《白香词谱》中的作者逐一考证,对选入词作加以校勘,亦纠正了原书中一些明显的舛误。如第3谱《忆王孙》(萋萋芳草)作者误为秦观,今据《全宋词》改为李重元;第13谱《卜算子》(水是眼波横)的作者误作苏轼，今据宋吴曾《能改斋漫录》卷十六与宋黄昇《花庵词选》卷五改为王观。又如第29谱《眼儿媚》（萋萋烟草小楼西），明代刘基作，"烟草"，《白香词谱》原作"芳草"，但刘基《诚意伯文集》卷十一《眼儿媚》原文本作"烟草"；明陈霆《渚山堂词话》卷二所引刘基原词亦为"烟草"，今据此改为"烟草"。下文之"数点鸦栖"，《白香词谱》原作"万点鸦栖"，今亦据上述文本改之。又如第44谱《蝶恋花》（花褪残红青杏小）中"墙里秋千墙外道"一句，"墙里"二字，《白香词谱》原作"架上"，检《东坡词》、宋黄昇《花庵词选》卷二、宋陈景沂《全芳备祖后集》卷五、明陈耀文《花草粹编》卷十三及《历代诗余》卷三十九均作"墙里"；且"墙里秋千墙外道"有两"墙"字，与下句"墙外行人，墙里佳人笑"的两"墙"字相呼应，极具回环之妙，而作"架上"无据，故改之。第45谱《一剪梅》（一片春愁待酒浇），宋蒋捷作，原谱有几处异文，如第四句原作"秋娘容与泰娘娇"，然据蒋捷《竹山词》、明陈耀文《花草粹编》卷十三、《历代诗余》卷三十七均为"秋娘渡与泰娘桥"，考此词原题作"舟过吴江"，而"秋娘渡"与"泰娘桥"恰是吴江以唐代两个著名歌妓命名的地名。蒋捷另有《行香子》（舟宿兰湾）词，结尾即连写三个地名："待将春恨，都付春潮，过窈娘堤，秋娘渡，泰娘桥。"宋陈以庄《水龙吟》词亦云："向秋娘渡口、泰娘桥畔，依稀是、相逢处。"可知原谱是因字体形近而误，故改回"秋娘渡与泰娘桥"。又如第91谱《望海潮》（地雄河岳），金代折元礼作，其中有四句《白香词谱》原作："挂几行雁字，指引归舟。正好黄金换酒，羯鼓醉凉州。"然金代元好问编辑《中州集》，其《中州乐府》所录折元礼此词作："想断云横晓，谁识归舟？剩着黄金换酒，羯鼓醉凉州。"《历代诗余》卷八十五、《词综》卷二十六所载均与《中州集》同，唐圭璋编《全金元词》亦录自《中州乐府》，并未发现异文，不知《白香词谱》何据，今从《中州集》。第94谱《疏影》（黄昏片月），第二句原作"似满地碎阴"，今据唐圭璋辑《全宋词》改为"似碎阴满地"。自姜夔度曲，其《疏影》第二句"有翠禽小小"，句式上一下四，为"仄仄平仄仄"拗格，后人亦从之。如张翥《疏影》（山阴赋客）作"怪几番睡起"，后两字皆为"仄仄"，故此处张炎词句应为"似碎阴满地"，白香词谱作"似满地碎阴"，以平声结句，则不合律。此外尚有几处，不再一一列举。

二、词谱导读

所谓"词谱",就是每一个词牌的格式。如万树的《词律》在词牌下面注明规定的字数,词牌的别名;在词中注明平仄和叶韵。凡平仄均可的地方,注明"可平"或"可仄",凡平仄不可通融的地方就不加注。编写词谱一方面是为了总结前人的词作成果和词调体式,一方面是为人们按照词调规定的字数、平仄以及其他格式来填词提供范本。

在乐谱失传后,后人写词主要是把前人的作品当作词调的样品,按式仿作,依谱填写。在一般情况下,调有定格,格有定句,字有平仄,也就是说每调的句数、字数以及押韵、平仄都有规定,这就是词律的要求。讲究平仄,是词律中一个重要的问题。我国自南朝齐代永明年间开始,时人发现了汉语的四种声调,即每个字的读音可分为平、上、去、入四声。初唐时,诗学家们又把四声分成平仄两大类:平就是平声,仄就是上、去、入三声。也就是说,不平为仄(亦称侧声)。平仄的区分在诗词创作中被广泛运用。从古代读音上看,这四种声调各有特点,康熙字典"读四声法"说:"平声平道莫低昂,上声高呼猛烈强,去声分明哀远道,入声短促急收藏。"所以,讲究平仄的目的就是为了在诗词句中平仄递用,抑扬顿挫,富有音乐的美感。词本来就是一种配乐演唱的音乐文学,在曲谱失传之后,人们更加重视通过韵律和平仄的使用来体现其原有曲谱的音乐特点。

《白香词谱》用简明的文字与符号标出了一百个词调不同的格律。它在每个词牌下列出了一首词作样品,并在每首词的每一句后都标出了"句"、"韵"、"叶"、"换"、"叠句"等字样,揭示出每个词调的格律要求,主要是:

"句":表示此处断句,但不押韵。

"豆":表示句中的小停顿。

"韵":表示本词起首用韵处。

"叶"：读 xié(协)，表示与上面所用之韵同是一部，是协韵处。

"换"：表示此处平仄换韵。

△：白三角表示此处押平声韵。

▲：黑三角表示此处押仄声韵。

每句下面又用符号表示每个字的平仄：

〇：白圈表示此字当为平声。

●：黑圈表示此字当为仄声。

⊙：圈中加点表示此处可平可仄。

为了便于读者理解这本词谱，我们在每个词调后设"词谱格式"和"词律解读"两项，列出每个词调的平仄格式，并分别从词的押韵、对仗、句法、字法几个方面对词律加以解读。

1. 词谱的平仄格式

《白香词谱》的符号图谱虽可指导填词，但其中用圆圈加点表示可平可仄，与实际作品终有距离，为使每个词谱的词律更加清晰，我们在"词谱格式"中，仿照王力先生在《诗词格律》中的做法，对照作品，给每个词调列出了平仄格式，并以加圆圈的方式表示此处可平可仄。以三角形标出押韵处，白三角表示押平声韵，黑三角表示押仄声韵。例如第 3 谱《忆王孙》：

《忆王孙》的词谱格式：

萋萋芳草忆王孙。	⊕平⊗仄仄平平。（韵）
柳外楼高空断魂。	⊗仄平平⊕仄平。（叶）
杜宇声声不忍闻。	⊗仄平平⊕仄平。（叶）
欲黄昏，	仄平平，（叶）
雨打梨花深闭门。	⊗仄平平⊕仄平。（叶）

该词第一个七言句为平起平收的律句，句中第一、三字可平仄不拘。第二、三、五句均为七言仄起平收的律句，其格式本为"仄仄平平仄仄平"，此式忌孤平，第三字不能换仄，第一、五两字可平可仄，但调中第五字一般宜用平声，第三句中的"不"字为以入代平，故此三句格式均为"仄仄平平平仄平"。如此排列则一目了然。

需要指出的是，一般通行的词调，在格律上只要求遵守平仄，但也有一小部分词调不仅讲平仄，有的地方还要分四声。如《齐天乐》等调，当然不必全首分四声，而是有数处仄声须分上、去。万树《词律·发凡》指出："平仄固有定律矣，然平止一途，仄兼上、去、入三种，不可遇仄而以三声概填。盖一调之中，可概者十之六七，不可概者十之三四。须斟酌而后下字，方得无疵。"词中的去声字常和上声连用，可作"去上"或"上去"，《齐天乐》有几处必用"去上"声。这在北宋周邦彦的《齐天乐》(秋思)中已有样本，南宋同样精通音律的姜夔沿袭了周邦彦的做法。如第85谱《齐天乐》(蟋蟀)，姜夔这首词中，换头处"西窗又吹暗雨"，及下面的"豳诗漫与"与结尾"一声声更苦"几句，其中，"暗雨"、"漫与"、"更苦"都是"去上"。陈匪石在《声执》上卷指出："(《齐天乐》)结拍末二字限用去上。"

唐五代的词只分平仄，不问四声。到北宋柳永、周邦彦填词，由于他们精通音律，四声的用法才趋于精密。不过，词调中须分四声的只是一小部分，其位置在词中也没有一定，仅限于警句和结拍，但以结尾处为多。万树《词律·发凡》指出："尾句尤为吃紧，如《永遇乐》之'尚能饭否'，《瑞鹤仙》之'又成瘦损'，'尚'、'又'必仄；'能'、'成'必平；'饭'、'瘦'必去；'否'、'损'必上，如此然后发调。末二字若用平上，或平去，或去去、上上、上去，皆为不合。"宋代晏殊、周邦彦、吴文英诸家的词，都在结句严辨四声。可见结句大都是全词音律最吃紧处，所规定的字声，应引起重视。本书中第83谱《瑞鹤仙》(杏烟娇湿鬓)，宋史达祖此词之结句"又成瘦损"，后面两仄声为"去上"搭配。夏承焘亦指出："词中须严守四声的地方，往往就是这一腔调的音律最为紧要，最为美听的地方，所以要求字声配合更严密，与歌腔完全切合。它的位置在词中没有一定，但以在结尾处比较多。"(《读词常识》)

2．词韵

在"词律解读"中，我们分析了每首词的用韵情况。关于词的押韵，比律诗要宽。清代戈载的《词林正韵》，把平上去三声分为十四部，入声分为五部，共十九部。据说是取古代著名词人的词韵参酌而定的。(其中有些韵部一半韵字分属不同词韵，具体参见书后附录二：词韵常用字简编。)十九部词韵如下：

(甲) 平上去声十四部

(1) 平声东冬，上声董肿，去声送宋。

(2) 平声江阳，上声讲养，去声绛漾。

(3) 平声支微齐，又灰半；上声纸尾荠，又贿半；去声寘未霁，又泰半、队半。

(4) 平声鱼虞；上声语麌；去声御遇。

(5) 平声佳半，灰半；上声蟹，又贿半；去声泰半、卦半、队半。

(6) 平声真文，又元半；上声轸吻，又阮半；去声震问，又愿半。

(7) 平声寒删先，又元半；上声旱潸铣，又阮半；去声翰谏霰，又愿半。

(8) 平声萧肴豪，上声篠巧皓，去声啸效号。

(9) 平声歌，上声哿，去声箇。

(10) 平声麻，又佳半；上声马，去声祃，又卦半。

(11) 平声庚青蒸，上声梗迥，去声敬径。

(12) 平声尤，上声有，去声宥。

(13) 平声侵，上声寝，去声沁。

(14) 平声覃盐咸，上声感俭豏，去声勘艳陷。

(乙) 入声五部

(1) 屋沃。

(2) 觉药。

(3) 质陌锡职缉。

(4) 物月曷黠屑叶。

(5) 合洽。

由于词牌众多，词的押韵比律诗复杂，有的词牌必须用平声韵，有的必须用仄声韵，有的则既可押平声也可押仄声韵，还有的是平仄韵交替押韵。具体到每

7

个词牌,押韵要求各不相同。常见的有以下几种:

(1) 有些词调只押平声韵,其中有的押平声韵,一韵独用,有的是同部平声通押。如本书中《忆江南》、《捣练子》、《长相思》、《诉衷情》、《画堂春》、《南乡子》、《临江仙》、《凤凰台上忆吹箫》、《望海潮》等均押平声韵,一韵到底。而《鹧鸪天》、《风入松》、《水调歌头》则是同部平声相协。

(2) 押仄声韵的情况可分为两种,一种是同部上声去声通用,另一种是押入声韵。押仄声韵的很多常用词调都是上去声通押,如本书中《谒金门》、《柳梢青》、《踏莎行》、《蝶恋花》、《渔家傲》、《青玉案》、《天仙子》、《永遇乐》等。有的词调如《蝶恋花》既可上去声通押,又可押入声韵。而《齐天乐》押仄声韵,一般用上去声押,不协入声韵。有的词牌则例押入声韵,如本书中的《好事近》、《东风第一枝》、《雨霖铃》等,张嵲词《东风第一枝》(老树浑苔)押入声药韵,一韵到底。有些词调的仄韵体也例用入声韵,如《忆秦娥》、《满江红》、《声声慢》等。

(3) 有些词调既可押平韵,又可押仄韵,但若押仄韵则必须是入声,不可用上、去声。如《满江红》有仄韵、平韵两体,宋人多用仄韵体,且例用入声韵,慷慨激越,多用于抒发豪情壮志。又如《念奴娇》一百字,有平韵、仄韵两类。仄韵格要用入声韵,以苏轼"大江东去"和"凭空远眺"格式为常见。《声声慢》亦有平韵、仄韵两体,仄韵体押入声韵,如李清照的《声声慢》(寻寻觅觅)。又如《桂枝香》,又名《疏帘淡月》,《词律·校刊》注:"万氏注云:张宗瑞(辑)'梧桐雨细'一首,取名《疏帘淡月》,乃因词中语以名之,非调有异也。惟此调旧谱分南北词,如用入声韵,则名《桂枝香》,用去上声韵,始可名《疏帘淡月》。"

(4) 有些词调平仄韵交替押韵。这其中也分两种情况,一种是平仄韵互换,如本书中的《菩萨蛮》两句一韵,凡四易韵,前后片各两仄韵,两平韵,平仄韵递转。《减字木兰花》亦两句一换韵,凡四易韵。《昭君怨》全词四换韵,两仄韵、两平韵等等。另一种看似平仄换韵,实则是同部平仄韵通协,如本书中《调笑令》、《西江月》、《换巢鸾凤》等调。同部平仄韵往往声调高低不同,但韵母相类,如以"东"协"董"、"冻"等,宋代沈义父《乐府指迷》云:"《西江月》起头押平声韵,第二、第四句就平声切去,押仄声韵;如平声押'东'字,仄声须押'董'字、'冻'字方可。有人随意押入他韵,尤可笑。"就是说此调必须同部平仄韵通押,而不能随意押其他的仄韵。又如《换巢鸾凤》,用韵由同部平韵转仄韵,上片五平韵,一仄韵,下片六仄韵。此调这种同部平仄韵互叶的格式,龙榆生先生认为形式奇特,曰:"这种声韵组织,适宜由悲转喜的柔情。"

此外,还有的词调用叠韵、句中韵;有的四声通协,以入协上、去;以及用同一韵字的"独木桥体"等等,但本书中很少涉及,故不再论及。读词时可以参看书后附录的"词韵常用字简编",以了解词家所用的词韵。

3. 对仗

词的对仗,在词作中是大量存在的,一般说来,凡前后两句字数相同的,都有用对仗的可能。有的词调有固定的对仗,例如本书中《西江月》前后阕头两句、《南歌子》前后阕起二句、《鹊桥仙》前后阕起二句都例用对句;有的则不固定,可用可不用。词的对仗与律诗相比,有两点不同,一是律诗要平仄相对,词的对仗则强调字面相对,不一定要平仄相对;二是律诗不能同字相对,词可同字对。因此,词既可作平仄相对的"格律对",亦可作平仄相同的"同声对"、韵字相同的"叠韵对",还有三句相并的"流水格",隔句相对的"扇面对"等。如本书中《诉衷情》(清晨帘幕卷轻霜)下片之"思往事,惜流光"、"未歌先敛,欲笑还颦"都为格律对;《南歌子》起二句"凤髻金泥带,龙纹玉掌梳"也是格律对。而《眼儿媚》(萋萋烟草小楼西)一词,上片之"两行疏柳,一丝残照"、下片之"无情明月,有情归梦"俱为同声对。本书中《一剪梅》(一片春愁待酒浇)有四组对句俱为同声对,其中第二字又都是同字对:"江上舟摇,楼上帘招"、"风又飘飘,雨又潇潇"、"银字笙调,心字香烧"、"红了樱桃,绿了芭蕉"。李清照的《一剪梅》则用叠韵对:"才下眉头,却上心头。"《东风第一枝》(老树浑苔)亦有四言对、六言对,还有七言同声的扇面对:"云淡淡,粉痕渐薄;风细细,冻香又落。"《柳梢青》上片后三句亦可各自为对,成流水格,如《钦定词谱》卷七此调下录赵彦端词云:"一岁花黄,一秋酒绿,一番头白。"

4. 句法

词调本倚声而制,故长短不齐,称为长短句。王力指出:"词的特点之一就是全部用律句或基本上用律句。最明显的律句是七言律句和五言律句。""不但五字句、七字句多数是律句,连三字句、四字句、六字句、八字句、九字句、十一字句

9

等,也多数是律句。"(《诗词格律》)词中只有《十六字令》的第一句是一字句,二字句往往是叠句。如王建《调笑令》:"团扇,团 扇。……弦管,弦管"。因此,一般情况下,本书列出的平仄格式采用常见的律句形式,并用加圈的方式标出可平可仄处。词中的五言和七言句多数合乎格律,但也有例用拗律的,如《长相思》的尾句,《更漏子》《阮郎归》上下片的末句均例用"仄平平仄平"的拗律格。《祝英台近》中的四个五言句都是拗句,尾三字均作"仄平仄"。又如《青玉案》下片第二句为七言拗句,作"仄仄平平仄平仄",亦为定格。

词中四字句的律句形式是"平平仄仄"和"仄仄平平",以及其中第一、第三字若不拘平仄而形成的句式。词中不仅经常使用"仄平平仄"(第三字必平)、"平仄仄平"的特殊句式,还有些词调用拗句形式。如"平仄仄仄"(《声声慢》末句七字"怎一个、愁字了得",下四字例为"平仄仄仄",不可移易)、"仄仄平平"(《换巢鸾凤》第七句)、"平仄平仄"(《解语花》下片第三句、《永遇乐》第三句)、"仄仄平仄"(《雨霖铃》第三句),以上均为拗句。六言是四言的扩展,也有相似的句式,如《如梦令》中的四个六言句,后四字的平仄格式均为"仄平平仄",凡此乃词家有意为拗,以使句式顺畅中略带拗折,具有抑扬多变的音乐效果。填词时均应加以注意。

另外,词谱的五言句中常出现"上一下四"的句式,有的是"一字豆"加四字句,还有些"一字豆"后面跟着对仗句,如本书《满庭芳》下片第五、六句"渐酒空金榼,花困蓬瀛",冠一"渐"字,在填词法中名为"一字豆",省去此一字观之,实亦四字对句。《薄幸》第七句"向睡鸭炉边,翔鸳屏里",亦为"一字豆"下接四字对句。

5. 字法

词谱中每个字均有平仄,如果不标出可平可仄,一般是不能移易的。这里向读者提示几个常见的问题。

一个是词句中的领字。词中有所谓"领"字,指起统摄下面几句作用的字。有用一字领起的,如本书《水龙吟》上片"记小舟夜悄,波明香杳",第一字"记"为领字,且用去声,以领起下二句。"记"字亦为"一字豆"。《东风第一枝》上片"是月斜花外么禽,霜冷竹间幽鹤"两句,"是"字后为六字对句,"是"字作为领格字,有强调的作用。这种句型是领字对仗句型。一般来说,领字要用去声,如清杜文

澜"论词三十则"所云:"惟去声则独用。其声激厉劲远,转折跌荡,全系乎此,故领调亦必用之。"(《憩园词话》卷一)

词中用一字为领字比较常见,但也有用两字领起的,如柳永的《雨霖铃》中"应是良辰好景虚设",此乃"应是"二字为领字的八字句。也有用三字一个短句领起的,如《雨霖铃》中"更那堪、冷落清秋节","更那堪"三字领起下句。《庆春泽》上片结句"最难禁,倚遍雕阑,梦遍罗衾",三字短句"最难禁"是引领句,引领出后面的四言同声对句。又如《过秦楼》换头三句"空见说、鬓怯琼梳,容销金镜,渐懒趁时匀染","空见说"三字为领格句,下面例用四言对句和一个六字句。

另一个是"以入代平"的问题,在某首词的某个位置,确实有入声和上声代替平声的现象,但这并非词律要求,而是作者在创作中出现内容与词律矛盾时的权宜之计,乃不得已而为之。不必效仿,更不值得提倡,还是把入声和上声看作仄声为是。

还有,由于现在的普通话中,入声已经消失,原来的入声字分别归入阴平、阳平、上、去四声,以致某些今天读平声的字在词谱上注为仄声,易引起读者疑惑。遇到这类问题,读者可以查一下书后附录的"词韵常用字简编"中"入声五部"的入声字,入声字在古代四声中属仄声,问题就会迎刃而解的。

三、守律而不泥于律

词谱标出了严格的词律要求,在填词时自然应加以遵循。但是,在这本词谱中,也存在少数脱离词律规定的现象,又该怎么解释呢? 其实,只要我们用发展的眼光去看问题,而不是把词律看成一成不变的铁律,这些问题是很好解释的。因为词是一种音乐文学,伴随着音乐的发展和文人的参加创作,不仅新的词调不断涌现,旧的词调也都有一个发展变化、日臻复杂与完美的过程。很多词调的词体由创调时的单一到多体,有的既有平韵体也有仄韵体,有的随着乐曲节拍的变动而增减字数,有的则转换宫调,自成新声,从而增加了"摊破"、"减字"、"偷声"、"转调"等新词牌。词调的形式由小令到中调、长调,词的结构亦由"单调"到"双调",甚至出现"三叠"、"四叠"。所以,词本身就是在不断发展、变动之中的,词律也相应处于不断发展变化中。有一些所谓出律的现象是不奇怪的,关键看有无名作产生,是否能得到多数人的认可,而约定俗成为词坛新体。因此,在对待词律的态度上,要守律而不泥于律。《白香词谱》所选的某些作品正是体现了这种通变的意识。

例如,前人把词韵分为十九部,但第8谱刘过的《醉太平》所押的平声韵,所用韵字分属真韵(真)、青韵(青、屏、醒)、庚韵(筝、声、萦)、文韵(君)。其中既有第六部(平声真文,又元半)的韵字,又有第十一部(平声庚青蒸)的韵字。又如第15谱朱藻的《丑奴儿》,也是通篇押平韵,其韵字中"阴"、"沉"、"心"属侵韵,"明"、"轻"属庚韵,而结尾的"人"字属真韵,既有第十三部(平声侵)的韵字,也有第十一部(平声庚青蒸)的韵字,又有第六部(平声真文,又元半)的韵字。对这些所谓出韵的现象,必须指出的是:词韵反映词人用韵的多数情况,但不可拘泥。这正如王力先生在《诗词格律》一书中指出的:"(词韵)这十九部大约只能适合宋词的多数情况。其实在某些词人的笔下,第六部早已与第十一部、第十三部相通,第七部早已与第十四部相通。其中有语音发展的原因,也有方言的影响。"

其次,某些词牌在用韵上,也在发生着变化,有的词牌例用入声韵,而后人在创作中却加以变通,如《暗香》一调,乃姜夔所创,上片五仄韵,下片七仄韵,按姜夔的范本,一般例用入声韵部。而本书中所选的朱彝尊《暗香》一词却为上去声通押,同样成为名作。

再者,关于某些词论家强调填词不仅要分平仄,还要细分阴阳上去的问题,尽管被某些人视为铁律,但也曾遭到另一些词家的批评,而且在创作中屡被打破。如万树在《词律·发凡》中,以辛弃疾词《永遇乐》(千古江山)结尾"尚能饭否"的搭配为例,言结尾必用"去上"。陈匪石《声执》卷上论"四声因调而异",第七条言词中"四声固定"者,亦举《永遇乐》结拍为"去平去上"为例,且曰:"以上皆一定不易之四声,守律者所应共遵。"虽然,上述词学家把此词结拍细分四声,说成定律,但即使辛弃疾的词作,其《永遇乐》结拍也约有一半与清人的所谓定律不符合,而《白香词谱》所列蒋捷词作结拍"倚红杏处"四字,则为"上平去去",亦非万树所料。这说明,清人所言的所谓"定律",只能说总结了一部分词作的规律,并不能代表全部。因为宋代人配乐填词,只为合乐,只为抒情,并没有后人所总结出的那么多条条框框。

蔡嵩云《柯亭词论》指出:"初学不必守四声;词守四声,乃进一步作法,亦最后一步作法。填时须不感拘束之苦,方能得心应手。故初学填词,实无守四声之必要。否则辞意不能畅达,律虽叶而文不工,似此填词,又何足贵。"又说:"词在宋代,早分为音律家之词与文学家之词。音律家声文并茂之作,固可传世;文学家专重辞章之作,又何尝不可传世? 各从其是可也。"此论实为中肯之言。

最后,还要补充说明一点,《白香词谱》不仅是一部简明的词谱,也是一个较好的词选本,所选词作多为名篇,具有欣赏性,为了方便读者的阅读与理解,我们对原词作了"注释"和"评析",尽量用通俗易懂的语言注释词句,并通过"评析"一栏对词作加以鉴赏,使读者在吟咏品味之中自然而然地去体会和掌握每个词调不同的格律,以及不同的词调所表现的不同声情与格调。同时,我们通过"词牌考原",探讨每个词调形成的过程,所依据的原始曲调,亦可从中了解该调表现的基本情感与内容。

词作为原始的歌词,本配合着不同的乐谱与旋律,表达着喜怒哀乐的不同情感。因此,虽然词调的唱法已经亡于宋南渡后,但从现存词调的文字部分来看,每个词调所表达的感情是各不相同的。如《满江红》的慷慨激昂,《水调歌头》的奔放,《声声慢》的悲凉,等等,词人填词时,对词调不可能全无选择。而且,有些词调既有平韵体,也有仄韵体,即使是同一个词牌,押仄声韵与押平声韵的声情效果也是不一样的,所以唐宋人作词不少是按照自己所要表达的思想感情来择调的。虽然,在乐谱失传之后,一般词人填词主要不是为了应歌,填词时大部分并不顾腔调声情,然而,前人习惯用某些词调来抒写某些题材已形成传统,我们最好不要违背之。因此,我们在了解词律的同时,也应注意前人在使用词调时传统沿用的表现题材,细心体会词调声情与词作文情之间的配合,以有利于今后择调填词。

由于学识所限,书中的错误与罅漏在所难免,敬请方家批评指正。

目　录

1

忆江南 怀旧

南唐 李煜

多少恨，(句)昨夜梦魂中。(韵)还似旧时游上苑[1]，(句)车
如流水马如龙[2]。(叶)花月正春风。(叶)

注 释

〔1〕上苑：古代帝王的园林，内养禽兽，以供游猎。

〔2〕"车如"句：形容车马众多，络绎不绝。《后汉书·马皇后纪》："车如流水，马如游龙。"唐·苏颋《夜宴安乐公主新宅》诗："车如流水马如龙，仙史高台十二重。"

评 析

此词作于李后主被俘至汴京后。昔日的帝王，今日的阶下囚；往日繁花似锦、车水马龙的游乐胜景，如今却只能出现在梦境之中。对往日纵逸豪华生活的回忆，带给作者的只有绵绵不尽的愁恨。

全词核心就是一个恨字。作者没有采用任何铺垫，而是直抒胸臆，开篇一句"多少恨"，一下便使读者感受到作者内心那深沉而巨大的痛苦。整首词由情而事，由事而景。一个恨字贯穿始终。最后以"花月正春风"结尾，既是交代"旧日游上苑"的季节，同时也象征自己昔日春风得意的美好时光。写往日帝王生活的繁盛，更反衬出今日囚徒生活的凄苦。这正是"以乐景写哀，以哀景写乐，一倍增其哀乐"（王夫之《薑斋诗话》）。

词牌考原

《忆江南》，又名《望江南》、《梦江南》、《江南好》、《望江梅》、《春去也》、《梦游仙》、《安阳好》、《步虚声》、《壶山好》、《望蓬莱》、《江南柳》等。

本为唐教坊曲名，后用为词牌。晚唐段安节《乐府杂录》曾云："《望江南》始自朱崖李太尉，为亡妓谢秋娘所撰，本名《谢秋娘》，后改此名。"李德裕(787~849)为晚唐人，然盛唐玄宗(685~762)时教坊已有此调名，玄宗末年崔令钦所著《教坊记》"曲名"下录有《望江南》。王国维曾据此以辨《望江南》不始于李德裕，《乐府杂录》所言不确。任二北《敦煌曲初探·后记》则说明盛唐时已有《望江南》调作"三、五、七、七、五"者，并举天宝十三载崔怀宝赠薛琼琼一首为例，崔怀宝《忆江南》词云："平生愿，愿作乐中筝。得近玉人纤手子，砑罗裙上放娇声，便死也为荣。"其平仄、叶韵、句法均与中唐白居易所作的三首《忆江南》相同。明杨慎《词品》卷一云："《望江南》，即唐法曲《献仙音》也。但法曲凡三叠，《望江南》止两叠尔。白乐天改法曲为《忆江南》。"陈旸《乐书》云："法曲兴于唐，其声始出清商部，比正律差四律，有铙、钹、钟、磬之音。"据以上诸说，《望江南》之名始自盛唐开元天宝年间，且既关法曲，又关教坊曲。后白居易依此调作《忆江南》三首，因第二首首句云"江南好"，故又名《江南好》。此外，因刘禹锡词有"春去也，多谢洛城人"句，故又名《春去也》。温庭筠词有"梳洗罢，独倚望江楼"句，故又名《望江楼》。皇甫松词有"闲梦江南梅熟日"句，故又名《梦江南》、《望江梅》。

宋代，常有将两首《忆江南》分作上下阕，成为一双调者。如王安中词九首，每首第一句均为"安阳好"，见《全宋词》卷九十八，故此调亦名《安阳好》。张镃则以此调作《梦游仙》多首，见《全宋词》卷二百八十一。其《纪梦》一首有"飞梦去，闲到玉京游"之句，故此调又名《梦游仙》、《步虚声》等。

词 谱 格 式

词本是一种音乐文学，最早称为曲子词，前人常依照曲谱填写歌词，也就是倚声而作。在乐谱失传后，后人写词主要是把前人的作品当作词调的样品，按式仿作，所以写词又称填词，即按谱填词的意思。在一般情况下，调有定格，格有定句,字有平仄,也就是说每调的句数、字数以及押韵、平仄都有规定,这就是词律的要求。讲究平仄,是词律中一个重要的问题。我国自南朝齐代永明年间开始,时人发现了汉语的四种声调,即字的读音可分为平、上、去、入四声。初唐时,诗学家们又把四声分成平仄两大类:平就是平声,仄就是上、去、入三声。也就是说,不平为仄(亦称侧声)。平仄的区分在诗词创作中被广泛运用。从古代读音上看,这四种声调各有特点,康熙字典"读四声法"说:"平声平道莫低昂,上声高呼猛烈强,去声分明哀远道,入声短促急收藏。"所以,讲究平仄的目的就是为了在诗词句中平仄递用,抑扬顿挫,富有音乐的美感。词本来就是一种配乐演唱的音乐文学,在曲谱失传之后,人们更加重视通过韵律和平仄的使用来体现其原有曲谱的音乐特点。

因此,《白香词谱》用"句"字表示此处断句,但不押韵。用"韵"字表示本词起首用韵处,用"叶"字表示与上用之韵同是一部,是协韵处。用白三角△表示押平声韵,用黑三角▲表示此处押仄声韵;并在每句下面用符号表示每个字的平仄,用白圈表示此字为平声,用黑圈表示此处为仄声,用圈中加点表示此处可平可仄。下面,我们把《白香词谱》中《忆江南》的平仄格式排列如下,加以解读:

多少恨,　　　　　　平⊙仄,(句)
昨夜梦魂中。　　　　⊙仄仄平平。(韵)
还似旧时游上苑,　　⊙仄⊙平平仄仄,(句)
车如流水马如龙。　　⊙平⊙仄仄平平。(叶)
花月正春风。　　　　⊙仄仄平平。(叶)

词律解读

1. 此调始为单调,二十七字,五句,三平韵。中间七言两句,以对偶为宜。第二句亦有添一衬字者。至宋人多将其叠为双调。此谱所选为单调。

2. 本词押平声韵,一韵到底。第一句"多少恨"后的"句"字即为句读处,不押韵,下面第三句同。第二句"昨夜梦魂中"后的"韵"字,是标出本词起首用韵处,

"中"字押一东韵。第四句"车如流水马如龙"、第五句"花月正春风"后面的"叶"字,均读 xié(协),是要和上面的韵字协韵、押韵的意思,故与上用之韵同是一部。两句末尾的"龙"、"风"二字都是东韵的韵字,与第二句的"中"字叶韵。

3. 早期的文人词,句法多是从五言、七言近体诗变化而来的,一般情况下,本书列出的平仄格式采用常见的律句形式,并用加圈的方式标出可平可仄处。如本词除首句为三字句外,第二句为仄起平韵之五字句;第三句为仄起仄收之七字句,第一、第三字平仄可不拘。第四句为平起平韵之七字句。第五句句法与第二句同,第一字均可平可仄。本调首句第二字多用仄声,如用平声,则第二句第一字以用仄声为佳。

4. 此调第三、四两句,类似平起七律中的第二联,是以作者多用对偶句,以求工整。如白居易《忆江南》词:"日出江花红胜火,春来江水绿如蓝。"刘禹锡词:"弱柳从风疑举袂,丛兰裛露似沾巾。"(《和乐天春词,依忆江南曲拍为句》)

5. 此调多用律句,且押平韵,一般说来,凡声韵接近近体律绝而用平韵的词调,音节流美谐婉。本书选择南唐李煜之作为范例,列为《忆江南》词谱,然此调亦有异体。由于词调中存在大量的同调异体,故各家词谱往往选择其中时代较早或作者较多的一种作为正体,以《忆江南》为例,清代万树《词律》卷一以晚唐皇甫松"兰烬落"为正体,另列吴文英五十四字及冯延巳五十九字之双调为又一体。康熙年间编成的《钦定词谱》卷一以白居易《江南好》为正体,另列欧阳修五十四字、冯延巳五十九字之双调为又一体。

《捣练子》（深院静）

2

捣练子 秋闺

南唐 李煜

深院静,^(句)小庭空。^(韵)断续寒砧断续风^[1]。^(叶)无奈夜长人不寐^[2],^(句)数声和月到帘栊^[3]。^(叶)

注释

〔1〕寒砧(zhēn 真):秋夜的捣衣声。砧,捣衣石。捣练就是捣洗煮过的熟绢。每到秋季,家家赶制寒衣,把新衣料在石墩上用杵捣软,再缝制衣服。

〔2〕寐:入睡,睡着。

〔3〕和月:伴随着月光。帘栊:窗帘和窗棂。栊,窗户上的棂木。

评析

这是一首描写闺中女子思念远方丈夫的作品。每当秋风乍起,天气渐凉时,思妇们就会更加思念远在他乡的丈夫,为他们赶制冬衣。此时,捣练之声,就会在萧瑟的秋风中,响成一片,正是"长安一片月,万户捣衣声"(李白《子夜吴歌》)。李煜此词就是通过对捣练声的描写,展现思妇对远行人的深切相思之情。作者开篇采用对句"深院静,小庭空",营造出一种静谧、清冷的环境氛围,正是在如此的静与空中,那随着阵阵秋风飘来的捣衣之声,在思妇听起来才如此真切,触动心怀。作者在砧声前冠以"寒"字,既点明了深秋的气候特征,又写出思妇对秋日砧声的深切感受,是思妇孤苦、凄寒心境的真实写照。夜深时,阵

6

阵砧声伴随着清冷的月光透进窗棂,唤起思妇对远人的无限思念,以至辗转难眠,夜不成寐。砧声、月光已成为古人相思的象征。此词语言朴素,纯用白描手法,作者通过环境描写,借助秋风、秋月与砧声,以景出情,铺写相思,角度独特,词味隽永。

词牌考原

《捣练子》,又名《捣练子令》、《夜捣衣》、《杵声齐》、《剪征袍》、《深院月》。此调以咏捣练得名,例作思妇怀念征人之词。古代词调中常有一些调名带有"子"字,如本书中的《生查子》、《卜算子》、《更漏子》、《破阵子》等,"子"就是曲子的省称。隋唐以来曲多以"子"名,"子"有小的含义,大体属于小曲。捣练是古代妇女将煮熟的白绢放在水边石头上加以捶捣,使之柔软、洁白以制衣。捣练时,妇女大多结伴杵捣,杵声相应,故《捣练子》又名《杵声齐》。此调最早流行于唐代民间,今敦煌石室中所发现之唐词曲抄本卷子中录有《捣练子》二首(见张璋、黄畲《全唐五代词》卷七《敦煌词》)。明人杨慎《词品》云:"(李后主)词名《捣练子》,即咏捣练,乃唐词本体也。"又因此词起句"深院静",结句"数声和月到帘栊",故又名《深院月》。宋贺铸有《古捣练子》六首,随词命名,如《夜捣衣》、《杵声齐》、《剪征袍》等。

词谱格式

《捣练子》的词谱格式:

深院静,	平仄仄,(句)
小庭空。	仄平平。(韵)
断续寒砧断续风。	⊘仄平平⊘仄平。(叶)
无奈夜长人不寐,	⊘仄⊙平平仄仄,(句)
数声和月到帘栊。	⊙平⊙仄仄平平。(叶)

词律解读

1. 此词为单调。二十七字,五句,三平韵。

2. 全词押平声韵,一韵到底,第二句"空"乃起首韵字,押一东韵,第三、五两句末尾的"风"、"栊"二字都是东韵的韵字,与"空"字叶韵。

3. 第一、二句,平仄相对,多用对偶,且常作上二下一句式。如本词之"深院静,小庭空"。第三、四、五句,为平起式七言律绝的二、三、四句,按格律要求,第三句忌孤平,故第三字不能用仄声,其余两句第一、三字平仄可以不拘。

4. 此词牌另有三十八字的双调一体,但填者甚少。万树《词律》卷一、《钦定词谱》卷一均以李煜词为正体,而将三十八字的双调列为另一体。

《忆王孙》（萋萋芳草忆王孙）

忆王孙 春词

宋 李重元

萋萋芳草忆王孙[1]。(韵)柳外楼高空断魂。(叶)杜宇声声
⊙○○●●○△ 　　⊙●○○○●△ 　　⊙●○○
不忍闻[2]。(叶)欲黄昏,(叶)雨打梨花深闭门[3]。(叶)
⊙●△ 　　⊙○○ 　　⊙●○○○●△

注释

〔1〕"萋萋"句:出自《楚辞·招隐士》:"王孙游兮不归,春草生兮萋萋。"萋萋,
草盛貌。王孙,公子,这里指远在他乡的游子。

〔2〕杜宇:即杜鹃鸟、子规鸟。相传为战国时蜀国望帝杜宇魂魄所化,叫声悲
切,动人归思。

〔3〕"雨打"句:唐刘方平《春怨》诗:"寂寞空庭春欲晚,梨花满地不开门。"

评析

这是一首描写闺中少妇思念丈夫的作品。开篇化用《楚辞·招隐士》的句
意,点明相思主题。暮春时节,思妇登楼远望,看到绵延天涯的茂密春草,从而唤
起对远方游子的不尽思念。而楼边青青的杨柳,更引动思妇对昔日折柳送别的
回忆。那依依惜别的情景,历历在目,令思妇落魄失魂。而此时杜鹃鸟阵阵凄厉
的叫声,更是令思妇耳不忍闻。她只好回到闺房,关上房门。黄昏时,春雨飘来,
敲打着梨花,闺房内思妇的心境亦如梨花一样凄凉、破碎。全词通过对暮春时节
特有景色和环境氛围的描写,展现思妇的相思情怀。萋萋芳草象征着离情,依依
杨柳象征难舍之意,雨打梨花则象征着思妇为离情所扰的痛苦心境,抒发的是一

种胜景将逝、美人迟暮的感受。词中两处用典,第一处是开头化用《楚辞·招隐士》句;第二处是结尾化用刘方平《春怨》诗句,皆自然浑成,恰到好处。

词牌考原

《忆王孙》,又名《忆君王》、《豆叶黄》、《阑干万里心》、《怨王孙》、《画娥眉》等。词调创于宋代。《楚辞·招隐士》:"王孙游兮不归,春草生兮萋萋。"唐孙棨《北里志》载:"(天水)光远尝以长句题莱儿室曰:'鱼钥兽环斜掩门,萋萋芳草忆王孙。'"此词开篇全用其句,并以"忆王孙"为调名。

此词作者,《草堂诗余》注为李重元,万树《词律》从之。《钦定词谱》认为此词作者为秦观,《白香词谱》从之。唐圭璋《全宋词》收李重元《忆王孙》四首,分别是"春词"、"夏词"、"秋词"、"冬词",此词即为其中"春词"。而秦观词中只列存目,是将此词首创之功归于李重元也。

词谱格式

《忆王孙》的词谱格式:

萋萋芳草忆王孙。	⊕平⊗仄仄平平。(韵)
柳外楼高空断魂。	⊗仄平平⊕仄平。(叶)
杜宇声声不忍闻。	⊗仄平平⊕仄平。(叶)
欲黄昏,	仄平平,(叶)
雨打梨花深闭门。	⊗仄平平⊕仄平。(叶)

词律解读

1. 此词牌为单调,三十一字,五句,句句押韵,共五平韵。

2. 词的押韵,比律诗要宽,且多变化。清代戈载的《词林正韵》,把平上去三声分为十四部,入声分为五部,共十九部。据说是取古代著名词人的词韵参酌而定的。故词谱中既有押同一词部的多个平声韵或仄声韵的现象,亦有同部平仄韵通叶的格式。本词属于词韵第六部,是平声真韵、文韵和元韵的一半通押。如第一句的韵字"孙"押的是上平声十三元韵,第二、四、五句末尾的"魂"、"昏"、"门"都属元韵,与"孙"字叶韵。而第三句末尾的"闻"字属十二文韵,与元韵同部通押。

3. 本词第一个七言句为平起平收的律句,句中第一、三字可平仄不拘。第二、三、五句均为七言仄起平收的律句,其格式本为"⊗仄平平⊗仄平",此式忌孤平,第三字不能换仄,第一、五两字可平可仄,但调中第五字一般宜用平声,故此三句格式均为"仄仄平平平仄平"。第三句中的"不"字为以入代平。第四句第一字的仄声以用去声为宜。

4. 万树《词律》卷二、《钦定词谱》卷二均以"萋萋芳草"一首为正体。另有五十四字双调一体,上下各四句,押仄韵。

4

调笑令 宫词[1]

唐 王建

团扇[2]，(韵)团扇，(叠句)美人并来遮面[3]。(叶)玉颜憔悴三年，(换平)谁复商量管弦[4]。(叶平)弦管，(上句末二字颠倒，三换仄)弦管，(叠句)春草昭阳路断[5]。(叶三仄)

注 释

〔1〕宫词：以宫廷生活为题材的诗词。

〔2〕团扇：圆形有柄，以丝绸为扇面的扇子。我国古代宫廷常用，因而又叫宫扇。汉班婕妤《怨诗》："新裂齐纨素，鲜洁如霜雪。裁为合欢扇，团团似明月。出入君怀袖，动摇微风发。常恐秋节至，凉飙夺炎热。弃捐箧笥中，恩情中道绝。"此后便以团扇作为失宠或失意的典故。唐王昌龄《长信秋词》诗有："奉帚平明金殿开，且将团扇共徘徊。"

〔3〕并：依傍、相挨之意。唐朱庆余《宫词》诗："寂寂花时闭院门，美人相并立琼轩。"

〔4〕管弦：丝竹乐器。这里指代歌舞。

〔5〕昭阳：汉武帝时后宫八殿之一。成帝时，皇后赵飞燕曾居住于此，受宠一时。后世以昭阳殿借指受宠后妃所居之处。

评 析

这是一首描写古代宫廷歌女痛苦生活的作品，属于宫怨一类。

全词可分三个层次。开篇"团扇"三句为第一层。是宫女对昔日美好时光的回忆。宫人手执团扇,翩翩起舞,不时以团扇遮住娇媚的面容,此乃承欢得宠之时。"玉颜憔悴"二句为第二层。是宫女回忆的延续和对时下状况的描写。三年前的冷落与遗弃,早已使宫女漂亮的容颜憔悴不堪。昔日管弦已被丢弃一旁。往日为君王歌舞、演奏,乃至共商音律的情景,早已化作令人伤感的回忆。"弦管"三句为第三层,进一步写宫女时下的处境。"弦管"叠句写出了今日昭阳殿里歌舞依旧,君王的享乐一如既往,而宫女这边却是如此悲惨、凄凉。作者不言君恩断绝,只说那通往昭阳宫的道路早已为春草覆盖,将宫女的无奈、怨愤之情含蕴其间。

王昌龄《长信秋词》:"奉帚平明金殿开,且将团扇共徘徊,玉颜不及寒鸦色,犹带昭阳日影来。"是描写宫女不幸命运的名篇,也用团扇象征宫女的命运。然王建此词,由于句式的长短变化,加之叠句、颠倒字句、平仄韵互转等艺术手段的运用,读来更具有抒情色彩和曲折宛转的韵律美。

词牌考原

《调笑令》,一名《宫中调笑》、《古调笑》、《三台令》、《转应曲》。"调"有嘲弄之意,调笑,谓嘲弄以取笑。所谓"令",就是小令。小令是相对中调、长调而言。小令、中调、长调的名目是后起的,始见于明嘉靖时顾从敬刻《类编草堂诗余》,后来清毛先舒《填词名解》曰:"五十八字以内为小令,五十九字至九十字为中调,九十一字以外为长调。"完全是从字数来分类,后人虽沿用这些名称,但并不过分拘泥字数,大体是六十字以下为小令,一百字以下为中调,以上为长调。令词的名称多来自唐代的酒令,唐人于宴会时用时调小曲当作酒令即席填词,遂称为令曲,又称为小令。白居易《代书诗一百韵寄微之》:"打嫌《调笑》易,饮讶《卷波》迟。"自注:"抛打曲有《调笑令》,饮酒曲有《卷白波》。"此调来源当在中唐以前,现存最早的词作是戴叔伦的《调笑令》(边草):"边草,边草,边草尽来兵老。山南山北雪晴,千里万里月明。明月,明月,胡笳一声愁绝。"与之同时的韦应物也留有《调笑令》二首,其一曰:"胡马,胡马,远放燕支山下。跑沙跑雪独嘶,东望西望路迷。迷路,迷路,边草无穷日暮。"其格式平仄均与王建所作相同。戴叔伦(732—

789)、韦应物(737—792?)都是生活在盛唐末年到中唐前期的著名作家,其年代早于中唐的王建(约766—830)与白居易(772—846)。此词牌为单调,三十二字,八句,平仄韵递转,而在平韵再转仄韵时,二言的叠句必须用上六言的最后两字倒转为之,所以又名《转应曲》。唐词格式全同。北宋以后则多用不转韵格,用七仄韵,联章以成"转踏",借以演唱故事。

词谱格式

《调笑令》的词谱格式:

团扇,　　　　　　　平仄,(韵)
　　　　　　　　　　　▲

团扇,　　　　　　　平仄,(叠句)
　　　　　　　　　　　▲

美人并来遮面。　　　仄仄平平平仄。(叶)
　　　　　　　　　　　　　　　▲

玉颜憔悴三年,　　　平平仄仄平平,(换平)
　　　　　　　　　　　　　　　△

谁复商量管弦。　　　仄仄平平仄平。(叶平)
　　　　　　　　　　　　　　　△

弦管,　　　　　　　平仄,(上句末二字颠倒,三换仄)
　　　　　　　　　　　▲

弦管,　　　　　　　平仄,(叠句)
　　　　　　　　　　　▲

春草昭阳路断。　　　仄仄平平仄仄。(叶三仄)
　　　　　　　　　　　　　　　▲

词律解读

1. 此词牌为单调,三十二字,八句,四仄韵,两平韵,两叠韵。陈栩、陈小蝶《考正白香词谱》指出:"此调凡三用韵,通首以六言句为主,夹以两字叠句,为拗体之滥觞。"

2. 此调最大特点是平仄韵递转,前三句押仄韵,中间四、五两句换平韵,后三句再换仄韵。所用韵为词韵第七部(平声寒删先,又元半;上声旱潸铣,又阮半;去声翰谏霰,又愿半),属同部平仄韵通押。第一句"扇"押去声霰韵,第二句叠韵,第三句"面"字叶仄韵,也属霰韵。第四句"年"字换平声先韵,下一句"弦"叶先韵。第五句将上句末二字颠倒,换仄韵,"管"字属上声旱韵;最后一句注明"叶

15

三仄",是说叶第三个仄声韵,"断"字也属上声旱韵。

3. 注意两处二言重叠句之第一字必用平声。四个六言句前四字的平仄可以变通。第四、五两个六言句转平韵,第五句的第五字必须用仄声,以成为下一句的仄脚韵字。第五句末尾由两字组成的词语,要能颠倒转换为第六、七两个仄韵叠句。此调被称作《转应词》或《转应曲》,即由此得名。六言句与二言句的组合,间以叠句、颠倒字句,再加之平仄韵互转,使得此调具有回环宛转的效果。

4.《词律》卷二以冯延巳词(明月)为正体,列毛滂词三十八字者为又一体。《钦定词谱》卷二以王建词"蝴蝶"为正体。

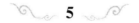

如梦令 春景

宋　秦观

莺嘴啄花红溜〔1〕，（韵）燕尾剪波绿皱〔2〕。（叶）指冷玉笙
寒〔3〕，（句）吹彻小梅春透〔4〕。（叶）依旧，（叶）依旧，（叠句）人与绿杨
俱瘦。（叶）

注释

〔1〕溜：檐雨下滴。借以形容花落为红溜。

〔2〕剪波：谓燕尾掠水如剪，裁绿波使之起皱纹。剪，燕尾如剪。

〔3〕玉笙：以玉为饰的笙。笙，一种用竹做的管乐器，大者十九簧，小者十三
簧。寒：因吹奏时间过长，簧片潮湿，而不能合律。

〔4〕彻：古代音乐术语。从头至尾演奏一支（套）曲子，叫"彻"。小梅：乐曲
名。唐《大角曲》里有《大梅花》、《小梅花》等曲。

评析

这是一首写春日闺中相思的作品。

开篇两句是对大好春光的描写。两句中的"啄"和"剪"字，极富动感，生动传
神。"红溜"和"绿皱"则展现了春天的明丽色彩和勃勃生机。从整篇结构看，这
两句无疑是起兴。作者写春天的秾丽和生机，正是为反衬后边思妇的孤独与愁
苦。"指冷玉笙寒"转入对女子相思的描写。窗外明媚的春光触动了闺中女子的
相思情怀，于是她拿起玉笙吹奏起《小梅花》，想以此排解内心相思的愁苦。然而

直到她将《小梅花》曲吹遍,直吹得手指发冷,簧片潮湿,声音呜咽,其痛苦非但未能排遣,内心反而备感孤独、伤感。"寒"、"冷"、"彻"三字是对思妇当时情感状况的真实写照。叠句"依旧,依旧",是强调演奏并未使思妇获得解脱,其内心的孤独、愁苦依然如故。正是相思的痛苦,使思妇变得憔悴、消瘦。作者用"绿杨"来比思妇的消瘦,显得贴切、生动。

此词景、事、情交融;色彩鲜明,而不浮艳;首两句对仗工整,极具整饬之美。

词牌考原

《如梦令》,词牌名。见宋苏轼《东坡乐府》。此调为后唐庄宗李存勖(xù 旭)所创,原名《忆仙姿》,苏轼改为《如梦令》。《东坡志林》卷一载,苏轼曾在元丰七年十二月作"如梦"两首,并序曰:"此曲本唐庄宗制,一名忆仙姿,嫌其不雅驯,后改云'如梦'。庄宗作此词,卒章云'如梦,如梦,和泪出门相送',取以为之名。"其后,据《钦定词谱》载,周邦彦因李存勖词中首句为"曾宴桃源深洞",又将其改名为《宴桃源》。《清真集》注中吕调(夹钟羽)。

《词律》卷二、《钦定词谱》卷二列录此调,分单调、双调两体。单调又名《不见》、《古记》、《比梅》、《无梦令》等。单调三十三字,七句五仄韵一叠韵。《钦定词谱》卷二曰:"沈会宗词有'不见,不见'叠句,名《不见》。张辑词有'比著梅花谁瘦'句,名《比梅》。《梅苑》词,名《古记》。《鸣鹤余音》词,名《无梦令》。魏泰双调词,名《如意令》。"双调一名《如意令》,见《翰墨大全》丁集卷三录无名氏词(《词谱》题魏泰),六十六字,上、下片各七句,五仄韵一叠韵。《词谱》谓系"合两段《如梦令》为一阕"。

词谱格式

《如梦令》的词谱格式:

莺嘴啄花红溜,	Ⓧ仄Ⓧ平平仄,(韵)
燕尾剪波绿皱。	Ⓧ仄Ⓧ平平仄。(叶)

指冷玉笙寒，　　　　　　㊀仄仄平平，(句)

吹彻小梅春透。　　　　　㊀仄㊀平平仄。(叶)

依旧，　　　　　　　　　平仄，(叶)

依旧，　　　　　　　　　平仄，(叠句)

人与绿杨俱瘦。　　　　　㊀仄㊀平平仄。(叶)

词律解读

1. 此词牌，单调，三十三字，押仄声韵。如本词押去声韵。第一句"溜"押的是去声宥韵，第二句末尾的"皱"字、第四句末尾的"透"字，两叠句的"旧"字与尾句的"瘦"字都属宥韵，故曰"叶"(协韵)。

2. 本调四个六言句均为仄起仄收，句中第三字一般用仄声，第五字须用平声。第一句的"啄"为入声字，是仄声；第二句中的"绿"字，亦为入声字，此为以入代平。这种以入声代替其他三声的，在唐代敦煌词中早就有了，在宋词中尤为多见。清代戈载《词林正韵·发凡》说："惟入声作三声，词家亦多承用。"本词的四个六言句，后四字的平仄格式均为"仄平平仄"，乃词家有意为拗，以使句式顺畅中略带拗折，具有抑扬多变的音乐效果。又，两叠句的第一字必用平声，且需叶韵。

3. 第一、二句因字数、平仄相同，可以采用同声对。如本词之"莺嘴啄花红溜，燕尾剪波绿皱"。

4. 此调《词律》卷二、《钦定词谱》卷一以李存勖词为正体，同时载有多种变体。

19

6

长相思　别情
唐　白居易

汴水流[1]，（韵）泗水流[2]，（叶）流到瓜洲古渡头[3]。（叶）吴山点点愁[4]。（叶）　　思悠悠[5]，（叶）恨悠悠，（叶）恨到归时方始休。（叶）月明人倚楼。（叶）

注 释

〔1〕汴水：唐宋时，称隋大业元年(605)所开通济河为汴河。通济河中游自今荥阳至开封一段即原汴水，因此，唐宋时便将荥阳引出黄河水，经古鸿沟，过开封，由通济渠东段入淮水的全流称为汴河、汴渠。

〔2〕泗水：亦称泗河。发源于今山东陪尾山，因其四源合为一水而得名。流经曲阜、徐州，南流至淮阴入淮河。

〔3〕瓜洲：古渡口，在今江苏扬州邗江南，与镇江相对。原为长江口沙碛，因形状如瓜而得名。

〔4〕吴山：古吴地之山，泛指吴地群山。

〔5〕悠悠：深长的意思。

评 析

这是一首表现思妇相思愁怀的作品。

词的上片，写离愁。作者由汴水、泗水、瓜洲，直写到吴山，意在向读者展示游子的行踪。此刻，他已经离家千里，身处吴地水乡。这渺远的水流，写出了思妇绵绵不尽的相思。而这点点吴山,则流露出游子浓重的乡愁。整个上片虽为景语,亦为情语。

词的下片,写别恨。上片借景抒情,下片则直抒情怀。这悠远的相思,这绵长的别恨,只有当远游人归来时,方能消散。而此时,相思之人正身居高楼,倚栏望月,期盼着亲人的归来。这里,作者采用逆挽法,直至词之最后,才出现女主人公望月相思的形象。前面所有写景、抒情,皆为主人公登楼远望的所思、所感。如此描写,使得女主人公形单影只、孤独落寞的形象更加鲜明、突出。

词牌考原

《长相思》,词牌名。唐教坊曲,用作词调。又名《吴山青》《山渐青》《青山相送迎》《长相思令》《相思令》《双红豆》《忆多娇》《长思仙》《越山青》。

其调名起源甚早,《古诗十九首》中有"上言长相思"及"著以长相思"等语,可见汉末已用"长相思"三字入诗。《长相思》曲调则起于南朝,本为南朝乐府《杂曲歌辞》名。内容多写男女或友朋久别思念之情。《乐府诗集》卷六十一《杂曲歌辞》一:"杂曲者,历代有之……而有古辞可考者,则若《伤歌行》《生别离》《长相思》《枣下何纂纂》之类是也。"据《乐府诗集》所载古辞,最早是南朝梁代张率作《长相思》二首,其一云:"长相思,久离别,美人之远如雨绝。独延伫,心中结。望云云去远,望鸟鸟飞灭。空望终若斯,珠泪不能雪。"此词以两句三言发端,接以七言、五言句。其后陈后主、徐陵、江总等人作《长相思》均仿其格式。

入唐,从李白的《长相思》看,盛唐人之作以两句三言开端,但以七言为主,篇幅变长。可知所据曲调当与南朝有异,抑或乃仿南朝乐府作不入乐之诗歌。然成书于唐玄宗天宝末年的《教坊记》载有《长相思》曲名,中唐诗人李贺《夜坐吟》亦云:"铅华笑妾鬐青娥,为君起唱《长相思》。"可知此曲中唐时在民间广为传唱,其乐曲虽不得知,但词调却已定型。白居易《对酒自勉》诗说:"夜舞吴娘袖,春歌蛮子词。犹堪三五岁,相伴醉花时。"注曰:"吴二娘歌词,有'暮雨潇潇郎不归'之句。"吴二娘与白居易同时,这句歌词出自她的《长相思》,明刻本的宋陈应行《吟窗杂录》卷五十"历代吟谱·诗余"下录吴二娘《长相思令》:"深黛眉,浅黛眉,十指茏葱云染衣。巫山行雨归。　　巫山高,巫山低。暮雨潇潇郎不归。空房独守时。"看来白居易很欣赏她的歌舞,在诗歌中不止一次提到吴二娘的歌词,如他的《寄殷协律》诗,云:"吴娘暮雨萧萧曲,自别江南更不闻。"注:"江南吴二娘曲词云:'暮雨萧萧郎不归。'"这不仅证明吴二娘确曾著"暮雨潇潇"之辞,也说明白居易作《长相思》词很可能受到了她的影响。今传白居易《长相思》(汴水流)的格式即与吴二娘之作相同。明杨慎《升庵诗话》卷四:"吴二娘,杭州名妓也。有《长相思》一词云:'深花枝,浅花枝,深浅花枝相间时。花枝难似伊。   巫山高,巫山低,暮雨潇潇郎不归。空房独守时。'"又云:"《绝妙词选》以此为白乐天词,误矣。吴二娘亦杜公之黄四娘也,聊表出之。"杨慎所言《绝妙词选》之误,指宋黄昇《唐宋诸贤绝妙词选》卷一录有白居易《长相思》一首:"深画眉,浅画眉,蝉鬓鬅鬙云满衣。阳台行雨回。   巫山高,巫山低,暮雨潇潇郎不归。空房独守时。"与《吟窗杂录》所载吴二娘之作前半部分略有差异,后半部分完全相同。其实,此词很可能是白居易与吴二娘在酒席上行令联句而成,或前半部分由白居易作,后半部分由吴二娘联句,抑或因白居易的喜爱,吴二娘在酒席上得以反复吟唱后几句。此外,敦煌曲中亦存有《长相思》三首,首句皆曰"作客在江西",分咏富、贫、死,显为联章体,皆为双调,四十四字,其格式与中唐白居易、吴二娘之作不同,上片五言四句三平韵,下片"七、六、六、五"四句三平韵,此种格式尚不知产生于白居易之前或后。《词律》卷二、《词谱》卷二均以白居易所作"汴水流"为正体,双调,三十六字,上下片各四句,三平韵一叠韵。《词律》列别体三种,其中杨无咎所作"急雨回风"为一百字体,柳永所作"画鼓喧街"为一百零三字体。《钦定词谱》列别体四种,皆三十六字体,句法、用韵略有不同。《词谱》将柳永词题作《长相思慢》,另列一调。

词 谱 格 式

《长相思》的词谱格式:

汴水流,　　　　　　　　仄仄平,(韵)
　　　　　　　　　　　　　　△

泗水流,　.　　　　　　　仄仄平,(叶)
　　　　　　　　　　　　　　△

流到瓜洲古渡头。	仄仄平平仄仄平。（叶）
吴山点点愁。	平平仄仄平。（叶）

思悠悠，	仄平平,（叶）
恨悠悠，	仄平平,（叶）
恨到归时方始休。	仄仄平平平仄平。（叶）
月明人倚楼。	仄平平仄平。（叶）

词律解读

1. 此词牌为双调，三十六字，上下阕各四句，每阕各三平韵，一叠韵。

2. 全词押平声韵，句句用韵，一韵到底。如第一句韵字"流"押的是平声尤韵，下面各句末尾的"头"、"愁"、"悠"、"休"、"楼"字都属尤韵，与第一句叶韵。

3. 上下片的最后一句，采用律句"平平仄仄平"，此句不能犯孤平（即五言律句"平平仄仄平"除了末尾的韵字外只有一个平声，谓之孤平），故首字若用"仄"，第三字必须用"平"，下片尾句正是如此变化的，成为"仄平平仄平"的拗律格式，旨在和谐中求变化。

4. 此词前后段起二句，俱用叠韵。万树《词律》与《钦定词谱》卷二均以白居易词为正体，另列减字、上下片用不同声部韵字者及一百字以上者为多种"又一体"。

《相见欢》（无言独上西楼）

7

相见欢 秋闺

南唐 李煜

无言独上西楼，^(韵)月如钩^{〔1〕}。^(叶)寂寞梧桐深院锁清
⊙ ○ ⊙ ● ○ △　　● ○ △　　● ⊙ ○ ⊙ ● ●⊙

秋。^(叶)　　剪不断，^(换仄)理还乱，^(叶仄)是离愁。^(叶平)别是一
△　　　● ⊙ ▲　　○ ⊙ ▲　　● ○ ⊙　　⊙ ● ⊙

般滋味在心头^{〔2〕}。^(叶平)
○ ○ ● ● ○ △

注 释

〔1〕月如钩:指弦月。

〔2〕一般:一种。

评 析

这是一首抒写离愁,表现亡国之痛的作品。

词的上片,写秋夜。开篇第一句引出主人公,"无言独上"写出主人公孤独寡
欢的心境,进而写主人公登楼后的所见、所感。弦月如钩,深院梧桐,秋色浓重。
"锁清秋"的"锁"字,既写出院内秋色的浓重,又交代出自己幽居的处境。眼前景
色,在主人公内心唤起不尽的寂寞、感伤。

词的下片,写愁情。情作为人的一种精神体验,以一种无形的方式存在于人
们的内心世界。在这里,作者却将离愁写得具体可感。就像一团乱麻缠绕在主
人公心头,剪也剪不断,理也理不清,真是别有滋味,难以言表。这离愁可能是离
别的愁绪,也可能是亡国的痛苦,或者二者皆有之。正是因为作者没有将其道
破,因而使得此词别具含蓄、深沉之美。

词牌考原

《相见欢》,唐教坊曲,用作词调。又名《秋夜月》、《上西楼》、《西楼子》、《忆真妃》、《月上瓜洲》。五代前蜀薛昭蕴始用此曲填词(见《花间集》),当是最先把《相见欢》从教坊曲转为词调的作者。李煜此词本名《忆真妃》,由于词中有"无言独上西楼,月如钩"句,故又名《上西楼》、《秋夜月》、《西楼子》。宋以后又名之为"乌夜啼"。李煜《乌夜啼》共三首,实为两体,其中"昨夜风兼雨"一首为四十七字体,欧阳修词名《圣无忧》,赵令畤词名《锦堂春》;另外两首"林花谢了春红"及"无言独上西楼"为三十六字体,即《相见欢》。《词律》卷二以李煜所作"无言独上西楼"为正体,并云:"按此调本唐腔,薛昭蕴一首正名《相见欢》,宋人则名为《乌夜啼》,而《锦堂春》亦名《乌夜啼》,因致传讹不少。"清徐釚(qiú 求)《词苑丛谈》卷三云:"南唐李后主作《乌夜啼》一词最为凄惋,词曰:'无言独上西楼(下略)。'"宋人张辑词有"惟有渔竿明月、上瓜洲"句,故名之为《月上瓜洲》,自注曰:"寓《乌夜啼》,南徐多景楼作。"(见《全宋词》三百四十三卷)可见《乌夜啼》本身虽是一个词调名,但也是《相见欢》的别名。

词谱格式

《相见欢》的词谱格式:

无言独上西楼,	平平仄仄平平,(韵)
月如钩。	仄平平。(叶)
寂寞梧桐深院锁清秋。	仄仄平平平仄仄平平。(叶)
剪不断,	仄平仄,(换仄)
理还乱,	仄平仄,(叶仄)
是离愁。	仄平平。(叶平)
别是一般滋味在心头。	仄仄平平平仄仄平平。(叶平)

词律解读

1. 此词牌,双调,三十六字,平仄韵互转,但以平韵为主。上片三平韵,下片前二句转仄韵,后二句又换回前面的平韵。

2. 这首词以尤韵为主,间协他韵。上片押平声尤韵,前三句结尾的"楼"、"钩"、"秋"都属尤韵。下片开头换仄声韵,"断"押上声旱韵,"乱"属去声翰韵,两韵同属词韵的第七部(上声旱潸铣,又阮半;去声翰谏霰,又愿半)同叶。后两句的韵字"愁"、"头"又换成前面的平声尤韵。后半起二句换仄韵最宜注意。清万树《词律》云:"断、乱二字,是换仄韵,各谱具失注,是使学者失去二韵,其误甚矣。"

3. 词中第二句、第六句两个押平声的三字句,其格式均为"仄平平"。下片开头两个押仄声的三字句,其格式以"仄平仄"为佳,"剪不断"的"不"字是以入代平。这两句亦可用为同声对,如"剪不断,理还乱"。上下片中的九字句,可作上六下三句式,亦可作上四下五句式。

4. 本词调平仄韵递转,体现着感情的起伏。全词押平韵,但在换头处插入两个仄声短韵,借以加强激越凄怨的气氛。《词律》卷二以李后主词为正体。《钦定词谱》卷二以薛昭蕴词(罗襦绣袂香红)为正体,并另列换头不入韵,或将两个三言句并作六言者为"又一体"。

8

醉太平 闺情

宋 刘过

情高意真,(韵)眉长鬓青[1]。(叶)小楼明月调筝[2],(叶)写
春风数声。(叶)　　思君忆君,(叶)魂牵梦萦。(叶)翠绡香暖云
屏[3],(叶)更那堪酒醒[4]。(叶)

注释

〔1〕眉长:古人以画长眉为美。

〔2〕调筝:弹筝。筝,我国古代乐器,十三弦。相传为蒙恬所创,战国时已流
　　　行秦地,故常称为秦筝。

〔3〕翠绡:绿色的薄绸,这里指床帐。云屏:云母石制作的屏风。

〔4〕那堪:兼之、何况。

评析

这是一首表现闺中女子相思情怀的作品。

词的上片,写闺中女子的人品、外貌、才情。"情高意真",表明女子品德高
洁。"眉长鬓青",写出女子容颜的娇美。"小楼明月"交代出女子所处环境,明月
高照,小楼独处,相思之情,难以自禁。"调筝"正是为了表达相思,排解愁苦。
"春风"是在强调音乐演奏效果,听其弹奏使人如沐春风。如此描写,既展现了女
子的高超技艺,同时又暗示出怀人的季节。在上片,作者着力塑造了一位德、貌、
才、情兼备的女子形象。

词的下片，具体描写闺中女子相思情状。在这春意盎然的季节，女主人公更加思念自己的郎君，以至魂牵梦绕。为了排遣相思的苦闷，只好借酒消愁。然而酒醒之后，面对着翠绡、云屏，女主人公依然形单影只。酒虽已醒，愁却更浓，其内心痛苦可知。

全词采用白描手法，语言平实，抒情细腻、真挚。以"写春风数声"来表现音乐的演奏效果，新颖、生动。

词牌考原

《醉太平》，又名《凌波曲》、《醉思凡》、《四字令》。此调既是词牌名，也是曲牌名。词牌始见于北宋，米芾作《醉太平》一首，系双调小令，上下片各四句，各四平韵。但后之作者亦有变化，此调有平韵格、仄韵格与同部三声叶三体。刘过此篇为平韵，辛弃疾词集有仄韵，三声叶见《太平乐府》。元代贯云石、王元鼎、张可久等词人作过《醉太平》散曲。

词谱格式

《醉太平》的词谱格式：

情高意真，	平平仄平，(韵)
眉长鬓青。	平平仄平。(叶)
小楼明月调筝，	⊘平⊕仄平平，(叶)
写春风数声。	仄平平仄平。(叶)
思君忆君，	平平仄君，(叶)
魂牵梦萦。	平平仄平。(叶)
翠绡香暖云屏，	⊘平⊕仄平平，(叶)
更那堪酒醒。	仄平平仄平。(叶)

词律解读

1. 此词牌，双调小令，三十八字，上下片各四句，都押平韵，格律相同。

2. 这首词的词韵，既有第六部（平声真文，又元半）的韵字，又有第十一部（平声庚青蒸）的韵字，所用韵字有真韵（真）、青韵（青、屏、醒）、庚韵（筝、声、萦）、文韵（君）。这正如王力先生在《诗词格律》一书中指出的："（词韵）这十九部大约只能适合宋词的多数情况。其实在某些词人的笔下，第六部早已与第十一部、第十三部相通，第七部早已与第十四部相通。其中有语音发展的原因，也有方言的影响。"

3. 上下片第一、二两句，须用同声对。如本词之"情高意真，眉长鬓青"。此二句平仄俱不可易，每句第三字尤为重要，且必须用去声，才能将音调激起。《钦定词谱》卷二《醉太平》下曰："宋沈伯时《乐府指迷》论词中有用去声字者，不可以别声替，盖调贵抑扬，去声字，取其激越也。如此调前后段起二句，第三字，……前段意字、鬓字，后段忆字入声，梦字去声。按《中原雅音》，忆字作意字读，亦去声也。"上下片的第三句第一字虽不拘平仄，但以仄声为佳。上下片第四句均为五言平起平收之拗格，本由律句"平平仄仄平"化出，因此式忌孤平，若第一字用仄，第三字必用平，成为"仄平平仄平"。本词上下片结句均为上一下四句式。

4. 《词律》卷二以戴复古词（长亭短亭）为正体，另列辛弃疾词（态浓意远）四十五字仄韵格为又一体。《钦定词谱》卷二以刘过词为正体，列无名氏四十六字、辛弃疾仄韵格为"又一体"。

30

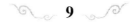

9

生查子 元夕

宋 朱淑真

去年元夜时[1]，(句)花市灯如昼[2]。(韵)月上柳梢头，(句)
人约黄昏后。(叶)　　今年元夜时，(句)月与灯依旧。(叶)不见
去年人，(句)泪湿春衫袖。(叶)

注释

〔1〕元夜：阴历正月十五日叫上元节,是夕称为"元宵",亦称"元夜"或"元
夕"。旧俗于夜间张灯为戏,故又谓之灯节。(按:据《全宋词》,本文作
者当为欧阳修。)

〔2〕花市：此泛指灯花璀璨、繁华热闹的街市。

评析

这是一首节日怀旧之作。元宵节是宋代最热闹的节日,平日不能自由出行
的女子,这一日也可上街观灯。傍晚时分,街市上灯火灿烂,人涌如潮。男女相
悦,暗中幽会,也就成了十分自然的事。

词的上片,写的是主人公去年元宵之夜与情人欢聚的情形。黄昏后,柳树
下,主人公经历了一场浪漫的幽会。

词的下片,写今年元宵夜未能与情人再次相聚的伤感。灯火依旧灿烂,而期
盼之人,却未能如约而至。失望和痛苦令主人公不禁泪湿衣衫。同是元宵夜,去
年的欢会与今年的失落,形成鲜明对照,主人公内心的痛苦亦由此得以生动展

现。唐代崔护《题都城南庄》诗云："去年今日此门中，人面桃花相映红。人面不知何处去，桃花依旧笑春风。"此词表现手法与之十分相似。

词牌考原

《生查子》，原唐教坊曲名，敦煌曲子词中已有此调。现存文人词中最早用此调填词者为晚唐韩偓（wò沃），其《生查子》（侍女动妆奁）曾收入《香奁集》中，题为《懒卸头》。因五代牛希济词有"记得绿罗裙，处处怜芳草"句，又名《绿罗裙》。还有《楚云深》、《陌上都》、《梅和柳》、《遇仙槎》等名。《钦定词谱》卷三《生查子》下云："朱希真词，有'遥望楚云深'句，名《楚云深》；韩淲（biāo标）词，有'山意入春晴，都是梅和柳'句，名《梅和柳》；又有'晴色入青山'句，名《晴色入青山》。"

《生查子》的调名来源，与古代"海客乘槎"的传说有关。晋张华《博物志》记载："旧说天河与海通。近世有人乘槎而去，十余日中，犹睹日月星辰，后忽忽不觉昼夜。至一处，遥望宫中多织妇，一丈夫牵牛饮之，因还。后至蜀，问严君平，曰：'某年月日，有客星犯牵牛宿。'计年月，正此人到天河时也。"故事中的"星槎"就是来往于天河的木筏。据《白香词谱》考正云："'生'本可读'星'；《诗经·小雅》：'不如友生。'传：'协桑经切，音星。'是'生查'，即'星槎'也。"又据任二北《教坊记笺订》引宋曾慥《类说》云："唐明皇呼人为'查'，言士大夫如'仙查'，随流变化，升天入地，能处清浊也。……词牌名《生查子》的'查'，就是用这个含义。"故此，这个词牌的产生是用传说中的"星槎"比喻士大夫的。敦煌曲子词录有二首《生查子》，其一："三尺龙泉剑，匣里无人见。一张落雁弓，百只金花箭。　　为国竭忠贞，苦处曾征战。先望立功勋，后见君王面。"其二："一树涧生松，迥向长林起。劲枝接青霄，秀气遮天地。　　郁郁覆云霞，直拥高峰际。金殿选忠良，合赴君王意。"这两首词都是吟咏建功立业的意思。唐词多缘题而赋，观此可证任二北所言之调名本意。《生查子》的"子"是"曲子"的意思。

词 谱 格 式

《生查子》的词谱格式：

去年元夜时，	⊙仄平⊙仄平，（句）
花市灯如昼。	⊙仄平平仄。（韵）▲
月上柳梢头，	⊙仄仄平平，（句）
人约黄昏后。	⊙仄平平仄。（叶）▲
今年元夜时，	⊙平平⊙仄平，（句）
月与灯依旧。	⊙仄平平仄。（叶）▲
不见去年人，	⊙仄仄平平，（句）
泪湿春衫袖。	⊙仄平平仄。（叶）▲

词 律 解 读

1. 此词牌为双调，四十字。上下片各四句，平仄相同，押两仄韵。

2. 本词所押仄声韵，属词韵的第十二部仄韵（上声有，去声宥）。起首韵字"昼"用去声宥韵，下片中的韵字"旧"、"袖"，都属宥韵。第四句的韵字"后"属上声有韵。乃同部上去声仄韵通押。

3. 要注意的是，第一句和第五句为律句的平起平收式（平平仄仄平），此式忌孤平（即句中除了韵字外只有一个平声，谓之孤平）。故第一字如用仄声，就要在第三字补上平声，如本词第一句就是拗救后的句式。

4. 此调亦有异体，《词律》卷三以魏承班词（烟雨晚晴天）为准。《钦定词谱》卷三以韩偓词（侍女动妆奁）为正体。

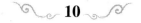

10

昭君怨　春怨

宋　万俟咏

春到南楼雪尽[1]，（韵）惊动灯期花信[2]。（叶）小雨一番寒，（换平）倚阑干。（叶平）莫把阑干频倚，（三换仄）一望几重烟水。（叶三仄）何处是京华[3]？（四换平）暮云遮。（叶四平）

注释

〔1〕南楼：当为泛指，指南面之楼或南向之楼。

〔2〕灯期：指上元灯节期间，一般指农历正月十三日至十七日这段时间。花信：指群花开放的消息。旧传有二十四番花信风。

〔3〕京华：旧称首都为京师、京华。此处指汴京。

评析

这是一首抒发远游思归之情的作品，流露了作者对京城的思念和仕途失意的苦闷。

词的上片，写春候。春天已到，又逢元宵佳节。冰雪已经消融，春花也已开放。然而一场春雨，却仍使倚栏远望的游子感到一丝寒意。上片以"倚阑干"三字收束，乃倒叙之笔，可知前边所写之景物，皆为主人公倚栏时的所见、所感。春雨犹寒既写出了初春的气候特征，也展现了主人公的悲凉心境。春景明写，怨从暗生。

词的下片，抒写怨情。上片"倚阑干"写主人公倚栏远望，排遣归思。而下片却以"莫把阑干频倚"对倚栏远望做出了否定。因为此时远望所见,只有重重烟水。沉重的暮云遮蔽了视线,那日思夜想的帝京,仍旧是那么遥不可及。"频倚"说明思乡之切,然而倚栏越是频繁,内心的伤感与痛苦也就愈多。

此词上下片过渡极为自然、巧妙。全词不着一个归字,却处处透露出浓重的归思,给人以凝练、含蓄之美。

词牌考原

《昭君怨》,本为古乐府歌诗,为汉代人怜王昭君远嫁匈奴而作。宋郭茂倩《乐府诗集》卷二十九"相和歌辞"载:"王明君,一曰王昭君,《唐书·乐志》曰:'明君,汉曲也。元帝时匈奴单于入朝,诏以王嫱配之,即昭君也。及将去,入辞,光彩照人,悚动左右,天子悔焉。汉人怜其远嫁,为作此歌。……按琴曲有《昭君怨》。'"又为古琴曲名。《琴曲谱录》:"中古琴弄名有《昭君怨》,明妃制。"唐李商隐诗有"七弹《明君怨》,一去怨不回"之句。(晋人避司马昭之讳,昭君改称明君。)至隋唐由乐府而入长短句,浸成词曲名。此调亦名《明君怨》、《洛妃怨》、《宴西园》、《一痕沙》。《钦定词谱》卷三云:"朱敦儒词咏洛妃,名《洛妃怨》;侯寘词名《宴西园》。"

词谱格式

《昭君怨》的词谱格式:

春到南楼雪尽,	⊗仄⊕平⊗仄,(韵)▲
惊动灯期花信。	⊗仄⊕平⊗仄。(叶)▲
小雨一番寒,	⊗仄仄平平,(换平)△
倚阑干。	仄平平。(叶平)△
莫把阑干频倚,	⊗仄⊕平⊗仄,(三换仄)
一望几重烟水。	⊗仄⊕平⊗仄。(叶三仄)▲

35

何处是京华?　　　　　　⑧仄仄平平，(四换平)

暮云遮。　　　　　　　　仄平平。(叶四平)

词律解读

1. 此词牌为双调小令,四十字,全阕四换韵,两仄韵,两平韵,上下片格式相同。

2. 平仄韵递转是此调最大特点,上下片都是两个仄韵换成两平韵。第一句"尽"字押上声轸韵,第二句"信"字属去声震韵,为词韵第六部仄声韵(上声轸吻,又阮半;去声震问,又愿半)上去声通押。第三句"寒"字换平声寒韵,下一句"干"字也属寒韵。下片,第五句"倚"字下面注"三换仄",是说在第三个韵又换了仄声韵;第六句"水"字下面注"叶三仄",是说叶第三个仄声韵;"倚"、"水"二字同属上声纸韵。最后两句又换平声韵,"华"字下面注"四换平",是说在第四个韵又换了平声韵;"遮"字下面注"叶四平",是说叶第四个平声韵。"华"、"遮"同属平声麻韵。

3. 此调上下片各两个六言句,均为仄起仄收,本词谱采用常见的平仄格式。其第一、三、五字均不拘平仄,但二、四、六字平仄固定,故四个六言句格式相同。上下片中的五言句第一字不拘平仄。末句三字,必须作"仄平平"。

4. 《词律》卷三、《钦定词谱》卷三均以万俟咏词为正体。《钦定词谱》列蔡伸三十九字者为"又一体"。

11

点绛唇 闺情

宋　曾允元

一夜东风，^(句)枕边吹散愁多少？^(韵)数声啼鸟，^(叶)梦转
纱窗晓。^(叶)　　来是春初，^(句)去是春将老。^(叶)长亭
道[1]，^(叶)一般芳草[2]，^(叶)只有归时好。^(叶)

注释

〔1〕长亭：古时设在路旁的亭舍。《白孔六帖》卷九："十里一长亭，五里一短
　　亭。"供行人休憩、饯送之用。

〔2〕一般：一样。

评析

这是一首展现游子即将归家时愉快心情的作品。

词的上片，写主人公早晨醒来之后的情形。一夜的春风，吹散了久积的乡
愁。曙色临窗，阵阵鸟鸣将主人公从美梦中惊醒。此时主人公并未因惊破美梦
而感到失落、惆怅，因为他即将归乡，梦中的欢愉即将变为现实。

词的下片，直接展现游子此时心情。刚来时，正是初春季节，而此时已是暮
春。长亭路边，那茵茵芳草，此时长得格外茂盛，遮住了归路。"只有归时好"，既
写出了晚春时芳草的茂盛，也突出了主人公即将归乡的喜悦。因为要回家了，使
得他眼中的一切都变得如此美好。

在以往词作中，写到游子，几乎都是表现其漂泊异乡的孤独、愁苦。而此词

37

表现的却是游子即将归家时的欣喜,显得新颖别致。

词牌考原

《点绛唇》,词牌名。此调因南朝梁江淹《咏美人春游》诗句而得名。明杨慎《词品》:"《点绛唇》取梁江淹诗'白雪凝琼貌,明珠点绛唇'以为名。"南唐冯延巳始以此调填词,见《阳春集》。又有《点樱桃》《十八香》《南浦月》《沙头雨》《寻瑶草》《万年春》异名。其异名多取作家词中语,《钦定词谱》卷四云:"宋王禹偁词,名《点樱桃》;王十朋词,名《十八香》;张辑词有'邀月过南浦'句,名《南浦月》;又有'遥隔沙头雨'句,名《沙头雨》;韩淲词有'更约寻瑶草'句,名《寻瑶草》。"

词谱格式

《点绛唇》的词谱格式:

一夜东风,	仄仄平平,(句)
枕边吹散愁多少?	仄平仄仄平平仄。(韵)
数声啼鸟,	仄平平仄。(叶)
梦转纱窗晓。	仄仄平平仄。(叶)
来是春初,	仄仄平平,(句)
去是春将老。	仄仄平平仄。(叶)
长亭道,	平平仄,(叶)
一般芳草,	仄平平仄,(叶)
只有归时好。	仄仄平平仄。(叶)

词律解读

1. 此词牌，双调，四十一字，共七仄韵。上片四句，第二、三、四句，三仄韵。下片五句，后四句均叶仄韵。

2. 本词所押仄韵为上声韵，上片押上声篠韵，第二、三、四句结尾的"少"、"鸟"、"晓"都属篠韵。下片后四句押上声皓韵，"老"、"道"、"草"、"好"都属上声皓韵。乃词韵第八部(上声篠巧皓)篠、皓两韵通押。

3. 上片第二句为七言平起仄收律句，句中第一、第三两字本可不拘平仄，但万树《词律》认为，上片第二句第一字宜用去声，"作平则不起调"。然亦有作平起调者。上片第三句，下片第四句，须用"仄平平仄"的特殊格式。

4.《词律》卷三以宋赵长卿词(雪霁山横)为正格。《钦定词谱》卷四以冯延巳词(萌绿围红)为正体。

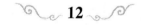

12

菩萨蛮 闺情

唐 李白

平林漠漠烟如织[1]，(韵) 寒山一带伤心碧[2]。(叶) 暝色入高楼[3]，(换平) 有人楼上愁[4]。(叶平) 玉阶空伫立[5]，(三换仄) 宿鸟归飞急[6]。(叶三仄) 何处是归程？(四换平) 长亭连短亭[7]。(叶四平)

注释

〔1〕平林：平展的树林。漠漠：迷蒙貌，形容烟气。

〔2〕伤心碧：一片使人伤心的碧绿色。

〔3〕暝色：夜色。

〔4〕有人：指词中的主人公。

〔5〕玉阶：白色的石头台阶。伫立：长时间地站立。

〔6〕宿鸟：归鸟。

〔7〕长亭连短亭：长亭、短亭都是古时设在大路边供行人休息的亭舍。

评析

这首作品写游子在暮色中登楼远眺的愁绪和归思。

词的上片，写游子眼中所见景色。平林迷蒙，暮霭如织，远山荒寒，夜色渐入高楼。整个写景，虽画面空阔深远，但其色调却苍茫、冷寂。写景由远及近，从远处平林,写到近处高楼,进而引出楼上游子。因为身居高楼,故能纵目远望。亦因为游子愁绪满怀,才使得前面的写景带上了浓重的伤感色彩。

词的下片,紧承上片"有人楼上愁"展开,抒写主人公强烈的思归情怀。在乡思的驱使下,主人公伫立在玉阶之上,翘首凝望。家乡自然看不到,看到的是鸟儿急飞归巢之影。鸟能归,而人却不得归。主人公本欲借远望排遣乡愁,然而此时此景,却令其备感失落、惆怅。不禁感慨道,何处才是通往遥远家乡的路程呢?只有那不尽的长亭连着短亭啊。

全词以愁为主线,将浓重的乡愁融于苍茫景色之中,可谓融情于景,以景见情,呈现出古朴、凝重、深沉的风格。唐圭璋于《唐宋两代蜀词》中说:"前首(《菩萨蛮》)望远怀归之词,后(《忆秦娥》)伤今吊古之词,皆于落日苍茫之境界中,写出心中极凄悲之情感,沉雄豪宕,而又吐属自然,不加雕饰,非大天才作家不能有此。"

词牌考原

《菩萨蛮》,本唐教坊曲,后用为词牌。唐玄宗(685—762)时,崔令钦所著《教坊记》中已有此曲名,今存李白所作《菩萨蛮》词一首,为词调中之最古者。又名《菩萨鬘》、《重叠金》、《子夜歌》、《巫山一片云》、《城里钟》、《花间意》、《花溪碧》、《梅花句》、《晚云烘日》,回文体又名《联环结》。

此调前人以为创于唐宣宗时,因女蛮国派遣使者进贡,教坊而制此曲,苏鹗《杜阳杂编》卷下云:"大中(唐宣宗年号,847—859)初,女蛮国贡双龙犀,明霞锦……其国人危髻金冠,璎珞被体,故谓之'菩萨蛮'。当时倡优遂制《菩萨蛮》曲,文士亦往往声其词。"孙光宪《北梦琐言》卷四载:"(唐)宣宗爱唱《菩萨蛮》词,令狐相国假其(温庭筠)新撰密进之,戒令勿泄。"其实盛唐时不仅教坊早有此曲,亦有大诗人李白之作为证,或许晚唐因女蛮国进贡之事而使此曲得以盛传。北宋文莹《湘山野录》卷上载录李白《菩萨蛮》词"平林漠漠烟如织",后记曰:"此词不知何人写在鼎州沧水驿楼,复不知何人所撰。魏道辅泰见而爱之,后至长沙,得古集于子宣(曾布)内翰家,乃知李白所作。"北宋去唐不远,魏泰在曾布收藏的古集中得到了这首词的作者为李白的印证。杨宪益《零墨新笺》认为,《菩萨蛮》乃骠且蛮或符诏蛮之异译，其调乃古缅甸乐，开元、天宝间传入中国，因李白为氐人，幼时即受西南音乐影响。开元、天宝间李白流落荆楚，路过鼎州沧水驿楼，登楼望远，忽思故乡，遂以故乡之旧调作此词。此说可取。

另，今敦煌卷子中存《菩萨蛮》十五首，章句平仄格式多数与李白之作同，唯有几篇添加了衬字。其中"敦煌古往出神将"一首，孙楷第敦煌写本《张淮深变文跋》引《元和郡县志》等书，考订安史乱后唐河西陇右诸州先后陷蕃之次序，惟沙州（今甘肃敦煌）迟至德宗建中年始陷。此词中"效节望龙庭"，明指沙州未陷前，"只恨隔蕃部"，明指凉、甘诸州陷后。故任二北考定此首敦煌词为德宗建中初（780）所作，早于宣宗大中初六十余年。若从杨宪益说，李白所作较此敦煌辞更早三十余年。

一般认为北宋编成的《尊前集》，是一部唐五代词选集，载李白此词，入中吕宫（夹钟宫），《金奁集》载晚唐温庭筠、韦庄词亦入中吕宫，宋张先所作，既入中吕宫，又入中吕调（夹钟羽），可见宋人因旧曲而造新声，周邦彦入正平（仲吕羽），张孝祥亦入正平调，正平调与张先中吕调同属羽声七调。

《菩萨蛮》之异名，多取词人作品中词语。《钦定词谱》卷五按，温（庭筠）词有"小山重叠金明灭"句，名《重叠金》。南唐李煜词名《子夜歌》，一名《菩萨鬘》。宋代韩淲词有"新声休写花间意"句，名《花间意》；又有"风前觅得梅花句"，名《梅花句》；有"山城望断花溪碧"句，名《花溪碧》；有"晚云烘日南枝北"句，名《晚云烘日》。

词 谱 格 式

《菩萨蛮》的词谱格式：

平林漠漠烟如织，	⊕平⊗仄平平仄，(韵)▲
寒山一带伤心碧。	⊕平⊗仄平平仄。(叶)▲
暝色入高楼，	⊗仄仄平平，(换平)△
有人楼上愁。	⊗平平仄平。(叶平)△

42

玉阶空伫立，	Ⓥ平平仄仄，(三换仄)
	▲
宿鸟归飞急。	Ⓥ仄平平仄。(叶三仄)
	▲
何处是归程？	Ⓥ仄仄平平，(四换平)
	△
长亭连短亭。	Ⓥ平平仄平。(叶四平)
	△

词律解读

1. 此词牌，双调，四十四字，以五七言组成。上下片各四句，均为两仄韵，两平韵，共享四个韵。下片后二句与上片后二句字数格式相同。

2. 通篇两句一韵，凡四易韵，平仄递转。上片前二句押仄声韵，"织"（入声职韵）、"碧"（入声陌韵）二字同属词韵入声第三部（质陌锡职缉）叶韵。下二句换平声韵，"楼"、"愁"同属平声尤韵。下片前二句又换仄声韵，"立"字下面注"三换仄"，是说在第三个韵又换了仄声韵；"急"字下面注"叶三仄"，是说叶第三个仄声韵；"立"、"急"二字同属入声缉韵。最后二句再换成平声韵，"程"字下面注"四换平"，是说在第四个韵又换了平声韵；"亭"字下面注"叶四平"，是说叶第四个平声韵。"程"（庚韵）、"亭"（青韵）二字同属词韵第十一部平韵（平声庚青蒸）。

3. 上片第一、二句为七言平起仄收的律句，其第一、三字平仄不拘。其余六句为五言句，其中第三、五、六、七句的第一字亦可不拘平仄。但前后阕末句多用五言拗句"仄平平仄平"（即五言平起平收式的第一字用仄声，第三字用平声），亦都可改用律句"平平仄仄平"。

4. 此调用韵两句一换，平仄递转，以繁音促节表现深沉而起伏的情感。《词律》卷四、《钦定词谱》卷五均以李白词为正体。

《卜算子》（水是眼波横）

13

卜算子 别意

宋 王观

水是眼波横[1],(句)山是眉峰聚[2]。(韵)欲问行人去那边,(句)眉眼盈盈处[3]。(叶) 才始送春归,(句)又送君归去。(叶)若到江南赶上春,(句)千万和春住。(叶)

注释

〔1〕水是眼波横:汉傅毅《舞赋》:"目流睇而横波。"本言女子眼光如水波般清澈、流动。此处反用其意,用眼波喻水。此词宋吴曾《能改斋漫录》卷十六与宋黄昇《花庵词选》卷五均作王观作,《白香词谱》误作苏轼。

〔2〕山是眉峰聚:晋葛洪《西京杂记》:"文君姣好,眉色如望远山。"本以山形容眉之美好,此处反言之,用眉喻山。

〔3〕盈盈:《古诗十九首》其二:"盈盈楼上女,皎皎当窗牖。"本形容女子仪态美好,此处用来形容行人所去之处山明水秀。

评析

这是一首送别之作,亦题为"送鲍浩然之浙东"。浙东是浙江东路(今浙江东部)的简称,为山清水秀之地,亦是鲍氏所爱定居之处。

词的上片,从空间着眼,写鲍氏目的地(浙东)山水的秀美。词人以眼波喻水,以眉峰喻山,浙东则正是"眉眼盈盈"的地方。以眉眼写山水秀美,新颖别致。同时也仿佛使人看到浙东鲍氏所爱之人那清澈的眼波,蹙起的弯眉,以及由此流露出的思念和期待。整个上片是写景,亦是写人,景中有情。

词的下片,从时间着眼,写别情。暮春之际,春天的离去本已使词人备感惆怅,而此刻,朋友的远行更是令其平添几分落寞。词人用"才"、"又"两字将伤春和伤别紧密联系在一起,突出了离别之际的内心感受。收尾写对朋友的祝愿,如若江南春光犹在,一定要及时珍惜。这里的春,既是春天大好时光,亦指人生欢会的美好。

此词设想奇巧,比喻新颖,情趣盎然,运笔一片神行。

词牌考原

《卜算子》,又名《卜算子令》、《缺月挂疏桐》、《百尺楼》、《眉峰碧》、《楚天遥》等。相传是借用唐代诗人骆宾王的绰号而命名的。骆宾王写诗好用数名,人称"卜算子"。万树《词律》以为取义于"卖卜算命之人"。《词律》载:"毛氏云:'骆义乌诗,用数名,人谓为"卜算子",故调名取之。'按山谷词'似扶着,卖卜算',盖取义以今卖卜算命之人也。"《钦定词谱》云:"苏轼词有'缺月挂疏桐'句,名《缺月挂疏桐》;秦湛词有'极目烟中百尺楼'句,名《百尺楼》;僧皎词有'目断楚天遥'句,名《楚天遥》;无名氏词有'蹙破眉峰碧'句,名《眉峰碧》。"北宋时盛行此调。宋教坊复演为《卜算子慢》曲,八十九字,前片四仄韵,后片五仄韵。

词谱格式

《卜算子》的词谱格式:

水是眼波横,	⊘仄仄平平,(句)
山是眉峰聚。	⊘仄平平仄。(韵)
欲问行人去那边,	⊘仄平平仄仄平,(句)
眉眼盈盈处。	⊘仄平平仄。(叶)
才始送春归,	⊘仄仄平平,(句)

46

又送君归去。	仄仄平平仄。（叶）
若到江南赶上春，	仄仄平平仄仄平，（句）
千万和春住。	仄仄平平仄。（叶）

词律解读

1. 此词牌为双调小令，四十四字，前后阕各四句，均两仄韵，格式相同。

2. 此词押仄声韵，本篇属于词韵第四部仄声韵（即上声语麌、去声御遇）通押。上片第二句结尾的"聚"字属上声麌韵，第四句的"处"字与下片第二句的"去"字都属去声御韵。尾句的"住"字属去声遇韵。乃同部仄韵协韵。

3. 上下片各由三个仄起五言句和一个仄起七言句组成。各句第一字均平仄不拘。

4.《词律》卷三、《钦定词谱》卷五均以苏轼词（缺月挂疏桐）为正体，另有六种变体，均由苏体变化而成。

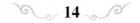

14

减字木兰花　春情

宋　王安国

画桥流水[1]，(韵)雨湿落红飞不起[2]。(叶)月破黄昏，(换平)
帘里余香马上闻。(叶平)　徘徊不语，(三换仄)今夜梦魂何处
去?(叶三仄)不似垂杨，(四换平)犹解飞花入洞房[3]。(叶四平)

注释

〔1〕画桥:雕饰华丽的桥梁。
〔2〕落红:落花。
〔3〕解:懂得。洞房:幽深的居室。洞,深也。

评析

这是一首写暮春时节男女伤别的作品。

词的上片,写男主人公分别后的情形,重在写行。画桥流水,雨湿落红,皆是男主
人公离别之后,路途所见之景。此时,明月高悬,男主人公骑马缓行,帘内余香犹在,
唤起无限相思与留恋。雨湿落红,是写暮春之景,亦是烘托离别后的凄凉、伤感。

词的下片,写女主人公分别后的怨情,重在写居,全由上片帘里余香写来。
也正是在这暮春黄昏时,女主人公因相思而彷徨无依,不知今夜将梦归何处。而
飞入闺房的杨花,更是勾起女主人公对情人的思念。相思已极,抱怨之情便油然
而生。以垂杨的有情,反衬情人的薄情。

此词题为春情,所写之景:落红、垂杨、飞花,也皆为暮春景物,做到了以景抒

情,情景相融。

词牌考原

《木兰花》,本是唐教坊曲,唐代崔令钦列入了《教坊记》曲名,后用作词牌。最早以此调填词的是晚唐五代的韦庄。《钦定词谱》卷五云:"《木兰花令》,始于韦庄,系五十五字,全用韵者。《花间集》魏承班有五十四字词一体,毛熙震有五十三字词一体,亦用仄韵,皆非减字也。自南唐冯延巳,制《偷声木兰花》,五十字,前后起两句,仍作仄韵七言,结处乃偷平声,作四字一句、七字一句,始有两仄两平四换头体。此词亦四换韵,盖又就偷声词两起句,各减三字,自成一体也。"可知《减字木兰花》较《木兰花》正体减少了字数,并改为平仄韵互换格。又名《减兰》、《木兰香》。词牌中常有"减字"、"偷声"、"摊破"的名称,这是因为早期的词都是配合乐曲的歌词,词人由于乐曲节拍的变动而增减字数,由此引起了句法、协韵的变化,从而打破旧体而另成一体。宋张先《张子野词》入林钟商(夷则商),柳永《乐章集》入仙吕调(夷则羽)。

词谱格式

《减字木兰花》的词谱格式:

画桥流水,	平平仄仄,(韵)
雨湿落红飞不起。	仄仄平平平仄仄。(叶)
月破黄昏,	仄仄平平,(换平)
帘里余香马上闻。	仄仄平平仄仄平。(叶平)
徘徊不语,	平平仄仄,(三换仄)
今夜梦魂何处去?	仄仄平平平仄仄。(叶三仄)
不似垂杨,	仄仄平平,(四换平)
犹解飞花入洞房。	仄仄平平仄仄平。(叶四平)

49

词律解读

1. 此词牌双调,四十四字,上下片各四句,两仄韵,两平韵,格式相同。

2. 通篇每两句一换韵,凡四易韵,平仄递转。上片前二句押仄声韵,"水"、"起"二字同属上声纸韵。下二句换平声韵,两句末尾的韵字"昏"(元韵)、"闻"(文韵)同属词韵第六部(平声真文,又元半)。下片前二句又换仄声韵,"语"字下面注"三换仄",是说在第三个韵又换了仄韵;"去"字下面注"叶三仄",是说叶第三个仄声韵;"语"(上声语韵)、"去"(去声御韵)同属词韵第四部仄韵(上声语麌;去声御遇)。最后二句再换成平声韵,"杨"字下面注"四换平",是说在第四个韵又换了平声韵;"房"字下面注"叶四平",是说叶第四个平声韵。"杨"、"房"二字同属平声阳韵。

3. 第二、第六句七言为仄起仄韵。第四、八句七言为仄起平韵。每句第一字可平可仄。

4. 《词律》卷七于《木兰花》五体下列《减字木兰花》。以吕渭老《减字木兰花》(雨帘高卷)为另一体。《钦定词谱》卷五单列《减字木兰花》一调,以欧阳修《减字木兰花》(歌檀敛袂)为正体。

15

丑奴儿 春暮
宋 朱藻

障泥油壁人归后[1],(句)满院花阴。(韵)楼影沉沉,(叶)中
有伤春一片心。(叶)　　闲穿绿树寻梅子,(句)斜日笼明。(叶)
团扇风轻,(叶)一径杨花不避人[2]。(叶)

注 释

〔1〕障泥:即马韀,垫于马鞍下,垂于马背两侧,用于遮挡泥土。油壁:即油壁
　　车。古人乘坐的一种车子,因车壁以油涂饰而得名。又因南朝徐陵《玉
　　台新咏》卷十录《钱塘苏小小歌》云"妾乘油壁车,郎骑青骢马。何处结同
　　心,西陵松柏下",亦指妇女所乘的车子。

〔2〕一径:犹言一路。

评 析

此词展现的是主人公在一次聚会之后的孤独情怀。

词的上片,重在写欢聚后的孤寂、落寞。一场热闹的聚会之后,男女宾客皆
已散去,整个庭院归于宁静。浓密的花阴,沉沉的楼影,使主人公备感静寂、冷
清,伤春之情不禁油然而生。

词的下片,皆由"伤春一片心"生发而来。主人公手持团扇,穿行于茂密的梅
树之间。日头虽已偏西,但树林内依然明亮。小径之上,杨花扑面,毫不避人。
这一派暮春景色,展现的是主人公更加深沉的伤春情怀。是主人公对时光飞逝,

生命易老的慨叹。

　　整首词以暮春胜景反衬主人公内心的伤感,景愈胜,情愈伤。

词牌考原

　　《丑奴儿》,原称《采桑子》。采桑是古代女子重要的农事活动,民歌中早有此调,古相和歌中有《采桑曲》。南朝宋鲍照、梁简文帝等都曾写过乐府诗《采桑》。到了唐代,经过教坊的收集整理,这个曲调更加丰富多彩,唐崔令钦《教坊记》"大曲"下载《采桑》,"曲名"下有《杨下采桑》。唐代《采桑》是兼有歌舞的大曲。词调《采桑子》就是从唐代教坊曲《采桑》中截取一段而独立的一个词牌。"子"是曲子的简称。现存最早用此调填词的,是南唐后主李煜的《采桑子》,亦名《采桑子令》,双调,四十四字。

　　《采桑子》又名《丑奴儿》,是从北宋开始的。黄庭坚《丑奴儿》:"夜来酒醒清无梦,愁倚阑干。露滴轻寒,雨打芙蓉泪不干。　　佳人别后音尘悄,消瘦难拼。明月无端,已过红楼十二间。"此词按律本是《采桑子》,从黄词来看,"丑奴儿"三字应该只是该词的题,后人误将"丑奴儿"三字作为《采桑子》的别名。"丑"有怨义,此词所述的就是"怨妇"。

　　《采桑子》别名《罗敷媚》,则源自汉乐府《陌上桑》,该篇记叙了采桑女罗敷智斗太守的故事,故南唐冯延巳填《采桑子》时,此调又名《罗敷媚》、《罗敷艳歌》。宋贺铸《罗敷歌》,按律亦即《采桑子》。因贺铸《采桑子》有"且伴登临"句,又名《伴登临》;起句有"吴都佳丽苗而秀"句,后人亦作《苗而秀》。

词谱格式

　　《丑奴儿》的词谱格式:

障泥油壁人归后,	⊕平⊗仄平平仄,(句)
满院花阴。	⊗仄平平。(韵)
楼影沉沉,	⊗仄平平,(叶)

中有伤春一片心。	⊘仄平平⊘仄平。（叶）
闲穿绿树寻梅子，	⊘平⊘仄平平仄，（句）
斜日笼明。	⊘仄平平。（叶）
团扇风轻，	⊘仄平平，（叶）
一径杨花不避人。	⊘仄平平⊘仄平。（叶）

词律解读

1. 此词牌为双调，八句，四十四字。前后片各三平韵，格律相同。

2. 通篇押平声韵，既有第十三部（平声侵）的韵字，也有第十一部（平声庚青蒸）的韵字，又有第六部（平声真文，又元半）的韵字。如"阴"、"沉"、"心"属侵韵，"明"、"轻"属庚韵，而结尾的"人"字属真韵。这正如王力先生在《诗词格律》中指出的："（词韵）这十九部大约只能适合宋词的多数情况。其实在某些词人的笔下，第六部早已与第十一部、第十三部相通，第七部早已与第十四部相通。"

3. 前后阕的第二、三句俱为四字句，由于这两句平仄相同，可用作叠句。如辛弃疾词《丑奴儿》（书博山道中壁）中"爱上层楼"、"欲说还休"二句都有重叠。但亦可不用叠句。

4.《词律》卷四、《钦定词谱》卷五均以后晋和凝词（蜻蜓领上诃梨子）为正体。上下片各添二字者，如李清照词（窗前谁种芭蕉树）；添五字者，如朱淑真词（王孙去后无芳草）均被《钦定词谱》列为另一体。

16

谒金门 春闺

五代　冯延巳

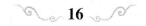

风乍起〔1〕，（韵）吹皱一池春水。（叶）闲引鸳鸯芳径里〔2〕，（叶）手挼红杏蕊〔3〕。（叶）　斗鸭阑干独倚〔4〕，（叶）碧玉搔头斜坠〔5〕。（叶）终日望君君不至，（叶）举头闻鹊喜〔6〕。（叶）

注释

〔1〕乍：陡然。

〔2〕芳径：花径。

〔3〕挼（ruó 若阳平）：揉搓。

〔4〕斗鸭：用栏杆圈养着一些鸭，使鸭相斗为戏。三国时已有此风尚。

〔5〕碧玉搔头：碧玉制的簪子。晋葛洪《西京杂记》卷二："武帝过李夫人，就取玉簪搔头。自此后宫人搔头皆用玉，玉价倍贵焉。"

〔6〕鹊喜：鹊噪兆喜。《西京杂记》卷三："乾鹊噪而行人至，蜘蛛集而百事嘉。"

评析

这是一首抒写闺怨的作品。"吹皱一池春水"是当时的名句。宋马令《南唐书·冯延巳传》载："元宗(李璟)乐府词云'小楼吹彻玉笙寒'，延巳有'风乍起，吹皱一池春水'之句，皆为警策。元宗尝戏延巳曰：'吹皱一池春水，干卿何事？'延巳曰：'未若陛下小楼吹彻玉笙寒。'"元宗悦。

54

词的上片，重在写春景。由春风引到春水，又由春水引出花径中的鸳鸯，进而再由花径引红杏。既是写景，亦是抒情。作者通过涟漪顿起的池水，表现春天给女主人公内心带来的情感波动。成双成对、终日厮守的鸳鸯，则是对女主人公形单影只、孤独苦闷的反衬。红色的杏花一方面写出春光的美好、热闹，同时反衬出女主人公的伤感、冷清。写景同时，作者又透过"闲引鸳鸯"、"手挼红杏"两个动作，让我们看到女主人公为相思所扰，百无聊赖的身影。整个上片皆为景语，更是情语。

词的下片，紧承上片后两句，继续写女主人公的行为。此时，女主人公斜靠在斗鸭栏边，陷入深深的相思之中。长时间的倚靠，致使头上的玉簪偏向了一边，仿佛欲落的样子。对此，女主人公似乎毫无察觉，因为此时的她，已经陷入对丈夫深深的期盼之中。然而整日相思，等来的仍是一如既往的失望，一丝怨怼不禁油然而生。恰在此时，女主人公抬起头，却听到了喜鹊欢快的叫声，这给深陷相思痛苦之中的女主人公带来了一线希望，预示丈夫或许即将归来。全词至此而止，令人回味无穷。与上片寓情于景相比，下片则是通过人物的举止直抒情怀。

词牌考原

《谒金门》，词牌名。原唐教坊曲，用作词调。又名《空相忆》、《花自落》、《垂杨碧》、《杨花落》、《出塞》、《东风吹酒面》、《不怕醉》、《醉花春》、《春早湖山》、《闻鹊喜》。

唐教坊曲有《谒金门》与《儒士谒金门》二曲。金门，即金马门的省称。汉武帝使学士待诏金马门，备顾问，故金门用喻天子宫门。《乐府古歌》即有"延贵客，入金门"之咏。道教则用金门喻天帝及诸神仙之门。今敦煌词中存有《谒金门》三首，可证由唐代乐曲转为词调最早起于民间。这三首敦煌词颇具道教色彩，其一云："长伏气。住在蓬莱山里。绿竹桃花碧溪水。洞中常晚起。闻道君王诏旨。服裹琴书欢喜。得谒金门朝帝陛。不辞千万里。"乃咏调名本意。任二北云："唐帝自信为老子之裔，多好神仙，故道儒并尊；而黄冠之幸进，殆与儒士相等。敦煌三辞，已说明《儒士谒金门》名称之由，正为有别于黄冠之《谒金门》耳。"（《敦煌曲初探》）也就是说，《谒金门》起初表现的是道教的内容，与《儒士谒金门》分属不同的曲调和表达范畴。《谒金门》词调之缘起,应与唐代崇道风气有关,一些人通过深山修道,名气大了就受到皇帝诏见,得谒金门,如初唐时的著名道士司马承祯等人,由隐而仕已成为初盛唐时的一条"终南捷径"。此调与《儒士谒金门》的区别在于,前者是道家的咏叹,后者是儒家的内容。《儒士谒金门》亦为唐教坊曲,其取义为儒生朝谒天子。毛先舒《词学全书》云:"唐乐名有《儒士谒金门》,词沿其名。"

五代时,《谒金门》已由民间词转入文人手中,韦庄、冯延巳等人词作颇多,其体制均与敦煌曲相同。而所抒写的内容亦不限于道家,多反映现实中的情感,如韦庄词写闺情。《金奁集》载韦庄词,入双调(夹钟商)。文人词作增多,其异名亦增多。《钦定词谱》卷五《谒金门》词牌下引宋杨湜《古今词话》云,因韦庄词起句,名《空相忆》。张辑词,有"无风花自落"句,名《花自落》;又有"楼外垂杨如此碧"句,名《垂杨碧》。李清照词,有"杨花落"句,名《杨花落》。李石名《出塞》。韩淲词,有"东风吹酒面"句,名《东风吹酒面》;又有"不怕醉,记取吟边滋味"句,名《不怕醉》;又有"人已醉,溪北溪南春意,击鼓吹箫花落未"句,名《醉花春》;又有"春尚早,春入湖山渐好"句,名《春早湖山》。

词谱格式

《谒金门》的词谱格式:

风乍起,	平⊗仄,(韵)
吹皱一池春水。	⊗仄⊗平平仄。(叶)
闲引鸳鸯芳径里,	⊗仄⊕平平仄仄,(叶)
手挼红杏蕊。	⊗平平仄仄。(叶)
斗鸭阑干独倚,	⊗仄⊕平⊗仄,(叶)
碧玉搔头斜坠。	⊗仄⊕平平仄。(叶)
终日望君君不至,	⊗仄⊕平平仄仄,(叶)
举头闻鹊喜。	⊗平平仄仄。(叶)

词律解读

1.《谒金门》，双调，四十五字。上下片各四句，四仄韵。

2. 此词句句押韵，通篇押仄韵。属于词韵的第三部仄韵（上声纸尾荠，又贿半；去声寘未霁，又泰半、队半）。其中，起首韵字"起"及下面叶韵的"水"、"里"、"蕊"、"倚"同属上声纸韵；"至"、"喜"都属去声寘韵；乃同部上去声仄韵通押。

3. 上下片，除第一句字数不同外，其他三句字数、格律相同。第三句为仄起仄收之七言律句。上下片起句第二字以仄声为佳，过片中的"鸭"字、"独"字今读平声，古为入声。

4. 此调句句协韵，以密集的仄声韵表现少妇伤春伤别、终日盼归的迫切心情。《词律》卷四、《钦定词谱》卷五均以韦庄词（空相忆）为正体。《钦定词谱》另列添字或将六字句变化为两个三字句之体式为"又一体"。

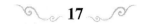

17

诉衷情 眉意

宋　欧阳修

清晨帘幕卷轻霜，呵手试梅妆[1]。都缘自有离恨，故画作、远山长[2]。　　思往事，惜流光[3]，易成伤。未歌先敛，欲笑还颦[4]，最断人肠。

注释

〔1〕呵手：向手上哈热气，以使手温暖。梅妆：即梅花妆。宋叶廷珪《海录碎事》卷十下记载："（南朝）宋武帝女寿阳公主，人日（阴历正月初七日）卧于含章（殿）檐下，梅花落公主额上，成五出之花，拂之不去，自后有'梅花妆'。"这里泛指女子梳妆打扮。

〔2〕远山长：谓眉如远山，细长清扬，颜色略淡。晋葛洪《西京杂记》卷二："文君姣好，眉色如望远山。"

〔3〕流光：流水般逝去的青春。

〔4〕颦（pín 贫）：皱眉。

评析

这是一首描写古代歌女精神苦闷的作品。整首词通过对画眉的描写展现歌女内心的伤感情绪。

58

词的上片，写歌女画眉。开篇以"清晨"、"轻霜"烘托出凄清、伤感的氛围。早晨，窗帘卷起，薄霜带来阵阵寒意，使得歌女不禁呵手取暖，呵手正是为了画眉。而所画之眉，之所以形如远山，是因为歌女内心的"离恨"。她是在以此方式寄托对相隔在远山之外的爱人的思念。

词的下片，写歌女的眉态。念及时光的流逝，对往日美好时光的回忆，使歌女伤感不已。词中敛眉、蹙眉等一系列细微动作，都是其内心活动的反映。面对歌女难以抑制的忧伤表情，听歌者也不禁心生怜惜之情，以至为之销魂断肠。

整首词主要通过画眉、眉态来展现歌女的内心情绪，角度独特、新颖。

词牌考原

《诉衷情》，唐教坊曲，后用作词调。又名《桃花水》、《画楼空》、《偶相逢》、《步花间》、《试周郎》。前人认为调名或取自《离骚》之"众不可户说兮，孰云察余之中情？世并举而好朋兮，夫何茕独而不余听？"最早由晚唐词人温庭筠创作。原为单调，后演为双调。《花间集》中有单调与双调二体。《金奁集》所载温庭筠、韦庄所作，入越调(无射商)。宋张先、柳永所作，入林钟商(夷则商)；周邦彦、张孝祥所作，入商调(夷则商)。

五代以来，此词调以写男女恋情为主。北宋时，苏轼、黄庭坚开始用于表现士大夫情趣。南宋时，有的词人用于抒写爱国情志，尤以陆游词(当年万里觅封侯)最为著名。

词谱格式

《诉衷情》的词谱格式：

清晨帘幕卷轻霜，	⊕平⊗仄仄平平，(韵)
呵手试梅妆。	⊗仄仄平平。(叶)
都缘自有离恨，	⊕平仄仄平仄，(句)
故画作、远山长。	⊗仄仄、(豆)⊗平平。(叶)

思往事,	平仄仄,(句)
惜流光,	仄平平,(叶)
易成伤。	仄平平。(叶)
未歌先敛,	仄平平仄,(句)
欲笑还颦,	⊙仄平平,(句)
最断人肠。	⊙仄平平。(叶)

词律解读

1. 此词为双调小令,四十五字。上下片各押三平韵。

2. 本词通篇押平声韵,一韵到底。其中,"霜"、"妆"、"长"、"光"、"伤"、"肠"同属下平声阳韵。上片起句第三字虽平仄不拘,但以用仄声为宜。

3. 本词除在有些句尾注明"句"字外,还在第四句"远山长"的后面注明"豆"字。这里的"句"、"豆",就是古人所说的"句读(读音豆)"。古代文章中没有标点符号,诵读时称文句中停顿的地方,语气已经完的叫"句",没有完的叫"读"。而词谱中注明"句"表示这地方要停顿,但不入韵;注明"豆"则表示句中的小停顿。

4. 下片第一、二句平仄相对,第三句与第二句平仄相同,三句自成一组。下面的三个四字句,第四、五句为四言对句,不用韵;末句亦四字,叶韵,此三句亦自成一组。此词牌双调体式较多,《词律》卷二、《钦定词谱》卷五均列有多种异体。

18

好事近 初夏

宋　蒋子云

叶暗乳鸦啼[1],(句)风定老红犹落[2]。(韵)蝴蝶不随春去,(句)入薰风池阁[3]。(叶)　　休歌金缕劝金卮[4],(句)酒病煞如昨[5]。(叶)帘卷日长人静,(句)任杨花飘泊。(叶)

注释

〔1〕叶暗:指树叶茂密,不透阳光。乳鸦:雏鸦。

〔2〕风定句:《南史·谢贞传》载,谢贞八岁时作《春日闲居》诗,有句云"风定花犹落",为王筠所激赏。

〔3〕薰风:和风,指初夏时的东南风。池阁:临池的楼阁。

〔4〕金缕:即《金缕曲》,唐宋时流行的曲调,据传唐代《金缕衣》曲词曰:"劝君莫惜金缕衣,劝君惜取少年时。花开堪折直须折,莫待无花空折枝。"(《全唐诗》卷二十八杂曲歌辞)晚唐杜秋娘擅唱此曲,杜牧《杜秋娘诗》云:"秋持玉斝醉,与唱金缕衣。"苏轼亦有诗云:"入夜更歌金缕曲,他时莫忘角弓篇。"(《东坡全集》卷十《台头寺送宋希元》)金卮(zhī之):酒杯的美称。

〔5〕煞:很、极。

评析

这是一首描写夏初景色的作品,展现主人公淡定、闲远的心情。

词的上片,描绘初夏景色。"叶暗"写出树叶的浓绿、茂密,"老红犹落"写出百花繁盛之后的凋零、飘落,正是一派绿肥红稀景象。虽然描写的是暮春之景,但此二句并未让人感到落寞、伤感,因为绿荫之中,乳鸦的声声啼叫让人感受到生命的跃动。段末两句,写色彩绚丽、上下飞舞的蝴蝶。春天虽已逝去,蝴蝶却愿意与人相伴,在初夏和煦的南风中,飞进了池阁。而池阁正是抒情主人公所在之地,主人公由此出场。

词的下片,重在叙事、抒情。首二句,写宴饮情形。让歌女不要再唱着《金缕曲》来劝酒,因为主人公宿酒未解。此时主人公向往的不再是欢笑、热闹,而是淡泊、宁静。最后两句,词人着力突出一个静字。前一句直接点出"静"字,后一句则通过杨花飘飞的轻柔、悄无声息,来突出静谧的氛围。

整首词展现的是一个闲静的境界。主人公闲雅、洒脱的性格,也在对静的追求中得以展现,而以动写静则是本词突出的特点。

词牌考原

《好事近》,宋代词调名,又名《钓船笛》、《翠圆枝》、《倚秋千》。苏轼、黄庭坚、秦观等人词集中均有所作。此"近"字,又称为近拍,是词调的一种名称。在词牌中,与"令"、"引"、"慢"等相类,表曲类之区别与节奏之不同,而非为远近之近。王易《词曲史》:"亦曰'近拍',谓近于破,将起拍也。故凡近词皆句短韵密而音长。"说明"近"是大曲第三部分"入破"中的曲调名称,是在开始舞蹈之前演奏的。词调主要分"令"、"引"、"近"、"慢"四类,四类的区别是由于歌拍节奏的不同。大概令曲是以四均为正,引、近以六均为正,慢曲以八均为正。一均有一均之拍,宋代慢曲一般是十六拍,一均就是两拍。近词和引词一般都长于小令而短于慢词,所以又称为中调。《好事近》是近词中最短的词调。因宋张辑词有"谁谓百年心事,恰钓船横笛"句,故名《钓船笛》;张辑词又有"倚秋千斜立"句,名《倚秋千》。韩淲词,有"吟到翠圆枝上"句,故又名《翠圆枝》。

词谱格式

《好事近》的词谱格式：

叶暗乳鸦啼，	仄仄仄平平,（句）
风定老红犹落。	平仄仄平平仄。（韵）
蝴蝶不随春去，	平仄仄平平仄,（句）
入薰风池阁。	仄平平平仄。（叶）
休歌金缕劝金卮，	平平仄仄仄平平,（句）
酒病煞如昨。	仄仄仄平仄。（叶）
帘卷日长人静，	平仄仄平平仄,（句）
任杨花飘泊。	仄平平平仄。（叶）

词律解读

1. 此词牌，双调，四十五字。上下片各四句，两仄韵，且以押入声为宜。

2. 本词押入声韵，一韵到底。词中"落""阁""昨""泊"同属入声药韵。

3. 上下片三个六字句中，第一、三字平仄不拘，但第五字须用平声。上下片末句句法多为上一下四，其格律为仄平平平仄，第一字勿用平声。下片第二句为五言拗句，第一、二字可平仄不拘，然第三字须用仄声。

4. 《词律》卷四以郑獬词（江上探春回）为正体。《钦定词谱》卷五以宋祁词（睡起玉屏风）为正体，以陆游词（客路苦思归）为变体。

19

忆秦娥 秋思

唐 李白

箫声咽，(韵)秦娥梦断秦楼月[1]。(叶)秦楼月，(叠三字)年年
柳色，(句)灞陵伤别[2]。(叶)　　乐游原上清秋节[3]，(叶)咸阳
古道音尘绝[4]。(叶)音尘绝，(叠三字)西风残照，(句)汉家
陵阙[5]。(叶)

注释

〔1〕"箫声"二句：用萧史与弄玉的故事。《列仙传》卷上："萧史者，秦穆公时
人也。善吹箫，能致孔雀、白鹤于庭。穆公有女字弄玉，好之。公遂以
女妻焉。日教弄玉作凤鸣。居数年，吹似凤声。凤凰来，止其屋。公为
作凤台，夫妇止其上，不下数年。一旦，皆随凤凰飞去。故秦人为作凤
女祠于雍宫中，时有箫声而已。"咽，哽咽。秦娥，即秦穆公女弄玉，后泛
指长安（京城）美貌的女子。梦断，梦醒，谓被凄咽的箫声所惊醒。秦
楼，本指秦穆公所筑凤台，这里亦为泛指。

〔2〕灞陵：一作霸陵。汉文帝陵墓名霸陵，在长安（今陕西西安）东灞水边。
汉代在灞水上建木桥。故址在今灞桥西北十余里。隋开皇三年(583)
改建为石桥。汉唐自长安送人东行，至此即折柳送别。

〔3〕乐游原：西汉宣帝在原秦之宜春苑建乐游苑，亦称乐游原。故址在今西
安大雁塔东北。唐时为游览胜地，居京城最高处，四望宽敞，可以瞭望

全城和周围汉朝的陵墓。清秋节:冷落、凄凉的秋天时节,一般多指重
阳节。

〔4〕咸阳:公元前 350 年,秦孝公在咸阳建都。秦始皇统一六国后,加以扩
建。秦亡时,为项羽烧毁。古咸阳在今咸阳市东北二十里处。汉、唐时
从京城往西北经商或从军,咸阳为必经之地。音尘:本指声音和尘埃,
后指信息。

〔5〕汉家:汉朝。陵阙:汉朝皇帝的陵墓都在长安周围。阙,陵墓前的牌楼。

评析

这是一首表现思妇伤别、怀远的作品。

词的上片,写春日伤别。先由箫声写起。词人以"咽"字形容箫声,突出箫声
给女主人公带来的凄凉感受。妆楼之上,月色之中,女主人公从梦中惊醒,心情
惆怅。而此时,远处飘来的阵阵箫声,如泣如诉,愈发令人伤感,不禁唤起她对丈
夫的深沉思念。昔日暮春时节,柳色之中,与丈夫灞陵相别的情形,又如历眼前。
这箫声、明月、柳色处处透出浓郁的别情。

词的下片,写秋日怨情。清秋时节,女主人公登上乐游原,翘首咸阳古道,期
盼亲人的归来。然而音尘久绝,看到的只是夕阳残照中,汉陵颓废、宫殿荒芜的
凄凉景象。结尾两句,境界壮阔,气魄雄伟,使得此词超出了一般闺怨相思范畴,
寄托了作者凝重的历史兴衰之感,表现了一种对历史、人生的深刻思考。

这首词写年年如故的灞陵柳色、古道西风,概括了自秦汉以来代代无有穷
已的人生伤别的感慨。唐圭璋《唐宋词简释》:"此首伤今怀古,托兴深远。首以
月下箫声凄咽引起,已见当年繁华梦断不堪回首。次三句,更自月色外,添出柳
色,添出别情,将情景融为一片,想见惨淡迷离之慨。下片揭响云汉,摹写当年
极盛之时与地,'咸阳古道'一句,骤落千丈,凄动人心,再续'音尘绝'一句,悲
感愈深。'西风'八字,只写境界,兴衰之感都寓其中。其气魄之雄伟,实冠
古今。"

词牌考原

《忆秦娥》，词牌名。又名《秦楼月》、《双荷叶》、《蓬莱阁》、《碧云深》、《花深深》、《华溪仄》。秦娥，即秦穆公女弄玉，事见《列仙传》。此词调始自李白。《钦定词谱》卷五云："元高拭词注：商调。按，此词昉自李白，自唐迄元，体各不一。要其源，皆从李词出也。因词有'秦娥梦断秦楼月'句，故名《忆秦娥》，更名《秦楼月》。苏轼词有'清光偏照双荷叶'句，名《双荷叶》。无名氏词，有'水天摇荡蓬莱阁'句，名《蓬莱阁》。至贺铸始易仄韵为平韵。张辑词，有'碧云暮合'句，名《碧云深》。宋媛孙道绚词，有'花深深'句，名《花深深》。"贺铸词名《子夜歌》。明徐有贞词，有"中秋月，月到中秋偏皎洁"，名《中秋月》。长筌子词名《华溪仄》。

词谱格式

《忆秦娥》的词谱格式：

箫声咽，	平平仄，(韵)
秦娥梦断秦楼月。	平平仄仄平平仄。(叶)
秦楼月，	平平仄，(叠三字)
年年柳色，	仄平平仄，(句)
灞陵伤别。	仄平平仄。(叶)
乐游原上清秋节，	平平仄仄平平仄，(叶)
咸阳古道音尘绝。	平平仄仄平平仄。(叶)
音尘绝，	平平仄，(叠三字)
西风残照，	仄平平仄，(句)
汉家陵阙。	仄平平仄。(叶)

词律解读

1. 此词牌，双调，四十六字。除第一句外，上下片句式、格律均相同，此谱可平可仄处采用常见句式。前后片各三仄韵,一叠韵,多用来表现相思离别或羁旅愁怀。

2. 此调仄韵格用入声押韵,本词所押韵为入声第四部(物月曷黠屑叶),属于月屑同部协韵。其中屑韵的韵字有"咽"、"别"、"节"、"绝",月韵的韵字有"月"、"阙"。清戈载《词林正韵·发凡》指出,有些词调"用仄韵者,皆宜入声",而不可用上、去声押韵,《忆秦娥》即在其中。

3. 本词两处叠句,上下片第三句均为第二句末三字之重叠。然宋人填词亦有不重叠者。上下片结句之第一字,必用仄声,尤以去声为佳。此调体式较多,《词律》卷四、《钦定词谱》卷五均以李白词为正体,另列减字、添字及句式、押韵有异者及平韵格为"又一体"。

20

更漏子 本意

唐 温庭筠

柳丝长，(句)春雨细，(韵)花外漏声迢递〔1〕。(叶)惊塞
雁〔2〕，(句)起城乌〔3〕，(换平)画屏金鹧鸪〔4〕。(叶平)

香雾
薄〔5〕，(三换仄)透重幕，(叶三仄)惆怅谢家池阁〔6〕。(叶三仄)

红烛
背〔7〕，(句)绣帘垂，(四换平)梦君君不知。(叶四平)

注 释

〔1〕漏声：古时以铜壶滴漏计时，壶中立箭，上有刻度，滴漏水降，观察箭上刻
度以知时。漏声，即铜壶滴漏之声。迢递：远远地，不断地传送。

〔2〕塞雁：即北雁。雁为候鸟，秋天南来，春天北归。

〔3〕起城乌：栖于城堞上的乌鸦，被更漏声惊起。

〔4〕画屏金鹧鸪(zhè gū 这姑)：指用金线绣在(或用金粉画在)屏风上的鹧
鸪鸟。鹧鸪，《本草纲目·禽部》："鹧鸪性畏霜露，早晚稀出，夜栖以木
叶蔽身。多对啼。今俗谓其鸣曰：'行不得也哥哥。'"

〔5〕香雾：香炉里飘出的烟雾。

〔6〕谢家池阁：王、谢为东晋两大望族，世代簪缨。后世便以"谢家"或"王谢"
泛指豪门巨族、富贵之家。池阁，池畔的楼阁，多指妇女居室。

〔7〕背：暗。

评析

这是一首表现思妇闺中相思的作品。

词的上片,写景抒情,通过柳丝、春雨、漏声、塞雁、城乌、金鹧鸪等一系列意象,描绘了一幅暮春夜半时分,思妇听漏相思、夜不成寐的生动画面。其中"柳丝长,春雨细"是从视觉的角度写景,营造了一种迷蒙、凄离的氛围。而且"柳"与"留"谐音,"丝"与"思"谐音,丝长、雨细写出相思之情的绵长不绝。"花外漏声迢递","惊塞雁,起城乌,画屏金鹧鸪"则是从声音的角度写景。漏声传递花外,惊起塞雁、城乌,使深夜显得更加静谧。此处,作者采用反衬之法,以动写静,以有声写无声。由塞雁、城乌,作者又写到鹧鸪,然而这鹧鸪却是画在屏风上的。惊起的塞雁、城乌与画屏上静止的鹧鸪,形成动与静的反差。通过这一句,作者把场景由室外过渡到了室内。

词的下片,进一步写思妇居室环境,绘出思妇独卧空房、孤独寂寞的形态。居室之内,香雾弥漫,透过重幕,红烛光暗,绣帘低垂,帘中的思妇刚从思念的梦中醒来,无限惆怅而难以入睡,因此才听到了细雨拂过柳丝的细微之声和清脆的漏声。结尾一句"梦君君不知"总束全篇,点明主题,揭示出思妇夜不成寐的原因——相思之情。

此词通首柔情缱绻,辞藻华美,色彩鲜明,体现了温词秾艳精巧的主要特征。

词牌考原

《更漏子》,词牌名,又名《付金钗》、《独倚楼》、《翻翠袖》、《无漏子》等。古时用滴漏计时,夜间依据漏刻传更,故称夜间为"更漏",意即更漏时分,唐人诗歌中屡见。如杜甫《江边星月二首》:"余光隐更漏,况乃露华凝。"李贺《春昼》诗:"朱城报春更漏转,光风催兰吹小殿。"但作为词调名的《更漏子》,却是始于晚唐温庭筠,温庭筠最擅其词,用此调咏更漏,故而得名。《钦定词谱》卷六:"更漏子,此调有两体,四十六字始于温庭筠,唐宋词最多。《尊前集》注:大石调。又属商调。一百四字者,止杜安世词,无别首可录。"此调宋代贺铸词有"江南独倚楼"之句,故又名《独倚楼》;又有"翻翠袖,怯春寒"之句,故名《翻翠袖》;又有"付金钗，平斗酒"之句，故名《付金钗》。金代丘处机词，名《无漏子》。

词谱格式

《更漏子》的词谱格式：

柳丝长，	仄平平，(句)
春雨细，	平仄仄，(韵)
花外漏声迢递。	平仄仄平平仄。(叶)
惊塞雁，	平仄仄，(句)
起城乌，	仄平平，(换平)
画屏金鹧鸪。	仄平平仄平。(叶平)
香雾薄，	平仄仄，(三换仄)
透重幕，	仄平仄，(叶三仄)
惆怅谢家池阁。	平仄仄平平仄。(叶三仄)
红烛背，	平仄仄，(句)
绣帘垂，	仄平平，(四换平)
梦君君不知。	仄平平仄平。(叶四平)

词律解读

1. 此词牌为双调，四十六字。上片两仄韵，两平韵；下片三仄韵，两平韵。上下片句数、字数皆相同。不同处在于，上片第一句不入韵，下片第一句入韵。

2. 此词用韵平仄互换。上片先押仄声韵，"细"、"递"二字同属去声霁韵。下面换平声韵，"乌"、"鸪"同属平声虞韵。下片又换仄声韵，"薄"字下注"三换仄"，是说在第三个韵换了仄韵；"幕"字、"阁"字下注"叶三仄"，都叶第三个仄声韵，"薄"、"幕"、"阁"同属入声药韵。最后再换成平声韵，"垂"字下注"四换平"，是说在第四个韵又换了平声韵；"知"字下注"叶四平"，谓叶第四个平声韵。"垂"、

"知"二字同属平声支韵。

　　3. 上片起首二句和四、五两句,音律平仄相对,宜作两组对句。如本词即为对句。下片第一、二句可用为同声对。第四、五句亦可用为对句,但非定例。上下片末句本是五言律句"平平仄仄平"的拗句格式,此句忌孤平。然"仄平平仄平"第一字亦有用平者。

　　4.《词律》卷四以温庭筠《更漏子》(玉阑干)为正体,另列四十九字及一百〇四字者为"又一体"。《钦定词谱》卷六以温庭筠另一首《更漏子》(玉炉香)为正体,另列减字、增字及杜安世一百〇四字之慢词为"又一体"。

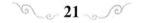

21

荆州亭 题柱

宋 吴城小龙女

帘卷曲阑独倚,^(韵)江展暮云无际。^(叶)泪眼不曾晴,^(句)家在吴头楚尾^[1]。^(叶) 数点雪花乱委^[2],^(叶)扑漉沙鸥惊起^[3]。^(叶)诗句欲成时,^(句)没入苍烟丛里^[4]。^(叶)

注释

〔1〕吴头楚尾:指古豫章(今属江西省)一带。宋祝穆《方舆胜览》卷十九"江西路·隆兴府"下载,府治南昌,郡名豫章,"形胜地接衡庐,上控百粤,吴头楚尾"。下引洪刍《职方乘》:"豫章之地为吴头楚尾。"宋时的豫章即今江西省北部,其地位于春秋吴的上游,楚的下游,如首尾互相衔接,故称"吴头楚尾"。

〔2〕雪花乱委:指浪花泛起又落下。雪花,浪花。委,落。"雪花",《白香词谱》原作"落花",然宋代文献所录均为"雪花",故依宋本。

〔3〕扑漉(lù 路):亦作扑鹿,象声词。形容拍翅声。

〔4〕苍烟:薄暮时苍茫的云雾。

评析

这是一首表现思乡之情的作品。词名荆州亭,荆州地处湖北省,靠近长江之上游,而词中主人公的家乡在"吴头楚尾",即今江西北部,属长江之中游。故在词的上片,作者从倚栏远眺的主人公眼中,拓展开极其广阔的视野。只见浩浩长江边上,沉沉薄暮之中,江上的云雾无边无际地蔓延开来,在一处高高的江亭之上,主人公怀着浓重的乡愁,寂寞地独倚栏杆,于泪眼蒙眬中,眺望着远在吴头楚尾的家乡。"泪眼不曾晴"的"晴"字,用阴雨不停比拟泪流不止,用得尤为尖新。上片以"家在吴头楚尾"一句小结,是补叙"独倚"、望江、落泪的原因,既点明思乡之主题,亦显示出章法的变化。

词的下片,作者的视线由远而近,由高至低,收拢到眼前的江面,词的境界亦由宏大转为细微。作者写江景既绘色,又摹声,首先映入眼帘的是"数点雪花乱委",点点白色的浪花翻腾飞舞。接下来"扑漉"一声,惊起的沙鸥由江边飞起,盘旋而上。这飞翔的沙鸥引发了作者漂泊异乡的联想,无限的伤感涌上心头。当主人公想抓住眼前这引人深思的景象作诗,以排解内心的孤独漂泊之感时,惊起的沙鸥却消失在苍茫暮色中了。下片的结尾,词人的视线随着飞翔的沙鸥再次拓展开来,词境又由局部转为阔大,景物亦由清晰转为邈远。最后这一笔,词人用"没入苍烟"总束全篇,以呼应开篇的"暮云无际",使全词形成了完整的抒情意境,始终笼罩在一片迷蒙、伤感的氛围之中。

这首词情景交融,意蕴深远,章法上亦极具波澜。上片叙事为主,景物衬托;下片写景为主,兼有叙事,虽篇幅不长,但词在意境上的开阖转换,景物描写上的远近推移,极富变化。使读者通过有限的词句,感知到更为广阔的空间和更为深沉的情感,令人回味不尽。

词牌考原

《荆州亭》,词牌名。又名《江亭怨》。此词最早见于宋代诗僧惠洪的《冷斋夜话》,详见宋阮阅《诗话总龟》后集卷四十二转载:"鲁直(黄庭坚)自黔安出峡,登荆州江亭,柱间有词曰:'帘卷曲阑独倚。(下略)'鲁直读之,凄然曰:'似为予发也。不知何人所作,所题笔势妍软欹斜,类女子,而有眼泪不曾晴之句,不然,则是鬼诗也。'是夕,有女子绝艳,梦于鲁直曰:'我家豫章吴城山,附客舟至此,堕水死,不得归,登江亭有感而作,不意公能识之。'鲁直惊寤,谓所亲曰:'此必吴城小龙女也。'(《冷斋夜话》)"据此可知,此词原题于荆州江亭之柱上,故词名《荆州亭》。万树《词律》卷四所录即名《荆州亭》。又名《江亭怨》。《钦定词谱》卷六以本词调名《江亭怨》，又引宋黄昇《花庵词选》谓本调一名《清平乐令》。

关于此词的作者，近人陈栩、陈小蝶《考正白香词谱》，以此词作者为黄庭坚，谓"山谷欺人，乃伪托为神仙"。虽可备一说，但无所据。因宋代从无此说法，黄庭坚集中亦不收此作。惠洪（1071—1128）与黄庭坚（1045—1105）同为北宋人，黄庭坚年辈长于惠洪，惠洪咏竹诗曾深得黄庭坚赞赏，《冷斋夜话》论诗引黄庭坚语尤多，其记事虽杂有假托伪造之迹，但所记黄庭坚事尚可信。阮阅亦为北宋末人，仍沿惠洪之说。疑此词为无名氏所题，被黄庭坚发现而得以流传。

词 谱 格 式

《荆州亭》的词谱格式：

帘卷曲阑独倚，	平仄仄平仄仄，（韵）
江展暮云无际。	平仄仄平平仄。（叶）
泪眼不曾晴，	仄仄仄平平，（句）
家在吴头楚尾。	平仄平平仄仄。（叶）
数点雪花乱委，	仄仄仄平仄仄，（叶）
扑漉沙鸥惊起。	仄仄仄平平仄。（叶）
诗句欲成时，	平仄仄平平，（句）
没入苍烟丛里。	仄仄平平仄仄。（叶）

词 律 解 读

1. 此词牌为双调，四十六字。上下片各三个六言句，一个五言句，押三仄韵。上下片格式相同。

2. 此词所押仄声韵，属于词韵的第三部仄韵（上声纸尾荠，又贿半；去声寘未霁，又泰半、队半）。其中，起首韵字"倚"与"委"、"起"、"里"同属上声纸韵。"际"属去声霁韵。"尾"字是上声尾部韵首。全词乃同部上去声仄韵通押。

3. 词中的六言句，均为仄起式，句式为每两字平仄交替，即仄—平—仄。由于重音落在第二字上，故一、三、五的位置平仄不拘，二、四、六的位置须平仄分明，方能体现抑扬顿挫的节奏感。

4. 此调宋词中仅存此一首。《词律》卷四、《钦定词谱》卷六均录此调。

《清平乐》（春归何处）

22

清平乐 晚春

宋　黄庭坚

春归何处?^(韵)寂寞无行路。^(叶)若有人知春去处,^(叶)唤
取归来同住^[1]。^(叶)　　春无踪迹谁知,^(换平)除非问取黄
鹂^[2]。^(叶平)百啭无人能解^[3],^(句)因风飞过蔷薇^[4]。^(叶平)

注释

〔1〕唤取:呼请。取,助词,表示动态,相当于"得"、"着"。
〔2〕问取:问,询问。取,助词,无义。黄鹂:亦称黄莺、黄鸟、仓庚,叫声婉转。
〔3〕啭(zhuàn 赚):鸟类婉转的叫声。解:晓悟、理解。
〔4〕因风:趁着风势。蔷薇:落叶灌木,夏初开花。

评析

　　这是一首惜春之作。春在词中,往往代表着人生中最美好的时光,人世间美好的事物。此词表现了词人对美好春光的珍惜与热爱,抒写了作者对美好事物的执着追求。

　　词的上片,写留春。词人把自然界的春拟想成具体可感的人物,因而春也就成了可以追踪寻找的对象。词之开端,词人凭空发问:"春归何处?"并自答云:"寂寞无行路。"寂寞是词人的感受,而在寂寞的环境中,春也是没有归路的,因而也就存在找到春的可能。于是便有了下面的浪漫设想:如果有人知道春的去处,一定要留住她,自己好与之同住。这种奇想,表现出词人对春的无限留恋和

深情。

　　词的下片，写觅春。词人从奇想中回到现实世界，理智让其懂得春天是无法挽留的。但他仍存有一丝痴想，希望黄鹂能知道春的踪迹。然而从黄鹂宛转的叫声中，词人仍未找到答案，心头的寂寞更加沉重。此时，风儿一吹，黄鹂趁着风势飞过蔷薇花丛。蔷薇花开，表明春天已经逝去，夏天已经来临。眼前情景，使词人一下从痴想中清醒过来，意识到：春天确乎是真的离开了，觅春的最后一丝希望破灭了。

　　此词构思精妙，几度曲折：由问春，到留春，再转到觅春，最后是希望的破灭，层层推进，逐层深入。在这妙趣横生的抒写之中，词人的惜春之情跃然纸上，呼之欲出。

词牌考原

　　《清平乐》，词牌名。又名《忆萝月》、《醉春风》。原为唐教坊曲，载入唐崔令钦《教坊记》。北宋编成的《尊前集》载有李白《清平乐》五首。一种说法谓李白应制作《清平乐》，后来用为词调名。一种说法谓这五首恐后人伪托，不可信。然李白任翰林供奉时，曾应玄宗诏命作"宫中行乐词"八首，其应制作《清平乐》词并非不可能。据施蛰存《读李白词札记》考，五代后蜀何广远《鉴戒录》卷十引五代时陈裕诗有"阿家解舞清平乐"句，宋释仲殊和东坡词亦云："解舞清平乐，如今说与谁。"可知清平乐乃舞曲名。在欣赏了名为"清平乐"的舞蹈后，李白应制而作《清平乐》词是完全有可能的。李白《清平乐》词，《花庵词选》只录了二首，名《清平乐令》。还有一种说法，就是认为《清平乐》的调名来由，是取自汉乐府"清乐"、"平乐"这两个乐调而命名。这实是一种误解。对此，李白另有《清平调》三首，这个"清平调"，才是指"清乐"中的两个乐调。前代传至唐朝的清乐有"平调、清调、瑟调，汉世谓之三调。"三调中的"瑟调"被称作"侧调"。宋王灼《碧鸡漫志》云："明皇宣（李）白进'清平调词'，乃是令（李）白于'清平调'中制词。盖古乐曲声调高下，合为三调，曰：清调、平调、侧调。此谓三调中，明皇止令就择上两调，偶不乐侧调故也。"任二北的《教坊记笺订》云："《鉴戒录》载五代时陈裕诗：'阿家解舞《清平乐》'，乃舞曲，《清平调》则未云有舞。温庭筼《清平乐》辞'新岁清平思同辇',显为《两都赋》'海内清平,朝廷无事'之意。《敦煌杂录》下《愿文》云:'社稷有应瑞之祥,国境有清平之乐。'"所以,《清平乐》是歌颂国家清平的歌舞曲,大诗人李白为此曲作词而成为这一词调的开创者。

《宋史·乐志》入"大石调",《金奁集》《乐章集》并入"越调"。《钦定词谱》卷五曰:"《花庵词选》名《清平乐令》。张辑词有'忆著故山萝月'句,名《忆萝月》。张翥词有'明朝来醉东风'句,名《醉东风》。"

词谱格式

《清平乐》的词谱格式:

春归何处?	平平Ⓐ仄,(韵)
寂寞无行路。	Ⓐ仄平平仄。(叶)
若有人知春去处,	Ⓐ仄Ⓟ平平仄仄,(叶)
唤取归来同住。	Ⓐ仄Ⓟ平Ⓐ仄。(叶)
春无踪迹谁知,	Ⓟ平Ⓐ仄平平,(换平)
除非问取黄鹂。	Ⓟ平Ⓐ仄平平。(叶平)
百啭无人能解,	Ⓐ仄Ⓟ平Ⓐ仄,(句)
因风飞过蔷薇。	Ⓟ平Ⓐ仄平平。(叶平)

词律解读

1.《清平乐》为双调,四十六字。上片四句,四仄韵;下片四句,三平韵。

2. 此词牌为平仄转换格。上片押仄声韵,"处"字属去声御韵,"路"、"住"属去声遇韵,乃词韵第四部仄韵(上声语麌;去声御遇)通押。下片换平声韵,"知"、"鹂"属平声支韵,"薇"属平声微韵,乃词韵第三部平韵(平声支微齐,又灰半)相协。

3. 各句第一字,均可不拘平仄。上片第三句为仄起仄收的七言句,故第三字亦可不拘平仄,但第五字却不能用仄声。下片换头换平韵,起句第二字宜用平声,用仄声则音韵不谐。

4. 此调上片用仄韵,且句句协韵,情调紧促;下片换平韵,第三句用仄一收,第四句隔句用韵,音调顿显和婉,有不尽之余韵。《词律》卷四、《钦定词谱》卷五均以李白词(禁闱清夜)为正体。

23

误佳期 闺怨

清 汪懋麟

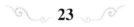

寒气暗侵帘幕,(韵)辜负芳春小约。(叶)庭梅开遍不归
来,(句)直恁心情恶[1]。(叶)　　独抱影儿眠,(句)背看灯花
落[2]。(叶)待他重与画眉时[3],(句)细数郎轻薄[4]。(叶)

注释

〔1〕直恁(nèn 嫩):犹言竟然如此。直,副词,竟然。恁,如此、这般。

〔2〕灯花:油灯灯芯将烬,结成花朵形,相传是有喜事来临的吉兆。

〔3〕画眉:用黛色描饰眉毛。此处指男子为其画眉。《汉书·张敞传》:"又为
妇画眉。"

〔4〕细数:详细列举。轻薄:轻佻浮薄,多指以轻佻态度对待妇女。此处是指
意中人对爱情的不忠行为。

评析

这是一首闺怨词。

词的上片,写女主人公久别的伤感。虽然已是春天,寒气仍不时袭来。她本
来与情郎有个春天的约会。然而此时庭院里的梅花已经开遍,却仍不见情郎的
踪影,她的心绪恶劣到了极点。"寒气暗侵"既是写春寒料峭,更是写女主人公内
心的凄凉感受。"庭梅开遍"一方面写春光的繁盛,亦是反衬时光的流逝,爱情的
可贵。

词的下片,写女主人公独宿的怨怼。夜深时分,女主人公只能与灯影相拥。在摇曳的灯影中,看着灯花燃落。这孤独、难挨的长夜,令她对情人心生抱怨。词中"独抱影儿眠,背看灯花落"写出了女主人公孤独、难眠的情状,出语新奇、形象。"重与画眉"的"重"字说明情郎以往经常如此,情郎的多情由此可见。因此,"重与画眉"既是她对重逢的美好憧憬,也是对旧时美好时光的回忆。然而多情有时又难免薄情,来日相聚时,既要重温旧情,也要对情郎的薄情细细数落一番。"细数"二字,既可见女主人公对情郎的抱怨,又可见她对情郎的深情。尽管孤寂难耐,她对自己未来的情感生活仍抱有热切的期待。

此词对女主人公心理刻画十分细腻,语言浅白,感情真挚。

词牌考原

《误佳期》,词牌名。佳期,指好时光。屈原《九歌·湘夫人》:"与佳期兮夕张。"王逸注:"佳谓湘夫人也。"将"佳"作佳人解,佳期,即与佳人约会。后便以"佳期"指男女之间的约会,并引申为欢聚之日或结婚之期。南朝宋谢庄《月赋》:"佳期可以还,微霜沾人衣。"误佳期就是耽误了好时光或耽误了约会。明代杨慎《升庵长短句》载有《误佳期》一首,此调应为杨慎所创。清万树《词律》、《钦定词谱》均未收此词调。清代吴衡照《莲子居词话》卷二"明人自度腔"条:"红友(万树字花农,一字红友)《词律》,于明人自度腔概置弗录。既录金元制矣,何独于明而置之?谓律吕有未协,又安知律吕之必不协也。窃意王太仓(王世贞,江苏太仓人)之《怨未弦》、《小诺皋》,杨新都(杨慎,四川新都人)之《落灯风》、《误佳期》,徐山阴(徐渭,山阴人,即今浙江绍兴)之《鹊踏花翻》,陈华亭(陈子龙,松江华亭人)之《阑干拍》,皆当补列。"亦以《误佳期》为杨慎独创的"自度腔"。

词谱格式

《误佳期》的词谱格式:

寒气暗侵帘幕,　　　　平仄仄平平仄,(韵)

辜负芳春小约。	平仄平平仄仄。（叶）
庭梅开遍不归来，	平平平仄仄平平，（句）
直恁心情恶。	仄仄平平仄。（叶）

独抱影儿眠，	仄仄仄平平，（句）
背看灯花落。	仄仄平平仄。（叶）
待他重与画眉时，	仄平平仄仄平平，（句）
细数郎轻薄。	仄仄平平仄。（叶）

词律解读

1.《误佳期》，双调，四十六字，上片四句三仄韵，下片四句两仄韵。通篇一韵。

2. 本词押入声韵，一韵到底。词中"幕"、"约"、"恶"、"落"、"薄"同属入声药韵。

3. 起首两个六言句同为仄起仄收，其一、三、五字平仄不拘。上下片第三句为平起平收之七言律句，不用韵。四个五言句，有的第一字的平仄可不论，但上下片末句第一字必用仄声。

4.《词律》卷六将其附于《竹香子》后。《钦定词谱》不录。

24

阮郎归 踏青

宋 欧阳修

南园春半踏青时[1]，(韵)风和闻马嘶[2]。(叶)青梅如豆柳如眉，(叶)日长蝴蝶飞。(叶) 花露重，(句)草烟低[3]，(叶)人家帘幕垂。(叶)秋千慵困解罗衣[4]，(叶)画堂双燕归[5]。(叶)

注释

〔1〕南园：园林以南园为名者甚多。此处泛指供人游冶的园圃。晋张协《杂诗》："借问此何时，蝴蝶飞南园。"踏青：春日郊游。古代踏青或在阴历二月二，或在三月三。后世多以清明时节出游郊野为踏青。

〔2〕马嘶：马叫。指游人车马喧闹之声。

〔3〕草烟低：指在浅草上笼罩着一层淡淡的雾气。

〔4〕慵困：倦怠。

〔5〕画堂：本为汉代宫中殿堂名。后泛指以彩画涂饰的华丽厅堂。

评析

此词描写一个年轻女子的南园踏青之乐。在宋代，踏青是一项备受重视的民间休闲活动，每逢此时，城中百姓，纷纷出城，热闹非凡。

词的上片，描绘南园全貌，重点在写景。首句点明时令，已是"春半"之时。次句写踏青的热闹场面，从听觉的角度，通过"马嘶"，展现了男人骑马，女子乘车，马鸣萧萧的热闹情形。段末两句，从视觉角度描写春色。青梅如豆，柳叶如眉,温暖的阳光中,蝴蝶在花丛中翩翩起舞,一派生机盎然的景象。整个上片虽未写到主人公,但所写春景却都是主人公南园踏青时的所闻、所见。透过这勃勃生机,浓浓春意,主人公游春的愉快心情得以生动展现。

词的下片,描写黄昏时的景象,重点在写人。首三句,写薄暮时花上露重欲滴,草上烟雾弥漫,家家已帘幕低垂,营造出一种极端静谧的环境氛围。而女主人公游逸归来,戏罢秋千,已觉倦怠,便回屋解衣小憩。画堂之上,忽有双燕呢喃,暗示主人公伉俪踏青后双双归来,其心情之愉快由此可见。词素以表现悲情见长,此词表现的春游踏青之乐,在宋词中实属少见。

词牌考原

《阮郎归》,词牌名。又名《醉桃源》、《宴桃园》、《好溪山》、《碧桃春》、《濯缨曲》等。词牌取自东汉明帝时刘晨、阮肇入天台山遇仙女的传说,最早在南朝宋刘义庆《幽明录》和梁吴均《续齐谐记》上已有记载。《绍兴府志》载:"刘晨、阮肇,剡人。永平中,入天台山采药,经十三日不得返,采山上桃食之。下山以杯取水,见芜菁叶流下甚鲜,复有胡麻饭一杯流下。二人相谓:'去人不远矣。'乃渡水又过一山,见二女,容颜妙绝,呼晨、肇姓名,问:'郎来何晚也?'因相款待,行酒作乐,被留半年,求归。至家,子孙已七世矣。泰康八年,又失二人所在。"唐代崔令钦的《教坊记》中已有"阮郎迷"的曲名,五代南唐李煜即有《阮郎归》词作。

词谱格式

《阮郎归》的词谱格式:

南园春半踏青时,	Ⓟ平Ⓟ仄仄平平,(韵)
风和闻马嘶。	Ⓟ平平仄平。(叶)
青梅如豆柳如眉,	Ⓟ平Ⓟ仄仄平平,(叶)
日长蝴蝶飞。	仄平平仄平。(叶)

花露重，	平仄仄，(句)
草烟低，	仄平平，(叶)
人家帘幕垂。	㊉平平仄平。(叶)
秋千慵困解罗衣，	㊉平㊉仄仄平平，(叶)
画堂双燕归。	仄平平仄平。(叶)

词律解读

1. 此词牌为双调，四十七字。上片四句四平韵，下片五句四平韵。过片两个三字句须对仗。

2. 本词通篇押平声韵，"时"、"眉"、"垂"属平声支韵，"飞"、"衣"、"归"属平声微韵，"嘶"、"低"属平声齐韵，乃词韵第三部平韵（平声支微齐，又灰半）同部相协。

3. 此词首句与第三、第八句均为七言平起平收的律句。四个五言句均为五言平起平收的拗句，原平仄格式为"平平仄仄平"，但为了追求拗峭，第三字多用平声。由于此式忌孤平，故上下片尾句"仄平平仄平"第一字拗，就在第三字用平声补救。

4. 《词律》卷四以吴文英词（翠深浓合晓莺堤）为正体，《钦定词谱》卷六以李煜词（东风吹水日衔山）为正体，列黄庭坚"独木桥体"为"又一体"。

25

画堂春 本意

宋　黄庭坚

东风吹柳日初长[1]，(韵)雨余芳草斜阳。(叶)杏花零落燕泥香[2]，(叶)睡损红妆[3]。(叶)　　宝篆烟销龙凤[4]，(句)画屏云锁潇湘[5]。(叶)夜寒微透薄罗裳，(叶)无限思量。(叶)

注释

〔1〕日初长:从农历春分开始,昼夜长短平均,日初长,当指农历二月下旬的仲春季节。此词作者《花草粹编》、《历代诗余》均为秦观。

〔2〕燕泥香:杏花飘落在泥土上,燕子衔泥作巢,亦带香气。

〔3〕红妆:指女子的盛装。

〔4〕"宝篆"句:言龙凤形的盘香,在点燃之后,烟气上升,状如篆体,龙凤之形也逐渐消失。宝篆(zhuàn 赚),熏香的美称。焚时烟如曲折的篆书状,故称。

〔5〕潇湘:原指湘江上游部分,后泛称湘水为潇湘。

评析

这是一首描写春日闺情的作品。

词的上片,描写仲春景物和女子在春日百无聊赖的寂寞情景。开篇三句,描画室外的暮春景象:东风吹拂,柳条婀娜,春日渐长,雨后斜阳;芳草滴翠,杏花零落;泥带花香,燕子筑巢。这三句,句句写景,句句带情。由白日之"长"到雨后

"斜阳"，女主人公是怎样度过一天的呢？段末一句，描画了女主人公春睡后的慵懒之态，在这醉人的春日，女子却盛妆而卧，以致妆容受损。这一句具有点醒词意的效果。使人联想到正是由于她寂寞地独卧空房，才会感到春日的漫长，而美好的青春亦如飘落的杏花一样流逝了。同时，这一句又承上启下，将视线由室外转向了室内。

词的下片，在时间上，由黄昏写到夜间；在空间上，重点描写画堂内环境，突出闺人相思之苦。"宝篆"二句写她长时间失眠，直到篆香销尽。画堂内龙凤盘香，青篆袅袅，画屏潇湘，云锁雾遮。所画潇湘，是喻指思念之人所在，而"云锁"则是思念之人的渺不可见。最后两句，写仲春之夜的料峭寒意，令思妇备感孤寒，不禁思潮起伏，难以成眠。"夜寒"二字既是写仲春之夜的气候特点，更是在写思妇内心的凄凉感受。"无限"二字写出思妇对远方之人的深沉思念。

全词融情于物，婉丽柔媚，悱恻深沉。

词牌考原

《画堂春》，词牌名。又名《画堂春令》。《钦定词谱》卷六云："《画堂春》，调见《淮海集》，即咏画堂春色，取以为名。"当由宋代秦观所创。

词谱格式

《画堂春》的词谱格式：

东风吹柳日初长，	⊕平⊕仄仄平平，(韵)
雨余芳草斜阳。	⊘平⊕仄平平。(叶)
杏花零落燕泥香，	⊘平⊕仄平平，(叶)
睡损红妆。	⊘仄平平。(叶)
宝篆烟销龙凤，	⊘仄⊕平⊕仄，(句)

88

画屏云锁潇湘。　　　　⊗平⊕仄平平。（叶）

夜寒微透薄罗裳，　　　⊗平⊕仄仄平平，（叶）

无限思量。　　　　　　⊗仄平平。（叶）

词律解读

1.《画堂春》，双调，四十七字。上片四句，四平韵；下片四句，三平韵。上下片除第一句不同外，其余三句字数、格律相同。

2. 通篇押平声韵，一韵到底。其中，"长"、"阳"、"香"、"妆"、"湘"、"裳"、"量"同属下平声阳韵。

3. 下片第一、二句因字数相同，平仄相对，可为对仗，如本词的"宝篆烟销龙凤，画屏云锁潇湘"。

4. 本调全篇采用平韵，且一韵到底；四言六言句中间以七言律句，音节谐婉，适于曼声吟唱。《词律》卷四以"落红铺径水平池"一词为正体，《钦定词谱》卷六相同，只是《词律》将作者定为徐俯，《钦定词谱》定为秦观。《钦定词谱》另列减字、增字等四体。

26

摊破浣溪沙 秋恨

南唐 李璟

菡萏香销翠叶残[1]，(韵) 西风愁起绿波间。(叶) 还与韶光
⊙ ● ○ ● ● △　　⊙ ○ ○ ● ● ○ △　　⊙ ● ○
共憔悴[2]，(句) 不堪看。(叶)　　 细雨梦回鸡塞远[3]，(句) 小楼
● ○ ●　　● ○ △　　　　⊙ ● ● ○ ○ ● ●　　● ○
吹彻玉笙寒。(叶) 多少泪珠何限恨[4]，(句) 倚阑干。(叶)
⊙ ● ● ○ △　　⊙ ● ● ○ ○ ● ●　　● ○ △

注释

〔1〕菡萏(hàn dàn 汉淡)：荷花的别称。

〔2〕韶光：美好时光，亦指春光。

〔3〕鸡塞：鸡鹿塞，古要塞名，为古代贯通南北的交通要冲。《汉书·匈奴传》："又发边郡士马以数千，送单于出朔方鸡鹿塞。"其地在今内蒙古境内。诗词中多用指边塞远戍之地。

〔4〕何限：无可限量。即无限，无边的意思。

评析

这是一首闺怨词。

词的上片，通过秋景抒发愁思。开篇两句，写秋景。荷花凋谢，荷叶枯萎，西风萧瑟，绿波摇荡。面对此景，使人愁绪顿生。第二句中的"愁"字，将自然之景与人的感受联系起来，可谓因景生情，景中含情。王国维《人间词话》认为此二句"大有'众芳芜秽，美人迟暮'之感"。段末两句，是对"愁"之内容的深化。主人公之所以愁，是因为荷花的凋谢，秋风的萧瑟，使其感到美好时光的流逝。自己的青春,也犹如荷花一样在凋零、憔悴。眼前之景,触痛了其内心最敏感之处,令其不忍看,不敢看。

　　词的下片,写思妇的相思。首二句,写女主人公的梦及梦醒后的情形。她在睡梦中和自己的爱人相会,然而点点滴滴的雨声,却把她从美梦中惊醒。清醒之后,她意识到爱人并不在身边,而是在遥远的边塞。为了排遣内心的失望与孤独,她吹起了玉笙,直吹到簧片潮湿,声音失真。"玉笙寒"的"寒"字,既是写吹笙时间的长久,又写出了女主人公内心的凄凉感受。最后两句,写女主人公泪流满面,倚楼远望的身影。作者在"泪珠"、"恨"之前,分别冠以"多少"、"何限",揭示出女主人公内心的无限痛苦。而此种痛苦正是她"倚阑"远望,触景生情的结果。从整体结构看,此处采用的是逆挽之法。

词牌考原

　　《摊破浣溪沙》,词牌名。又名《添字浣溪沙》、《南唐浣溪沙》、《感恩多令》等。所谓"摊破"是某词调由于乐曲节拍的变动而增减字数,由此引起了句法、协韵的变化,而另成一体。《摊破浣溪沙》实为《浣溪沙》之别体,即在《浣溪沙》的上下片末尾各增加三言一短句,并移其韵于结句,因此有"添字""摊破"之名。《摊破浣溪沙》的词调最早当起于民间,《全唐五代词》卷七"敦煌词"中录有《浣溪沙》十三首,其格式均与李璟此作相同,上下片都是三个七言律句加一个三言短句,押平韵。其中"好是身沾圣主恩"二词下,编者张璋、黄畲的"笺评"云:"此二词可能作于曹议金为河西等州节度使之时,后唐庄宗同光元年(923)。玩其语气,可断为敦煌郡民及降羌,合向曹氏献忠之作。"李璟(916—961)之作当晚于敦煌词。五代赵崇祚于940年编定的《花间集》中,收西蜀词人毛文锡《浣溪沙》二首,其二"春水轻波浸绿苔"上下片各加一个三字短句,故《全唐诗》卷八百九十三即将该篇名为《摊破浣溪沙》。毛文锡生卒年不详,但王建于907年建立前蜀时,毛文锡已从王建为宦,其年代早于李璟,应为此调最早的文人词作者。后人以南唐中主李璟本首"细雨"、"小楼"一联脍炙人口,因名之为《南唐浣溪沙》。《梅苑》名之为《添字浣溪沙》。《高丽史·乐志》名之为《感恩多令》。而调名"沙"字意当为"纱";或又作《浣纱溪》。此调五代和凝词称《山花子》,《山花子》本唐教坊曲名,近代在敦煌发现的

《山花子》调虽字数与和凝词相同，但为仄韵，所以不能认为是一个词体。

词谱格式

《摊破浣溪沙》的词谱格式：

菡萏香销翠叶残，	⊗仄平平仄仄平，(韵)
西风愁起绿波间。	⊕平⊗仄仄平平。(叶)
还与韶光共憔悴，	⊗仄⊕平仄平仄，(句)
不堪看。	仄平平。(叶)

细雨梦回鸡塞远，	⊗仄⊕平平仄仄，(句)
小楼吹彻玉笙寒。	⊕平⊗仄仄平平。(叶)
多少泪珠何限恨，	⊗仄⊕平平仄仄，(句)
倚阑干。	仄平平。(叶)

词律解读

1.《摊破浣溪沙》，双调，四十八字，上片四句三平韵，下片四句两平韵。

2. 本词押平声韵，"残"、"看"、"寒"、"干"属平声寒韵，"间"属平声删韵，乃词韵第七部平韵（平声寒删先，又元半）相协。

3. 此调由《浣溪沙》扩展、变化而成，《浣溪沙》由六个七言律句组成，《摊破浣溪沙》也有六个七言律句，其上下片头两句的平仄与《浣溪沙》相同，只是将第三句原来之七言平起平收式，变为仄起仄收式，又在末尾各增加一个三言句。此调第三句一般都用七言律句"仄仄平平平仄仄"，而本词第三句"还与韶光共憔悴"，用的是拗句"⊗仄平平仄平仄"。

4. 这词的下片开头两句平仄相对，要用对仗，就像律诗颈联用对仗一样。如本词"细雨梦回鸡塞远，小楼吹彻玉笙寒"即为对仗。万树《词律》卷三《摊破浣溪沙》调下收入李璟此作。

27

人月圆 有感

金 吴激

南朝千古伤心事[1]，(句) 犹唱后庭花[2]。(韵) 旧时王谢，(句) 堂前燕子，(句) 飞向谁家[3]。(叶)　恍然一梦，(句) 仙肌胜雪[4]，(句) 宫鬓堆鸦[5]。(叶) 江州司马，(句) 青衫泪湿，(句) 同是天涯[6]。(叶)

注释

[1] 南朝：是东晋之后建立于南方的宋、齐、梁、陈四个朝代的总称。

[2] 后庭花：曲名，《玉树后庭花》的简称。该曲为陈后主所作。《隋书·五行志》："祯明初，后主作新歌，辞甚哀怨，令后宫美人习而歌之。其词曰：'玉树后庭花，花开不复久。'时人以歌谶，此其不久兆也。"后以此曲为亡国之音。唐杜牧《泊秦淮》诗有"商女不知亡国恨，隔江犹唱后庭花"。

[3] "旧时"三句：用唐刘禹锡《乌衣巷》"旧时王谢堂前燕，飞入寻常百姓家"诗意。

[4] 仙肌胜雪：形容美人的皮肤比雪还白。

[5] 宫鬓(bìn)堆鸦：形容宫中美人的鬓发，色黑如鸦羽。

[6] "江州司马"三句：白居易被贬江州，作《琵琶行》诗，有句曰："同是天涯沦落人，相逢何必曾相识。""座中泣下谁最多，江州司马青衫湿。"

评析

关于这首词的创作背景，据宋洪迈《容斋随笔》卷十三记："先公（洪皓）在燕山，赴北人张总侍御家集，出侍儿佐酒。中有一人，意状摧抑可怜。叩其故，乃宣和殿小宫姬也。坐客翰林直学士吴激赋长短句纪之，闻者挥涕。"吴激此词下亦注："宴张侍御家有感。"可知词乃有感而发。吴激是北宋末年著名的才子，在北宋亡后因出使留仕于金，但其心中难忘故国。有一次，吴激与宇文虚中等在张侍御家宴会，座中发现一位佐酒歌妓原是宋室宫姬，不幸流落异乡，沦为歌妓。座中诸公不免感慨，宇文虚中遂作《念奴娇》一首，吴激乃作这首《人月圆》。金代元好问《中州乐府》中收入吴词，且曰："宇文叔通（宇文虚中字叔通）亦赋《念奴娇》先成，而颇近鄙俚，及见彦高（吴激字彦高）此作，茫然自失，是后人有求作乐府者，叔通即批云：'吴郎近以乐府名天下，可往求之。'"可知此词不仅使在座者感激涕零，也使吴激名满天下。

这首词抒发了深沉的故国之思。

词的上片，借南朝衰亡旧事，写北宋灭亡的现实。通过歌女的命运，抒发世道沧桑之感。作者本为宋人，出使金朝，被留不遣，并仕于金。其人生经历，与六朝庾信留魏仕周，有相似之处。因此，此处说的是"南朝千古伤心事"，但实际上是在借南朝相继灭亡的历史，感慨北宋悲剧的重演。"伤心事"三字，写出作者对故国不再的无限伤感。正是在这样一个历史背景下，作者和已经沦为歌伎的宋宫旧人在酒筵上相遇，第二句"还唱后庭花"，化用杜牧诗句，暗示出歌者的"商女"身份与她所唱的亡国之音。然而，这位"商女"的出身却并非平民，"旧时"三句化用刘禹锡《乌衣巷》诗句，交代出"商女"高贵的出身，她是一位宋朝宗室女子，她的沦落是北宋王朝衰亡命运的真实写照。

词的下片，写自己和歌妓的相似命运。首三句，叹人事沧桑。词人先写歌妓的美貌，她皮肤雪白，头发乌黑，尽显青春气息。"宫鬓"的"宫"字，是在强调歌妓的发式，说明她虽然已由宋朝宫廷女子，沦落为金国歌妓，但仍然保持着旧有的习惯，表明其内心仍然眷恋着故国。而这些深深触动了作者，令其神情恍惚，犹如梦中。最后三句，作者化用白居易的诗句，抒发自己与歌妓"同是天涯沦落人"的深切感慨。作者和歌妓，虽然一为金朝高官，一为下层歌妓，然而他们都曾经是宋朝子民，而今他们又都流落金国，二者的人生遭遇是何等相似。

　　此词在写法上的最大的特点，是化用前代诗文典故来叙事抒情。所化用者，虽然皆为人们耳熟能详的诗句，但作者化用得十分贴切，犹如己出。通过典故的运用，使人们从历史的高度重新审视北宋灭亡的悲剧，从而扩大了词的内涵，赋予其更为深沉广阔的沧桑之感。

词牌考原

　　《人月圆》，词牌名，也是曲牌名。据《钦定词谱》卷七称，此调始创于北宋王诜，因其词中有"华灯竞处，人月圆时"，故取为调名。又名《人月圆令》。又因吴激词末句，化用白居易《琵琶行》，作"江州司马，青衫泪湿"句，又名《青衫湿》。《中原音韵》入"黄钟宫"。

词谱格式

　　《人月圆》的词谱格式：

南朝千古伤心事，	平平仄仄平平仄，(句)
犹唱后庭花。	平仄仄平平。(韵)
旧时王谢，	仄平平仄，(句)
堂前燕子，	平平仄仄，(句)
飞向谁家。	平仄平平。(叶)
恍然一梦，	平平仄仄，(句)
仙肌胜雪，	平平仄仄，(句)
宫鬓堆鸦。	平仄平平。(叶)
江州司马，	平平仄仄，(句)
青衫泪湿，	平平仄仄，(句)
同是天涯。	平仄平平。(叶)

词律解读

1. 此词牌为双调,四十八字。上片五句两平韵,下片六句两平韵。

2. 本词通篇押平声韵,一韵到底。词中韵字"花"、"家"、"鸦"、"涯"同属下平声麻韵。

3. 上片第一句为平起仄收的七言律句,不用韵,第一、三两字可不拘平仄。上片第二句为仄起平收的五言句,起平韵,第一字可平可仄。其他均为四字句,为二二句式。

4. 上片第四、五两句可作对仗,如王诜词上片末尾的"华灯竞处,人月圆时"。下片前三句与后三句平仄重复,词中亦常用对句。如此词下片第二、三句的"仙肌胜雪,宫鬓堆鸦"。不过,下片结尾二句用对句较多,如《历代诗余》卷十八此调下列赵孟頫作"春山淡淡,秋水盈盈";刘因作"天张翠盖,山拥云鬟"。

5.《词律》卷五以吴激词为正体,列杨无咎词句式或押韵有异者二首为"另一体"。《钦定词谱》卷七以王诜平韵格词(小桃枝上春来早)为正体,又列杨无咎平韵格和仄韵格词为"又一体"。

《桃源忆故人》（玉楼深锁多情种）

28

桃源忆故人　冬景

宋　秦观

玉楼深锁多情种[1]，(韵) 清夜悠悠谁共[2]？(叶) 羞见枕衾鸳凤[3]，(叶) 闷则和衣拥[4]。(叶)　无端画角严城动[5]，(叶) 惊破一番新梦。(叶) 窗外月华霜重[6]，(叶) 听彻梅花弄[7]。(叶)

注释

〔1〕玉楼：华丽的楼阁。古诗词中常用"玉"作为人物或事物的美称，如玉人、玉貌、玉宇等。

〔2〕悠悠：长久。

〔3〕羞见：怕见。枕衾(qīn亲)鸳凤：枕头和被子绣着成双成对的鸳鸯、凤凰。衾，被。

〔4〕闷：心里烦闷。拥：围抱。

〔5〕无端：没有来由、无缘无故。画角：古乐器名。或云创自黄帝，或说传自羌族。形如竹筒，本细末大，用竹木、兽皮做成，亦有用铜做成。外加彩绘，故称画角。发音高亢激厉，古时军中多用，以警昏晓，振士气。帝王外出，也用以报警戒严。严城：险要、高峻的城墙。

〔6〕月华：月光。

〔7〕梅花弄：曲名，即梅花三弄。内容写傲霜斗雪的梅花。据琴曲集《神奇秘谱》称，《梅花三弄》曲系根据晋桓伊所作笛曲改编而成。全曲主调出现三次，故称"三弄"。

98

评析

这是一首抒写闺怨的作品。

词的上片,侧重写思妇独居的苦闷。第一句交代思妇的居处、性情和遭遇。"玉楼"写出女子所居环境的华美,交代女子的高贵身份,衬托出女子的美貌。"多情种"则写出女主人公内心情感的丰富。这样一位高贵、貌美、多情的女子,却被薄情郎深锁玉楼,冷落一旁。第二句写思妇长夜难眠的心境。"清"字写出夜的清冷、岑寂,"悠悠"二字,则写出夜的漫长、难挨。表面是写夜,实际上是在写思妇一人独处的凄凉感受。"谁共"二字,则更加突出了思妇的孤栖之苦,流露出她对美好情感生活的强烈渴望。段末两句,续写思妇的孤独。夜深之际,只有一床鸳鸯被、一对凤凰枕与之相伴。"羞见"二字生动展现了思妇的内心活动。成双作对的"枕衾鸳凤"更令女主人公备感孤单,只得和衣拥衾而卧,等待天明。

词的下片,写思妇梦醒后的远思。首二句紧承上片末句,写女主人公刚刚和衣入梦,就被城门楼上传来的画角声惊醒。梦前冠以"新"字,说明此前她已经做过不知多少个梦,经历了诸多次的梦中欢会和梦醒后的失望。最后两句,词人一笔宕开,从室内写到室外。深夜时分,月光清冷,霜气浓重,此时《梅花三弄》那哀怨的曲调透过凄清的夜空从远处传来。词人在听字后着一"彻"字,说明女主人公将《梅花三弄》从起曲直听到末曲。琴声悠扬,长夜漫漫,其侧耳聆听、耿耿不寐之状,可以想见。结尾二句,从视觉、听觉两方面将女主人公一怀孤寂,满腔哀怨之情表现得深远、悠长。

全词先写室内,再写室外,传神地描写了思妇孤苦难寐的情景。整首词层次分明,宕而有致,俗雅并胜,别具韵味。

词牌考原

《桃源忆故人》,词牌名。其意源自晋陶潜《桃花源记》。记晋太元中,武陵渔人发现一处世外桃源,乃理想中之仙境,此调名即取其故事。欧阳修《桃源忆故人》词自注:"一名《虞美人影》。"故又名《虞美人影》,但词人很少以《虞美人影》名调。韩淲词有"杏花香里东风峭"句,故又名《杏花风》;张先、晏殊《胡捣练》词,格律与此调同。

词 谱 格 式

《桃源忆故人》的词谱格式：

玉楼深锁多情种，　　　　㊣平㋻仄平平仄，（韵）
　　　　　　　　　　　　　　　　　　▲
清夜悠悠谁共？　　　　　㊣仄㋻平平仄。（叶）
　　　　　　　　　　　　　　　　　▲
羞见枕衾鸳凤，　　　　　㊣仄㋻平平仄，（叶）
　　　　　　　　　　　　　　　　　　▲
闷则和衣拥。　　　　　　㋻仄平平仄。（叶）
　　　　　　　　　　　　　　　　▲

无端画角严城动，　　　　㊣平㋻仄平平仄，（叶）
　　　　　　　　　　　　　　　　　　▲
惊破一番新梦。　　　　　㊣仄㋻平平仄。（叶）
　　　　　　　　　　　　　　　　　▲
窗外月华霜重，　　　　　㊣仄㋻平平仄，（叶）
　　　　　　　　　　　　　　　　　　▲
听彻梅花弄。　　　　　　㋻仄平平仄。（叶）
　　　　　　　　　　　　　　　　▲

词 律 解 读

1. 此词牌为双调，四十八字。上下片格式相同，均四句四仄韵。

2. 本调押仄声韵，且通篇逐句用韵。其中，起首韵字"种"字属上声肿韵，属肿韵的还有"拥"、"重"两韵字。"共"属去声二宋韵。"动"属上声一董韵。"凤"、"梦"、"弄"属去声一送韵，全词是词韵第一部仄声韵（上声董肿，去声送宋）通押。

3. 此词第一句为平起仄收的七言律句。第二、三句为相同的六言句，其一、三两字平仄可不拘，但第五字用平声。第四句为仄起仄收之五言律句，第一字亦不拘平仄。后半阕与前半阕平仄格式相同。

4. 《词律》卷五以王之道词（逢人借问春归处）为正体。《钦定词谱》卷七以欧阳修词（梅梢弄粉香犹嫩）为正体，列王庭珪词（催花一霎清明雨）四十九字者为"又一体"。

100

29

眼儿媚 秋闺

明 刘基

萋萋烟草小楼西[1]，（韵）云压雁声低。（叶）两行疏柳，（句）一丝残照，（句）数点鸦栖。（叶）　　春山碧树秋重绿，（句）人在武陵溪[2]。（叶）无情明月，（句）有情归梦，（句）同到幽闺。（叶）

注释

〔1〕萋萋烟草：《楚辞·招隐士》：“王孙游兮不归，春草生兮萋萋。”“烟草”，《白香词谱》原作“芳草”，但明刘基《诚意伯文集》卷十一《眼儿媚》原文本作“烟草”；明陈霆《渚山堂词话》卷二所引刘基原词亦为“烟草”，今据此改为“烟草”。下文之“数点鸦栖”，《白香词谱》原作“万点鸦栖”，今亦据上述文本改之。萋萋，草木茂盛的样子。

〔2〕武陵溪：借用陶渊明《桃花源记》武陵渔人入桃花源事。宋李清照《凤凰台上忆吹箫》词：“念武陵人远，烟锁秦楼。”此处指爱人远在他乡。

评析

这是一首抒写闺怨的作品。

词的上片，写楼头秋色。开篇两句，写远景。女主人公登楼西望，原野之上，秋草茂密，绵延不绝，一片迷离。“萋萋烟草”暗用“王孙游兮不归，春草生兮萋萋”语意，点明伤别主题。此时，一群南飞的大雁，映入她的眼帘，云厚雁低，叫声凄厉。大雁尚能按时南归，而自己的心上人却滞留他乡，逾时不返，对比之中，更添伤感。段末三句,写黄昏近景。落日余晖中,两行稀疏的柳树,延伸向远方。数只乌鸦在空中盘旋而下,落到枝头。黄昏是鸟归巢、人回家的时刻,这杨柳、残照、寒鸦,无不触动思妇的相思情怀。整个上片,句句写景,句句含情。

　　词的下片,抒发闺中相思。首二句,由景及人。秋天已经来临,春天的碧树已变得更加翠绿,然而自己的心上人却逗留他乡而不归,思妇的怨怼之情溢于言表。段末三句,从上片的黄昏推移到了夜晚。此时,明月高悬,依旧是那样圆,那样亮,它似乎并不理解思妇此时的孤独、苦楚。"明月"本为自然之物,思妇抱怨"明月"的"无情",恰恰反衬出她的多情。明月空照,情牵梦绕,有情无情,同到深闺。然而梦醒之后,必然是更多的伤感与惆怅。

　　寓情于景,含蓄蕴藉是本词主要特点。

词牌考原

　　《眼儿媚》,词牌名。北宋词调,又名《秋波媚》。另名《小阑干》、《东风寒》。《钦定词谱》卷七云:"左誉词,有'斜月小阑干'句,名《小阑干》;韩淲词,有'东风拂槛露犹寒'句,名《东风寒》;陆游词名《秋波媚》。"

词谱格式

　　《眼儿媚》的词谱格式:

萋萋烟草小楼西,	⊕平㊣仄仄平平,(韵)
云压雁声低。	⊕仄仄平平。(叶)
两行疏柳,	㊣平平仄,(句)
一丝残照,	㊣平㊣仄,(句)
数点鸦栖。	㊣仄平平。(叶)
春山碧树秋重绿,	⊕平㊣仄平平仄,(句)
人在武陵溪。	⊕仄仄平平。(叶)

无情明月，	⊗平⊕仄，（句）
有情归梦，	⊗平⊕仄，（句）
同到幽闺。	⊗仄平平。（叶）

词律解读

1. 此词牌为双调，四十八字。上片五句三平韵，下片五句两平韵。

2. 通篇押平声韵，一韵到底。其中，"西"、"低"、"栖"、"溪"、"闺"同属上平声齐韵。

3. 此词上下片除第一句有入韵与不入韵之分外，其余各句格律相同。起首为七言平韵句，前四字平仄可通用，或平平⊗仄，或⊗仄平平，宋人起句平仄即有此异同。次句为五言平韵句。下三句均为四言句。

4. 本词上下片第三、四、五句均为四言句，前二句平仄相同，后二句平仄相对。故前二句可作同声对、并头对，后二句可作格律对。如本词上片之"两行疏柳，一丝残照"为同声对，《花庵词选》卷六载宋阮阅《眼儿媚》（楼上黄昏杏花寒），上片第三、四句为"一双燕子，两行归雁"。下片后三句亦常用对句，如本词之"无情明月，有情归梦"为同声对；阮阅词结尾两句"盈盈秋水，淡淡春山"则为格律对。

5. 此词牌《词律》卷五以无名氏词（杨柳丝丝弄轻柔）为正体。《钦定词谱》卷七以阮阅（楼上黄昏杏花寒）为正体，另列贺铸词、赵长卿词格律、押韵有异者为"又一体"。

30

贺圣朝 留别

宋 叶清臣

满斟绿醑留君住[1],（韵）莫匆匆归去。（叶）三分春色二分愁,（句）更一分风雨。（叶） 花开花谢,（句）都来几许[2]?（叶）且高歌休诉。（叶）不知来岁牡丹时,（句）再相逢何处?（叶）

注释

〔1〕绿醑(xǔ许):绿色美酒。唐太宗李世民《春日玄武门宴群臣》诗:"清尊浮绿醑,雅曲韵朱弦。"宋苏轼《谒金门》(秋感)词:"孤负金尊绿醑,来岁今宵圆否?"

〔2〕都来:算来。

评析

这是一首送别之作。应是作者在北宋首都汴京留别友人时所作。

词的上片,写留饮。开篇两句,写作者斟满美酒,劝友暂留,不要匆匆而去。言辞恳切,极尽挽留之意。段末两句,写离愁。作者别出心裁地将"春色"设想为"三分",其中"二分"是"愁","一分"是"风雨",实质上这"一分风雨"也是在写离愁。风雨凄凄,离愁万绪,貌似写景实为写情。同时,通过"风雨"二字,暗示送别是在多风多雨的暮春时节,春色、离愁、风雨,共同构成了一幅暮春离别图。词人用全部的春色来写与挚友分手时的离愁别绪,想象奇特,不落俗套,比喻极为新颖巧妙。叶清臣(1000—1049)的生活年代早于苏轼(1037—1101),后苏轼《水龙吟》(次韵章质夫杨花词)有句云："春色三分,二分尘土,一分流水。"似脱胎于叶清臣此作。

词的下片,写惜别。"花开"两句,紧承上片的暮春之景,慨叹时光的流逝,生命的有限。韩偓《谪仙怨》词有"花开花谢相思"之句。作者此处虽只写"花开花谢",而不说"相思",但实际上离别相思之意,已蕴含其中。"都来几许"写出作者内心对时序更迭、流年易转的慨叹与迷惘。这两句使上片的离愁得到进一步深化。接下来一句"且高歌休诉",出现抑扬变化,劝友人要纵酒高歌,而不是一味倾诉离情,词调由感伤缠绵一变而为高亢旷达。这既是对友人的劝慰,也是作者本人的自我排遣。作者洒脱、豪迈的性情,开朗、豁达的心胸由此展现。最后两句,想到别易会难,重逢邈远,作者内心不免又泛起无限怅惘,感情的波澜又跌入低谷之中。整首词在无限惆怅、伤感中结束。

此词先写离别的愁苦,继而写排解宽慰,终写重逢难期的怅惘,可谓曲折细致,语短情长。此外,此词笔调雄浑,在怅惘的别情背后,又透露出一股清逸、高雅的气息,使其与一般婉约词的凄切、哀怨风格有明显不同。

词牌考原

《贺圣朝》,词牌名。原唐教坊曲,后用作词调,始见于南唐冯延巳的《阳春集》。冯延巳词四十七字,叶清臣此词增加了二字。以"圣朝"一词称颂朝廷,多见唐人诗文中,杜审言诗:"圣朝尚边策,诏谕兵戈偃。"(《送和西蕃使》)张九龄诗:"圣朝岩穴选,应待鹤书征。"(《饯陈学士还江南同用征字》)入宋,改称"熙朝"。如欧阳修《回贺集贤韩学士绛启》:"惟秘府之育贤,乃熙朝之盛美。"(《文忠集》卷九十五)王安石《贺冬表八道》之八:"兹为大庆,允属熙朝。"(《临川文集》卷五十九)于是词谱收本调有一体六十一字者,又名曰《贺熙朝》。

词谱格式

《贺圣朝》的词谱格式:

满斟绿醑留君住，	平平仄仄平平仄,（韵）
莫匆匆归去。	仄平平平仄。（叶）
三分春色二分愁，	平平平仄仄平平,（句）
更一分风雨。	仄平平平仄。（叶）
花开花谢，	平平平仄,（句）
都来几许？	平平仄仄。（叶）
且高歌休诉。	仄平平平仄。（叶）
不知来岁牡丹时，	平平平仄仄平平,（句）
再相逢何处？	仄平平平仄。（叶）

词律解读

1. 此词牌为双调,四十九字。上片四句三仄韵,下片五句三仄韵。

2. 本词押仄声韵。上片起首韵字"住"字属去声遇韵,下片的"诉"字也属此韵。其他韵字,"去"、"处"属去声御韵;"雨"字属上声麌韵;"许"属上声语韵。全词是词韵第四部仄韵(上声语麌、去声御遇)上去声通押。

3. 本词首句为平起仄韵的七言句。次句五字,第一字与第二字,必须为仄及平,无可通融。第三句为平起平收七言句。第四句句法与第二句同,但"一分风雨"之"一"字,乃以入声做平声。上下片后三句句式、格律相同。四个五言句句式均为上一下四。下片第一、二句也有用作同声对者,如《钦定词谱》卷六载赵师侠《贺圣朝》句:"吟情无尽,赏音未已"。

4.《贺圣朝》的变体较多,《钦定词谱》以冯延巳"金丝帐暖牙床稳"四十七字为正体,谓叶清臣词及另列数体"皆由此添字或摊破句法"。《词律》卷五以杜安世"牡丹盛拆春将暮"四十七字者为正体,列叶清臣此作为又一体。

106

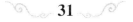

31

柳梢青 纪游

清 朱彝尊

障羞罗扇〔1〕,(韵)花时犹记,(句)者边曾见〔2〕。(叶)曲录阑干〔3〕,(句)玲珑窗户,(句)也都寻遍。(叶) 两峰依旧青青,(句)但不比、(豆)眉梢平远〔4〕。(叶)第一难忘,(句)重来崔护,(句)去年人面〔5〕。(叶)

注 释

〔1〕障羞罗扇:以罗绢小扇自障,表示庄重含羞。障,遮蔽。

〔2〕者边:这边。

〔3〕曲录阑干:刻木成弯曲形状的栏杆。曲录,曲录本是椅子的一种,常见于禅宗公案中。原来是胡椅的俗称,因其形状弯曲,所以名为曲录。此处曲录乃是指栏杆曲折的样子。

〔4〕眉梢平远:以远山喻眉之姣好。晋葛洪《西京杂记》卷二:"文君姣好,眉色如望远山。"

〔5〕"重来"二句:唐孟棨《本事诗》载,唐代崔护举进士下第。清明日,独游都城南,见一庄园,花木丛萃,寂若无人。崔护口渴,叩门求饮。一年轻女子以杯水至,且独倚小桃斜柯,意属殊厚。崔辞去,送至门,如不胜情而入。及来岁清明,崔护复往寻之,门墙如故,而门已扃。于是题诗于左扉曰:"去年今日此门中,人面桃花相映红。人面不知何处去,桃花依旧

笑春风。"(《题都城南庄》)后来崔护又去寻女,方知女子见到题诗后因思念崔护而病死,崔护入内呼唤后女子复活,嫁给崔护。

评 析

　　这是一首和词,系作者青年时代的作品。词牌下原有序曰:"和沈山子西湖后游之作。"沈山子即沈进,字山子,浙江嘉兴人,与朱彝尊同乡。沈进工诗,朱彝尊少时与沈进相唱和,诗文齐名,乡人号"朱、沈"。沈进曾作《柳梢青》词一首:"十二重楼,是谁珠箔,双掩银钩。桃叶春潮,杨花暮雨,一段闲愁。　　飞来沙际轻鸥,芳草外、春风旧游。团扇歌残,罗衣试罢,人上兰舟。"记录自己在西湖边上故地重游、寻觅旧日相遇女子的一段闲愁。朱彝尊的和词在内容上与沈进原作紧密衔接,代友抒写寻觅旧爱而不得见的怅惘之情,但沈进用平韵,朱词用仄韵。

　　词的上片,写昔日女子的娇媚神态,及今日的反复寻觅。还记得也是在花开时节,在这边曾见到她那用绫罗绸扇遮住的含羞面庞。今日找遍了所有栏杆围护的曲廊,又看过了每一扇玲珑精致的窗子,却未能再见到她的身影。

　　词下片,补写女子的美貌,抒发旧地重访的失落。远处的两座山峰依旧青青,但仍比不上她远山般的眉梢。言友人如同唐代的崔护一样,重来时,最难忘的还是去年那如花的人面。

　　此词记述的友人的经历与唐代的崔护相似。词之内容亦与崔护《题都城南庄》接近,都表现了一种追求美好情感而不可得的落寞与惆怅。

词牌考原

　　《柳梢青》,词牌名,又名《陇头月》、《早春怨》、《云淡秋空》、《雨洗元宵》等。此调有平韵、仄韵两种,字句悉同,俱为双调,共四十九字。平韵体,韩淲词或名《云淡秋空》,或名《雨洗元宵》,或名《玉水明沙》,均以其词首句为调名。元张雨词名《早春怨》,则以词义为调名。押仄韵者,《古今词话》载无名氏词有"陇头残月"句,故名《陇头月》。

词 谱 格 式

《柳梢青》的词谱格式：

障羞罗扇，	⊙仄平平仄，（韵）△
花时犹记，	⊙平平平仄，（句）
者边曾见。	⊙仄平平仄。（叶）△
曲录阑干，	⊙仄仄平平，（句）
玲珑窗户，	⊙仄平平仄，（句）
也都寻遍。	⊙仄平平仄。（叶）△
两峰依旧青青，	⊙仄⊙仄平平，（句）
但不比、眉梢平远。	仄⊙仄、（豆）平平⊙仄。（叶）△
第一难忘，	⊙仄平平，（句）
重来崔护，	⊙平平平仄，（句）
去年人面。	⊙仄平平仄。（叶）△

词 律 解 读

1. 此词牌为双调，四十九字。前阕六句，三仄韵；后阕五句，二仄韵。上片皆四字句。下片第一句为六言句，第二句七言中有句读，以下三句与上片后三句同。

2. 通篇押仄声韵，本篇属于词韵第七部仄韵（上声旱潸铣，又阮半；去声翰谏霰，又愿半）。其中，"扇"、"见"、"遍"、"面"同属去声霰韵；"远"字属上声阮韵；乃同部上去声仄韵通押。

3. 上片前三句皆平起仄收，第一字皆平仄不拘，惟第二句不用韵。第四句仄起平收，第五句平起仄收，两句可对偶而不用韵，如本词的"曲录阑干，玲珑窗户"。后三句亦可各自为对，成流水格，如《钦定词谱》卷七此调下录赵彦端词云："一岁花黄，一秋酒绿，一番头白。"下片后三句与上片后三句格式相同，亦有用对偶者,如《词律》卷五录张元幹词(海山浮碧)下片第三、四句为对句:"入户飞花,隔帘双燕。"

4.《词律》卷五、《钦定词谱》卷七均以秦观词(岸草平沙)为平韵格正体。《词律》以张元幹词(海山浮碧)为仄韵格正体。《钦定词谱》以贺铸词(子规啼月)为仄韵格正体,以添一字者为"又一体"。

32

西江月　佳人

宋　司马光

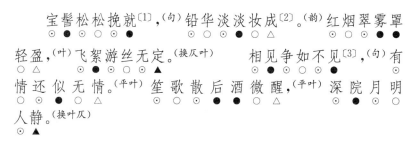

宝髻松松挽就[1]，(句)铅华淡淡妆成[2]。(韵)红烟翠雾罩轻盈，(叶)飞絮游丝无定。(换仄叶)　相见争如不见[3]，(句)有情还似无情。(平叶)笙歌散后酒微醒，(平叶)深院月明人静。(换叶仄)

注释

〔1〕宝髻(jì 记)：古代妇女发髻的一种。髻，在头顶或脑后盘起的头发。

〔2〕铅华：搽脸的粉。

〔3〕争：怎，怎么。

评析

这是一首咏舞伎的作品。

词的上片写佳人的美姿，是事后的追想。开篇两句，写佳人的美貌。她并没有浓妆艳抹，刻意修饰，只是松松地挽了一个云髻，薄薄地搽了些粉。作者略加点染，就勾勒出一个淡雅绝俗、天生丽质的美人形象。段末两句，写佳人的舞姿。红烟翠雾般的罗衣，笼罩着她轻盈的体态，像柳絮、游丝一般柔和纤丽而又飘忽无定。作者连用红烟翠雾、飞絮游丝两个比喻，把佳人轻歌曼舞的神态表现出来，营造出一种惝恍飘忽、扑朔迷离的梦幻意境。

词的下片，写作者酒醒后对佳人的眷恋之情。面对佳人的天生丽质和优美舞姿，作者不禁心生爱慕，内心激荡。然而理智与情感的矛盾却使他感到痛苦。首二句，正是其矛盾心境的写照。自己见而有情，惹出相思的烦恼，还不如不见。人还是无情的好，无情即不会因情而苦恼。最后两句，写作者席散酒醒之后的失落与惆怅。宴会、歌舞结束后，作者从醉中醒来，一切似已结束，而其内心情愫却仍未消去。在寂静的深院中，在明亮的月光下，作者还在久久地回味着，佳人的舞姿仿佛还在眼前晃动。这种种复杂的感受都被作者括于"深院月明人静"这一句景语之中，以景结情，雅而不俗，余味深长。

此词仍是采用逆挽法，即将所思内容置前，将思者置后，以避免平铺直叙。此词虽属艳词，但却是作者真情的流露，绝无轻薄之嫌。"相见争如不见，有情还似无情"二句，写出了一种普遍的真情体验。最后一句写景，更是达到情景交融境界，使整首词极具清幽境界和含蓄不尽的美感。

词牌考原

《西江月》，词牌名。原唐教坊曲，用作词调。又名《白蘋香》、《步虚词》、《江月令》、《壶天晓》、《醉高歌》等。唐李白《苏台览古》诗："只今唯有西江月，曾照吴王宫里人。"或为此调名所本。清末敦煌发现唐琵琶谱，犹存此调，但虚谱无词。以此调填词始于南唐欧阳炯，欧阳炯词有"两岸蘋香暗起"句，故又名《白蘋香》；程垓词，名《步虚词》；王行词，名《江月令》。本调五十字，双调，平仄两叶，为以前诸体所无。唐五代词本为平仄韵异部间转换，宋以后此调则上下阕各用两平韵，末转仄韵，须同部间平仄协韵。另有《西江月慢》，双调一百〇五字，例用入声韵。

词谱格式

《西江月》的词谱格式：

| 宝髻松松挽就， | 仄仄平平仄仄（句） |
| 铅华淡淡妆成。 | 平平仄仄平平。（韵） |

红烟翠雾罩轻盈，　　平平仄仄仄平平，(叶)
飞絮游丝无定。　　　仄仄平平仄仄。(换仄叶)

相见争如不见，　　　仄仄平平仄仄，(句)
有情还似无情。　　　平平仄仄平平。(平叶)
笙歌散后酒微醒，　　平平仄仄仄平平，(平叶)
深院月明人静。　　　仄仄平平仄仄。(换叶仄)

词律解读

1. 此词牌为双调，五十字。上下片格律相同，各四句，两平韵，一仄韵，为平仄韵通押格。

2. 宋代沈义父《乐府指迷》云："《西江月》起头押平声韵，第四句就平声切去，押仄声韵；如平声押'东'字，仄声须押'董'字、'冻'字方可。有人随意押入他韵，尤可笑。"就是说此调必须同部平仄韵通押，而不能随意押其他的仄韵。同部词韵往往声调高低不同，但韵母相类。如此词为词韵第十一部(平声庚青蒸，上声梗迥，去声敬径)平仄韵通押。词从第二句起韵，"成"属平声庚韵；第三句末尾的韵字"盈"亦属庚韵，与起韵相协。"叶"就是"协"，协韵的意思。第四句末尾的"定"字换仄韵，属去声径韵，与前两个平声韵属同部平仄韵通协，故云"换仄叶"。下片第二句、第三句后所注的"平叶"，是说此两处韵字要与上面的平声庚韵协韵，"情"字亦属庚韵，"醒"字属青韵，乃同部平韵相协。最后一句末尾注明要"换叶仄"，是说此处押韵要换成同部的仄声韵，韵字"静"属上声梗韵，与平声庚青二韵属同部平仄韵通协。王力先生曾指出："这种平仄通押的调子，在词调中是很少见的。但是，《西江月》却是最流行的曲调。"(《诗词格律》)

3. 此调以六言为主，上下片各有一个平起平收的七言律句，谱中可平可仄处均采用常见格式。上下片前二句均为六言，平仄相对，固定要用对仗。如本词上片之"宝髻松松挽就，铅华淡淡妆成"，下片之"相见争如不见，有情还似无情"俱为对仗。

4. 此调在整齐的六言句中间以流畅的七言律句；韵位亦安排匀称，前后阕均在平韵后换一个同部的仄韵作结，使词调抑扬有致，加强了抒情效果。《词律》卷六以史达祖词（裙摺绿罗芳草）五十字平仄韵通押格为正体，以吴文英词（枝袅一痕雪在）五十字平仄韵转换格、赵以仁词（夜半沙痕依约）五十六字平仄韵通押格为"又一体"。《钦定词谱》卷八以柳永词（凤额绣帘高卷）五十字平仄韵通押格为正体，以欧阳炯（月映长江秋水）五十一字平仄韵转换格、苏轼词（点点楼头细雨）五十字上下片两平韵两仄韵通押者为"又一体"。

33

惜分飞 本意

宋 毛滂

泪湿阑干花着露〔1〕,（韵）愁到眉峰碧聚〔2〕。（叶）此恨平分取,（叶）更无言语空相觑〔3〕。（叶） 断雨残云无意绪〔4〕,（叶）寂寞朝朝暮暮。（叶）今夜山深处,（叶）断魂分付潮回去〔5〕。（叶）

注释

〔1〕阑干:眼泪纵横貌。唐白居易《长恨歌》:"玉容寂寞泪阑干,梨花一枝春带雨。"

〔2〕眉峰碧聚:双眉紧锁,眉色仿佛远山凝碧。

〔3〕相觑(qù 去):相互望着。觑,细看。

〔4〕断雨残云:语意双关,一指景物,一喻情侣分离。"云雨"本指男女欢爱,出自宋玉《高唐赋》,写楚王与巫山神女梦中相会的故事。《高唐赋序》云:"妾在巫山之阳,高丘之阻。旦为朝云,暮为行雨,朝朝暮暮,阳台之下。"

〔5〕断魂:离魂、离思。分付:即"吩咐",嘱托之意。潮回去:《白香词谱》本作"潮流去",但检毛滂《东堂集》、宋黄昇《花庵词选》、宋曾慥《乐府雅词》、宋周辉《清波杂志》卷九、《词综》卷七、《历代诗余》卷一百十五、《钦定词谱》卷八,诸本所载均作"潮回去",故改。

评析

此词《宋六十名家词》题作《富阳僧舍作别语赠妓琼芳》。据明代田汝成《西湖游览志》卷十六载：苏轼知守杭州时，毛滂为法曹，与歌妓琼芳相爱。及秩满辞官时，作《惜分飞》词赠琼芳。一日，苏轼宴客，听歌妓唱此词，大为赞赏，得知乃幕僚毛滂所作，即叹曰："郡寮有词人而不及知，某之罪也。"于是派人追回，款洽数月。由此可知，这首词乃毛滂赠给歌妓琼芳的离别之作。在词中，作者追忆了与琼芳依依惜别的情景，抒写了别后独处的凄凉心境与萦绕心头的思念之情。

词的上片，写别时的依恋之情。开篇两句，从对方落笔，写琼芳凄美伤别的愁容。作者先写泪眼，用带露的花朵，形容琼芳泪珠纵横的面颊。这句无疑是从白居易《长恨歌》"梨花一枝春带雨"脱来。次写愁眉，其黛眉颦蹙如远山凝碧。这一句亦是从张泌《思越人》词"黛眉愁聚春碧"化来。虽然皆有出处，然而却做到了了无痕迹。通过琼芳泪眼的刻画，展现了她无限的伤感。之所以伤感，是源于离别的痛苦，而此种离别之痛，并非只属于女方，下文"此恨平分取"，说明离愁对于双方同样沉重，他们共同承受着离恨的折磨。爱之深，痛之切，即将分别之际，他们泪眼相对，"更无言语空相觑"。正如柳永《雨霖铃》词所写"执手相看泪眼，竟无语凝咽"。此时千言万语，俱在相视的目光中默默交流。

词的下片，写别后孤寂之感。首二句，词人用"断雨残云"的凄凉景象，象征这段美好情感行将结束。剩下的只有不尽的相思和日夜相伴的孤独。"寂寞朝朝暮暮"是说寂寞的无时不在，痛苦的无穷无尽。最后两句，"今夜山深处，断魂分付潮回去。"是作者在极度思念下的突发奇想，设想自己留宿深山，虽然无法与心上人相见，但我却可以让我的离魂，随着富春江水，回到你的身边。这个寄魂江涛的奇异想象，将词人刻骨铭心的相思，淋漓尽致地表达出来，可谓极尽悱恻缠绵，韵味无穷。恰如宋周辉《清波杂志》卷九评此词曰："语尽而意不尽，意尽而情不尽。"

此词为毛滂的代表作，据说曾得到苏轼的赏识。宋周辉《清波杂志》卷九载毛滂此词并说"因是受知东坡"。明代田汝成《西湖游览志》卷十六又有详记（见上）。其实，苏轼知杭州在元祐四年(1089)至元祐六年(1091)，而毛滂于元祐三年(1088)已出任饶州司法参军，直至元祐七年(1092)还在饶州任上，此间不可能为东坡的杭州僚佐。不过,毛滂早在东坡知杭州前就已受知于苏轼,苏轼于元祐三年曾为毛滂写过"荐状"。正是由于此种关系,才会出现此种传说,而这一传说恰恰证明了毛滂此词在宋代的广为流传。

词牌考原

《惜分飞》,词牌名。最初见于北宋毛滂的《东堂词》。又名《惜双双》、《惜芳菲》、《惜双双令》。双调,五十字,由毛滂创调,词咏唱别情。《乐府诗集》《东飞伯劳歌》:"东飞伯劳西飞燕,黄姑织女时相见。"世遂以"劳燕分飞"为离别之词。自庾信有"秦川直望,陇水分飞"之文,后即简称"分飞"。唐以后引用更繁,而浸成曲调之名。《钦定词谱》卷八:"《惜分飞》,贺铸词名《惜双双》,刘弇词名《惜双双令》,曹冠词名《惜芳菲》。"

词谱格式

《惜分飞》的词谱格式:

泪湿阑干花着露,	仄仄平平平仄仄。(韵)
愁到眉峰碧聚。	仄仄平平仄仄。(叶)
此恨平分取,	仄仄平平仄,(叶)
更无言语空相觑。	仄平平仄平平仄。(叶)
断雨残云无意绪,	仄仄平平平仄仄。(叶)
寂寞朝朝暮暮。	仄仄平平仄仄。(叶)
今夜山深处,	仄仄平平仄,(叶)
断魂分付潮回去。	仄平平仄平平仄。(叶)

词律解读

1. 惜分飞,双调,五十字,上下片各四句,且句式、格律相同。本调押仄声韵,

117

句句用韵,为上去声通押之仄韵格。

2. 本篇所押仄声韵,属于词韵第四部仄韵(上声语麌、去声御遇)上去声通押。其中,起首韵字"露"与下片第二句叶韵的"暮"属去声遇韵。上片第二、三句叶韵的"聚"、"取"二字属上声麌韵,下片第一句韵字"绪"属上声语韵,上片第四句叶韵的"觑"与下片后两句的韵字"处"、"去"都属去声御韵。

3. 上下片前三句的第一字可平仄不拘。上下片结句之七言,常用"仄平平仄平平仄"的句式,第一字多用去声。

4. 《钦定词谱》卷八以毛滂词为正体,且曰:"此调以此词为正体,宋、元人俱照此填,其余添字,皆变体也。"另列刘弇、张先等人数作为"又一体"。《词律》卷六则以宋末陈允平词(钏阁桃腮香玉溜)为正体。

34

南歌子　闺情

宋　欧阳修

凤髻金泥带[1]，（句）龙纹玉掌梳[2]。（韵）走来窗下笑相扶[3]，（叶）爱道画眉深浅入时无[4]。（叶）　弄笔偎人久[5]，（句）描花试手初。（叶）等闲妨了绣功夫[6]，（叶）笑问鸳鸯两字怎生书[7]。（叶）

注释

〔1〕凤髻：流行于唐代的一种发型，即将头发挽结梳成凤形，或在髻上饰以金凤。金泥带：以金屑涂饰的带子。

〔2〕龙纹玉掌梳：雕刻有龙纹图案的如掌大小的玉梳。

〔3〕走来：来。此处《白香词谱》原作"去来"，但欧阳修的《六一词》、宋曾慥《乐府雅词》卷上及明陈耀文《花草粹编》卷九所载均作"走来"，今据此改之。

〔4〕"爱道"句：唐朱庆余《闺意献张水部》诗："妆罢低声问夫婿，画眉深浅入时无？"入时，合乎时尚。

〔5〕偎（wēi 威）：紧挨着。

〔6〕等闲：无端、白白地。

〔7〕怎生：怎样，怎么。结尾一作"笑问双鸳鸯字、怎生书"（《乐府雅词》卷上）。

评析

　　这是一首咏新嫁娘的词。作者通过生动的语言,塑造了一位娇憨活泼、纯洁可爱的新娘形象,展现了新娘的音容笑貌、心理活动,以及她与夫婿之间的缠绵情感。

　　词的上片,写新娘子精心梳妆之后的美貌。开篇两句,采用精巧的对仗,写其发饰之美。她梳着凤髻,束着泥金的发带,发髻上还插着一把刻有龙纹的玉掌梳。可谓精致华美,光彩照人。透过这精美的梳妆,可以看出少妇新婚生活的美满和幸福,感受到她心情的愉快和满足。这两句是从静态对少妇美貌的精心刻画。如此美貌自然希望得到丈夫的欣赏、首肯。下面写她精心梳妆之后,带着欣喜的笑容来到窗下,和丈夫相依相靠。并问丈夫,自己眉毛画得是否漂亮入时。段末两句,通过对少妇的动作、神态和语言的描述,表现新娘的娇羞、可爱,以及和郎君之间的两情相依、亲密无间。此处化用唐人朱庆余《闺意献张水部》诗:"妆罢低声问夫婿,画眉深浅入时无?"此诗本意是向张籍探问,自己的文章是否符合考官的要求,以便科考顺利。欧阳修则直接化用到自己的词句中,用得恰恰是其字面意,化用十分精当,使新娘平添妩媚神韵。

　　词的下片,写新嫁娘闺中刺绣。表面写刺绣,但表现的仍是婚后相亲相爱的浓情蜜意,和长相厮守的美好愿望。首二句,写描图,为刺绣做准备。新娘和丈夫久久偎依之后,方才动笔描花。前句中的"久"字和后句中的"初"字生动地表现了少妇与丈夫长久相依、形影不离的亲密状态。然而如此长久依偎,就耽误了手中的刺绣活计,便笑问丈夫"鸳鸯"二字怎样写。这"鸳鸯"两字也是即将刺绣的图案,流露出新娘与郎君永远相爱、情同鸳鸯的美好愿望。

　　此词重点描写了新娘在新郎面前的娇憨情态,塑造了一个仪态娇媚、举止活泼的可爱新娘形象,可谓神态逼真、形神兼备,令人难忘。

词牌考原

　　《南歌子》,词牌名,原唐教坊曲,用为词调。汉张衡《南都赋》有"坐南歌兮起郑舞"句,调名本此。《南歌子》作为唐教坊舞曲,在玄宗开元以前就有了。因唐代的《清商乐》有"吴音"、"西声"、"南歌"等地域之分,《南歌子》应是采南方民歌改制而成。唐代的歌词开始都是一些五言四句诗,与五言绝句类似,如《全唐诗》录有晚唐诗人裴諴《南歌子词》三首(不信长相忆)。也有类似七言绝句的,如温庭筠《南歌子词》二首(一尺深红胜曲尘)。但温庭筠最具代表性的《南歌子》是七首杂言歌词,其一云:"手里金鹦鹉,胸前绣凤凰。偷眼暗形相。不如从嫁与,作鸳鸯。"敦煌曲子词中存有《南歌子》七首,有双调,也有单调,多咏故事。如敦煌曲中的《南歌子》"夫妻问答"为两首杂言体词。任二北《敦煌曲初探》云:"《南歌子》在晚唐为单片二十三字之调,有温庭筠词七首在,可信为'真的,原始的调子'也,敦煌曲恣肆于衬字,遂较多六字","寖假而成别体矣"。

《南歌子》有单调、双调两类。单调始自晚唐温庭筠,今《花间集》存其《南歌子》词七首,俱为二十三字,平韵。双调有平韵、仄韵两体,双调平韵最早见于五代毛熙震,今《花间集》存其《南歌子》二首,俱为五十二字,押平韵。双调仄韵见宋石孝友的"春浅梅红小"一词,亦五十二字,押仄韵。

《南歌子》又名《南柯子》、《春宵曲》、《风蝶令》、《望秦川》、《水晶帘》、《碧窗梦》、《十爱词》、《恨春宵》。万树《词律》卷一于《南歌子》本调下注云:"歌又作柯。"毛先舒《词学全书》亦云:"《南歌子》,采于淳于棼事,一名《南柯子》。"淳于棼事见唐李公佐《南柯记》,系叙一蚁穴中之梦境,即所谓"南柯一梦"。说明本调先后有两个名称。《钦定词谱》卷一又载:(温庭筠)词有"恨春宵"句,名《春宵曲》。张泌词,本此添字,因词有"高卷水晶帘额"句,名《水晶帘》。又有"惊破碧窗残梦"句,名《碧窗梦》。郑子聃有"我爱沂阳好"词十首,更名《十爱词》。周邦彦词,名《南柯子》。程垓词,名《望秦川》。田不伐词,有"帘风不动蝶交飞"句,名《风蝶令》。

词 谱 格 式

《南歌子》的词谱格式:

凤髻金泥带,	⊗仄平平仄,(句)
龙纹玉掌梳。	平平仄仄平。(韵)

走来窗下笑相扶，	平平⊙仄仄平平，(叶)
爱道画眉深浅入时无。	⊙仄⊙平⊙仄仄平平。(叶)
弄笔偎人久，	⊙仄平平仄，(句)
描花试手初。	平平仄仄平。(叶)
等闲妨了绣功夫，	⊙平⊙仄仄平平，(叶)
笑问鸳鸯两字怎生书。	⊙仄⊙平⊙仄仄平平。(叶)

词律解读

1. 本词为双调平韵格，五十二字。上下片各四句，三平韵，前后阕格式相同。

2. 此词通篇押平声韵，其中，"梳"、"初"、"书"属平声鱼韵，"扶"、"无"、"夫"属平声虞韵，乃词韵第四部平韵(平声鱼虞)相协。

3. 起二句，首句仄起仄收，次句平起平韵，与五言律诗对联无异。第三句七字，为平起平韵之七言句，故第一、三字平仄不拘。末句为九言句，句意须连贯，其节奏或为上二下七，或为上六下三，或为上四下五。然此词以上二下七为顺，因其上片末句乃取现成唐诗句，只于句头加两字而已。

4. 起二句平仄相对，例用对句，如本词"凤髻金泥带，龙纹玉掌梳"即为对仗句。下片与上片平仄格式相同，故前两句亦多用对偶，如本词的"弄笔偎人久，描花试手初"。

5. 本调以五、七言律句组成，隔句押平韵，又多用对句，音节流丽和婉。《词律》卷一列单调平韵格两体，双调平韵格以欧阳修此词为正体，仄韵格以石孝友词(春浅梅红小)为正体。《钦定词谱》卷一所列单调与《词律》同，双调五十二字平韵格则以毛熙震词(惹恨还添恨)为正体，另列周邦彦词(腻颈凝酥白)五十四字平韵格、石孝友词五十二字仄韵格为"又一体"。

《醉花阴》（薄雾浓云愁永昼）

35

醉花阴 重九

宋 李清照

薄雾浓云愁永昼[1],瑞脑销金兽[2]。佳节又重阳[3],玉枕纱橱[4],半夜凉初透。东篱把酒黄昏后[5],有暗香盈袖。莫道不销魂[6],帘卷西风,人似黄花瘦[7]。

注释

〔1〕永昼:长昼,整个漫长的白天。此词《白香词谱》原录与诸本有几处异文,一是"销金兽",《白香词谱》作"喷金兽";二是"玉枕"作"宝枕";三是"半夜",作"昨夜";四是"人似黄花瘦",作"人比黄花瘦",今据李清照《漱玉词》、宋黄昇《花庵词选》卷十、宋曾慥《乐府雅词》卷下改之。

〔2〕瑞脑:香料名,又名瑞龙脑。销金兽:指香料在香炉中逐渐燃烧消失。销,同"消"。金兽,兽形的铜香炉。

〔3〕重阳:九月九日为重阳节。魏文帝曹丕《与钟繇书》:"岁往月来,忽复九月九日,九为阳数,而日月并应,故曰重阳。"唐王维《九月九日忆山东兄弟》:"独在异乡为异客,每逢佳节倍思亲。"

〔4〕玉枕:指纳凉用的瓷枕头,色如碧玉,故称玉枕。纱橱:用纱做成的帐子,即蚊帐。

〔5〕东篱:种菊的地方。晋陶渊明《饮酒》其五:"采菊东篱下,悠然见南山。"

〔6〕销魂:为情所感,仿佛灵魂离开了躯体。南朝梁江淹《别赋》:"黯然销魂者,唯别而已矣。"

〔7〕黄花:即菊花。此句《白香词谱》原作"人比黄花瘦",与《词律》卷七同,然与宋代诸选本异。诸本皆作"人似黄花瘦",且宋胡仔《苕溪渔隐丛话》前集卷六十曰:"近时,妇人能文词如李易安,颇多佳句……又九日词云'帘卷西风,人似黄花瘦'。此语亦妇人所难到也。"胡仔(1110～1170)与李清照(1084～1155)同时而略晚,所记当可信,故取之。

评析

元伊世珍《琅嬛记》云:"易安以重阳《醉花阴》词函致明诚。明诚叹赏,自愧弗逮,务欲胜之。一切谢客,忘食忘寝者三日夜,得五十阕,杂易安作,以示友人陆德夫。德夫玩之再三,曰:'只三句绝佳。'明诚诘之,答曰:'莫道不消魂,帘卷西风,人比黄花瘦。'正易安作也。"此词是李清照的早期作品。抒发了词人在重阳佳节之际,对丈夫的思念之情。

词的上片,总写秋凉情景,核心是一个愁字。作者首先从室外的天气写起,用"薄雾浓云"渲染出一种沉闷抑郁的氛围。从早到晚,天气阴沉,云雾凝聚,使人感到愁闷难挨。词人之所以愁,固然有天气的原因,更主要的还是因为内心的孤独。接下来转到室内。词人独自一人,看着香炉里瑞脑香的袅袅青烟出神,眼看着香料在炉中一点点地消失,周围一片寂静,没有一丝人声。然而今天却是重阳佳节,是一个本该欢聚的日子,而自己却在独处中无聊地打发时光。"又"字写出主人公对时间流逝的感受和对丈夫的思念。段末两句,是主人公对昨晚的回忆。半夜时分,寒气袭人,阵阵凉意透入帐中枕上。"透"字写出寒意的犀利和作者的切肤感受,同时也是作者内心的感受。同往日与丈夫闺房团聚时的温馨相比,此时主人公内心备感凄凉。表面是写气候,实际是在渲染主人公独处的愁苦。

词的下片,写重九感伤。把酒赏菊是重阳佳节的主要节目,为了排解愁绪,作者在黄昏时分,也来到室外,她一边饮酒,一边赏菊,沉浸在浓郁的花香之中。"有暗香盈袖",既是对菊花的赞美,也是比喻自己人品的高雅美好。然而,菊花再香，人儿再美，却无法让远在异地的亲人欣赏。这使其无心再饮酒赏菊，于是匆匆回到闺房，深陷于因相思而带来的极端落寞、伤感之中。最后三句，是词人对当时情感状态的真实概括。“莫道不销魂”，“销魂”二字写出词人对丈夫的深切思念，以至神情恍惚，难以自持。因为相思，自己已经衣带渐宽，“人似黄花瘦”。词人用西风中摇曳的菊花那纤弱、凄美的形象，描画出一个因相思而形瘦的闺阁美人身影。这三句既是抒情，亦是对深秋景物描写的补充，从而创造了一个人景合一、凄清寂寥的深秋相思意境。

这首词作为李清照的代表作，为文坛所激赏，清陈廷焯评此词：“无一字不秀雅。深情苦调，元人词曲往往宗之。”（《云韶集》卷十）

词牌考原

《醉花阴》，词牌名。双调小令，仄韵格，五十二字。

此词牌初见于北宋毛滂的《东堂词》，词中有“人在翠阴中，欲觅残春，春在屏风曲”。故调名取为《醉花阴》。李清照生于北宋后期，稍晚于毛滂。但由于李清照《醉花阴》中有名句“莫道不销魂，帘卷西风，人似黄花瘦”，故后人填此调多以《漱玉词》为准。

词谱格式

《醉花阴》的词谱格式：

薄雾浓云愁永昼，	仄⃝仄平⃝平平仄仄▲，（韵）
瑞脑销金兽。	仄⃝仄平平仄▲。（叶）
佳节又重阳，	仄⃝仄仄平平，（句）
玉枕纱橱，	仄⃝仄平平，（句）
半夜凉初透。	仄⃝仄平平仄▲。（叶）
东篱把酒黄昏后，	平⃝平仄⃝仄平平仄▲，（叶）

有暗香盈袖。	⃝仄 仄平平仄。（叶）▲
莫道不销魂，	⃝仄 仄仄平平，（句）
帘卷西风，	⃝仄 仄平平，（句）
人似黄花瘦。	⃝仄 仄平平仄。（叶）▲

词律解读

1.《醉花阴》，双调，五十二字，前后阕各三仄韵。上下片除第一句七言格式有异，一为仄起，一为平起外，其余各句格律相同。

2. 本篇押仄声韵，属于词韵第十二部仄韵（上声有，去声宥）。首句起韵"昼"字、第二句、第五句叶韵的"兽"、"透"以及下片叶韵的"袖"、"瘦"均属去声宥韵，下片第一句"后"字属上声有韵。乃同部上去声仄韵通押。

3. 本词牌前后片第二句五言句，前人或用上二下三句式，或用上一下四句式，或在前后片用两种不同的句式，因此，此句形式可以灵活使用。如本词上片第二句"瑞脑销金兽"是上二下三法，下片第二句"有暗香盈袖"即是上一下四句法。惟此句第一字宜仄，不宜用平。下片第四句起，《白香词谱》以之为九言句，故在"帘卷西风"后作"豆"，然前人词作俱分作两句，故改"豆"为"句"。惟填词至此处，要注意语意的连贯。

4.《词律》卷七以李清照词为正体。《钦定词谱》卷九以毛滂词（檀板一声莺起速）为正体。但后人填此调多以李清照词为准。

36

浪淘沙 怀旧

南唐 李煜

帘外雨潺潺[1]，(韵) 春意阑珊[2]。(叶) 罗衾不耐五更寒[3]。(叶) 梦里不知身是客，(句) 一晌贪欢[4]。(叶) 独自莫凭栏[5]，(叶) 无限江山。(叶) 别时容易见时难。(叶) 流水落花春去也，(句) 天上人间。(叶)

注释

〔1〕潺(chán 缠)潺：雨声。

〔2〕阑珊：衰落、零落。

〔3〕罗衾：丝织物做的被子。

〔4〕一晌(shǎng 赏)：片刻。

〔5〕凭栏：倚着栏杆远望。

评析

宋蔡絛《西清诗话》："南唐李后主归朝后，每怀江国，且念嫔妾散落，郁郁不自聊，尝作长短句云：'帘外雨潺潺……天上人间。'含思凄惋，未几下世。"此词当作于李煜入北宋之后，临去世之前。

词的上片，写作者春梦初醒时的愁思。五更时分，料峭的春寒使他从梦中惊醒。首先听到的是帘外淅淅沥沥的雨声。在寂静的清晨，这点点滴滴雨声，听起来却是如此沉重。它使作者敏感地意识到春光的逝去，生命的凋零。昔日的一国之君，今日的阶下囚，只有在梦中，他才能享受到往日的尊严与荣华。然而春梦却是如此短暂，梦醒之后，他面对的仍是屈辱残酷的现实，片刻的欢愉给他带来的是更为长久而深沉的痛苦。上片写景、叙事、抒情，融成一片。

　　词的下片，抒写亡国之痛、故国之思。为了排遣内心的痛苦，作者凭栏远望。然而他在第一句中却说"独自莫凭栏"，因为凭栏远眺，目光所及之处是"无限江山"，远望在词人内心唤起的只能是对昔日时光的回忆。"最是仓皇辞庙日，教坊犹奏别离歌，垂泪对宫娥"（《破阵子》），是李煜离开故国时凄惨情景的真实写照。昔日的江山、家园、人事随着北上一别，便成为永远的回忆，就像这落花流水一样，随着春天逝去，永无重逢之日。昔日的美好与今天的凄惨，两相对照，正可谓天上人间。

　　此词以白描手法，抒发真情，语语沉痛，字字血泪，可谓千古哀音。

词牌考原

　　《浪淘沙》，词牌名。原唐教坊曲，用作词调。又名《卖花声》、《过龙门》、《炼丹砂》等。据唐崔令钦《教坊记》载，唐玄宗天宝年间的教坊曲就有《浪淘沙》的曲名。其词创自中唐的刘禹锡和白居易，他们专咏本意，即咏江浪淘沙。原为小曲，单调，二十八字，四句三平韵，形式同于七言绝句。刘词九首为正体，白词六首为拗体。《浪淘沙》的长短句则始自晚唐的吕岩（789—？），今《全唐诗》中存有吕岩《浪淘沙》一首，内容咏修道成仙，其词为双调："我有屋三椽，住在灵源。无遮四壁任萧然。万象森罗为斗拱，瓦盖青天。　　无漏得多年，结就因缘。修成功行满三千。降得火龙伏得虎，陆路神仙。"至南唐李煜，所作双调《浪淘沙》，不仅字句与吕岩相同，平仄格式亦相同，每段仅存七言二句，而所咏亦泛而不必切题矣。李煜此词应名为《浪淘沙令》，但宋代作者多不加"令"字。自五代时起，流行《浪淘沙》长短句双调小令，五十四字，前后片各四平韵。北宋时柳永演为长调慢曲，共一百三十四字，分三段，改用入声韵（唐宋人词，凡同一曲调，原用平韵者，如改仄韵，例用入声）。万树《词律》卷一录北宋周邦彦《浪淘沙慢》，一百三十三字；句读与柳永多有不同，并叶入声韵。

词 谱 格 式

《浪淘沙》的词谱格式：

帘外雨潺潺，	仄仄仄平平，(韵)
春意阑珊。	仄仄平平。(叶)
罗衾不耐五更寒。	平平仄仄仄平平。(叶)
梦里不知身是客，	仄仄平平平仄仄，(句)
一晌贪欢。	仄仄平平。(叶)
独自莫凭栏，	仄仄仄平平，(叶)
无限江山。	仄仄平平。(叶)
别时容易见时难。	平平仄仄仄平平。(叶)
流水落花春去也，	仄仄平平平仄仄，(句)
天上人间。	仄仄平平。(叶)

词 律 解 读

1. 此词牌为双调，五十四字。上下片各五句，四平韵，句式、格律均相同。

2. 本词押平声韵，"潺"、"山"、"间"属平声删韵，"珊"、"寒"、"欢"、"栏"、"难"属平声寒韵，乃词韵第七部平韵（平声寒删先，又元半）相协。

3. 第三句为平起平收的七言诗句，第四句为仄起仄收的七言诗句，前后阕同。宋代词人多用此体式。

4. 此调虽有李煜激越悲壮之音，但因句中多五、七言律句，且用平韵，音节谐婉，可表现不同的忧喜之情。《词律》卷一先列出皇甫松二十八字词，又列李煜此双调词为"又一体"。《钦定词谱》卷十列《浪淘沙令》，以李煜词为正体，另列五十四字仄韵格、五十二字平韵格为"又一体"。

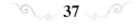

37

鹧鸪天 别情

宋 聂胜琼

玉惨花愁出凤城[1],（韵）莲花楼下柳青青。（叶）尊前一唱阳关曲[2],（句）别个人人第五程[3]。（叶） 寻好梦,（句）梦难成,（叶）有谁知我此时情。（叶）枕前泪共阶前雨,（句）隔个窗儿滴到明。（叶）

注释

〔1〕玉惨花愁:形容如花似玉的美貌女子,因离愁而伤感的样子。凤城:京城。春秋时,秦穆公女弄玉吹箫,凤降其城,因而称为丹凤城。后代以凤城指代京城。

〔2〕阳关曲:唐王维《送元二使安西》诗:"渭城朝雨浥轻尘,客舍青青柳色新。劝君更尽一杯酒,西出阳关无故人。"后成为送别时演唱的流行歌曲,又称为《阳关三叠》、《渭城曲》。阳关,为古关名,在今甘肃敦煌西南,自古与玉门关同为出塞必经之地。

〔3〕人人:那人,人儿。表单数特指,是对所亲昵者的爱称。程:里程。

评析

这是宋代京都名妓聂胜琼寄给李之问的赠别之作。明梅鼎祚《青泥莲花记》:"李之问仪曹解长安幕,诣京师改秩。都下聂胜琼,名倡也,质性慧黠,公见而喜之。李将行，胜琼送别，饯饮于莲花楼，唱一词，末句曰：'无计留春住，奈何无计随君去。'李复留经月，为细君督归甚切，遂饮别。不旬日，聂作一词以寄李云云，盖寓调《鹧鸪天》也。之问在中路得之，藏于箧间，抵家为其妻所得。因问之，具以实告。妻喜其语句清健，遂出妆奁资夫取归。琼至，即弃冠栉，损其妆饰，委曲以事主母，终身和悦，无少间焉。"此首是女词人送别李之问之后所作，抒发了别后相思之情。

词的上片，回忆送别情景。开篇两句，写送别时的伤感。"玉"与"花"比喻自己的美貌，"惨"与"愁"是说送别的愁苦，由于难舍难分，使得她花容憔悴，愁容满面。莲花楼是送别的地方，楼下柳色青青，既点明送别是在春季，同时也与王维诗"客舍青青柳色新"的写景相合，申明送别之意。段末两句，写最后的离别。在饯别的酒席上，词人满怀深情地唱起了《阳关曲》，然后，她依依不舍地为李之问送了一程又一程。上片叙事中兼有抒情，描写出女词人的一往情深。

词的下片，写别后相思的凄伤。首二句，写痛苦相思，好梦难成。送别之后词人便处于深切的思念之中，但无由相见，便只好寄希望于梦中相会。然而"寻好梦，梦难成"，梦中相会竟然也成为奢望。一句"有谁知我此时情"道出了女词人内心强烈的孤独与苦闷。最后两句，"枕前泪共阶前雨，隔个窗儿滴到明"，以无情的雨衬托有情的泪，以雨滴声响反衬夜之孤寂，烘托相思的凄凉氛围。此前，温庭筠《更漏子》曾以雨声写离情："梧桐树，三更雨，不道离情正苦。一叶叶，一声声，空阶滴到明。"万俟咏的《长相思》也写道："一声声，一更更。窗外芭蕉窗里灯，此时无限情。　梦难成，恨难平。不道愁人不喜听，空阶滴到明。"二人都写雨声对内心情感的触动。聂胜琼则把人物的主体活动（枕前泪）与雨夜的客观环境（阶前雨）叠加在了一起，对夜雨中情景交融的描绘，更显得深刻细腻。而"隔个窗儿"使窗外之景与窗内之人融合在一起。"阶前雨"的每一声滴落，仿佛都敲打在词人的心头，令人心碎。这"滴到明"的不仅是"阶前雨"，更是词人的"枕前泪"。泪如雨，雨如泪，无限的相思令词人深陷于孤独、凄惶的痛苦之中。

此词虽出自歌妓之手，但感情真挚，形象生动，语言通俗易懂，在宋代情词中，别具一格。

词牌考原

《鹧鸪天》,词牌名。也是曲牌名。又名《思佳客》、《思越人》、《醉梅花》、《剪朝霞》、《骊歌一叠》等。双调,五十五字,押平声韵。鹧鸪是一种羽毛黑白相杂的鸟,叫声特殊,有人拟其音为"行不得也哥哥",故古人常借其声以抒写惜别挽留或逐客流人之情。唐教坊曲有曲名叫《山鹧鸪》,又称《鹧鸪词》,为这一曲调作的歌词叫"山鹧鸪"、"鹧鸪辞",也写作"鹧鸪词"或"山鹧鸪词"。唐人多有倚此曲填词者,如盛唐苏颋的《山鹧鸪词二首》,其一曰:"玉关征戍久,空闺人独愁。寒露湿青苔,别来蓬鬓秋。"中唐李益的《登白楼见白鸟席上命鹧鸪辞》:"一鸟如霜雪,飞向白楼前。问君何以至,天子太平年。"又有许浑《听歌鹧鸪辞》:"南国多情多艳词,鹧鸪清怨绕梁飞。甘棠城上客先醉,苦竹岭头人未归。响转碧霄云驻影,曲终清漏月沉晖。山行水宿不知远,犹梦玉钗金缕衣。"晚唐郑谷《迁客》诗则称"鹧鸪"为横笛曲:"舞夜闻横笛,可堪吹鹧鸪?"《宋史·乐志》引姜夔言:"今大乐外,有曰夏笛鹧鸪,沉滞郁抑,失之太浊。"可见唐宋时亦有一种以鹧鸪命名的笙笛类之乐调,由此而倚声填词成为词调。不过,唐、五代词中并无《鹧鸪天》之名,作为词调的《鹧鸪天》始于北宋宋祁,据明杨慎《词品》卷一云,宋祁写成"鹧鸪词"后,取唐郑嵎诗句"春游鸡鹿塞,家在鹧鸪天"的"鹧鸪天"三字作为题目(原诗散佚,无从考证)。后来众多仿效宋祁"鹧鸪词"的人也都取"鹧鸪天"为题目,至晏几道填此词独多,终使"鹧鸪天"形成词调而流传下来。

此调别名甚多,《钦定词谱》曰:赵令畤词名《思越人》;李元膺词名《思佳客》;贺铸词,有"剪刻朝霞钉露盘"句,名《剪朝霞》;韩淲词,有"只唱骊歌一叠休"句,名《骊歌一叠》;卢祖皋词,有"人醉梅花卧未醒"句,名《醉梅花》。

词谱格式

《鹧鸪天》的词谱格式:

玉惨花愁出凤城,　　　　⊘仄平平仄仄平,(韵)
莲花楼下柳青青。　　　　⊕平⊘仄仄平平。(叶)

尊前一唱阳关曲，　　　　　⊕平⊗仄平平仄，(句)
别个人人第五程。　　　　　⊗仄平平仄仄平。(叶)

寻好梦，　　　　　　　　　平仄仄，(句)
梦难成，　　　　　　　　　仄平平，(叶)
有谁知我此时情。　　　　　⊕平⊗仄仄平平。(叶)
枕前泪共阶前雨，　　　　　⊕平⊗仄平平仄，(句)
隔个窗儿滴到明。　　　　　⊗仄平平仄仄平。(叶)

词律解读

1.《鹧鸪天》，双调，五十五字，前后片各三平韵。形式上大致同于两首七言绝句的组合。前阕完全是仄起平收的七绝形式，后阕只是把首句拆成了两个三言句，后三句与前阕平仄相同。此调常写离别之情。

2. 本词押平声韵，用词韵第十一部(平声庚青蒸)的韵字。其中，"城"、"程"、"成"、"情"、"明"属平声庚韵，只有第二句末尾的"青"属平声青韵，是同部平韵相协。

3. 本词的上片第三、四句和下片的两个三字句一般要求对仗。如秦观词上片后两句对为："一春鱼雁无消息，千里关山劳梦魂。"下片头两句为："无一语，对芳樽。"晏几道词则为"舞低杨柳楼心月，歌尽桃花扇影风"及"从别后，忆相逢"。

4. 此调词句由七绝变化而成，音韵流美。《词律》卷八以秦观词(枝上流莺和泪闻)为正体。《钦定词谱》卷十一以晏几道词(彩袖殷勤捧玉钟)为正体。

38

虞美人 感旧

南唐 李煜

春花秋月何时了〔1〕，(韵)往事知多少。(叶)小楼昨夜又东风〔2〕，(换平)故国不堪回首月明中〔3〕。(叶平) 雕阑玉砌应犹在〔4〕，(三换仄)只是朱颜改。(叶三仄)问君能有几多愁？(四换平)恰似一江春水向东流。(叶四平)

注释

〔1〕了：了结，完结。

〔2〕小楼：李煜被禁之处。东风：春风。

〔3〕故国：指南唐的都城金陵。

〔4〕雕阑玉砌(qì 气)：指南唐都城的宫殿。雕阑，雕花彩绘的栏杆。玉砌，白玉砌成的台阶。

评析

宋陆游《避暑漫抄》："李煜归朝后，郁郁不乐，见于词语。在赐第，七夕命故妓作乐，闻于外。太宗怒。又传'小楼昨夜又东风'，并坐之，遂被祸。"唐圭璋《南唐二主年表》："太平兴国二年丁丑(977)后主四十一岁。后主言贫，宋太宗命增给月俸，仍予钱三百万。是时作《虞美人》、《浪淘沙》诸词。太平兴国三年戊寅(978)后主四十二岁。七月七日，命故人作乐，太宗大怒，又传'小楼昨夜又东风'，'一江春水向东流'词，遂赐牵机药而死。"此词与《浪淘沙》同为李煜抒发故国之思、亡国之痛的作品。《虞美人》极有可能是他的绝命词，整首词充满无限伤感与绝望之情。

词的上片，感时伤怀，抒发故国之思。开篇两句，写词人入宋以来的总体感受。"春花秋月"本是令人赏心悦目的自然美景，然而词人却对景哀号："何时了?"什么时候是个了结呀！因为对于沦为阶下囚的词人来说，眼前美景触发的是对往事无尽的回忆。昔日的豪华享乐与今日的屈辱现实相比，回忆带给词人的是不尽的痛苦与伤感。"何时了"，正是词人对现实生活厌倦与绝望的体现。然而，自然界的变化却不以词人的主观意志为转移，就在词人所处的小楼之上，昨夜又吹来了阵阵春风。"又东风"的"又"字，说明词人困居小楼，已非一春，而且词人对"东风"的感受，不是欣喜和盼望，而是厌倦与怨恨。当春天再次来临之际，就在这形同监狱的小楼之上，皓月当空，普照大地，词人纵目远眺，不禁又触动了家国之思，往事带来的痛苦令其"不堪回首"。"故国"与"小楼"相互映照，昔日的一国之君，今日的一楼之囚，对比之下，情何以堪。

上片的抒情可谓跌宕起伏，由"春花秋月"的美景陡转为"何时了"的哀号，引出"往事知多少"的痛苦回忆；再用"又东风"隔句承接"春花秋月"，说明自然景物之了犹未了，用"不堪回首"隔句承接"往事"，说明故国之思虽已"不堪"回首，却一触即发，时时萦绕心头，同样是了犹未了。这是多么痛苦的煎熬！而造成这一切痛苦的原因就在"故国"与"小楼"的对比中含蓄点出。上片短短二十八字，却写得千回百转，荡气回肠。下片的抒情就转换了手法，不再曲折回环，而是如江涛般一泻千里。

词的下片，是词人情感的直接抒发，满腔愁绪如潮水般汹涌喷发。前二句，慨叹故宫应在，容颜已老。"雕阑玉砌"紧承上片"故国"二字。"应犹在"的"应"字是揣测之词，写出词人与故国的隔绝。"朱颜改"写出词人时下的身份与精神状态。由一国之君沦为阶下囚，失去尊严与自由，整日生活在忧惧、伤感、苦闷之中，怎么可能不容颜憔悴。一方面是江南故国山河依旧，宫殿犹存；一方面是词人臣服敌国，形容憔悴。两相对照，词人内心的伤感与痛苦该是多么深沉。故段末两句，直写自己的满腔愁思就像那滔滔东去的一江春水一样，浩瀚，绵长，悠悠不尽。词人以一江春水的深广、邈远,形容自己内心愁绪的深沉、广大,将抽象的情感化作具体可感的物象。此比喻最为生动,最为恰切,深为后人推赏。

此词最突出的特点是感情真挚。王国维《人间词话》评李煜词云:"尼采谓:'一切文学,余爱以血书者。'后主之词,真所谓以血书者也。"此词之所以感人至深,流传甚广,其原因正在于此。

词牌考原

《虞美人》,词牌名。原为唐教坊曲,后用作词调。在宋曾慥《乐府雅词》中,名为《虞美人令》。又名《巫山十二峰》、《玉壶冰》、《忆柳曲》、《一江春水》。初咏项羽宠姬虞美人,因以为名。虞姬或谓姓虞,或谓名虞,一称虞美人。汉高祖五年(前202),项羽被刘邦围困于垓下。项羽悲歌:"力拔山兮气盖世,时不利兮骓不逝,骓不逝兮可奈何?虞兮虞兮奈若何!"虞美人和之曰:"汉兵已略地,四面楚歌声。大王意气尽,贱妾何聊生?"随后,自刎而死。古代词开始大体以所咏事物为题,配乐歌唱后逐渐形成固定曲调,文人即开始填词而成为词牌。《虞美人》即是如此。今《全唐诗》存无名氏《虞美人》一首,便是咏其本意:"帐中草草军情变,月下旌旗乱。褴(chǐ 尺)衣推枕怆离情,远风吹下楚歌声,正三更。抚骓欲下重相顾,艳态花无主。手中莲锷凛秋霜,九泉归去是仙乡,恨茫茫。"至五代时,李煜的《虞美人》将家国之恨引入词中,扩大了词调的表现范围。同时,在格式上,原来上下片结尾为一个七言句和一个三言句,共十字,李煜则将其改为九字句,中间虽可句读,但句意更加连贯。此后这一词牌在体式和名称上多有变化。《钦定词谱》曰:"《碧鸡漫志》云:《虞美人》旧曲三,其一属中吕调,其一属中吕宫,近世又转入黄钟宫。元高拭词注:南吕调。《乐府雅词》名《虞美人令》;周紫芝词,有'只恐怕寒、难近玉壶冰'句,名《玉壶冰》;张炎词赋柳儿,因名《忆柳曲》;王行词,取李煜'恰似一江春水向东流'句,名《一江春水》。"

词 谱 格 式

《虞美人》的词谱格式:

春花秋月何时了，	平平⊙仄平平仄，(韵) ▲
往事知多少。	⊙仄平平仄。(叶) ▲
小楼昨夜又东风，	平平⊙仄平平，(换平) △
故国不堪回首月明中。	⊙仄⊙平⊙仄仄平平。(叶平) △

雕阑玉砌应犹在，	平平⊙仄平平仄，(三换仄) ▲
只是朱颜改。	⊙仄平平仄。(叶三仄) ▲
问君能有几多愁？	平平⊙仄仄平平，(四换平) △
恰似一江春水向东流。	⊙仄⊙平⊙仄仄平平。(叶四平) △

词律解读

1. 此词牌为双调，五十六字。上下片各四句，两仄韵，两平韵。句式、格律相同。第一句为七言句，平起仄韵。第二句为五言句，仄起仄韵。第三句亦为七言句，换平起平韵。末句为九字句叶平韵，其句式或上二下七，或上六下三，或上四下五，务求语句连贯。

2. 通篇两句一韵，凡四易韵，前后片各两仄韵，两平韵，平仄递转。如本词上片前二句押仄声韵，起韵"了"与下句的"少"同属上声篠韵。下二句换平声韵，韵字"风"与"中"同属平声东韵。下片前二句又换仄声韵，"在"字下面注"三换仄"，是说在第三个韵又换了仄声韵；"改"字下面注"叶三仄"，是说叶第三个仄声韵；"在"、"改"二字同属上声贿韵。最后两句再换成平声韵，"愁"字下面注"四换平"，是说在第四个韵又换了平声韵；"流"字下面注"叶四平"，是说叶第四个平声韵。"楼"、"愁"同属平声尤韵。

3. 此调用韵两句一换，由仄转平，以跌宕起伏的旋律，显示出作者由短叹到长吁的情感波澜。《词律》卷八以蒋捷词(丝丝杨柳丝丝雨)五十六字为正体，以阎选词(粉融红腻莲房绽)五十八字者为"又一体"。《钦定词谱》卷一二以李煜词(风回小院庭芜绿)双调五十六字为正体。另列毛文锡等五十八字者为"又一体"。

39

南乡子 春闺

宋 孙道绚

晓日压重檐，(韵)斗帐春寒起未忺[1]。(叶)天气困人梳洗懒，(句)眉尖。(叶)淡画春山不喜添[2]。(叶) 闲把绣丝捋[3]，(叶)认得金针又倒拈。(叶)陌上游人归也未?(句)恹恹[4]。(叶)满院杨花不卷帘。(叶)

注释

〔1〕斗帐:形如覆斗的小帐。忺(xiān 仙):高兴、适意。

〔2〕春山:比喻女子的眉毛。

〔3〕捋(xián 贤):扯,摘取,这里指挑线。

〔4〕恹(yān 烟)恹:精神萎靡。

评析

这是一首表现思妇闺中念远的作品。

词的上片,写女主人公的慵懒之态。开篇两句,从起床写起。早晨,当朝阳已经高出重檐时,她才从斗帐中起身。春寒犹存,睡意蒙眬,此时的她,情绪低沉,心情不佳。段末三句,进一步写起床后的状态。随着太阳的升高,寒气渐消,暖融融的春意,更令其恹恹欲睡,以至懒得梳洗、化妆。只是淡淡地画画眉尖,没有心思再精描细画,正是"懒起画娥眉,弄妆梳洗迟"(温庭筠《菩萨蛮》)。

她之所以心情苦闷,懒得梳妆,是因为心上人不在身边,自己打扮得再漂亮也无人欣赏。

词的下片,写女主人公对远人的思念。首二句,写女子通过刺绣来消磨时光,排解内心的苦闷。她挑出绣线,拿起绣绷,正待刺绣时,却又心不在焉地拿倒了金针。后两句写其对心上人的惦念。深切的思念使其发出了"陌上游人归也未"的疑问。然而有问无答,愁思难遣,使她更加精神颓唐,惆怅万千。最后一句以写景作结。此时,窗外柳絮飘飘,杨花满院,预示春天即将逝去。这漫天飞舞的杨花,使女主人公感到青春时光的流逝,心情亦由此变得更加烦乱。之所以"不卷帘"是因为她不敢看,不忍看。以景作结,借景出情,具有含蓄不尽之妙。

词牌考原

《南乡子》,词牌名。原唐教坊曲,用作词牌,有单调、双调。又名《莫思乡》、《仙乡子》、《好离乡》、《蕉叶怨》。《南乡子》本是咏南方乡土风光的民歌,南乡即南国,唐人称南中。同时,《南乡子》又是舞曲名。清末发现的敦煌卷子中有唐五代时的舞谱二卷,载有《遐方远》、《南歌子》、《南乡子》、《浣溪沙》、《凤归云》、《双燕子》等六谱,这是现在所能见到的最早的唐代歌舞曲谱。这个曲谱后来逐渐演变成文人词调。近人况周颐《餐樱庑词话》引宋周密云:"李珣、欧阳炯辈俱蜀人,各制《南乡子》数首,以志风土,格式与《竹枝》体一样。"本词初为单调,创于五代欧阳炯;《词律》所收,有其二十七字、二十八字两首。如"路入南中,桄榔叶暗蓼花红;两岸人家微雨后,收红豆,树底纤纤抬素手。"固为咏南方风土之本意也。迨南唐冯延巳始增为双调,内容亦不限专咏词题本意了。其《阳春集》今存《南乡子》二首,首句分别是"细雨湿流光"和"细雨泣秋风",均为双调,五十六字。只是前一首押平韵,后一首用韵由平换仄。

词谱格式

《南乡子》的词谱格式:

晓日压重檐，	⊙仄仄平平，(韵)
斗帐春寒起未恢。	⊙仄平平仄仄平。(叶)
天气困人梳洗懒，	⊙仄⊙平平仄仄，(句)
眉尖。	平平。(叶)
淡画春山不喜添。	⊙仄平平仄仄平。(叶)

闲把绣丝挦，	⊙仄仄平平，(叶)
认得金针又倒拈。	⊙仄平平仄仄平。(叶)
陌上游人归也未？	⊙仄⊙平平仄仄，(句)
恹恹。	平平。(叶)
满院杨花不卷帘。	⊙仄平平仄仄平。(叶)

词律解读

1. 此词牌有单调、双调两种。此词为双调，五十六字。上下片各五句，四平韵，句式格律相同。

2. 此调押平声韵，一韵到底。如本词通篇押平声盐韵。起韵的"檐"字，与下面叶韵的"恢"、"尖"、"添"、"挦"、"拈"、"恹"、"帘"字都属平声盐韵。

3. 此词上下片以五言仄起平韵句及七言仄起的两种律句为主。惟上下片各有一个二字句，此二字必用平声。

4.《词律》卷一列五代欧阳炯、李珣等单调数体，双调以陆游（归梦倚吴樯）五十六字为正体。《钦定词谱》卷一所列单调与《词律》相同。双调以冯延巳词（细雨湿流光）五十六字为正体，另列五十四、五十八字者为"又一体"。

40

鹊桥仙 七夕[1]

宋　秦观

纤云弄巧,(句)飞星传恨[2],(句)银汉迢迢暗度[3]。(韵)金风玉露一相逢[4],(句)便胜却、(豆)人间无数。(叶)　　柔情似水,(句)佳期如梦,(句)忍顾鹊桥归路[5]。(叶)两情若是久长时,(句)又岂在、(豆)朝朝暮暮[6]。(叶)

注释

[1] 七夕:农历七月七日晚上,称为"七夕"。传说是夕牛郎、织女相会,仙鹊为其搭桥,渡过天河。织女长于织纴,旧时妇女穿针,设瓜果以迎,谓之乞巧。

[2] 飞星:流星。

[3] 银汉:天河。迢迢:遥远。暗度:指牛郎、织女在七夕渡过银河相会。

[4] 金风玉露:秋风白露。唐李商隐《辛未七夕》:"由来碧落银河畔,可要金风玉露时。"

[5] 忍:怎忍。

[6] 朝朝暮暮:战国时楚国宋玉《高唐赋》:"妾在巫山之阳,高丘之阻,旦为朝云,暮为行雨,朝朝暮暮,阳台之下。"

评析

此词借写牛郎、织女的神话故事,讴歌了真挚、纯洁、坚贞的爱情。

词的上片,写牛郎、织女相会的胜景。开篇三句描写七夕美丽的夜空,为牛女的相会作铺垫。"纤云弄巧"是说初秋夜空中,轻柔多姿的云彩变幻出各种优美巧妙的图案,或许它就出自织女之手。"飞星传恨"是说那些闪亮的星星仿佛都在传递着牛郎、织女的离愁别恨。"迢迢"二字写牛、女相距的遥远,相见的不易!"暗度"二字既点"七夕"题意,同时紧扣一个"恨"字。牛、女乘着夜色,艰难跋涉,千里迢迢,只为这一年一度的短暂相会。其对爱情的坚贞、执着令人感动。段末两句,是词人对牛、女爱情的赞叹。在金风玉露之夜,碧落银河之畔,能有这样的美好一刻,抵得上人间千遍万遍的相会。词人热情歌颂了牛女永恒的爱情,为千百年来传说的故事赋予了新意。

词的下片,写牛郎、织女离别的伤感。首三句,写牛、女的短暂相会。"柔情似水"是说两情缱绻,就像悠悠的流水一样温柔缠绵。"似水"照应"银汉",即景设喻,十分自然。"佳期如梦"写出相会的短暂,一夕欢会像梦幻一般倏然而逝。刚刚借以相会的鹊桥,转瞬间又成了分别的归路。不说不忍离去,却说怎么忍心看那鹊桥归路,婉转之中,含有无限惜别之意。最后两句,词人发出感叹:"两情若是久长时,又岂在朝朝暮暮!"只要真诚相爱,终古不移,又何必卿卿我我,朝夕厮守呢? 这两句感情色彩很浓的议论,既是对牛、女坚贞爱情的由衷赞美,更是词人对人间真情的情感体验,从而借助神话传说将真挚的爱情升华到圣洁、永恒的理想境界。

此词将写景、抒情、说理融为一体。以景抒情,融情入景,因情发论,以理论情,使之成为一首情、景、理兼胜的经典之作。

词牌考原

《鹊桥仙》,词牌名,有令词和慢词两种。又名《鹊桥仙令》、《忆人人》、《金风玉露相逢曲》、《广寒秋》等。古时关于牛郎织女"鹊桥相会"之神话,汉末应劭《风俗通》中已有记载:"织女七夕渡河,使鹊为桥。"自《古诗十九首》"迢迢牵牛星,皎皎河汉女"的描写以来,各代诗人都咏入篇什。遂取以为曲名,以咏牛郎织女相会事。《钦定词谱》云:"此调有两体,五十六字者始自欧阳修,因词中有'鹊迎桥路接天津'句,取为调名。周邦彦词名《鹊桥仙令》,《梅苑》词名《忆人人》。韩淲词,取秦观词句,名《金风玉露相逢曲》。张辑词,有'天风吹送广寒秋'句,名《广

143

寒秋》。元高拭词注：仙吕调。八十八字者始自柳永，《乐章集》注云：歇指调。"

词 谱 格 式

《鹊桥仙》的词谱格式：

纤云弄巧，	平平仄仄，(句)
飞星传恨，	平平仄仄，(句)
银汉迢迢暗度。	仄仄平平仄仄。(韵)
金风玉露一相逢，	平平仄仄仄平平，(句)
便胜却、人间无数。	仄仄仄、(豆)平平仄仄。(叶)
柔情似水，	平平仄仄，(句)
佳期如梦，	平平仄仄，(句)
忍顾鹊桥归路。	仄仄平平仄仄。(叶)
两情若是久长时，	平平仄仄仄平平，(句)
又岂在、朝朝暮暮。	仄仄仄、(豆)平平仄仄。(叶)

词 律 解 读

1. 此词牌为双调，五十六字。前后阕格律相同，各两仄韵，一韵到底。

2. 本词所押仄声韵，为去声遇韵，起首韵字"度"及上下片叶韵的"数"、"路"、"暮"字均属遇韵。

3. 此词上下片首两句要求对仗。因均为四言句，平仄相同，例为四字对句。如本词中的"纤云弄巧，飞星传恨"，"柔情似水，佳期如梦"均为同声对。上下片末句为七言句，其句式为上三下四，前三字多为仄声。

4.《词律》卷八列秦观词为正体，列柳永词(届征途)八十七字为"又一体"。《钦定词谱》卷一二以欧阳修词(月波清霁)为正体，又列五十七字、五十八字、八十八字等数种为"又一体"。

41

一斛珠 香口

南唐 李煜

晚妆初过,(韵)沉檀轻注些儿个[1]。(叶)向人微露丁香颗[2]。(叶)一曲清歌,(句)暂引樱桃破[3]。(叶)　　罗袖裛残殷色可[4],(叶)杯深旋被香醪涴[5]。(叶)绣床斜凭娇无那[6]。(叶)烂嚼红绒[7],(句)笑向檀郎唾[8]。(叶)

注释

〔1〕沉檀:指檀红,古代妇女化妆时用于点唇的颜料,因此红唇又叫檀口。注:点。些儿个:一点儿。

〔2〕丁香颗:丁香的花蕾,此处指美女的舌尖。丁香又名鸡舌香,因其形似鸡舌,因而用作美人舌尖的代称。

〔3〕樱桃破:张开樱桃似的小口。

〔4〕裛(yì义)残:指零星酒沫濡湿。殷色:深红色。可:犹"可可",隐约、模糊的样子。

〔5〕香醪(láo劳):芳香的美酒。涴(wò沃):沾污。

〔6〕凭:倚靠。无那(nuò诺):无限,非常。

〔7〕红绒:红色丝缕,刺绣用的绒线。一作"茸",与"绒"通。

〔8〕檀郎:西晋潘岳貌美,小名檀奴,此后便以"檀郎"作为女子对男子的爱称。

145

评 析

此词描写一位歌女俏丽、天真、娇憨的情态。

词的上片，写歌女的美貌。刚刚化罢晚妆，唇上轻轻点了一点檀红。唱歌之前，她俏皮地向人微微露出一下舌尖，以湿润双唇。进而开启樱桃般的小口，一展歌喉。词人用樱桃来形容歌女嘴唇的小巧红润，十分可爱。用"樱桃破"来形容歌女红唇开启的状态，亦十分形象。整个上片，写歌女的美貌与演唱，都围绕着歌女的红唇着笔，从点唇、露舌到唱破朱唇，一气呵成，细腻生动。

词的下片，写歌女宴饮时的娇憨情态。前二句写她宴席之上，频频举杯，由浅斟慢饮，到大杯豪饮，以至罗袖沾湿，衣衫弄脏。后三句写她醉后的娇态，只见她斜靠在绣床之上，风情万种，无限娇美；又把红绒含在嘴里咬碎后，娇嗔地笑着，吐向心爱的郎君。这三句真实展现了歌女娇憨、天真、顽皮的性格。

此词通过细腻、生动地描绘，展现了歌女的美貌和性格，使人如见其人，如临其境。

词牌考原

《一斛珠》，词牌名。又名《醉落魄》、《怨春风》、《章台月》等。古代以十斗为一斛，南宋末改为五斗为一斛。一斛珠，即十斗明珠。唐曹邺《梅妃传》载，唐玄宗原宠爱梅妃江采蘋，后梅妃因杨贵妃得宠而受冷落，被遣上阳宫。唐玄宗在花萼楼接见外国使者，在外使所呈礼物中有明珠一斛。唐玄宗命赐江采蘋。江采蘋不受，并答诗一首："柳叶双眉久不描，残妆和泪污红绡。长门自是无梳洗，何必珍珠慰寂寥。"唐玄宗读罢怅然，令乐府以新声度其诗，名《一斛珠》，曲名始此。又有宋大曲《一斛夜明珠》，见《宋史·乐志》。《钦定词谱》卷十二《一斛珠》下载："晏几道词名《醉落魄》。张先词名《怨春风》。黄庭坚词名《醉落拓》。"

词谱格式

《一斛珠》的词谱格式：

晚妆初过，	仄平平仄，(韵)
沉檀轻注些儿个。	平平仄仄平平仄。(叶)
向人微露丁香颗。	平平仄仄平平仄。(叶)
一曲清歌，	仄仄平平，(句)
暂引樱桃破。	仄仄平平仄。(叶)
罗袖裹残殷色可，	仄仄平平平仄仄，(叶)
杯深旋被香醪涴。	平平仄仄平平仄。(叶)
绣床斜凭娇无那。	平平仄仄平平仄。(叶)
烂嚼红绒，	仄仄平平，(句)
笑向檀郎唾。	仄仄平平仄。(叶)

词律解读

1.《一斛珠》为双调,五十七字。上下片各五句,四仄韵;除上片首句为四言、下片首句为七言外,其余句式、格律均相同。

2. 本词所押仄韵,属于词韵第九部仄声韵(上声哿,去声箇)。起首韵字"过"及叶韵的"个"、"破"、"涴"、"那"、"唾"均属去声箇韵;"颗"、"可"两韵字属上声哿韵。乃同部上去声仄韵通押。

3.《词律》卷八、《钦定词谱》卷十二均以李煜词为正体。《词律》列周密词换头七言平起者为"又一体"。《钦定词谱》亦列张先词换头平起者为"又一体"。

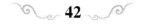

42

踏莎行 春暮

宋 寇准

春色将阑[1],(句)莺声渐老,(韵)红英落尽青梅小[2]。(叶)
⊙　●　○　　　　●　○　●　　　　○　○　●　●　○　○　▲

画堂人静雨蒙蒙[3],(句)屏山半掩余香袅[4]。(叶)　　密约沉
⊙　○　○　●　●　○　○　　　　○　○　●　●　○　○　▲　　　　●　●　○

沉[5],(句)离情杳杳[6],(叶)菱花尘满慵将照[7]。(叶)倚楼无语
○　　　　⊙　○　●　▲　　　○　○　○　●　○　○　▲　　⊙　○　○　●

欲销魂[8],(句)长空黯淡连芳草。(叶)
●　○　○　　　　○　○　●　●　○　○　▲

注释

〔1〕将阑:将尽。

〔2〕红英:红花。

〔3〕蒙蒙:微雨貌。

〔4〕屏山:画有山水的屏风。袅:烟雾缭绕升腾的样子。

〔5〕沉沉:深沉之至。

〔6〕杳杳:幽远之极。

〔7〕菱花:古铜镜之六角形或镜背面刻有菱花,称之为菱花镜。诗文中常以
　　菱花为镜的代称。慵:懒得。

〔8〕销魂:因为过度刺激而神思茫然,仿佛魂将离体。多用以形容悲伤、愁苦
　　的情状。

评析

这是一首表现闺怨的作品。

词的上片,写暮春景色和居室环境。开篇三句,写暮春残景。首句是概括性的叙述,总写春之将逝。后两句是分别描摹。第二句从听觉角度写春鸟。从莺的叫声中,感到莺已渐老。第三句从视觉角度写春花。庭院中花已经落尽,只见满地落红。梅花凋谢更早,枝头已经结出小小的果实。以上三句写室外春景,动静相衬,有声有色。传达出一种美人迟暮之感。后两句,由室外转向室内,由写景转到写人。画堂静无人声,窗外细雨蒙蒙;屏风半开半掩,沉香余烟袅袅。词人极力营造一种空寂、迷蒙的氛围,展现女主人公凄迷、寂寥的心境。

词的下片,写怀远别情。首三句,写女主人公在落寞失望中,想起昔日分别时私订的幽会密约,而如今对方却音信杳然。相思的痛苦使得她百无聊赖,无心梳妆,以至镜匣之上都积满尘土。最后两句,写女主人公倚楼远望,黯然销魂的情景。为了排解内心的痛苦,她只得倚楼望远,却始终不见心上人的身影。目光所及,只看到空阔的灰色天空,连着无边无际的绵绵芳草。"长空黯淡"烘托出女主人公凄凉无比的心境。而"芳草"则是暗用《楚辞·招隐士》中"王孙游兮不归,春草生兮萋萋"的语意。以景结情,余韵无穷。

整首词情景相生,意境浑然。宋人胡仔称寇准"诗思凄婉,盖富于情者",以此评寇准的词作亦甚恰当。

词牌考原

《踏莎行》,词牌名。唐陈羽《过栎阳山溪》:"众草穿沙芳色齐,踏莎行草过春溪。"调名本此。《词律·发凡》云:"如《踏莎行》、《御街行》、《望远行》,此行步之'行',岂可入歌行之内?"说明此词牌之"行"本为行步踏春之意,而与乐府歌行之"行"不同,乐府歌行之"行"乃诗歌体裁之名。《踏莎行》作为词调,是北宋寇准的自度曲,咏的是暮春时节,莎草离披,踏草寻芳之事。所谓自度曲,是通晓音律的词人,自作歌词后谱写出新的曲调。据北宋僧人文莹的《湘山野录》记载:"莱公(寇准)……因早春宴客,自撰乐府词,俾工歌之。"

《踏莎行》又名《踏雪行》、《喜朝天》、《潇潇雨》、《惜余春》、《柳长春》等。《钦定词谱》卷十三"踏莎行"下云:"《金词》注:中吕调;曹冠词,名《喜朝天》;赵长卿词,名《柳长春》;《鸣鹤余音》词,名《踏雪行》;曾觌、陈亮词添字者,名《转调踏莎行》。"

词 谱 格 式

　　《踏莎行》的词谱格式:

春色将阑,	仄仄平平,(句)
莺声渐老,	平平仄仄,(韵)
红英落尽青梅小。	平平仄仄平平仄。(叶)
画堂人静雨蒙蒙,	平平仄仄仄平平,(句)
屏山半掩余香袅。	平平仄仄平平仄。(叶)
密约沉沉,	仄仄平平,(句)
离情杳杳,	平平仄仄,(叶)
菱花尘满慵将照。	平平仄仄平平仄。(叶)
倚楼无语欲销魂,	平平仄仄仄平平,(句)
长空黯淡连芳草。	平平仄仄平平仄。(叶)

词 律 解 读

　　1.《踏莎行》为双调,五十八字。上下片各五句,三仄韵,格式相同。

　　2. 本调之句法与平仄,实即七言仄韵诗两绝合成,除破首句七字为两对句外,上下片第三、五两句均为七言平起仄收句式,第四句为七言平起平收不叶韵。每句七言第一、三字均可平仄不拘。

　　3. 此词牌押仄声韵。本词押词韵第八部仄声韵(上声筱巧皓,去声啸效号)。起首韵字"老"及结尾的"草"字属上声皓韵;其他叶韵的"小"、"袅"、"杳"属上声篠韵;"照"字属去声啸韵。是同部上去声仄韵通押。

4. 上下片开头的两个四言句,平仄相对,例用对仗。如本词上片为"春色将阑,莺声渐老",下片为"密约沉沉,离情杳杳",均为对仗句。

5.《词律》卷八以吴文英词(润玉笼绡)五十八字为正体。另列《转调踏莎行》两体。《钦定词谱》卷十三以晏殊词(细草愁烟)五十八字为正体。另列曾觌词六十六字者、陈亮词六十四字者为"又一体"。

43

临江仙 妓席

宋 欧阳修

池外轻雷池上雨[1]，（句）雨声滴碎荷声。（韵）小楼西角断虹明[2]。（叶）栏杆私倚处[3]，（句）遥见月华生[4]。（叶）　燕子飞来窥画栋，（句）玉钩垂下帘旌[5]。（叶）凉波不动簟纹平[6]。（叶）水晶双枕畔[7]，（句）犹有堕钗横[8]。（叶）

注释

〔1〕池外：诸本有异文，欧阳修《六一词》、宋曾慥《乐府雅词》卷上所录为"柳外"；宋王楙《野客丛书》卷二十四、《草堂诗余》卷二、《花草粹编》卷十三所录作"池外"。通篇观之，因下句两用"声"字，故此处亦当两用"池"字，方有回环之妙。轻雷：隐隐约约的雷声。

〔2〕断虹：一段彩虹。

〔3〕栏杆：《六一词》作"阑干"，意同。

〔4〕月华：月光。

〔5〕帘旌：原指帘子上所缀帘额，此处指帘帷。

〔6〕簟(diàn 电)纹：竹席细密的纹理。

〔7〕水晶：水晶即水精，为无色透明的结晶矿石，琢取其片、粒，用于装饰。

〔8〕堕钗：滑落的金钗。堕，滑落、掉落。钗，妇女的一种首饰，由两股簪子合成，形似叉，用金、玉、铜等制作。插定发髻，有装饰作用。结尾两句，

《六一词》作"水晶双枕,旁有堕钗横",句式与《白香词谱》所录略有不同。

评析

《白香词谱》此词标题为"妓席",但诸本多无此题,《草堂诗余》卷二题名"夏景"。"妓席"之说出自宋人笔记中的一个传说,宋王楙《野客丛书》卷二十四:"此词甚脍炙人口,旧说谓欧公为郡幕日,因郡宴,与一官妓荏苒,郡守得知,令妓求欧词以免过,公遂赋此词。仆观此词,正祖李商隐《偶题》诗云:'小亭闲眠微醉消,石榴海柏枝相交。水纹簟上琥珀枕,旁有堕钗双翠翘。'又'池外轻雷'亦用商隐'芙蓉塘外有轻雷'之语。'好风微动帘旌'用唐《花间集》中语。"今多以妓情之说恐为附会。

此词描写一位贵妇的夏日生活。

词的上片,写夏日傍晚的景色。傍晚时分,从池外传来隐隐雷声,随即飘来一阵急雨。雨点敲打着池塘中的荷叶,发出滴滴答答的声响。"碎"字写出雨打荷叶声的急促细碎,听起来别有一番诗意。一阵急雨之后,一道"断虹"高挂在小楼西角,显得格外绚丽。而女主人公倚靠着栏杆,听着奇妙的雨声,看着美丽的彩虹,不觉忘了时间的推移。进而,夜幕降临,碧空如洗,一钩新月慢慢升起,一切都笼罩在皎洁的月光之中。女主人公仍然斜倚在栏杆旁,遥望着明月入了神。由黄昏到夜晚,女子伫立良久,翘首期盼,她听到雷声、雨声、雨打荷叶声,却听不到心上人归来的声音。她看到雨后彩虹,夜空明月,却看不到心上人的身影。夏日的景色如此美丽,而女子却只能"私倚"栏杆,独自度过。整个上片几乎句句写景,而情尽寓其中,写尽了女子在无望的期待中度过的漫长时光。笔致细腻,如歌如画,极为精妙。

词的下片,写女主人公孤夜难眠。活动场景从上片的室外转到了室内,时间亦从傍晚写到夜深。薄暮时分,燕子归巢,偷看这华美的楼堂。燕子的成双成对反衬出女主人公的孤独。她摘下玉钩,将帘子放下,独宿凉簟。词人用凉波来形容竹席的清凉,而这"凉波"又是平整无浪,写透静处生凉之境。夜深时分,主人公夜不成寐,辗转反侧,以至头上的钗子,也斜落在水晶双枕旁。枕头成双,人却独宿，写出女主人公对美好感情的渴望，亦反衬出她的孤独与凄凉。

此词时空脉络清晰，意境清新优美。词中用"画栋"、"玉钩"、"水晶"等词展现女子的贵族身份，亦使整首词显得辞藻华美。

词牌考原

《临江仙》，词牌名。原唐教坊曲，用作词调。又名《谢新恩》、《雁后归》、《画屏春》、《庭院深深》、《想娉婷》、《瑞鹤仙令》、《鸳鸯梦》、《玉连环》。此调源起颇多歧说。《钦定词谱》引宋黄昇《花庵词选》云："唐词多缘题所赋，《临江仙》之言水仙，亦其一也。"现存敦煌曲两首，任二北《敦煌曲校录》定名《临江仙》，王重民《敦煌曲子词集》亦作《临江仙》。任二北据敦煌词有句云"岸阔临江底见沙"谓辞意涉及临江。可知本调之创，本咏水仙，其后词人依调填词，乃有泛咏。而唐宋词人创作中增减字数，体乃增多，别名亦多。宋代，柳永演为慢曲，长达九十三字。据万树《词律》所收，《临江仙》即有七体之多。《钦定词谱》以和凝词为正体外，更列出十种变体。《钦定词谱》卷十云："宋柳永词注：仙吕调；元高拭词注：南吕调。李煜词名《谢新恩》；贺铸词，有'人归落雁后'句，名《雁后归》；韩淲词，有'罗帐画屏新梦悄'句，名《画屏春》；李清照词，有'庭院深深深几许'句，名《庭院深深》。"此调音律和谐，风格清婉，受到词人喜爱，成为常用词牌。最著名的是明杨慎所作《临江仙》，被《三国演义》用为开篇词。

词谱格式

《临江仙》的词谱格式：

池外轻雷池上雨，	⊗仄⊙平平仄仄，(句)
雨声滴碎荷声。	⊙平⊗仄平平。(韵)
小楼西角断虹明。	⊙平⊗仄仄平平。(叶)
栏杆私倚处，	⊙平平仄仄，(句)
遥见月华生。	⊗仄仄平平。(叶)

燕子飞来窥画栋，	仄仄平平平仄仄，（句）
玉钩垂下帘旌。	平平仄仄平平。（叶）
凉波不动簟纹平。	平平仄仄平平。（叶）
水晶双枕畔，	平平平仄仄，（句）
犹有堕钗横。	仄仄仄平平。（叶）

词律解读

1.《临江仙》为双调，六十字。上下片各五句，三平韵，句式、格律相同。

2. 本调前后阕格式相同。起为仄起仄收之七言句，不用韵。次为六字句，用韵。第三句为平起平韵之七言句，故一三两字平仄不拘。四五两句恰与仄起五言绝句末二句句法相同；每句第一字亦不拘平仄。

3. 本词押平声韵，一韵到底。起首韵字"声"是平声庚韵，下面各叶韵处"明"、"生"、"旌"、"平"、"横"字均属庚韵。

4. 本调有多种体式，《白香词谱》所选为使用最多的一种。上下片中的两组五言句，一般不作对仗。《词律》卷八以五代和凝词（海棠香老春江晚）五十四字者为正体。另列增字者六种为"又一体"。《钦定词谱》卷十亦以和凝为正体，另列十种"又一体"。

《蝶恋花》（花褪残红青杏小）

44

蝶恋花　春景

宋　苏轼

花褪残红青杏小[1]。(韵)燕子飞时,(句)绿水人家绕。(叶)枝上柳绵吹又少[2],(叶)天涯何处无芳草[3]。(叶)　墙里秋千墙外道[4]。(叶)墙外行人,(句)墙里佳人笑。(叶)笑渐不闻声渐杳[5],(叶)多情却被无情恼[6]。(叶)

注释

〔1〕褪(tuì 退):消退了颜色。青杏:未成熟的杏。

〔2〕柳绵:柳絮。

〔3〕"天涯"句:战国楚屈原《离骚》:"何所独无芳草兮,尔何怀乎故宇。"

〔4〕墙里秋千:"墙里"二字,《白香词谱》原作"架上",检《东坡词》、宋黄昇《花庵词选》卷二、宋陈景沂《全芳备祖后集》卷五、明陈耀文《花草粹编》卷十三及《历代诗余》卷三十九均作"墙里";且"墙里秋千墙外道"有两墙字,与下句"墙外行人、墙里佳人笑"的两墙字相呼应,极具回环之妙,而作"架上"无据,故改之。

〔5〕渐杳:有异文,《东坡词》、明陈耀文《花草粹编》卷十三作"渐悄"。

〔6〕恼:苦恼。

评析

　　此词是绍圣元年(1094),苏轼被贬惠州途中所作。这是一首伤春之作。词的上片,描写暮春景色。开篇一句,是静态描写,花红褪去,青杏初生。接下来两句,转入动态描写。燕子翻飞,绿水环绕,显出一派活泼的生机和幽静的画意。"人家"的出现为下片写"墙里佳人"做了铺垫。段末两句,从近、远两个角度描写暮春。前一句写柳絮,为近景。在春风吹拂下,枝头上的柳絮愈来愈少,春天的脚步已经远去。"又"字是词人对春光流逝的惋惜和对生命短暂的慨叹。后一句写春草,为远景。晚春时节,芳草萋萋,弥漫天涯。作者采用反诘句式,是在强调春草的无处不在。整个上片,通过不同角度,多种事物,展现了生机盎然、色彩丰富的暮春景色。词人既为时光的流逝而伤感,更为生命的延续而欣慰,表现出一种超脱、旷达的情怀。

　　词的下片,写词人路经"人家"墙外的感受。首三句,紧承上片的"绿水人家"而来。词人从墙外走过,听到墙内少女荡秋千的欢笑声。但却只闻其声,不见其人。此种写法笔墨简略,意蕴丰富。最后两句,写词人对笑声的感受。在枯燥的行程中,佳人这充满青春气息的欢快笑声,使词人受到感染。旅途的劳顿,心情的郁闷,随之释然许多,甚至产生种种美妙的联想。然而墙内佳人对此全然不知,玩得尽兴之后,她便离开了,那欢快的笑语声也随之而去。这使"行人"又从佳人笑声撩拨起的想象中回到了现实中,仕途的失意、旅途的漫长、年华老去的感伤一齐涌上了心头,使其内心又平添许多惆怅与烦恼。实际上,佳人的笑是无意的,谈不上"有情"与否。而作者的"多情",并非是单纯的男女相思之情,而是包含着丰富的内涵,如同他在另一首词中所说的"多情应笑我,早生华发"(《念奴娇·赤壁怀古》),这是饱经沧桑的词人在听到青春无邪的笑声后引发的无限感喟和多种情愫。结尾字里行间,流露出一种失落、伤感的情调。

　　在词的下片,词人运用了"顶针格"的修辞方法。"墙外道"下紧接"墙外行人","佳人笑"下紧接"笑渐不闻",极具流动之感。且上下句两"墙"字、两"笑"字相呼应,读来错落有致,又具回环之妙,苏轼词历来以豪放、超逸著称,但也有如此清新婉丽之作。

158

词牌考原

《蝶恋花》,词牌名。原唐代教坊曲,用作词调。本名《鹊踏枝》,由晏殊改今名,采自梁简文帝萧纲《东飞伯劳歌》"翻阶蛱蝶恋花情"句为调名。又名《明月生南浦》《黄金缕》《卷珠帘》《细雨吹池沼》《鱼水同欢》《凤栖梧》《一箩金》等。此词牌一般用来填写多愁善感和缠绵悱恻的内容,深为五代及北宋词人所喜爱。《钦定词谱》卷十三《蝶恋花》下云:"本名《鹊踏枝》,宋晏殊词改今名。《乐章集》注:小石调;赵令畤词注:商调;《太平乐府》注:双调。冯延巳词,有'杨柳风轻,展尽黄金缕'句,名《黄金缕》;赵令畤词,有'不卷珠帘,人在深深院'句,名《卷珠帘》;司马槱词,有'夜凉明月生南浦'句,名《明月生南浦》;韩淲词,有'细雨吹池沼'句,名《细雨吹池沼》;贺铸词,名《凤栖梧》;李石词,名《一箩金》;衷元吉词,名《鱼水同欢》;沈会宗词,名《转调蝶恋花》。"

词谱格式

《蝶恋花》的词谱格式:

花褪残红青杏小。	⊗仄⊙平平仄仄。(韵)
燕子飞时,	⊗仄平平,(句)
绿水人家绕。	⊗仄平平仄。(叶)
枝上柳绵吹又少,	⊗仄⊙平平仄仄,(叶)
天涯何处无芳草。	⊙平⊗仄平平仄。(叶)
墙里秋千墙外道。	⊗仄⊙平平仄仄。(叶)
墙外行人,	⊗仄平平,(句)
墙里佳人笑。	⊗仄平平仄。(叶)
笑渐不闻声渐杳,	⊗仄⊙平平仄仄,(叶)
多情却被无情恼。	⊙平⊗仄平平仄。(叶)

词律解读

1. 此词牌为双调,六十字。上下片各五句,四仄韵,或押入声韵,或上去声通押。上下片句式、格律相同。

2. 本词押仄声韵,为词韵第八部的仄韵(上声篠巧皓,去声啸效号)。起首韵字"小"及下面叶韵的"绕"、"少"、"杳"都属上声篠韵。而韵字"草"、"道"、"恼"属上声皓韵。"笑"字去声啸韵。是同部上去声通押。

3. 此调以七言律句为主,杂以四言、五言律句,句式参差,而音节流丽,适于表现低回往复的柔情。加之仄声韵的运用,亦有一种幽咽缠绵的韵味。《词律》卷九以冯延巳词(六曲阑干偎碧树)为正体,以石孝友词(别来相思无限期)为"又一体"。《钦定词谱》卷十三同《词律》,另增沈会宗词(渐近朱门香夹道)为"又一体"。

45.

一剪梅 春思[1]

宋 蒋捷

一片春愁待酒浇。(韵)江上舟摇,(叶)楼上帘招[2]。(叶)秋娘渡与泰娘桥[3]。(叶)风又飘飘,(叶)雨又潇潇。(叶)　　何日归家洗客袍[4]?(叶)银字笙调[5],(叶)心字香烧[6]。(叶)流光容易把人抛[7]。(叶)红了樱桃,(叶)绿了芭蕉。(叶)

注释

〔1〕本篇有几处异文,一是首句的"待酒浇",《白香词谱》原作"带酒浇";二是第四句"秋娘渡与泰娘桥",原本作"秋娘容与泰娘娇";三是过片"何日归家洗客袍"原作"何日云帆卸浦桥";四是"银字笙调",原本作"银字筝调",今据蒋捷《竹山词》、明陈耀文《花草粹编》卷十三:《历代诗余》卷三十七所载改之。

〔2〕帘:指酒旗。招:招徕。

〔3〕"秋娘"句:此词原题作"舟过吴江","秋娘渡"与"泰娘桥"为吴江以唐代两个著名歌妓命名的地名。蒋捷另有《行香子》(舟宿兰湾)词,以"红了樱桃,绿了芭蕉"开篇,结尾连写三个地名:"待将春恨、都付春潮,过窈娘堤、秋娘渡、泰娘桥。"宋陈以庄《水龙吟》词亦云:"向秋娘渡口、泰娘桥畔,依稀是、相逢处。"秋娘姓杜,原是唐代润州(今江苏镇江)人,能歌善舞,镇海节度使李锜以重金将她买入府中并纳为妾。李锜叛死,秋娘没

161

入宫中,受宠于宪宗。穆宗立,命为皇子傅母。后皇子被废,杜秋娘得以放归故乡。唐杜牧曾作《杜秋娘》诗。李泰娘本唐代民间歌妓,吴郡太守韦执谊携归京师,其歌舞技艺名噪一时。韦死,泰娘归蕲州刺史张愻,后愻贬武陵,泰娘无所归,流落民间。刘禹锡作《泰娘歌》。秋娘渡、泰娘桥,皆为吴江(位于太湖东南)地名。

〔4〕何日,不知何日。

〔5〕银字笙:一种管乐器,用银作字,以标明音阶的高低。调:调弄、试音以吹奏。

〔6〕心字香:制作成心字形状的香。明杨慎《词品》"心字香"条引宋人范成大《骖鸾录》载,番禺人制心字香,用素馨茉莉花半开者,著于净器中,薄劈沉香,层层相间封好,每天换一次,花期未过,心字香即已制成。杨慎又云:"所谓心字香者,以香末索篆成心字也。"

〔7〕流光:指如流水般逝去的时光。

评析

此词原题作"舟过吴江"。吴江位于江苏省东南部,西临太湖。这首词写作者漂泊途中的倦游思归之情。

词的上片,写舟行中的愁情。开篇三句,点明"春愁",领起全文,奠定全词基调。"一片"形容"春愁"如海,连绵不断。"待酒浇",表现了他愁绪之浓,只有借酒将其消解。"舟摇"的"摇"字颇具动感,写出了主人公旅途寂寞、动荡漂泊的真实感受。"楼上帘招"写词人的视线被飘扬的酒旗所吸引,透露出他希望借酒浇愁的心理。然而此时此刻,他这一简单的愿望也难以实现。段末三句,续写旅况,突出一个归字。船已经驶过了秋娘渡和泰娘桥。"秋娘"和"泰娘"是唐代著名歌女。自此经过,词人心中难免会有绮思遐想,以至产生和家人团聚的迫切愿望。然而此时船外,却是一派风雨交加的景象。词人在此两次使用"又"字,写出了他对风雨阻归的气恼与无奈。

词的下片,是对归家后生活的畅想。首三句,写归家后的三件事:"洗客袍"、"银字笙调"和"心字香烧"。"洗客袍",换洗旅途穿的衣服;"银字笙调",调弄有银字的笙；"心字香烧"，点熏炉里心字形的香。团聚后的家庭生活，是如此美好、和谐、温馨。然而"何日"一词，却说明归期难料。词人需要面对的仍是漫长的旅程。最后三句，写词人对时光流逝的忧思。词人用夏初时樱桃变红，芭蕉变绿的景象，将时光流逝的无形，转化为具体可感的鲜明形象，抒发了年华易逝，人生易老的感叹。句中"了"字，极富动感，写出了颜色的变化过程，樱红蕉绿，年复一年，而自己却有家难归，词意又归于"春愁"之上。

整首词洗练缜密，流动自然，形象生动，色彩鲜明。

词牌考原

《一剪梅》，词牌名。作为词调最早见于北宋周邦彦，是周邦彦的自度曲。此调因周邦彦词起句有"一剪梅花万样娇"，乃取前三字为调名。宋人称一枝曰一剪，一剪梅者，即一枝梅也。古时远地赠人，辄以梅花一枝表相思。南朝宋盛弘之《荆州记》："陆凯与范晔相善，自江南寄梅花一枝，诣长安与晔，并赠花诗曰：'折梅逢驿使，寄与陇头人。江南无所有，聊赠一枝春。'"词名《一剪梅》，即取此义。又韩淲词有"一朵梅花百和香"句，故又名《腊梅香》，李清照词有"红藕香残玉簟(diàn 电)秋"句，故又名《玉簟秋》。

词谱格式

《一剪梅》的词谱格式：

一片春愁待酒浇。	⊕仄平平仄仄平。(韵)
江上舟摇，	⊕仄平平，(叶)
楼上帘招。	⊕仄平平。(叶)
秋娘渡与泰娘桥。	⊕平⊕仄仄平平。(叶)
风又飘飘，	⊕仄平平，(叶)
雨又潇潇。	⊕仄平平。(叶)

何日归家洗客袍？	仄仄平平仄仄平。（叶）
银字笙调，	仄仄平平，（叶）
心字香烧。	仄仄平平。（叶）
流光容易把人抛。	平平仄仄仄平平。（叶）
红了樱桃，	仄仄平平，（叶）
绿了芭蕉。	仄仄平平。（叶）

词律解读

1. 此为《一剪梅》词谱之一种。双调，六十字；上下片各六句，句句平韵。全词由七言与四言相间而成。首句为仄起平韵七言句，除第一字外，平仄不能移易。次为两句格式相同的四字句（第一字均可仄），第三句是平起平韵的七言句，下面又是两句格式相同的四字句。下片与上片格式相同。

2. 本词牌押平声韵。本篇押的平声萧韵，其格式是句句押韵。起首韵字"浇"及下面叶韵的"摇"、"招"、"桥"、"飘"、"潇"、"调"、"烧"、"抛"、"桃"、"蕉"字均属平声萧韵，只有下片开头的"袍"字借用邻韵豪韵。词韵第八部平韵（平声萧肴豪）可通押。

3. 上下片有四对四言句，平仄相同，可用作同声对、并头对、联尾对，亦有用叠韵者。如本词的四组对句两用"上"、"又"、"字"、"了"四个字重叠相对；李清照的词则用叠韵："才下眉头，却上心头"。

4. 《词律》卷九以李清照词（红藕香残玉簟秋）上下片各三平韵者为正体，以蒋捷词（一片春愁带酒浇），及吴文英、卢炳词为"又一体"。《钦定词谱》卷十三则以周邦彦词（一剪梅花万样娇）上下片各三平韵者为正体，另列蒋捷等六种为"又一体"。

46

河传 赠妓

宋　秦观

恨眉醉眼，^(韵)甚轻轻觑着[1]，^(句)神魂迷乱。^(叶)常记那回，^(句)小曲阑干西畔。^(叶)鬒云松，^(句)罗袜刬[2]。^(叶)丁香笑吐娇无限[3]。^(叶)语软声低，^(句)道我何曾惯。^(叶)云雨未谐[4]，^(句)早被东风吹散。^(叶)瘦杀人，^(句)天不管。^(叶)

注释

[1] 甚：是，正。觑(qù 去)：偷看。

[2] 罗袜刬(chǎn 产)：为了避免发出声音，而只穿着袜子行走。刬，即刬袜，不穿鞋子，只穿着袜子着地。

[3] 丁香：指代美人舌。丁香又名鸡舌香，因其形似鸡舌，因而用作美人舌尖的代称。

[4] 云雨：战国楚宋玉《高唐赋》云，楚王游高唐，昼寝，梦幸一女，女临行曰："妾在巫山之阳，高丘之阻，旦为朝云，暮为行雨，朝朝暮暮，阳台之下。"此处指男女交欢。

评析

这是一首赠妓词。写自己和一名风尘女子的一段感情经历。

词的上片，写重逢和对初次相会的回忆。开篇三句，写自己和女子重逢时的神态。她眉眼之间,带着醉意,含情脉脉地偷看着自己。那爱恨交织的神情,令词人神魂颠倒,不能自已。段末四句,是对上次相会的回忆。在"小曲阑干西畔",两人欢会时,女子鬓发蓬松,脚上只穿着罗袜。这难忘的一幕,常常在词人的心头记起。

　　词的下片,写女子的无限娇媚,以及自己的刻骨相思。首三句,续写对上次约会的回忆。"丁香笑吐娇无限",写女子笑启朱唇,微吐舌尖的娇媚神态。"语软声低,道我何曾惯",写女子欢会时柔声细语,娇羞无限。接下来两句,写两人虽情有独钟,但此次相会尚未尽欢,却因种种原因被迫分散。而由此带来的别离的痛苦令人刻骨铭心,日渐消瘦。结尾写词人为情所扰,痛苦异常,因这种相思之苦,无处可诉,连上天都不会相助。

　　此词在结构上,上下贯通,具有形断意连,一气呵成的效果。

词牌考原

　　《河传》,词牌名。亦称"水调河传"。又名《怨王孙》、《月照梨花》、《庆同天》、《秋光满目》。"河传"之曲名始于隋代,传为炀帝去江都时作,声韵悲切。用作词调则以晚唐温庭筠之作为最早。据《隋唐嘉话》载,隋炀帝开汴河时曾制《水调歌》,唐人演为大曲。《唐会要》卷三十三"诸乐"下载:"南吕商,时号水调。"宋王灼《碧鸡漫志》卷四引《脞说》云:"《水调河传》,炀帝将幸江都时所制,声韵悲切。帝乐之。《水调河传》但有去声。盖水调中《河传》也。"《碧鸡漫志》又称:"《河传》唐词,存者二。其一属'南吕宫',凡前段平韵,后仄韵。其一乃今《怨王孙》曲,属'无射宫'。以此知炀帝所制《河传》,不传已久。然欧阳永叔(修)所集词内,《河传》附'越调'。亦《怨王孙》曲。今世《河传》乃'仙吕调',皆令也。"唐又有新水调,亦商调曲也。《河传》曲亦为舞曲,据晚唐孙光宪《北梦琐言》载:"唐乾符中,绵竹王俳优者,有巨力,每遇府中飨军宴客,先呈百戏,王生腰背一船,船中载十二人,舞《河传》一曲,略无困乏。"《钦定词谱》云:"按《河传》之名,始于隋代,其词则创自温庭筠。《花间集》所载唐词,句读韵叶,颇极参差,然约计不过三体……有两仄两平四换韵者,有前段仄韵、后段仄韵平韵者,有前后段皆仄韵者。"前后段两仄两平四换韵者,如温庭筠"湖上"词以下十五首。五代韦庄词名《怨王孙》。

张先词,有"海富称庆与天同"句,更名《庆同天》。李清照词,有"人静皎月初斜,浸梨花"句,更名《月照梨花》。徐昌图词,有"秋光满目"句,更名《秋光满目》。

词 谱 格 式

《河传》的词谱格式:

恨眉醉眼,	Ⓧ平Ⓧ仄,(韵)
甚轻轻觑着,	仄平平仄仄,(句)
神魂迷乱。	Ⓟ平Ⓧ仄。(叶)
常记那回,	Ⓟ仄仄平,(句)
小曲阑干西畔。	Ⓧ仄Ⓟ平平仄。(叶)
鬂云松,	仄Ⓟ平,(句)
罗袜刬。	平仄仄。(叶)
丁香笑吐娇无限。	Ⓟ平Ⓧ仄平平仄。(叶)
语软声低,	Ⓧ仄平平,(句)
道我何曾惯。	Ⓧ仄平平仄。(叶)
云雨未谐,	Ⓟ仄仄平,(句)
早被东风吹散。	Ⓧ仄Ⓟ平平仄。(叶)
瘦杀人,	仄Ⓟ平,(句)
天不管。	平仄仄。(叶)

词 律 解 读

1. 此词牌体式很多,秦观此词为双调,六十一字,上下片均四仄韵。

2. 通篇押仄声韵,本篇属于词韵的第七部仄韵(上声旱潸铣,又阮半;去声翰谏霰,又愿半)。起首韵字"眼"及"刬"、"限"属上声潸韵;其余韵字"乱"、"畔"、"散"同属去声翰韵;"惯"字属去声谏韵;"管"字属上声旱韵;乃同部上去声仄韵

167

通押。

　　3.《词律》卷六以张泌词（渺莽云水）五十一字者为正体,另列十六种"又一体"。《钦定词谱》卷十一以温庭筠词（湖上）五十五字为正体。另列二十六种"又一体",并分为三类。云:"按,《河传》词共二十七首,约分三体:有两仄两平四换韵者,有前段仄韵、后段仄韵平韵者,有前后段皆仄韵者。谱内每体,悉为类列注明,此调之源流正变,尽于此矣。"

47

渔家傲 秋思

宋　范仲淹

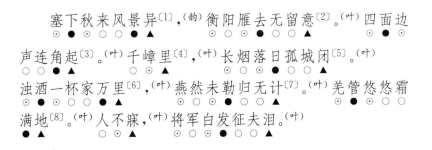

塞下秋来风景异[1]，(韵)衡阳雁去无留意[2]。(叶)四面边声连角起[3]。(叶)千嶂里[4]，(叶)长烟落日孤城闭[5]。(叶)

浊酒一杯家万里[6]，(叶)燕然未勒归无计[7]。(叶)羌管悠悠霜满地[8]。(叶)人不寐，(叶)将军白发征夫泪。(叶)

注释

〔1〕塞下：边塞，此指西北边防要塞之地。

〔2〕衡阳雁去：大雁向衡阳飞去。衡阳在今湖南境内，旧城南有回雁峰，相传秋末冬初北雁至此不再南飞。

〔3〕边声：指边地的各种声音，如马鸣、风号之类肃杀之声。角：军中号角。

〔4〕嶂：像屏障一样并列的山峰。

〔5〕孤城：指词人镇守的延州城。

〔6〕浊酒：薄酒、劣质的酒。

〔7〕燕然未勒：指边患未平，功业未成。燕然，山名，即今蒙古境内之杭爱山。勒，刻石记功。《后汉书·窦宪传》载，东汉大将窦宪大破北匈奴，出塞三千余里，"登燕然山，刻石勒功而还"。

〔8〕羌管：羌笛，羌族的一种乐器。

评析

　　北宋仁宗时期,西夏经常进犯中原。康定元年(1040)至庆历三年(1043)间,范仲淹与韩琦并为陕西经略安抚副使,兼知延州。范仲淹镇守西北时,西夏人说他"胸中自有十万甲兵",相诫不敢侵犯,西北边防得到稳定,范仲淹由此深得军民爱戴。全词通过描写边塞秋日苍凉壮阔的景色,抒发了词人抗击敌人、为国立功的豪情壮志,同时也反映了将士的艰苦生活和思乡情怀。

　　本词上片写景,下片抒情。词人善于捕捉边塞自然景物的特点,含蓄地抒发真情实感,做到情景交融,情景互补。

　　词的上片,描写秋塞风光,突出景色之"异"。北雁南飞,边声四起,峰峦叠嶂,长烟落日,都是内地人看来十分奇异的,那是边地将士终年生活的艰苦环境。第一句,"塞下"点明延州地处西北边塞,是防止西夏进攻的军事重镇。"秋来",点明季节。"风景异",强调延州秋季风景和内地大不相同。作者是吴县人,熟悉的是四季常绿的江南风光,一个"异"字流露出作者对西北荒寒景色的深刻感受。接下来四句,是从不同方面,对西北边塞"风景异"的描述。"衡阳雁去无留意",就气候说。秋季北雁南飞本为自然现象,而作者偏说大雁"无留意",表面看是写大雁对延州苦寒的不留恋,实际上是在以此表达词人对寒风萧瑟,满目荒凉的塞上风光的真实感受。"四面边声连角起",就边地形势,从听觉角度进行描写。关于边声,李陵《答苏武书》曾写道:"凉秋九月,塞外草衰。夜不能寐,侧耳远听,胡笳互动,牧马悲鸣,吟啸成群,边声四起。""边声"就是一切带有边地特色的各种声响。人喊马嘶,牛羊鸣叫,军队号角声亦夹杂其间,响成一片,使人备感悲凉。"千嶂里,长烟落日孤城闭",就敌情,从视觉角度进行描写。傍晚时分,在落日余晖和长空烟霭映照之下,重峦叠嶂之中的延州城,形势孤立,城门紧闭。"长烟落日"四字写出了塞外风光的壮阔,颇得王维"大漠孤烟直,长河落日圆"之神韵。"孤城闭"与前面的"连角起",有力地突出了边地要塞特有的紧张氛围,充满肃杀之气,为下片的抒情蓄势。

　　词的下片,因景抒情,抒写爱国、思乡之情。首二句,抒发强烈的思乡情怀。"一杯"与"万里"形成了悬殊的对比,一杯浊酒怎销得了自己浓重的乡愁,造语雄浑有力。之所以有家不归,备受乡愁之苦,皆因"燕然未勒"。强敌犹在,大功未成,还乡之计无从谈起。在个人幸福和国家利益的冲突中,词人首先意识到的是自己的责任。接下来一句,写夜景,是"长烟落日"的延续。羌管,即羌笛,是古代西部羌族的一种乐器,发声凄切。这悠悠不尽、呜呜咽咽的羌笛声和大地之上一望无际的秋霜,唤起征人不尽的乡思。最后两句,写夜半乡思之苦。词人由己及人,写到所有戍边将士,"将军白发"和征夫之泪交相辉映,塑造了宋代将士为国戍边的群体形象。爱国激情和浓重乡思,在他们身上,兼而有之,但词人把"燕然未勒"放在首位,表现了先国后家、立功边塞的豪情。此种情绪通过全词景物的描写,气氛的渲染,婉曲地传达出来,具有苍凉而悲壮之美。

　　范仲淹将《渔家傲》这一低沉婉转之调,转变为慷慨雄放之声,用于表现国家、社会的重大题材,可谓大手笔。这首词豪迈悲壮的风格,开苏轼、辛弃疾一派豪放词之先河。

词牌考原

　　《渔家傲》,词牌名。又名《水鼓子》、《荆溪咏》、《渔父咏》、《吴门柳》、《神仙咏》等。此调不见于唐、五代人词,至北宋晏殊、欧阳修则填此调独多。《钦定词谱》卷十四云:"此调始自晏殊,因词有'神仙一曲渔家傲'句,取以为名。"此调北宋流行,有用以作"十二月鼓子词"者。渔家傲也是曲牌名,南北曲均有,南曲较常见,属中吕宫。

　　《渔家傲》曲名本与渔家相关联。唐张志和所作《渔歌子》"西塞山前白鹭飞"一词,亦名《渔父词》,写自然风光与隐逸之乐。这个词牌的曲拍,没有传于后世,但唐代多有"渔家乐"之作,都是描写渔人生活的词。宋代词人用《渔家傲》的曲调填词,起初亦沿用这一传统题材,如晏殊(991—1055)的词:"画鼓声中昏又晓,时光只解催人老。求得浅欢风日好。齐揭调,神仙一曲渔家傲。　　绿水悠悠天杳杳,浮生岂得长年少。莫惜醉来开口笑。须信道,人间万事何时了。"这首《渔家傲》就是当时描写渔人生活的流行歌曲,以致后人争相仿效,并取"神仙一曲渔家傲"的后三字作为词调名。而描写边塞生活则自范仲淹(989—1052)始,宋魏泰《东轩笔录》卷十一云:"范文正公守边日,作《渔家傲》乐歌数阕,皆以'塞下秋来'为首句,颇述边镇之劳苦。欧阳公尝呼为'穷塞主'之词。及王尚书素出守平凉。文忠(欧阳修)亦作《渔家傲》一词以送之。"故此调咏边塞之创自范仲淹,已可证明。此后词人所咏愈加广泛。

词谱格式

《渔家傲》的词谱格式:

塞下秋来风景异,	仄仄平平平仄仄,(韵)
衡阳雁去无留意。	平平仄仄平平仄。(叶)
四面边声连角起。	仄仄平平平仄仄。(叶)
千嶂里,	平仄仄,(叶)
长烟落日孤城闭。	平平仄仄平平仄。(叶)
浊酒一杯家万里,	仄仄平平平仄仄,(叶)
燕然未勒归无计。	平平仄仄平平仄。(叶)
羌管悠悠霜满地。	仄仄平平平仄仄。(叶)
人不寐,	平仄仄,(叶)
将军白发征夫泪。	平平仄仄平平仄。(叶)

词律解读

1. 此词牌为双调,六十二字。上下片各五句,五仄韵,句式、格律均相同。

2. 通篇押仄声韵,本篇属于词韵的第三部仄韵(上声纸尾荠,又贿半;去声寘未霁,又泰半、队半)。其中,起首韵字"异"、及叶韵的"意"、"地"、"寐"、"泪"字都属去声寘韵。"起"、"里"属上声纸韵;"闭"、"计"属去声霁韵。乃同部上去声仄韵通钾。

3. 上下片各有两句七言仄起仄韵、七言平起仄韵,二者相间。第四句均为三言短句。龙榆生分析此调云:"这《渔家傲》前后阕除一个三言句外,约略相等于

172

一首七言仄韵绝句,在句中的平仄安排是和谐的,而从整体的落脚字来看,音节却是拗怒的。加之句句押韵,显示着情绪的紧张迫促,是适宜于表达兀傲凄壮的爽朗襟怀的。"(《词学十讲》)

4.《词律》卷九以周邦彦词(灰暖香融销永昼)六十二字为正体。另列杜安世词(疏雨才收淡净天)为"又一体"。《钦定词谱》卷十四以晏殊词(画鼓声中昏又晓)六十二字为正体。另列周紫芝用叠韵者、蔡伸添字为六十六字者及杜安世词为"另一体"。

48

苏幕遮 怀旧

宋 范仲淹

碧云天[1],^(句)黄叶地。^(韵)秋色连波,^(句)波上寒烟翠。^(叶)山映斜阳天接水,^(叶)芳草无情,^(句)更在斜阳外。^(叶)

黯乡魂[2],^(句)追旅思[3]。^(叶)夜夜除非,^(句)好梦留人睡。^(叶)明月楼高休独倚,^(叶)酒入愁肠,^(句)化作相思泪。^(叶)

注释

〔1〕碧:青白色。

〔2〕黯乡魂:用江淹《别赋》"黯然销魂"语。黯,形容心情忧郁。

〔3〕追:追随,引申为纠缠。旅思(sì 四):羁旅之思。思,思绪,此处为名词。"追",一作"羁"。

评析

这是一首抒写羁旅思乡之情的作品。

词的上片,写秾丽、阔远的秋景,暗透乡思。开篇两句,从高低两个角度,描绘出寥廓苍茫、衰飒零落的深秋景色。接下来两句,从前边的俯仰天地,转到平视秋水。"秋色"即一、二句中的"碧云天"、"黄叶地"。湛蓝的高天、金黄的大地连接着天地尽头那浩淼的秋江。江波之上,暮霭沉沉,寒烟凝碧。"寒"字突出了词人对翠色烟霭的感受。段末三句,将天、地、山、水,通过斜阳、芳草组接在一起。斜阳映照着山峦,云天连接着流水,无情的芳草绵延远方,直至斜阳之外。虽为写景,却带有强烈的主观感情色彩。词人将本为无情之物的芳草,当作有情之物而责其无情,实际上是在反衬自己的有情。这为下片的抒情做了有力的渲染和铺垫。

词的下片,抒写思乡情怀。首二句,紧承上片的芳草天涯,说自己思乡情怀黯然凄怆,而羁旅愁绪又重叠相生。这两句互文对举,强调词人漂泊羁留愈久,乡思离情愈深。接下来两句,写词人每天晚上都因乡愁而难以成寐,除非今晚做个团圆的美梦。表面看,是说乡思旅愁也有消除的时候,实际上,是在强调乡思旅愁,无时无刻不缠绕心头。如此写来,使抒情更显深切委婉。最后三句,写词人独倚高楼,借酒消愁。"明月楼高休独倚",点明以上所见、所思皆词人登楼远望所得。这里用了一个"休"字,强调尽管月光皎洁,夜景很美,也不要独自一人去倚栏眺望,因为这样会平添思乡的惆怅。词人夜不能寐,只得借酒浇愁,可酒入愁肠之后,却都化作了思念亲人的相思之泪,欲解乡愁反增相思之苦,想象奇特,造语生新。

古人词作大多通过秋景的萧瑟,来表现乡思离愁。然而此词的秋景却写得阔远、秾丽。既显示了词人宽阔的胸襟,同时又使抒情显得柔而有骨,深挚而不流于颓靡。

词牌考原

《苏幕遮》,词牌名。原唐玄宗时教坊曲,后用作词调。幕,一作"莫"或"摩"。又名《鬓云松令》《云雾敛》。这个曲调源于龟兹乐,本为唐高昌国(高昌故城位于今新疆吐鲁番市东)民间于盛暑以水交泼乞寒之歌舞戏。中唐高僧慧琳《一切经音义》卷四十一《苏莫遮冒》:"亦同'苏莫遮',西域胡语也,正云'飒磨遮'。此戏本出西龟兹国,至今犹有此曲。此国(指中国,慧琳为疏勒国人)浑脱、大面、拨头之类也。或作兽面,或象鬼神,假作种种面具形状;或以泥水沾洒行人;或持绢索搭钩,捉人为戏。每年七月初,公行此戏,七日乃停。土俗相传云:常以此法禳厌,驱趁罗刹恶鬼食啖人民之灾也。"这个曲调一般认为在唐以前的北周时已传入中原,初唐时浑脱舞曾盛行一时,《旧唐书·张说传》:"自则天末年,季冬为泼

175

寒胡戏,中宗尝御楼以观之。"那时不在七月举行,而是在寒冷的腊月。《旧唐书》中宗本纪云:"(景云二年,公元711年)十二月丁未,作泼寒胡戏。"《新唐书·宋务光传》载并州清源尉吕元泰上中宗书曰:"比见坊邑相率为浑脱队,骏马胡服,名曰'苏莫遮'。旗鼓相当,军阵势也;腾逐喧噪,战争象也……胡服相欢,非雅乐也;'浑脱'为号,非美名也。安可以礼义之朝,法胡虏之俗?……《书》曰:'谋,时寒若。'何必赢形体,灌衢路,鼓舞跳跃而索寒焉?"说明这个舞乐是"胡虏之俗",人们在路上灌水相泼,鼓舞跳跃而索寒。据学者考证,"浑脱"是"囊袋"的意思,原指用牛羊皮制成的革囊,可作渡河的浮囊,也是西域游牧民族用以盛水或奶的工具。跳舞时舞者用油囊装水,互相泼洒,故称之为"泼寒胡戏",而表演者为了不使冷水浇到头上,就戴上一种涂了油的帽子,高昌语叫"苏幕遮"。宋王明清《挥尘录》前录卷四载"高昌"之风俗云:"俗多骑射,妇人戴油帽,谓之苏幕遮。"近人俞平伯《唐宋词选释》考证,苏幕遮是波斯语的译音,原义为披在肩上的头巾。《苏幕遮》的曲名正是源于歌舞者的这种服饰,因而得名。唐玄宗时,由于这种"泼寒胡戏"被朝臣视为胡虏之俗而有伤风化,玄宗于开元元年(713)十二月七日,曾颁诏书《禁断腊月乞寒敕》,使此俗一度"禁断",但在上面慧琳的表述中,我们看到"苏幕遮"在民间仍得以保存,只是由以前的十一月变为七月初,"每年七月初,公行此戏,七日乃停。"且由泼寒的胡戏变成了驱鬼消灾的民俗。

据《唐会要》卷三十三载,唐时《苏幕遮》有三曲,分属沙陀调(正宫)、水调(歇指调)、金风调,天宝十三载改曲名,沙陀调者改名《宇宙清》,金风调者改名《感皇恩》(与《教坊记》所载《感皇恩》无涉),水调者不改。此调唐时曲辞原为七言声诗体,玄宗时宰相张说《燕公集》卷十载《苏摩遮》五首,皆作七言绝句体,有和声。其一云:"《摩遮》本出海西胡,琉璃宝服紫髯胡;闻道皇恩遍宇宙,来将歌舞助欢娱。"张说于题下注云:"泼寒胡戏所歌,其和声云'亿岁乐'。"《苏幕遮》又有长短句体,录于敦煌曲传辞,有"聪明儿"二首及《五台山曲子》一套六首(均见《全唐五代词》卷七"敦煌词"),注"寄在《苏幕遮》"。敦煌曲子词中这八首《苏幕遮》均为双调,六十二字,体格与宋时所传《苏幕遮》悉同。可见唐人的创调之功,有宋词人即沿用此体。宋周邦彦《清真集》入般涉调(黄钟羽)。周邦彦词有"鬓云松"之句,故又名《鬓云松令》。

词 谱 格 式

《苏幕遮》的词谱格式：

碧云天，	仄平平，(句)
黄叶地。	平仄仄。(韵)▲
秋色连波，	⊘仄平平，(句)
波上寒烟翠。	⊘仄平平仄。(叶)▲
山映斜阳天接水，	⊘仄平平平仄仄，(叶)▲
芳草无情，	⊘仄平平，(句)
更在斜阳外。	⊘仄平平仄。(叶)▲
黯乡魂，	仄平平，(句)
追旅思。	平仄仄。(叶)▲
夜夜除非，	⊘仄平平，(句)
好梦留人睡。	⊘仄平平仄。(叶)▲
明月楼高休独倚，	⊘仄平平平仄仄，(叶)▲
酒入愁肠，	⊘仄平平，(句)
化作相思泪。	⊘仄平平仄。(叶)▲

词 律 解 读

1. 此词牌为双调，六十二字。上下片各七句，四仄韵，句式、格律相同。

2. 本调押仄声韵，本篇属于词韵的第三部仄韵(上声纸尾荠，又贿半；去声寘未霁，又泰半、队半)。其中，起首韵字"地"及叶韵的"翠"、"思"、"睡"、"泪"字都属去声寘韵。"水"、"倚"属上声纸韵。"外"属去声泰韵，乃同部上去声仄韵通押。

3. 上片第一、二句须用对仗。下片第一、二句可用对仗，亦可不用。上下片四言、五言句相连处，须上下一意，语意贯通。《白香词谱》常于此处作

"豆",以示语义连贯。全词共有四处此等句式,使得词调具有回环往复的
美感。

4.《词律》卷九以周邦彦词(鬓云松)为正体。《钦定词谱》卷十四以范仲淹此
词为正体。

49

锦缠道 春游

宋　宋祁

燕子呢喃，(句)景色乍长春昼。(韵)睹园林、(豆)万花如
绣，(叶)海棠经雨胭脂透。(叶)柳展宫眉[1]，(句)翠拂行人
首。(叶)　　向郊原踏青[2]，(句)恣歌携手。(叶)醉醺醺、(豆)尚
寻芳酒。(叶)问牧童、(豆)遥指孤村道：(句)杏花深处，(句)那里
人家有[3]。(叶)

注释

〔1〕宫眉：古代皇宫中女子的画眉。

〔2〕踏青：古人常在农历二月二日，或三月三日出游，谓之踏青。

〔3〕"问牧童"三句：用旧题唐杜牧《清明》诗："借问酒家何处有，牧童遥指杏
花村。"

评析

本词实为宋无名氏所作，后误署宋祁。这是一首叙写春游的作品。词中既
有对春日景色的描绘，又有郊游逸兴的抒发。

词的上片，着意描写园林春景。开篇两句，交代季候的转变。在燕子的呢喃
声中天气变暖，白天变长。下面四句，描写春意盎然的园林。词人先总写园林
"万花如绣"的全貌，再接以三句具体的描写：春雨滋润的海棠，红似胭脂；柳叶儿

舒展,犹如宫眉;柳枝青翠,轻拂人头。通过对海棠花、柳叶与柳枝的局部描写,词人把它们汇总成一幅色彩绚丽、生机勃勃的春日图景。而在描写中,又突出了三者和人的联系,为下片写郊游做了铺垫。

词的下片,写郊游之乐。首二句,写词人和家人、朋友一起到郊外踏青。他们携手同行,纵情高歌。既点明了郊游,又活画出词人自由、放松的神态。下四句,描写郊游畅饮的情形。虽然已经喝到醉醺醺的程度,但仍酒兴未尽,还要再寻美酒。词人以"尚"字的递进,渲染出狂放的神态,与上句"恣"字相呼应,既要放情唱歌,更要尽兴饮酒。因此,在结尾处,词人化用旧题唐杜牧《清明》诗"借问酒家何处有,牧童遥指杏花村"句意,以借问酒家,寻找美酒作结。这一结尾是郊游、寻乐意绪的延续和归宿,给人以言有尽而意无穷之感。

此词描绘了春色的明媚、美好,是一幅北宋踏青风俗画。

词牌考原

《锦缠道》,词牌名。据《钦定词谱》卷十四《锦缠道》下载,《全芳备祖·乐府》名《锦缠头》,宋江衍词名《锦缠绊》,原注黄钟宫。关于此调来源,一说道即道路,缠即缠住马脚。隋炀帝为了炫耀隋朝富庶强盛,利诱西域诸国入朝,元宵之夜,命市商盛饰市容,街道树木都用锦帛缠饰,缠帛落地,连马足都被缠住。此种故事,可谱曲调。另说,古代歌舞时,每以锦帛缠头作为装饰。演出完毕,客以罗锦为赠,称为缠头。后来便作为赠送歌伎财物的通称。唐杜甫《即事》诗:"笑时花近眼,舞罢锦缠头。"白居易《琵琶行》诗:"五陵年少争缠头,一曲红绡不知数。"调名或即本此。

词谱格式

《锦缠道》的词谱格式:

燕子呢喃,　　　　　　　仄仄平平,(句)
景色乍长春昼。　　　　　⊗仄仄平平仄。(韵)

180

睹园林、万花如绣，	仄平平、(豆)⟨仄⟩平平仄，(叶)▲
海棠经雨胭脂透。	⟨仄⟩平⟨平⟩仄平平仄。(叶)▲
柳展宫眉，	⟨仄⟩仄平平，(句)
翠拂行人首。	⟨仄⟩仄平平仄。(叶)▲
向郊原踏青，	仄平平仄平，(句)
恣歌携手。	⟨仄⟩平平仄。(叶)▲
醉醺醺、尚寻芳酒。	仄平平、(豆)⟨仄⟩平平仄。(叶)▲
问牧童、遥指孤村道，	仄⟨仄⟩平、(豆)⟨仄⟩仄平平仄，(句)
杏花深处，	仄平仄仄，(句)
那里人家有。	⟨仄⟩仄平平仄。(叶)▲

词律解读

1. 此词牌为双调，六十六字。上片六句，四仄韵。下片六句，三仄韵。

2. 此词押仄声韵。本篇押词韵第十二部的仄韵（上声有，去声宥）。起首韵字"昼"用去声宥韵，下面叶韵的"绣"、"透"都属宥韵。其他韵字"首"、"手"、"酒"、"有"属上声有韵。乃同部上去声仄韵通押。

3. 此词调上下片的第三句，在第三字后豆，例作上三下四句法；下片第四句，也在第三字后豆，例作上三下五句法。下片第一句之五言为上一下四句法。

4.《词律》卷十、《钦定词谱》卷十四均以宋祁词（燕子呢喃）为正体。《钦定词谱》另列无名氏词（雨过园林）六十七字、宋江衍词（屈曲新堤）少一韵者为"又一体"。

《青玉案》（凌波不过横塘路）

50

青玉案 春暮

宋 贺铸

凌波不过横塘路[1],(韵)但目送芳尘去[2]。(叶)锦瑟年华谁与度[3]?(叶)月楼花院[4],(句)绮窗朱户[5],(叶)惟有春知处。(叶) 碧云冉冉蘅皋暮[6],(叶)彩笔空题断肠句[7]。(叶)试问闲愁知几许?(叶)一川烟草[8],(句)满城风絮[9],(叶)梅子黄时雨[10]。(叶)

注释

〔1〕凌波:形容女子步履轻盈。曹植《洛神赋》:"凌波微步,罗袜生尘。"横塘:地名,在苏州城外。贺铸有别墅在苏州盘门外十余里。

〔2〕芳尘:美人经过的尘土,借指美人的行踪。

〔3〕锦瑟年华:指青春时期。化用李商隐《锦瑟》诗:"锦瑟无端五十弦,一弦一柱思华年。"全句说你青春的美好年华将怎样度过呢?"谁与度",本意是和哪个在一起度过。

〔4〕月楼:他本作"月桥"。

〔5〕绮窗:雕花窗户。朱户:红色的门。

〔6〕冉冉:此指云飘动的样子。蘅(héng 恒)皋:长满香草的水边高地。蘅,杜蘅,多年生草本植物,古称香草。

〔7〕彩笔:比喻有写作的才华。事见南朝江淹故事。《南史·江淹传》载,江

淹晚年文思减退,曾梦见晋代郭璞向其索笔,江淹从怀中取出一支五色笔还给郭璞。"尔后为诗绝无美句,时人谓之才尽。"

〔8〕川:平川、平原。

〔9〕风絮:随风飘扬的柳絮。

〔10〕梅子黄时雨:四五月梅子黄熟,其间常阴雨连绵,俗称"黄梅雨"或"梅雨"。

评析

此词是贺铸幽居苏州时所作。这是一首抒写暮春相思之情的作品,在当时流传甚广,备受称赞,作者亦因此词而获得"贺梅子"的雅号。

词的上片,写昔日美人的一去不复返。开篇三句,化用了曹植《洛神赋》之"凌波微步,罗袜生尘"句意,写美人迈着轻盈的步履,离开横塘,一去不返。词人依依不舍,注目凝望,但只能从一片芳尘中,看着她美妙的身影飘然而去。"但"字写出词人不忍美人离去,但又无可奈何的心情。段末四句,想象美人离去后的生活,皆为词人的遐思妙想。那令人难以忘怀的美人,如今是和谁在一起,度过她美妙的青春时光? 她一定住在那"月楼花院,绮窗朱户"的华美居所之中吧? 然而这一切,只有那与美人相伴的绚丽春光才能知晓。词人通过对居所及春光的描写,使美人形象更加丰满。诘问语气则透露出词人对美人的深切思恋之情。

词的下片,着重写作者的忧思,由美人转到自身。首二句,描写眼前之景以抒愁情。薄暮时分,碧云缓缓飘动,词人来到长满香草的水边高地,伫立良久,愁思翻涌。自己虽有江淹的彩笔才情,却只能徒然地题写些令人断肠的诗句。此处化用江淹《休上人别怨》"日暮碧云合,佳人殊未来"和曹植《洛神赋》"尔乃税驾乎蘅皋,秣驷乎芝田"句意,表现自己由期待、寻觅到失望、痛苦的心情。最后四句,承"断肠"具写"闲愁",采用自问自答的方式。先用"知几许"设问,接着连用三个比喻作答:"一川烟草"、"满城风絮"、"梅子黄时雨"。词人用无边无际的"一川烟草",漫天飞扬的"满城风絮",绵绵不绝的"梅子黄时雨",来形容自己的愁绪,层层深入地表现了他愁情满怀,纷乱迷离的精神状态。这三种喻体,形象生动,画面多重,意境开阔,具有博喻的效果,给人以新奇之感。然而此种新奇并非

184

故意造奇，是词人就眼前暮春之景所作的真实描写。既是客观写实，又蕴寓着主观之情。亦景亦情，情景交融，意蕴深远，令人回味。有人认为此词并非单纯写对美人的相思，而是借对美人的思念，抒发自己抑郁不得志的闲愁。从作者长期沉沦下僚的人生际遇看，此说亦有道理。

词牌考原

《青玉案》，词牌名，双调。调名取义于汉张衡《四愁诗》："美人赠我锦绣段，何以报之青玉案。"案，即后世之托盘，青玉案，青玉制成或以青玉装饰的托盘。或以"案"是古"碗"字，青玉案即青玉碗，盛酒之具也。唐诗中多引用之。如唐李白诗："侍笔黄金台，传觞青玉案。"（《南奔书怀》）杜甫诗："试吟青玉案，莫羡紫罗囊。"（《又示宗武》）后人即取以为词调名，贺铸此词下注"横塘路"，且首句亦有此三字，故又名《横塘路》。韩淲词名《西湖路》。

词谱格式

《青玉案》的词谱格式：

凌波不过横塘路，	⊕平⊗仄平平仄，（韵）
但目送芳尘去。	仄⊗仄平平仄。（叶）
锦瑟年华谁与度？	⊗仄⊕平平仄仄。（叶）
月楼花院，	⊗平平仄，（句）
绮窗朱户，	⊗平平仄，（叶）
惟有春知处。	⊗仄平平仄。（叶）
碧云冉冉蘅皋暮，	⊕平⊗仄平平仄，（叶）
彩笔空题断肠句。	⊗仄平平仄平仄。（叶）
试问闲愁知几许？	⊗仄⊕平平仄仄。（叶）
一川烟草，	⊗平平仄，（句）

満城风絮，　　　　　　　仄平平仄，(叶)
梅子黄时雨。　　　　　　仄仄平平仄。(叶)

词律解读

1. 此词牌为双调，六十七字。上下片各六句，五仄韵。

2. 起首为七言平起仄收句，起仄韵；第二句六字叶韵，为上三下三句法，如本词读为"但目送、芳尘去"。苏轼《青玉案》(和贺方回韵送伯固归吴中故居)作"遣黄耳、随君去"。辛弃疾《青玉案》(元夕)作"更吹落、星如雨"。第三句为七言仄起仄收叶韵；下面两个四言句一般作'仄平平仄'，一句不用韵，一句叶韵；第六句为仄起仄收五言句，叶韵。下片与上片格律大致相同，唯改第二句为七言拗句，作"仄仄平平仄平仄"，此定格也。

3. 此词押仄声韵，本篇属于词韵第四部仄声韵(上声语麌、去声御遇)。起首韵字"路"及下面叶韵的"度"、"暮"、"句"属去声遇韵；其他叶韵字"去"、"处"、"絮"属去声御韵；而"户"、"雨"属上声麌韵；乃同部上去声仄韵通押。上下片第五句可入韵，也可不入韵。

4. 上下片中的两个四字句一般用作同声对，也有用作叠韵者。如本词上片"月楼花院，绮窗朱户"、下片的"一川烟草，满城风絮"均为同声对。

5. 此调句式多变，七言律句中夹以四言对句，整个都用仄声字收脚，呈现出拗峭的声容，"适宜表达低徊掩抑、哽咽幽怨的感情"(龙榆生《词学十讲》)。《词律》以史达祖词(蕙花老尽离骚句)六十六字者为正体，另列六十七、六十八字者数种为"又一体"。《钦定词谱》卷一五以贺铸词为正体，另列六十六、六十八字者十种为"又一体"。

51

感皇恩 入京

宋 赵企

骑马踏红尘[1],(句)长安重到[2]。(韵)人面依然似花好[3]。(叶)旧欢才展,(句)又被新愁分了。(叶)未成云雨梦,(句)巫山晓[4]。(叶) 千里断肠,(句)关山古道。(叶)回首高城似天杳[5]。(叶)满怀离恨,(句)付与落花啼鸟。(叶)故人何处也,(句)青春老。(叶)

注 释

〔1〕红尘:指京城繁华、热闹的街市。

〔2〕长安:此指北宋京都汴京(今河南开封)。

〔3〕"人面"句:唐崔护《题都城南庄》诗:"去年今日此门中,人面桃花相映红。人面不知何处去,桃花依旧笑春风。"

〔4〕"未成"二句:战国楚宋玉《高唐赋》所述楚王与巫山神女欢会事。

〔5〕"回首"句:唐欧阳詹《初发太原途中寄太原所思》诗:"高城已不见,况复城中人。"

评 析

这是一首表现男女别情的作品。但似另有所寄托。

词的上片,写乍逢又别的惆怅。开篇三句,写旧地重游。主人公带着一种期盼的心情重游京都，见到故人无恙，甚感喜悦、欣慰。词人于此反用唐代诗人崔护《题都城南庄》诗"去年今日此门中，人面桃花相映红。人面不知何处去，桃花依旧笑春风"意。崔护诗中写重来时只见桃花，不见人面，此处却说"人面依然似花好"，表达了作者重逢旧欢的无比喜悦之情。"依然"二字写出了主人公在与旧好相见时，满怀希望，又担心失望，而终如所望的内心活动。不言欢悦，而欢悦之情自见。接下来两句是全词情绪的转折点，是由喜而悲的分界线。"旧欢"承上为喜，"新愁"启下为悲。一个"才"字，一个"又"字，不但写出了他们乍相逢、又相别的怅惘，而且写出了难相逢、易相别的凄凉，为下片的"满怀离恨"做了铺垫。最后两句，写"新愁"内容。词人反用宋玉《高唐赋》中楚王与巫山神女欢会的典故，而云"未成云雨梦"，则表明旧地重游，重温旧梦的想法已成泡影。"巫山晓"预示着一切已经结束，自己即将登上征途。

词的下片，写已别还思的眷恋之情。首三句，写初别时的留恋之恨。千里古道之上，词人回望京城，杳如天际，相思之情令其断肠。"回首高城"，化用了唐欧阳詹《初发太原途中寄太原所思》诗"高城已不见，况复城中人"句意，表达了对京城中相爱之人的深切思念。接下来两句，写别后的离愁。旅途中，词人内心的离愁别恨无法倾诉，只好将其付与落花、啼鸟，使得花似含情，鸟亦带恨。结尾两句，是词人"满怀离恨"的最后慨叹。此次京城一别，两人永无相会之期，只能在分别的痛苦中，消磨青春，迎来迟暮。

此词叙事抒情，融为一体，具有语言明快、用典灵活的特点。

词牌考原

《感皇恩》，词牌名。本唐教坊曲，后用作词调。又名《感皇恩令》、《人南渡》、《叠萝花》。据北宋钱易《南部新书》载："(唐玄宗)天宝十三载，始改金风调《苏莫遮》为《感皇恩》。"《钦定词谱》卷十五引宋陈旸《乐书》："祥符(1008—1016)中，诸工请增龟兹部如教坊，其曲有双调《感皇恩》。"宋蔡絛《铁围山丛谈》卷二："大观(1107—1111)中，有赵企，字循道者，其《感皇恩》词云：'满怀离恨，付与落花啼鸟。'人多称道之，遂用为显宦。俾以应制，然赵雅不乐以词曲进。"《敦煌曲子词集》卷上45页，引自伯希和劫走卷三一二八、三八二一，有《感皇恩》四首，乃《小重山》调。是否于晚唐时,《小重山》改名或别名《感皇恩》,尚无其他证据。《金词》注:大石调;《中原音韵》注:南吕宫。金代党怀英词,名《叠萝花》。又贺铸词,名《人南渡》;无名氏词,名《感皇恩令》。

词谱格式

《感皇恩》的词谱格式:

骑马踏红尘,	仄仄仄平平,(句)
长安重到。	平平平仄。(韵)
人面依然似花好。	平仄平平仄平仄。(叶)
旧欢才展,	仄平平仄,(句)
又被新愁分了。	仄仄平平平仄。(叶)
未成云雨梦,	仄平平仄仄,(句)
巫山晓。	平平仄。(叶)
千里断肠,	平仄仄平,(句)
关山古道,	平平仄仄,(叶)
回首高城似天杳。	平仄平平仄平仄。(叶)
满怀离恨,	仄平平仄,(句)
付与落花啼鸟。	仄仄平平平仄。(叶)
故人何处也,	仄平平仄仄,(句)
青春老。	平平仄。(叶)

词律解读

1. 此词牌为双调,六十七字。上下片各七句,四仄韵,除上片首句为五言、下片换头为四言外,其余格式相同。

2. 此词上下片第三句,宋词例作拗体,俱为"平仄平平仄平仄"。上下片第六

189

句为五言句，第一字平仄不拘，但宋人多用为仄声，为"仄平平仄仄"。

3. 此词牌押仄声韵。本词属词韵第八部仄声韵(上声篠巧皓，去声啸效号)。起首韵字"到"属去声号韵；下面叶韵的"好"、"道"及结尾的"老"字属上声皓韵；其他叶韵的"了"、"晓"、"杳"、"鸟"属上声篠韵；是同部上去声仄韵通押。

4. 此调体式较多。《词律》卷九以张先词(廊庙当时共代工)六十字平韵格为正体。列赵长卿六十五字、周邦彦六十七字、周紫芝六十八字仄韵格为"又一体"。《钦定词谱》卷十五以毛滂词(绿水小荷亭)六十七字仄韵格为正体，另列增字、减字、增韵之仄韵格六种为"又一体"。

52

解佩令 自题词集

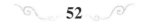

清 朱彝尊

十年磨剑[1]，(句)五陵结客[2]，(句)把平生、(豆)涕泪都飘
尽。(韵)老去填词，(句)一半是、(豆)空中传恨[3]。(叶)几曾
围、(豆)燕钗蝉鬓[4]。(叶)　　不师秦七，(句)不师黄九[5]，(句)
倚新声[6]、(豆)玉田差近[7]。(叶)落拓江湖[8]，(句)且分付、(豆)
歌筵红粉[9]。(叶)料封侯[10]、(豆)白头无分。(叶)

注释

〔1〕十年：唐贾岛《剑客》诗："十年磨一剑，霜刃未曾试。"

〔2〕五陵：汉朝五帝的陵墓，即长陵、安陵、阳陵、茂陵、平陵。当时每建一陵，
　　即迁富豪之家及外戚于陵之附近，帝陵周围遂成为豪门贵族聚集之地。
　　结客：结交朋友。

〔3〕空中：宋僧惠洪《冷斋夜话》："法云师尝谓鲁直（黄庭坚）曰：'诗多作无
　　害，艳歌小词可罢之。'鲁直曰：'空中语耳。'"

〔4〕燕钗：妇女鬓钗，以金银制成燕形。蝉鬓：古代妇女发式的一种，鬓发特
　　意隆起的部分薄如蝉翼。

〔5〕"不师秦七"二句：秦七、黄九，谓北宋词人秦观、黄庭坚，因其排行第七、
　　第九而得名。

〔6〕倚新声：指填词。

〔7〕玉田:为宋末词人张炎之号。差近:相接近,差不多。

〔8〕落拓江湖:唐杜牧《遣怀诗》:"落魄江湖载酒行,楚腰纤细掌中轻。"落拓,即落魄。

〔9〕红粉:指女人,此指歌女。

〔10〕封侯:指建立功勋而被授予高官显爵。

评 析

此词原题为"自题词集",所题词集即《江湖载酒集》。此集共三卷,成于康熙十一年(1672),作者时年四十四岁。作者生于明崇祯二年(1629)。1644年,清朝立国,作者结交明朝遗民,如朱士稚、屈大均等,一起密谋抗清复明。后事败出走,游幕四方。自顺治十三年(1656)始,近二十年间,作者漂泊南北,落魄江湖。然其内心始终保持着对明朝故国的深切思念。《江湖载酒集》所填词便是词人坎坷经历和心路历程的记录。在词学观念上,朱彝尊推崇南宋姜夔、张炎代表的"清空"、"骚雅"一派。其重要原因在于姜夔处于北宋、南宋之交,张炎则生活在南宋亡国之际,二人与自己有着相同的人生经历和情感体验。而且姜夔、张炎词作能够将亡国之痛,表现得隐约含蓄,此种特点无疑非常适合身处异代,而又心向故国的朱彝尊。于是他极力推崇姜夔清空、醇雅的理论主张,并由此成为浙西词派的领袖。《江湖载酒集》代表着朱彝尊前半生的创作成就,而此词则可看作是作者对自己前半生经历和词之创作的一个总结。

词的上片,回顾前半生,兼及词作。开篇三句,是对自己前半生的概括。前两句采用工整的对仗句式,概括自己几十年来励精图治,锐意进取,与诸多抗清志士一道反清复明的人生经历。后一句写自己尽管费尽心力,最终仍无力回天,半生的努力和痛苦都已付诸东流。段末三句,转写自己中年时期的词之创作。"老去"是相对青年而言中年,并非说自己老年。词人青年时期所作词,多写爱情题材。而时下所作词,半数已是吊古抒怀、哀悼旧朝的"空中传恨"之作,而非男女相悦的"燕钗蝉鬓"。

词的下片,写自己的词作主张兼身世感慨。首三句承上片,写自己的师承和词学主张。北宋词人中,秦观婉约,黄庭坚奇崛。朱彝尊认为,词要"醇雅"、空灵,忌

"硬语"、"新腔",因而他说自己不学秦七、黄九,而赞同张炎的创作主张。最后三句,词人转向自己身世的慨叹。"落拓"句与上片"把平生涕泪都飘尽"一句相呼应。此句化用杜牧《遣怀》诗:"落魄江湖载酒行,楚腰纤细掌中轻。"作者词集以"江湖载酒"命名,当源于此。既然时下无法改变自己落魄江湖的命运,只好借酒浇愁,排解痛苦。"且分付、歌筵红粉"与辛弃疾《水龙吟》"倩何人唤取,红巾翠袖,揾英雄泪"词意相当。最后一句,词人由眼前之落魄,推向未来,深感无望。于是化用《史记·李将军列传》中李广"岂吾相不当侯耶"句意自况,抒发自己政治上的失意、苦闷。

　　以词论词,实为以文论词的体现。朱氏此词,论词之中又寄托身世感慨,在清初词坛,显得尤为突出。

词牌考原

　　《解佩令》,词牌名。此调始见于宋代晏几道的《小山乐府》,调名取义于郑交甫遇汉皋神女解佩事。汉刘向《列仙传》"江妃二女"下载:"江妃二女者,不知何所人也。出游于江汉之湄。逢郑交甫,见而悦之,不知其神人也。谓其仆曰:'我欲下请其佩。'……二女遂手解佩与交甫。交甫悦,受而怀之中当心。趋去数十步,视佩,空怀无佩。顾二女忽然不见。"后世常以"解佩"为男女定情之词。调名取此而系以"令"字,系表曲类之调别,所谓"令",就是小令。与《如梦令》、《调笑令》等相同。

词谱格式

　　《解佩令》的词谱格式:

十年磨剑,	仄平平仄,(句)
五陵结客,	仄平平仄,(句)
把平生、涕泪都飘尽。	仄平平、(豆)仄仄平平仄。(韵)
老去填词,	仄仄平平,(句)
一半是、空中传恨。	仄仄仄、(豆)平平平仄。(叶)

193

几曾围、燕钗蝉鬓。　　　　　⊗平平、(豆)⊗平⊕仄。(叶)
　　　　　　　　　　　　　　　　　　　　　　▲

不师秦七，　　　　　　　　　　⊗平⊕仄，(句)
不师黄九，　　　　　　　　　　⊗平⊕仄，(句)
倚新声、玉田差近。　　　　　　仄平平、(豆)⊗平平仄。(叶)
　　　　　　　　　　　　　　　　　　　　　　▲
落拓江湖，　　　　　　　　　　⊗仄平平，(句)
且分付、歌筵红粉。　　　　　　仄⊕仄、(豆)⊕平平仄。(叶)
　　　　　　　　　　　　　　　　　　　　　　▲
料封侯、白头无分。　　　　　　仄平平、(豆)仄平⊕仄。(叶)
　　　　　　　　　　　　　　　　　　　　　　▲

词律解读

1.《解佩令》，双调，原为六十六字。但朱彝尊词将第三句的七言增为八言，全篇遂增为六十七字。朱氏所参照的格式为毛晋所刻汲古阁版宋晏几道的《解佩令》词。毛晋在刻晏几道这首词时，将第三句"掩深宫、团扇无绪"七字句衍成"掩深宫、团扇无情绪"八字句。朱作亦步亦趋，遂成别体。此调上下片各六句，有上片四仄韵、下片三仄韵者。亦有上下片均用四仄韵或五仄韵者。朱词为上下片各三仄韵。

2. 本词押仄声韵。起首韵字"尽"字押上声轸韵，下面叶韵的"恨"属去声愿韵，其余"鬓"字属去声震韵，"近"、"粉"两字属上声吻韵，结尾"分"字属去声问韵。为词韵第六部仄韵(上声轸吻，又阮半；去声震问，又愿半)上去声通押。

3. 本词起首为四字对句，不用韵。第三句填一字，为上三下五式八字句。下面，全词中的七言句，节奏上均为上三下四。上下片结句之四言虽可平可仄，但宋人多用作"仄平平仄"。

4. 上下片第一、二句四言，格律相同，例用作对仗。可用同声对或并头对，亦可用重叠字或叠韵。如本词上片"十年磨剑，五陵结客"为同声对，下片"不师秦七，不师黄九"，"不师"重叠，为同字对。

5.《词律》卷九以蒋捷词(春晴也好)六十五字者为正体。另列史达祖六十六字、晏几道六十七字者为"又一体"。《钦定词谱》卷十五以晏几道词(玉阶秋感)六十六字者为正体。另列数种"又一体"。

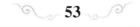

53

天仙子 送春

宋　张先

水调数声持酒听[1]，(韵)午醉醒来愁未醒。(叶)送春春去
几时回?(句)临晚镜，(叶)伤流景[2]，(叶)往事后期空记
省[3]。(叶)　　沙上并禽池上暝[4]，(叶)云破月来花弄影。(叶)
重重帘幕密遮灯，(句)风不定，(叶)人初静，(叶)明日落红应
满径。(叶)

注释

〔1〕水调：曲调名，相传为隋炀帝幸江都时所制。据《隋唐嘉话》载，隋炀帝开
汴河时曾制《水调歌》，唐人演为大曲。《唐会要》卷三十三"诸乐"下载：
"南吕商，时号水调。"

〔2〕流景：如流水般逝去的光阴。唐杜牧《代吴兴妓春初寄薛军事》诗："自悲
临晓镜，谁与惜流年。"

〔3〕空记省(xǐng 醒)：白白留在记忆中去回味、思考。省，醒悟，明白。

〔4〕并禽：成双作对的鸟，此指鸳鸯。

评析

此词原有小序云："时为嘉禾小倅，以病眠，不赴府会。"张先在嘉禾(今浙江
嘉兴)做判官，约在庆历元年(1041)，时年五十二岁。本题作"送春"，宋黄昇《花

195

庵词选》题作"春恨"。这是一首表现词人叹老伤春之情的作品。

词的上片,抒写暮春愁绪,重在抒情。开篇两句,写作者本想借听曲、饮酒来排解内心愁绪,然而几句曲子之后,非但没有遣愁,反而更加烦闷。于是便昏昏睡去,以解酒意。午后一觉醒来,虽醉意已消,而愁闷却未消减,正是所谓"昨夜笙歌容易散,酒醒添得愁无限"(冯延巳《蝶恋花》)。词人以酒解愁,酒虽醒,而愁犹在,说明其"愁"之深。接下来四句,写"愁"之内容。"送春春去几时回",表明词人之所以愁,是因为伤春。"送春"的"春"指季节,指大好春光。"春去"的"春"既指春光,亦指人生的美好年华。此句既是词人对春光逝去的惋惜,更有其对人生流逝的慨叹。"临晚镜,伤流景"两句,化用唐杜牧《代吴兴妓春初寄薛军事》诗"自悲临晓镜,谁与惜流年"句意,以"晚"易"晓",因为此时已近黄昏。这个"晚"既是天晚之晚,也隐指暮年之晚。流年似水,年华不在,令人伤感。"往事后期空记省",写出词人的人生体验。往事成空,后期无定,只留下了记忆与醒悟,难以名状的伤感压在心头。词之上片写作者的内心活动,是静态的展现。

词的下片,转写夜间景物,即景生情。暮色降临时,词人到小园中闲步,以排遣从午前一直滞留在心头的愁闷。园中所见景色,首句为静态描写,天色已经暗下来了,水上嬉戏的鸳鸯并眠在池边沙岸上。鸳鸯的成双成对,反衬出词人的凄凉、孤独。第二句,写月色、花影,为动态描写。刚人夜时,云满夜空,月掩其后。随着阵阵夜风,云开月出。明亮的月光之下,花枝轻舞,婆娑弄影。面对此景,作者孤寂的情怀也感到暂时的欣慰,一种恬适、愉快之情油然而生。"云破月来花弄影",成为传诵千古的名句,深受后人推崇。明沈际飞《草堂诗余正集》评云:"心与景会,落笔即是,着意即非,故当脍炙。"明杨慎《词品》评云:"景物如画,画亦不能至此,绝倒绝倒!"近人王国维《人间词话》评曰:"'云破月来花弄影',着一'弄'字而境界全出矣。"此句通过生动、妩媚的形象为我们描绘出静谧、空灵、优美的境界,给人以无限美感。最后四句,词人由室外转向了室内。"重重帘幕密遮灯"是因为"风不定"。"不定"是说风时大时小,是从灯焰的摇曳不定中感到的。"人初静"是说夜深时,人声渐无,而风声愈大。由风产生了联想:刚才还在月下弄影的姹紫嫣红,经过这场无情的春风,明日恐怕要片片飞落在园中的小路上了。末句写景给人以凄艳的美感,表现了词人对春之逝去的无限惆怅。

196

此词从午前、午后，直写到傍晚、深夜，层次清晰，脉络分明。以春夜迷离月色，表现伤春情怀，情景交融，意境优美。

词牌考原

《天仙子》，词牌名。原唐教坊曲，用作词调。今存唐代敦煌曲子词中有《天仙子》二首，内容均为咏天仙之本意，"子"即是"曲子"，乃唐代民间的流行曲调。可见此调最早在唐代民间已经流行，为歌咏天仙的小曲。《钦定词谱》卷二："按，段安节《乐府杂录》:《天仙子》，本名《万斯年》，李德裕进。属龟兹部舞曲。因皇甫松词有'懊恼天仙应有以'句，取以为名。"此说不确。任二北《敦煌曲校录》说："《天仙子》与《万斯年》应无关。因《万斯年》乃宰相所进之颂圣大曲，不应有小曲之别名。皇甫松作及敦煌写卷所见之《天仙子》，无不咏调名本意，辞内各有天仙、仙子、仙娥等字，尤不合宰相进乐之体。《新唐书·礼乐志》亦载其事（指李德裕进《万斯年》曲事），但并无即《天仙子》说。"敦煌卷子中的唐人《云谣集杂曲子》为现存最早之手写词集，所录《天仙子》二首，一曰"五陵原上有仙娥"，一曰"天仙别后信难通"，可见唐人此调，惯咏天仙本意。故《钦定词谱》所言词调来源有误。《钦定词谱》又云："此词有单调双调两体。单调始于唐人……双调始于宋人，两段俱押五仄韵。"言双调始于宋人亦误，今《云谣集杂曲子》中所录"天仙子"二首，均为双调，两段各押五仄韵，现转录一首如下："燕语啼时三月半。烟蘸柳条金线乱。五陵原上有仙娥，携歌扇。香烂漫。留祝檀华云一片。　　犀玉满头花满面。负妾一双偷泪眼。泪珠若得似珍珠，拈不散。知何限。串向红丝应百万。"宋人所作格式与之完全相同，可见唐人的创调之功。

词谱格式

《天仙子》的词谱格式：

水调数声持酒听，	⊗仄⊕平平仄仄，(韵)
午醉醒来愁未醒。	⊗仄⊕平平仄仄。(叶)

197

送春春去几时回？	◯仄平◯平仄仄平平，(句)
临晚镜，	平◯仄仄，(叶)▲
伤流景，	平◯平仄，(叶)▲
往事后期空记省。	◯仄仄◯平平平仄仄。(叶)▲
沙上并禽池上暝，	◯仄仄◯平平平仄仄，(叶)▲
云破月来花弄影。	◯仄仄◯平平平仄仄。(叶)▲
重重帘幕密遮灯，	◯仄平◯平仄仄平平，(句)
风不定，	平◯仄仄，(叶)▲
人初静，	平◯平仄，(叶)▲
明日落红应满径。	◯仄仄◯平平平仄仄。(叶)▲

词律解读

1.《天仙子》为双调，六十八字，上下片各六句，五仄韵，句式、格律均相同。

2. 此词牌押仄声韵。本词属词韵第十一部仄声韵（上声梗迥，去声敬径）。起首韵字"听"及下面的"定"、"径"字属去声径韵；其他叶韵的"醒"字属上声迥韵；"镜"字属去声敬韵；而"景"、"省"、"影"、"静"字属上声梗韵。全篇是同部上去声通押。

3. 上下片中第一、二、六句为七言仄起仄收句，均入韵；第三句为七言平起平收句，不入韵。各七言句的第一、第三字均平仄不拘。唯第二句第二字必用去声。《白香词谱》于下片第三句"重重帘幕密遮灯"后注"叶"，实误，第三句为平收句，不入韵，上下片同。本谱可平可仄处采用常见格式。

4. 上下片第四、五两个三字句可用作对仗。如本词上片之"临晚镜，伤流景"，下片之"风不定，人初静"。

5.《词律》卷二以皇甫松词（踯躅花开红照水）三十四字单调仄韵格为正体，以韦庄单调平韵格、沈会宗双调仄韵格为"又一体"。《钦定词谱》卷二以皇甫松（晴野鹭鸶飞一只）单调三十四字仄韵格为正体，另列韦庄单调平韵格、张先双调仄韵格为"又一体"。

198

54

千秋岁 夏景

宋 谢逸

棟花飘砌〔1〕,（韵）蔌蔌清香细〔2〕。（叶）梅雨过,（句）蘋风起〔3〕。（叶）情随湘水远〔4〕,（句）梦绕吴峰翠〔5〕。（叶）琴书倦,（句）鹧鸪唤起南窗睡。（叶）　密意无人寄,（叶）幽恨凭谁洗。（叶）修竹畔,（句）疏帘里。（叶）歌余尘拂扇〔6〕,（句）舞罢风掀袂〔7〕。（叶）人散后,（句）一钩淡月天如水〔8〕。（叶）

注释

〔1〕棟(liàn 练)花：楝树为落叶乔木,三四月份开花,淡紫色,味极香。砌(qì
　　气)：台阶。

〔2〕蔌(sù 素)蔌：花落貌。唐元稹《连昌宫词》："又有墙头千叶桃,风动落花
　　红蔌蔌。"

〔3〕蘋风：刮过蘋草之风。即微风。战国楚宋玉《风赋》："夫风生于地,起于
　　青蘋之末。"

〔4〕"情随"句：唐岑参《春梦》诗："洞房昨夜春风起,遥忆美人湘江水。"湘江,
　　源于广西,自南而北流入洞庭湖。

〔5〕吴峰：泛指长江下游江南诸山。

〔6〕"歌余"句：汉刘向《别录》载："汉兴以来,善歌者鲁人虞公,发音清越,歌
　　动梁尘,受学者莫能及也。"

〔7〕袂(mèi 妹):衣袖。

〔8〕淡月:《白香词谱》原作"新月",检宋谢逸《溪堂词》、宋黄昇《花庵词选》卷六,所录本词均作"淡月",今依《全宋词》改"新月"为"淡月"。

评析

这是一首初夏怀远之作。

词的上片,描写初夏景色,抒发对故人的思念。开篇二句,写楝花。古有二十四番花信之说,而楝花风为最后一番花信,宣告春天的结束,夏天的来临。接下来两句,写梅和青蘼。三月的梅雨已经过去,夏日之风已经掠过青蘼。段末四句,由室外转向室内,由写景而转向抒情。前两句,以对仗句式,抒发对故人的深切思念。词人以"湘水"、"吴峰"泛指故人所居之处,突出相距空间的邈远。或以"湘水"、"吴峰"兼指室内屏风上的画面亦可通。后两句,写词人为相思所苦,只好借助琴书以排解愁苦,然而不久便在南窗下,飘入了梦乡。刚刚睡下,却又被鹧鸪的阵阵鸣叫唤醒。那一声声"行不得也哥哥"的鸣叫,令人心惊。

词的下片,转入直接抒情,写曲终人散后的寂寞。首二句,抒写自己对对方的柔情蜜意,然而此种深情却因无法表达而令词人痛苦不已。第三、四句,描写词人居住、相思的内外环境。"修竹畔"是对开篇四句写景的补充,共同组成一个楝花飘香,修竹飒飒,蘼风习习的清幽之景。"疏帘里"则与画屏上的"湘水"、"吴峰"共同组成词人读书、弹琴、相思的室内环境。接下来两句化用鲁人虞公能歌动梁尘的典故,表现词人对那位能歌善舞的故人念念难忘。仿佛歌者依然拂动着舞扇,清风仍在掀动着衣袖。最后两句以写景作结,众人散后,一钩淡淡的新月出现在如水的天空,留下的是一片寂静和惆怅,以景结情,意味悠远。

此词语句凝炼,对仗工整,用典自然。

词牌考原

《千秋岁》,词牌名,又名《千秋节》、《千秋万岁》。千秋本指长寿,唐代将玄宗诞辰定为千秋节,见《唐会要》卷二十九"节日":"开元十七年(729)八月五日,左丞相源乾曜、右丞相张说等，上表请以是日为千秋节。著之甲令，布于天下，咸令休假。"《唐六典》卷四载："凡千秋节，皇帝御楼，设九部之乐，百官裤褶陪位，上公称觞献寿。"唐教坊为此专门创作了一部大曲《千秋乐》，见载于《教坊记》。晚唐时，《千秋乐》已成为曲子词的词调之一，《全唐诗》卷五一一有张祜所作《千秋乐》一首，是七言绝句的形式："八月平时花萼楼，万方同乐奏千秋。倾城人看长竿出，一伎初成赵解愁。"《全唐诗》卷二十七将此列入"杂曲歌辞"。到了宋代，宋人根据旧曲名另制新声，遂有《千秋岁》的词作。北宋诸作多为仄韵双调，七十一字。《宋史·乐志》入"歇指调"。《张子野词》入"仙吕调"。一般以秦观的《淮海居士长短句》为准。别有《千秋岁引》，八十二字。

词 谱 格 式

《千秋岁》的词谱格式：

楝花飘砌，	⊘平⊕仄，(韵)
簌簌清香细。	⊘仄平平仄。(叶)
梅雨过，	⊕仄仄，(句)
蘋风起。	平平仄。(叶)
情随湘水远，	⊕平平仄仄，(句)
梦绕吴峰翠。	⊘仄平平仄。(叶)
琴书倦，	平⊕仄，(句)
鹧鸪唤起南窗睡。	⊕平⊘仄平平仄。(叶)
密意无人寄，	⊘仄平平仄，(叶)
幽恨凭谁洗。	⊘仄平平仄。(叶)
修竹畔，	⊕仄仄，(句)
疏帘里。	平平仄。(叶)
歌余尘拂扇，	⊕平平仄仄，(句)

舞罢风掀袂。	⊗仄平平仄。（叶）
人散后，	平⊗仄，（句）
一钩淡月天如水。	⊕平⊗仄平平仄。（叶）

词律解读

1.《千秋岁》为仄韵双调，七十一字。上下片各八句，五仄韵。上片起句比下片起句少一字，其余句式全同。

2. 此词牌押仄声韵。本词属于词韵的第三部仄韵（上声纸尾荠，又贿半；去声寘未霁，又泰半、队半）。起首韵字"砌"及下面的"细"、"袂"字属去声霁韵；其他叶韵的"起"、"里"、"水"同属上声纸韵；"翠"、"睡"、"寄"字都属去声寘韵；"洗"字属上声荠韵。是同部上去声仄韵通押。

3. 上下片的两个三字句，例用作对偶。如本词上片的"梅雨过，蘋风起"；下片的"修竹畔，疏帘里"。上下片三处五字句相连处，以用对句为佳。如本词上片的"情随湘水远，梦绕吴山翠"；下片的"密意无人寄，幽恨凭谁洗"与"歌余尘拂扇，舞罢风掀袂"。

4.《词律》卷十以谢逸词为正体，另列叶梦得词、李之仪词为"又一体"。《钦定词谱》卷十六以秦观词（柳边沙外）为正体，另列添字、韵脚有异者数种为"又一体"。

55

离亭燕 怀古

宋 张昇[1]

一带江山如画,(韵)风物向秋潇洒[2]。(叶)水浸碧天何处断,(句)霭色冷光相射[3]。(叶)蓼屿荻花洲[4],(句)掩映竹篱茅舍。(叶) 云际客帆高挂,(叶)烟外酒旗低亚[5]。(叶)多少六朝兴废事[6],(句)尽入渔樵闲话[7]。(叶)怅望倚层楼,(句)寒日无言西下。(叶)

注释

〔1〕此词作者,《白香词谱》原作张昇,唐圭璋编《全宋词》第一册云:"案《宋史》列传作张昇,而《宰辅表》则作张昇,他书亦多作张昇,今从之。"此亦从《全宋词》作张昇。本词与他本相校有几处异文。

〔2〕"风物"句:自然景物到秋天时,显得疏阔大气。潇洒,萧疏、爽朗。唐·杜甫《玉华宫》诗:"万籁真笙竽,秋色正潇洒。"

〔3〕霭色:雨后初晴的景色。

〔4〕蓼(liǎo 燎上声)屿:长有蓼草的小岛。蓼,水边生草本植物,花淡红或白色。荻:水边生禾本科植物,花黄白色,如芦苇之类。

〔5〕低亚:低垂。

〔6〕六朝:指在建康(金陵)建都的东吴、东晋、宋、齐、梁、陈六个朝代。

〔7〕渔樵:打鱼和砍柴的人,这里指寻常百姓。

评析

此词写江南秋色兼怀古,当是作者秋日登楼远眺的即景抒情之作。

词的上片,写登临所见秋日风物。开篇二句,是对秋日金陵所作的全景鸟瞰:一带江山,壮美如画,所有景物都显得明净而高远,给人以疏朗开阔之感。接下来两句,写长江之浩渺、波光之凄冷。"水"字承第一句中的"江"字,江水中蓝天倒映,天水相连而看不到尽头。雨过天晴之后,江波潋滟,波光凄冷。"浸"字写出长江天水相融、浩森无际的壮阔气势。"射"字则写出江水波光粼粼、相互映照的状态,充满动感。段末两句,词人把视线从江水转移到小洲,进行更为细致的描绘。沙洲、小岛之上,在密集的蓼荻丛中,隐约现出了竹篱围绕的茅舍人家。"竹篱茅舍"使自然写景和人发生了联系,为下片的抒发感慨做了铺垫。

词的下片,感怀六朝兴衰。首二句,乃上片人事描写的延续。词人视线从"竹篱茅舍"转向江中、两岸。云水之间,客船荡漾,风帆高挂;江岸之上,烟雾迷离,酒旗低垂。眼前之景似乎仍带有昔日繁华的旧影,不禁触动了词人的思古幽情和历史兴衰之感。接下来两句,感叹六朝几百年间的兴衰往事,都已成为过眼云烟,化作了寻常百姓的闲谈话题。最后两句,回到词人本身。词人倚在高楼之上,心情惆怅,久久眺望,直到寒冷的秋阳默默地向西沉下,苍茫的暮色笼罩了大地。最后一句,以景结情,韵味悠远,使全词倍增落寞凄凉之感。正如清况周颐《历代词人考略》卷八云:"张康节《离亭燕》云:'怅望倚层楼,寒日无言西下。'秦少游《满庭芳》云:'凭阑久,疏烟淡日,寂寞下芜城。'两歇拍意境相若,而张词尤极苍凉萧远之致。"

全篇结构清晰,上片写景,下片怀古。写景能够做到远近结合,整体概括与细致描摹结合,画面层次分明,动静交映,充分展现了金陵古都"江山如画"的特色。下片即景生情,引发对六朝兴亡的回顾,涵盖无限历史感喟与沧桑之感,令人品味不尽。

词牌考原

《离亭燕》,词牌名。一作《离亭宴》。此词牌始于宋人张先,因其词有"随处是离亭别宴"句,取以为调名。《张子野词》注:"般涉调。"此调虽始自张先,而宋人皆照张昪"一带江山如画"填作,张先《离亭宴》词七十七字,宋人多随张昪词作七十二字体。

词 谱 格 式

《离亭燕》的词谱格式:

一带江山如画,	仄仄平平平仄,(韵)
风物向秋潇洒。	平仄仄平平仄。(叶)
水浸碧天何处断,	仄仄仄平平仄仄,(句)
霁色冷光相射。	仄仄仄平平仄。(叶)
蓼屿荻花洲,	仄仄仄平平,(句)
掩映竹篱茅舍。	仄仄仄平平仄。(叶)
云际客帆高挂,	平仄仄平平仄,(叶)
烟外酒旗低亚。	平仄仄平平仄。(叶)
多少六朝兴废事,	平仄仄平平仄仄,(句)
尽入渔樵闲话。	仄仄平平平仄。(叶)
怅望倚层楼,	仄仄仄平平,(句)
寒日无言西下。	平仄平平平仄。(叶)

词 律 解 读

1.《离亭燕》,双调,七十二字。上下片各六句,四仄韵,格律相同。

2. 此词牌押仄声韵。本词属于词韵的第十部仄韵(上声马,去声祃,又卦半)。起首韵字"画"及下面的"挂"、"话"字属去声卦韵;其他叶韵的属上声马韵的有"洒"字;属去声祃韵的有"射"、"舍"、"亚"、"下"字;是同部上去声通押。

3. 上下片起首两句均为六言,上片只需协韵,不必对偶;下片起首二句须用对偶,如本词之"云际客帆高挂,烟外酒旗低亚"为同声对。

4.《词律》卷十以黄庭坚词(十载樽前谈笑)七十二字者为正体。《钦定词谱》卷十八以张先词(捧黄封诏卷)七十七字者为正体,以张昇词为"又一体"。

56

何满子 秋怨

宋 孙洙

怅望浮生急景[1],(句)凄凉宝瑟余音[2]。(韵)楚客多情偏怨别,(句)碧山远水登临[3]。(叶)目送连天衰草,(句)夜阑几处疏砧[4]。(叶) 黄叶无风自落,(句)秋云不雨长阴。(叶)天若有情天亦老[5],(句)摇摇幽恨难禁[6]。(叶)惆怅旧欢如梦[7],(句)觉来无处追寻。(叶)

注释

〔1〕浮生:谓人生虚浮无定,犹若寄旅于天地之间。唐李白《春夜宴从弟桃李园序》:"天地者,万物之逆旅也;光阴者,百代之过客也。而浮生若梦,为欢几何?"急景:谓光阴迅速。南朝宋鲍照《舞鹤赋》:"于是穷阴杀节,急景凋年。"

〔2〕宝瑟(sè 色):珍美之瑟。瑟,拨弦乐器。形状似琴,长近三米,古有五十根弦,后为二十五根或十六根弦,平放演奏。

〔3〕"楚客"二句:战国楚宋玉《九辩》:"悲哉!秋之为气也。萧瑟兮,草木摇落而变衰。憭慄兮,若在远行。登山临水兮,送将归。"

〔4〕夜阑:夜深。

〔5〕"天若"句:用唐李贺《金铜仙人辞汉歌》成句:"衰兰送客咸阳道,天若有情天亦老。"

〔6〕摇摇:形容内心伤感无主,心神不安。《诗经·王风·黍离》:"行迈靡靡,中心摇摇。"

〔7〕惆怅:失望或失意的情绪。旧欢:往日的欢乐。

评 析

这是一首悲秋之作,抒发一种真情可贵、人生短暂的感伤。

词的上片,由情入景,重在写景。开篇凭空而来,直接抒情,慨叹时光易逝,人生短暂。第二句通过所闻瑟音之凄凉、哀怨,烘托伤秋的悲凉氛围,奠定全词基调。接下来四句,转写秋日别情。"楚客多情偏怨别,碧山远水登临",化用宋玉《九辩》"憭慄兮,若在远行,登山临水兮,送将归"句意,而不着痕迹。"目送连天衰草"紧承上句"登临"二字。送别之际,登高远眺,目送远行之人,踏着衰草走向天涯。"碧山远水"、"连天衰草"皆为白日送别时所见。"夜阑几处疏砧"则是写深夜所闻。夜深时分,阵阵砧声,冲破寂静的夜空,令主人公思念顿生,夜不成寐。此四句亦情亦景,情景莫辨。

词的下片,由景入情,以情作结。首二句,采用对仗句式,描写秋日萧瑟之景。黄叶飘落,万木凋零;秋云笼罩,天气阴沉。面对如此秋景,令人悲从中来,愁绪满怀。于是词人化用李贺名句"天若有情天亦老",来形容自己的"幽恨难禁"。苍天若是有情,也会因自己的离愁别恨而变老,何况己乎? 最后两句,直抒情怀。词人慨叹,往事如烟,旧欢如梦,一觉醒来,一切都无从寻找,只剩满腔的失望与惆怅。如此作结,与开篇"浮生"二字相呼应。

此词采用由情而景,由景而情的结构,舒卷自如。多处化用前人典故、成句,贴切自然。

词牌考原

《何满子》,词牌名。一作《河满子》。唐教坊曲,用作词调。何满子原为唐开元中歌者。白居易《何满子》诗云:"世传满子是人名,临就刑时曲始成。一曲四调歌八叠,从头便是断肠声。"自注云:"开元中,沧州有歌者何满子,临刑进此曲,以赎死,上竟不免。"元稹《何满子歌》:"何满能歌能宛转,天宝年中世称罕。婴刑系在罔圄间,下调哀音歌愤懑。梨园弟子奏玄宗,一唱承恩羁网缓。便将何满为曲名,御谱亲题乐府纂。"调名当起源于此。唐苏鹗《杜阳杂编》载:"文宗时,有宫人沈阿翘为帝舞《何满子》,调声风态,率皆宛畅。"可知此曲亦舞曲也。文人依曲填词,创为词调。此词牌有单调、双调两种。宋王灼《碧鸡漫志》云:"《何满子》,今词属双调。两段各六句,内五句各六字,一句七字。五代时尹鹗、李珣亦同此。其他诸公所作,往往只一段,而六句各六字,皆无复七字者;字句既异,即知非旧曲。"则其演变可知。

词 谱 格 式

《何满子》的词谱格式:

怅望浮生急景,	⊙仄⊙平⊙仄,(句)
凄凉宝瑟余音。	⊙平⊙仄平平。(韵)
楚客多情偏怨别,	⊙仄⊙平平仄仄,(句)
碧山远水登临。	⊙平⊙仄平平。(叶)
目送连天衰草,	⊙仄⊙平平仄,(句)
夜阑几处疏砧。	⊙平⊙仄平平。(叶)
黄叶无风自落,	⊙仄⊙平⊙仄,(句)
秋云不雨长阴。	⊙平⊙仄平平。(叶)
天若有情天亦老,	⊙仄⊙平平仄仄,(句)
摇摇幽恨难禁。	⊙平⊙仄平平。(叶)
惆怅旧欢如梦,	⊙仄⊙平⊙仄,(句)
觉来无处追寻。	⊙平⊙仄平平。(叶)

词 律 解 读

1.《何满子》,双调,七十四字。上下片各六句,三平韵,格律相同。全词几乎

209

全为六言句,上下片各用一个七言句。

2. 本词押平声韵,且一韵到底。起首韵字"音"与下面叶韵的"临"、"砧"、"阴"、"禁"、"寻"字同属下平声侵韵。

3. 此调六言句两两相连处,多用为对仗。如此词开篇的"怅望浮生急景,凄凉宝瑟余音",过片"黄叶无风自落,秋云不雨长阴"都是平仄相对的对仗句。苏轼的《何满子》(见说岷峨凄怆)不仅上下片开头两句对仗,上片后两句亦用对仗,全词共三处对仗。

4. 此词牌有单调、双调两种。《词律》卷二,《钦定词谱》卷三均以和凝词(写得鱼笺无限)单调三十六字者为正体。另列毛熙震七十四字双调平韵格及毛滂七十四字双调仄韵格为"又一体"。

57

风入松 春园

宋 吴文英

听风听雨过清明,(韵)愁草瘗花铭[1]。(叶)楼前绿暗分携路[2],(句)一丝柳、(豆)一寸柔情。(叶)料峭春寒中酒[3],(句)迷离晓梦啼莺[4]。(叶)　　西园日日扫林亭[5]。(叶)依旧赏新晴。(叶)黄蜂频扑秋千索,(句)有当时、(豆)纤手香凝[6]。(叶)惆怅双鸳不到[7],(句)幽阶一夜苔生。(叶)

注释

〔1〕愁草:没有心情写作。草,起草,拟写。瘗(yì 义)花铭:葬花的铭文。瘗,
　埋葬。南北朝时庾信曾作《瘗花铭》,即葬花词。

〔2〕绿暗:绿枝成荫。分携:分手,分别。

〔3〕料峭:形容春风中略带寒意。中(zhòng 众)酒:因饮酒过量而病酒、醉酒。

〔4〕迷离:梦境朦胧。一作"交加"。

〔5〕西园:在苏州,是吴文英与情人寓居之地。

〔6〕纤手:谓美人之手。

〔7〕双鸳:一双鸳鸯鞋。这里兼指女子的行踪。

评析

这是一首清明怀人之作。所怀之人,当为词人爱姬。吴文英在苏州仓幕供

职时,曾纳一姬,一同生活十年后离去。此词抒发了对爱姬的真挚思念之情。

词的上片,写伤别。开篇两句,融情入景,先写伤春。清明之日,词人听着窗外的风吹雨打,惜花之情油然而生,想写一篇《瘗花铭》却又没有心情,而是满怀愁绪地追寻当年两人分手的小路。接下来两句,情景绾合,写伤别。楼前浓密的柳荫之下,正是当时折柳赠别之处,一丝细柳,一寸柔情,可谓柔情万千。段末两句,叙事中抒情,既伤春又伤别。词人心中愁苦无以排遣,只得借酒浇愁,希望醉后梦中能与情人相见,无奈春梦却被莺啼声惊醒,心中充满失落和惆怅。此二句化用唐金昌绪《春怨》"打起黄莺儿,莫教枝上啼。啼时惊妾梦,不得到辽西"诗意,但此处却写得含而不露,而且莺啼预示着天即将放晴。

词的下片,写新晴时怀人之情。天气由阴转晴,场景由楼内转向西园。首二句,写词人对西园往日时光的追寻。西园曾是词人和爱姬生活的地方,处处都留有爱姬的足迹、身影。"日日扫林亭"说明词人每天都在追寻爱姬旧踪,日日都有所期待。"依旧赏新晴"中,"新晴"与上片"听风听雨"相呼应,表现了天气的变化。久雨新晴,万物明丽,然而词人在"赏"字前冠以"依旧"二字,则表明即便欣赏雨后"新晴"之景,也会令词人回忆起与爱姬一同游览,两情缱绻的美好时光。接下来两句,睹物思人。词人看到园中秋千,不禁想起荡秋千之人。甚至想象黄蜂之所以频频扑向秋千索,也是因为那上面有爱姬昔日纤手的余香。正如清谭献所说:"'黄蜂'二句,是痴语,是深语。"(《谭评〈词辨〉》)。可见其对爱姬的深切思念之情。最后两句,写失望之痛。词人热切地期待着对方的到来,然而她的足迹却再也不曾到此,门前幽寂的台阶上,一夜之间就长满了绿苔。这句景中有比,实际是说苦盼的情人不至,自己的惆怅之情顿时犹如青苔丛生。唐李白《长干行》诗:"门前迟行迹,一一生绿苔。"词人此处化用其意,却说"一夜苔生",语意夸张,虽不合理,却合于情,乃词人思之深、爱之切的体现。

此词感情真切,语言清雅,以痴情妙想,写出一段真情,正如清陈廷焯所评"情深而语极纯雅"(《白雨斋词话》)。

词牌考原

《风入松》,词牌名。又名《风入松慢》、《远山横》。古琴曲有《风入松》,相传为晋代嵇康所作。唐僧皎然有《风入松歌》，调名本此。宋郭茂倩《乐府诗集》卷六十"琴曲歌辞"四录唐代诗僧皎然的《风入松歌》，并注云："《琴集》曰：'《风入松》，晋嵇康所作也。'"皎然《风入松歌》为杂言乐府："西岭松声落日秋，千枝万叶风飅飅。美人援琴弄成曲，写得松间声断续。声断续，清我魂，流波坏陵安足论。美人夜坐月明里，含少商兮照清徵。风何凄兮飘风脊，搅寒松兮又夜起。夜未央，曲何长，金徽更促声泱泱。何人此时不得意，意苦弦悲闻客堂。"故《白香词谱》谓："是本调调名，由琴曲而入乐府，复由乐府而沿为词名，由来古矣。"宋代此调作者良多，据宋周密《武林旧事》卷三载：淳熙十二年（1185），太上皇高宗一日游西湖，见酒肆屏风上有《风入松》词云："一春长费买花钱。日日醉花边。玉骢惯识西湖路，骄嘶过、沽酒楼前。红杏香中箫鼓，绿杨影里秋千。 暖风十里丽人天，花压髻云偏。画船载取春归去，余情付、湖水湖烟。明日重携残酒，来寻陌上花钿。"高宗驻目称赏久之，宣问何人所作，乃太学生俞国宝醉笔也。高宗笑曰："此词甚好，但末句未免儒酸。"因改定云"明日重扶残醉"，则迥不同矣。即日命解褐（脱去平民衣服，喻始任官职）。《钦定词谱》云："古琴曲有《风入松》……《宋史·乐志》注：林钟商，元高拭词，注仙吕调，又双调，蒋氏十三调注：双调。亦名《风入松慢》，韩淲词，有'小楼春映远山横'句，名《远山横》。"

词谱格式

《风入松》的词谱格式：

听风听雨过清明，	⊕平⊗仄仄平平，（韵）
愁草瘗花铭。	⊕仄仄平平。（叶）
楼前绿暗分携路，	⊕平仄仄平平仄，（句）
一丝柳、一寸柔情。	仄平⊗、（豆）⊗仄平平。（叶）
料峭春寒中酒，	⊗仄⊕平⊗仄，（句）
迷离晓梦啼莺。	⊕平⊗仄平平。（叶）

213

西园日日扫林亭,	平平仄仄仄平平,(叶)
依旧赏新晴。	平仄仄平平。(叶)
黄蜂频扑秋千索,	平平仄仄平平仄,(句)
有当时、纤手香凝。	仄平平、(豆)仄仄平平。(叶)
惆怅双鸳不到,	仄仄平平仄仄,(句)
幽阶一夜苔生。	平平仄仄平平。(叶)

词律解读

1.《风入松》,此调有数体,《白香词谱》所录为双调,七十六字。上下片句式、格律相同,各六句,四平韵。

2. 本词押平声韵,属于词韵第十一部(平声庚青蒸)。起首韵字"明"和下面叶韵的"情"、"莺"、"晴"、"生"属平声庚韵;第二句末尾的"铭"与过片韵字"亭"属平声青韵;还有"凝"字属平声蒸韵;是同部平韵相协。

3. 上下片末二句为六言相连,平仄相对,一般用作对仗。如本词上片的"料峭春寒中酒,迷离晓梦啼莺"。

4. 此调协平声韵,开端连协两韵,然后隔句用韵,类似律诗的协韵方式,故轻柔和婉,极掩抑低徊之致。《词律》卷十一以赵彦端词(传闻天上有星榆)七十二字者为正体。另列周紫芝词七十四字者、吴文英词七十六字者为"又一体"。《钦定词谱》卷十七以晏几道词(柳阴庭院杏梢墙)七十四字者为正体,另列七十二字、七十三字、七十六字者为"又一体"。

万绦袅
中狂一
点动人
春意
不须更
沈兆澐
怅望画
沈兆澐

《祝英台近》（宝钗分）

215

58

祝英台近 春晚

宋 辛弃疾

宝钗分〔1〕，^(句)桃叶渡〔2〕，^(韵)烟柳暗南浦〔3〕。^(叶)怕上层楼，^(句)十日九风雨。^(叶)断肠片片飞红，^(句)都无人管，^(句)倩谁唤〔4〕、^(豆)流莺声住。^(叶)　　鬓边觑〔5〕，^(叶)试把花卜归期〔6〕，^(句)才簪又重数。^(叶)罗帐灯昏〔7〕，^(句)哽咽梦中语：^(叶)是他春带愁来，^(句)春归何处？^(句)却不解、^(豆)带将愁去〔8〕。^(叶)

注 释

〔1〕此词有异文，"断肠片片飞红"句，《白香词谱》原作"点点飞红"；"才簪又重数"《白香词谱》原作"重簪"，今据邓广铭《稼轩词编年笺注》中的校勘一并改之。宝钗分：古代的钗，由两股簪子合扭而成，男女分别时，则分钗相赠，男女各执一股，以为纪念。南朝梁陆罩《闺怨》诗："自怜断带日，偏恨分钗时。……欲以别离意，独向藤芜悲。"唐白居易《长恨歌》："钗留一股合一扇，钗擘黄金合分钿。"分钗作为别离纪念，南宋时犹盛行。

〔2〕桃叶渡：在南京秦淮河与青溪合流处，这里作为送别爱人的地点。桃叶、桃根姊妹俩，同为东晋大书法家王献之的小妾；因王献之当年曾在此迎

216

接过爱妾桃叶，古渡口即以桃叶为名。王献之曾作《桃叶歌》，见《隋书·五行志》："陈时，江南盛歌王献之桃叶之词曰：'桃叶复桃叶，渡江不用楫。但渡无所苦，我自迎接汝。'"今渡口处立有"桃叶渡碑"，并建有"桃叶渡亭"，为南京名胜之一。

〔3〕南浦：泛指水边送别之地。战国楚屈原《九歌·河伯》："子交手兮东行，送美人兮南浦。"南朝梁江淹《别赋》："送君南浦，伤如之何。"

〔4〕倩谁唤：一作"更谁劝"。倩，请人帮助做某事。

〔5〕觑（qù 去）：细看。这句说看到鬓边插的花。

〔6〕花卜归期：以所簪花朵的花瓣数，来占卜离人归来的日期。

〔7〕罗帐：丝织物制作的帷帐。

〔8〕带将：带得。

评析

这是一首写闺人伤春、怨别的作品。抒发了闺中少妇对春光虚度，游子不归的怨恨之情。南宋张端义《贵耳集》认为是为遣妾而作，似不可信。

词的上片，写昔日送别及思妇虚度光阴之怨。开篇三句，化用前人诗意，追忆昔日与恋人送别时的眷眷深情。"宝钗分"，写别时留赠信物。"桃叶渡"，指送别之地。"烟柳暗南浦"，写送别时埠头烟柳迷蒙之景。"烟柳"暗含折柳送别之意，"暗"字，既写出柳荫之茂密，又写出离别时心情之黯淡。三句之中连用三个有关送别的典故，融会成一幅情致缠绵的离别图景，烘托出思妇凄苦、怅惘的心境。段末五句，写别后所见、所闻、所感，抒发别后相思之情。"怕上层楼"一句的"怕"统领以下四句。闺人之所以"怕"，是因为登楼之后，看到的是风雨之后的片片落花，听到的是流莺的阵阵啼鸣。而这一切在其内心唤起的是时光流逝、青春不再的伤感，和对游子不尽的思念。她不想去体验那令其"断肠"的相思之痛，面对暮春之景，她怨天尤人，发出了"都无人管"、"倩谁唤、流莺声住"这样看似无理的抱怨。整个上片，以景带情，情景相融。

词的下片，写思念之切，由渲染气氛烘托心情，转为描摹情态。首三句，写闺人的痴情行为。她侧眼瞧一眼发鬓，又取下插在上面的花朵，数着花瓣卜算游子的归期。一瓣一瓣数过之后，戴上去。然而她又不放心，于是又拔下来，再重新数一遍。这看似单调的动作，将少妇的思念之深、盼归之切表现得惟妙惟肖。接下来两句，写思妇夜晚梦呓。"罗帐灯昏"，渲染朦胧、昏暗的氛围。"哽咽梦中语"是说闺人梦呓都声音哽咽，以表现相思给其带来的无限痛苦。最后三句写梦话内容，闺人埋怨道："是他春带愁来，春归何处？却不解、带将愁去。"此三句化用了赵彦端《鹊桥仙》词"春愁原自逐春来，却不肯、随春归去"句意。虽然此种责问看似无理，但却有情，是少妇内心世界的真实反映。

全词转折颇多，愈转愈缠绵，愈转愈凄恻，一片怨语痴情全在转折之中，显示了婉约词绸缪宛转的艺术风格。沈谦《填词杂说》曰："稼轩词以激扬奋厉为工，至'宝钗分，桃叶渡'一曲，昵狎温柔，魂销意尽，才人伎俩，真不可测。"此篇词丽情柔，妩媚风流，展现了与作者豪放风格迥然不同的另一种风格。

不过，也有人说这是一首具有政治内涵的词作，如清黄苏《蓼园词选》云："此必有所托，而借闺怨以抒其志乎！"乃词人假托一个女子叙说伤春和怀念亲人的愁苦，寄寓了对祖国长期分裂的悲痛。联想辛弃疾所处的时代，南宋国势风雨飘摇，抗战大计一事无成，就像春光零落一样，正如上片所写的"断肠片片飞红，都无人管"。词的下片，寄寓了作者渴望早日收复中原、亲人团聚的强烈愿望，活画出他连在睡梦中也念念不忘恢复，以致悲声哽咽、忧愁难解的爱国情怀。联系作者一贯的思想与为人，可以说，此词确实是有寄托的，反映了作者对国事的深切忧虑。

词牌考原

《祝英台近》，词牌名。亦作《英台近》、《祝英台》、《宝钗分》、《月底修箫谱》、《燕莺语》、《寒食词》等。此"近"字，又称为近拍，在词牌中，与"令"、"引"、"慢"等相类，表曲类之区别与节奏之不同，而非为远近之近。近词和引词一般都长于小令而短于慢词，所以又称为中调。本调创始于宋，首见于苏轼《东坡乐府》，调名当本自民间传说梁山伯与祝英台的故事。此故事由来已久，清毛先舒《填词名解》卷二云："《祝英台近》，《宁波府志》载，东晋越有梁山伯、祝英台，尝同学。祝先归。梁后访之，乃知祝为女，欲娶之，然祝已许马氏之子，梁忽忽成疾。后为鄞令,且死,遗言葬清道山下。明年,祝适马氏,过其地,而风涛大作,舟不能进,祝乃造冢,哭之哀恸,其地忽裂,祝投而死之。事闻丞相,谢安请封为义妇。今吴中有花蝴蝶,盖枯蠹所化,童儿亦呼梁山伯、祝英台云。"此调别名甚多,按戴复古妻词,因有"惜多才,怜薄命"句,《宋词纪事》名《怜薄命》。而《填词图谱》卷三,以此词为江西烈妇作,复取词中"揉碎花笺,忍写断肠句"句,另名《揉碎花笺》。赵彦瑞调名《祝英台》。周密词名《英台近》。《钦定词谱》卷十八又载:元高拭词注"越调"。辛弃疾词,有"宝钗分,桃叶渡"句,名《宝钗分》;张辑词,有"趁月底、重修箫谱"句,名《月底修箫谱》;韩淲词,有"燕莺语,溪岸点点飞锦"句,名《燕莺语》,又有"却又在他乡寒食"句,名《寒食词》。

词 谱 格 式

《祝英台近》的词谱格式:

宝钗分,	仄平平,(句)
桃叶渡,	平仄仄,(韵)▲
烟柳暗南浦。	⊕仄仄平仄。(叶)▲
怕上层楼,	⊗仄平平,(句)
十日九风雨。	⊗仄仄平仄。(叶)▲
断肠片片飞红,	⊗平⊗仄平平,(句)
都无人管,	⊕平平仄,(句)
倩谁唤、流莺声住。	仄⊕仄、(豆)⊕平平仄。(叶)▲
鬓边觑,	仄平仄,(叶)▲
试把花卜归期,	⊗⊗⊕仄平平,(句)
才簪又重数。	⊕平仄平仄。(叶)▲
罗帐灯昏,	⊕仄平平,(句)
哽咽梦中语:	⊗仄仄平仄。(叶)▲

219

是他春带愁来，	〇平〇仄平平，（句）
春归何处？	〇平平仄，（句）
却不解、带将愁去。	仄〇仄、（豆）〇平平仄。（叶）

▲

词律解读

1.《祝英台近》有平韵、仄韵两格，此处所录为仄韵格。双调，七十七字，上下片各八句，四仄韵。上下阕后五句格律相同。

2. 本词牌押仄声韵，一般用上、去声韵。本篇属于词韵第四部仄韵（即上声语麌、去声御遇）。起首韵字"渡"与"住"属去声遇韵；下面叶韵的"浦"、"雨"、"数"字属上声麌韵；"语"字乃上声语韵韵首，换头韵字"觑"与结尾韵字"去"都属去声御韵。全词乃同部上去声通押。

3. 本词调中的五言句均为拗律，尾三字均作"仄平仄"拗句。下片第二句六字，上三字平仄不拘，但不宜四个仄声相叠，如第二字用仄，则第三字宜用平。此调宛转凄抑，犹可想见旧曲遗音。

4. 上片第一、二句，平仄相对，一般用为对仗。如本词首二句对为："宝钗分，桃叶渡。"

5.《词律》卷十一以吴文英词（剪红情）为正体。《钦定词谱》卷十八以程垓词（坠红轻）为正体，另列韵脚有变化的仄韵格数种和平韵格一种为"又一体"。

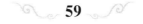

59

御街行 离怀

宋 范仲淹

纷纷坠叶飘香砌[1],（韵）夜寂静、（豆）寒声碎[2]。（叶）真珠帘卷玉楼空[3],（句）天淡银河垂地[4]。（叶）年年今夜,（句）月华如练[5],（句）长是人千里。（叶） 愁肠已断无由醉,（叶）酒未到、（豆）先成泪。（叶）残灯明灭枕头欹[6],（句）谙尽孤眠滋味[7]。（叶）都来此事[8],（句）眉间心上,（句）无计相回避。（叶）

注 释

〔1〕香砌:花落在台阶上,犹带香气,故曰香砌。

〔2〕寒声碎:寒风吹动树叶或树叶脱落地上发出轻微、细碎的声音。

〔3〕真珠:即珍珠。

〔4〕垂地:一作"拖地"。

〔5〕如练:犹如洁白的丝织品。

〔6〕明灭:忽明忽暗。枕头欹(qī 期):斜靠着枕头。

〔7〕谙(ān 安)尽:尝够。谙,熟悉。

〔8〕都来:算来。

评 析

这是一首秋夜怀人之作。整首词写得极为凄婉,充满柔情。

词的上片，描绘秋夜景色，透出怀远之思。开篇两句，写秋色、秋声。"纷纷坠叶飘香砌"是从视觉及嗅觉角度，写所见秋色。落叶纷纷扬扬，飘落在散发着落花余香的石阶之上，不言秋而秋已至。黄色的落叶，幽幽的花香，构成一幅富于动感的凄美画面。"夜寂静、寒声碎"则是从听觉角度，写所闻秋声。秋夜寂静，只听到风吹落叶的飒飒之声。"寒声碎"的"碎"字写出了落叶的细碎、急促，突出了秋风的迅疾。冠之以"寒"字，则写出风吹落叶所带来的阵阵寒意，展现了作者内心的孤独、凄凉。接下来两句，仍是从视觉角度写景，但在写景中已经看到作者的身影。在空寂的高楼之上，他卷起珠帘，观看夜色，视野极为空阔。淡淡的天幕上，银河宽阔，垂向大地，此句实不减杜甫《旅夜书怀》中"星垂平野阔"之气势。段末三句，紧承登楼望远，继续写夜色，同时转入抒怀。"月华如练"与前边的"天淡"相照应。南朝宋谢庄《月赋》云："美人迈兮音尘绝，隔千里兮共明月。"月光最能触动对远方之人的思念之情，而作者说"年年今夜"、"长是人千里"，则表明这种远隔千里，望月相思，早已不是一年两年之事，其痛苦之邈远可以想见。这段玉楼观月的描写，感情细腻，色泽绮丽，既有花间词人的遗风，更有一股清刚之气。

词的下片，写相思之苦。首二句，抒发愁情。作者在《苏幕遮》中写道："酒入愁肠，化作相思泪。"而此处却说："愁肠已断无由醉，酒未到、先成泪。"作者因愁而肠断，酒便无由以入。酒未到肠，早已化作相思之泪。如此写来，比起入肠化泪，又添一转折，愁更难堪，情更凄切。可谓别出心裁，自出新意。接下来两句描写愁态。夜已深沉，室内灯光摇曳，光线昏暗，自有一种凄然气氛。此时，作者斜倚枕上，面对孤灯，形影相吊，彻夜难眠，备尝相思之苦。"枕头欹"，写出了作者倚枕对灯，寂然凝思的神态。这是一种静态的描写，比起辗转反侧，更加形象，更加深沉。最后三句，描写愁心、愁容。这怀旧之事，总是无法回避的，它不是在心头萦绕，就是在眉头攒聚。而两者兼而有之，可见其愁苦之深。此后，李清照《一剪梅》词有"此情无计可消除，才下眉头，却上心头"之句，当是由此化出，却更显生动。

此词上片写景，景中含情，且意境阔大。下片抒情，则从愁情、愁态、愁容、愁心，依次写来，层次清晰，而且想象奇特，刻画细腻。

词牌考原

《御街行》,词牌名。此调始见于范仲淹词,当起于北宋初年。"御街",是京城中皇帝巡行的街道,亦称天街。行,乐曲。本指乐曲的进行,后来成为乐曲、歌唱的遍数。与古诗的一种体裁如《兵车行》《长歌行》不同。另有一种说法,认为此"行"初为行走之意,如清万树《词律·发凡》云:"如《踏莎行》《御街行》《望远行》,此行步之'行',岂可入歌行之内?"可备一说。《钦定词谱》因无名氏词有"听孤雁、声嘹唳"句,而名之曰《孤雁儿》。

词谱格式

《御街行》的词谱格式:

纷纷坠叶飘香砌,	⊕平⊗仄平平仄,(韵)
夜寂静、寒声碎。	仄仄仄、(豆)平平仄。(叶)▲
真珠帘卷玉楼空,	⊕平⊕仄仄平平,(句)
天淡银河垂地。	⊕仄⊕平平仄。(叶)▲
年年今夜,	⊕平⊕仄,(句)
月华如练,	⊗平⊕仄,(句)
长是人千里。	⊕仄平平仄。(叶)▲

愁肠已断无由醉,	⊕平⊗仄平平仄,(叶)▲
酒未到、先成泪。	仄仄仄、(豆)平平仄。(叶)▲
残灯明灭枕头欹,	⊕平⊕仄仄平平,(句)
谙尽孤眠滋味。	⊕仄⊕平平仄。(叶)▲
都来此事,	⊕平⊕仄,(句)
眉间心上,	⊗平⊕仄,(句)
无计相回避。	⊕仄平平仄。(叶)▲

词律解读

1. 此调体式较多,此处所录为双调,七十八字。上下片各七句,四仄韵,句式、格律相同。

2. 通篇押仄声韵,本篇属于词韵第三部的仄韵(上声纸尾荠,又贿半;去声寘未霁,又泰半、队半)。其中,起首韵字"砌"及下面叶韵的"碎"属去声霁韵。而"地"、"醉"、"泪"、"避"字都属去声寘韵。"里"属上声纸韵;"味"属去声未韵,乃同部上去声通押。

3. 上下片各有两个四言句,有用作同声对者。如宋张先词(夭非花艳轻非雾)上片作"乳鸡栖燕,落星沉月",下片作"遗香余粉,剩衾闲枕"。

4. 龙榆生分析此调特点说:"《御街行》则是以三、五、七言的奇句和四、六言的偶句参互而成,看来好像最为适合'奇偶相生'的谐调规律,但前后阕除了中间一个七言句用了平收外,其余全用仄声收脚,这就构成了整体的拗怒多于和谐;而且下半阕连用一个六言,两个四言的偶句直逼而下,采用一个五言单句使劲顿住,这就显示着心胸开阔、英姿飒爽的苍莽气度,便是用来抒写儿女柔情,也绝不至流于软媚的。"(《词学十讲》)《词律》卷十一、《钦定词谱》卷十八均以柳永词(燔柴烟断星河曙)七十六字者为正体,另列范仲淹词及七十七字、八十字、八十一字者数种为另一体。

60

蓦山溪　别意

宋　黄庭坚

鸳鸯翡翠[1]，(句)小小思珍偶[2]。(韵)眉黛敛秋波[3]，(句)尽湖南[4]、(豆)山明水秀。(叶)娉娉袅袅，(句)恰近十三余[5]，(句)春未透，(叶)花枝瘦，(叶)正是愁时候。(叶)　　寻芳载酒，(叶)肯落他人后[6]。(叶)只恐远归来，(句)绿成阴、(豆)青梅如豆[7]。(叶)心期得处[8]，(句)每自不由人，(句)长亭柳[9]，(叶)君知否，(叶)千里犹回首。(叶)

注释

〔1〕鸳鸯翡翠:常用来比喻成双成对的爱人。李白《宫中行乐词》其二:"玉楼巢翡翠,金殿锁鸳鸯。"按:这首《蓦(mò 莫)山溪》首句后《白香词谱》原注"韵",但"翠"字属真韵,此词用韵属词韵的第十二部仄韵(上声有,去声宥),首句并未入韵,故改为"句"。

〔2〕小小:幼小。珍偶:互相爱怜的伴侣。

〔3〕敛:收束。秋波:比喻美女的眼睛,像秋水一样清澈、明亮、流转。

〔4〕尽:任凭。

〔5〕"娉娉袅袅"二句:唐杜牧《赠别》其一:"娉娉袅袅十三余,豆蔻梢头二月初。"娉娉袅袅,形容女子身段窈窕婀娜。

〔6〕肯:岂肯、怎肯。

〔7〕"只恐"二句:宋王谠《唐语林》卷七载,唐杜牧游湖州,遇一十余岁面目姣好女子,与其母相约,过十年来迎娶,不来即从他适。十四年后,牧为湖州刺史,女子已嫁人三年,生二子。杜牧《叹花》诗云:"自是寻春去较迟,不须惆怅怨芳时。狂风落尽深红色,绿叶成阴子满枝。"

〔8〕心期:心意、心愿。得处:如何处、怎么处。

〔9〕长亭:古时多在路边设置亭舍,十里一长亭,五里一短亭,以供行人、旅客憩息、送别、饯行之用。

评析

据《山谷词》,此词又题为"赠衡阳妓陈湘"。崇宁三年(1104),黄庭坚赴宜章(今广西境内)贬所,途径衡阳时,邂逅陈湘,使其痛苦的心灵得到慰藉,甚至产生了"他年未厌白髭须,同舟归五湖"(《阮郎归》)的想法。此词乃作者与陈湘分别时所作。

词的上片,写陈湘的美貌、多情。开篇两句,写陈湘的内心活动。虽然她年龄尚小,但已情窦初开。看着鸳鸯成对,翡翠成双,她不禁心生羡慕,渴望早得佳偶。接下来两句,通过对眉眼的描写,展现陈湘的美貌。"山明水秀"与"眉黛"、"秋波"相应,谓其眉如远山,眼如秋水。"眉黛"与"秋波"之间,连接以"敛"字,写出陈湘恬静、端庄而不张扬的神态。段末五句,写陈湘的体态、神韵。"娉娉袅袅,恰近十三余",化用唐杜牧《赠别》诗"娉娉袅袅十三余,豆蔻梢头二月初"句意,写陈湘正当青春年少、活力四溢、苗条婀娜。"春未透,花枝瘦"又以春花的娇嫩鲜艳,比喻陈湘的年轻貌美,令人赏心悦目。"正是愁时候"与"恰近十三余"相应,此时的陈湘正处在多愁善感,充满幻想的年龄。而愁之内容,开篇"鸳鸯翡翠,小小思珍偶"早已作答。上片写陈湘其人,着力塑造了她艳而不冶,媚而不妖,清丽纤巧,天真可人的少女形象。

词的下片,抒写自己临别伤怀的怅惘。首二句,写结识陈湘。杜牧《遣怀》诗云:"落魄江湖载酒行,楚腰纤细掌中轻。"作者以"寻芳载酒",写出自己时下的落魄处境和对陈湘美貌、神采的向往。"肯落他人后",则是化用李白《流夜郎赠辛判官》诗"气岸遥凌豪士前,风流肯落他人后"句意,流露出一股不甘人后的豪荡之气。然而想到自己身遭贬谪、宦海漂泊、沉浮难定,又使作者信心不足,情绪低落。下面"只恐远归来,绿成阴、青梅如豆"两句,化用杜牧《叹花》诗"自是寻春去较迟,不须惆怅怨芳时。狂风落尽深红色,绿叶成阴子满枝"句意,写出对后约无期、恐美人另有所属的忧虑。他担心此日一别,远赴贬所,待到重逢时,恐怕陈湘早已嫁作他人妇,已是叶成阴、子满枝了。最后五句,写作者对陈湘的一往情深。前两句是作者的人生体验,他说人生总是事与愿违,不能把握自己的命运,实现自己的愿望,暗示自己与陈湘的爱恋也只能以分离结束。然而,正因如此,他对陈湘才愈发眷恋之深,思慕之切。结尾三句,作者想象自己将在长亭与心爱的女子折柳赠别,虽在千里之外,然犹频频回首,寻觅那动人的身影。在这分别的时刻,想到日后孤独凄凉的贬谪生涯,想到遥遥无期的重逢,作者内心泛起无限的伤感与惆怅。

此词语淡而情深,意浓而韵远,非有真实经历者不能道此。

词牌考原

《蓦山溪》,词牌名。又名《上阳春》、《弄珠英》、《心月照云溪》。宋代词牌,双调,八十二字,押仄声韵。前后阕皆九句。北宋周邦彦《清真集》注:"大石调。"宋末元初刘应李编撰的《翰墨全书》,名《上阳春》。贺铸词有"弄珠英,因风委坠"句,又名《弄珠英》。元代王哲改名《心月照云溪》。《钦定词谱》云:"宋词填此调者,其字句并同,惟押韵各异。"此调押仄声韵,押韵可密可疏,比较自由。有起句押韵、上下片皆六韵的;有上片六韵、下片四韵的(下片首句和七句不押);有上片四韵(起句用韵,七、八两句不押)、下片三韵的(下片首句和七、八句不押);还有前后段皆三韵的。《钦定词谱》以宋程垓之前后阕各三仄韵者为正体,并列出十二种"又一体"。

词谱格式

《蓦山溪》的词谱格式:

鸳鸯翡翠，	平平仄仄，(句)
小小思珍偶。	仄仄平平仄。(韵)▲
眉黛敛秋波，	仄仄仄平平，(句)
尽湖南、山明水秀。	仄平平、(豆)平平仄仄。(叶)▲
娉娉袅袅，	平平仄仄，(句)
恰近十三余，	仄仄仄平平，(句)
春未透，	平仄仄，(叶)▲
花枝瘦，	平平仄，(叶)▲
正是愁时候。	仄仄平平仄。(叶)▲
寻芳载酒，	平平仄仄，(叶)▲
肯落他人后。	仄仄平平仄。(叶)▲
只恐远归来，	仄仄仄平平，(句)
绿成阴、青梅如豆。	仄平平、(豆)平平仄仄。(叶)▲
心期得处，	平平仄仄，(句)
每自不由人，	仄仄仄平平，(句)
长亭柳，	平平仄，(叶)▲
君知否，	平平仄，(叶)▲
千里犹回首。	仄仄平平仄。(叶)▲

词律解读

1.《蓦山溪》，双调，八十二字。上下片各九句，押仄声韵。此调押韵可密可疏，比较自由。黄庭坚此词上片五仄韵，下片六仄韵。除上片首句不入韵，下片首句押韵外，两阕其余句式、格律均同。

2. 本词所押仄声韵，属词韵第十二部仄韵（上声有，去声宥）。起首韵字"偶"与下面叶韵的"酒"、"后"、"柳"、"否"、"首"字均属上声有韵。而"秀"、"透"、"瘦"、"候"、"豆"均属去声宥韵，乃同部上去声通押。

3.《蓦山溪》上、下片第四句均为"上三下四"句式,上三字平仄多不拘,然音节以"仄平平"为佳。第五句四字,第六句五字,五、六两句又可合为"上四下五"结构的九字句,语气须连贯,无须用韵。后两个三字句(即第七、第八句)以对仗为美,且常与尾句三连韵,一气呵成,如本词上片之后三句。然宋人亦常用"平仄仄,仄平平"的格式,则两个三言短句都不押韵。如宋张元干《蓦山溪》(一番小雨),上片后三句作"衣线断,带围宽,衰鬓添新白"。下片结尾作"楼独倚,镜频看,此意无人识"。

4.《词律》卷十二以张元幹词(一番小雨)三仄韵者(上下片只在第二句、第四句及末句押韵)为正体,以石孝友词为"又一体"。《钦定词谱》卷十九以程垓词(老来风味)三仄韵者(上下片只在第二句、第四句及末句押韵)为正体,又列姜夔等人词作十二种为"又一体"。

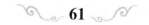

61

洞仙歌　夏夜

宋　苏轼

冰肌玉骨〔1〕，（句）自清凉无汗。（韵）水殿风来暗香满〔2〕。（叶）绣帘开，（句）一点明月窥人，（句）人未寝，（句）敧枕钗横鬓乱〔3〕。（叶）　　起来携素手〔4〕，（句）庭户无声，（句）时见疏星渡河汉。（叶）试问夜如何？（句）夜已三更，（句）金波淡〔5〕，（句）玉绳低转〔6〕。（叶）但屈指、（豆）西风几时来，（句）又不道〔7〕、（豆）流年暗中偷换。（叶）

注释

〔1〕冰肌玉骨：谓肌体如冰之莹洁、玉之温润。《庄子·逍遥游》："藐姑射之山，有神人焉，肌肤若冰雪，绰约若处子。"按：此词《白香词谱》与诸本有几处异文，"绣帘开，一点明月窥人"，《白香词谱》原作"绣帘闲一点、明月窥人"；结尾"又不道、流年暗中偷换"，原作"又只恐流年，暗中偷换"。今据唐圭璋所校《全宋词》改之。

〔2〕水殿：临水的宫殿。此指四川成都摩诃池上的宫殿。

〔3〕敧枕：斜靠枕上。敧，通"倚"。

〔4〕素手：美人洁白的手。《古诗十九首》："纤纤擢素手。"

〔5〕金波：指月光。

〔6〕玉绳低转:指夜深。玉绳,两星名,是北斗七星中的斗杓,在北斗第五星
（玉衡）北面。玉绳星越低,夜越深。

〔7〕不道:不知不觉地。

评析

此词是作者四十七岁被贬谪黄州期间,为补足蜀主孟昶夏夜纳凉词而作。
据词前小序,苏轼说他七岁时,在老家眉山遇见一位姓朱的老尼姑,当时她已经
九十多岁了,向苏轼说起当年后蜀（934—965）后主孟昶和花蕊夫人的故事。那
时老尼姑年龄尚小,曾随着师傅到了蜀王的宫中,在一个炎热的夏夜,小尼姑看
到孟昶和花蕊夫人夜起纳凉,来到摩诃池中的凉亭上避暑,花蕊夫人唱了孟昶新
作的歌词。时过多年,老尼姑仍记得那美妙的词句,这件事深深印在幼年的东坡
心中。四十年后,朱尼姑早已辞世,苏轼只记得开头的两句,他用《洞仙歌》的曲
调将那两句补充完整,写下了这首奇妙的词篇。

在词中,作者描述了蜀主孟昶与其妃花蕊夫人在摩诃池上夏夜纳凉的情景,刻
画了花蕊夫人美好、高洁的形象,同时也抒发了自己对时光流逝的感慨与无奈。

词的上片,写花蕊夫人帘内欹枕的绰约风姿。开篇二句为孟昶原作。写花
蕊夫人丽质天生、冰莹玉洁的清丽之美。第三句,写美人所处的环境。摩诃池上
清风吹拂,水殿幽香。南朝陈徐陵《奉和简文帝山斋》诗:"竹密山斋冷,荷开水殿
香。"因此,这幽香正是源自池中的荷花。月夜、水殿、荷花、清风、幽香,何等清凉
幽静的境界,烘托出女主人公的冰清玉润之美,可谓境佳人美。下面几句,转到
室内,用拟人方法,借月之眼光,写美人欹枕未寝的情景。月光照进美人寝室,词
人用一"窥"字,使月光也有了生命和情感,她似乎也被女主人公的天生丽质所深
深吸引。而且用"窥"字,更能突出闺房不轻易示人的私密特征。"欹枕钗横鬓
乱"写出女主人欲眠未眠、仪态懒散的姿态。虽然已是"钗横鬓乱",但仍能给人
以慵懒的美感。而"人未寝",则说明女主人公内心有所期待,有着对美好感情的
向往。

词的下片,空间由室内转至室外,写女主人公与心上人悄语偕行。首三句,
写二人庭院纳凉,观赏夜色。他们携手来到庭院之中,万籁俱寂,悄然无声,仰望

231

星空,不时见到一颗颗流星从银河飞过。作者采用以动衬静的方法,展现一种夏夜的宁静之美。接下来三句,写二人徘徊良久,夜已深沉,但仍沉醉于夏夜美景之中,不知不觉夜已三更,月光已经变淡,玉绳更加低沉。作者通过斗转星移,写出时光的推移变化,为下面感叹时光易逝做了铺垫。最后两句,写女主人公对时光流逝的惋惜。因感夏日酷热,于是盼望着秋日的到来。但当秋风吹来时,一年的时光又将逝去。然而人生不就是在夏与秋的流转中,慢慢流逝的吗?想到此,不禁令人忧从中来。结尾三句是全词点睛之笔,词之主题由此得到深化和升华。

此词想象奇特,写景空灵,词中"明月窥人"接以"人未寝","夜如何"接以"夜已三更",顶针手法的运用,极具流畅之美。

词牌考原

《洞仙歌》,词牌名。原唐教坊曲,后用为词调。又名《洞仙歌令》、《羽仙歌》、《洞中仙》、《洞仙歌慢》。唐代已用《洞仙歌》为词调,原用以咏洞府神仙。敦煌卷子中的唐人《云谣集杂曲子》中,录有《洞仙歌》二首,内容咏思妇征人之情,可见唐人此调,即已脱离咏洞府神仙之本意。任二北《敦煌曲初探》据其中"根征人久镇边夷"、"令戎客休施流浪"等句,认为与玄宗朝征兵戍边事有关,断此调创于开元、天宝之际。唐人所作虽为双调,但与宋人所作体式不同。正如任二北《敦煌曲校录》说《洞仙歌》:"此曲之唐调见敦煌曲,与北宋之调全异。"可知宋人所作,乃依旧名而创为新调。

宋代《洞仙歌》体式较多,有中调和长调两体。苏轼此作为中调,但亦可称为《洞仙歌令》。曾自序云:"仆七岁时,见眉州老尼,姓朱,忘其名,年九十余。自言:尝随其师入蜀主孟昶宫中。一日大热,蜀主与花蕊夫人夜起,避暑摩诃池上,作一词。朱具能记之。今四十年,朱已死久矣,人无知此词者。但记其首两句。暇日寻味,岂《洞仙歌令》乎?乃为足之。"由此可见,《洞仙歌令》当早已有之。柳永作《洞仙歌》,为慢词,《乐章集》今存三篇,句豆亦参差不一。夏敬观《词调溯源》云:"《洞仙歌》,见《教坊记》。《宋志》:'因旧曲造新声。'人本调(林钟商)。"《钦定词谱》载:"此调有令词,有慢词。令词自八十三字至九十三字,共三十五首。康与之词,名《洞仙歌令》;潘牥(fāng 方)词,名《羽仙歌》;袁易词,名《洞仙词》;《宋史·乐志》,名《洞中仙》,注'林钟商'调,又'歇指调';《金词》注'大石调'。慢词自一百十八字至一百二十六字,共五首。柳永《乐章集》'嘉景'词注'般涉调','乘兴闲泛兰舟'词注'仙吕调','佳景留心惯'词注'中吕调'。"又云:"宋人填《洞仙歌》令词者,句读韵脚,互有异同,惟苏(轼)、辛(弃疾)两体,填者最多,今以苏、辛二词为初体,其余添字、减字,各以类聚,庶不蒙混。"《钦定词谱》卷二〇即以苏轼词"冰肌玉骨"为正体,另列三十九种"又一体"。

词 谱 格 式

《洞仙歌》的词谱格式:

冰肌玉骨,	平平仄仄,(句)
自清凉无汗。	仄平平平仄。(韵)
水殿风来暗香满。	仄仄平平仄平仄。(叶)▲
绣帘开,	仄平平,(句)
一点明月窥人,	仄仄平仄平平,(句)
人未寝,	平仄仄,(句)
敧枕钗横鬓乱。	仄仄平平仄仄。(叶)▲
起来携素手,	仄平平仄仄,(句)
庭户无声,	平仄平平,(句)
时见疏星渡河汉。	平仄平平仄平仄。(叶)▲
试问夜如何?	仄仄仄平平?(句)
夜已三更,	仄仄平平,(句)
金波淡,	平平仄,(句)
玉绳低转。	仄平平仄。(叶)▲
但屈指、西风几时来,	仄仄仄、(豆)平平仄平平,(句)
又不道、流年暗中偷换。	仄仄仄、(豆)平平仄平平仄。(叶)▲

233

词律解读

1.《洞仙歌》，以此词为准。双调，八十三字。上下片均三仄韵。

2. 此词牌押仄声韵，本篇属于词韵第七部仄韵（上声旱潸铣，又阮半；去声翰谏霰，又愿半）。起首韵字"汗"及下面叶韵的"乱"、"汉"、"换"同属去声翰韵；其他叶韵的"满"属上声旱韵；"转"字属上声铣韵。是同部上去声韵通押。

3. 此调在句法上，首句四字句，不用韵。次句五字起韵，句法为上一下四。要注意词中两处拗律，一是上下片的第三句是七字句，其格式为"仄仄平平仄平仄"，第一字平仄不拘，后三字必作"仄平仄"，乃定格也。二是下片第七句格式为"仄平平仄"，且第一字以用去声为佳。此外，下片第八句第六字，例用仄声。如本词"西风几时来"的"几"字。

4. 此调句式参差，用韵较疏，或隔句协韵，或三句一协，四句一协，韵前各句多用平声收尾，故音节舒婉，极驶荡摇曳之致。《词律》卷十二以吴文英词（花中惯识）八十二字为正体。另列九种"又一体"。《钦定词谱》卷二〇以苏轼词（冰肌玉骨）为正体，另列三十九种"又一体"。

62

潇湘夜雨 灯花

宋　赵长卿

斜点银钉[1]，(句)高擎莲炬[2]，(句)夜深不耐微风。(韵)重
重帘幕，(句)掩映画堂中。(叶)香渐远、(豆)长烟袅毵[3]，(句)光
不定，(豆)寒影摇红。(叶)偏奇处，(句)当庭月暗，(句)吐焰如
虹[4]。(叶)　　红裳呈艳[5]，(句)丽娥一见[6]，(句)无奈狂
踪。(叶)试烦他纤手，(句)卷上纱笼。(叶)开正好、(豆)银花照
夜[7]，(句)堆不尽、(豆)金粟凝空[8]。(叶)丁宁语，(句)频将好
事[9]，(句)来报主人公。(叶)

注释

〔1〕银钉(gāng 刚)：银制的灯。钉，油灯。按：此词有异文，"重重帘幕，掩映
画堂中"，《白香词谱》原作"重重帘幕卷堂中"，今依《钦定词谱》卷二四
校改。

〔2〕擎(qíng 晴)：高举，向上托。莲炬：莲花形的蜡烛。

〔3〕袅毵(suì 碎)：烛焰摇曳。袅，灯焰随风摆动的样子。毵，禾穗，此指灯焰
如穗。

〔4〕吐焰如虹：指灯、烛的光焰，在湿润的空气中出现晕状虹彩光圈。

〔5〕"红裳"句：《异闻录》载，杨穆于昭应寺读书，见一红裳女子，自云十四代

祖因显扬佛教被封为西明公，自己被唐明皇封为西明夫人。后经检验，乃是经幡中的灯。

〔6〕丽娥：指灯蛾。

〔7〕银花：指灯。唐苏味道《正月十五夜》诗："火树银花合，星桥铁锁开。"

〔8〕金粟：本为桂花的别名，此指灯花，描摹灯花初结成时呈金黄色颗粒状。唐韩愈《咏灯花同侯十一》诗："黄里排金粟，钗头缀玉虫。"

〔9〕"丁宁"二句：古以灯花爆裂为吉兆。韩愈《咏灯花同侯十一》诗："更烦将喜事，来报主人公。"丁宁语，结灯花时，有小爆炸声，称为丁宁语。丁宁，本为古代乐器名，即钲，似钟而小。后用以形容乐器所发出的声响。又比作音讯，消息。唐韩愈《华山女》诗："仙梯难攀俗缘重，浪凭青鸟通丁宁。"此处"丁宁语"比喻灯花的小爆炸声犹如传递音讯的言语。

评析

这是一首题咏灯花的作品。

词的上片，写点燃油灯。开篇三句，写华灯初张情景。词人采用对仗句，写点灯、挂灯。"斜点"、"高擎"写出高贵气象，而"银釭"、"莲炬"又是非一般人家所能有，极尽豪华。下面，词人先写室内照明情况。夜深时，在重重帷幕的掩映下，画堂中华灯高照。接着，词人以两个七字对句描写室内灯光景象：微风透入室内，灯油香气远飘，焰穗袅袅浮动，灯光飘忽不定，透过帷幕，看到的是一片摇曳的红光，显示出一种如梦如幻的朦胧之美。段末两句，又由内及外，转写庭院灯火辉煌。最奇特的是，庭院之中，灯焰灿烂，犹如彩虹，以至于明亮的月色都为之暗淡。词人采用衬托的方法，以月光的暗淡，反衬灯焰的明亮。

词的下片，写灯花结彩。开头三句，借助典故的运用，先把美丽的灯焰想象成红裳女子，十分贴切新鲜；继而用"丽娥一见，无奈狂踪"，将飞蛾扑火的本能行为，说成是为灯焰吸引的有意追求，从反面衬托出灯焰的明亮、美丽。接下来，词人先用"试烦他纤手，卷上纱笼"补写灯的外在装饰。说"烦他纤手"显得真实而有情趣。纱笼笼住灯光，观赏效果更佳。词人又用两个七字对句，描写黑夜中盏盏灯火组成的胜境：火树银花，映照夜空。上句"开正好、银花照夜"，是将灯焰之

"银花",比喻成了园林中的自然之花,从而赋予灯花以生命的活力。下句"堆不尽、金粟凝空",描写金色的灯花又如盛开的桂花点缀在黑色的夜空。结尾三句,以"丁宁语"比喻灯花的小爆炸声犹如不断传递的喜讯。用俗传喜兆作结,格外增添了几分生活乐趣。

此词虽是一首单纯的咏物词,但语言形象,对偶工丽,描写灯火辉煌之意境绘声绘色,绚丽多彩,奇巧生动。读来新颖别致,饶有趣味。

词牌考原

《潇湘夜雨》,本潇湘八景之一,后用为词牌名。潇湘,乃湘江与潇水的并称,多借指今湖南地区。潇湘一词,最早见于《山海经·中山经》:"(洞庭之山)帝之二女(谓娥皇、女英,帝尧之二女嫁舜者)居之,是常游于江渊。澧沅之风,交潇湘之渊,是在九江之间,出入必以飘风暴雨。"唐宋以还,以"潇湘夜雨"为潇湘八景之一。北宋大书画家米芾的《潇湘八景图诗跋尾》曰:"余购得李营丘(五代末至宋初的画家李成)画八景图,拜石余闲,逐景撰述。"又云:"(洞庭)湖之南皆可以名潇湘。若湖之北,则汉、沔汤汤,不得谓之潇湘。"北宋沈括《梦溪笔谈》卷十七"书画"载:"度支员外郎宋迪,工画,尤善为平远山水。其得意者,有'平沙雁落'、'远浦帆归'、'山市晴岚'、'江天暮雪'、'洞庭秋月'、'潇湘夜雨'、'烟寺晚钟'、'渔村夕照',谓之'八景'。好事者多传之。"据此可知,本词调名,即本于此。《宋百家诗存》卷二十三录有宋刘仙伦咏《潇湘八景图》诗八首,八景名称与沈括所记相同,顺序也一致。以八景为名的乐曲见于史籍的有《平沙落雁》,是一首古琴曲,有多种流派传谱,曾刊于明代《古音正宗》,又名《雁落平沙》。元代马致远的散曲双调《寿阳曲》八首小令与"八景"名称完全相同,可见潇湘八景不仅是绘画、诗歌的题材,亦成为乐曲表现的题材,《潇湘夜雨》的词调就是在配乐歌咏"八景"中产生的。

《潇湘夜雨》,《钦定词谱》卷二十四列在《满庭芳》之下,认为就是《满庭芳》之又一体。因为宋晁补之词有"真堪与,潇潇暮雨,图上画扁舟"。宋周紫芝遂将其易名为《潇湘夜雨》。实际上,两词调在字数、句式上有差异。周紫芝所作《潇湘夜雨》实为《满庭芳》,而赵长卿所作《潇湘夜雨》为另一调式。万树《词律》卷十三

237

曾辨之曰："此调与《满庭芳》相近而实不同。或曰：'此即《满庭芳》，起三句无异。……故周紫芝集《潇湘夜雨》凡四首，实即《满庭芳》，是一调而异名耳。'余曰：此说固是，但其中前后两七字句，对偶整齐，揣其音响，竟与《满庭芳》相去甚远。岂可将'香渐远'与'开正好'亦各删一字，以合《满庭芳》调乎？其另为一调无疑。"

词 谱 格 式

《潇湘夜雨》的词谱格式：

斜点银钉，	平仄平平，（句）
高擎莲炬，	平平平仄，（句）
夜深不耐微风。	仄平仄仄平平。（韵）
重重帘幕，	平平平仄，（句）
掩映画堂中。	仄仄仄平平。（叶）
香渐远、长烟袅袅，	平仄仄、（豆）平平仄仄，（句）
光不定、寒影摇红。	平仄仄、（豆）平仄平平。（叶）
偏奇处，	平平仄，（句）
当庭月暗，	平平仄仄，（句）
吐焰如虹。	仄仄平平。（叶）
红裳呈艳，	平平平仄，（句）
丽娥一见，	仄平仄仄，（句）
无奈狂踪。	平仄平平。（叶）
试烦他纤手，	仄平平平仄，（句）
卷上纱笼。	仄仄平平。（叶）
开正好、银花照夜，	平仄仄、（豆）平平仄仄，（句）
堆不尽、金粟凝空。	平仄仄、（豆）平仄平平。（叶）
丁宁语，	平平仄，（句）

频将好事,	平平仄仄,(句)
来报主人公。	⊕仄仄平平。(叶)

词律解读

1. 赵长卿《潇湘夜雨》词为双调,九十五字,前后段各十句,四平韵。

2. 此调押平声韵。本篇主押平声一东韵。起首韵字"风"及下面叶韵的"中"、"红"、"虹"、"笼"、"空"、"公"同属平声一东韵。只有下片开头的韵字"踪"字借用了邻韵二冬韵。属于词韵第一部平韵(平声东冬)通押。

3. 首二句两四言,须用对仗。如本词之"斜点银钢,高擎莲炬"。上下片第六、七句,应用上三下四的两组对仗。如本词上片之"香渐远、长烟袅毵,光不定、寒影摇红"。下片之"开正好、银花夜照,堆不尽、金粟凝空"。

4.《词律》卷十三以赵长卿词为《潇湘夜雨》正体。《钦定词谱》卷二十四于《满庭芳》词牌之下,列赵长卿《潇湘夜雨》为"又一体"。

63

满江红　金陵怀古

元　萨都剌

六代豪华[1]，春去也、更无消息。空怅望、山川形胜[2]，已非畴昔[3]。王谢堂前双燕子，乌衣巷口曾相识[4]。听夜深寂寞打孤城，春潮急[5]。

思往事，愁如织。怀故国，空陈迹。但荒烟衰草，乱鸦斜日。玉树歌残秋露冷[6]，胭脂井坏寒螀泣[7]。到如今、只有蒋山青[8]，秦淮碧[9]。

注释

〔1〕六代：六朝，指在金陵(今江苏南京)建都的三国吴、东晋、宋、齐、梁、陈。

〔2〕山川形胜：地理形势优越。宋张敦颐《六朝事迹编类》："诸葛亮论金陵地形云：'钟阜龙蟠，石城虎踞，真帝王之宅。'"

〔3〕畴昔：往昔。

〔4〕"王谢"二句：唐刘禹锡《乌衣巷》诗："朱雀桥边野草花，乌衣巷口夕阳斜。旧时王谢堂前燕，飞入寻常百姓家。"王谢，指东晋王导、谢安两个世家贵族。乌衣巷，在今南京秦淮河南，是王谢贵族的聚居之地。

〔5〕"听夜深"二句：唐刘禹锡《石头城》："山围故国周遭在，潮打空城寂寞回。淮水东边旧时月，夜深还过女墙来。"

〔6〕"玉树"句:南朝陈后主曾作《玉树后庭花》曲,辞甚哀怨,后人认为是亡国之音。

〔7〕胭脂井:即景阳井,故址在今南京。隋军攻克金陵,陈后主与宠妃张丽华等避入井中,后被牵出。传说该井栏有石脉,用帛揩拭,有胭脂痕。寒螀(jiāng江):即寒蝉,似蝉而小,墨色,有黄绿色的斑点,秋天出来鸣叫。

〔8〕蒋山:即钟山,位于今南京东北。汉末蒋子文为秣陵尉,因追贼至钟山,伤额而死,东吴孙权为其立庙于钟山,因权父名钟,于是改名为蒋山。

〔9〕秦淮:秦淮河,长江下游支流,横贯今南京市。相传秦始皇凿方山以疏通淮水,故名秦淮河。

评析

　　元朝至顺三年(1332)萨都剌曾居金陵,任江南诸道行御台掾史,其间有若干首金陵怀古之作。《白香词谱》所选《满江红》和《念奴娇》是他此类题材中极负盛誉、广为传诵的佳作。此词通过人事沧桑,山川依旧,抒发了历史兴亡之感。

　　词的上片,写暮春之景。开篇四句,慨叹六朝豪华去而不返,形胜远非畴昔。作者以春之消歇,再无重来信息,象征六朝繁华一去不返。金陵这样的山川形胜之地,也已经褪尽当日繁华,而变为清冷孤城。"空怅望"写出作者内心的伤感与无奈。段末四句,从不同角度,写金陵春景,进一步抒发兴衰之感。前两句化用刘禹锡《乌衣巷》诗意,从视觉角度,写白天之景。当年王谢堂前的燕子,如今已飞入寻常百姓之家。在乌衣巷口与之相遇,大有似曾相识之感。作者似乎处在时空的恍惚之中,眼前的一切是如此真实,然而又如此遥远。后两句化用刘禹锡《石头城》诗意,从听觉角度,写夜晚之景。夜深人静,长江湍急的春潮,寂寞地拍打着孤城。"春潮"的"春"字与"春去也"的"春"字相照应,豪华已逝,涛声依旧,六朝盛事早已化作了云烟。

　　词的下片,写金陵寒秋之景。首四句,起着承上启下的作用。"思往事,愁如织"是承上,"怀故国,空陈迹"是启下。在接下来四句中,词人先以荒烟、衰草、乱鸦、斜日等几种意象,描绘了一幅衰败、荒凉的晚秋图画,营造了一种凄凉、萧瑟的氛围。随后,词人将"故国"、"陈迹"落实。词人选取了六朝最后一位皇帝陈后

241

主的两件事,通过"玉树歌",写其当年歌舞升平的享乐生活;通过"胭脂井",写其井中被擒的凄惨结局。现如今,"歌残"、"井坏",人们见到的只有凄冷的秋露,听到的只有寒蝉的悲鸣。词人将眼前秋景与六朝兴衰结合在一起,以秋之萧瑟、荒凉,烘托出六朝末世的悲凉。最后两句,抒发历史沧桑之感。金陵古都上演的所有历史剧目,都已消失在时光的长河中,不变的只有青青的蒋山,碧绿的秦淮河。在这变与不变的对比中,我们看到的是人世的巨变,自然的永恒,是一种深邃的历史意识。前边"空陈迹"、"空怅惘"的"空"字是词人对历史的反思与感悟。

此词一改前景后情的习惯写法,将叙事、写景、抒情紧密融合。即便是写季节也没有局限于一个季节,上片写暮春,下片写深秋。此外,此词多用典故和前人成句,且运用得十分贴切自然,有些暗用更是不露痕迹。如"荒烟衰草"后接"玉树歌残",即是化用刘禹锡《台城》诗"万户千门成野草,只缘一曲后庭花"句意;"秦淮碧"则是化用刘禹锡《江令宅》诗"南朝词臣北朝客,归来唯见秦淮碧"句意,此等化用,已达出神入化之境。

词牌考原

《满江红》,词牌名。又名《上江虹》、《念良游》、《伤春曲》。明杨慎《词品》卷一云:"唐人小说《冥音录》载曲名有《上江虹》,即《满江红》。"毛先舒《填词名解》卷三亦云:"唐《冥音录》载曲名《上江虹》,后转易二字,得今名。"曲调虽产生于唐,唐代却无词作,此词牌宋人填者最多,较早的见于柳永《乐章集》,入仙吕调(夷则羽)。柳永任睦州(今浙江建德)团练推官时,曾漫游桐江写下名作《满江红》(暮雨初收),后范仲淹贬官睦州,过严子陵祠堂,恰逢当地庙会,听到人们唱着柳永的词作为迎神曲。事见北宋释文莹《湘山野录》:"范文正公谪睦州,过严陵祠下。会吴俗岁祀,里巫迎神,但歌《满江红》,有'桐江好,烟漠漠。波似染,山如削。绕严陵滩畔,鹭飞鱼跃'之句。公曰:'吾不善音律,撰一绝送神。'曰:'汉包六合网英豪,一个冥鸿惜羽毛。世祖功臣三十六,云台争似钓台高。'吴俗至今歌之。"正是由于柳永词作的广泛传唱,使《满江红》词调得到词家的普遍喜爱,更产生了岳飞《满江红》(怒发冲冠)那样的传世佳作。

此调有仄韵、平韵两体,宋人多用仄韵体,且例用入声韵,慷慨激越,多用于抒发豪情壮志。仄韵体以柳永词(暮雨初收)为准,双调,九十三字,上片八句四仄韵,下片十句五仄韵。平韵体由南宋姜夔首创。姜夔认为仄韵体多不协律,改作平韵,今《白石道人歌曲》录有《满江红》(仙姥来时)一首,并载其词序云:"《满江红》旧调用仄韵,多不协律,如末句云'无心扑'三字,歌者将'心'字融入去声,方谐音律。予欲以平韵为之,久不能成。因泛巢湖,闻远岸箫鼓声,问之舟师,云:'居人为此湖神姥寿也。'予因祝曰:'得一席风,径至居巢,当以平韵《满江红》为迎送神曲。'言讫。风与笔俱驶,顷刻而成。末句云'闻佩环'则协律矣。书以绿笺,沉于白浪,辛亥正月晦也。是岁六月,复过祠下,因刻之柱间。有客来自居巢云:土人祠姥,辄能歌此词。"可见这首平韵的送神曲也得到广泛传唱。姜夔此词(仙姥来时)亦为双调,九十三字,上片八句四平韵,下片十句五平韵。平韵体虽句读与仄韵体相同,但改作平韵后情调俱变,后代填者很少。

词谱格式

《满江红》的词谱格式:

六代豪华，　　　　　　　◯仄平平，(句)

春去也、更无消息。　　　◯◯仄、(豆)◯平◯仄。(韵)▲

空怅望、山川形胜，　　　◯◯仄、(豆)◯平◯仄，(句)

已非畴昔。　　　　　　　仄平平仄。(叶)▲

王谢堂前双燕子，　　　　◯仄◯平平仄仄，(句)

乌衣巷口曾相识。　　　　◯平◯仄平平仄。(叶)▲

听夜深寂寞打孤城，　　　仄◯平◯仄仄平平，(句)

春潮急。　　　　　　　　平平仄。(叶)▲

思往事，　　　　　　　　◯平仄，(句)

愁如织。　　　　　　　　平◯仄。(叶)▲

怀故国，　　　　　　　　◯仄仄，(句)

空陈迹。	平平仄。▲（叶）
但荒烟衰草，	仄㊀平平仄，（句）
乱鸦斜日。	仄平平仄。▲（叶）
玉树歌残秋露冷，	㊀仄㊀平平仄仄，（句）
胭脂井坏寒螀泣。	㊀平㊀仄平平仄。▲（叶）
到如今、只有蒋山青，	仄㊀平、（豆）㊀仄仄平平，（句）
秦淮碧。	平平仄。▲（叶）

词律解读

1.《满江红》，双调，仄韵体，九十三字。前片八句，四仄韵；后片十句，五仄韵。仄韵体例用入声韵。此调声情激越，宜抒豪壮情感和恢宏襟抱。亦可酌增衬字。

2. 本词用入声第三部（质陌锡职缉）韵相协。起首韵字"息"及下面叶韵的"识"、"织"字属入声职韵；其他韵字"昔"、"迹"、"碧"属入声陌韵；"日"字属入声质韵；"急"、"泣"属入声缉韵。

3. 上下片中两个相连的七言句，多作对偶。如本词下片的"玉树歌残秋露冷，胭脂井坏寒螀泣"。下片开头是四个三字句，一般用为对仗，或两句自对，或隔句相对。

4. 此词第二、第三两个七言句为上三下四句法。上下片结尾处的八言句，一般为上三下五句法。下片之第五句，一般为上一下四。上片第四句、下片第六句各有一个带拗峭的"仄平平仄"四言句，当遵循。

5.《词律》卷十三以吕渭老词（晚浴新凉）八十九字者为正体，另列九十一字、九十三字、九十七字者数种为"又一体"。《钦定词谱》卷二十二以柳永词（暮雨初收）为正体，另列张元幹词等十余种为"又一体"。

64

玉漏迟 咏怀

金　元好问

浙江归路杳[1]。(韵)西南仰羡,(句)投林高鸟[2]。(叶)升斗
微官[3],(句)世累苦相萦绕[4]。(叶)不入麒麟画里[5],(句)又不
与、(豆)巢由同调[6]。(叶)时自笑,(叶)虚名负我,(句)平生吟
啸[7]。(叶)　　扰扰马足车尘[8],(句)被岁月无情,(句)暗消年
少。(叶)钟鼎山林[9],(句)一事几时曾了[10]。(叶)四壁秋虫夜
雨,(句)更一点、(豆)残灯斜照。(叶)清镜晓,(叶)白发又添
多少。(叶)

注释

〔1〕浙(xī 西)江:水名,在河南西南部,为丹江支流,源出河南卢氏县,向南流
经内乡,经淅川县东北入丹江。元好问在内乡县淅水边有别业。按:此
词《白香词谱》有几处异文,开篇"浙江"作"浙江",系形近而误;"西南仰
羡"作"西南却羡","不入麒麟画里"作"不是麒麟殿里",今据《遗山先生
新乐府》校改。

〔2〕投林高鸟:指归隐山林的高人、隐士。

〔3〕升斗微官:指俸禄不高的小官吏。升斗,十合为升,十升为斗。比喻微
小、少量。

245

〔4〕世累:为世俗事务所牵累。

〔5〕麒麟画:麒麟指汉代长安未央宫之麒麟阁。汉宣帝时,画功臣霍光、张安世等十一人画像于阁中。

〔6〕巢由:巢父和许由。相传为尧时隐士,尧欲让位于二人,皆不受。同调:同气、同类,谓意气志趣相投。

〔7〕吟啸:吟咏、歌啸。此处指吟咏诗词。宋苏轼《定风波》:"莫听穿林打叶声,何妨吟啸且徐行。"

〔8〕扰扰:扰乱貌。

〔9〕钟鼎:古代褒扬臣子,则将其功绩铭刻在钟鼎之上。又,古代富贵之家钟鸣鼎食。此处指仕宦。山林:指归隐。

〔10〕了:完结。

评 析

在元好问集中,此词题作:"壬辰围城中,有怀浙江别业。""壬辰"即金哀宗开兴元年(1232)。这一年秋天,蒙古军围攻金国都城汴京(今河南开封),元好问当时在朝中任尚书省掾。此词从时下处境出发,回顾自己的仕途经历,表现了出处之间矛盾、痛苦的心情。

词的上片,写仕途坎坷,出处矛盾。开篇三句,写自己对故居的向往。在汴京西南的内乡县浙水边上,作者建有别业。此时,蒙古军围困汴京,形势危急,归家无望。遥望故园方向,那自由翱翔、高飞入林的飞鸟,令词人心羡不已。作者作于同时的《怀秋林别业》诗云:"茅屋潇潇浙水滨,岂知身属洛阳尘。一家风雪何年尽,二顷田园入梦频。高树有巢鸠笑拙,空墙无穴鼠嫌贫。西南遥望肠堪断,自古虚名只误人。"从这首诗中,我们能够更清晰地看到作者对功名的厌倦,对故园的惦念。接下来七句,是词人对自己前半生的痛苦反思。作者本是一个有理想、有抱负,立志建功立业、报效国家的志士,然而却遭逢末世,有志难骋。自正大元年(1224)中宏词科以来,他屡任微官,辗转各地,备受尘世俗务的牵累而痛苦不堪,"升斗微官,世累苦相萦绕"正是其半生仕途经历的真实写照。仕途的坎坷,理想的挫折,使得他对归隐山林更加向往,时常在仕与隐的矛盾之中挣扎、徘徊。时下，蒙古军兵临城下，自己既不能为国立功，画图麒麟阁；又不能退隐田园，引巢由为同调。"虚名负我，半生吟啸"，流露出词人对自己枉作诗人，浪得虚名的懊悔与自嘲。

　　词的下片，写人生易逝，理想难遂。首三句，慨叹青春时光的流逝。词人"七岁能诗"，十四岁"淹贯经史百家"，二十岁便以诗文名震京师。然而他却生不逢时，自金宣宗贞祐元年(1213)蒙古军进攻山西始，直至金国灭亡的二十年间，他流转各地，在纷扰奔波中，消磨掉了自己的青春时光。接下来二句，与上片"不入麒麟画里"二句相呼应。再次抒发仕宦、归隐两无成的痛苦。在当时形势下，他抱负难伸，勒名钟鼎，已成泡影，能够选择的只有归隐山林。最后四句，由对人生的追忆转入时下状态的描写。四壁空空，秋虫哀鸣，夜雨潇潇，残灯斜照。通过写景，烘托出自己人生处境的寂寞、悲凉。拂晓时分，经过一夜苦思之后，头上的白发不知又增添了多少。读到此，作者那历尽沧桑的愁苦形象，便清晰地浮现在读者眼前。如此结尾，使得此词愈发生动含蓄，富于韵味。

词牌考原

　　《玉漏迟》，词牌名。"漏"即漏壶，亦称漏刻，为古代的计时器具，玉漏，便是玉饰的宫漏。玉漏迟，意谓夜深。唐白居易《小曲新词》其二："好向昭阳宿，天凉玉漏迟。"

　　《玉漏迟》原是古琴曲，元陶宗仪《说郛》卷一百载僧居月《琴曲谱录》，将《玉漏迟》列入古琴弄名。据周庆云《琴书存目》，僧居月为宋代琴僧。《玉漏迟》又是宋代教坊曲名，纪昀等编纂的《续通志》卷一百二十七"宋教坊排当九十六曲"（宫中饮宴名曰排当）中将《玉漏迟慢》列入觱篥曲，注曰："案，以上觱篥起二十曲。"《玉漏迟慢》作为宫廷音乐，常在宫廷典仪中演奏，如宋周密《武林旧事》卷八，记载"皇后归谒家庙"的典仪，其中"赐筵乐次"下载"第一盏，觱篥起《玉漏迟慢》"。慢，就是慢曲子。陶宗仪《说郛》卷五十三上"南渡宫禁典仪"全部来自周密《武林旧事》的有关记载。《宋史·乐志》"鼓吹"上，载"真宗"封禅"四首"，乃皇帝封禅乐曲的曲词，第二首《六州》词云："良夜永，玉漏正迟迟。"综上可知，《玉漏迟》作为琴曲，在宋代又演变为觱篥曲，成为宋代教坊演奏的宫廷乐曲，宋人乃取宫廷乐章新义，创为词调，用以填词。宋代词作多为咏节日时令或寿词。

词 谱 格 式

《玉漏迟》的词谱格式：

浙江归路杳。	仄平平仄仄。（韵）▲
西南仰羡，	平平仄仄，（句）
投林高鸟。	⊕平平仄。（叶）▲
升斗微官，	⊕仄平平，（句）
世累苦相萦绕。	仄仄仄平平仄。（叶）▲
不入麒麟画里，	⊗仄平平⊗仄，（句）
又不与、巢由同调。	仄⊗仄、（豆）⊕平平仄。（叶）▲
时自笑，	平仄仄，（叶）▲
虚名负我，	⊕平平仄仄，（句）
平生吟啸。	⊕平平仄。（叶）▲
扰扰马足车尘，	⊕⊕仄仄平平，（句）
被岁月无情，	仄⊗仄平平，（句）
暗消年少。	⊗平平仄。（叶）▲
钟鼎山林，	⊕仄平平，（句）
一事几时曾了。	⊗仄仄平平仄。（叶）▲
四壁秋虫夜雨，	⊗仄平平仄仄，（句）▲
更一点、残灯斜照。	⊗仄仄、（豆）⊕平平仄。（叶）▲
清镜晓，	平仄仄，（叶）▲
白发又添多少。	⊗仄仄平平仄。（叶）▲

248

词 律 解 读

1.《玉漏迟》,双调,九十四字。上片十句,五仄韵(此词首句押韵,为六仄韵);下片九句,五仄韵。

2. 此词牌押仄声韵。本词属词韵第八部仄韵(上声篠巧皓,去声啸效号)。起首韵字"杳"、"鸟"、"绕"、"了"、"晓"、"少"(多少)、属上声篠韵;其他叶韵的"调"、"笑"、"啸"、"少"(年少)、"照"、字属去声啸韵。是同部上去声仄韵通押。

3. 首句五字,为五言仄句,第一字须仄。本词第一字"渐"古为入声字,属入声陌韵,虽今读平声,而古为仄声。此句他作者多不用韵,惟本作起仄韵。此调以四、六句式为主,和谐中时带拗峭,上片第五句及词之末句的后四字均须用"仄平平仄"。上下片第八句是两个三言入韵句,其格式均为"平仄仄",系定格。

4.《词律》卷十四以元好问词为正体。《钦定词谱》卷二十三以宋祁词(杏香飘禁苑)九十四字者为正体,另列九十字、九十三字、九十六字等数种为"又一体"。

《水调歌头》（明月几时有）

65

水调歌头 中秋

宋　苏轼

明月几时有,(句)把酒问青天[1]。(韵)不知天上宫阙[2]、(豆)今夕是何年。(叶)我欲乘风归去[3],(句)又恐琼楼玉宇[4],(句)高处不胜寒。(叶)起舞弄清影,(句)何似在人间!(叶)

转朱阁[5],(句)低绮户[6],(句)照无眠。(叶)不应有恨、(豆)何事长向别时圆?(叶)人有悲欢离合,(句)月有阴晴圆缺,(句)此事古难全。(叶)但愿人长久,(句)千里共婵娟[7]。(叶)

注释

〔1〕"明月"二句:唐李白《把酒问月》:"青天有月来几时? 我今停杯一问之。"
这两句由此化出。把酒,端起酒杯。

〔2〕宫阙:皇宫两旁的高楼。此处指月宫。

〔3〕乘风归去:驾风回到天上。

〔4〕琼楼玉宇:指神话传说中的月宫楼阁。

〔5〕朱阁:朱红色的楼阁。

〔6〕绮户:雕花的门窗。

〔7〕"千里"句:南朝宋谢庄《月赋》:"美人迈兮音尘阙,隔千里兮共明月。"婵
娟,姿态美好貌,此处指月。

评析

这是一首脍炙人口的中秋词。此词原题小序云:"丙辰中秋,欢饮达旦,大醉,作此篇,兼怀子由。""丙辰"为宋神宗熙宁九年(1076),时苏轼在密州(今山东诸城)任知州,于密州北城上超然台饮酒赏月时作此词。苏轼是因与王安石政见不合,而主动要求外任的,自熙宁四年调离汴京,至此辗转外郡已经五年,与弟苏辙(字子由)也已经七年未见。中秋之夜,词人望月抒怀,他将自己超越现实的奇想、旷达的人生态度,以及对生活的热爱,对手足的深切思念都熔铸在词作之中。

词的上片,写词人由望月引发的超尘出世到热爱人生的内心活动,侧重写天上。开篇四句,词人把酒问天。"明月几时有,把酒问青天",化用李白《把酒问月》诗"青天有月来几时? 我今停杯一问之"句意,而语气更显峭拔有力。通过向青天发问,把读者的思绪引向广漠、神秘的天宇,继而又问:"不知天上宫阙,今夕是何年?""天上宫阙"承上"明月","是何年"承上"几时有",可谓关联紧密。词人之所以如此发问,是因为他内心有着摆脱现实、超越尘世的强烈愿望。接下来三句写词人飞升月宫的遐想和感受。像李白一样,苏轼亦以谪仙自许,于是他将自己的超尘飞升,说成"乘风归去",似在强调自己本就不属于这个烦扰的现实世界。但词人又担心自己难以承受月宫的寒凉。词人对月宫仙境的向往和疑虑,实则体现了他在出世与入世问题上的矛盾心态。段末两句,是由李白《月下独酌》诗"举杯邀明月,对影成三人"及"我歌月徘徊,我舞影零乱"句意化来。词人做出了最后的选择,与其飞到那缥缈、寒冷的月宫,还不如在月下起舞弄影更快乐。词人厌倦的是官场的烦扰,而非现实的人生,他并未放弃自己的理想和追求。词的上片,作者从"问月"起笔,写到乘风"奔月"的幻想,再回归到人间的美好,反映了苏轼虽身处逆境,仍然热爱生活的心理。

词的下片,主要写对月怀人,抒发悲欢离合的旷达情怀,侧重写人间。首三句,写月光移动,普照人间的景象,并由月及人。"照无眠"既是作者本人,也包括天下所有怀有离愁的人们。接下来五句,是词人对月之阴晴圆缺,人之悲欢离合的议论。"不应有恨,何事长向别时圆"两句,紧承"照无眠"而来,词人对月发问:月亮跟人们该无怨无恨吧,为什么总是在人们离别时圆呢? 如此发问,看似无理,实则有情。词人恼月之圆,是因人间的不团圆,是作者渴望与亲人团聚的迫切心情的体现。然而放旷、达观的词人并没有一味陷于思念的愁苦之中,他一笔宕开,唱道:"人有悲欢离合,月有阴晴圆缺,此事古难全。"在词人看来,人世间的悲欢离合就像月之阴晴圆缺一样,都是一种客观存在,自古以来就难以求得圆满。既然如此,那就应该乐观面对,顺其自然。至此,词人表达的已不是一种个人情感的憾恨,而是对普遍人生的哲理思考,呈现出一种旷达、洒脱的襟怀。最后两句,写词人的美好祝愿。既然尘世间的悲欢离合难求圆满,那就愿此时此刻,所有备受离别之苦的人们,都能健康长寿,共赏明月,共同祝福吧。

此词饱含真挚感情,又富于深刻哲理,具有鲜明的浪漫主义色彩。全词围绕着明月做文章,词中句句着笔写月,写月又处处寄情抒怀。词人通过丰富的想象,把天上人间连起来,把人们带入一个情景交融、充满幻想的奇妙境界。作者一会儿神驰月宫,痴想升天离地;一会儿回归人间,月下弄影;一会儿问月,一会儿怨月;又以"月有阴晴圆缺"来宽解了离愁别恨,最后则以"千里共婵娟"互勉,把普照千里的月光化作联系人间的纽带,使人间的真情升华到美好而永恒的境界,表现出一种洞彻天宇的人生智慧和达观精神,境界高远,超绝凡尘。词中感情、景物和理智三者高度融合在一起,既有美丽的想象,又有细致的刻画,既有豪放的情绪,又有深沉的哲理,充分显示了苏轼清逸潇洒的大家手笔,正如宋代胡仔《苕溪渔隐丛话》后集所说:"中秋词,自东坡《水调歌头》一出,余词尽废。"近人王国维称曰:"伫兴之作,格高千古,不能以常调论也。"

词牌考原

《水调歌头》,词牌名。又名《元会曲》、《凯歌》、《台城游》等。据《隋唐嘉话》载,隋炀帝开汴河时曾制《水调歌》,唐人演为大曲。《唐会要》卷三十三"诸乐"下载:"南吕商,时号水调。"在唐代燕乐二十八调中,"南吕商"是一种专用调名,即"水调",又称"歇指调"。宋郭茂倩《乐府诗集》卷七十九"水调歌"下载:"按唐曲凡十一叠,前五叠为歌,后六叠为入破,其歌第五叠五言调声最为怨切。故白居易《水调》诗云:'五言一遍最殷勤,调少情多似有因。不会当时翻曲意,此声肠断为何人?'(白居易诗题原注:第一遍乃五言调,调韵最切。)唐又有新水调,亦商调曲也。"由此可知,凡是大曲都由多个乐章组成,唐代大曲每套有十余遍至数十遍，分别归入"散序"、"中序"、"破"三大段。"散序"奏乐无舞，一般由器乐演奏的若干遍乐曲构成，如白居易《霓裳羽衣歌》中所云："散序六奏未动衣。""中序"又称"歌"、"拍序"或"排遍"，即有板的乐曲主体，一般由歌唱构成，有时也有舞。如白居易所说："中序擘騞初入拍。""中序"的第一遍，称为"排遍"、"歌头"。唐王建《闲说》诗："歌头舞遍回回别，鬟样眉心日日新。""破"，又称"舞遍"，这部分繁音急节，以舞为主，有时也有歌。"破"的第一遍名"入破"，据《词谱》注云："《碧鸡漫志》：曲遍声繁名入破。"乐曲自此由慢转快。"破"的最后一遍称为"煞（或杀）"或"彻"。唐曲"水调歌"长达十一叠，今《全唐诗》卷二十七"杂曲歌辞"下录"水调歌"十一首，所配歌词俱为唐人绝句："水调歌第一"到"水调歌第四"为七言绝句，"水调歌第五"为五言绝句，第六叠为"入破第一"，从"入破第一"到"入破第五"，歌词都是七言绝句。末章名"第六彻"，又为五言绝句。《钦定词谱》卷四十将此录为《水调歌》词谱。《钦定词谱》卷二十三又于《水调歌头》下曰："《水调》乃唐人大曲，凡大曲有歌头，此必裁截其歌头，另倚新声也。"然而，唐代有"歌头"之称，却没有《水调歌头》的词牌。《歌头》作为词牌名，首见于《尊前集》所载五代后唐庄宗李存勖的《歌头》（赏芳春）一词，注曰："大石调。"而《水调歌头》作为词牌，则始于北宋苏舜钦的笔下，今存其词《水调歌头》（刺棹穿芦荻）。

宋代的《水调》，并不等同于唐代的《水调歌》，据《宋史》"乐志"记载，"宋初，循旧制置教坊，凡四部。""所奏凡十八调，四十六曲。"其中，在第九调"双调"下，列入了《新水调》，见《宋史·乐志》："双调，其曲三：曰《降圣乐》、《新水调》、《采莲》。""双调"是商调乐律名。《乐志》又云："新水调者，华声而用胡乐之节奏。"唐乐《水调歌》为商调，宋乐《水调歌头》入"中吕调"，见宋王灼《碧鸡漫志》卷四。宋代大曲的组成，如王灼所言："凡大曲有散序、靸（sǎ 洒）、排遍、攧（diān 颠）、正攧、入破、虚催、实催、衮（gǔn 滚）遍、歇拍、杀衮，始成一曲，谓之大遍。"（《碧鸡漫志》卷三）由于大曲遍数往往达十几甚或数十，故宋人多裁截用之，只用部分称为"摘遍"。今《全宋词》第二册存有宋代词人曹勋（1098—1174）的《法曲》，共十一首词组成，词名依次为："散序"、"歌头"、"遍第一"、"遍第二"、"遍第三"、"第四攧"、"入破第一"、"入破第二"、"入破第三"、"入破第四"、"第五煞"。曹勋所作各单首格式俱不同，但可清晰看出歌头是在"散序"之后，排遍的开头乐章。因此，《水调歌头》乃宋人截取《新水调》中"歌头"一章另创的新调。诚如王国维《唐宋大曲考》所云："排遍又谓之'歌头'，《水调歌头》即《新水调》之排遍也。"宋王明清《玉照新志》卷二载曾布《水调歌头》排遍七章，叙述唐代冯燕事迹，七章标题依次为"排遍第一"、"排遍第二"、"排遍第三"、"排遍第四"、"排遍第五"、"排遍第六"、"排遍第七"，此为词谱之所未载。《水调歌头》由宋人从《新水调》摘遍创成，产生大量名作，犹以苏轼《水调歌头》（明月几时有）最为著称。

词谱格式

《水调歌头》的词谱格式：

明月几时有，	⊙仄⊙平仄，（句）
把酒问青天。	⊙仄仄平平。（韵）
不知天上宫阙、今夕是何年。	⊙平⊙仄平仄、（豆）⊙仄仄平平。（叶）
我欲乘风归去，	⊙仄平平⊙仄，（句）
又恐琼楼玉宇，	⊙仄平平⊙仄，（句）
高处不胜寒。	⊙平仄仄平平。（叶）
起舞弄清影，	⊙仄⊙平仄，（句）
何似在人间！	⊙平仄仄平平。（叶）
转朱阁，	⊙平平仄，（句）
低绮户，	⊙仄仄，（句）
照无眠。	仄平平。（叶）
不应有恨、何事长向别时圆。	⊙平⊙仄、（豆）平仄⊙仄仄平平。（叶）
人有悲欢离合，	平仄平平⊙仄，（句）
月有阴晴圆缺，	⊙仄平平⊙仄，（句）
此事古难全。	⊙仄仄平平。（叶）
但愿人长久，	⊙仄⊙平仄，（句）
千里共婵娟。	⊙仄仄平平。（叶）

词律解读

1.《水调歌头》，双调，九十五字。上下片均四平韵。上片与下片后六句的字数及平仄格式相同。

2. 此词牌押平声韵，本词属于词韵第七部平韵(平声寒删先，又元半)。起首韵字"天"及下面叶韵的"年"、"眠"、"圆"、"全"、"娟"字属平声先韵；其他韵字"寒"字属平声寒韵，"间"字属平声删韵，是同部平声协韵。

3. 王力在《诗词格律》中说："这个词调的平仄相当灵活。前阕第三句、后阕第四句为一个十一字句，中间稍有停顿，上六下五或上四下七均可。但是近代词人常常把它分成两句，并且是上六下五(参看张惠言《词选》所录他自己的五首《水调歌头》)。毛主席的词也是按上六下五填写的。"苏词该句上片为上六下五，下片为上四下七。王力又指出这调常用一些拗句，苏轼此词即重在拗句。首句五字及"起舞弄清影"，后三字都用了拗律"仄平仄"。上片第三句六言，下片第五句七言，均有一"平仄平仄"的拗律。不过，苏词之"我欲乘风归去，又恐琼楼玉宇"夹两仄韵；"人有悲欢离合，月有阴晴圆缺"作入声韵对仗，均非定格。

4. 此调采用舒展的平声韵，或隔句协韵，或三句一协，且在律句中夹有拗句，故于声情畅达中略带拗折，适宜表现奔放起伏的情感。《词律》卷十四以苏轼词为正体。《钦定词谱》卷二十三以苏轼词、周紫芝词(岁晚念行役)及毛滂词(九金增宋重)为正体，另列减字、增字数种为"又一体"。

66

满庭芳 春游

宋 秦观

晓色云开，(句)春随人意，(句)骤雨才过还晴。(韵)古台芳榭[1]，(句)飞燕蹴红英[2]。(叶)舞困榆钱自落[3]，(句)秋千外、(豆)绿水桥平。(叶)东风里，(句)朱门映柳，(句)低按小秦筝[4]。(叶) 多情。(叶)行乐处，(句)珠钿翠盖[5]，(句)玉辔红缨[6]。(叶)渐酒空金榼[7]，(句)花困蓬瀛[8]。(叶)豆蔻梢头旧恨[9]，(句)十年梦[10]、(豆)屈指堪惊。(叶)凭阑久，(句)疏烟淡日，(句)寂寞下芜城[11]。(叶)

注释

〔1〕榭(xiè 谢)：建在高土台或水面上(或临水)的木屋，用以观景。按：此词下片开头《白香词谱》断句有误，《白香词谱》原作"多情行乐处"，以两句为一句。实则"多情"乃二字句叶韵，应与下句断开。此调秦观还有一首《满庭芳》(碧水惊秋)，下片作："伤怀！增怅望，新欢易失，往事难猜。"换头处亦为两字叶韵句。

〔2〕蹴(cù 促)：踢，踏。

〔3〕榆钱：指榆荚，成串如钱，俗称榆钱。

〔4〕按：弹奏。秦筝：一种弹弦乐器，多为十六弦，相传为秦国蒙恬改制，故名

秦筝。

〔5〕珠钿:珠宝,车上饰物。翠盖:以翠羽装饰的车篷。

〔6〕玉辔(pèi 配)红缨:玉辔,以玉装饰的缰绳。红缨,马身上用红丝线编制的穗状装饰物。

〔7〕金榼(kē 科):华美的酒杯。榼,古代盛酒的器皿。

〔8〕蓬瀛(yíng 迎):蓬莱与瀛洲。为古代传说中的海上仙山,此处借指游览之地。

〔9〕豆蔻(kòu 叩):本为多年生常绿草本植物,外形像芭蕉,春天开花,花淡黄色,因唐杜牧《赠别》诗有"娉娉袅袅十三余,豆蔻梢头二月初"之句,"豆蔻"遂被用以比喻少女。

〔10〕十年梦:唐杜牧《遣怀》诗:"十年一觉扬州梦,赢得青楼薄幸名。"

〔11〕芜城:指扬州。南北朝时,经北魏南侵及南朝宋竟陵王刘诞之乱后,城邑荒芜。南朝宋鲍照曾作《芜城赋》凭吊,后世因称扬州为芜城。

评 析

陈廷焯《白雨斋词话》云:"少游《满庭芳》诸阕,大半被放后作。恋恋故国,不胜热中,其用心不逮东坡之厚,而寄情之远,措辞之工,则各有千秋。"故此词当写于秦观被谪之后,是作者对自己昔日冶游生活的回忆,同时也有对官场失意的感叹。在写法上,此词运用了倒叙手法,以昔日之热闹反衬今日之落寞、伤感。

词的上片,写暮春之景。开篇三句,从早晨开始,写天气新晴。骤雨刚过,云开天晴,阳光明丽,万物清新,正可谓"春随人意",词人心情自然也格外开朗。接下来四句,写园林景色。其中前两句,写园林近景。高高的古台上,建有临水的楼阁。周围繁花似锦,一片火红。春燕穿梭飞舞,将红花纷纷踢落。"古"字突出园林的典雅、古朴,"踢"字则写出了春燕的顽皮、灵动。后两句,由近及远。前一句仍为近景描写。"榆钱自落"暗示此时已值晚春,词人用"舞困"来形容榆钱在春风中飞舞,缓缓飘落的状态,亦极富动感。后一句中"秋千"是中景,有秋千说明有人家。"绿水桥平"与前边的"骤雨"相呼应,一场春雨之后,溪水上涨,与桥

258

齐平，为"秋千外"之远景。段末三句，由写景转到写人，且由声及人。东风拂柳，朱门映绿，一阵低按小秦筝的音乐声从朱门内飘出。一个辨音识曲、轻盈雅丽的少女形象呼之欲出。

词的下片，追忆游情。换头以"多情"二字领起，下三句先写出游之盛。"行乐处"紧承上片之"朱门映柳，低按小秦筝"。"珠钿翠盖"，指女子所乘车子，"玉辔红缨"指男子所骑马匹。宝马香车，男女相伴，极尽豪华，尽情享乐。接下来两句，写游乐高潮之后的倦怠、颓唐。尽情欢乐之后，华美的酒杯已经变空，同游的女子也不再光鲜、艳丽。接着，词人笔锋一转，写道："豆蔻梢头旧恨，十年梦、屈指堪惊。"仿佛大梦初醒，一下跌回现实之中，原来此前所写皆属前尘旧梦。此两句化用杜牧《赠别》诗"娉娉袅袅十三余，豆蔻梢头二月初"及《遣怀》诗"十年一觉扬州梦，赢得青楼薄幸名"句意。昔日融融的春色，豆蔻般的少女，都已随风飘散，剩下的只有无穷的遗憾。最后三句，由追忆昔日时光转写眼前景色，抒发落寞、伤感之情。作者凭栏远望，伫立良久，在薄薄的暮霭之中，一轮淡淡的斜阳，寂寞地落下芜城。此处的"寂寞"与"行乐"形成反衬，烘托出词人的凄凉心境。

全词上景下情，对比鲜明。语言清丽，形象鲜明。

词牌考原

《满庭芳》，词牌名。又名《江南好》、《满庭花》、《满庭霜》、《锁阳台》、《满庭芳慢》等。本调系采用唐人柳宗元诗"满庭芳草积"和吴融诗"满庭芳草易黄昏"为调名。周邦彦词又名《锁阳台》。苏轼词有"江南好，千钟美酒，一曲《满庭芳》"句，吴文英便称之为《江南好》。明张綖（yán 延）《诗余图谱》载本调亦名《满庭霜》。万树《词律》则以九十三字者为《满庭芳》，以九十五字者为《满庭霜》。实则后者之前后阕第七句较前者各多一字而已。有平韵、仄韵二体。平韵正体为双调，九十五字，上下阕各四平韵，或上阕四平韵，下阕五平韵。仄韵体又名《转调满庭芳》，双调，九十六字，上下阕各四仄韵。《满庭芳》又是曲牌名。

词谱格式

《满庭芳》的词谱格式：

晓色云开，	⊙仄平平，(句)
春随人意，	⊙平⊙仄，(句)
骤雨才过还晴。	仄⊙⊙仄⊙平。(韵)
古台芳榭，	⊙平平仄，(句)
飞燕蹴红英。	⊙仄仄平平。(叶)
舞困榆钱自落，	⊙仄⊙平⊙仄，(句)
秋千外、绿水桥平。	⊙平仄、(豆)⊙仄平平。(叶)
东风里，	平平仄，(句)
朱门映柳，	平平仄仄，(句)
低按小秦筝。	⊙仄仄平平。(叶)
多情。	平平。(叶)
行乐处，	平仄仄，(句)
珠钿翠盖，	⊙平⊙仄，(句)
玉辔红缨。	⊙仄平平。(叶)
渐酒空金榼，	仄⊙平⊙仄，(句)
花困蓬瀛。	⊙仄平平。(叶)
豆蔻梢头旧恨，	⊙仄⊙平⊙仄，(句)
十年梦、屈指堪惊。	⊙平仄、(豆)⊙仄平平。(叶)
凭阑久，	平平仄，(句)
疏烟淡日，	平平仄仄，(句)
寂寞下芜城。	⊙仄仄平平。(叶)

词律解读

1.《满庭芳》有平韵、仄韵两体,此处所录为平韵体。双调,九十五字。上片押四平韵,下片押五平韵。上下片后五句格式相同。此调过片二字,亦有不叶韵连下为五言句者。

2. 本词押平声庚韵,且一韵到底。起首韵字"晴"及下面叶韵的"英"、"平"、"筝"、"情"、"缨"、"瀛"、"惊"、"城"均属平声庚韵。

3. 上片开头和下片的第三、四句,四言相连,平仄相对,可用为对句。如本词下片的"珠钿翠盖,玉辔红缨"。下片第五、六句"渐酒空金榼,花困蓬瀛"实亦四字对偶,惟冠一"渐"字为领字,在填词法中名为"一字豆",省去此一字观之,则亦是对仗句。此调亦有开头两句用对偶者,如宋张炎《满庭芳》开篇作"晴皎霜花,晓熔冰羽"。

4. 此调句式参差,但其平仄安排及对偶的运用,符合近体诗的声律法则,是"适宜表达轻柔婉转、往复缠绵情绪的长调"(龙榆生《词学十讲》)。《词律》卷十三以黄公度词(一径叉分)九十三字平韵格为正体,另列九十五字两种为"又一体"。《钦定词谱》卷二十四以晏几道词(南苑吹花)九十五字平韵格为正体,另列九十三字、九十六字平韵格数种和九十六字仄韵格为"又一体"。

67

凤凰台上忆吹箫　别情

宋　李清照

香冷金猊〔1〕，(句) 被翻红浪〔2〕，(句) 起来慵自梳头〔3〕。(韵) 任宝奁尘满〔4〕，(句) 日上帘钩。(叶) 生怕离怀别苦〔5〕，(句) 多少事、(豆) 欲说还休。(叶) 新来瘦〔6〕，(句) 非干病酒〔7〕，(句) 不是悲秋。(叶) 休休〔8〕！(叶) 这回去也，(句) 千万遍阳关〔9〕，(句) 也则难留〔10〕。(叶) 念武陵人远〔11〕，(句) 烟锁秦楼〔12〕。(叶) 惟有楼前流水〔13〕，(句) 应念我、(豆) 终日凝眸〔14〕。(叶) 凝眸处，(句) 从今又添，(句) 一段新愁。(叶)

注释

〔1〕金猊(ní尼)：炉盖为狻(suān酸)猊形的铜香炉。明陈仁锡《潜确类书》："金猊，宝鼎，焚香器也。"猊，即狻猊，传说中龙生九子之一，形如狮，喜烟好坐，所以形象一般出现在香炉上，随之吞烟吐雾。按：这首词宋曾慥《乐府雅词》与《白香词谱》有异文，《全宋词》所录与《乐府雅词》同。今从王仲闻《李清照集校注》本。

〔2〕被翻红浪：红色被子，堆在床上，形同波浪。或指睡时不安，辗转反侧，使被子翻动得如波浪起伏。

〔3〕慵自：一作"人未"。慵，懒得。

〔4〕宝奁(lián 连):精致的镜匣,梳妆之器。

〔5〕生怕:只怕,最怕。离怀别苦:一作"闲愁暗恨"。

〔6〕新来瘦:一作"今年瘦"。

〔7〕非干:不相干。干,由于,关涉。病酒:即醉酒,因酒而病。

〔8〕休休:犹口语"罢了,罢了"。

〔9〕阳关:曲名。指阳关曲。唐王维《渭城曲》:"渭城朝雨裛轻尘,客舍青青柳色新。劝君更尽一杯酒,西出阳关无故人。"后来谱入乐府,成为送别曲,人称为《阳关曲》、《渭城曲》或《阳关三叠》、《阳关四叠》。

〔10〕也则:也就、也便。

〔11〕武陵人:武陵,郡名,在今湖南常德一带。武陵人,本于晋陶渊明《桃花源记》:"晋太元中,武陵人捕鱼为业,缘溪行,忘路之远近,忽逢桃花林。"另据南朝宋刘义庆编《幽冥录》载,刘晨、阮肇入天台山采药,迷路遇两女子,半年之后方归。唐王涣《惆怅诗》其十:"晨肇重来路已迷,碧桃花谢武陵溪。"称刘晨、阮肇曾到武陵溪。此后,便用武陵人指代远行之爱人。此处代指作者远行的丈夫赵明诚。

〔12〕烟锁秦楼:一作"云锁重楼"。秦楼,即凤楼,秦穆公为其女弄玉所筑,此处指自己所居闺房。锁,此处做"隔绝"解。这句是说烟雾将自己所住的妆楼与丈夫阻隔。

〔13〕惟有:一作"记取"。流水:一作"绿水"。

〔14〕凝眸(móu 谋):注视,呆看,终日盼望之情态。

评析

这是李清照的一首早期离别词,在其丈夫赵明诚离家远游之际,作者以此词表达了难舍难分的依恋之情。

词的上片,写词人与丈夫离别前的愁情。开篇五句,极力铺写词人起床之后的慵懒之态。炉中香消烟冷,无心再焚;床上锦被凌乱,不愿折叠;头上鬓鬟蓬松,不想梳理;妆奁上落满灰尘,懒得擦拭;日光已照帘钩,仍不觉时光催人,可谓慵懒到了极点。通过这一系列百无聊赖的生活细节,展示了词人愁苦、凄凉的内心世界。"生怕"二句开始切题,点明自己之所以如此慵懒、倦怠,是因为最怕"离怀别苦"。她想向丈夫倾诉,然而却说"多少事,欲说还休",为不给丈夫增加烦恼,她将一腔哀怨,深埋心底,不忍表露,可谓一片深情,用心良苦。词人为离情所扰,虽然"欲说还休",但又欲罢不能,于是又有了段末三句,说近来人瘦,既与饮酒无关,也不是因为悲秋。那是因为什么呢?当然是离愁。词人没有说破,而是采用否定排除方式,给读者留出想象的空间。展示了词人吞吞吐吐,"欲说还休"的难言情状,将其矛盾、痛苦的心情表现得淋漓尽致,极具含蓄、委婉之妙。

词的下片,写词人离别之后的愁苦。在上片,词人的感情状态是隐忍不发,极力控制。到下片,则尽情倾诉,一泻千里。过片四句,承上启下,是对当初离别情景的追忆。"休休"是词人在前边一再隐忍、克制之后的情感爆发。"千万遍《阳关》,也则难留",说明词人内心虽有千般不愿,但她却深知此次远行势在必行,难以改变。从中既可看出词人对丈夫的一往情深,又可看出她对丈夫的深切理解。然而合理并非一定合情,情与理的矛盾冲突,使词人倍感痛苦。自"念武陵人远"至结尾,写别后相思情景。"念武陵人远,烟锁秦楼"两句,从双方角度写别后相思。"武陵人远",用刘晨、阮肇典故,抒发对丈夫的深切牵挂。"烟锁秦楼"是用萧史、弄玉典故,既表现了词人对萧史、弄玉和谐美好爱情的向往,同时又反衬出自己秦楼独守的孤独、凄凉。后一典故的运用,暗合调名,照应了题意。接下来两句,紧承上句的"秦楼"而来,写自己思念丈夫,凝眸远眺的身影。"终日"写其思念之深切,而此种深切,只有楼前流水能够理解。此处,词人采用的是寄情于物的方法,流水被赋予生命的感知,成为词人思念的见证。词笔至此,主题似已完成了,而最后三句,则更深入一层。丈夫离别后,词人"终日凝眸",深情远望,其结果却总是失望,从今而后自然又将增加一段新愁。句中顶真格的运用,使句子之间衔接紧凑,节奏加快,感情亦更加强烈,"离怀别苦"由此达到了高潮。

此词感情真挚、强烈,抒情委婉、细腻,语言浅显、古雅。

词牌考原

《凤凰台上忆吹箫》,词牌名。又名《忆吹箫》、《忆吹箫慢》。这个词牌取自

《列仙传》中萧史与弄玉吹箫引凤的故事。《列仙传》："萧史者,秦穆公时人也。善吹箫,能致孔雀、白鹤于庭。穆公有女,字弄玉,好之。公遂以女妻焉。日教弄玉作凤鸣。居数年,吹似凤声。凤凰来,止其屋。公为作凤台,夫妇止其上,不下数年。一旦,皆随凤凰飞去。故秦人为作凤女祠于雍宫中,时有箫声而已。"对这个美丽的传说,后代文人在诗歌中多有吟咏。唐中宗景龙三年(709)二月二十一日,中宗驾临长公主府看望太平公主,时任宰相的李峤作了一首七律《奉和初春幸太平公主南庄应制》颂扬,中有"箫声犹绕凤凰台"句,后人于此取《凤凰台上忆吹箫》为词牌名。《高丽史·乐志》一名《忆吹箫》。

此调始见于北宋晁补之《晁氏琴趣外篇》。故《钦定词谱》以晁补之《凤凰台上忆吹箫》(千里相思)为正体。双调,九十七字,前段十句四平韵,后段九句四平韵。其余或添声,或减字,皆为变体。

词 谱 格 式

《凤凰台上忆吹箫》的词谱格式:

香冷金猊,	⊕仄平平,(句)
被翻红浪,	⊗平⊕仄,(句)
起来慵自梳头。	⊗平⊕仄平平。(韵)
任宝奁尘满,	仄仄平平仄,(句)
日上帘钩。	⊗仄平平。(叶)
生怕离怀别苦,	⊕仄⊕平⊗仄,(句)
多少事、欲说还休。	平⊗仄、(豆)⊗仄平平。(叶)
新来瘦,	平平仄,(句)
非干病酒,	平平仄仄,(句)
不是悲秋。	⊗仄平平。(叶)
休休!	平平。(叶)

265

这回去也，	⊘平仄仄，(句)
千万遍阳关，	⊕仄仄平平，(句)
也则难留。	⊘仄平平。(叶)
念武陵人远，	仄仄平平仄，(句)
烟锁秦楼。	⊕仄平平。(叶)
惟有楼前流水，	⊕仄⊕平⊕仄，(句)
应念我、终日凝眸。	平⊘仄、(豆)⊕仄平平。(叶)
凝眸处，	平平仄，(句)
从今又添，	平平仄⊘，(句)
一段新愁。	⊘仄平平。(叶)

词律解读

1.《凤凰台上忆吹箫》，此处所录为双调平韵体，九十五字。前片四平韵，后片五平韵。

2. 本词押平声尤韵，且一韵到底。起首韵字"头"及下面叶韵的"钩"、"休"、"秋"、"休"、"留"、"楼"、"眸"、"愁"均属平声尤韵。

3. 此调上片的开头与段末，两句四言相连，平仄相对，一般用为对仗。如本词以对句开篇："香冷金猊，被翻红浪。"段末又用对句："非干病酒，不是悲秋。"

4. 下片开头第二字可押韵，亦可不押。上下片各有一处用领字，上片"任宝奁尘满"的"任"字，下片"念武陵人远"的"念"字，分别构成上一下四的句式，填词亦当遵循。

5.《词律》卷十四以李清照词为正体，以九十六、九十七字者为"又一体"。《钦定词谱》卷二十五以晁补之词（千里相思）九十七字者为正体，另列九十七字之变体与九十六、九十五字者为"又一体"。

68

烛影摇红　惜春

宋　周邦彦

香脸轻匀[1]，(句)黛眉巧画宫妆浅[2]。(韵)风流天付与精神[3]，(句)全在娇波转[4]。(叶)早是萦心可惯[5]。(叶)更那堪、(豆)频频顾盼[6]。(叶)几回得见，(句)见了还休，(句)争如不见[7]。(叶)

烛影摇红，(句)夜阑饮散春宵短[8]。(叶)当时谁解唱阳关[9]，(句)离恨天涯远。(叶)争奈云收雨散[10]。(叶)凭阑干、(豆)东风泪眼。(叶)海棠开后，(句)燕子来时，(句)黄昏庭院。(叶)

注释

〔1〕本篇作者《白香词谱》原作"王诜"，然王诜原作词名《忆故人》，后经周邦彦修改，增加了上片，改名《烛影摇红》，故此调作者应为周邦彦。匀：轻轻地用手涂抹，并使均匀。此篇有异文，检《全宋词》，首句作"芳脸匀红"；下面"娇波转"作"娇波眼"；"更那堪、频频顾盼"作"向尊前、频频顾眄"；"几回得见"作"几回相见"。《白香词谱》与《钦定词谱》同。

〔2〕黛眉：用黛(一种青黑色的画眉颜料)画的眉。

〔3〕风流：风韵美好动人。精神：神采、韵味。

〔4〕娇波：美人的目光。

〔5〕萦心：牵挂于心。可惯：岂惯、哪惯。

〔6〕顾盼：再三回望。

〔7〕争如：怎如。

〔8〕夜阑：夜残、夜深。

〔9〕阳关：指离歌《阳关曲》。见上篇《凤凰台上忆吹箫》注〔9〕。

〔10〕云收雨散：借战国楚宋玉《高唐赋》中所叙楚王临幸巫山神女故事，指男
　　　女欢会之事。唐慎氏《感夫诗》："当时心事已相关，雨散云收一晌间。
　　　便是孤帆从此去，不堪重上望夫山。"此句《白香词谱》原作"无奈雨收云
　　　散"，今依宋吴曾《能改斋漫录》卷十六所载改之。

评析

　　据宋吴曾《能改斋漫录》卷十六载，周氏此词下片原为王诜词《忆故人》。宋
徽宗十分喜欢王诜的《忆故人》，但又嫌王词未能丰容婉转，于是令大晟府另撰新
腔。周邦彦于是对王诜词加以增损，演为慢词，并取原词首句命名为《烛影摇
红》。二词比较，周词主要是增加了上片，同时又根据词调要求对下片进行了修
改。这是一首描写女子送别情人及别后相思的作品，刻画了一个美貌多情的女
子形象。

　　词的上片，从外貌、神态以及观者眼中，描绘出女子典雅而又灵动的美丽形
象。开篇二句，写女子的面部妆容。她脂粉轻匀，黛眉巧画，一副淡淡的宫廷装
扮。第三、四句，通过眼波写女子的神态。女子天生的风韵、神采，全在她那娇媚
的眼波流转之中。以上是对女子的正面描写。第五、六句，通过"我"之感受，写
女子的魅力。她的美貌、神情早已萦绕心头，更哪里受得了她向我频频顾盼。段
末三句，化用了司马光"相见争如不见，有情何似无情"句意，从男子的视角和心
理，展现"我"被她吸引、为情所扰的心态。是从侧面烘托女子不可抗拒的魅力。
上片，从正面描写和侧面衬托的不同角度，充分刻画了女子的美貌、风采与动人
的魅力。

　　词的下片，写女子不仅貌美而且多情。第一、二句，回忆二人欢聚的夜晚。
烛光摇曳，红影晃动，直至夜深，欢宴才散，只觉春宵苦短。第三、四句，写离别之

恨。分别的离宴上,有谁能真正懂得阳关离情,如今却已相距天涯般遥远。"争奈云收雨散"是说分别后往日的欢爱成空,怎不令人无限伤感。"凭阑干"以下五句,写女子在黄昏时凭栏远眺、触景怀人的情景。作者先以"凭阑"二句刻画女子的身影,在东风吹拂的烂漫春光中,女子却无人陪伴,她孤独地凭栏远望,却不见心上人的踪影,以致泪眼婆娑。最后三句写景,是补叙女子的凭阑所见和周围的环境,此时正是海棠花开、燕子飞舞的季节,然而,貌美如花的女子却只能独守空闺,虚度盛年,怎能不怀念那"春宵苦短"的浪漫时刻? 燕子尚知傍晚时分飞回燕巢,那亲密的人儿却远隔天涯、归期渺茫,怎不让她深深地思念? 此时此刻,陪伴在女子四周的,只有那渐渐沉落的黄昏,和暮色笼罩下空寂的庭院。最后三句,句句写景,亦句句寓情,充分展示了女子缠绵悱恻的相思情态与别后的孤独凄凉。

　　周邦彦此词是由王诜词《忆故人》增补翻新而成的慢词,他对词坛的影响,不仅是丰富了曲调,促进了慢词的发展,也丰富了词的表现手法。较之原词,周词写人抒情更加细致入微、生动传神;其章法更加曲折多变、摇曳生姿;而音律更加曼声促节、抑扬有致,充分显示了一位音乐家词人的当行本色。故此深受人们的喜爱,此后依周邦彦所创《烛影摇红》填词者大有人在。

词牌考原

　　《烛影摇红》,词牌名。又名《忆故人》、《归去曲》、《玉珝坠金环》、《秋色横空》等。此调始创于宋徽宗时,牌名则改自周邦彦。据宋代吴曾《能改斋漫录》卷十六说:"王都尉(诜)有《忆故人》词云:'烛影摇红,向夜阑,乍酒醒、心情懒。尊前谁为唱《阳关》? 离恨天涯远。无奈云沉雨散。凭阑干、东风泪眼。海棠开后,燕子来时,黄昏庭院。'徽宗喜其词意,尤以不丰容宛转为恨,遂令大晟府别撰腔。周美成(邦彦)增损其词,而以首句(按:王诜词首句)为名,谓之《烛影摇红》。"周邦彦精通音乐,于宋徽政和七年(1117)进徽猷阁待制,提举大晟府。大晟府是北宋时掌管音乐的官署,徽宗崇宁中创立。王诜原作《忆故人》本是小令,双调,五十字,前片二仄韵,后片三仄韵。周邦彦依照《忆故人》的词意,演为慢曲,创作了一首新词,命名为《烛影摇红》。今《白香词谱》所载即为周邦彦所作,九十六字，前后片各五仄韵。《梦窗词集》入"大石调"。

词 谱 格 式

《烛影摇红》的词谱格式：

香脸轻匀，	⊕仄平平，（句）
黛眉巧画宫妆浅。	仄平⊛仄平平仄。（韵）
风流天付与精神，	⊕平⊛仄仄平平，（句）
全在娇波转。	⊕仄平平仄。（叶）
早是萦心可惯。	⊛仄⊕平⊛仄。（叶）
更那堪、频频顾盼。	仄平平、（豆）平平仄仄。（叶）
几回得见，	仄平⊛仄，（句）
见了还休，	⊛仄平平，（句）
争如不见。	平平平仄。（叶）
烛影摇红，	⊛仄平平，（句）
夜阑饮散春宵短。	仄平⊛仄平平仄。（叶）
当时谁解唱阳关，	⊕平⊛仄仄平平，（句）
离恨天涯远。	⊕仄平平仄。（叶）
争奈云收雨散。	⊕仄⊕平⊛仄。（叶）
凭阑干、东风泪眼。	仄平平、（豆）平平仄仄。（叶）
海棠开后，	仄平⊕平，（句）
燕子来时，	⊛仄平平，（句）
黄昏庭院。	平平平仄。（叶）

词律解读

1. 此词牌，双调，九十六字。押仄声韵，上下片之字句、格律相同。

2. 此调押仄声韵,本篇属于词韵的第七部仄韵(上声旱潸铣,又阮半;去声翰谏霰,又愿半)。其中,起首韵字"浅"及叶韵的"转"字属上声铣韵。下面叶韵的"惯"、"盼"属去声谏韵;"见"、"院"属去声霰韵;"短"字属上声旱韵;"远"字属上声阮韵;"散"字属去声翰韵;"眼"字属上声潸韵,全词乃同部上去声通押。

3. 上下片末尾三句均为四言,其中两句平仄相对,可用为对仗。如本词下片末尾的"海棠开后,燕子来时"。

4. 本调第二句为仄韵七言句,惟第一字必作仄,且以用去声为佳。上下片第六句均为上三下四结构,其平仄格式为"仄平平、平平仄仄",是为定格。如本词下片"凭阑干、东风泪眼"的"凭"字读去声,属去声径韵。上下片末句的格式为"平平平仄",亦不可移易。如本词上片尾字"争如不见"的"不"字,为入声,此乃以入作平。

5. 《词律》卷六以王诜《忆故人》(烛影摇红)为正体,另列四十八字、九十六字者为"又一体"。《钦定词谱》卷七以毛滂词(老景萧条)四十八字者为正体,列王诜词五十字者、周邦彦词九十六字者为"又一体"。

69

暗香 咏红豆

清　朱彝尊

凝珠吹黍，(韵)似早梅乍萼[1]，(句)新桐初乳[2]。(叶)莫是珊瑚，(句)零乱敲残石家树[3]。(叶)记得南中旧事[4]，(句)金齿屐[5]、(豆)小鬟蛮语[6]。(叶)看两岸，(句)树底盈盈[7]、(豆)素手摘新雨。(叶)　延伫。(叶)碧云暮。(叶)休逗入茜裙[8]，(句)欲寻无处。(叶)唱歌归去，(叶)先向绿窗饲鹦鹉[9]。(叶)惆怅檀郎终远[10]，(句)待寄与、(豆)相思犹阻。(叶)烛影下，(句)开玉盒、(豆)背人偷数。(叶)

注释

〔1〕乍萼(è 饿)：含苞待放的小花朵。萼：花瓣外面的一圈叶状薄片。

〔2〕新桐初乳：桐树所结子形如垂乳，称桐乳。

〔3〕"莫是"二句：《世说新语·汰侈》载，西晋石崇常与晋武帝舅王恺争富。一次，王恺向石崇夸示晋武帝所赐一株高二尺许的珊瑚树。石崇竟以铁如意将珊瑚树击碎，并命家人取来自己所藏六七枝，高三四尺，且条干绝世的珊瑚树赔之。此处以红色珊瑚比红豆。

〔4〕南中旧事：指作者三十岁前游历岭南之见闻。

〔5〕金齿屐(jī 基)：木屐之美称。木屐即木头鞋，底部有齿，或以金属加固，以便

272

在泥泞中行走。唐李白《浣溪石上女》诗:"一双金齿屐,两足白如霜。"

〔6〕小鬟(huán 环)蛮语:指岭南少女所讲方言。小鬟,梳成环形发髻的少女。

〔7〕盈盈:美好貌。《古诗十九首》:"盈盈楼上女,皎皎当户牖。"

〔8〕逗:招惹,逗引。茜裙:用茜草染成的红裙。

〔9〕绿窗:指闺阁之窗。唐张祜《杨花》诗:"无端惹着潘郎鬓,惊煞绿窗红粉人。"

〔10〕檀郎:晋潘岳容貌美,小名檀奴,故后以"檀郎"或"檀奴"作为夫婿或所爱男子的美称。

评析

这是一首咏物词,所咏之物为红豆。红豆,又名相思豆,结实鲜红浑圆,晶莹如珊瑚,产于岭南,可作饰物。传说古代有一位女子,因丈夫死在边地,哭于树下而死,化为红豆,于是人们又称呼它为"相思子"。在古代诗词中,多用红豆象征爱情或相思。唐代诗人王维的《相思》就是咏红豆的名篇:"红豆生南国,春来发几枝。愿君多采撷,此物最相思。"晚唐五代词中亦不乏借咏红豆以寄相思者,如温庭筠《南歌子词二首》第二首:"玲珑骰子安红豆,入骨相思知不知。"牛希济《生查子》(新月曲如眉):"红豆不堪看,满眼相思泪。"朱彝尊此词是在前人基础上创作的一首借咏红豆写相思的出色词作。

词的上片,写红豆的形状、色彩。开篇五句,通过比喻,描绘红豆的形和色。说它像凝结晶莹的露珠儿,又像被风吹动的圆圆的黍粒,像早梅含苞待放的花蕾,又像梧桐新结的乳状桐子,更像一颗颗散落的红珊瑚。在词人极力铺陈之下,红豆是如此圆润、鲜艳、珍贵。接下来"记得南中旧事"数句,描绘岭南少女采撷红豆的情景。"记得"二字表明,下面所写均是词人对当年旧事的回忆。在一场新雨之后,一群梳着环形发髻,踏着金屐,说着南国方言的少女,一同聚在两岸绿莹莹的树下,伸出她们纤细、洁白的两手,采摘着鲜艳的红豆。这是一幅充满诗情画意的图画。五代后蜀词人欧阳炯在其《南乡子》中,已对"南中旧事"有过类似描绘:"路入南中,桄榔叶暗蓼花红。两岸人家微雨后,收红豆,树底纤纤抬素手。"朱彝尊词中对南中事的描写,当受欧词的影响。但主要还是源自他当年

273

到岭南游历的记忆。如此鲜活、生动的描写,令人大有身临其境之感。

　　词的下片,写小鬟女的相思之情。首二句,化用南朝梁江淹《休上人别怨》诗"日暮碧云合,佳人殊未来"句意,写小鬟女注目远望,直至暮色降临,仍不见所思之人归来。第三、四句,呼应上片的"摘"字。既已经摘得红豆,又放在何处呢?词人以嘱咐的口吻说道:"休逗入茜裙,欲寻无处。"茜裙即用茜草染成的红色裙子,如此写,也是对小鬟女外貌描写的补充,展现了少女的青春活力。第五、六句,写小鬟女尽管思而未得,不免失望,但她还是一路唱着歌回到家中。到家后第一件事,就是饲弄鹦鹉,向鹦鹉倾诉。第七、八句,是小鬟女直接抒发相思之情。心爱之人远在他乡,她打算把相思红豆与之寄去,但又路途遥远,难以送达。最后两句,写小鬟女的晚间相思。夜间,烛影之下,小鬟女悄悄地打开玉盒,背着他人,偷偷地数着相思的红豆。数红豆,是寄托相思的表现;"开玉盒",说明她此前已经将红豆珍藏在精美的玉盒之中,体现了她对爱情的无比珍重。而"背人偷数",则写出了少女不愿将隐秘情感公开示人的娇羞神态,十分生动传神。

　　此词通过比拟,写红豆的形状、色彩十分生动,同时词人还将红豆和南中小鬟女的真挚爱情结合起来。红豆的象征意义,通过小鬟女对爱情的追求而得到体现。如此咏物,可谓神形兼备。

词牌考原

　　《暗香》,词牌名。又名《红香》、《红情》、《晚香》。本调创自姜夔,与《疏影》同为姜夔咏梅花的自度曲。然此词牌得名,源自北宋诗人林逋《山园小梅》中的名句:"疏影横斜水清浅,暗香浮动月黄昏。"自此"暗香"、"疏影"二词,成为咏梅的专有名词,亦被姜夔取为调名。据姜夔词前小序云:"辛亥之冬,予载雪诣石湖,止既月,授简索句,且征新声,作此两曲。石湖把玩不已,使工妓隶习之,音节谐婉,乃名之曰《暗香》、《疏影》。""辛亥之冬"是南宋光宗绍熙二年(1911)冬天,姜夔冒雪去拜访石湖居士(范成大),逗留了一个月,主人向姜夔索要词章新作,姜夔当即写了两首咏梅自度曲,一首题为《暗香》,一首题为《疏影》。石湖居士命两个歌妓演唱,音调节律和婉,不禁吟赏不已。姜夔精于乐律,能自制曲。自谓作词"初率意为长短句,然后协以律",《暗香》为其自度"仙吕宫"曲。以后张炎用《暗香》、《疏影》二调咏荷花荷叶,改名《红情》、《绿意》。

词 谱 格 式

《暗香》的词谱格式:

凝珠吹黍,	仄平平仄,(韵)
似早梅乍萼,	仄仄平仄仄,(句)
新桐初乳。	平平平仄。(叶)
莫是珊瑚,	仄仄平平,(句)
零乱敲残石家树。	仄仄平平仄平仄。(叶)
记得南中旧事,	仄仄平平仄仄,(句)
金齿屐、小鬟蛮语。	平仄仄、(豆)仄平平仄。(叶)
看两岸,	仄仄仄,(句)
树底盈盈、素手摘新雨。	仄仄平平、(豆)仄仄仄平仄。(叶)
延伫。	平仄。(叶)
碧云暮。	仄平仄。(叶)
休逗入茜裙,	平仄仄仄平,(句)
欲寻无处。	仄平平仄。(叶)
唱歌归去,	仄平平仄,(叶)
先向绿窗饲鹦鹉。	仄仄平平仄平仄。(叶)
惆怅檀郎终远,	仄仄平平平仄,(句)
待寄与、相思犹阻。	仄仄仄、(豆)平平平仄。(叶)
烛影下,	仄仄仄,(句)
开玉盒、背人偷数。	平仄仄、(豆)仄平平仄。(叶)

1.《暗香》,双调,九十七字。上片五仄韵,下片七仄韵。按姜夔所创调,一般例用入声韵部。朱彝尊此词为上去声通押。谱中可平可仄处采用常见格式。

2. 本篇押仄声韵,属于词韵的第四部仄韵(上声语麌、去声御遇)。起首韵字"黍"及下面叶韵的"语"、"伫"、"阻"字属上声语韵。其他韵字"乳"、"雨"、"鹉"、"数"属上声麌韵;"树"、"暮"属去声遇韵;"处"、"去"属去声御韵。乃同部上去声通押。

3. 上片第二句、下片第三句两个五言句,第一字(似、休)均为领格字,句式上一下四;所领的两个四言句,可用为对仗。如本词上片"似"字后的"早梅乍萼,新桐初乳"。又,上片第五句、下片第六句后三字均为"仄平仄",二句是仄起仄收的七言拗律。

4.《词律》卷十五以吴文英词(县花谁葺)为正体。《钦定词谱》卷二十五以姜夔词(旧时月色)为正体,以张炎词(无边香色)为"又一体"。

《声声慢》（寻寻觅觅）

70

声声慢 秋情

宋　李清照

　　寻寻觅觅,⁽韵⁾冷冷清清,⁽句⁾凄凄惨惨戚戚[1]。⁽叶⁾乍暖还寒时候[2],⁽句⁾最难将息[3]。⁽叶⁾三杯两盏淡酒,⁽句⁾怎敌他、⁽豆⁾晚来风急。⁽叶⁾雁过也,⁽句⁾正伤心、⁽豆⁾却是旧时相识。⁽叶⁾满地黄花堆积。⁽叶⁾憔悴损,⁽句⁾而今有谁堪摘。⁽叶⁾守着窗儿,⁽句⁾独自怎生得黑[4]。⁽叶⁾梧桐更兼细雨,⁽句⁾到黄昏、⁽豆⁾点点滴滴。⁽叶⁾这次第[5],⁽句⁾怎一个、⁽豆⁾愁字了得[6]。⁽叶⁾

注释

〔1〕戚戚:忧愁的样子。

〔2〕乍暖还(xuán 旋)寒:忽暖忽冷。乍,刚刚。还,一会儿,立即。

〔3〕将息:保养,将养调理。唐王建《留别张文广》诗:"千万求方好将息,杏花寒食约同行。"

〔4〕怎生:怎样,如何。

〔5〕这次第:此情此景。张相《诗词曲语辞汇释》卷四:"这次第,犹云这情形或这光景也。"

〔6〕"怎一个"句:一个愁字怎么能概括得了。"怎",《白香词谱》作"只",今据《全宋词》改。

评析

  以靖康之难(1127)为界,李清照的个人生活和词作明显分为前后两期。前期,词人生活安定、婚姻幸福,其作品多以闺情相思为主,风格热情明快。后期,词人遭遇了国破、夫死、家亡等一系列不幸,其作品多以抒发孤寂、凄凉之感,寄托对中原故土的怀念之情为主,风格婉转悲凉。此篇为词人后期代表作,展现了词人孤苦、悲凉的内心世界;也曲折地反映出忧时伤乱的爱国情绪,具有一定的社会现实意义。

  开篇三句,词人连用十四个叠字,总述自己愁苦无告的凄凉心境。"寻寻觅觅"写词人心神不安,若有所失的神态。靖康之变后,国破家亡的沉重打击,使得词人内心积淀了太多的痛苦与失落。在孤独无望中,她在努力寻找点什么来填补空虚,排解寂寞,然而寻觅的结果却是"冷冷清清"。这冷冷清清既是对庭院环境的描写,更是词人孤寂、清冷心境的写照。接下来"凄凄惨惨戚戚"一句,则是由冷清引发的深层的内心感受,写出了词人极度悲凉、愁苦、伤感的情绪。开头三句,由浅入深,奠定了全篇凄惨愁苦的抒情主调。第四、五两句,转写气候不佳,难以养息。这句既指身体的保养,也指内心伤痛的恢复。实际上,人的内心越是愁苦,对外界温度的变化越是敏感。内心的凄凉痛苦,再遇上忽冷忽热的天气,就更加难以适应。第六、七两句,写词人借酒消愁。傍晚时分,晚风迅疾,词人说"三杯两盏淡酒,怎敌他、晚来风急",表面上是说杯浅酒淡,实际上是以酒淡反衬愁深,以"三杯两盏"强调饮再多的酒也未能排解内心的愁苦。其实,无论是怨天气,还是怨酒淡,都是写事事堪愁,无法解脱,也都是开头三句情绪的延伸。段末两句,写词人触物伤怀。当词人正在借酒消愁、内心伤感时,一群北来的大雁从头顶飞过。看到大雁,词人仿佛看到了旧时相识(雁从北国家乡飞来),更加勾起思乡之愁与天涯沦落之感,而悲苦难禁。

  过片由上片仰望大雁,转写低头俯视菊花。秋风中,黄花满地,一片凄凉景象。第二句,感慨花之憔悴。菊花早已枯萎凋谢,还有谁愿意采摘插戴呢?此处暗含比兴,词人以菊花的枯萎比喻自己形容的憔悴;以菊花委地的萧条景象,比喻自己晚年无依无傍、孤苦凄凉的景况。由花及己,更是愁上加愁。下面两句即写词人枯坐窗前的愁苦形象,她看着眼前萧瑟的秋景,大有度日如年之感,不知何时才能挨到天黑。接下来，不要说漫漫长夜，只到了黄昏就已经使人愁情难耐了。黄昏时分，细雨敲打着梧桐，点点滴滴仿佛都落在词人心头，激起无数愁苦的涟漪。结尾两句，是词人内心痛苦的总爆发。"这次第"三字一笔收住，总括上述种种情景；"怎一个、愁字了得"又反问一句，发人深思，词人本来正忍受国破、家亡、夫死的打击，如今又面对黄花遍地、秋风秋雨，百感交集、痛苦难抑，真是怎一个愁字能包容得了呢？

此词将叙事、写景、抒情熔为一炉，运用铺叙手法，将日常生活中的所见所感集中起来进行艺术的概括，写尽了作者晚年的凄苦悲愁。梁启超评曰："这词是写从早到晚一天的实感，那种茕独凄惶的景况，非本人不能领略；所以一字一泪，都是咬着牙根咽下。"（《中国韵文里头所表现的情感》）而其语言朴素清新，叠字的运用更是极富创造性。清陆蓥云："叠字之法最古……宋人中易安居士善用此法。其《声声慢》一词，顿挫凄绝。词曰：'寻寻觅觅，冷冷清清，凄凄惨惨戚戚。乍暖还寒时候，最难将息。'又云：'梧桐更兼细雨，到黄昏点点滴滴。'二阕共十余个叠字，而气机流动，前无古人，后无来者，可谓词家叠字之法。"（《问花楼词话·叠字》）

词牌考原

《声声慢》，词牌名。又名《胜胜慢》、《人在楼上》、《寒松叹》、《凤求凰》等。此调最早见于北宋晁补之笔下，词名《胜胜慢》，其题序云"家妓荣奴既出有感"，说明是为他的家妓荣奴离去所作的曲ima。慢，就是慢词，其名称从"慢曲子"而来，指依慢曲所填写的调长拍缓的词。"慢曲子"相对于"急曲子"而言，慢与急是按照乐曲的节奏来区别的。敦煌发现的唐代琵琶乐谱，往往在一个调名之内有急曲子又有慢曲子。慢曲子大部分是长调，这是因为它声调延长，字句也就跟着加长。慢词并不自宋始，唐代已有很多慢词。它一部分是从大曲、法曲里截取出来的，一部分则来自民间。《钦定词谱》卷十说："柳永、周邦彦作慢词，又与令词截然不同，盖调长拍缓，即古曼声之意。"所谓"古曼声"，是指"慢"，古书上写作"曼"，是延长引申的意思，歌声延长，就唱得迟缓了，因此由"曼"字引出了"慢"。毛先舒《填词名解》卷三说："词以慢名者，慢曲也。拖音袅娜，不欲辄尽。"慢曲相对于令曲，字句长，韵少，节奏舒缓。晁补之之词名《胜胜慢》，可见此曲较之一般的慢曲还要曼声缠绵。后之词人又作《声声慢》。《填词名解》卷三又云:"《声声慢》,宋蒋捷赋秋声,俱用'声'字收韵,故名之。"言蒋捷作此词都用"声"字收韵,故名《声声慢》。然蒋捷为南宋后期人,年代较李清照、赵长卿等都晚,李清照等《声声慢》早有其名,不可能因蒋捷所作秋声词而得名,毛先舒失考。贺铸词有"殷勤彩凤求凰"句,名《凤求凰》;又有"寒松半欹涧底"句,名《寒松叹》;王喆词名《神光灿》。吴文英词有"人在小楼"句,故名《人在楼上》。此调有平韵、仄韵两体,仄韵体一般押入声韵,如李清照的《声声慢》。

词 谱 格 式

《声声慢》的词谱格式:

寻寻觅觅,	平平仄仄,(韵)
冷冷清清,	仄仄平平,(句)
凄凄惨惨戚戚。	平平仄仄平仄。(叶)
乍暖还寒时候,	仄仄平平仄仄,(句)
最难将息。	仄平平仄。(叶)
三杯两盏淡酒,	平平仄仄平仄,(句)
怎敌他、晚来风急。	仄平平、(豆)仄平平仄。(叶)
雁过也,	仄仄仄,(句)
正伤心、却是旧时相识。	仄平平、(豆)仄仄仄平平仄。(叶)
满地黄花堆积。	仄仄平平平仄。(叶)
憔悴损,	平仄仄,(句)
而今有谁堪摘。	仄平仄平平仄。(叶)
守着窗儿,	仄仄平平,(句)
独自怎生得黑。	平仄仄平平仄。(叶)
梧桐更兼细雨,	平平仄平仄仄,(句)

到黄昏、点点滴滴。	仄平平、(豆)仄平平仄。(叶)
这次第,	仄仄仄,(句)
怎一个、愁字了得。	仄平平、(豆)平仄仄仄。(叶)

词律解读

1. 此词为《声声慢》的仄韵体,双调,九十七字。上片九句五仄韵,下片九句五仄韵。

2. 《声声慢》仄韵体,例用入声韵。本词用入声第三部韵(质陌锡职缉)协韵。起首韵字"觅"及下面叶韵的"戚"、"滴"字属入声锡韵;其他韵字,"息"、"识"、"黑"、"得"属入声职韵;"急"属入声缉韵;"积"、"摘"属入声陌韵。

3. 就句法论,开头两句,多作对偶。如本词之"寻寻觅觅,冷冷清清"。上片第四、五句的断句,本词作上六下四(乍暖还寒时候,最难将息),其他词家多作上四下六。第九句九字,他词皆作两四字句加一豆,独本词为上三下六(正伤心、却是旧时相识),惟语气一气呵成,固可不拘。末句七字,上三下四(怎一个、愁字了得),第二、三字例当作平;下四字例为"平仄仄仄",不可移易。

4. 就字法论,李清照此词多处用入声代平声,如上片第三句之第一个"戚"字、第七句的"敌"字;下片第五句的"独"字、"得"字,第七句的第一个"滴"字、结尾的"一"字等,都是以入代平。不仅如此,清万树认为有几处还是以上声代平声,如上片第六句的"盏"字、下片第七句第二个"点"字,结尾"怎一个"的"个"字,都是以上代平。万树《词律》卷十云:"从来此体,皆收易安所作,盖其遒逸之气,如生龙活虎,非描塑可拟。其用字奇横而不妨音律,……观其用上声、入声,如'惨'字、'戚'字、'盏'字、'点'字、'滴'字等,原可作平,故能谐协,非可泛用仄字,而以去声填本也。"

5. 本调有平韵、仄韵两体,其字数、句数、平仄多有不同。《词律》卷十以石孝友词"花前月下"九十六字之平韵格为正体。另列九十七字、九十九字平韵格、九十七字仄韵格为"又一体"。《钦定词谱》卷二十七以晁补之词(朱门深掩)九十九字平韵格为正体,列高观国词(胡天不夜)九十七字仄韵格为正体。另列减字、添字数首为"又一体"。并将李清照词作为"又一体"单列,其平仄仍依李词原字声。

71

双双燕 本意

宋 史达祖

过春社了〔1〕，(句)度帘幕中间，(句)去年尘冷〔2〕。(韵)差池
欲住〔3〕，(句)试入旧巢相并。(叶)还相雕梁藻井〔4〕，(叶)又软
语〔5〕、(豆)商量不定。(叶)飘然快拂花梢，(句)翠尾分开红
影〔6〕。(叶)　　芳径〔7〕，(叶)芹泥雨润〔8〕。(叶)爱贴地争飞，(句)
竞夸轻俊〔9〕。(叶)红楼归晚〔10〕，(句)看足柳昏花暝。(叶)应是栖
香正稳〔11〕，(叶)便忘了、(豆)天涯芳信〔12〕。(叶)愁损翠黛双
蛾〔13〕，(句)日日画栏独凭。(叶)

注释

〔1〕春社:古代祈谷的祭祀节日,日期在春分前后(阳历三月二十一日前后),
此时燕子便从南方飞来。

〔2〕尘冷:旧巢布满灰尘,非常冷寂。

〔3〕差(cī 疵)池:形容燕子飞时羽毛参差不齐的样子。本出《诗经·邶风·燕
燕》:"燕燕于飞,差池其羽。"

〔4〕相:仔细看。雕梁:彩绘的栋梁。藻井:中国古建筑中的一种装饰性木结
构顶棚。多建造在宫殿或寺庙佛坛上方。自天花平顶向上凹进,如倒竖
之井,上有各种花纹、雕刻和彩画。或绘水藻,以压火灾。

〔5〕软语:温柔地交谈,此指燕子的呢喃细语。

〔6〕红影:花影。

〔7〕芳径:花草芬芳的小径。

〔8〕芹泥:燕子筑巢所衔的草泥。出杜甫《徐步》诗 :"芹泥随燕嘴,花蕊上蜂须。"

〔9〕竞夸:争夸。轻俊:轻盈、俊俏。

〔10〕红楼:豪华的楼阁,此指女子居住的妆楼,亦即燕子营巢之处。

〔11〕"应是"句:应当是睡得香甜安稳。

〔12〕天涯芳信:指出外的人给家中妻子的信。古代有燕子传书之说。南朝梁江淹《拟李都尉陵从军》诗:"而我在万里,结发不相见;袖中有短书,愿寄双飞燕。"五代王仁裕《开元天宝遗事·传书燕》载,长安女绍兰之夫,经商湘中,数年不归,绍兰以诗代书,系于燕足。燕至湘中,夫得其书,次年归家。芳信,嘉美的信息。

〔13〕翠黛:画眉所用的青绿之色。双蛾:双眉。

评析

史达祖此篇是古代咏燕词中最为著名的一首。通篇以写燕为主,极妍尽态,形神毕肖。

词的上片,写双燕春归,重返旧巢的欢快情形。开篇三句,点明燕子归巢的时间及巢内状况。"过春社了"点明归巢是在春分前后,春暖花开之时。北宋晏殊《破阵子》词:"燕子来时新社,梨花落后清明。"所叙燕子归巢时令与史词相同。"度帘幕中间",写出燕子对归巢路径的熟悉,大有轻车熟路之感。"去年尘冷"写旧巢之中已经落满尘灰,难免有凄清、冷落之感。接下来四句,是对燕子入巢后的一系列动态描写。"差池欲住"写燕子飞翔中对旧巢进行考察。"差池"写出燕子飞翔的优美姿态。"欲住"是考察后的初步结论。于是"试入旧巢",双双伫立其中。"欲"、"试"二字写出了燕子初归旧巢,犹豫未决的心态,似乎还有再做深入考察的必要,于是他们把"雕梁藻井"审视一番之后,仍然是"软语商量不定"。"软语"写出燕语的轻细、柔和。"商量不定"则写出了双燕的亲昵、和谐的状态。

在词人笔下,双燕就像一对充满柔情蜜意的情侣。在这四句中,词人通过"欲"、"试"、"还"、"又"四字,把双燕的心理变化栩栩如生地传达出来,细腻、曲折,颇具情趣。在一番商量之后,这对燕侣最终决定在这里定居下来。于是,它们飞出厅堂,掠过花梢,分开花影,开始了繁忙、快乐的新生活。

词的下片,写燕之新垒欢栖,反衬少妇独自凭栏的孤独情怀。首四句,写双燕为修巢而进行的愉快劳动。春雨之后,芬芳的花间小径上,芹泥湿润。双燕贴近地面,你追我赶,竞相显示着自己的漂亮、轻盈。它们陶醉于自由、愉快、幸福之中,以至于流连忘返。直到"看足柳昏花暝"后,才晚归"红楼"。接下来二句,是楼中思妇对双燕的嗔怪。看着"栖香正稳"的双燕,思妇不禁埋怨它们只知陶醉春色,双飞双宿,香甜安稳,却忘了给自己传递远方亲人的消息。最后两句,出现思妇倚栏眺望的画面:"愁损翠黛双蛾,日日画栏独凭。"思妇日日远望,期盼着亲人归来,而得到的却是不尽的痛苦和失望。

此词通篇以写燕为主,以人为宾。写红楼思妇的愁苦,是为了反衬双燕的美满生活,给人耳目一新之感。这首词成功地刻画了燕子双栖双宿,恩爱羡人的优美形象。把燕子拟人化的同时,处处力求符合燕子的特征,达到了形神兼备。宋张炎《词源》评此词云:"全章精粹,所咏了然在目,且不滞留于物。"清王士禛评云:"仆每读史邦卿咏燕词,以为咏物至此,人巧极,天工错矣。"(《花草蒙拾》)

词牌考原

《双双燕》,词牌名。中国古代诗词有以鸳鸯、双燕比喻伉俪人生的传统,如梁简文帝《金闺思》诗:"日移孤影动,羞睹燕双飞。"唐李白《双燕离》诗:"双燕复双燕,双飞令人羡。"元稹《江边四十韵》诗:"各各人宁宇,双双燕贺巢。"而宋代史达祖则将这一传统题材引入词牌,创造出《双双燕》的新词调。此调始见于史达祖的《梅溪集》,为史达祖的自度曲。词咏双燕,即以此为名。

词谱格式

《双双燕》的词谱格式:

过春社了，	仄平仄仄，(句)
度帘幕中间，	仄平仄平平，(句)
去年尘冷。	仄平平仄。(韵) ▲
差池欲住，	㊉平㊋仄，(句)
试入旧巢相并。	㊋仄仄平平仄。(叶) ▲
还相雕梁藻井，	㊉仄平平仄仄，(叶)
又软语、商量不定。	仄㊋仄、(豆)平平㊉仄。(叶) ▲
飘然快拂花梢，	平平仄仄平平，(句)
翠尾分开红影。	仄仄平平平仄。(叶) ▲
芳径，	平仄，(叶) ▲
芹泥雨润。	平平仄仄。(叶) ▲
爱贴地争飞，	㊋仄仄平平，(句)
竞夸轻俊。	仄平平仄。(叶) ▲
红楼归晚，	㊉平㊉仄，(句)
看足柳昏花暝。	㊋仄仄平平仄。(叶) ▲
应是栖香正稳，	㊉仄平平仄仄，(叶)
便忘了、天涯芳信。	仄㊋仄、(豆)平平㊉仄。(叶) ▲
愁损翠黛双蛾，	平㊋仄仄平平，(句)
日日画栏独凭。	仄仄㊋平㊉仄。(叶) ▲

词 律 解 读

1. 《双双燕》，双调，九十八字。上片五仄韵，下片七仄韵。

2. 此词押仄声韵。所用仄韵，既有词韵第六部(上声轸吻，又阮半；去声震问，又愿半)的韵字，又有第十一部(上声梗迥，去声敬径)的韵字，正如王力先生在《诗词格律》中指出的："(词韵)这十九部大约只能适合宋词的多数情况。其实在某些词人的笔下，第六部早已与第十一部、第十三部相通，第七部早已与第十四部相通。其中有语音发展的原因，也有方言的影响。"本词起首韵字"冷"及下面叶韵的"井"、"影"字押上声梗韵，其他韵字"并"属去声敬韵；"定"、"径"、"暝"、"凭"属去声径韵；"俊"、"信"属去声震韵；"稳"属上声阮韵。

3. 在句法上，首句"过春社了"句式是一、二、一，中间两字相连，等同辛弃疾《水龙吟》结句之"揾英雄泪"的结构。前片第二句（度帘幕中间）、后片第三句（爱贴地争飞）均为上一下四句式，其第一字（度、爱）为领字，领起下面两句，领格字例用去声。句中"贴"是入声字。上片第七句后四字"商量不定"的格式是"平平平仄"，"不"字以入代平。尾句中的"独"字亦为以入代平。此词韵密句短，谱出双燕飞舞的节奏，词中几处用了"仄平平仄"的格式（如"去年尘冷"、"旧巢相并"、"竞夸轻俊"、"柳昏花暝"），使全词流畅中时有跌宕，节奏更加活泼多变。

4.《词律》卷十四以吴文英词（小桃谢后）九十六字者为正体，以史达祖词为"又一体"。《钦定词谱》卷二十六以史达祖词为正体，以吴文英词为"又一体"。

72

昼夜乐 忆别

宋　柳永

洞房记得初相遇[1]，(韵)便只合[2]、(豆)长相聚。(叶)何期
小会幽欢[3]，(句)变作离情别绪。(叶)况值阑珊春色暮[4]，(叶)
对满目、(豆)乱花狂絮[5]。(叶)直恐好风光，(句)尽随伊归
去。(叶)　　一场寂寞凭谁诉，(叶)算前言、(豆)总轻负。(叶)早
知恁地难拚[6]，(句)悔不当初留住。(叶)其奈风流端正外，(句)
更别有、(豆)系人心处。(叶)一日不思量，(句)也攒眉
千度[7]。(叶)

注释

〔1〕洞房：深邃的内室。后称新婚之室为洞房。

〔2〕只合：只当。

〔3〕何期：怎料。小会：短暂、仓促的会晤。幽欢：深挚、隐蔽的欢情。

〔4〕阑珊：将残，将尽。南唐李煜《浪淘沙》："帘外雨潺潺，春意阑珊。"

〔5〕狂絮：柳絮狂舞。

〔6〕恁(nèn 嫩)地：如此，这样。拚(pàn 盼)：割舍，舍弃。

〔7〕攒(cuán 窜阳平)眉：皱眉。千度：千次。

288

评析

　　这是一首回忆往昔欢聚,抒写刻骨相思的作品。词人以代言方式,塑造了一个孤独寂寞、伤春怀人的思妇形象。

　　词的上片,写当年的欢会、别情。开篇两句,是思妇对初次相会的追忆。初次相会,两情缱绻,以至使其产生了长相厮守、永不分离的美好愿望,然而最终事与愿违。下两句急转直下,未料到那短暂的幽会欢愉,转眼间化作了离愁别绪。"何期"二字写出思妇由满怀期许到愿望落空的巨大失落。段末四句,由追忆转向眼前现实。此时已是春意阑珊、"乱花狂絮"的暮春时节。大好的春光,美好的青春,缠绵的感情似乎都将随着"伊"的归去而消逝。"直恐"两字用得极传神。春归与人去本无内在联系,然而思妇故作此说,展现出其内心的担心与忧虑,流露出她对春光和美好情感的深切留恋。此时此刻,思妇备感孤独、冷清,满心愁苦无处倾诉。

　　词的下片,写离别之后,思妇内心的孤独、懊悔与痛苦。首二句,写其孤寂之感。第一句"一场寂寞凭谁诉"具有承上启下的作用,下一句"算前言,总轻负"则补充说明了原因。女主人公之所以会满心寂寞无人倾诉,是因为她违背了爱的诺言,当初轻易辜负了对方的情意,使对方受到了伤害,以致其去而不返。对此,她深感内疚。接下来两句,写女主人公内心的懊悔之意。早知今日如此难以割舍,后悔当初没能将其留住。再两句,写"伊"令女主人公思念、懊悔的原因。因为"伊"是一位极具魅力的男性,不仅风流潇洒,相貌堂堂,而且还有一种系人心魄、令人难忘的独特之处。正因如此,才令她魂牵梦绕,思念不已。最后两句,写女主人公的思念情状。攒眉,即眉头紧锁,是"思量"时忧愁的表情。"攒眉千度"就是思念千次,实际上是无日不思量,每时都思量。这两句正话反说,一日不思量已是攒眉千度,如若每日思量则又将如何?可想而知其思念之深。如此造语极为生动、传神。

　　此词虽结构多转折,但脉络清晰,把女主人公细腻、深婉的内心世界表现得淋漓尽致。全词不用典故,明白如话,正如清刘熙载所评:"耆卿(柳永字)词细密而妥溜,明白而家常,善于叙事,有过前人。"(《词概》)

词牌考原

《昼夜乐》，词牌名。又名《真欢乐》。北宋时柳永始创此调，见于柳永《乐章集》。《乐章集》注：中吕宫。《昼夜乐》调名之"乐"，乃快乐之"乐"，非为乐府之"乐"章。其义盖昼夜行乐狂欢之意，唐李白诗"行乐争昼夜，自言度千秋"（《古风》第十八首），调名即本斯义以创焉。

词谱格式

《昼夜乐》的词谱格式：

洞房记得初相遇，	仄平仄仄平平仄，（韵）
便只合、长相聚。	仄仄仄、（豆）平平仄。（叶）
何期小会幽欢，	平平仄仄平平，（句）
变作离情别绪。	仄仄平平仄仄。（叶）
况值阑珊春色暮，	仄仄平平平仄仄，（叶）
对满目、乱花狂絮。	仄仄仄、（豆）仄平平仄。（叶）
直恐好风光，	仄仄仄平平，（句）
尽随伊归去。	仄平平平仄。（叶）
一场寂寞凭谁诉，	仄平仄仄平平仄，（叶）
算前言、总轻负。	仄平平、（豆）仄平仄。（叶）
早知恁地难拚，	仄平仄仄平平，（句）
悔不当初留住。	仄仄平平平仄。（叶）
其奈风流端正外，	平仄平平平仄仄，（句）
更别有、系人心处。	仄仄仄、（豆）仄平平仄。（叶）
一日不思量，	仄仄仄平平，（句）
也攒眉千度。	仄平平平仄。（叶）

词 律 解 读

1.《昼夜乐》，双调，九十八字。属仄韵格，上片六仄韵，下片五仄韵。此处所录除下片第五句不入韵外，其余句式、格律上下片均相同。然此句亦可押韵，《乐章集》中另一首《昼夜乐》之第五句亦入韵，则上下片完全相同。

2. 此调押仄声韵。本篇属于词韵第四部仄韵（即上声语麌、去声御遇）通押。起首韵字"遇"与下面叶韵的"暮"、"诉"、"负"、"住"、"度"属去声遇韵。其他韵字"聚"字属上声麌韵；"绪"字属上声语韵；"絮"、"去"、"处"字都属去声御韵；乃同部上去声通押。

3. 此词牌，上下片末句的五言句当注意音节，或为上一下四，或为上三下二。此词前后段两结句，俱上一下四句法。

4.《词律》卷十五、《钦定词谱》卷二十六均以柳词（洞房记得初相遇）为正体。

73

琐窗寒 寒食

宋 周邦彦

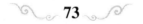

　　暗柳啼鸦[1],(句)单衣伫立[2],(句)小帘朱户。(韵)桐花半亩,(句)静锁一庭愁雨。(叶)洒空阶、(豆)更阑未休[3],(句)故人剪烛西窗语[4]。(叶)似楚江暝宿,(句)风灯零乱[5],(句)少年羁旅[6]。(叶)

　　迟暮。(叶)嬉游处。(叶)正店舍无烟,(句)禁城百五[7]。(叶)旗亭唤酒[8],(句)付与高阳俦侣[9]。(叶)想东园、(豆)桃李自春[10],(句)小唇秀靥今在否[11]?(叶)到归时、(豆)定有残英,(句)待客携樽俎[12]。(叶)

注释

〔1〕暗柳啼鸦:南朝梁简文帝《金乐歌》诗:"槐花欲覆井,杨柳正藏鸦。"孟郊《招文士饮》诗:"梅芳已流管,柳色未藏鸦。"

〔2〕单衣:农历三四月份所着服装。宋秦观《水龙吟》词:"疏帘半卷,单衣初试,清明时候。"伫立:久立。

〔3〕更阑:夜深。

〔4〕"故人"句:唐李商隐《夜雨寄北》诗:"何当共剪西窗烛,却话巴山夜雨时。"

〔5〕风灯零乱:唐杜甫《漫成》诗:"江月去人只数尺,风灯照夜欲三更。"

〔6〕羁旅:旅行在外,寄居他乡。

〔7〕"正店舍"二句:指寒食节。《荆楚岁时记》:"去冬至百五日,即有疾风甚雨,谓之'寒食',例禁火三日,店舍无烟。"禁城,即京城,古代京城禁止夜行,故称禁城。

〔8〕旗亭:市楼,有旗立于上,并设酒肆,为唐宋时文人墨客游憩之所。唐李贺《开愁歌》:"旗亭下马解秋衣,请贳宜阳一壶酒。"

〔9〕高阳俦侣:指酒徒。《史记·郦生陆贾列传》载,郦食其欲见刘邦,自谓:"吾高阳酒徒也,非儒人也。"后指嗜酒成命、放荡不羁之人。高阳,地名,在今河南杞县西。

〔10〕"想东园"句:晋阮籍《咏怀》其三:"嘉树下成蹊,东园桃与李。"东园,泛指花园。

〔11〕小唇秀靥(yè 夜):指美貌女子。靥,人面颊上的酒窝儿。唐李贺有诗句"浓眉笼小唇"(《兰香神女庙》)。又,"晚奁妆秀靥"(《恼公》)。

〔12〕樽俎(zǔ 祖):酒器,肴盘。

评 析

这是一首寒食感怀之作,抒发了作者旅食京华,临老思归的凄凉情怀。

词的上片,写时景旅况。开篇三句,写作者孤零独处。"暗柳啼鸦",点明此时已是暮春时节。景色的黯淡,透露出词人的寂寞情绪。"小帘朱户",交代作者的客居之所。作者身着单衣,伫立在红门珠帘之下,一副孤独、落寞之态。接下来四句,从不同角度写愁雨。前两句,从视觉角度来写,作者伫立四望,小小庭院,落满桐花,笼罩在幽静与愁雨之中。"愁"字既是写雨,更是作者凄苦心情的展现。此两句与李后主《相见欢》词句"寂寞梧桐,深院锁清秋"意境极为相近。后两句,从听觉角度来写,时间从白天延伸到晚上。春雨洒落在空寂的石阶之上,直至深夜仍然未能停止。这声声春雨,令作者难以入眠,联想到晚唐诗人李商隐的诗句"何当共剪西窗烛,却话巴山夜雨时"(《夜雨寄北》),昔日与爱妻在西窗前剪烛私语的情景又浮现眼前。在这孤独、凄冷的雨夜,不禁引起了他对往事的回忆。上片末三句,是作者追忆自己少年时,羁旅在外,夜宿江边,灯光摇曳,凄苦异常的情形。少年远行，老年羁旅，情景何其相似，心情一样萧索。

　　词的下片，写节日相思，抒发作者对故乡及亲人的深切思念之情。过片"迟暮"一句，承上启下，一方面点明暮春时令，另一方面表达出作者人近暮年的心态。接下来四句，写寒食游乐之盛。"正店舍无烟，禁城百五"点明寒食节气。此时京城中禁火三日，店舍无烟，似感冷清。"旗亭唤酒，付与高阳俦侣"二句写城郊"嬉游"、痛饮的盛况。然而此种欢乐，并不属于作者，写众人的嬉游之乐，是为了反衬自己的孤独、落寞。客中寂寞，最能触动相思。"想东园"以下，以"想"字领起，抒写乡情。在这暮春时节，故乡园林中一定是桃红李白，然而这满园春色却无人欣赏。"自春"二字写出了春之寂寞，折射出词人无法在故园赏春的遗憾。想到故园，又不禁联想园中之人，那"小唇秀靥"的佳人现在是否还在？惦念与担忧流露其间，词人归乡的心情也就更加急切。最后两句，是词人对归家后情形的想象。到那时，桃李枝头上当还有残花，亲朋好友也一定会携酒前来，款待我这归来之人。最后四句皆出自词人"伫立"所想。

　　此词感情复杂微妙，既有对羁旅生活的厌倦，又有对年华流逝的痛惜。有对家乡的思念，还有对亲人的眷恋。词人采用对比和虚实结合的方法，将羁旅情怀展现得淋漓尽致，读来令人荡气回肠。

词牌考原

　　《琐窗寒》，词牌名。一名《锁窗寒》或《锁寒窗》。凡窗棂之镂花纹者，均称琐窗。此调始见于《片玉集》，当为宋周邦彦所创。《钦定词谱》说："一名《锁寒窗》，调见《片玉集》，盖寒食词也。因词有'静锁一庭愁雨'，及'故人剪烛西窗语'句，取以为名。"《片玉集》注："越调。"《梦窗词》注："越调，犯中吕宫又犯正宫。"所谓"犯"就是现代歌曲中的"转调"。

词谱格式

　　《琐窗寒》的词谱格式：

暗柳啼鸦，	仄仄平平，(句)
单衣伫立，	平平仄仄，(句)
小帘朱户。	仄平平仄。(韵) ▲
桐花半亩，	平平仄仄，(句)
静锁一庭愁雨。	仄仄仄平平仄。(叶) ▲
洒空阶、更阑未休，	仄平平、(豆)平平仄平，(句)
故人剪烛西窗语。	仄平仄仄平平仄。(叶) ▲
似楚江暝宿，	仄仄平平仄，(句)
风灯零乱，	平平平仄，(句)
少年羁旅。	仄平平仄。(叶) ▲

迟暮。	平仄。(叶) ▲
嬉游处。	平平仄。(叶) ▲
正店舍无烟，	仄仄仄平平，(句)
禁城百五。	仄平平仄。(叶) ▲
旗亭唤酒，	平平仄仄，(句)
付与高阳俦侣。	仄仄平平平仄。(叶) ▲
想东园、桃李自春，	仄平平、(豆)平仄仄平，(句)
小唇秀靥今在否？	仄平仄仄平仄仄。(叶) ▲
到归时、定有残英，	仄平平、(豆)仄仄平平，(句)
待客携樽俎。	仄仄平平仄。(叶) ▲

词律解读

1. 此词牌，双调，九十九字。上片四仄韵，下片六仄韵。

2. 此调押仄声韵。本篇属于词韵第四部仄韵（即上声语麌、去声御遇）。起首韵字"户"与下面叶韵的"雨"、"五"、"否"属上声麌韵；其他韵字"语"、"旅"、"侣"、"俎"字属上声语韵；"暮"属去声遇韵。"处"字属去声御韵；乃同部上去声

295

通押。

3. 词中上下片有三处四言句式，或两句，或三句相连，多用为对仗。词人尤喜在开篇作对句，如王沂孙开篇作"趁酒梨花，催诗柳絮"；张炎作"乱雨敲春，深烟带晚"。周邦彦上片歇拍亦为对偶："风灯零乱，少年羁旅。"

4. 此调四声亦有讲究，上片前四句、下片前三句平仄固定，不可移易。且有几处必用去声字：上片第六句之"末"字、第八句之"似"字、下片第三句之"正"字、第七句之"自"字，当用去声。下片第四句之"百"字，为以入声代平声。

5.《词律》卷十六，《钦定词谱》卷二十七均以周邦彦词为正体。《钦定词谱》另列九十八字、一百字者数种为"另一体"。

74

瑶台聚八仙 寄兴

宋　张炎

秋月娟娟[1]，人正远、鱼雁待拂吟笺[2]。也知游事，多在第二桥边[3]。花底鸳鸯深处睡，柳阴淡隔里湖船[4]。路绵绵。梦吹旧曲，如此山川。

平生几两谢展[5]，便放歌自得，直上风烟。峭壁谁家，长啸竟落松前[6]。十年孤剑万里，又何似、畦分抱瓮泉[7]。中山酒[8]，且醉餐石髓[9]，白眼青天[10]。

注释

〔1〕娟娟：美好的样子，此处指月。南朝宋鲍照《玩月城西门廨中》诗："未映东北墀，娟娟似蛾眉。"

〔2〕鱼雁：古代有鱼腹藏信、雁足传书的说法。因代指书信。吟笺：诗笺。

〔3〕第二桥：指杭州西湖苏堤六桥之一的锁澜桥。明田汝成《西湖游览志》卷二："宋元祐间，苏子瞻守郡，浚湖而筑之，人因名苏公堤。夹植花柳，中为六桥，桥各有亭覆之……第二桥曰锁澜。"

〔4〕里湖：孤山路自断桥至西泠桥，划西湖为二，白堤南曰外湖，北曰里湖。

〔5〕"平生"句：南朝宋刘义庆《世说新语·雅量》载，晋人阮孚喜好木屐，常自

己制作,尝叹息曰:"未知一生当着几量屐。"几量,通"几两",几双的意思。谢屐(jī 基),一种木头鞋。《宋书·谢灵运传》载,谢灵运登山常着木屐,上山去前齿,下山去后齿,世称"谢公屐"。唐李白《梦游天姥吟留别》诗:"脚着谢公屐,身登青云梯。"

〔6〕"峭壁"二句:用晋代隐士孙登长啸响彻山谷之事。《晋书·阮籍传》载,"(阮)籍尝于苏门山遇孙登,与商略终古及栖神导气之术,登皆不应,籍因长啸而退。至半岭,闻有声若鸾凤之音,响乎岩谷,乃登之啸也。"

〔7〕畦(qí 其)分抱瓮泉:《庄子·天地》:"子贡南游于楚,反于晋,过汉阴,见一丈人方将为圃畦,凿隧而入井,抱瓮而出灌,搰(hú 音胡,用力的样子)搰然,用力甚多而见功寡。"说子贡游历途中见一个老人浇菜园,挖了一条沟通到井,抱着瓦罐汲水灌溉,又费力功效又低,子贡劝他用汲水机械反遭拒绝,老人认为用机械会产生机巧之心,影响学道。后以抱瓮比喻安于简陋、纯朴的生活。畦,五十亩为畦。畦分,即按畦分区浇灌、种植。

〔8〕中山酒:酒名,又名千日酒。东晋干宝《搜神记》:"狄希,中山人也,能造千日酒,饮之千日醉。"

〔9〕石髓:即钟乳石,可入药。《晋书·嵇康传》载,晋人嵇康与王烈共入山。王烈得石髓,服之,其甘如饴,自服一半,留一半与嵇康,石髓随即凝结为石头。

〔10〕白眼:《晋书·阮籍传》载,阮籍善作青白眼,见凡俗之士,则以白眼对之,以示鄙薄。

评析

　　张炎出身于南宋名门,青年时期生活富足、快意。端宗景炎元年(1276),元人攻陷临安(今浙江杭州),南宋灭亡,张炎时年二十九岁。此后,张炎便开始了后半生的漂泊生活,长期流落于杭州、四明、天台、南京、苏州之间。此词当作于宋亡之后。此词四库全书本《山中白云词》有序曰:"杭友寄声,以词答意。"由此可知是作者答复杭州友人之作。在词中,词人一方面表达了对友人的思念,及对昔日游乐生活的怀念；另一方面又流露出故国不再、山川沦落的伤感，以及对于自己漂泊、落魄的人生遭际的感慨。

这首词在写作手法上，主要运用了今昔对比的方式。词的上片，是对国事的今昔对比；词的下片，是对个人遭际的今昔对比。

上片，词人遥想昔日在杭州的游历之乐，感慨故国山川沦落、昔日盛景难再。开篇两句，念及友人。前一句"秋月娟娟"，既点明季节，又含有"隔千里兮共明月"的感慨。后一句想象远方友人此刻也一定在期待着自己的回音。接下来四句，词人用"也知"二字领起，说明友人的来信一定提到了往日的西湖游事，因此下面对西湖游历盛事的回忆就是你知、我也知的同感了。而"多在第二桥边"的"多"字，则说明下面的描写是以往多次经历的事情，至今仍萦绕在作者的心头。"花底鸳鸯深处睡，柳阴淡隔里湖船"二句，是对往日游历西湖的回忆：在风光旖旎的第二桥边，或是观看鸳鸯花底栖宿，或是在里湖柳荫下乘船。这既是出自词人的想象，又有其往日的经验。"路绵绵"一句与前"人正远"相呼应，由友人所在的杭州又回到了自身，由往事回到眼前，由此转入对世事的慨叹。结尾两句，词人感慨往日笙歌鼎沸的胜景，已一去不返，只能在梦中出现。昔日的大好河山，如今已沦为异族的天下。目睹于斯，如何不令人叹息、伤感。

词的下片，紧承"如此山川"，通过今昔对比，抒写自己的人生遭际与苦闷。前三句，词人先用阮孚、谢灵运的典故，回顾自己平生喜爱隐居，放歌自得、脚着木屐直上风烟缭绕山巅的快意生涯。接着又用阮籍、孙登的典故描写自己长啸山崖的名士风度。在前五句中，词人用一系列晋代名士的典故，渲染自己以往追求超脱、快意的隐士生活的人生境界。然而，元兵的铁蹄践踏了秀丽的江山，也踏碎了他神仙般安乐的生活，接下来两句，如同大梦醒来，词人折回到现实之中。他感慨自己十年来孤身携剑，行走万里，历尽艰辛，反不如抱瓮汲泉的老翁过得平静、安然。最后两句，词人又一笔宕开，由眼前的苦闷转向对狂放人生的追求。他要以醉酒、求仙，来超越现实，寻求解脱，要以阮籍式的白眼傲视天下，面对元人统治者。

这是一首反映现实的词作，词人在上片抒写了对国家蒙难、山河巨变的深刻感受；下片则是词人前后期生活、心态的真实展现。面对国势衰微，词人百感交集,只有以阮籍式的醉饮麻痹自己,以白眼青天表示对世道的不满,在其追求狂放的背后,充满无限的悲凉与无奈。

词牌考原

《瑶台聚八仙》,词牌名。即《新雁过妆楼》。又名《雁过妆楼》、《八宝妆》、《百宝妆》。在古代的道教文化中,瑶台为仙人所居之处,唐诗中亦多见咏叹,如李白之"会向瑶台月下逢",许浑之"晓入瑶台露气清",李商隐之"更在瑶台十二层",皆是也。八仙,是民间广为流传的道教八位神仙。八仙之称,由来已久,有汉代八仙、唐代八仙、宋元八仙,所列神仙各不相同。汉代有"淮南八仙",是指帮助西汉淮南王刘安著成《淮南子》的八个文学家,当时称作"八公"。《小学绀珠》记载:"淮南八公:左吴、李尚、苏飞、田由、毛披、雷被、晋昌、伍被。"后来因为有淮南王成仙的传说,后世便附会在他门下的八公也成仙了,称作"淮南八仙"。晋代又有"蜀之八仙",谯秀所著《蜀纪》中,载有:"蜀之八仙",依次是:"首容成公、隐于鸿蒙,今青城山也;次李耳,生于蜀;三董仲舒,亦青城山隐士,非三策之仲舒也;四张道陵,今鹤鸣观;五严君平,卜肆在成都;六李八百,龙门洞在新都;七范长生,在青城山;八尔朱先生,在雅州。"唐朝则有杜甫写的《饮中八仙歌》,指的是李白、贺知章、李适之、汝阳王李琎、崔宗之、苏晋、张旭、焦遂八位能诗善饮的文人学士,被称为"酒中八仙人"(《新唐书·李白传》)。道教的"八仙"缘起于唐宋时期,当时民间已有"八仙图",八仙的事迹多散见于唐、宋时的书籍中,但当时还没有形成"八仙"这样一个群体。真正集八人合称"八仙"的,是在元人创作的杂剧中。这些杂剧都并称八位神仙,但人名不尽相同。直至明吴元泰《八仙出处东游记》,"八仙"始定为:铁拐李(李玄/李洪水)、汉钟离(钟离权)、张果老、蓝采和、何仙姑(何晓云)、吕洞宾(吕岩)、韩湘子、曹国舅(曹景休)八人。《瑶台聚八仙》词牌的形成当与上述道教的神仙传说有关,最早用《瑶台聚八仙》填词的是张炎。《钦定词谱》卷二十七云:"一名《雁过妆楼》;张炎词,名《瑶台聚八仙》;陈允平词,名《八宝妆》;《高丽史·乐志》,名《百宝妆》。"

词谱格式

《瑶台聚八仙》的词谱格式：

秋月娟娟，	⊕仄平平，(韵)
人正远、鱼雁待拂吟笺。	平⊗仄、(豆)平仄仄仄平平。(叶)
也知游事，	仄平平仄，(句)
多在第二桥边。	平仄仄仄平平。(叶)
花底鸳鸯深处睡，	⊗仄平平平仄仄，(句)
柳阴淡隔里湖船。	⊕平仄仄仄平平。(叶)
路绵绵。	仄平平。(叶)
梦吹旧曲，	仄平仄仄，(句)
如此山川。	平仄平平。(叶)

平生几两谢屐，	⊕⊕平平仄仄，(句)
便放歌自得，	仄⊗平仄仄，(句)
直上风烟。	仄仄平平。(叶)
峭壁谁家，	仄仄平平，(句)
长啸竟落松前。	平平仄仄平平。(叶)
十年孤剑万里，	⊗平⊕仄仄仄，(句)
又何似、畦分抱瓮泉。	仄⊕仄、(豆)平平⊗仄平。(叶)
中山酒，	平平仄，(句)
且醉餐石髓，	仄仄⊕仄，(句)
白眼青天。	⊗仄平平。(叶)

词律解读

1. 此词牌，双调，九十九字。上片六平韵，下片四平韵。

2. 此调通篇押平声韵，一韵到底。起首韵字"娟"属下平声先韵，下面叶韵的

301

"笺"、"边"、"船"、"绵"、"川"、"烟"、"前"、"泉"、"天"同属平声先韵。

  3. 词中的六字句,多用为拗律,或平仄仄仄平平,或平平平平仄仄,或仄平仄仄仄仄。下片换头六字句前四字全平,句中的"几两"读平声,"两"字是以上作平,此处读若"良"。此调有的仄声字,宜用去声,被视为定格。如本词上片第六句第三字"淡",第八句第一、三字"梦"、"旧";下片第二句第一字"便",第四句第一字"峭"等,均用去声。《钦定词谱》卷二曾曰:"沈伯时《乐府指迷》论词中有用去声字者,不可以别声替,盖调贵抑扬,去声字,取其激越也。"此词通过拗格与去声字的运用使词调跌宕峭折,与表达的凄怆情感相得益彰。

  4. 上片第五、六句平仄相对,是七言律的一联,一般用为对仗句。

  5.《词律》卷十六、《钦定词谱》卷二十七均以吴文英词《新雁过妆楼》(阆苑高寒)为正体。《钦定词谱》另列张炎词(风雨不来)和无名氏一百〇六字者为"又一体"。

75

陌上花　有怀

元　张翥

关山梦里〔1〕,（句）归来还又、（豆）岁华催晚〔2〕。（韵）马影鸡声〔3〕,（句）谙尽倦游荒馆〔4〕。（叶）绿笺密记多情事〔5〕,（句）一看一回肠断〔6〕。（叶）待殷勤寄与,（句）旧游莺燕〔7〕,（句）水流云散。（叶）

满罗衫是酒〔8〕,（句）香痕凝处,（句）唾碧啼红相半〔9〕。（叶）只恐梅花,（句）瘦倚夜寒谁暖。（叶）不成便没相逢日〔10〕,（句）重整钗鸾筝雁〔11〕。（叶）但何郎纵有,（句）春风词笔〔12〕,（句）病怀浑懒〔13〕。（叶）

注释

〔1〕关山：关隘、山川。《木兰辞》："万里赴戎机，关山度若飞。"

〔2〕岁华：年华。

〔3〕马影鸡声：俱指行役。唐曹唐《小游仙》四十一："月光悄悄笙歌远，马影龙声归五云。"唐温庭筠《商山早行》诗："鸡声茅店月，人迹板桥霜。"

〔4〕谙(ān 安)：熟悉。荒馆：偏僻荒凉之处的客店。

〔5〕绿笺：即绿头笺，是一种笺首饰绿色的纸。

〔6〕"一看"句：唐李白《宣城见杜鹃花》诗："一叫一回肠一断，三春三月忆三巴。"

〔7〕莺燕:指妙龄女子。此指游历时所爱女子。语本宋苏轼《张子野年八十五尚闻买妾述古令作诗》:"诗人老去莺莺在,公子归来燕燕忙。"又,宋姜夔《踏莎行》:"燕燕轻盈,莺莺娇软,分明又向华胥见。"

〔8〕"满罗衫"句:唐白居易《故衫》诗:"袖中吴郡新诗本,襟上杭州旧酒痕。"

〔9〕唾碧:酒痕。唾,吐。碧,指绿酒。宋末元初仇远《琐窗寒》:"小袖啼红,残茸唾碧,深愁如织。"啼红:指女子的泪渍。晋王嘉《拾遗记》载,魏文帝(曹丕)有所爱美人薛灵芸,闻别父母,泣下沾衣,泪成红色。

〔10〕不成便没相逢日:不信没有重逢的日子。

〔11〕钗鸾筝雁:指梳妆与弹筝。钗鸾,鸾凤形之钗,女子的头饰。筝雁,弦乐器筝上有柱,用以调节音高,筝柱斜列,排如雁行,此处指筝。

〔12〕"但何郎"二句:何郎,原指南朝梁代诗人何逊,此处为自指。何逊曾做南平王萧伟的记室,在扬州时有《咏早梅》诗,诗中曰:"应知早飘落,故逐上春来。"后居洛阳,思梅花,再往扬州,在花下徘徊终日。姜夔《暗香》词:"何逊而今渐老,都忘却春风词笔。"

〔13〕病怀浑懒:言自己虽有何逊的才华,却因伤怀懒得全不愿动笔。浑,全,满。

评 析

此词清初朱彝尊《词综》题为:"使归闽浙,岁暮有怀。"元至正初年(1341),张翥被召为国子助教,不久便退居淮东,此词当作于此时。这是一首怀念京城恋人的作品。

词的上片,写词人归家之后,对昔日情人的思念之情。开篇四句,追述岁暮归情和旅途劳顿之苦。词人在途中历尽关山,备尝风霜雨露、野店荒村之苦,终于在岁末时节回到家中。然而人归,心却未归。接下来五句,写词人归家后的相思,可分两层。前两句为一层,写词人虽已回到家中,但往日恋情却萦绕心头。词人曾把多情的往事暗暗记在精美的信笺中,然而每次展看,却都令其肝肠寸断。后三句为一层,词人打算把它寄给对方,以表达自己的刻骨思念,然而又恐她早已飘零四方,"水流云散"。

词的下片,重在写相思之人。前三句写自己睹物思人。那满罗衫的酒渍,余

304

香犹在,那处处"啼红",正是二人离别时,她留下的悲伤印记。所有这一切不禁勾起词人对昔日灯红酒绿,情意缠绵时光的回忆。下面两句,转向怀想其人。词人将昔日情人比喻成高雅而清瘦的梅花,担心在漫漫寒夜中,无人为其暖身,关切之情溢于言表。接下来两句,写词人对重逢的想象。虽然知道重逢渺茫,但深切的思念却使词人产生了重逢的渴望。他仿佛看到那一天,伊人风钗重整,雁筝重弹,与自己重温旧梦。然而真有那一天吗?最后两句,词人从梦境中跌回现实,由情人转到自身。如果真有重逢的那一天,恐怕自己早已垂垂老矣,即便有何逊那样的春风词笔,也懒得再赋吟笺了。

此词在结构上,由己及人,再由人及己,从现实到回忆,从回忆到遥想将来,又从将来回到现实,脉络清晰而有变化,叙事、抒情相得益彰。在语言上,遣词造句,极见功夫,如词中的"马影鸡声"、"水流云散"、"唾碧啼红"、"钗鸾筝雁"、"春风词笔"等词语,无不精美整饰、色彩鲜明。故万树《词律》评此词云:"风流婉约,在浅深浓淡之间,真绝唱也。"

词 牌 考 原

《陌上花》,词牌名。《钦定词谱》云:"《东坡词话》:'钱塘人好唱《陌上花》缓缓曲,盖吴越王遗事也,调名取此。"吴越王,是指五代十国时的吴越王钱镠(liú留)。据说吴越王妃每年春天都要回杭州,一次钱镠寄书给王妃说"陌上花开,可缓缓归矣",让她不必急于回宫,好好欣赏春暖花开的春光。宋代苏轼有《陌上花》诗三首,其序云:"游九仙山,闻里中儿歌《陌上花》。父老云:'吴越王妃每岁春必归临安,王以书遗妃曰:"陌上花开,可缓缓归矣。"'吴人用其语为歌,含思宛转,听之凄然。而其词鄙野,为易之云。"苏轼三首俱为七言绝句。然据此可知,《陌上花》词调本源于宋代民间俚曲,文人据其调填词而成为词调。

词 谱 格 式

《陌上花》的词谱格式:

关山梦里，	⊕平仄仄，(句)
归来还又、岁华催晚。	⊕平⊕仄、(豆)⊗平平仄。(韵)
马影鸡声，	⊗仄平平，(句)
谙尽倦游荒馆。	⊕仄仄平平仄。(叶)
绿笺密记多情事，	⊗平⊗仄平平仄，(句)
一看一回肠断。	⊗仄仄平平仄。(叶)
待殷勤寄与，	仄⊕平仄仄，(句)
旧游莺燕，	⊗平平仄，(句)
水流云散。	仄平平仄。(叶)

满罗衫是酒，	仄平平仄仄，(句)
香痕凝处，	⊕平仄仄，(句)
唾碧啼红相半。	⊗仄⊕平平仄。(叶)
只恐梅花，	⊗仄平平，(句)
瘦倚夜寒谁暖。	⊗仄仄平平仄。(叶)
不成便没相逢日，	⊗平⊗仄平平仄，(句)
重整钗鸾筝雁。	⊕仄⊕平平仄。(叶)
但何郎纵有，	仄⊕平仄仄，(句)
春风词笔，	⊕平平仄，(句)
病怀浑懒。	仄平平仄。(叶)

词律解读

1.《陌上花》，双调，九十九字，上片四仄韵，下片四仄韵。上下片后七句格律相同。

2. 此调押仄声韵，本篇属于词韵的第七部仄韵(上声旱潸铣，又阮半；去声翰谏霰，又愿半)。其中，起首韵字"晚"属上声阮韵。下面叶韵的"馆"、"断"、"暖"、"懒"属上声旱韵；"散"、"半"字属去声翰韵；"雁"字属去声谏韵。全词乃同部上去声通押。

3. 下片首句五字，句法上一下四，为仄平平仄仄，定格也。下句"香痕凝处"之"凝"字，《词律》注"去声"。凝可作去声读，意为止水。倒数第二、三句，唐圭璋编《全金元词》作三、六句式，《钦定词谱》作五、四句式。陈栩、陈小蝶《考正白香词谱》谓："结句十三字，即四字三句，上加一豆。"由于此调流传下来的长短句词例极少，目前仅有张翥的《陌上花》一例，故《钦定词谱》和《白香词谱》都选它为例，但二书断句和字数均有异，《白香词谱》在下阕第五字后多一"香"字；《考正白香词谱》的"考正"说："词谱于起句，注为六字两句，于'归来'分句，'还又'二字属下，后阕首句作三字，'是酒'二字属下，无'香'字，系误。"

4. 《词律》卷十五、《钦定词谱》卷二十六均录张翥《陌上花》（关山梦里）为例词。

307

76

解语花 元宵

宋 周邦彦

风销绛蜡[1],（句）露浥红莲[2],（句）灯市光相射[3]。（韵）桂华流瓦[4]。（叶）纤云散,（句）耿耿素娥欲下[5]。（叶）衣裳淡雅,（叶）看楚女、（豆）纤腰一把[6]。（叶）箫鼓喧,（句）人影参差[7],（句）满路飘香麝[8]。（叶）　　因念帝城放夜[9],（叶）望千门如昼,（句）嬉笑游冶。（叶）钿车罗帕[10]。（叶）相逢处,（句）自有暗尘随马[11]。（叶）年光是也,（叶）惟只见、（豆）旧情衰谢。（叶）清漏移[12],（句）飞盖归来[13],（句）任舞休歌罢。（叶）

注释

〔1〕绛蜡：一作"焰蜡"，红蜡烛。宋苏轼《次韵代留别》诗："绛蜡烧残玉斝(jiǎ甲)飞，离歌唱彻万行啼。"

〔2〕浥：湿润。红莲：彩灯制成莲花状。宋欧阳修《暮山溪》词："纤手染香罗，剪红莲、满城开遍。"

〔3〕灯市：宋代元宵节，以悬挂各色花灯为庆。

〔4〕桂华：指月光。古代传说月中有桂树，故云。

〔5〕耿耿：明亮的样子。素娥：月宫仙女，此亦代指明月。宋王铚《龙城录》载，唐明皇游月宫，见"素娥十余人，皆皓衣乘白鸾往来，舞笑于广寒大

308

桂树之下"。

〔6〕纤腰一把:谓荆南女子腰细。《韩非子·二柄》:"楚灵王好细腰,而国中多饿人。"唐杜牧《遣怀》:"楚腰纤细掌中轻。"一把,一握。

〔7〕参差:错落不齐的样子。

〔8〕香麝:雄麝脐部有香腺,其分泌物可制香料。

〔9〕帝城放夜:唐代京城禁止夜行,唯正月十五日夜放宽夜禁,前后各一日,谓之"放夜"。宋孟元老《东京梦华录·十六日》载,北宋元宵节,至十九日收灯,"五夜城闉(yīn 因,城门)不禁"。

〔10〕钿车:用金、银、贝壳装饰的华美车辆。

〔11〕暗尘随马:细微尘土随着马的奔驰而扬起。唐苏味道《正月十五夜》诗:"暗尘随马去,明月逐人来。"

〔12〕漏:即漏壶,古代计时器。

〔13〕飞盖:飞驰的车子。盖,指车顶。曹植《公宴》诗:"清夜游西园,飞盖相追随。"

评析

此词清周济《宋四家词选》云:"此美成在荆南作。"元祐初,周邦彦离开汴京(今河南开封),出任庐州教授,随后流寓荆南(今湖北江陵),词当作于此时。这是一首元宵词。描写了荆州与京城元宵节盛况,抒发了自己仕途失意的落寞情怀。

农历正月十五日,为元宵节,俗名灯节,是开年第一个月圆之夜。元宵张灯始于唐代。到了宋代,元宵已成为一个盛大节日,当日全国上下,张灯结彩,热闹非凡。

词的上片,写荆南元宵盛况。开篇三句,写人间灯光灿烂。红烛在风中摇曳,荷灯已被露水沾湿。虽然夜已经很深,但整个街市仍然灯火通明,光华夺目。下面两句,写天空月色皎洁。月挂中天,纤云四散,月光如流水般倾泻在屋瓦之上。月宫中的仙娥仿佛也要飞向人间,与人们共度良宵。灯光与月光交相辉映,天上、人间浑然一片。接下来四句,转写人事。"衣裳"两句,先从视觉角度写灯

309

市上游观的女子。平日不能随意出门的女子,今晚都来到灯市上。她们个个"衣裳淡雅",腰肢纤细,令人赏心悦目。月宫中的"素娥"与灯市上的淡雅女子,上下相衬,浑然莫辨。"箫鼓"两句,从听觉、嗅觉角度来写灯市的热闹。街市上不仅华灯璀璨,还有喧天的鼓乐之声,游乐的人们因此而倍感兴奋。灯市上人流如涌,人头攒动,词人用"人影参差",写月光、灯光映照下,人们摩肩接踵的热闹情景。"满路飘香麝"则紧承人影,从嗅觉的角度写,在这热闹的节日里,人们佩戴着香囊,穿着香熏衣裳,来到灯市,整个灯市都浸润在浓郁的清香之中。此情此景,不禁令词人想起京城元宵情形。

词的下片,写京城元宵及自己时下心态。首五句,回忆京城元宵盛况。"因念"二字起到转折、领起的作用。前三句总写绚丽的灯火把千门万户照耀得如同白昼,人们尽情游乐,欢声鼎沸。后两句词人又择出男女情事加以描写。年轻女子乘坐着华美的车子,挥舞着罗帕在前,年少的男子则骑着骏马紧随其后,他们相互倾心,表达着爱意。前后对比,上片对荆南元宵节做了充分的具体描写,而对京城元宵的描绘就比较概括和简略,这是因为一个是眼前景象,一个是回忆中的想象。接下来两句,词人由回忆折回现实,吐露心声:同样的年光节序,不同的是自己旧日的热情早已衰歇。"旧情衰谢"四字是整篇主旨所在,包含着词人无限的惆怅与感慨。最后三句,再回到荆南观灯。"清漏移"与开篇之"风销"、"露浥"相呼应,表明夜已深沉。面对依旧辉煌的灯市,"旧情衰谢"的词人,却已兴味阑珊,节日的欢快似乎与己无涉,他说任凭人们纵情歌舞,尽欢而散吧,再欢乐也有"舞休歌罢"的时候,自己还是快快驱车归来。结尾表达了词人孤独、落寞的情怀。

此词笔墨得当,措辞精粹,感情真挚深婉。清陈廷焯《云韶集》评此词云:"因元宵而念京城夜放时,屈指年光,已成往事。此种着笔,何等姿态,何等情味,若泛写元宵衣香灯影如何艳冶,便写得工丽百二十分,终觉看来不俊。"

词牌考原

《解语花》,词牌名。词调由宋代周邦彦创制,见《清真集》。调名源自唐玄宗将杨贵妃比作"解语花"的传说。五代王仁裕《开元天宝遗事》"解语花"下载:"明皇秋八月,太液池有千叶白莲数枝盛开,帝(唐玄宗)与贵戚宴赏焉。左右皆叹羡久之。帝指贵妃示于左右曰:'争如我解语花?'"玄宗把杨贵妃比作能懂得话中风情的花朵,词名本于此。

词谱格式

《解语花》的词谱格式:

风销绛蜡,	平平仄仄,(句)
露浥红莲,	仄仄平平,(句)
灯市光相射。	平仄平平仄。(韵)
桂华流瓦。	仄平平仄。(叶)
纤云散,	平平仄,(句)
耿耿素娥欲下。	Ⓘ仄仄平Ⓘ仄。(叶)
衣裳淡雅,	平平Ⓘ仄,(叶)
看楚女、纤腰一把。	Ⓘ仄仄、(豆)Ⓟ平Ⓘ仄。(叶)
箫鼓喧,	Ⓟ仄平,(句)
人影参差,	Ⓟ仄平平,(句)
满路飘香麝。	Ⓘ仄平平仄。(叶)
因念帝城放夜,	Ⓟ仄Ⓘ平仄仄,(叶)
望千门如昼,	仄平平平仄,(句)
嬉笑游冶。	平仄平仄。(叶)
钿车罗帕。	仄平平仄。(叶)
相逢处,	平平仄,(句)
自有暗尘随马。	Ⓘ仄仄平Ⓟ仄。(叶)
年光是也,	平平仄仄,(叶)
惟只见、旧情衰谢。	Ⓟ仄仄、(豆)Ⓘ平Ⓟ仄。(叶)

清漏移，	Ⓟ仄平，(句)
飞盖归来，	Ⓟ仄平平，(句)
任舞休歌罢。	仄仄平平仄。(叶)

词律解读

1. 此词牌，双调，体式有数种。此处所录为一百字者。上片六仄韵，下片七仄韵。上下片除前三句句式、格律有所不同外，其余均相同。

2. 通篇押仄声韵，本篇属于词韵的第十部仄韵(上声马，去声祃，又卦半)。其中，起首韵字"射"及下面叶韵的"下"、"麝"、"夜"、"帕"、"谢"、"罢"字都属去声祃韵。而"瓦"、"雅"、"把"、"冶"、"马"、"也"属上声马韵；全词乃同部上去声通押。

3. 全词十七句句脚为仄声，有的地方使用拗律，如"嬉笑游冶"(平仄平仄)。又有多处运用仄平平仄("桂华流瓦"、"钿车罗帕"、"暗尘随马")的特殊格律，因而具有拗峭的音乐效果。上片前五句平仄定格，不可移易。下片第二、三句，以"望"字领起，即八字句加一字豆，一句作"平平平仄"，一句作"平仄平仄"；一顺一拗，是为定格，亦不可移易。

4. 上片第一、二句，例为对仗，如本词开篇的"风销绛蜡，露浥红莲"，周密词"晴丝罥蝶，暖蜜醺蜂"。本调上下片的七言句式多用上三下四(如"看楚女、纤腰一把"、"唯只见、旧情衰谢")。下片第一句六字，多为上二下四(如"因念帝城放夜")，第二句和末句为上一下四句式(如"望千门如昼"、"任舞休歌罢")。

5. 《词律》卷十六以吴文英词(门横皱碧)为正体，列周密词(晴丝罥蝶)一百〇一字为"又一体"。《钦定词谱》卷二十八以宋秦观词(窗涵月影)为正体，以施岳词九十八字者、周密词一百〇一字者为"又一体"。

77

换巢鸾凤　春情

宋　史达祖

人若梅娇[1]，(韵)正愁横断坞[2]，(句)梦绕溪桥。(叶)倚风
融汉粉[3]，(句)坐月怨秦箫[4]。(叶)相思因甚到纤腰。(叶)定知
我今，(句)无魂可销。(叶)佳期晚[5]，(句)谩几度[6]、(豆)泪痕相
照。(换仄叶)　　人悄。(叶仄)天渺渺。(叶仄)花外语香，(句)时透郎
怀抱。(叶仄)暗握荑苗[7]，(句)乍尝樱颗[8]，(句)犹恨侵阶芳
草。(叶仄)天念王昌忒多情[9]，(句)换巢鸾凤教偕老[10]。(叶仄)温
柔乡[11]，(句)醉芙蓉、(豆)一帐春晓[12]。(叶仄)

注释

〔1〕人若梅娇:女子如梅花般娇美。语出唐秦韬玉《春雪》诗:"惹砌任他香粉
　　妒，萦丛自学小梅娇。"

〔2〕愁横断坞(wù 务):写梅的花枝横伸于山谷断崖之中,仿佛脉脉含愁的
　　美人。宋林逋《梅花》诗:"雪后园林才半树,水边篱落忽横枝。"坞,四面
　　高、中间低的山谷。

〔3〕汉粉:汉宫中的脂粉。

〔4〕秦箫:《列仙传》载,秦穆公时人萧史,善吹箫,能致孔雀、白鹤于庭。穆公
　　女弄玉嫁萧史,学吹箫,后皆仙去。李白《忆秦娥》词:"箫声咽,秦娥梦断

313

秦楼月。"

〔5〕佳期:约会的日期。《楚辞·九歌·湘夫人》:"登白蘋兮骋望,与佳期兮
夕张。"

〔6〕谩:徒然,空。

〔7〕暗握荑(tí 提)苗:指悄悄握住女子的手。荑苗,初生之茅芽。比喻年轻
女子柔嫩而白的纤手。《诗经·卫风·硕人》:"手如柔荑,肤如凝脂。"

〔8〕樱颗:樱桃之实,比喻美人之唇。

〔9〕王昌:古诗中人名,青春年少,美貌多情,名望、地位均高,为人共赏。前
人诗多用之比作快婿。唐崔颢《王家少妇》诗:"十五嫁王昌,盈盈入
画堂。"

〔10〕换巢鸾凤:比喻女子嫁人。鸾凤比新妇,唐卢储《催妆》诗:"今日幸为
秦晋会,早教鸾凤下妆楼。"

〔11〕温柔乡:谓美女闺房迷人之境。汉伶玄《赵飞燕外传》载,汉成帝得赵飞
燕之妹合德,大悦,沉溺女色,"谓为温柔乡。语昵曰:'吾老是乡矣,不
能效武皇帝求白云乡也。'"

〔12〕"醉芙蓉"句:华丽的帐子。唐白居易《长恨歌》:"云鬓花颜金步摇,芙蓉
帐暖度春宵。"

评 析

这是一首写春日恋情的作品。

词的上片,从女子一方写相思之情。开篇三句,采用比兴方法,人、梅合写。
首句"人若梅娇"领起,说明下面二句写梅即是写人。"愁横断坞"写梅花的花枝
横伸于山谷之中,仿佛脉脉含愁的美人。这句用宋林逋《梅花》诗"雪后园林才半
树,水边篱落忽横枝"的意境。"梦绕溪桥"用唐张谓《早梅》诗"一树寒梅白玉条,
迥临村路傍溪桥"的意境,写梅花的高洁,暗喻女子的人品。词人化用前人诗句
来写梅花,塑造了梅花高洁、娇美的形象,梅花之美即是女子之美。下面"倚风融
汉粉,坐月怨秦箫"二句,具体描写女子的孤独与相思。白天,她久倚风前痴痴守
望,风吹残了面上的脂粉;夜晚,她独坐月下吹箫抒怀,箫声奏出了满腔的幽怨。

314

接下来三句,写女子因相思而腰肢瘦损,且伤心到极致,早已"无魂可销"。南朝梁江淹《别赋》曰:"黯然销魂者,唯别而已矣。"只有痛苦到麻木时才会"无魂可销"。"定知我"三字是从对方着笔写自己,由己及人,由人及我,心心相印,默契体贴。段末二句,写自己无论何等思念,却相见无期,佳期恨晚。回忆起几次欢会分别时,都是徒然地泪眼相对,难舍难分。

词的下片,回忆过去欢情,表达对情爱的渴望。首二句,写二人相会之难。种种原因,使得对方杳无音信,仿佛天隔地远般难以找寻。接下来五句,是对二人幽会情景的回忆。梅花树旁,二人热烈相拥。昔日的花香、语香,至今仍在自己怀中萦绕。暗握对方荑苗般的嫩手,初次把她的朱唇品尝。希望激情能够长久持续,然而芳草侵阶,春光流逝,转眼分别在即,心中充满伤感、惆怅。最后四句,写自己对爱的痴想。他希望老天能够感念我的多情,让我和她能白头偕老,永享那芙蓉帐里的温柔之乡。

此词运用比兴的手法,以梅喻人;并巧妙化用前人成句、典故,描写一段深情。全篇香词艳语,典雅工丽。

词牌考原

《换巢鸾凤》,词牌名。见于《梅溪词》,为宋史达祖的自度曲。因词下片有"换巢鸾凤教偕老"句而得名。古人认为鸾凤非梧桐不栖,唐李商隐《鸾凤》诗:"旧镜鸾何处?衰桐凤不栖。"见鸾凤须择巢而处。同时诗词中每以"鸾凤"喻美人或新妇,如唐卢储《催妆》诗:"今日幸为秦晋会,早教鸾凤下妆楼。"可见"换巢鸾凤"的意思,是比喻女子嫁得其所。本词"换巢鸾凤教偕老"句,即其名称之本意。

词谱格式

《换巢鸾凤》的词谱格式:

人若梅娇,	平仄平平,(韵)
正愁横断坞,	仄平平仄仄,(句)

梦绕溪桥。	仄仄平平。(叶)
倚风融汉粉,	仄平平仄仄,(句)
坐月怨秦箫。	仄仄仄平平。(叶)
相思因甚到纤腰。	平平平仄仄平平。(叶)
定知我今,	仄平仄平,(句)
无魂可销。	平平仄平。(叶)
佳期晚,	平平仄,(句)
谩几度、泪痕相照。	仄仄仄、(豆)仄平平仄。(换仄叶)
人悄。	平仄。(叶仄)
天渺渺。	平仄仄。(叶仄)
花外语香,	平仄仄平,(句)
时透郎怀抱。	平仄平平仄。(叶仄)
暗握黄苗,	仄仄平平,(句)
乍尝樱颗,	仄平平仄,(句)
犹恨侵阶芳草。	平仄平平仄。(叶仄)
天念王昌忒多情,	平仄平平仄平平,(句)
换巢鸾凤教偕老。	仄平仄平平仄。(叶仄)
温柔乡,	平平平,(句)
醉芙蓉、一帐春晓。	仄平平、(豆)仄仄平仄。(叶仄)

词律解读

1. 此词牌,双调,一百字。用韵由同部平韵转仄韵,上片五平韵,一仄韵,下片六仄韵。本词属同部平仄韵通押的格式,在词中很少见。同部词韵往往声调高低不同,但韵母相类。龙榆生先生认为此调形式奇特,曰:"这种声韵组织,适宜由'悲转喜'的柔情。"

2. 本词用韵由平换仄,乃词韵第八部(平声萧肴豪,上声篠巧皓,去声啸效号)平上去三声协韵。上片,词韵以平韵为主,最后由平转仄。起首韵字"娇"及上片叶韵的"桥"、"箫"、"腰"、"销"字均属平声萧韵;段末换仄韵,"照"字属去声啸韵。下片,承上片末句协仄韵。下片韵字"悄"、"渺"、"晓"属上声篠韵;"抱"、"草"、"老"属上声皓韵。全篇属同部平仄韵通押。

3. 此调几处需用对偶。上片第二、三句,"正"字领起一个四言对句(愁横断坞,梦绕溪桥)。上片四、五句为五言对偶(倚风融汉粉,坐月怨秦箫)。下片第五、六句为四言对句(暗握蕤苗,乍尝樱颗)。

4. 本词格律与内容结合紧密。采用由平转仄的押韵方式,是由于上下片抒情的悲欢不同。上片先用二萧平韵,语调缓而悲,自"定知我今、无魂可销"八字拗句,语调突转,八字格式为"仄平仄平、平平仄平",音调拗折,情感激烈,逼出段末转入仄调。换头两仄韵短句(人悄,天渺渺),承上启下。两句一个二字句,一个三字句,俱协韵;平仄一定,不能移易。接下来转入甜蜜的回忆,"花外"二句,一平收一仄收,情调转入舒缓;"暗握"以下三句,对偶和谐,更加舒缓。下面用两个七言散句(天念王昌忒多情,换巢鸾凤教偕老),前一句系拗句,必作平平平仄平平;后一句为平起之七言句。这二句音节由拗折到流畅扬起,以表达美好愿望。最后一句(温柔乡,醉芙蓉、一帐春晓)用"仄仄平仄"结尾,则音节转拗,表情更强烈。

5.《词律》卷十六、《钦定词谱》卷二十八均列史达祖词为正体。

《**念奴娇**》（石头城上）

78

念奴娇 石头城

元　萨都剌

石头城上[1]，(句)望天低吴楚[2]，(句)眼空无物。(韵)指点
六朝形胜地[3]，(句)惟有青山如壁。(叶)蔽日旌旗，(句)连云樯
橹[4]，(句)白骨纷如雪。(叶)大江南北，(句)消磨多少豪杰。(叶)

寂寞避暑离宫[5]，(句)东风辇路[6]，(句)芳草年年发。(叶)
落日无人松径冷，(句)鬼火高低明灭[7]。(叶)歌舞樽前，(句)繁
华镜里，(句)暗换青青发。(叶)伤心千古，(豆)秦淮一片
明月[8]。(叶)

注释

〔1〕石头城：古城名，故址在今江苏南京的清凉山西麓。战国时，于此置金陵
　　邑，三国吴时改为石头城。此城地形险要，为攻守金陵（今江苏南京）的
　　战略要地。按：唐圭璋编《全金元词》与本书有异文，"大江"作"一江"，
　　"松径冷"作"松径里"。

〔2〕吴楚：古吴楚之地，今江、浙一带地区。

〔3〕六朝：指建都金陵的六个朝代，分别是：吴、东晋、宋、齐、梁、陈。

〔4〕樯橹(qiáng lǔ 强鲁)：船上的桅杆和船桨，此代指战舰。

〔5〕离宫:皇帝的行宫。南唐时,将石头山改名为清凉山,作为避暑之地,建有清凉寺。

〔6〕辇(niǎn 捻)路:帝王乘车经行之路。

〔7〕鬼火:磷火。

〔8〕秦淮一片明月:这句话用唐刘禹锡《石头城》"淮水东边旧时月,夜深还过女墙来"诗意,说明秦淮河上明月依旧,六朝的繁华却早已消逝。秦淮,秦淮河,长江下游支流,流经金陵。

评析

元至顺三年(1332),萨都剌调任江南诸道行御史台掾吏,移居金陵。此间,写过几首著名的怀古诗词。此篇与本书前面所录之《满江红》(六代豪华)均作于此时。此词通过对石头城历史的回顾及眼前景物的描绘,抒发了怀古幽思。整首词贯穿一种对历史的反思与批判精神。

词的上片,从大处着笔,回顾石头城的兴衰历史,流露历史沧桑、万事成空之感。开篇三句,点题,写词人的登临感慨。词人伫立在石头城之上,俯视吴楚,天地相接,气象苍茫,空旷无际。"眼空无物"既是写登高望远,视野辽阔,也是在说昔日的英雄事业,今皆虚无。"空"字为全片主旨所在。第四、五句,写空有形胜。石头城这六朝形胜之地,往昔的豪奢繁华早已荡然无存,而今只有巍巍青山依旧壁立。也只有这亘古永存的青山,才是历史真正的主人。它亲身经历了六朝的繁华与衰败,目睹了无数鏖战的惨烈。接下来三句,从现实转入想象,写征伐成空。在这兵家必争之地,昔日的古战场上,战旗蔽日,战船如云。在一场场惨烈的厮杀之后,无数鲜活、年轻的生命都化作了累累白骨,如雪一般遮蔽着广袤的大地。最后两句,写空有人物,抒发历史感慨。在历史的发展、朝代的更替之中,无数将士献出了血肉之躯,也有无数豪杰消磨掉毕生的精力和生命。然而到头来,那看似有声有色、惊心动魄的历史之剧,都化作一场空。在以上五句中,词人化用了苏轼《赤壁赋》"舳舻千里,旌旗蔽空"和《念奴娇》(大江东去)"江山如画,一时多少豪杰"句意,比较之下,萨氏词则更显凄凉、沉痛。

词的下片,从细处着笔,写石头城今日之衰败、荒凉,抒发历史无情、人生短暂的悲感。首三句,就南唐时,将石头山改名清凉山,辟为避暑之地的史实来写。昔日帝王用来消夏避暑的离宫,早已歌消舞歇,一片沉寂。昔日皇家辇车走过的御道,如今也只有野草在春风中年复一年地疯长。下面两句,描写晚间石头城的冷清、阴森。夕阳西下,夜幕降临之后,人迹罕至的松间小路上,悄无声息,愈发凄冷。入夜后,磷磷的鬼火,高低闪烁,忽隐忽现,令人毛骨悚然。以上将石头城的残破、荒凉展现得淋漓尽致。六朝的繁华与今日的破败,形成强烈反差。接下来三句,由怀古转向现实,由对历史的感慨转向对现实人生的感伤。在歌舞酒宴中,在那如镜花水月般的繁华里,已经消耗了自己美好的年华。同古人一样,自己也不过是一个人生的过客,也同样无法摆脱那注定的结局。最后两句,词人采用移情入景方法,抒发自己的千古伤感。千年的兴废何其迅疾,往日的繁盛都早已成为过眼云烟,不变的只有这秦淮河上的一片明月。词人将自己内心的巨大悲怆,融入无边的月色之中。

此词用《念奴娇·赤壁怀古》原韵,大气包举,笔力雄健,充满历史兴衰的沧桑之感,堪称千古名作。

词牌考原

《念奴娇》,词牌名。又名《大江东》、《大江东去》、《大江西上曲》、《大江词》、《大江乘》、《千秋岁》、《百岁令》、《百字令》、《百字谣》、《太平欢》、《古梅曲》、《白雪词》、《赤壁词》、《杏花天》、《壶中天》、《壶中天慢》、《淮甸春》、《湘月》、《寿南枝》、《酹江月》、《无俗念》、《双翠羽》、《庆长春》。调名取自唐玄宗天宝年间著名歌伎念奴。唐元稹《连昌宫词》有注云:"念奴,天宝中名倡,善歌。每岁楼下酺宴,累日之后,万众喧溢,严安之、韦黄裳辈辟易不能禁,众乐为之罢奏。玄宗遣高力士大呼于楼上曰:'欲遣念奴唱歌,邠二十五郎吹小管逐,看人能听否?'未尝不悄然奉诏。其为当时所重也如此。"五代后周王仁裕的《开元天宝遗事》载:"念奴者,有姿色,善歌唱,未尝一日离帝左右。每执板当席顾眄,帝谓妃子曰:'此女妖丽,眼色媚人。'每啭声歌喉,则声出于朝霞之上,虽钟鼓笙竽嘈杂而莫能遏。宫妓中帝之钟爱也。"调名本此。

《念奴娇》这个词调虽然得名于唐代歌伎念奴,但唐五代时期尚未发现曲词。

《全宋词》里最早用《念奴娇》作为调名的是沈唐。沈唐，字公述，北宋早期词人。其《念奴娇》为言情之作，似以念奴喻所恋女子而为此调名。苏轼的《念奴娇·赤壁怀古》则开拓了豪放词风。《念奴娇》曲曾以多种乐调演奏。宋王灼《碧鸡漫志》卷五云："今大石调《念奴娇》，世以为天宝间所制曲，予固疑之；然唐中叶渐有今体慢曲子，而近世有填《连昌词》入此曲者，后复转此曲入道调宫，又转入高宫、大石调。"又姜夔《湘月》词序云："予度此曲，即《念奴娇》之鬲指声也，于双调中吹之。鬲指，亦谓之过腔，见《晁无咎集》。凡能吹竹者，便能过腔也。"《汉语大词典》解释"鬲指声"曰："即隔指声。鬲，通'隔'。词曲上指两个字的字音在宫商乐律中相邻或相隔很近。因其在管乐器上发声前后相连或只隔一孔，故称。"清方成培《香研居词麈·论鬲指声》："盖《念奴娇》本大石调，即太簇商，双调为仲吕商，虽异而同是商音，故其腔可过。太簇当用'四'字，仲吕当用'上'字，今姜词不用'四'字住，而用'上'字住。箫管'四'、'上'字中间只隔一孔，笛'四'、'上'两孔相联，只在隔指之间，又此两调毕曲，当用'一'字'尺'字，亦在隔指之间，故曰'隔指声'也。"说明姜夔的《湘月》所用的就是《念奴娇》的旋律，只是由大石调改用双调演奏，音高发生了变化，故谓之过腔。而实际上，《白石道人歌曲》卷六所载姜夔《湘月》（五湖旧约）词，其格式也与《念奴娇》完全相同。清万树《词律》于《念奴娇》下注云："白石《湘月》一调。自注即《念奴娇》'鬲指声'，其字句无不相合。今人不晓宫调，亦不知'鬲指'为何义，若欲填《湘月》，即仍是填《念奴娇》，不必巧徇其名也，故本谱不另收《湘月》调。"据上可知，在两宋，《念奴娇》传唱广泛，曾入大石调（黄钟商）、道调宫（仲吕宫）、高宫（大吕宫）及双调（夹钟商）等宫调。该调音调嘹亮昂扬，晏殊《山亭柳》词云："偶学念奴声调，有是响遏行云。"南宋俞文豹《吹剑续录》亦记载："东坡在玉堂，有幕士善讴。因问：'我词比柳词何如？'对曰：'柳郎中词，只好十七八女孩儿，执红牙板唱"杨柳岸、晓风残月"，学士词，须关西大汉，抱铜琵琶，执铁板唱"大江东去"。'公为之绝倒。"可见此调高亢响亮，后世多用以抒写豪壮情感。此词牌有平韵格、仄韵格两类。仄韵格要押入声韵，以苏轼"大江东去"和"凭空远眺"为正体。

　　《念奴娇》词牌，作者多，别名亦多。因苏轼《念奴娇·赤壁怀古》首句为"大江东去"，宋何梦桂《念奴娇》（半生习气）一词即名为《大江东去》；宋阮㮌溪则更名为《大江乘》；元王旭又更名为《大江东》。宋周紫芝因苏轼词有"人生如梦，一尊还酹江月"句，将《念奴娇》更名为《酹江月》。陆游因苏轼之作更名为《赤壁词》。宋锦溪有《壶中天》词，按律即是《念奴娇》。宋戴复古《念奴娇》首句为"大江西上"，名《大江西上曲》。姚述尧词，有"太平无事，欢娱时节"句，名《太平欢》。韩淲词，有"年年眉寿，坐对南枝"句，名《寿南枝》，又名《古梅曲》。姜夔词，名《湘月》，自注即《念奴娇》鬲指声。张辑词，有"柳花淮甸春冷"句，名《淮甸春》。米友仁词，名《白雪词》。因此调一百字，张翥词名《百字令》，又名《百字谣》。游文仲词，名《千秋岁》。

词 谱 格 式

《念奴娇》的词谱格式：

石头城上，	Ⓟ平Ⓒ仄，(句)
望天低吴楚，	仄平平Ⓟ仄，(句)
眼空无物。	Ⓒ平平仄。(韵)▲
指点六朝形胜地，	Ⓒ仄Ⓟ平平仄仄，(句)
惟有青山如壁。	Ⓒ仄Ⓟ平平仄。(叶)▲
蔽日旌旗，	Ⓒ仄平平，(句)
连云樯橹，	平平Ⓒ仄，(句)
白骨纷如雪。	仄仄平平仄。(叶)▲
大江南北，	Ⓟ平平仄，(句)
消磨多少豪杰。	Ⓟ平平仄平仄。(叶)▲
寂寞避暑离宫，	Ⓒ仄Ⓒ仄平平，(句)
东风辇路，	平平Ⓒ仄，(句)
芳草年年发。	Ⓒ仄平平仄。(叶)▲
落日无人松径冷，	Ⓒ仄Ⓟ平平仄仄，(句)

鬼火高低明灭。	仄仄平平平仄。(叶)
歌舞樽前，	仄仄平平，(句)
繁华镜里，	平平仄仄，(句)
暗换青青发。	仄仄平平仄。(叶)
伤心千古，	平平平仄，(句)
秦淮一片明月。	平平平仄平仄。(叶)

词律解读

1. 此词牌，双调，一百字。有平韵格、仄韵格两类。仄韵格要用入声韵，以苏轼"大江东去"和"凭空远眺"格式为常见。此处所录萨都剌的词作，依苏轼词"凭空远眺"的句式、格律，而韵脚则依苏轼的"大江东去"。此调上下片各十句，四仄韵。上片后七句与下片后七句格式相同。此谱可平可仄处采用常见格式。

2. 此调用入声韵，多用以抒写豪壮情感。本篇用入声第四部(物月曷黠屑叶)协韵。起首韵字"物"为入声物韵部首。下面叶韵的"壁"属入声锡韵，此处借韵相叶。其他韵字"雪"、"杰"、"灭"字属入声屑韵；"发"(芳草年年发)、"发"(暗换青青发)、"月"字属入声月韵。

3. 上片第二、三句共九字，其句式或作上五下四，或作上三下六。下片第二、三句亦为九字，或作上五下四，或作上四下五。上下片结句后四字均为"平仄平仄"的拗格。上片末字"杰"是入声字，下片末句中的"一"字为以入代平。

4. 上下片均有两个四言相连处，可用为对仗。如本词上片的"蔽日旌旗，连云樯橹"；下片的"歌舞樽前，繁华镜里"，俱为工整的对仗句。

5. 《词律》卷十六，仄韵格以辛弃疾词(野棠花落)为正体，以苏轼词(大江东去)为"又一体"。平韵格以陈允平词(凝云冱晓)为正体。《钦定词谱》卷二十八以苏轼词(凭空远眺)为仄韵格正体，以陈允平词为平韵格正体，另列用韵略异及增字者数种为"另一体"。

79

东风第一枝 忆梅

元 张翥

老树浑苔[1]，横枝未叶，青春肯误芳约。背阴未返冰魂[2]，阳梢已含红萼[3]。佳人寒怯，谁惊起、晓来梳掠[4]。是月斜花外幺禽[5]，霜冷竹间幽鹤。

云淡淡，粉痕渐薄。风细细，冻香又落[6]。叩门喜伴金樽[7]，倚阑怕听画角[8]。依稀梦里，记半面[9]、浅窥珠箔[10]。甚时得[11]、重写鸾笺[12]，去访旧游东阁[13]。

注释

〔1〕浑苔：树干上布满了苔藓。

〔2〕冰魂：比喻梅花高洁的品格。宋苏轼诗："罗浮山下梅花村，玉雪为骨冰为魂。"（《十一月二十六日松风亭下梅花盛开》）

〔3〕阳梢：向南的枝条。

〔4〕梳掠：梳理鬓发。唐白居易《嗟发落》诗："既不劳洗沐，又不烦梳掠。"

〔5〕幺(yāo 腰)禽：小鸟。

〔6〕冻香：冰雪之中的梅花。

〔7〕"叩门"句:用隋代赵师雄在罗浮大梅树下遇到梅仙后的憾事。唐代传奇《龙城录》:"隋开皇中,赵师雄迁罗浮。一日天寒日暮,于松林间酒肆旁舍,见美人淡妆素服出迎,时已昏黑,残雪未消,月色微明。师雄与语,言极清丽,芳香袭人,因与之扣酒家门共饮。少顷,一绿衣童子笑歌戏舞。师雄醉寐,但觉风寒相袭。久之,东方已白,师雄起视,乃在大梅花树下,上有翠羽啾嘈相顾,月落参横,但惆怅而尔。"

〔8〕画角:古管乐器,形如竹筒,本细末大,外饰彩绘,故名。

〔9〕半面:半边面孔。《南史·梁元帝徐妃传》载:"(徐)妃以帝眇一目,每知帝将至,必为半面妆以俟,帝见则大怒而出。"

〔10〕珠箔(bó 勃):珠帘。

〔11〕甚时:什么时候。《白香词谱》原作"怎时",据唐圭璋编《全金元词》改。

〔12〕鸾笺:彩笺,此指代书信。宋苏易简《文房四谱·纸谱》:"蜀人造十色笺,凡十幅为一榻,……然逐幅于方版之上砑之。则隐起花木麟鸾,千状万态。"后人因此称彩笺为"鸾笺"。

〔13〕东阁:东阁在四川简阳,一曰东亭。唐杜甫《和裴迪登蜀州东亭送客逢早梅相忆见寄》诗:"东阁官梅动诗兴,还如何逊在扬州。"此指梅花所在之地。

评析

这是一首咏梅花的词。

词的上片,写梅花含苞待放,突出梅花的高洁品质。可分为三层。开篇三句为第一层,写梅花的姿态之美。宋范成大《梅谱》云:"古梅,会稽最多,四明、吴兴亦间有之。其枝樛曲万状,苍藓鳞皴,封满花身,又有苔须垂于枝间,或长数寸,风至,绿丝飘飘可玩。"其《梅谱后序》又云:"梅以韵胜,以格高,故以横斜疏瘦与老枝怪奇者为贵。"可知,词人所写是一株枝干横斜,长满苔藓的老梅。"青春肯误芳约"一句采用拟人手法,说梅花不肯耽误了美好春光,而错过了与众花的约定,于是争先开放。第四、五句为第二层,采用对仗句式,写梅花初绽。背阴之处的梅花尚未开放,向阳梢头已着红色花萼。词人用"冰魂"指代梅花,突出梅花凌风傲雪的品格。南枝红萼,北枝未开,说明天气尚寒。接下来四句是第三层,由寒意引出,采用侧面烘托方法,写梅花的幽洁。初春时节,寒风料峭,拂晓时分本是佳人畏寒懒起的时刻,那又是谁让她如此早起并梳妆打扮呢?原来是斜月照射下,梅花边啁啾的小鸟;是冷霜笼罩下,竹间徘徊的白鹤。写佳人,目的是要烘托梅花所处环境的优雅。写月斜霜冷,则是为了给梅花营造一个冰清玉洁的世界。进而通过与梅花相伴的幺禽、霜竹、幽鹤,烘托出梅花高洁、脱俗的品质。

词的下片,抒发梅花将谢的伤感,流露出重游旧地探望梅的愿望。可分为四层。开头四句为第一层,采用对仗句式,写梅花的凋谢。春天,在淡淡的白云映衬下,梅花的粉痕在渐渐转淡,进而在和煦的春风中凋零、飘落。"云淡淡"、"风细细"既是写春天的和煦、轻柔,又是在衬托梅花色香的清淡。下面两句为第二层,写梦境及醒后心情。前一句用赵师雄遇罗浮山梅仙典故写自己的梦境,词人在梦中与梅仙相会,欣喜异常。后一句写梦醒后的情形。词人倚栏而望,最怕听到画角吹奏《梅花落》曲子,因为它会唤起词人感伤梅落的惆怅。再下两句为第三层,是词人对梦境的追忆。仿佛在梦中,梅花仙女透过珠帘悄悄地向自己窥视,而她那被珠帘遮挡的秀丽面孔,令其难以忘怀,以致产生了旧地重游的愿望。最后两句为第四层,写意欲重访。自己什么时候,才能写信给旧日朋友,去把梅花盛开的东阁重访?词人在结尾才让读者明白,词中所写梅花,并非眼前之梅,而是在回忆旧游所见之梅。题目中"忆梅"二字,至此方才点明。

张翥此词深受姜夔《暗香》《疏影》的影响,词中拟人手法及典故的运用,颇有独到之处。加之多用对仗句式,语言精美华赡。上片用花、竹、霜、月、禽、鹤营造清雅氛围,下片用淡云微风衬托,赞美梅花高洁的品格,突出了咏梅的主题。

词牌考原

《东风第一枝》,词牌名。又名《琼林第一枝》,词名见宋史达祖《梅溪词》。《东风第一枝》指梅花,民间有梅为花魁之说,东风即春风,第一枝为梅花。唐德宗李适诗云:"东风变梅柳,万汇生春光"(《中和节赐群臣宴赋七韵》)。宋朱熹诗云:"今日清江路,寒梅第一枝。"(《清江道中见梅》)可知调名本义为咏梅。相传吕渭老在宋宣和年间首创此词咏梅，其词已佚，后人误把元代张翥的"老树浑苔"一首作为吕词。《梦窗词》注："黄钟商"（大石调）。双调，一百字，仄韵。

词谱格式

《东风第一枝》的词谱格式：

老树浑苔，	仄仄平平，（句）
横枝未叶，	平平仄仄，（句）
青春肯误芳约。	平平仄仄平仄。（韵）△
背阴未返冰魂，	仄平仄仄平平，（句）
阳梢已含红萼。	⊕平仄平⊕仄。（叶）△
佳人寒怯，	平平⊕仄，（句）
谁惊起、晓来梳掠。	⊕⊕仄、（豆）仄平平仄。（叶）△
是月斜花外幺禽，	仄仄⊕⊕仄平平，（句）
霜冷竹间幽鹤。	⊕仄仄平平仄。（叶）△
云淡淡，	平仄仄，（句）
粉痕渐薄。	仄平仄仄。（叶）△
风细细，	平仄仄，（句）
冻香又落。	仄平仄仄。（叶）△
叩门喜伴金樽，	仄平仄仄平平，（句）
倚阑怕听画角。	⊗平仄平⊗仄。（叶）△
依稀梦里，	平平⊗仄，（句）
记半面、浅窥珠箔。	⊗⊗仄、（豆）⊗平平仄。（叶）△
甚时得、重写鸾笺，	仄平⊗、（豆）⊗平平平，（句）
去访旧游东阁。	⊗仄仄平平仄。（叶）△

328

词律解读

1. 此词牌,双调,一百字。上片四仄韵,下片五仄韵。此处所录张翥词与史达祖词句式相同。

2. 本词押入声韵,一韵到底。起首韵字"约"与下面叶韵的"尊"、"掠"、"鹤"、"薄"、"落"、"角"、"箔"、"阁"同属入声药韵。在词韵中,属于入声的第二部(觉药)。

3. 本词调多用对偶句,句式整齐。上片,第一、二句四言对仗(老树浑苔,横枝未叶),第四、五句六言对仗(背阴未返冰魂,阳梢已含红尊)。上片结尾为六言对句(月斜花外幺禽,霜冷竹间幽鹤),而冠之一个"是"字作为领格字,这种句型是领字对仗句型,"是"字有强调的作用。下片,前四句为七言同声的隔句对(云淡淡,粉痕渐薄;风细细,冻香又落)。五、六句为六言对(叩门喜伴金尊,倚阑怕听画角)。八、九两句均为"上三下四"句式。

4.《词律》卷十六,《钦定词谱》卷二十八均以史达祖词(草脚愁苏)为正体。《钦定词谱》另列吴文英词(倾国倾城)及无名氏二首为"又一体"。

80

庆春泽 纪恨

清　朱彝尊

桥影流虹[1]，(句)湖光映雪，(句)翠帘不卷春深。(韵)一寸横波[2]，(句)断肠人在楼阴。(叶)游丝不系羊车住[3]，(句)倩何人、(豆)传语青禽[4]。(叶)最难禁[5]，(叶)倚遍雕阑，(句)梦遍罗衾。(叶)　重来已是朝云散[6]，(句)怅明珠佩冷[7]，(句)紫玉烟沉[8]。(叶)前度桃花，(句)依然开满江浔[9]。(叶)钟情怕到相思路，(句)盼长堤、(豆)草尽红心[10]。(叶)动愁吟，(叶)碧落黄泉[11]，(句)两处谁寻。(叶)

注释

〔1〕流虹：桥名。即江苏吴江东门外之垂虹桥。

〔2〕横波：比喻女子目光流动含情。

〔3〕游丝：空中飘动的虫丝，此喻情丝。羊车：本指古代一种装饰精美的车子。《释名·释车》："羊车。羊，祥也；祥，善也。善饰之车。"《晋书》卷二五《舆服志》亦云："羊车一名辇车，其上如轺，伏兔箱，漆画轮轭。"此处指小车。《晋书》卷三十六《卫玠传》载，卫玠风神秀异，少年时"乘羊车入市，见者皆以为玉人，观之者倾都"。此处以卫玠比叶元礼。

〔4〕倩：请人相助。青禽：青鸟，传为西王母身边的使者，后用作使者代称。

〔5〕难禁:难以忍受。

〔6〕朝云散:战国楚宋玉《高唐赋》载,巫山神女"旦为朝云,暮为行雨"。朝云散,指女子亡故。

〔7〕明珠佩冷:《列仙传》载,郑交甫在汉皋台下遇两女子,佩戴两珠,大如鸡卵。郑以目挑逗,两女解珠相赠。此句亦喻女子亡故。

〔8〕紫玉烟沉:东晋干宝《搜神记》载,春秋时,吴王夫差女紫玉,爱怜韩重,不得成婚,气结而亡。后韩重至紫玉墓前凭吊,紫玉现形,与韩重行夫妇之礼,赠珠而别。后因吴王拘韩重,紫玉到父母处表白,夫人闻讯,出而抱之,紫玉化烟而去。此亦喻女子死去。

〔9〕"前度桃花"二句:用唐崔护《题都城南庄》诗"去年今日此门中,人面桃花相映红。人面不知何处去,桃花依旧笑春风"意。浔,水边地。

〔10〕草尽红心:草上全都长出红心。《异闻录》载,唐代王生一次梦游吴宫,闻箫鼓声,说是下葬西施。王生应诏作挽歌,词中有:"满地红心草,三层碧玉阶。春风无处所,凄恨不胜怀。"(《太平广记》卷二百八十二"梦七"转载)

〔11〕碧落黄泉:碧落,指天空。黄泉,指地下。唐白居易《长恨歌》:"上穷碧落下黄泉,两处茫茫皆不见。"

评析

词有小序,记其本事:"吴江叶元礼,少日过流虹桥,有女子在楼上,见而慕之,竟至病死。气方绝,适元礼复过其门,女之母以女临终之言告叶,叶入哭,女目始瞑。友人为作传,余记以词。"由序可知,此词记录了一个哀艳的爱情故事,一个女子看见叶元礼而心生爱慕,竟至思念而死,而且死不瞑目,直到叶元礼入门哭泣才瞑目。词人为此写词以作纪念。

词的上片,写女子的梦寐相思之苦。开篇三句,写女子所居环境的优美。前两句从大处着笔,写垂虹桥下,桥影如流动的彩虹,湖波如雪光闪烁。这二句以自然景色的空明,衬托人物的灵秀,可谓地杰人灵。第三句为近景,写楼台。暮春时节,闺楼上翠绿色的窗帘低垂未卷,那痴情女子正幽居在这窗帘之后。"春深"既指季节已值暮春,亦指女子的怀春之情。第四、五句由景及人,写女子帘后相思。翠帘后,女子眼波流盼,终于看到令其心仪的俊美少年,然而却无法得到对方的回应。深切的渴望化作了无限的痛苦,令其肠断。接下来两句,写无缘表达思念。说即使我有万缕情丝也无法系住你的车子,谁又能作为使者,为我传递爱的心声。段末三句,写其苦思之状。白天倚遍雕花阑干期盼,夜间在丝罗绣被中做梦追寻,然而却再也无法见到自己的挚爱。这难以自禁的相思令其痛不欲生。

词的下片,写叶元礼对女子的一片衷情。首三句,写其重过旧地,人物皆非。词人连用"朝云散"、"明珠佩冷"、"紫玉烟沉"三个典故,写其对痴情女子的深情悼念。下两句,化用崔护《题都城南庄》诗意,慨叹物是人非。前度所见桃花依旧开满江边,而昔日之人却早已烟消云散。接下来两句,进一步抒写叶元礼内心的伤感。他因钟情而害怕走上女子曾经走过的相思之路,盼望着长堤上长出红心草,以便让他感受到她那一片真情。最后三句,化用白居易《长恨歌》诗意,写叶元礼痛苦吟咏,回响天地,但最终芳踪难寻。

朱彝尊此词是一首爱情悲剧的挽歌,问世之后,流传甚广。叶元礼,名舒崇,美风姿,风采不减东晋著名美男子卫玠。据《世说新语·容止第十四》载:"卫玠从豫章(今南昌)至下都(建康,今南京),人久闻其名,观者如堵墙。玠先有羸疾,体不堪劳,遂成病而死。时人谓'看杀卫玠'。"而据说叶元礼至会稽,每入闹市,便有人夹道围观,以睹其风采。使得在此任职的宋琬不禁感叹:"要看杀卫玠了。"便将叶元礼请进官署读书以应考。叶元礼于康熙十五年(1676),进士及第,官中书舍人。

词牌考原

《庆春泽》,词牌名。《白香词谱》在此收的一百字的《庆春泽》,实际名称应是《庆春泽慢》。《庆春泽慢》,通称《高阳台》,取战国楚宋玉《高唐赋》神女所云"旦为朝云,暮为行雨,朝朝暮暮,阳台之下"之意。

《词律》卷十《庆春泽》下录张先词(飞阁危桥相倚)六十六字者为正体,列刘镇词(灯火烘春)一百字之《庆春泽慢》为"又一体"。而《钦定词谱》卷十四于《庆春泽》下曰:"此调有两体,六十六字者见张先词,九十八字者见《梅苑》词。"没有一百字的。可见《钦定词谱》所载《庆春泽》,是与《白香词谱》所录一百字体不同的另一种词调。倒是《钦定词谱》卷二十八《高阳台》下列刘镇《高阳台》(灯火烘春)一百字词为正体,且曰:"高阳台,双调一百字,前后段各十句,四平韵。""高拭词注:商调。刘镇词,名《庆春泽慢》;王沂孙词,名《庆春宫》。"并列出《高阳台》的两个变体:变体一为蒋捷的"燕卷晴丝",下云:"又一体。双调一百字,前段十句四平韵,后段十句五平韵。"变体二为张炎的"接叶巢莺",下云:"又一体。双调一百字,前后段各十句,五平韵。"就格律看,朱彝尊此词所遵乃张炎的体式,可称为《庆春泽慢》,亦可称为"高阳台",但不是《庆春泽》。

又,《钦定词谱》于《高阳台》词牌下谓:"王沂孙词,名《庆春宫》。"亦误。检《全宋词》所收王沂孙词中,与此体同者有《高阳台》四首,这四首词并无《庆春宫》之别名。王沂孙另有一首《庆春宫》(明玉擎金)词,与《高阳台》不同,乃仄韵体一百〇二字。《钦定词谱》卷三十另收《庆春宫》词调,一名《庆宫春》。列周邦彦词(云接平冈)平韵体一百〇二字为正体,列王沂孙词(明玉擎金)仄韵体一百〇二字为变体,均与《庆春泽》无涉。

词谱格式

《庆春泽慢》的词谱格式:

桥影流虹,	Ⓐ仄平平,(句)
湖光映雪,	平平仄仄,(句)
翠帘不卷春深。	Ⓟ平Ⓐ仄平平。(韵)
一寸横波,	Ⓐ仄平平,(句)
断肠人在楼阴。	Ⓟ平Ⓐ仄平平。(叶)
游丝不系羊车住,	Ⓟ平Ⓐ仄平平仄,(句)
倩何人、传语青禽。	仄平平、(豆)Ⓐ仄平平。(叶)
最难禁,	仄平平,(叶)
倚遍雕阑,	Ⓐ仄平平,(句)
梦遍罗衾。	Ⓐ仄平平。(叶)
重来已是朝云散,	平平仄仄平平仄,(句)

怅明珠佩冷，	仄平平仄仄，(句)
紫玉烟沉。	仄仄平平。(叶)
前度桃花，	仄仄平平，(句)
依然开满江浔。	平平仄仄平平。(叶)
钟情怕到相思路，	平平仄仄平平仄，(句)
盼长堤、草尽红心。	仄平平、(豆)仄仄平平。(叶)
动愁吟，	仄平平，(叶)
碧落黄泉，	仄仄平平，(句)
两处谁寻。	仄仄平平。(叶)

词律解读

1. 此词牌，双调，一百字。上下片各五平韵。格律中逢句号处都押平声韵，上下片倒数第三句短句须押韵，全词不可换韵。此调本是上下阕复制式，只是下片起句将上片起句添字摊破，改变了句式。曼声吟咏的平声韵，和婉、凄怨的曲调，体现了慢曲长调的格局与声情。

2. 全词押平声韵，一韵到底，不可换韵。本词押平声侵韵。起首韵字"深"与下面叶韵的"阴"、"禽"、"禁"、"衾"、"沉"、"浔"、"心"、"吟"、"寻"均属下平声侵韵。

3. 上片第一、二句对仗为定格，如本词之"桥影流虹，湖光映雪"。上片结句的三字短句(最难禁)是引领句，引领出后面的对偶句(倚遍雕阑，梦遍罗衾)，这两句为同声对。下片第二、三句以"怅"字领起，下为四言对仗句(明珠佩冷，紫玉烟沉)，也是领字对仗句型，有强调句子内涵的作用。

4. "这个长调的韵位安排是合于和婉法则的。但在上下阕的中间和结尾都连用平收，就更显出低沉情调，只适合表现哀怨心情。"(龙榆生《词学十讲》)《词律》卷十录张先词(飞阁危桥相倚)六十六字者为《庆春泽》正体，列刘镇一百字之《庆春泽慢》为"又一体"。《钦定词谱》卷二八以刘镇词(灯火烘春)上下片各四平韵者为《高阳台》正体，另列蒋捷上片四平韵，下片五平韵者和张炎上下片各五平韵者为"又一体"。

334

81

桂枝香 金陵怀古

宋 王安石

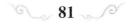

登临送目。(韵)正故国晚秋〔1〕,(句)天气初肃〔2〕(叶)千里澄江似练〔3〕,(句)翠峰如簇〔4〕。(叶)征帆去棹残阳里〔5〕,(句)背西风、(豆)酒旗斜矗〔6〕。(叶)彩舟云淡,(句)星河鹭起〔7〕,(句)画图难足。(叶)念往昔豪华竞逐。(叶)叹门外楼头〔8〕,(句)悲恨相续。(叶)千古凭高对此,(句)谩嗟荣辱〔9〕。(叶)六朝旧事随流水〔10〕,(句)但寒烟、(豆)衰草凝绿。(叶)至今商女,(句)时时犹唱,(句)《后庭》遗曲〔11〕。(叶)

注释

〔1〕故国:指金陵,今江苏南京。按:首句《白香词谱》原作"登临纵目",检王安石《临川文集》卷三十七、宋黄昇《花庵词选》、宋曾慥《乐府雅词》及《词律》、《钦定词谱》所载均作"登临送目",故改之。

〔2〕初肃:开始出现肃杀之气。肃,肃杀、萧条。

〔3〕澄江似练:南朝齐谢朓《晚登三山还望京邑》诗:"余霞散成绮,澄江静如练。"练,白绸。

〔4〕簇(cù 促):聚集、簇拥。

〔5〕征帆去棹:指来来往往的船只。征帆,行驶的船只。棹(zhào 照),船桨,

此处代指船。

〔6〕斜矗(chù 触)：斜插。

〔7〕星河鹭起：在长江中有白鹭洲。唐李白《登金陵凤凰台》诗："三山半落青
天外，二水中分白鹭洲。"星河，银河，天河，此处借指长江。

〔8〕门外楼头：唐杜牧《台城曲》诗："门外韩擒虎，楼头张丽华。"此用隋将韩
擒虎破台城，擒陈后主及其宠妃张丽华于井中事。《陈书·张贵妃传》
载，隋将韩擒虎率军攻陷台城(金陵)，张贵妃(张丽华)与陈后主俱避入
井中，为隋兵所俘，贵妃被杀。门外，指金陵朱雀门外，隋军攻金陵由此
入城。楼头，指陈后主、张丽华寻欢作乐的临春阁、结绮阁。

〔9〕谩嗟(jiē 接)荣辱：空叹兴亡荣辱。谩，通"漫"，徒然。嗟，叹。

〔10〕六朝：指在建康(金陵)建都的东吴、东晋、宋、齐、梁、陈六个朝代。

〔11〕"至今商女"三句：唐杜牧《夜泊秦淮》诗："商女不知亡国恨，隔江犹唱后
庭花。"商女，歌女。后庭花，即陈后主所作《玉树后庭花》，被后人视为
亡国之音。

评析

此词宋黄昇《花庵词选》题作《金陵怀古》。全词委婉寄讽，借登临怀古抒发
对现实社会的隐忧，词之主旨即"悲恨相续"。词当作于宋神宗熙宁初，王安石再
次罢相，出知江宁府(即金陵)时。

词的上片，从空间角度，写金陵的壮丽景色。开篇三句，写词人在金陵胜地，
临江览胜，凭高吊古。"登临送目"四字显示出作者高瞻远瞩，透视古今的眼界与
气度。"故国"二字点明怀古之意。只有"晚秋"、"初肃"才可以纵目千里，所见阔
远。第四、五句承"送目"而来，为远景，写江山之壮美。前一句写长江，化用谢朓
《晚登三山还望京邑》中"澄江静如练"句意，加之"千里"二字，给人以邈远无际、
遥接天涯之感。后一句写青山之高耸。"如簇"二字写出群峰峭拔昂首，争相竞
秀的气势。接下来两句，为中景，由自然转入人事。江面上，夕阳中，船只往来如
梭；江岸边，酒楼上，酒旗迎风飘舞，一派繁荣景象。段末三句，为近景，写金陵的
夜生活。秦淮河上，彩绘的船只映衬着淡淡的白云，灿烂的灯火倒映水面，犹如

银河,高雅的白鹭在白鹭洲上翩翩起舞。真是一个亦真亦幻的繁华世界。"星河"、"彩舟"为结尾"商女""犹唱后庭花"埋下伏笔。词人不禁慨叹,这真是画图也难以描绘的金陵胜景啊! 写金陵形胜,是在暗示北宋社会的表面繁荣,为下片讽喻现实作铺垫。

　　词的下片,从时间角度,感慨六朝的兴亡史迹,讽喻当朝现实。首三句,回顾历史,指出六朝败亡的原因。四百年间,六朝之所以会如此频繁更替,是因为历朝统治者的"豪华竞逐"。陈后主作为六朝最后一位皇帝,其"门外楼头"的悲惨结局,实乃以往南朝历代统治者共同命运的再现与轮回。下两句,写词人感慨六朝兴亡。千载之下,登高凭吊,对于六朝的悲恨荣辱,也只能徒然地发出叹息。接下来两句,写旧事无痕。六朝种种旧事宛如滔滔的江水,一去不返。眼前所见只有寒烟中衰草凝成的一片凄碧。这凄惨、黯淡的景色烘托出词人怀古伤今的凄凉情怀。最后三句,与上片"彩舟云淡,星河鹭起"两句相呼应,由怀古转向现实。词人化用晚唐杜牧《泊秦淮》诗中"商女不知亡国恨,隔江犹唱后庭花"语意,描写北宋现实。词人忧心忡忡地写道,六朝虽已远去,但亡国之音《玉树后庭花》却仍在秦淮河上演唱。陈后主"门外楼头,悲恨相续"的悲剧似乎又将不可避免地重演。语极悲壮,寄托遥深。

　　在咏六朝兴衰的作品中,宋周邦彦的《西河》(佳丽地),元萨都剌的《满江红》(六代豪华)和《念奴娇》(石头城上)均为名篇。王安石此篇亦为此类题材中的上乘之作。《历代诗余》引《古今词话》:"金陵怀古,诸公寄调《桂枝香》者三十余家,惟王介甫(王安石字介甫)为绝唱。东坡见之,叹曰:'此老乃野狐精也!'"

词牌考原

　　《桂枝香》,词牌名。又名《疏帘淡月》。《晋书》卷五十二"郄诜传"载,郄诜举贤良对策为天下第一,自称"犹桂林之一枝,昆山之片玉",后世因称登科为折桂。五代王定保《唐摭言》卷三载唐裴思谦《及第后宿平康里》诗:"从此不知兰麝贵,夜来新惹桂枝香。"唐袁皓登第后亦作《寄岳阳严使君》诗:"得意东归过岳阳,桂枝香惹蕊枝香。"调名当本于此。此调北宋人始大量创作,据《古今词话》:"金陵怀古,诸公寄调《桂枝香》者三十余家,惟王介甫为绝唱。"南宋张辑词(梧桐雨细)

有"疏帘淡月,照人无寐"句,故又名《疏帘淡月》。《词律·校刊》注:"万氏注云:张宗瑞(辑)'梧桐细雨'一首,取名《疏帘淡月》,乃因词中语以名之,非调有异也。按《东泽绮语债》(张辑词集名,其自号东泽)词,好以词中语立新名,与本调一无区别。惟此调旧谱分南北词,如用入声韵,则名《桂枝香》,用去上声韵,始可名《疏帘淡月》。"

词 谱 格 式

《桂枝香》的词谱格式:

登临送目。	平平仄仄。(韵)
正故国晚秋,	仄仄仄㊣平,(句)
天气初肃。	㊣㊣平仄。(叶)
千里澄江似练,	㊣仄平平㊣仄,(句)
翠峰如簇。	仄平平仄。(叶)
征帆去棹残阳里,	㊣平㊣仄平平仄,(句)
背西风、酒旗斜矗。	仄平平、(豆)㊣平平仄。(叶)
彩舟云淡,	仄平平仄,(句)
星河鹭起,	㊣平㊣仄,(句)
画图难足。	仄平平仄。(叶)
念往昔豪华竞逐。	仄㊣仄平平仄仄。(叶)
叹门外楼头,	仄㊣仄平平,(句)
悲恨相续。	㊣㊣平仄。(叶)
千古凭高对此,	㊣仄平平㊣仄,(句)
谩嗟荣辱。	仄平平仄。(叶)
六朝旧事随流水,	㊣平㊣仄平平仄,(句)
但寒烟、衰草凝绿。	仄平平、(豆)㊣㊣平仄。(叶)

338

至今商女，	仄平平仄，(句)
时时犹唱，	(仄)平(平)仄，(句)
后庭遗曲。	仄平平仄。(叶)

▲

词律解读

1. 此词牌，双调，一百〇一字。上下片各十句，五仄韵。以押入声韵者为多。押入声韵者名《桂枝香》，以王安石金陵怀古词最著名。押上去韵者名《疏帘淡月》。此调除换头添三字外，上下片其余句式、格律均相同。

2. 本篇押入声韵，所用为入声韵第一部（屋沃）。起首韵字"目"押屋韵，下面叶韵的"肃"、"簇"、"蠹"、"逐"均属入声屋韵。其余韵字"足"、"续"、"辱"、"绿"、"曲"均属入声沃韵。

3. 上下片第二句五言（正故国晚秋、叹门外楼头）为上一下四式，第一字是领格字，宜用去声。下片第一句七言为上三下四句式（读作"念往昔、豪华竞逐"）。词中几处拗律，如上下片第三句"天气初肃"、"悲恨相续"之"平仄平仄"，当加以注意，但此句前二字平仄可通融，常作"仄平平仄"。上下片后三句均多作"仄平平仄"的特殊格律，如"画图难足"、"后庭遗曲"，本谱可平可仄处即取常用格式。一般来说，多作拗句的，情感必沉郁峭劲。

4. 上片末三句四言，前两句可作对句，如本篇之"彩舟云淡，星河鹭起"，然非定格。

5. 此调几乎每句都用仄声收脚，加之词中几处拗律，构成了激越峭劲的音节。龙榆生说："《桂枝香》等，如果用来抒写激壮情感，就必须选用短促的入声韵，才能情与声会，取得'读之使人慷慨'的效果。"（《词学十讲》）《词律》卷十六、《钦定词谱》卷二十九均以王安石词为正体。《钦定词谱》另列陈亮、张炎、周密、黄裳词及张辑押上去韵者为"又一体"。

《翠楼吟》（月魄荒唐）

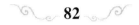

82

翠楼吟　美人魂

清　黄之隽

月魄荒唐[1]，(句)花灵仿佛[2]，(句)相携最无人处。(韵)阑
●　●　○　　　　○　○　●　●　　　○　○　●　○　●　⊙
干芳草外，(句)忽惊转[3]、(豆)几声啼宇[4]。(叶)飘零何许?(叶)
○　○　●　●　　　●　○　●　　●　○　○　●　　　○　○　○　●
似一缕游丝[5]，(句)因风吹去。(叶)浑无据[6]。(叶)想应凄
●　●　●　○　○　　　○　○　○　●　　　○　○　●　　　●　○　○
断，(句)路旁酸雨[7]。(叶)　　　日暮。(叶)渺渺愁予[8]，(句)觉黯
●　　　●　○　○　●　　　　　　●　●　　　●　●　○　○　　　●　●
然销者[9]，(句)别离情绪。(叶)春阴楼外远，(句)入烟柳、(豆)和
○　○　●　　　●　○　○　●　　　○　○　○　●　●　　　●　○　●　　　○
莺私语。(叶)连江暝树，(叶)欲打点幽香[10]，(句)随郎黏住。(叶)
○　○　●　　　○　○　●　●　　　●　●　●　○　○　　　○　○　○　●
能留否?(叶)只愁轻绝，(句)化为飞絮。(叶)
○　○　●　　　●　○　○　●　　　●　○　○　●

注释

〔1〕月魄:道家以日为阳,故称日魂;以月为阴,故称月魄。荒唐:渺茫的
　　样子。
〔2〕花灵:花神。
〔3〕转:传。
〔4〕啼宇:啼鸣的杜鹃。宇,杜鹃鸟,相传为战国时蜀国望帝杜宇魂魄所化,
　　叫声悲切,动人归思。
〔5〕游丝:飘在空中的虫丝。
〔6〕浑:简直。

〔7〕酸雨：凄雨。

〔8〕渺渺愁予：《楚辞·九歌·湘夫人》："帝子降兮北渚，目渺渺兮愁予。"渺渺，极目远望而不可见的样子。

〔9〕黯然：南朝梁江淹《别赋》："黯然销魂者，唯别而已矣。"

〔10〕打点：安排，料理。幽香：清芬的香气。

评析

古今中外，有很多人相信灵魂的存在。我国民间素有招魂习俗，在文学作品中，也有记述灵魂故事的《离魂记》、《倩女离魂》等小说、杂剧。这是一首写美人之魂的作品。词人通过丰富的想象，把美人魂魄写得缥缈恍惚，若有若无，且多情善感，凄艳动人。

词的上片，写芳魂的形体，重在表现其迷蒙仿佛，飘忽不定。开篇三句，为正面描摹，写美人之魂有着"月魄"、"花灵"般的美貌，时常出现在阴幽寂静的"最无人处"。"荒唐"、"仿佛"写其飘忽、渺然的状态。第四、五句，为侧面描写，用啼宇衬托，暗点魄字。美女之魂游移到无人之处，忽然听到栏杆芳草外几声杜鹃的啼鸣。杜鹃传说为杜宇魂魄所化，其叫声令人倍感凄凉。接下来三句，以风衬托，写灵魂的飘零之状。美女之魂无形无状，就像一缕游丝，被风吹去。段末三句，作者先以"浑无据"总括一笔，突出美女之魂飘忽、游荡，无所依傍的存在状态。随后写其飘荡无依之苦，她飘荡在路旁，在酸风苦雨中，悲不自胜，凄苦异常。

词的下片，写芳魂的情思，突出其对美好情感的热切向往。首四句，词人化用《楚辞·九歌·湘夫人》中"帝子降兮北渚，目渺渺兮愁予"及南朝梁江淹《别赋》中"黯然销魂者，唯别而已矣"句意，写美女之魂的愁思。日暮时分，她极目远望，不见所思之人。离别的痛苦，令其魂销魄失，心情凄黯。第五、六句，写美女之魂无处倾诉的痛苦。她纵有万般柔情，满怀情愫，然而却无人倾听，于是她只好飘到楼外春阴处，在如烟的柳林中，向黄莺倾诉。接下来两句，写美女之魂欲作爱的尝试。傍晚时分，眼前所见，只有成行的江树。幽情难耐，美人之魂打算用自己的幽幽芳香将情郎黏住。最后三句，写美女之魂的疑惑。她不知能否将对方留住，担心自己过于轻微，会化作飘飞的柳絮。层层曲折之中，刻画出美女之魂感情丰富、委婉含蓄的内心世界。

此词可以看作一首咏物词,所咏对象是无形、无色,难以捉摸的灵魂。作者善于抓住事物特征,极力刻画了美女之魂游移、飘忽的特征。而且赋予魂魄以人的情感,写其恋情十分细腻、生动。

词牌考原

《翠楼吟》,词牌名。宋姜夔自度曲。南宋淳熙十三年(1186)冬,武昌安远楼落成,姜夔度曲见志,词有"层楼高峙,看槛曲萦红,檐牙飞翠"句,故名《翠楼吟》。《白石道人歌曲》卷四存其小序云:"淳熙丙午冬,武昌安远楼成,与刘去非诸友落之,度曲见志。予去武昌十年,故人有泊舟鹦鹉洲者,闻小姬歌此词,问之,颇能道其事;还吴,为予言之。兴怀昔游,且伤今之离索也。"此词牌双调,一百〇一字,前片六仄韵,后片七仄韵。清代除黄之隽此作外,孙默编《十五家词》,亦收入清人所作《翠楼吟》两篇,一为邹祗谟作,一为陈维崧作。

词谱格式

《翠楼吟》的词谱格式:

月魄荒唐,	仄仄平平,(句)
花灵仿佛,	平平仄仄,(句)
相携最无人处。	平平仄平平仄。(韵)▲
阑干芳草外,	㊤平平仄仄,(句)
忽惊转、几声啼宇。	仄平仄、(豆)㐁平平仄。(叶)▲
飘零何许?	平平㊤仄,(叶)
似一缕游丝,	仄仄仄平平,(句)
因风吹去。	平平㊤仄。(叶)
浑无据。	平平仄。(叶)▲
想应凄断,	仄平平仄,(句)

343

路旁酸雨。	仄平平仄。(叶)▲

日暮。	仄仄。(叶)▲
渺渺愁予,	仄仄平平,(句)
觉黯然销者,	仄仄平平仄,(句)
别离情绪。	仄平平仄。(叶)▲
春阴楼外远,	⊕平平仄仄,(句)
入烟柳、和莺私语。	仄平仄、(豆)⊕平平仄。(叶)▲
连江暝树,	平平⊕仄,(叶)▲
欲打点幽香,	仄仄仄平平,(句)
随郎黏住。	平平⊕仄。(叶)▲
能留否?	平平仄,(叶)▲
只愁轻绝,	仄平平仄,(句)
化为飞絮。	仄平平仄。(叶)▲

词律解读

1. 此词牌,双调,一百〇一字。上片六仄韵,下片七仄韵。上片第四句始,下片第五句始,以下句式、格律均相同。

2. 此调押仄声韵。本篇属于词韵第四部仄韵(即上声语麌、去声御遇)。起首韵字"处"与下面叶韵的"去"、"据"、"絮",属去声御韵。其他韵字"宇"、"雨"、"否"字属上声麌韵;"暮"、"树"、"住"属去声遇韵。"许"、"绪"、"语"字属上声语韵;全词乃同部上去声通押。

3. 上片第一、二句两四言,例为对仗。如本词的"月魄荒唐,花灵仿佛",姜夔作"月冷龙沙,尘清虎落"。依姜夔词例,上片第七、八句、下片第八、九句皆为一字领起的四言对句,如姜词分别作"看槛曲萦红,檐牙飞翠"、"仗酒祓清愁,花消英气",亦当遵循。

4. 上片,"似一缕游丝,因风吹去"的"似"字,下片,"欲打点幽香,随郎黏住"

的"欲"字,这两处的第一字均为领格字,领起下面两句,须用去声字。后片第二句"觉黯然销者"是上一、下四句式。

5.《词律》卷十七、《钦定词谱》卷二十九均以姜夔词(月冷龙沙)为正体。

83

瑞鹤仙 风怀

宋 史达祖

杏烟娇湿鬓[1]。（韵）过杜若汀洲[2]，（句）楚衣香润[3]。（叶）回头翠楼近[4]。（叶）指鸳鸯沙上[5]，（句）暗藏春恨。（叶）归鞭隐隐，（叶）便不念、（豆）芳盟未稳[6]。（叶）自箫声[7]、（豆）吹落云东，（句）再数故园花信[8]。（叶）　　谁问？（叶）听歌窗罅[9]，（句）倚月钩阑[10]，（句）旧家轻俊[11]。（叶）芳心一寸，（叶）相思后，（句）总灰尽[12]。（叶）奈春风多事，（句）吹花摇柳，（句）也把幽情唤醒[13]。（叶）对南溪、（豆）桃萼翻红，（句）又成瘦损。（叶）

注释

〔1〕"杏烟"句：唐李贺《冯小怜》诗："裙垂竹叶带，鬓湿杏花烟。"

〔2〕杜若汀洲：长满香草的小洲。杜若，香草名，又名山姜。汀洲，水中沙土集成的小平地。

〔3〕楚衣：古有楚人好细腰的传说，此处用楚衣形容女子身材窈窕。唐李商隐《效长吉》诗："长长汉殿眉，窄窄楚宫衣。"

〔4〕翠楼：翡翠楼之简称，用为对女子华美妆楼的通称。唐王昌龄《闺怨》诗："闺中少妇不知愁，春日凝妆上翠楼。"

〔5〕鸳鸯沙：水边沙地常为鸳鸯栖息之处，故称。唐李德裕《鸳鸯篇》诗："淹

346

留碧沙上,荡漾洗红衣。"

〔6〕芳盟未稳:指两人间的誓约尚未安排妥当。芳盟,指佳约,男女间的誓约。原作"芳痕",今据《全宋词》改。未稳,没有安排稳妥。

〔7〕箫声:《列仙传》载,秦人萧史善吹箫,秦穆公将女弄玉妻之,学吹箫,后皆仙去。唐李白《忆秦娥》词:"箫声咽,秦娥梦断秦楼月。"

〔8〕花信:自小寒至谷雨共八个节气,一百二十日,每五日为一候,共二十四候,人们在每一候内开花的植物中,挑选一种花期最准确的植物为代表,应一种花信,称之为"二十四番花信"。

〔9〕窗罅(xià 下):窗口。罅,裂缝,洞隙。

〔10〕钩阑:曲折如钩的栏杆。

〔11〕旧家:从前。宋李清照《南歌子》词:"旧时天气旧时衣,只有情怀、不似旧家时。"

〔12〕"芳心一寸"三句:唐李商隐《无题》诗:"春心莫共花争发,一寸相思一寸灰。"

〔13〕幽情:深埋于心底的情思。

评析

此词描写一位多情女子对远方情人的思念之情。

词的上片,写惜别之情。开篇四句,写女主人公外貌的娇美,性格的高洁。这是一个美丽的初春季节,杏花烟雨打湿了她娇美的鬓发。她走过长满杜若的汀州,窄窄的楚衣为之芳香湿润。此处采用景物衬托,将女子那玲珑、娇美、高雅的形象呈现在读者眼前。"回头翠楼近"一句是补叙,交代女子是从不远处的翠楼来到汀洲之上的。而交代翠楼,又是通过女子"回头"一望完成的。这一补叙使整个画面显得更加完整、生动。接下来四句,写临别时,女主人公的依依深情。看着沙洲上成双成对、长相厮守的鸳鸯,女主人公心生羡慕,暗自神伤。但此时,他已扬鞭归家,隐隐远去。这一去,再不念及两人间的佳约尚未安排妥当,竟似毫不顾及她的感受。段末二句,借萧史吹箫典故,写别后相思。自从情人的箫声消失在云东之后,她便掐指计算对方故园的花信,想象他是否已经有了归来的

347

日期。

　　词的下片，写女子的相思之苦。首四句，写女主人公自伤孤独。时下有谁前来探问？无论是窗前听歌，还是倚栏望月，都只有她独自一人。孤独、凄凉使她原本轻灵、俊美的面容变得憔悴。第五、六、七句，写女主人公内心凄冷，感情低落。在热切的相思与失望之后，她变得心灰意冷，内心的情感之火似乎已经熄灭。接下来三句，写主人公春心的复苏。春天来临，春风吹开了花朵，摇动了杨柳，也唤醒了女主人公沉寂的心。她春情荡漾，爱情之火又被重新燃起。最后三句，写相思之苦。虽然春风已经把她的春情唤醒，而别离仍是残酷的现实。面对大好的春光，看着含苞待放的桃花，女主人公陷入更深沉的相思与痛苦之中，以致身形瘦损，衣带渐宽。

　　此词塑造了一位外貌娇美，感情真挚的女主人公形象。整首词声调谐婉，意态温存，给人以哀怨、凄美之感。

词牌考原

　　《瑞鹤仙》，词牌名。又名《一捻红》。《清真集》入"高平调"、《梦窗词集》丁稿卷四《瑞鹤仙》（辘轳昏又转）注曰："林钟羽，俗名高平调"。

　　古有仙人子安乘鹤升天的传说，故仙鹤被视为吉祥与长寿的象征。唐苏颋《龙池乐章》有"恩鱼不似昆明钓，瑞鹤长如太液仙"句，调名或本于此。据《宋史·五行志》："（仁宗）至和三年（1056）九月大飨明堂，有鹤回翔堂下；明日，又翔于上清宫。是时所在言瑞鹤，宰臣等表贺，不可胜纪。"《瑞鹤仙》词调即诞生于北宋，今存宋词中最早用《瑞鹤仙》词牌的，是黄庭坚的词，全词一百〇二字，双调。该词檃括欧阳修的《醉翁亭记》，通首韵脚都用"也"字，这是独木桥体的一种变格。此后方岳、赵长卿都有全押"也"字的一首《瑞鹤仙》。蒋捷的《瑞鹤仙》（玉霜生穗也）通首句尾用"也"字，而于虚字之上仍然叶韵。北宋周邦彦《瑞鹤仙》（悄郊原带郭）词，也是一百〇二字，双调仄韵，格律规整，而为后代所法。周邦彦此词写羁旅之愁，格调凄凉。宋王明清《玉照新志》卷一曰："美成（周邦彦）以待制提举南京鸿庆宫，自杭徙居睦州，梦中作长短句《瑞鹤仙》一阕……美成平生好作乐府，将死之际，梦中得句，而字字皆验。卒章又应于身后。"可见此词对后世的影响。其后作者众多,但绝大多数用于寿词或用于喜庆的场合。这是因为康与之的一首《瑞鹤仙》(瑞烟浮禁苑)得到了宋高宗的称赏。宋黄昇《花庵词选续集》卷一录康与之此词,注曰:"按此词进入,太上皇帝极称赏'风柔夜暖'以下至于末章,赐金甚厚。"又曰:"康伯可,名与之,号顺庵。渡江初,有声乐府,受知秦申王,王荐于太上皇帝,以文词待诏金马门,凡中兴、粉饰、治具及慈宁归养、两宫欢集,必假伯可之歌咏,故应制之词为多。"正因如此,《瑞鹤仙》的词牌被广泛用于朝廷集会,以及节日、祝寿等,宋吴自牧《梦粱录》卷六载,"每岁孟冬例于上旬行孟冬礼",行礼过程中,唱《庆清朝》、《瑞鹤仙》等词作。后人亦有少数咏物、咏怀之作,如吴文英《梦窗词集》有《瑞鹤仙》(泪荷抛碎璧),蒋捷有《瑞鹤仙》(缟霜霏霁雪)等。

此调又名《一捻红》,据南宋洪迈《夷坚志》丙卷六载,《一捻红》的词牌得自一个号紫姑神的女仙,周权任婺州守时,为参加方烝的宴会,请紫姑神为他预作一词以助宴席雅兴,并限定词牌韵令,命用《瑞鹤仙》调咏一捻红牡丹,且以捻字为韵,这并没有难倒紫姑神。《夷坚志》云:"吴兴周权巽伯……通判方烝宴客,就郡借妓。周适邀仙,因从容求赋一词,往侑席。仙乞题,指屏内一捻红牡丹,令咏之。又乞词名及韵令,作《瑞鹤仙》,用捻字为韵,意欲因险困之。亦不思而就,其语云:'睹娇红细捻(下略)。'"

词 谱 格 式

《瑞鹤仙》的词谱格式:

杏烟娇湿鬣。	⊗平平仄仄。(韵)
过杜若汀洲,	仄仄仄平平,(句)
楚衣香润。	⊗平平仄。(叶)
回头翠楼近。	平平仄平仄。(叶)
指鸳鸯沙上,	仄平平平仄,(句)
暗藏春恨。	⊗平平仄。(叶)

349

归鞭隐隐，　　　　　　　　　　平平仄仄，(叶)

便不念、芳盟未稳。　　　　　　仄仄仄、(豆)平平仄仄。(叶)

自箫声、吹落云东，　　　　　　仄平平、(豆)平仄平平，(句)

再数故园花信。　　　　　　　　仄仄仄平平仄。(叶)

谁问？　　　　　　　　　　　　平仄。(叶)

听歌窗罅，　　　　　　　　　　平平平仄，(句)

倚月钩阑，　　　　　　　　　　仄仄平平，(句)

旧家轻俊。　　　　　　　　　　仄平平仄。(叶)

芳心一寸，　　　　　　　　　　平平仄仄，(叶)

相思后，　　　　　　　　　　　平平仄，(句)

总灰尽。　　　　　　　　　　　仄平仄。(叶)

奈春风多事，　　　　　　　　　仄平平平仄，(句)

吹花摇柳，　　　　　　　　　　平平平仄，(句)

也把幽情唤醒。　　　　　　　　仄仄平平仄仄。(叶)

对南溪、桃萼翻红，　　　　　　仄平平、(豆)平仄平平，(句)

又成瘦损。　　　　　　　　　　仄平仄仄。(叶)

词律解读

1. 此词牌，双调，一百〇二字。上片七仄韵，下片六仄韵。

2. 本词押仄声韵。主要用词韵第六部仄声韵（上声轸吻，又阮半；去声震问，又愿半）。起首韵字"鬓"及下面叶韵的"润"、"信"、"俊"属去声震韵。其余叶韵的"近"、"隐"两字属上声吻韵；"稳"及结尾"损"字属上声阮韵；"尽"字押上声轸韵；"恨"、"寸"属去声愿韵；"问"字属去声问韵。以上为词韵第六部仄韵上去声通押。但"醒"属上声迥韵，乃词韵第十一部仄韵（上声梗迥，去声敬径），此处与第六部仄韵通押。

3. 此调换头为两字短句，下接以三个四言句，此处四言多用为对句，或前两

350

句对,如本篇的"听歌窗罅,倚月钩阑";或后两句对,如辛弃疾《瑞鹤仙》(雁霜寒透幕)的"雪后园林,水边楼阁"。

4. 词中七字句均为上三下四的结构。五字句多为上一下四句式,如上片第二句(过杜若汀洲)、第五句(指鸳鸯沙上),下片第八句(奈春风多事),第一字有强调的作用。四字句多用"平平平仄","仄平平仄"的拗格。

5. 此词之结句"又成瘦损",后面两仄声为"去上"搭配,亦当留意。唐五代的词只分平仄,不问四声。到北宋柳永、周邦彦填词,由于他们精通音律,四声的用法遂趋精密,但也仅限于警句和结拍。词调中须分四声的只是一小部分,它的位置在词中没有一定,但以结尾处为多。万树《词律·发凡》指出:"尾句尤为吃紧,如《永遇乐》之'尚能饭否',《瑞鹤仙》之'又成瘦损','尚'、'又'必仄;'能'、'成'必平;'饭'、'瘦'必去;'否'、'损'必上,如此然后发调。末二字若用平上,或平去,或去去、上上、上去,皆为不合。"宋代晏殊、周邦彦、吴文英诸家的词,都在结句严辨四声。可见结句大都是全词音律最吃紧处,所规定的字声,应当遵守。

6.《词律》卷十七以毛开词(柳风清昼溽)为正体,以周邦彦词(悄郊原带郭)、史达祖词一百〇二字者、周邦彦词(暖烟笼细柳)一百〇三字为"又一体"。《钦定词谱》卷三十一则以周邦彦词(悄郊原带郭)为正体,另列减字、增字数种及楚辞体、独木桥体为"又一体"。

84

水龙吟 白莲

宋 张炎

仙人掌上芙蓉,(句)涓涓犹滴金盘露[1]。(韵)轻妆照水,(句)纤裳玉立,(句)飘飘似舞。(叶)几度消凝[2],(句)满湖烟月,(句)一汀鸥鹭。(叶)记小舟夜悄,(句)波明香杳,(句)浑不见、(豆)花开处[3]。(叶)

应是浣纱人妒[4],(叶)褪红衣、(豆)被谁轻误。(叶)闲情淡雅,(句)冶姿清润,(句)凭娇待语[5]。(叶)隔浦相逢,(句)偶然倾盖[6],(句)似传心素[7]。(叶)怕湘皋佩解[8],(句)绿云十里[9],(句)卷西风去。(叶)

注释

[1] "仙人掌上"二句:汉司马迁《史记·孝武本纪》载,汉武帝为求长生,作仙人掌,仙掌擎铜露盘以承接天露,调和玉屑饮用,以求成仙。芙蓉,即莲花。唐王建《宫词》九十五:"金殿当头紫阁重,仙人掌上玉芙蓉。"涓涓:细小的水。

[2] 消凝:销魂。

[3] 浑:全、简直。

[4] 浣纱人:指春秋时美女西施。西施曾在家乡苎萝村若耶溪(今浙江诸暨)浣纱。

〔5〕凭娇待语:依凭娇媚期待与人说话。唐李白《渌水曲》诗:"荷花娇欲语,
愁杀荡舟人。"

〔6〕倾盖:古人乘车外出,在路途遇到同样乘车的朋友,便互相停车问候。为
彼此相近,而车盖微倾,谓之"倾盖相交"。《孔子世家·致思》:"孔子之
郯,遭程子于途,倾盖而语终日,甚相亲。"此处形容荷叶倾斜的姿态。

〔7〕心素:衷曲、心事。

〔8〕湘皋佩解:《列仙传》载,郑交甫至汉水滨,遇江妃二女于江汉之间,与之
言,二女解下所系玉佩相赠。交甫走了十数步,玉佩忽不见,二女亦消
失。湘皋,即汉皋。此处比喻白莲花谢。

〔9〕绿云:指荷叶。

评析

这是一首咏白莲的词。

词的上片,写白莲形态之美。开篇两句,整体描写白莲滴露的优美形象。词
人采用了汉武帝立金茎承露盘以求长生的典故,将荷叶比作"仙人掌",荷叶之上
挺立着白莲花。莲花上晶莹的露珠缓缓滴落在荷叶之上,就犹如露水滴在承露
盘中一样。典故的运用突出了白莲花超凡脱俗的仙灵气质。第三、四、五句,采
用拟人手法,细致勾画白莲的绰约风采。清淡的装扮映照着湖水,纤美的衣裳使
白莲亭亭玉立。在清凉的湖风中,她翩翩起舞。"轻妆"、"纤裳"写其形质。"照
水"、"玉立"写其神态。"飘飘似舞"则使白莲花具有了生命的灵动与活力。接下
来三句,词人从自身感受写白莲周围的环境、氛围。夜晚时分,湖面上如烟如雾,
月色朦胧,白莲掩映之中是一汀的沙鸥、白鹭。词人多次徘徊在湖边,沉醉在这
素净、淡雅、如诗如画的境界之中。段末三句,用"记"字领起,具体写词人莲湖夜
泛的感受。他乘着一叶小舟来到静谧的湖面上,月光之下,波光粼粼,澄明如镜。
一缕缕幽香,从远处飘来,令人心旷神怡。此时,白莲、月色、湖光已经浑然一体,
迷蒙莫辨。在湖光、月色的映照下,白莲纯洁、淡雅的品质得到突出体现。

词的下片,采用拟人方法,写白莲的神韵之美。首二句,写白莲的色泽。白
莲的白色本是自然生成,而词人却偏说白莲本是身着红衣的,是由于浣纱美人西

施的嫉妒,才褪红着白的。如此想象,可谓出人意表,极富情趣。第三、四、五句,写白莲的气质、神态。白莲身着素衣,显得淡雅、清润。她那优美的身姿,好像在等待向人倾诉。接下来三句,就"待语"加以生发。白莲与词人隔水相逢,它那"倾盖"之姿,似乎是要向词人表达心曲。"倾盖"二字化用了孔子与程子途中相见,倾盖而语的典故,惟妙惟肖地写出了荷叶的倾斜姿态,同时又表达出自己对白莲的倾慕之心,可谓一语双关。最后三句,从眼前宕开,想到未来。流露出对白莲凋零命运的怜惜之情。

　　词咏白莲,既写其形,又传其神,做到了形神兼备。整首词,章法严谨,想象幽奇,匠心独运。夏承焘《乐府补题考》将此词系于元至元十六年(1279),故有人认为此词是作者为悼念宋之后妃而作。

词牌考原

　　《水龙吟》,词牌名。又名《水龙吟令》、《龙吟曲》、《水龙吟慢》、《鼓笛慢》、《小楼连苑》、《海天阔处》、《庄椿岁》、《丰年瑞》。

　　《水龙吟》最早是南北朝时北齐的一组古琴曲,据《北齐书》卷二十九"郑述祖传":"述祖能鼓琴,自造《龙吟十弄》,云尝梦人弹琴,寤而写得。当时以为绝妙。"同时,汉马融《长笛赋》云:"近世羌笛从羌起,羌人伐竹未及已。龙吟水中不见己,截竹吹之声相似。"故人们也以龙吟喻笛声,如南朝梁刘孝先《咏竹诗》:"谁能制长笛,当为吐龙吟。"南北朝诗人庾信的《对酒诗》:"惟有龙吟笛,桓伊能独吹。"

　　入唐,唐代君王出行有仪仗鼓吹,所奏乐曲有《龙吟声》。据《新唐书》卷二十三下"仪卫下"载:"大驾卤簿鼓吹,分前后二部。凡鼓吹五部:一鼓吹,二羽葆,三铙吹,四大横吹,五小横吹,总七十五曲。……鼓吹部有扛鼓、大鼓、金钲小鼓、长鸣、中鸣。扛鼓十曲,……长鸣一曲三声:一《龙吟声》,二《彪吼声》,三《河声》。""卤簿"是君王出外时扈从的仪仗队,《龙吟声》则是出行中吹打的一种仪仗乐。而在宫内娱乐时,也有类似的笛曲,李白《宫中行乐词八首》第三:"笛奏龙吟水,箫鸣凤下空。"杜甫《刘九法曹、郑瑕丘石门宴集》诗:"晚来横吹好,泓下亦龙吟。"

　　除了宫廷音乐外,唐代民间也流传着一种击打乐《龙吟歌》,《全唐诗》卷八二一载大历十三年(778)皎然的《戛铜碗为龙吟歌》,歌前作者自序:"唐故太尉房公琯，早岁尝隐于终南山峻壁之下，往往闻龙吟。声清而静，涤人邪想。时有好事僧潜戛之，以三金写之。唯铜声酷似。他日房公偶至山寺，闻林岭间有此声，乃曰：'龙吟复迁于兹矣。'僧因出其器以告。公命戛之，惊曰：'真龙吟也。'大历十三祀，秦僧传至桐江，予使童儿戛金仿之，亦不减秦声也。缁人或有讥者，曰：此达僧之事，可以嬉娱，尔曹无以琐行自拘。因赋《龙吟歌》以见其意。"戛，是敲，击打。房琯（697—763）是唐玄宗、肃宗两朝宰相。据序可知，此乐是盛唐僧人所作，由秦地传到桐江，敲击铜器皿来演奏的，皎然诗云："逸僧戛碗为龙吟，世上未曾闻此音。一从太尉房公赏，遂使秦人传至今。初戛徐徐声渐显，乐音不管何人辨。似出龙泉万丈底，乍怪声来近而远。"后来，房琯的这一逸事在流传中被赋予神话色彩，五代牛峤《灵怪录》记载："房琯尝修学终南山谷中，忽闻声若物戛铜器之韵，盖未之前闻也。问父老，云：'此龙吟也，不久雨至矣。'"中唐时，诗人李贺（790～816）作《假龙吟歌》，歌为杂言，前半四言，后半七言，全用仄声押韵，韵字则入声与上声交替，语言亦奇崛险怪，用各种奇特比喻写龙吟声。假者，假借也，借龙吟歌作杂言歌词。

唐代乐曲名虽有"龙吟"而无"水"字，但在唐人的理念中，龙与水密不可分，正如刘禹锡的《陋室铭》所云："山不在高，有仙则名。水不在深，有龙则灵。"故唐人亦多以龙吟喻水声。如人们熟知的李白《梦游天姥吟留别》中有"熊咆龙吟殷岩泉，栗深林兮惊层巅"。晚唐张祜《题李渎山居玉潭》，用"一听夜龙吟"比喻潭水声。李商隐《一片》中也有"天泉水暖龙吟细"的诗句。另外，中国古代的《易经》云："云从龙，风从虎。"故人们以为龙吟云起，虎啸风生。每当干旱之时，君王便下诏祈雨。唐玄宗时曾诏令修建龙坛和龙堂以供祭祀求雨。由唐代这种风俗文化出发，龙与水是不可分离的，所以很容易由《龙吟声》或《龙吟歌》演变出《水龙吟》的曲名曲调。唐末五代时的道士吕岩（约874年前后在世）应是最早用《水龙吟》的曲调写词的人，《全唐诗》卷九百载吕岩的《水龙吟》：

"目前咫尺长生路，多少愚人不悟。爱河浪阔，洪波风紧，舟船难渡。略听仙师语，到彼岸，只消一句。炼金丹换了，凡胎浊骨。免轮回，三涂苦。　　万事澄心定意，聚真阳、都归一处。分明认得，灵光真趣，本来面目。此个幽微理，莫容易，等闲分付。知蓬莱自有，神仙伴侣。同携手，朝天去。"

前人对此亦有质疑，有人认为非吕岩所作，将之列入"宋元人依托唐五代人物鬼仙词"中。但是，此词的内容与用语与吕岩其他劝世诗极为相似，如五言"悟了长生理"、杂言"勉牛生、夏侯生"都是劝人求仙学道得长生的说教。而我们看到北宋最早用《水龙吟》填词的苏轼，在他所填的四首《水龙吟》中，第一首正是延续了吕岩求仙的内容，其云："古来云海茫茫，道山绛阙知何处。人间自有，赤城居士，龙蟠凤举。清净无为，坐忘遗照，八篇奇语。向玉霄东望，蓬莱晻霭，有云驾、骖风驭。（下略）"所以《水龙吟》由吕岩所创并非不可能。

　　《词律》卷十六、《钦定词谱》卷三〇均列此调，所举体格颇为纷繁。《词谱》共列体二十五种，并谓"此调句读最为参差，今分立二谱"。一谱为起句七字、次句六字者，以苏轼"霜寒烟冷兼葭老"一词为正体，双调，一百〇二字。一谱为起句六字、次句七字者，以秦观"小楼连苑横空"一词为正体。又，《高丽史·乐志》所录无名氏"玉皇金阙长春"一词，虽亦为双调一百〇二字，然句读韵律与苏词、秦词迥异，名《水龙吟慢》。《水龙吟》的异名亦多。如秦观词有"小楼连苑横空"句，故名《小楼连苑》；吴琚词结句为"片片是，丰年瑞"，故别名《丰年瑞》；方味道为赵丞相祝寿词结句为"长是伴，庄椿岁"，故亦名《庄椿岁》。欧阳修词"缕金裙窣轻纱"名《鼓笛慢》；史达祖词名《龙吟曲》等。

词谱格式

　　《水龙吟》的词谱格式：

仙人掌上芙蓉，	平平仄仄平平，（句）
涓涓犹滴金盘露。	平平仄仄平平仄。（韵）
轻妆照水，	平平仄仄，（句）
纤裳玉立，	平平仄仄，（句）
飘飘似舞。	平平仄仄。（叶）
几度消凝，	仄仄平平，（句）
满湖烟月，	仄仄平仄，（句）

一汀鸥鹭。	(仄)平平(仄)。(叶) ▲
记小舟夜悄,	仄(仄)平(仄)仄,(句)
波明香杳,	(平)平(仄)仄,(句)
浑不见、花开处。	(平)平仄、(豆)平平仄。(叶) ▲
应是浣纱人妒,	(仄)仄(平)平(仄)仄,(叶) ▲
褪红衣、被谁轻误。	仄平平、(豆)(仄)平平仄。(叶) ▲
闲情淡雅,	(平)平(仄)仄,(句)
冶姿清润,	(平)平(仄)仄,(句)
凭娇待语。	(平)平(仄)仄。(叶) ▲
隔浦相逢,	(仄)仄平平,(句)
偶然倾盖,	(仄)平(平)仄,(句)
似传心素。	(仄)平平仄。(叶)
怕湘皋佩解,	仄平平仄仄,(句)
绿云十里,	(平)平仄仄,(句)
卷西风去。	仄平平仄。(叶) ▲

词律解读

1. 此词牌,双调,押仄韵,体式甚多,字数不同,句读有异。宋代词人多用一百○二字苏轼体。上片第一句或六言,或七言,上下片各四仄韵。张炎此词即首句六言体。上片四仄韵,下片首句入韵,为五仄韵。本谱可平可仄处采用常见格式。

2. 此调押仄声韵。本篇属于词韵第四部仄韵(即上声语麌、去声御遇)。起首韵字"露"与下面叶韵的"鹭"、"妒"、"误"、"素"属去声遇韵。其他韵字"舞"字属上声麌韵;"语"字属上声语韵;"处"、"去"字属去声御韵;全词乃同部上去声通押。

3. 此词以四言句为主,杂用三言、六言、七言句。词中四言相连处,多用为对句。如本词上片之"满湖烟月,一汀鸥鹭"为同声对。下片之"闲情淡雅,冶姿清润"亦为对句。上片第九句第一字"记"为领字,且用去声,以领起下二句。上片末句格式为"平平仄、平平仄",本篇上片末句中"不"字为以入代平。下片末句例用一、二、一节奏,须用"仄平平仄"格律。如本篇末句读作"卷一西风一去";苏轼词(霜寒烟冷兼葭老)尾句为"有盈盈泪";辛弃疾词(楚天千里清秋)尾句作"揾英雄泪"。

4.《词律》卷十六以赵长卿词(淡烟清雾蒙蒙)一百〇一字者为正体,以辛弃疾词(楚天千里清秋)及陆游词(摩诃池上追游客)一百〇二字者为"又一体"。《钦定词谱》卷三〇列正格有二,一为首句七字、次句六字之苏轼词(霜寒烟冷兼葭老),一为首句六字、次句七字之秦观词(小楼连苑横空)。另列添字、减字及句读、押韵不同者二十余种为"又一体"。

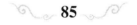

85

齐天乐 蟋蟀
宋 姜夔

庾郎先自吟愁赋[1]，（韵）凄凄更闻私语。（叶）露湿铜
铺[2]，（句）苔侵石井，（句）都是曾听伊处。（叶）哀音似诉。（叶）正
思妇无眠，（句）起寻机杼[3]。（叶）曲曲屏山[4]，（句）夜凉独自甚
情绪。（叶）　　西窗又吹暗雨。（叶）为谁频断续，（句）相和砧
杵[5]。（叶）候馆吟秋[6]，（句）离宫吊月[7]，（句）别有伤心无
数。（叶）豳诗漫与[8]，（叶）笑篱落呼灯，（句）世间儿女。（叶）写入
琴丝[9]，（句）一声声更苦。（叶）

注释

〔1〕庾郎：庾信（513—581），字子山，南阳新野（今河南新野）人。初仕南朝
　　梁，后出使西魏，值梁为西魏所灭，留而不返，历仕西魏、北周，官至骠骑
　　大将军、开府仪同三司，世称庾开府。善诗文，曾著《愁赋》，但今本庾信
　　集不载，或谓"愁赋"并非具体一篇作品，而是庾信写家国身世之痛作品
　　的总称，诸如《哀江南赋》、《伤心赋》、《枯树赋》等。

〔2〕铜铺：装在门上，用来衔托门环的铜制龟、蛇形装饰。

〔3〕"正思妇"二句：蟋蟀鸣声使思妇难以入眠，起来找寻机杼（zhù 柱）。蟋
　　蟀又名促织，民谚云："促织鸣，懒妇惊。"杼，织布的梭子。

〔4〕屏山:屏风上的山形彩绘。

〔5〕砧杵(zhēn chǔ 真楚):指捣衣石和棒槌。亦指捣衣。

〔6〕候馆:客店。

〔7〕离宫:皇帝出行时的住所。

〔8〕豳(bīn 宾)诗:《诗经·豳风·七月》:"七月在野,八月在宇,九月在户,十月蟋蟀入我床下。"漫与:即景赋诗。漫,随意。唐杜甫《江上值水如海势,聊短述》诗:"老去诗篇浑漫与,春来花鸟莫深愁。"

〔9〕写入琴丝:作者自注:"宣政间(北宋徽宗政和、宣和年间),有士大夫制《蟋蟀吟》。"

评析

词前小序云:"丙辰岁,与张功父会饮张达可之堂,闻屋壁间蟋蟀有声,功父约予同赋,以授歌者。功父先成,辞甚美。予徘徊茉莉花间,仰见秋月,顿起幽思,寻亦得此。蟋蟀,中都呼为促织,善斗,好事者或以三、二十万钱致一枚,镂象齿为楼观以贮之。"由序可知,这是一首咏蟋蟀的词。丙辰岁是宋宁宗庆元二年(1196),张功父即张镃。二人同咏蟋蟀。张镃先成《满庭芳·促织儿》,且"辞甚美",曲尽形容之妙。姜夔此词则另辟蹊径,从蟋蟀的叫声着笔,借以抒发国家兴亡之感。

词的上片,写由蟋蟀叫声而引发的情思。开篇两句,用庾信典故写听到蟋蟀叫声的愁苦心情。"庾郎",即庾信。庾信初仕于梁,后出使西魏。梁为西魏所灭,庾信羁留北方。历仕西魏、北周,官至骠骑大将军、开府仪同三司。虽然官位甚高,但其内心却甚为凄苦。亡国之痛,故国之思成为其后期诗文创作的重要内容。而作者身处只有半壁江山的南宋,其愁思与庾信自有相通之处。从前面的小序可以看出,正是由于北宋君臣安于豪奢,不问国事,才导致靖康之难、二帝被掳的奇耻大辱。序中忆及中都汴梁(今开封)盛行斗蟋蟀,甚至出现天价购买之事,只是当年北宋统治者骄奢淫逸的一个侧面。因此,作者开篇便借庾信的愁思与苦吟,写自己的兴亡之感。下一句用拟人手法写蟋蟀声。蟋蟀那凄切、细碎的鸣叫,犹如人在窃窃"私语",与上句的吟赋声融合一片。"更闻"与"先自"相呼应,使词意推进一层。词人夜吟,本已愁情满怀,更哪堪蟋蟀的悲鸣呢！第三、四、五句,写大门外、石井旁都是蟋蟀鸣叫的地方。"露湿"表明夜已深,同时又与"苔侵"一起,烘托出凄清的氛围。接下来三句,由蟋蟀叫声引出思妇的幽思。宋金之间的频繁交战,使征人难返家乡。蟋蟀的声声哀鸣,使本来就辗转反侧的思妇更加难以入眠,只有起床织布来消解烦忧,于是蟋蟀声、机杼声融成一片。段末两句,写思妇怀念远人的心情。面对屏风上的连绵远山,思妇不由神驰万里。秋色已深,什么时候才能将亲手织就的冬衣送到远方亲人的手中？秋夜露寒,远人遥隔,无数思妇独对孤灯,这正是南宋社会动荡不安的缩影。

　　词的下片,写由蟋蟀叫声引发的联想,将哀怨之情导向更广的空间。首三句,紧承上片,续写思妇,转向深远。"西窗又吹暗雨"仍是写思妇凄苦之状,寒窗孤灯,秋风吹雨。"又"字承上,脉络暗通,但描写空间已由室内转向了室外。与蟋蟀时断时续的悲吟伴随的,还有远处那时隐时现的捣衣之声。由室内而窗外,由织妇而捣衣女。"为谁"二字,化实为虚,由上片眼前近景的实写,转向空灵深远的虚写。第四、五、六句,则由民间遭受的痛苦转向宫廷遭到的耻辱,"候馆迎秋,离宫吊月"暗指二帝被金兵掳走北上,后宫嫔妃随之全遭蹂躏的残酷现实,正是"别有伤心无数"。可见伤心者不仅在民间,也包括了造成悲剧的统治者。接下来三句,"豳诗漫与"句,是用《诗经·豳风·七月》"七月在野,八月在宇,九月在户,十月蟋蟀入我床下"的典故。据毛传《七月》为"周公陈王业"的诗篇。同是一只蟋蟀,由周室之兴对比北宋的亡国,真是天壤之别！作者说"豳诗漫与",就是说《七月》的作者大概是随意写到蟋蟀,却不曾想到这蟋蟀竟然成为北宋骄奢亡国的见证。下面"笑篱落呼灯,世间儿女"则以小儿女的无知反衬自己内心的沉痛。写小儿女呼灯捕捉蟋蟀的乐趣,初看似与整首词的主旋律不相协调,然而这正是词人别有用心之处。清陈廷焯《白雨斋词话》评云:"以无知儿女之乐,反衬出有心人之苦,最为入妙。"最后两句,由蟋蟀哀吟转写音乐。那蟋蟀的哀吟如被谱入琴弦,一声声将更加凄苦。"更苦"与开篇"愁"字相应,韵味悠远。

　　此词看似咏物,实则抒情,通过写听蟋蟀鸣声,寄托遭受时代巨变的家国之恨。写法上则别开生面,用空间和人事的转换,层层推进,步步烘托,创造出一种凄迷深远的艺术境界,以蟋蟀的声声悲鸣,传达出普天下伤心人的心声。正如清

许昂霄所评：“将蟋蟀与听蟋蟀者，层层夹写，如环无端，真化工之笔也。”（《词综偶评》）

词牌考原

《齐天乐》，词牌名。又名《齐天乐慢》、《五福降中天》、《如此江山》、《台城路》。宋郭茂倩《乐府诗集》卷五十六所录南朝《宋泰始歌舞曲辞》，有虞龢“明君大雅”词，云：“英勋冠帝则，万寿永齐天。”于是“齐天”二字，恒用以比寿。入宋，谱入乐章，成为曲名。

此调原为宋代教坊乐曲，后成为文人词调。《宋史·乐志》载：“宋初，循旧制置教坊，凡四部。……所奏凡十八调，四十六曲。一曰正宫调，其曲三：曰《梁州》、《瀛府》、《齐天乐》。”《钦定续通志》卷一百二十七“宋教坊排当九十六曲”下列有《齐天乐曲破》、《圣寿齐天乐慢》二曲。排当是宫中设宴之称。宋周密《武林旧事》卷一记载宋天基圣节（宋理宗生日）的庆祝仪典，有“天基圣节排当乐次”：“乐奏夹钟宫，第一盏，觱篥起《圣寿齐天乐慢》。”据此，可知这一乐曲原是宋代宫廷宴享之乐章，多用于节日或祝寿。嗣后散入民间，遂为词调牌名。

北宋时最早由周邦彦用为词调，乃宋大曲《齐天乐》之摘遍。周邦彦徽宗时为徽猷阁待制、提举大晟府。既熟悉宫廷音乐，又精通音律，曾创作不少新词调。其《清真集》以《齐天乐》入正宫（黄钟宫）调。姜夔《齐天乐》词注：“黄钟宫，俗名正宫。”此调经周邦彦、姜夔的再创造，依旧曲而制新腔，遂由颂圣之宴乐变成抒情之乐章。《词律》卷十七列王沂孙等二体。《钦定词谱》卷三十一列周邦彦“绿芜凋尽台城路”一首为正体，又列别体七种。此调别名多出自词句，《钦定词谱》卷三十一曰：“周邦彦词，有‘绿芜凋尽台城路’句，名《台城路》；沈端节词，名《五福降中天》；张辑词，有‘如此江山’句，名《如此江山》。”

词谱格式

《齐天乐》的词谱格式：

庾郎先自吟愁赋，	仄平㊎仄平平仄，(韵)▲
凄凄更闻私语。	平平仄平平仄。(叶)▲
露湿铜铺，	仄仄平平，(句)
苔侵石井，	平平仄仄，(句)
都是曾听伊处。	㊎仄㊎平平仄。(叶)▲
哀音似诉。	平平仄仄。(叶)▲
正思妇无眠，	仄㊎仄平平，(句)
起寻机杼。	仄平平仄。(叶)▲
曲曲屏山，	仄仄平平，(句)
夜凉独自甚情绪。	仄平㊁仄仄平仄。(叶)▲

西窗又吹暗雨。	平平仄平仄仄。(叶)▲
为谁频断续，	仄平平仄仄，(句)
相和砧杵。	平仄平仄。(叶)▲
候馆吟秋，	仄仄平平，(句)
离宫吊月，	平平仄仄，(句)
别有伤心无数。	㊁仄平平平仄。(叶)▲
豳诗漫与，	平平仄仄，(叶)▲
笑篱落呼灯，	仄㊎仄平平，(句)
世间儿女。	仄平平仄。(叶)▲
写入琴丝，	仄仄平平，(句)
一声声更苦。	仄平平仄仄。(叶)▲

词律解读

1. 此词牌，双调，一百〇二字，上下片各六仄韵。

2. 此调押仄声韵，一般用上去声押，不协入声韵。本篇属于词韵第四部仄韵（上声语麌、去声御遇）。起首韵字"赋"与下面叶韵的"诉"字属去声遇韵。其他韵字"处"属去声御韵;"语"、"杼"、"绪"、"与"、"女"字属上声语韵;"雨"、"杵"、"数"、"苦"字属上声麌韵;全词乃同部上去声通押。

3. 上片第三、四句,下片第四、五句多作对偶句法。如本词上片之"露湿铜铺,苔侵石井",下片之"候馆吟秋,离宫吊月"。上片第七句、下片第八句之五言(正思妇无眠,笑篱落呼灯),第一字均为领字,例用去声,领起下面两个四言句。清杜文澜"论词三十则"云:"惟去声则独用。其声激厉劲远,转折跌荡,全系乎此,故领调亦必用之。"(《憩园词话》卷一)上片末句后三字用"仄平仄"拗律,须遵循。《词律》卷十七强调此调:"前后结平仄一字不可更改。"

4. 一般通行的词调,在格律上只要求遵守平仄,但也有一小部分词调不仅讲平仄,有的地方还要分四声。如《齐天乐》、《木兰花慢》等调,当然不必全首分四声,而是有数处仄声须分上、去。词中的去声字常和上声连用,可作"去上"或"上去",《齐天乐》有几处必用"去上"声。这在北宋周邦彦的《齐天乐》(秋思)中已有样本,南宋同样精通音律的姜夔沿袭了周邦彦的做法。如姜夔词中换头处"西窗又吹暗雨",下面"幽诗漫与"与结尾"一声声更苦",其中,"暗雨"、"漫与"、"更苦"都是"去上"。陈匪石在《声执》上卷指出:《齐天乐》"结拍末二字限用去上"。夏承焘亦指出:"词中须严守四声的地方,往往就是这一腔调的音律最为紧要,最为美听的地方,所以要求字声配合更严密,与歌腔完全切合。它的位置在词中没有一定,但以在结尾处比较多。"(《读词常识》)

5. 《词律》卷十七以王沂孙词(一襟余恨宫魂断)为正体,以陆游词(角残钟晚关山路)为"又一体"。《钦定词谱》卷三十一以周邦彦词(绿芜凋尽台城路)为正体,另列姜夔词等别体七种。

《雨霖铃》（寒蝉凄切）

86

雨霖铃 秋别

宋 柳永

寒蝉凄切[1]。(韵)对长亭晚[2],(句)骤雨初歇。(叶)都门帐
饮无绪[3],(句)方留恋处,(句)兰舟催发[4]。(叶)执手相看泪
眼,(句)竟无语凝噎[5]。(叶)念去去[6]、(豆)千里烟波,(句)暮霭
沉沉楚天阔[7]。(叶)　　多情自古伤离别,(叶)更那堪、(豆)冷
落清秋节。(叶)今宵酒醒何处?(句)杨柳岸、(豆)晓风残月。(叶)
此去经年[8],(句)应是良辰好景虚设。(叶)便纵有、(豆)千种风
情[9],(句)更与何人说。(叶)

注释

〔1〕寒蝉:秋蝉。《礼记·月令》:"孟秋之月,寒蝉鸣。"

〔2〕长亭:古代驿道上设置亭舍,十里一长亭,五里一短亭,以供过往旅客憩
息、送别之用。

〔3〕都门:京都城门,这里指汴京城外。帐饮:设帐幕宴饮饯别。

〔4〕兰舟:木兰舟。南朝梁任昉《述异记》卷下:"木兰洲在浔阳江中,多木兰
树。昔吴王阖闾植木兰于此,用构宫殿也。七里洲中,有鲁般刻木兰为
舟,舟至今在洲中。诗家云木兰舟,出于此。"后常用为船的美称。

〔5〕凝噎:因伤心而气结声塞,说不出话来。

〔6〕去去:不断前行,一程一程地远去。

〔7〕暮霭:傍晚时分的云气。楚:指江南地区。

〔8〕经年:经过一年或若干年,一年又一年。

〔9〕风情:男女间的相爱情怀。

评析

　　这是一首抒写离情别绪的千古名篇,是柳词和有宋一代婉约词的杰出代表,亦是宋元时期流行的"宋金十大曲"之一。在词中,词人将其离开汴京,与恋人分别时的依依惜别之情,表达得缠绵悱恻,凄婉动人。

　　词的上片,写临别情景。开篇三句,渲染离别的环境氛围,点明分别的季节、地点、时间。孟秋时节,傍晚时分,骤雨刚过,寒蝉悲鸣,词人与恋人在长亭外依依惜别。寒蝉、骤雨、暮色烘托出凄凉的氛围,令人备感"凄切"。词人采用融情入景,以景写情的方法,使所见所闻,无不带有凄凉、伤感色彩。第四、五、六句,写都门别离,为叙事抒情。词人与恋人在都门外设帐宴别,面对美酒佳肴,却毫无兴致。正在二人难舍难分之时,又传来船夫催促之声。一边是留恋情浓,一边是兰舟催发,写出离别的紧迫与无奈。接下来二句,通过动作细节写离别之痛。离别在即,二人牵手,四目相对,泪水涟涟,一时间百感交集,哽咽无语,此时无声胜有声。段末二句,以"念"字领起,设想行舟将一程远似一程,一点帆影渐渐隐没在"千里烟波"中,消失在"暮霭沉沉"的天际。此处词人借助想象,展开了一幅行舟远去的广阔画面,道出了二人即将远隔天涯的离情。

　　词的下片,写别后情景。首二句,词人先由上片的具体离别抽象出普遍的人生体味:"多情自古伤离别。"随后又推进一层,"更那堪、冷落清秋节",强调在冷落、凄凉的秋季,离情更甚于常时。"清秋节"与起首句的"寒蝉凄切"相照应,尽显开阖之妙。下面两句,想象旅途中的景象。当一夜酒醒,行舟早已远离故乡,只见杨柳岸边,晓风吹拂着青青的柳条,一弯残月高挂在柳梢。如一幅凄清、淡雅的图画,与温馨的故乡形成了鲜明的对照,引发游子身在异乡的无限惆怅。此二句为全篇之警句,亦为柳永光耀词史的名句。清人刘熙载评说:"词有点,有染。柳耆卿《雨霖铃》云:'多情自古伤离别,更那堪冷落清秋节。今宵酒醒何处?

杨柳岸、晓风残月。'上二句点出离别冷落,'今宵'二句乃就上二句意染之。点染之间,不得有他语相隔,隔则警句亦成死灰矣。"(《艺概》)说明点明词意与渲染离情之间相为表里,密不可分。最后四句,设想经年之后的相思。此番离别将年复一年,纵有"良辰美景",也是如同虚设;即便有万种柔情,更是无人诉说。"此去"二字遥应上片"念去去"。"经年"二字近应"今宵"。环环相扣,步步推进。最后以问句作结,更具含蓄之妙。

全词层层铺叙,脉络分明,虽为直写,但叙事清晰。词人善于把情景交融的手法运用到慢词之中,把离情别绪通过生动的画面表现出来,构成一种诗意的境界,给读者以强烈的艺术感染。

词牌考原

《雨霖铃》,词牌名。一作《雨淋铃》。原唐教坊曲,用作词调,始见于宋柳永《乐章集》。又名《雨霖铃慢》。《雨霖铃》曾载入唐崔令钦《教坊记》曲名。崔令钦是唐玄宗时人,经历了开天时代的辉煌,安史之乱后避乱江南。在其所著《教坊记》中记述了唐代教坊制度和大量轶闻。而"其后记一篇,谆谆于声色之亡国,虽礼为尊讳,无一语显斥元(玄)宗,而历引汉成帝、高纬、陈叔宝、慕容熙,其言剀切而著明,乃知令钦此书,本以示戒,非以示劝"(《四库全书总目提要》卷一百四十)。据此,此书当成书于安史之乱后。

唐段安节《乐府杂录》云:"《雨霖铃》者,因唐明皇驾回至骆谷,闻雨淋銮铃,因令张野狐撰为曲名。"唐郑处诲《明皇杂录》:"明皇既幸蜀西南行,初入斜谷,属霖雨涉旬,于栈道雨中,闻铃音与山相应,上既悼念贵妃,采其声为《雨霖铃》曲,以寄恨焉。时梨园弟子善吹觱篥者张野狐,惟此人从至蜀。上因以其曲授野狐。泊至德中,车驾复幸华清宫,从官嫔御多非旧人。上于望京楼下命野狐奏《雨霖铃》曲,未半,上四顾凄凉,不觉流涕。左右感动,与之歔欷。其曲今传于法部。"据此可知,此曲是唐玄宗安史之乱后奔蜀途中所作,由于在"马嵬之变"中处死了杨贵妃,玄宗作此曲以寄思念之情、死别之恨。宋王灼《碧鸡漫志》卷五曾引唐代罗隐、杜牧、张祜诗,详作考证。罗隐诗"细雨霏微宿上亭,雨中因感雨淋铃",言闻铃之地在四川梓桐。杜牧诗"行云不下朝元阁,一曲《淋铃》泪数行",写返京后奏曲情景。张祜诗"雨霖铃夜却归秦,犹是张徽一曲新",言明皇入蜀时作此曲,至归秦后,犹是张野狐向来新曲。中唐时,元稹作《琵琶歌》,中有"因兹弹作《雨霖铃》,风雨萧条鬼神泣",可知此曲之悲伤幽怨。王灼并云:"今双调《雨淋铃慢》,颇极哀怨,真本曲遗声。"

宋人借旧曲之名,另倚新声。《雨霖铃》词牌始于柳永《乐章集》。《乐章集》入双调(夹钟商)。《词律》卷十八列黄裳所作(天南游客),《词谱》卷三十一以柳永所作(寒蝉凄切)为正体,例用入声部韵。《词谱》列别体二种。《阳春白雪》所收杜龙沙作此调,为平韵。

词 谱 格 式

《雨霖铃》的词谱格式:

寒蝉凄切。	平平平仄。(韵)
对长亭晚,	仄平平仄,(句)
骤雨初歇。	仄仄平仄。(叶)
都门帐饮无绪,	平平仄仄平仄,(句)
方留恋处,	平平仄仄,(句)
兰舟催发。	平平平仄。(叶)
执手相看泪眼,	仄仄平平仄仄,(句)
竟无语凝噎。	仄平仄平仄。(叶)
念去去、千里烟波,	仄仄仄、(豆)平仄平平,(句)
暮霭沉沉楚天阔。	仄仄平平仄平仄。(叶)
多情自古伤离别,	平平仄仄平平仄,(叶)
更那堪、冷落清秋节。	仄平平、(豆)仄仄平平仄。(叶)
今宵酒醒何处?	平平仄仄平仄,(句)
杨柳岸、晓风残月。	平仄仄、(豆)仄平平仄。(叶)

此去经年,	仄仄平平,（句）
应是良辰好景虚设。	平仄平平仄仄平仄。（叶）
便纵有、千种风情,	仄仄仄、(豆)仄仄平平,（句）
更与何人说。	仄仄平平仄。（叶）

词律解读

1. 此词牌,双调,一百零三字,上下片各五仄韵。例用入声韵。

2. 本词所押韵为入声第四部(物月曷黠屑叶)。起首韵字"切"与下面叶韵的"噎"、"别"、"节"、"设","说"均属入声屑韵。而"歇"、"发"、"月"属入声月韵。"阔"属入声曷韵。全词乃入声韵同部协韵。

3. 本篇句式多变化,上片第八句五言(竟无语凝噎)为上一下四节奏。"暮霭沉沉楚天阔",是上四下三;"多情自古伤离别",是上二下五;"杨柳岸晓风残月",是上三下四。且词中多用拗律,如"骤雨初歇"、"帐饮无绪"、"好景虚设"为"仄仄平仄";"念去去"、"便纵有"为"仄仄仄";上片末句"暮霭沉沉楚天阔"后三字为"仄平仄"。

4. 词中有所谓"领字",指起统摄下面几句作用的字,有用一字领起的,如本词"对长亭晚,骤雨初歇"中的"对"字,"念去去、千里烟波,暮霭沉沉楚天阔"中的"念"字,均领起下面两句。有用两字领起的,如"应是良辰好景虚设",乃"应是"二字为领字的八字句。亦有用三字作领字的,词中"更那堪、冷落清秋节"中,"更那堪"三字领起下句。词中去声字的运用,尤须注意。万树《词律·发凡》强调:"名词(名家所填的词)转折跌荡处多用去声。"龙榆生云:"《雨霖铃》中的'对'、'竟'、'念'、'更'、'便'等字,都是去声,在转接提顿处都发挥着重大的作用,加强了声情上的感染力。"

5.《词律》卷十八以黄裳词(天南游客)为正体。《钦定词谱》卷三十一以柳永词(寒蝉凄切)为正体,以王廷珪、黄裳词为"又一体"。

87

喜迁莺 闰元宵 一作"元宵闰咏"

宋 吴礼之

银蟾光彩[1]。（韵）喜稔岁闰正[2]，（句）元宵还再。（叶）乐事难并[3]，（句）佳时罕遇，（句）依旧试灯何碍[4]。（叶）花市又移星汉，（句）莲炬重芳人海。（叶）尽勾引，（句）遍嬉游宝马，（句）香车喧隘。（叶）　　晴快。（叶）天意教，（豆）人月更圆，（句）偿足风流债。（叶）媚柳烟浓，（句）夭桃红小[5]，（句）景物迥然堪爱。（叶）巷陌笑声不断，（句）襟袖余香仍在。（叶）待归也，（句）便相期明日，（句）踏青挑菜[6]。（叶）

注释

〔1〕银蟾:明月。古代传说月中有蟾蜍,故以蟾代指月。

〔2〕稔(rěn 忍)岁:丰年。闰(rùn 润)正:闰正月。闰月特指农历每逢闰年增加的--个月。

〔3〕乐事难并:指快乐的事很难一齐来到。并,原作"留",今从唐圭璋编《全宋词》。

〔4〕试灯:张灯。

〔5〕夭桃:浓艳的桃花。《诗经·周南·桃夭》:"桃之夭夭,灼灼其华。"

〔6〕踏青:春日郊游。挑菜:唐代习俗,农历二月二日到曲江拾菜,谓之挑

菜节。

评析

　　这是一首咏闰元宵的词,描绘了南宋时民间欢度闰元宵的盛况。元宵节为宋人所重视,闰元宵更是难得。一年过两次元宵,人们自然异常兴奋。

　　词的上片,写闰元宵的难遇与热闹。开篇三句,写喜迎闰元宵。时值丰年,又逢闰正,明月朗照之下,再度元宵。"喜"字奠定全篇的欢快基调。第四、五、六句,写闰元宵之难遇。赏心乐事难得相并,如此佳时亦人生罕遇。尽管刚刚度过一个元宵,今晚再次燃灯把烛又有何妨。段末五句,写闰元宵盛况。华美的街市灯光闪烁,仿佛银河再落。莲花灯再次燃起,馨香在人海中飘荡。到处都是富贵人家的香车宝马,街道亦显得狭窄、喧闹。整个上片,通过"还再"、"依旧"、"又"、"重"等字,突出一个"闰"字,强调闰元宵的"罕遇"。人们的热情高涨,灯市的依旧热闹,皆因于此。

　　词的下片,从时序角度,重赏佳节。首三句,写当晚天气。正赶上一个快意的晴天,上天有意让月更圆,让思念的男女们偿足相思债。第三、四、五句,写季节物候。时值早春,妖媚的杨柳如烟似雾,艳丽的桃花含苞待放,这绚丽的美景展现了生命的活力。接下来两句,紧承上片"人海",写灯市上的游人。大街小巷的欢笑之声,不绝于耳。观灯士女的余香仍在飘荡。"笑声不断"写元宵灯市持续之长。"余香仍在"写夜深人散之后余味犹存。最后三句,写游情。待到归去时,人们相约明朝一道去踏青挑菜。表明闰元宵的狂欢,仍未使人尽兴,以约作别,有含蓄不尽之妙。

　　此词描写南宋元宵盛况,对了解当时社会风俗具有认识意义。

词牌考原

　　《喜迁莺》,词牌名。又名《鹤冲天》、《万年枝》、《春光好》、《燕归来》、《早梅芳》、《喜迁莺令》、《烘春桃李》。

　　自毛诗有幽谷乔木之咏,"乔迁"、"迁莺"等词成为民间祝颂之辞。唐韦绚《刘宾客嘉话录》云："今谓进士登第为'迁莺'者久矣。盖自《毛诗·伐木篇》：'伐木丁丁，鸟鸣嘤嘤，出自幽谷，迁于乔木。'又曰：'嘤其鸣矣，求其友声。'并无莺字。"唐宋时凡升迁、科举及第谓之"迁莺"。初唐苏味道使岭南，闻崔马二侍御入省，因寄诗曰："振鹭齐飞日，迁莺远听闻。"(见唐刘肃《大唐新语》"文章第十八")中唐白居易诗《与诸同年贺座主侍郎新拜太常，同宴萧尚书亭子》云："不失迁莺侣，因成贺燕群。"晚唐李商隐《喜舍弟羲叟及第，上礼部魏公》诗曰："朝满迁莺侣，门多吐凤才。"又据唐莫休符《桂林风土记》载："迁莺坊本名阜财，在市西门。因曹邺中丞进士及第，前政令狐大夫改为迁莺坊。"晚唐五代时，《喜迁莺》的词牌始出于韦庄笔下。《钦定词谱》卷六："此调有小令、长调两体。小令起于唐人，《太和正音谱》注：黄钟宫。"今《全唐五代词》录有韦庄《喜迁莺》词二首，乃双调小令，其二云："街鼓动，禁城开，天上探人回。凤衔金榜出云来，平地一声雷。　　莺已迁，龙已化，一夜满城车马。家家楼上簇神仙，争看鹤冲天。"此词写应试得中、金榜题名的盛况，乃咏调名原意。另有五代和凝、薛昭蕴、毛文锡、冯延巳、李煜词作，字数格式均与韦庄同。宋人除小令外，又演为慢词。如宋张元幹《芦川归来集》卷六存《喜迁莺令》(送何晋之大着兄趋朝歌以侑酒)："文倚马，笔如椽，桂殿蚤登仙。旧游册府记当年，衮绣合貂蝉。　　庆天申，瞻玉座，鹓鹭正陪班。看君稳步过花砖，归院引金莲。"唐人填此调者，换头下二句例押仄韵，惟后结押平韵。张元幹词全押平韵，乃变格也。张元幹又有《喜迁莺慢·鹿鸣宴作》，双调，一百零三字。宋以后词人所作《喜迁莺》以慢词居多，多用于赋登第、宴集、宫词等。《钦定词谱》卷六即以康与之词(秋寒初劲)一百〇三字仄韵体及蒋捷词(游丝纤弱)押入声韵格为正体，另列句式有异者及一百〇二字、一百〇五字等九种为"又一体"。

其别名亦得名于词句。《钦定词谱》卷六云："因韦庄词有'鹤冲天'句，更名《鹤冲天》；和凝词有'飞上万年枝'句，名《万年枝》；冯延巳词有'拂面春风长好'句，名《春光好》；宋夏竦词名《喜迁莺令》；晏几道词名《燕归来》；李德载词有'残腊里、早梅芳'句，名《早梅芳》。长调起于宋人，《梅溪集》注：黄钟宫。《白石集》注：太簇宫，俗名中管高宫。《江汉词》一名《烘春桃李》。"

词 谱 格 式

《喜迁莺》的词谱格式：

银蟾光彩。	⊙平平仄▲。（韵）
喜稔岁闰正，	仄⊙仄⊙平，（句）
元宵还再。	平平平仄▲。（叶）
乐事难并，	⊙仄平平，（句）
佳时罕遇，	⊙平⊙仄，（句）
依旧试灯何碍。	⊙仄仄平平仄▲。（叶）
花市又移星汉，	⊙仄仄平平仄，（句）
莲炬重芳人海。	平仄平平仄▲。（叶）
尽勾引，	仄⊙仄，（句）
遍嬉游宝马，	仄平平⊙仄，（句）
香车喧隘。	⊙平平仄▲。（叶）
晴快。	平仄▲。（叶）
天意教、人月更圆，	平仄平、（豆）平仄仄平，（句）
偿足风流债。	⊙仄平平仄▲。（叶）
媚柳烟浓，	⊙仄平平，（句）
夭桃红小，	⊙平⊙仄，（句）
景物迥然堪爱。	⊙仄仄平平仄▲。（叶）
巷陌笑声不断，	⊙仄仄平平仄，（句）
襟袖余香仍在。	平仄平平仄▲。（叶）
待归也，	仄平仄，（句）
便相期明日，	仄平平⊙仄，（句）
踏青挑菜。	⊙平平仄▲。（叶）

词 律 解 读

1. 此词牌,有令词、长调两种,此处所录为长调。双调,一百零三字,上下片各五仄韵。

2. 本篇押仄声韵,属于词韵第五部仄韵(上声蟹,又贿半;去声泰半、卦半、队半)。其中,起首韵字"彩"及下面叶韵的"海"、"在"字属上声贿韵。其他叶韵的"再"、"碍"、"爱"、"菜"属去声队韵;"隘"、"快"、"债"字属去声卦韵。全词乃同部上去声韵通押。

3. 此词调上下片平仄,除前三句有异外,大多相同。第二句"喜稔岁闰正"为上一下四句式,句中"稔"、"闰"二字可平。惟"正"(音征)字必须作平,定格也。本词几处五言句,第一字为领字,如上片第二句之"喜"字,第十句之"遍"字,下片第十句之"便"字均是。

4. 本调上下片第四、五句两四言例作对句,如"乐事难并,佳时罕遇"、"媚柳烟浓,夭桃红小"。第七、八句两六言亦可用对句,如本词"花市又移星汉,莲炬重芳人海"、"巷陌笑声不断,襟袖余香仍在"均为同声对。

5.《词律》卷四以蒋捷词(游丝纤弱)一百零三字押入声韵格为长调正体,列赵长卿词(商飙轻透)及张元幹词(雁塔题名)为"又一体"。《钦定词谱》卷六以康与之词(秋寒初劲)一百〇三字仄韵体及蒋捷词(游丝纤弱)为正体,另列句式有异者及一百〇二字、一百〇五字等九种为"又一体"。

88

绮罗香 红叶

宋 张炎

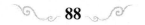

万里飞霜,(句)千山落木,(句)寒艳不招春妒。(韵)枫冷吴江[1],(句)独客又吟愁句。(叶)正船舣[2]、(豆)流水孤村[3],(句)似花绕、(豆)斜阳归路[4]。(叶)甚荒沟、(豆)一片凄凉,(句)载情不去载愁去[5]。(叶)

长安谁问倦旅[6]?(叶)羞见衰颜借酒[7],(句)飘零如许。(叶)漫倚新妆[8],(句)不入洛阳花谱[9]。(叶)为回风[10]、(豆)起舞樽前,(句)尽化作、(豆)断霞千缕。(叶)记阴阴、(豆)绿遍江南,(句)夜窗听暗雨。(叶)

注释

[1] 枫冷吴江:《旧唐书·文苑传》载唐崔信明有诗歌名句云:"枫落吴江冷。"吴江,即吴淞江,流经江苏南部至上海与黄浦江汇合后入海。

[2] 船舣(yǐ 以):船只靠岸。舣,停船靠岸。

[3] 流水孤村:此处及下文暗用前人诗词意,隋炀帝杨广诗:"寒鸦飞数点。流水绕孤村。斜阳欲落处。一望黯消魂。"(见逯钦立辑《先秦汉魏晋南北朝诗》隋诗卷三)北宋秦观《满庭芳》词亦有名句:"斜阳外,寒鸦数点,流水绕孤村。"

[4] 归路:《白香词谱》作"芳树",此处从明代起就有此异文,今据四库本《山

376

中白云词》卷二、《历代诗余》卷八十三及唐圭璋辑《全宋词》改"归路"。

〔5〕"甚荒沟"二句:唐代有红叶题诗的故事。唐孟棨《本事诗》载顾况在洛阳曾在宫苑流出的水上,得大梧叶题诗:"一入深宫里,年年不见春。聊题一片叶,寄与有情人。"唐范摅《云溪友议》载卢渥应举时,于御沟中得一红叶,上书宫娥所作绝句:"流水何太急,深宫尽日闲。殷勤谢红叶,好去到人间。"后娶宫女为妻,所娶者正是书诗于红叶者。

〔6〕长安:指南宋都城临安(今浙江杭州)。

〔7〕衰颜借酒:唐郑谷《乖慵》诗:"衰鬓霜供白,愁颜酒借红。"又宋陈师道《除夜对酒赠少章》诗:"发短愁催白,颜衰酒借红。"

〔8〕倚新妆:依仗新的装扮。唐李白《清平调》咏牡丹:"借问汉宫谁得似,可怜飞燕倚新妆。"

〔9〕洛阳花谱:北宋张峋撰,此书已佚。宋英宗治平三年(1066)张峋从著作佐郎上调西京洛阳任京西运判,在洛阳期间作《洛阳花谱》。清余鹏年《曹州牡丹谱》说:"荥阳张峋撰《花谱》二卷,以花有千叶多叶之不同,创例分类,凡千叶五十八种,多叶六十三种,盖皆博备精究者之所为。"

〔10〕回风:回旋的风。

评析

宋亡后,张炎流落江湖。元至元二十七年(1290),张炎四十三岁,为应元政府写经之召而被迫北行至大都(今北京)。一年后,忽动秋风之思,启程南归,此词当作于南归途中。这是一首咏红叶的词,词人借"红叶"抒写深沉的爱国情怀、家国之痛和亡国遗民的身世飘零之感。

词的上片,就旅途所见,写红叶兼抒愁怀。开篇三句,写枫叶在肃秋中绽红,不与春芳争时。前两句采用对仗句式,互文见意。万里千山,清霜飞降,万木凋零。一方面为红叶的出现营造出萧条的氛围,同时亦展现出元朝统治下的残酷现实。后一句,化用晚唐杜牧《山行》诗"停车坐爱枫林晚,霜叶红于二月花"句意,引出枫叶。词人以"寒艳"写枫叶,突出它凌霜傲寒的品性,是宋之遗民形象的象征。第四、五句,由写景转入人事。词人化用唐崔信明"枫落吴江冷"名句,写自己飘零、愁苦之状。"独客"写其孤独、凄凉。"又吟愁句"则表明其愁思浓重难以排遣。接下来两句,写舟中所见之景。傍晚时分,一叶孤舟停泊在孤村旁边,夕阳斜照下,满树的枫叶犹如火红的花朵一般围绕着归路。段末两句,化用红叶题诗典故,抒发个人愁苦之感。凄凉的荒沟中,红叶漂流而去。而此时的红叶,传达的已经不是男女情思,承载的是不尽的哀愁。"载愁"之愁与前边"吟愁"之愁,形成一唱三叹的效果。而以"甚"字领起三句,抒情效果则更显强烈。

词的下片,写南归之后的感受。首三句,写归来之后的孤独、倦怠。前一句,采用反诘句,单写自己。在今天临安城中,又有谁会问候我这疲倦、憔悴的归来之人呢?"谁问"表明无人问。"倦旅"与上片的"独客"相呼应,写出词人归来之后,倦怠萎靡的精神状态。后两句,人、枫合写,那鲜艳的红叶也羞于见我衰颜的酒色。词人用自己的衰颜反衬红叶的艳丽,用飘落的红叶比喻自己身世的飘零。第四、五句,借红叶以自伤。词人化用唐代李白《清平调》"借问汉宫谁得似,可怜飞燕倚新妆"句意,用"漫倚新妆"来形容红叶的美。虽然它艳比牡丹,却不能载入《洛阳花谱》。流露出作者恃才清高的姿态和对新贵的讽刺。接下来两句,词人引红叶为知己。当词人一人独饮,备感凄凉时,红叶在回风中上下起舞,陪伴樽前,最终化作千万缕绚丽的彩霞。这火红的枫叶是南宋遗民丹心碧血、坚贞不屈的象征。最后三句,宕开一笔,写枫叶昔日之盛,抒发故国之思。记得当初枫叶浓翠阴阴,绿遍江南,自己则在窗前听那潇潇夜雨。此处,词人表面是写自己对枫叶浓阴繁翠的回忆,实际上是在抒发自己对昔日繁华的眷恋。然而一个"记"字,则又清晰表明,这往日的繁华早已成为过眼云烟,留给词人的只有不尽的伤感与惆怅。

全词围绕红叶,扣紧题目,时而红叶,时而自己,兼用比兴,寄托遥深,颇具不即不离,不黏不脱之妙。

词牌考原

《绮罗香》,词牌名。始见于宋史达祖(1163—1220?)的《梅溪词》。绮罗是古时精致、贵重的丝织品,有花纹,后用以指绸缎、衣服,或比喻豪华旖旎之境。南宋计有功《唐诗纪事》卷三十载唐司空曙诗云:"野闻歌管思,水静绮罗香。"(《晦日益州北池陪宴》)卷六十三录唐秦韬玉《贫女》诗:"蓬门未识绮罗香,拟托良媒益自伤。"北宋欧阳修诗句:"绮罗香里留佳客,弦管声来飐晚风。"(《文忠集》卷五十六《西湖泛舟呈运使学士张揽》)以上唐宋诗词中常用语或为调名所本。此词调最早由宋代史达祖用为词牌,宋黄昇《花庵词选》、宋周密《绝妙好词笺》均录史达祖的《绮罗香·春雨》,《梅溪词》又名《绮罗春》,题名"咏春雨"。自史达祖咏"春雨"词作问世,遂开此词牌咏物之风,今存宋代及明清之作多为咏物,如宋陈著《本堂集》卷四十二有《绮罗香》三章"咏柳外闻蝉"。又如宋张炎之咏"红叶",清代朱彝尊之咏"红莲"、"玉兰",查慎行更有咏"橙"、"桂花"、"菊"等多篇。此外,也有用《绮罗香》抒情的,如元代张翥之作,还有少量祝寿的,如宋陈起"寿赵太卿"。《词律》卷十八列元张翥一百〇四字仄韵一体。《词谱》卷三十三以史达祖词(做冷欺花)为正体,双调仄韵,一百〇四字。又列张炎别体二种。

词 谱 格 式

《绮罗香》的词谱格式:

万里飞霜,	仄仄平平,(句)
千山落木,	平平仄仄,(句)
寒艳不招春妒。	⊕仄仄平平仄。(韵)
枫冷吴江,	⊕仄平平,(句)
独客又吟愁句。	⊕仄仄平平仄。(叶)
正船舣、流水孤村,	仄⊕仄、(豆)⊕仄平平,(句)
似花绕、斜阳归路。	仄⊕仄、(豆)⊕平平仄。(叶)
甚荒沟、一片凄凉,	仄平平、(豆)仄仄平平,(句)
载情不去载愁去。	⊕平⊕仄仄平仄。(叶)
长安谁问倦旅?	平平平仄仄仄。(叶)
羞见衰颜借酒,	平仄平平⊕仄,(句)

379

飘零如许。	⊕平平仄。（叶）▲
漫倚新妆，	⊗仄平平，（句）
不入洛阳花谱。	⊗仄仄平平仄。（叶）▲
为回风、起舞樽前，	仄⊕⊕、（豆）⊗仄平平，（句）
尽化作、断霞千缕。	仄⊗仄、（豆）⊗平平仄。（叶）▲
记阴阴、绿遍江南，	仄平平、（豆）⊗仄平平，（句）
夜窗听暗雨。	仄平平仄仄。（叶）▲

词律解读

1. 此词牌，双调，一百〇四字，上下片各四仄韵。（此处所录张词换头入韵，下片为五仄韵。）

2. 此调押仄声韵。本篇属于词韵第四部仄韵（即上声语麌、去声御遇）。起首韵字"妒"与下面叶韵的"句"、"路"字同属去声遇韵。其他韵字"去"属去声御韵；"旅"、"许"二字属上声语韵；"谱"、"缕"、"雨"三字属上声麌韵。全词乃同部上去声通押。

3. 上片第一、二句例为对仗。如本词之"万里飞霜，千山落木"。上下片第六、七两句，可作上三下四之七言对。如本词"正船舣、流水孤村，似花绕、斜阳归路"。

4. 结句五言格律"仄平平仄仄"为定格，须遵循。

5. 《词律》卷十八列张翥词（燕子梁深）一百〇四字仄韵一体。《钦定词谱》卷三十三以史达祖词（做冷欺花）一百〇四字仄韵为正体，列张炎词换头押韵者及减一字者为"又一体"。

380

89

永遇乐 绿荫

宋 蒋捷

清逼池亭,^(句)润侵山阁,^(句)云气凝聚。^(韵)未有蝉前,^(句)已无蝶后,^(句)花事随流水。^(叶)西园支径[1],^(句)今朝重到,^(句)半碍醉筇吟袂[2]。^(叶)除非是、^(豆)莺身瘦小,^(句)暗中引雏穿去。^(叶)　梅檐滴溜[3],^(句)风来吹断,^(句)放得斜阳一缕。^(叶)玉子敲枰[4],^(句)香绡落剪,^(句)声度深几许。^(叶)层层离恨,^(句)凄迷如此,^(句)点破漫烦轻絮。^(叶)应难认、^(豆)争春旧馆,^(句)倚红杏处[5]。^(叶)

注释

〔1〕西园:泛指园林。支径:"支"通"枝",指树枝遮盖的小路。

〔2〕醉筇(qióng 穷):筇,竹名,产于四川筇山,可作手杖。醉后尤须扶杖,故曰"醉筇"。袂(mèi 妹):衣袖。

〔3〕梅檐滴溜(liù 六):由于山间水汽大,绿荫浓,梅梢上的水珠从屋檐落下,滴水成霤。溜,此处同霤,顺房檐滴下来的水。

〔4〕玉子敲枰(píng 平):指下棋声。玉子,棋子的美称。枰,棋盘。

〔5〕"应难认"二句:唐冯贽《云仙杂记》卷三"争春馆":"扬州太守圃中,有杏花数十畹,每至烂开,张大宴,一株令一倡倚其傍,立馆曰'争春'。开元

中，宴罢夜阑，人或云，花有叹声。"

这是一首咏绿荫的词。

词的上片，写绿荫之浓密。开篇三句，写绿荫之清润。叶翠荫浓，氤氲凝聚，一阵阵清凉之气，侵逼着池中亭台、倚山楼阁。词人展现绿阴的清凉特征，同时交代环境，表明这是一处有山有水、有亭台楼阁的所在。第四、五、六句，点明时节，承上启下。此时已无蝶舞，鸣蝉还未喧闹，而落花已经随着流水而逝。表明此时正值树木繁茂的夏初时节。接下来三句，从行人角度，正面描写树木的繁茂。西园小径几乎被树枝遮蔽，今朝醉后重到小径吟诗，那茂密的枝叶妨碍了手杖，挂住了衣袖。最后三句，采用假设，从鸟的角度，进一步描写树木的茂密。除非是身形瘦小的黄莺，才能带着它的莺雏从中间穿过。也就是说一般的鸟根本无法从树木间通过，树木之繁茂、枝叶之稠密可想而知。

词的下片，写绿荫下的情事。首三句，承上片，从光线角度，续写绿荫。庭院内，在梅树绿荫的侵润之下，檐溜滴洒。阵风吹过，檐溜变成了零珠碎玉，浓密的枝叶也被吹开一道缝隙，一缕斜阳从中穿过。第四、五、六句，从声音角度写。夜深时分，棋子敲打棋盘和女子剪烛的声音，透过浓荫的包围传到室外，声音阻隔，隐约细微。前两句与蒋捷《喜迁莺》(金村阻风)"玉局弹棋，金钗剪烛"所写画面相同。接下来三句，写离愁。离愁别绪犹如浓荫般凄迷，只有烦请漫天的飞絮点破这浓浓的绿意。此时词人内心早已伤感、凄凉，迷蒙一片。最后两句，以红杏衬托绿荫。绿荫浓密，以至难以辨认争春馆中人倚红杏之处。颜色的转换与对比，使绿荫更加突出。词人化用人倚红杏争春的典故，流露出对往日惬意时光的留恋，以及时光不再的惆怅。

此词层层铺叙，处处写绿，并将自己的失落情怀融入写景之中，给人以若即若离的缥缈之感。

382

词牌考原

《永遇乐》,词牌名。又名《永遇乐慢》、《消息》。始见宋柳永《乐章集》,注歇指调(林钟商),晁补之《晁氏琴趣外篇》注越调(无射商)。

《永遇乐》原是宋代的宫廷乐。宋周密《武林旧事》卷一在"圣节"下列"天基圣节"庆典,天基圣节是宋理宗诞辰,此谓为皇帝祝寿的仪式。周密在"天基圣节排当乐次"下云:"正月五日。乐奏夹钟宫。觱篥起《万寿永无疆》,引子。上寿。第一盏,笛起《帝寿昌慢》……第五盏,觱篥起《永遇乐慢》。"宫中设宴称为排当。可见《永遇乐慢》原是用于祝寿宴会等喜庆场合的宫廷音乐,可能很早就传入民间,北宋时已被文人用为词调。最早由柳永创调,注曰"歇指调"(林钟商)。柳词为双调仄韵,共一百〇四字。后来,晁补之被贬隐居东皋之时,因挂念苏轼和同门的消息,在端午节用《永遇乐》的曲子作了一首词,取名叫作《消息》,注曰:"同前自过腔,即越调《永遇乐》端午。"将原来的乐调改为了越调,亦为一百〇四字仄韵体。

《钦定词谱》卷三十二:"《永遇乐》有平韵、仄韵两体。"自柳永创《永遇乐》仄韵体,此调在北宋均押仄韵。南宋时,陈允平填此调改押平韵,其"玉腕笼寒"一首自注云:"旧上声韵,今移入平声。"见《日湖渔唱》。《词律》卷十八、《钦定词谱》卷三十二均于此调下列仄韵、平韵两体。《词谱》以苏轼"明月如霜"一首为正体,双调,一百〇四字。又列别体五种。

此词牌名作颇多,以李清照"落日熔金"、辛弃疾的"千古江山"最为著称。宋刘辰翁曾说:"予自乙亥上元诵李易安《永遇乐》,为之涕下。今三十年矣。每闻此词,辄不自堪。"(《须溪集》卷九)而辛弃疾词常与苏轼的《念奴娇》"赤壁怀古"并提,如陈匪石云:"有如黄河东来,虽微遇波折,仍一泻千里者,如东坡赤壁之《念奴娇》,稼轩北固亭之《永遇乐》。"(《声执》)

词谱格式

《永遇乐》的词谱格式:

清逼池亭,	仄仄平平,(句)
润侵山阁,	仄平平仄,(句)
云气凝聚。	平仄平仄。(韵)
未有蝉前,	仄仄平平,(句)
已无蝶后,	平平平仄,(句)
花事随流水。	仄仄平平仄。(叶)
西园支径,	平平平仄,(句)
今朝重到,	平平平仄,(句)
半碍醉筇吟袂。	仄仄仄平平仄。(叶)
除非是、莺身瘦小,	平平仄、(豆)平平仄仄,(句)
暗中引雏穿去。	仄平仄平平仄。(叶)
梅檐滴溜,	平平平仄,(句)
风来吹断,	平平平仄,(句)
放得斜阳一缕。	仄仄平平仄仄。(叶)
玉子敲枰,	仄仄平平,(句)
香绡落剪,	平平仄仄,(句)
声度深几许。	仄仄平平仄。(叶)
层层离恨,	平平平仄,(句)
凄迷如此,	平平仄仄,(句)
点破漫烦轻絮。	仄仄平平仄仄。(叶)
应难认、争春旧馆,	平平仄、(豆)平平仄仄,(句)
倚红杏处。	仄平仄仄。(叶)

词律解读

1. 此处所录为《永遇乐》仄韵格,双调,一百〇四字,上下片各四仄韵。本谱可平可仄处采用常见格式。

2. 本篇以词韵第四部仄韵(上声语麌、去声御遇)为主。间用第三部仄韵。起首韵字"聚"与下面叶韵的"缕"字属上声麌韵。其他韵字"去"、"絮"、"处"字属去声御韵。"许"字属上声语韵。以上为词韵第四部韵字。另,上片"水"属上声纸韵,"袂"属去声霁韵,乃第三部韵字。虽然,后人在填词时常要遵守词韵,但是唐宋时古人填词是为了配乐演唱,只要韵律和谐便于吟唱,有时一首词中或换韵,或间用他韵,或用方言协韵,并非不合理。对此,清冯煦《蒿庵词话》曾辨之曰:"古无所谓词韵也。近戈氏载撰《词林正韵》,列平上去为十四部,入声为五部,参酌审定,尽去诸弊,视以前诸家,诚为精密。……然考韵录词,要为两事;削足就履,宁无或过?且绮筵舞席,按谱寻声,初不暇取《礼部韵略》逐句推敲,始付歌板。而土风各操,又岂能与后来撰者,逐字吻合邪?今所甄录,就各家本色,撷精舍粗;其用韵之偶尔出入,有未忍概从屏弃者,姑举一二以见例。如:竹山(蒋捷)《永遇乐》词,以'水'、'袂'叶'聚'、'去'。"

3. 此调以四言为主,多处可作四字对句。上片第一、二句,例用对仗,如本篇"清逼池亭,润侵山阁。"第四、五句(未有蝉前,已无蝶后),第七、八句亦常用为对。下片第一、二句,第四、五句(玉子敲枰,香绡落剪),第七、八句亦可用为对仗。

4. 本调第三句为平仄平仄,须遵循。结句四字格律作"仄平仄仄",上一下三,乃为定格。万树《词律·发凡》以辛弃疾词(千古江山)结尾"尚能饭否"的搭配为例,言结尾必用去上。陈匪石《声执》卷上论"四声因调而异",第七条言词中"四声固定"者,举《永遇乐》结拍为"去平去上",且曰:"以上皆一定不易之四声,守律者所应共遵。"虽然,词学家把此词结拍细分四声,说成定律,但即使辛弃疾的词作,其《永遇乐》结拍也约有一半与清人的所谓定律不符合,而蒋捷此词结拍"倚红杏处"为"上平去去",亦非万树所料。这说明,清人所言的所谓"定律",只能说总结了一部分词作的规律,并不能代表全部。因为宋代人配乐填词,只为合乐,只为抒情,并没有后人所总结出的那么多条条框框。

5. 《词律》卷十八以赵师侠词(日丽风暄)为仄韵格正体,列陈允平词(玉腕笼寒)平韵格为"又一体"。《钦定词谱》卷三十二以苏轼词(明月如霜)仄韵格为正体,双调,一百〇四字。列句式有异者数种。列南宋陈允平平韵格为"又一体",亦双调,一百〇四字。

90

南浦 春暮
宋 程垓

金鸭懒熏香[1],(句)向晚来,(句)春醒一枕无绪[2]。(韵)浓绿涨瑶窗[3],(句)东风外、(豆)吹尽乱红飞絮。(叶)无言伫立,(句)断肠惟有流莺语。(叶)碧云欲暮[4],(叶)空惆怅韶华[5],(句)一时虚度。(叶)　　追思旧日心情,(句)记题叶西楼[6],(句)吹花南浦[7]。(叶)老去觉欢疏,(句)伤春恨、(豆)都付断云残雨[8]。(叶)黄昏院落,(句)问谁犹在凭阑处。(叶)可堪杜宇,(叶)空只解声声,(句)催他春去。(叶)

注释

〔1〕金鸭:铜制鸭形香炉。

〔2〕醒(chéng 成):酒醉后困顿、疲惫,甚至神志不清的状态。

〔3〕瑶窗:华美的窗子。

〔4〕碧云欲暮:南朝梁江淹《休上人怨别》诗:"日暮碧云合,佳人殊未来。"

〔5〕韶华:美好的时光。

〔6〕题叶:于叶上题诗。唐杜牧《题桐叶》诗:"江楼今日送归燕,正是去年题叶时。"

〔7〕吹花:风吹动花枝、花朵。南浦:泛指水边送别之地。战国楚屈原《九

歌·河伯》:"子交手兮东行,送美人兮南浦。"南朝梁江淹《别赋》:"送君
南浦,伤如之何?"

〔8〕断云残雨:指男女情事。战国楚宋玉《高唐赋》:"旦为朝云,暮为行雨。"

评析

清徐钒(qiú 求)《词苑丛谈》:"(程垓)曾与锦江某妓眷恋甚笃,别时作《酷相
思》词。"程垓《书舟词》中确有不少描写此类感情生活的作品。这是一首暮春感
旧之作。

词的上片,词人自伤迟暮。开篇二句,写醉后无绪。白天在室内连香都懒得
熏,只是借酒浇愁。直到傍晚方才酒醒,但仍是百无聊赖,没有一点精神。第三、
四句,从视觉角度,写暮春景色。暮春时节,树木繁茂,绿荫遮住了瑶窗。春风吹
来,漫天飞舞着落花、柳絮。目睹此景,作者心情亦更加凌乱。接下来两句,从听
觉角度,续写春景,抒发愁怀。词人在庭院中久久伫立,寂静中,流莺那一声声的
啼叫,令其伤感不已。段末三句,抒发韶华虚度之痛。词人先化用南朝梁江淹
《休上人怨别》诗"日暮碧云合,佳人殊未来"句意,表明自己之所以"无绪"、"断
肠",皆是由于对佳人的思念,在期待与失望的惆怅中,虚度了美好时光。

词的下片,追思旧情,慨叹现实。首三句,回忆旧游乐事。词人追忆当初自
己和情人一起在西楼作诗,在水边看花的欢快时光。当时的心情是那样惬意、舒
畅。其中后两句以"记"字领起,"题叶西楼,吹花南浦",对仗精工,画面生动。第
四、五句,词人由追忆跌回现实,抒发孤独、离索之感。暮年之际,欢情愈来愈少,
与伤春情怀相伴的只有那残缺的情爱。"断云残雨"与上片"碧云欲暮"相呼应。
昔日两情相悦,柔情蜜意,今日则天各一方,孤独冷清。接下来两句,遥想情人的
相思情状。黄昏时分,在那曾经充满柔情的地方,如今有谁还在凭栏远眺,等待
归人吗? 最后三句,抒发惜春之情。杜鹃一声声地鸣叫,催促着春天赶快离去,
它那凄厉的哀鸣,真是令人难以忍受。词人采用拟人手法,视无情之物为有情之
物,同时又以杜宇的"空只解声声",反衬自己内心的痛苦与惆怅。此词前后两个
"春"字,前后呼应,起结分明。

《南浦》,词牌名。唐《教坊记》有《南浦子》之曲名,宋人借旧曲之名,另倚新声,创为词调。

"南浦"一词,源自《楚辞·九歌·河伯》:"子交手兮东行,送美人兮南浦。"此后,"南浦"遂为送别之地的代称。南朝齐谢朓《送远曲》:"北梁辞欢宴,南浦送佳人。"江淹《别赋》亦云:"送君南浦。伤如之何!"又,南浦为江夏地名,《江夏记》:"南浦,在江夏县南三里,商旅往来,皆于浦停泊。"李白《江夏行》:"适来往南浦,欲问江西船。"则南浦实在江夏(今湖北武昌)。但在教坊曲中,《南浦子》调名本于南浦送别之意,"子"是曲子的意思。《敦煌变文集》四五《妙法莲花经讲经文》是唐代僧人俗讲的文本,其中有:"衙前乐部好笙歌,音乐清泠解合和。花下爱濯(催)《南浦子》,延(筵)中偏送《剪春罗》",说明《南浦子》的曲子常为官府显贵所演奏,用于花间饮酒、筵席侑歌,是极受欢迎的乐曲。

入宋,词人借旧曲之名,另制新调,遂有《南浦》词牌。宋词中最早用《南浦》词牌填词的是北宋周邦彦(1056—1121),今其集中有《南浦》(浅带一帆风)一首,注曰"中吕",抒写羁旅之情。此后以此调填词者大致分两类内容,一类沿袭周邦彦的题材,用以表旅情。如孔夷(宋哲宗元祐中隐士)词,题目为"旅怀",录于宋赵闻礼《阳春白雪》集。另一类则继承江淹《别赋》中"春草碧色,春水渌波,送君南浦,伤如之何"意,抒写别离之恨。如程垓《南浦》(金鸭懒熏香)、史达祖《南浦》(玉树晓飞香)、王沂孙《南浦·春水》两首、张炎《南浦·春水》等均写春情春恨。另有史浩《南浦》题目为"洞天",为求仙之内容。

此调有仄韵、平韵二体。《词律》卷十七以鲁逸仲所作(风悲画角)之平韵体为正体,列别体一种。《词谱》卷三十三以程垓所作(金鸭懒熏香)仄韵体为正体,双调,一百○五字。另列别体四种。宋人多用仄韵体,鲁逸仲之平韵体为仅见。

词 谱 格 式

《南浦》的词谱格式:

金鸭懒熏香，	⊕仄仄平平，(句)
向晚来，	仄仄平，(句)
春醒一枕无绪。	平平⊗仄平仄。(韵)
浓绿涨瑶窗，	⊕仄仄平平，(句)
东风外、吹尽乱红飞絮。	平平仄、(豆)⊕仄仄平平仄。(叶)
无言伫立，	平平仄仄，(句)
断肠惟有流莺语。	仄平平仄平平仄。(叶)
碧云欲暮，	仄平仄仄，(叶)
空惆怅韶华，	平⊕仄平平，(句)
一时虚度。	⊕平平仄。(叶)
追思旧日心情，	平平仄仄平平，(句)
记题叶西楼，	仄平仄平平，(句)
吹花南浦。	⊕平平仄。(叶)
老去觉欢疏，	⊗仄仄平平，(句)
伤春恨、都付断云残雨。	平平仄、(豆)⊕仄仄平平仄。(叶)
黄昏院落，	平平仄仄，(句)
问谁犹在凭阑处。	仄平平仄平平仄。(叶)
可堪杜宇，	仄平仄仄，(叶)
空只解声声，	平⊗仄平平，(句)
催他春去。	⊕平平仄。(叶)

词律解读

1. 此词牌，有平韵格、仄韵格两式。此处所录为仄韵格。双调，一百〇五字，上下片均五仄韵(亦有上下片第八句不入韵者，则为四仄韵)。前后阕句式、平仄除起首三句与换头有异外，其余均相同。

2. 本篇押仄声韵，属于词韵第四部仄韵(上声语麌、去声御遇)。起首韵字

389

"绪"及"语"字属上声语韵。下面叶韵的"暮"、"度"属去声遇韵。其他韵字"浦"、"雨"、"宇"字属上声麌韵;"絮"、"处"、"去"字属去声御韵;全词乃同部上去声通押。

3.在句法上,上下片第二、三句九字可作五、四言,亦可作三、六言。下片二、三句为五、四言时,可用一字领起四言对句。如本词"记"为领字,领起下面对句"题叶西楼,吹花南浦"。

4.《词律》卷十七以鲁逸仲词(风悲画角)一百〇二字平韵格为正体,列程垓词(金鸭懒熏香)一百〇五字仄韵格为"又一体"。《钦定词谱》卷三十三以程垓词仄韵格为正体,列仄韵格周邦彦词(浅带一帆风)、史达祖词(玉树晓飞香)及平韵格鲁逸仲词为"又一体"。

91

望海潮 凯旋舟次
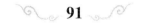

金　折元礼

地雄河岳〔1〕,（句）疆分韩晋〔2〕,（句）潼关高压秦头〔3〕。（韵）
⊙○●　　⊙○●　　⊙○○○△

山倚断霞,（句）江吞绝壁,（句）野烟萦带沧洲〔4〕。（叶）虎旂拥貔
○●○○　○○●●　●○○●○△　　　　　●●○

貅〔5〕。（叶）看阵云截岸,（句）霜气横秋。（叶）千雉严城〔6〕,（句）五
△　　●⊙○●●　○●○△　　○●○○　　○

更残角月如钩。（叶）　　　西风晓入貂裘。（叶）恨儒冠误
○○●●○△　　　　　　○○●●○△　　●○○●

我〔7〕,（句）却羡兜鍪〔8〕。（叶）六郡少年〔9〕,（句）三关老将〔10〕,（句）
●　　●○○△　　●●●○　　○○●●

贺兰烽火新收〔11〕。（叶）天外岳莲楼〔12〕,（叶）想断云横晓,（句）谁
⊙○○●○△　　○●●○○△　　●●○○●　　○

识归舟?（叶）剩着黄金换酒,（句）羯鼓醉凉州〔13〕。（叶）
●○○△　　●●○○●●　　●●●○△

注释

〔1〕"地雄"句:言潼关的地势雄踞于黄河和华山之间。河岳:本指黄河和五岳,此处指黄河和西岳华山。

〔2〕"疆分"句:言潼关的地理位置正当韩晋之冲。韩晋:战国时,赵、韩、魏三家瓜分晋国,后周天子承认三家为诸侯国。韩晋包括今山西及河南一带地区。

〔3〕潼关:在今陕西华阴东,历来为军事要塞,此句指潼关是关中的东大门。秦头:指秦川(陕、甘秦岭以北平原地带)东部。

〔4〕沧洲:滨水之地。

〔5〕虎旆(pèi 佩):画有虎形的旗帜。此指军中旗帜。貔貅(pí xiū 皮休):古书上说的一种凶猛的野兽。《史记·五帝本纪》:"(轩辕)教熊罴貔貅貙虎,以与炎帝战于阪泉之野。"司马贞索隐:"此六者猛兽,可以教战。"徐珂《清稗类钞·动物·貔貅》:"貔貅,形似虎,或曰似熊,毛色灰白,辽东人谓之白熊。雄者曰貔,雌者曰貅,故古人多连举之。"多用以比喻勇猛的军队,如《晋书·熊远传》:"命貔貅之士,鸣檄前驱。"

〔6〕千雉(zhì 志):形容城市很大。古代城墙长三丈、高一丈为一雉。严城:守备严密的城池。

〔7〕儒冠误我:读书延误了自己的人生。儒冠,儒生戴的帽子,此处指代书生。唐杜甫《奉赠韦左丞丈二十二韵》诗:"纨袴不饿死,儒冠多误身。"

〔8〕兜鍪(dōu móu 都谋):又作兜牟,头盔。此代指从军。

〔9〕六郡少年:六郡,指汉朝的陇西、天水、安定、北地、上郡、西河。六郡良家子弟善骑射。南朝梁刘孝威《结客少年场行》:"少年本六郡,邀游遍五都。"

〔10〕三关:指上党关、壶口关、石陉关,在今山西境内。《后汉书》有"关西出将,关东出相"之说。"三关"一作"三明",今从四库全书本《中州集》。

〔11〕贺兰:贺兰山,在今宁夏中部。当时是金与西夏的征战之地。

〔12〕岳莲楼:在华山附近。由此以下,《白香词谱》原作:"挂几行雁字,指引归舟。正好黄金换酒,羯鼓醉凉州。"然金代元好问编辑《中州集》,其《中州乐府》所录折元礼此词作:"想断云横晓,谁识归舟?剩着黄金换酒,羯鼓醉凉州。"《历代诗余》卷八十五、《词综》卷二十六所载均与《中州集》同,唐圭璋编《全金元词》亦录于《中州乐府》,并未发现异文,不知《白香词谱》何据,今从《中州集》。

〔13〕羯(jié 杰)鼓:一种来自西域,长筒细腰的鼓。下以两牙床作架,用两杖敲击。据说起源于羯族。凉州:乐曲名。为唐开元中西凉都督郭知运所进。

评析

  此词载入金元好问所编《中州集》，题作"从军舟中作"，词人描绘的是金国和西夏之间的一次战争。金国获胜后，其战船顺黄河而下，途经潼关时，作者创作了这首凯旋词，展现了军队威武雄壮的气势和昂扬乐观的精神面貌。

  词的上片，写凯旋盛况。开篇三句，从大处落笔，写潼关地势之雄伟险要。第一句从形胜写，言其雄踞于黄河与华山之间；第二句就疆域写，言其正当韩晋之冲；第三句就险隘写，言其为关中的东大门。三句描画给人气势磅礴之感。第四、五、六句，分别从仰视、俯视、远视三种角度，具体写江山之险峻，地域之辽阔。"山倚断霞"承"岳"字写，形容山之高峻、瑰丽。"江吞绝壁"承"河"字写，形容黄河水流之汹涌、湍急。"野烟萦带沧州"写出了黄河一泻千里、烟气蒸腾的壮阔气势。以上六句写山河形胜，为凯旋之师的出现提供了阔大的背景。接下来三句，写凯旋之师的盛大军容。此三句皆由"看"字引出，纵目望去，在迎风飘舞的虎旗之下，是披坚执锐的威武士兵。战云早已被拦截在远岸，他们是如此威猛、严整。段末两句，转写潼关城。整个城池规模宏伟，戒备森严。五更时刻，天上明月如钩，画角的余音在清冷的空气中回响。虽然写景给人以凄清之感，但更多让人感受到的是军队坚不可摧的威严。

  词的下片，抒发个人心绪。首三句，写自己懊悔未能早日从戎，从侧面衬托将士们的赫赫战功。换头"西风晓入貂裘"，紧承上片"五更残角月如钩"。此时，词人伫立船头，尽管拂晓的寒风不时吹进貂裘，但他仍是胸怀激荡。将士们胜利归来的威武与荣耀，令词人心生羡慕，以至懊悔自己被儒冠耽搁，没有早些投笔从戎，建立功名。第三、四、五句，写军队战绩之大。无论是"三关老将"还是"六郡少年"，在此次收复贺兰山的战斗中皆立了大功。接下来三句，写凯旋之景。此时天色微明，西岳华山高耸入云，词人远望着似在天外的岳莲楼，不由想象当拂晓时分，一抹朝云远横天边，有谁认出我们凯旋的战船呢？这两句以"想"字领起，词人在想象百姓欢迎将士凯旋的情景。最后两句，词人在想象中抒写盛宴庆祝的豪情。此番归去后，一定要黄金换酒，在羯鼓演奏的《凉州》曲中，一醉方休，一股冲天的豪迈之情充溢于字里行间。

  此词气势磅礴，语言整饬，意境壮丽，是一首典型的豪放词。

词牌考原

《望海潮》，词牌名。宋柳永创制，始见《乐章集》，入"仙吕调"。一百零七字，双调，前片五平韵，后片六平韵，一韵到底。宋罗大经《鹤林玉露》卷一载："孙何帅钱塘，柳耆卿作《望海潮》词赠之。"清徐钪(qiú 求)《词苑丛谈》卷七引南宋杨湜《古今词话》："柳耆卿与孙相何为布衣交。孙知杭，门禁甚严。耆卿欲见之不得，作《望海潮》词，往诣名妓楚楚，曰：'欲见孙相，恨无门路，若因府会，愿借朱唇歌于孙相公之前。若问谁为此词，但说柳七。'中秋府会，楚楚宛转歌之，孙即席迎耆卿预坐。"孙何生于宋太祖建隆二年(961)，卒于宋真宗景德元年(1004)，曾任两浙转运使，故有镇钱塘之事，而钱塘潮又为浙东壮观，柳永词中所言"云树绕堤沙。怒涛卷霜雪，天堑无涯"，乃咏钱塘潮，调名本此。

自柳永后，词人多用《望海潮》题咏节令景物，楼阁集会；秦观以此调作怀古词三篇，亦为后世所效法。

词谱格式

《望海潮》的词谱格式：

地雄河岳，	Ⓐ平平仄，(句)
疆分韩晋，	Ⓟ平平仄，(句)
潼关高压秦头。	Ⓟ平Ⓐ仄平平。(韵)
山倚断霞，	平仄仄平，(句)
江吞绝壁，	平平仄仄，(句)
野烟萦带沧洲。	Ⓟ平Ⓐ仄平平。(叶)
虎旆拥貔貅。	Ⓐ仄仄平平。(叶)
看阵云截岸，	仄Ⓟ平Ⓐ仄，(句)
霜气横秋。	Ⓐ仄平平。(叶)
千雉严城，	Ⓐ仄平平，(句)
五更残角月如钩。	Ⓟ平Ⓐ仄仄平平。(叶)

西风晓入貂裘。	平平仄仄平平。(叶)
恨儒冠误我,	仄平平仄仄,(句)
却羡兜鍪。	仄仄平平。(叶)
六郡少年,	仄仄仄平,(句)
三关老将,	平平仄仄,(句)
贺兰烽火新收。	平平仄仄平平。(叶)
天外岳莲楼,	平仄仄平平,(叶)
想断云横晓,	仄仄平平仄,(句)
谁识归舟?	仄仄平平。(叶)
剩着黄金换酒,	仄仄平平仄仄,(句)
羯鼓醉凉州。	仄仄仄平平。(叶)

词律解读

1. 此词牌,双调,一百零七字。上片五平韵,下片六平韵。此词牌例押平韵,且只用一韵。本谱中可平可仄处参考柳永等词作,采用常见格式。

2. 本词押平声尤韵,一韵到底。起首韵字"头"及下面叶韵的"洲"、"貅"、"秋"、"钩"、"裘"、"牟"、"收"、"楼"、"舟"、"州"均属平声尤韵。

3. 本词凡四言连用处,多用对偶句。如上片之第一、二句"地雄河岳,疆分韩晋",第四、五句"山倚断霞,江吞绝壁",第八、九句"阵云截岸,霜气横秋",以及下片第四、五句"六郡少年,三关老将"均是。故此调易具整饬工丽之美,但应着力使之具有流动之美,以免板滞。

4. 上下片第八句(看阵云截岸、想断云横晓),均为上一下四句式。句首的"看"字、"想"字领起下面两句,起到统摄下文的作用。

5. 《词律》卷十九以秦观词(梅英疏淡)一百零七字平韵为正体,以其另一首(秦峰苍翠)为"又一体"。《钦定词谱》卷三十四以柳永词(东南形胜)一百零七字平韵为正体,另列秦观、邓千江词为"又一体"。

92

夺锦标　七夕

元　张埜

　　凉月横舟,(句)银潢浸练[1],(句)万里秋容如拭[2]。(韵)冉冉鸾骖鹤驭[3],(句)桥倚高寒,(句)鹊飞空碧[4]。(叶)问欢情几许,(句)早收拾、(豆)新愁重织。(叶)恨人间、(豆)会少离多,(句)万古千秋今夕。(叶)　　谁念文园病客[5]。(叶)夜色沉沉,(句)独抱一天岑寂。(叶)忍记穿针亭榭[6],(句)金鸭香寒[7],(句)玉徽尘积[8]。(叶)凭新凉半枕,(句)又依稀、(豆)行云消息[9]。(叶)听窗前、(豆)泪雨浪浪[10],(句)梦里檐声犹滴。(叶)

注释

〔1〕银潢(huáng 黄):银河。水之深广者曰潢。宋范仲淹《听真上人琴歌》:"银潢耿耿霜稜稜,西轩月色寒如冰。"

〔2〕秋容:秋天的景色。

〔3〕冉冉:慢慢。鸾骖(cān 餐):神仙的车驾。唐王勃《八仙迳》诗:"代北鸾骖至,辽西鹤骑旋。"鸾,传说中凤凰一类的鸟。骖,古代驾在车前两侧的马。鹤驭:仙人驾鹤飞升。唐白居易《寄李相公崔侍郎钱舍人》诗:"曾陪鹤驭两三仙,亲侍龙舆四五年。"

〔4〕"桥倚高寒"二句:传说七月七日牛郎、织女相会,喜鹊为之架桥使渡

银河。

〔5〕文园病客:汉代司马相如曾为孝文园(西汉文帝陵园)令,后人遂称相如
　　为文园。病客,指司马相如,他曾患有消渴症(糖尿病)。

〔6〕穿针:南朝梁宗懔《荆楚岁时记》:"七月七日为牵牛、织女聚会之夜……
　　是夕,人家妇女结彩楼,穿七孔针,或以金银鍮石为针,陈几筵酒脯瓜果
　　于庭中以乞巧。"榭:建在高台或水边的敞屋。

〔7〕金鸭:铜制鸭形香炉。此句有异文,"香寒",《白香词谱》原作"香残",今
　　从唐圭璋编《全金元词》)。

〔8〕玉徽:琴徽的美称,此处指琴。

〔9〕行云:战国楚宋玉《高唐赋》:"旦为朝云,暮为行雨。"此处代指思念的
　　女子。

〔10〕浪浪(此处读平声,音 láng):泪流不止的样子。战国楚屈原《离骚》:"揽
　　茹蕙以掩涕兮,沾余襟之浪浪。"王逸 注:"浪浪,流貌也。""浪浪",一作
　　"潇潇"。

评析

　　这是一首咏七夕的词。农历七月七日晚,称为"七夕"。相传在这一晚牛郎、
织女在鹊桥相会,于是人们便将农历七月七日看作情人相会或思念情人的日子。
中唐白居易《长恨歌》:"七月七日长生殿,夜半无人私语时。"此词就是一首借咏
七夕抒发个人相思的作品。

　　词的上片,想象七夕仙侣相会情形。开篇三句,写秋空夜色。前两句为对
句,前一句写月。"凉月"即秋月,月前冠之以凉字,意在突出七夕清凉的氛围。
七夕之月为上弦月,故谓之形如"横舟",与后之银河联系,则更显生动、贴切。后
一句写银河,重在其色。星光灿烂,银光闪烁,仿佛水之浸染白练。在前两句具
体描写基础上,又进行整体描写:万里秋空,一望无际,明净如水。牛郎、织女在
如此美好、空灵的环境中相会。第四、五、六句,写牛郎、织女相会情形。鹊桥高
倚银汉,喜鹊飞聚青天,牛郎、织女乘鸾驾鹤,仙袂飘飘地来到了鹊桥。词人用
"桥倚高寒,鹊飞空碧",写牛女相会的环境氛围,此中既有相聚的浪漫与不易,还

有寒意与凄凉,因为在这短暂的相聚之后,又将是漫长的分别。接下来二句,写牛郎、织女离别之痛。二人还未享受相聚的快乐,就又将面临离别的痛苦。新愁、旧恨交织心头,千丝万缕,难解难分。段末二句,由牛女离愁,推及人间别恨。岂止牛郎、织女有此遭遇,千百年来,人间无数情侣不也是会少离多,偶尔相逢吗? 此二句为下片写个人相思提供了过渡。

词的下片,抒写自己内心的离愁别绪。首三句,写孤独岑寂之感。刻骨的思念已使自己病倒,然而却无人探问。面对沉沉夜色,独自一人忍受那相思的凄凉、孤寂。"文园病客"是借司马相如以自况。"谁念"即无人念,显得愈发悲凉。第四、五、六句追忆旧情。还记得在往年的七夕,你在亭榭中穿针乞巧的情形,那是多么欢快的场景。现如今,金鸭无人熏香,早已香冷炉寒,琴瑟之上亦落满灰尘。"忍",实为不忍,之所以不忍回忆"穿针亭榭"的美好时光,因为它会使词人备感今日"金鸭香寒"、"玉徽尘积"的凄凉。接下来两句,写倚枕情思。凉意初透的夜晚,词人半倚枕上,仿佛又回到昔日的柔情蜜意之中。最后三句,写梦中相思。"泪雨浪浪"是说词人相思之极,泪雨纵横。"檐声犹滴"并非窗外之雨,而是词人梦中相思的眼泪,采用的是暗喻手法。

此词借写七夕牛女相会,表现人间真情,为诸多七夕词中的上乘之作,可与秦观《鹊桥仙》并论。

词牌考原

《夺锦标》,词牌名。又名《锦标归》、《清溪怨》。唐宋时以"夺锦标"喻状元及第,同时,唐宋均有龙舟竞渡之俗,以锦标授予竞赛之获胜者。五代王定保《唐摭言》:"卢肇,袁州宜春人,与同郡黄颇齐名。颇富于产,肇幼贫乏。与颇赴举,同日遵路。郡牧于离亭饯颇而已。时乐作酒酣,肇策蹇邮亭侧而过,出郭十余里,驻程俟颇为侣。明年,肇状元及第而归,刺史以下接之,大惭恚,会延肇看竞渡,于席上赋诗曰:'向道是龙刚不信,果然衔得锦标归。'"这个记载恰恰说明了"夺锦标"两个方面的含义,一是状元及第;一是龙舟竞胜。这个传说影响深远,唐以后笔记屡有转载。北宋诗人魏野《送进士孙磻赴举》诗云:"半生养钝向棠郊,此去深宜夺锦标。莫叹迁莺方出谷,即看一鹤迥冲霄。"亦用"夺锦标"喻考取状元。

宋代尤盛行龙舟竞渡之戏，《宋史·礼志》及《东京梦华录》，俱有记载。如北宋《东京梦华录》中有《驾幸临水殿观争标赐宴》，详细记载了竞渡夺锦标的情景。

检《全宋词》，现存词作未录以《夺锦标》为词牌的作品，但据元代白朴《天籁集》卷上所载，元代有《夺锦标》的曲子，据传由来已久，且传有北宋僧人仲殊的词作。白朴《夺锦标》(霜水明秋)一词下自序云："夺锦标曲，不知始自何时，世所传者，惟僧仲殊一篇而已。余每浩歌，寻绎音节，因欲效颦，恨未得佳趣耳。庚辰卜居建康，暇日访古，采陈后主张贵妃事，以成素志。……感叹之余，作乐府青溪怨。"元代王恽有《夺锦标》词作，自序曰："君卿宣慰来别，索鄙作赆行，赋乐府《夺锦标》为赠，庶酒酣相忆，倚声歌之，六朝老树不无动色也。"可知这是一首送别之作，可"倚声歌之"。今存元词《夺锦标》还有滕宾的"送李景山西使"和张埜的"七夕"。明清两代少有用此调填词者。

词 谱 格 式

《夺锦标》的词谱格式：

凉月横舟，	Ⓟ仄平平，(句)
银潢浸练，	平平仄仄，(句)
万里秋容如拭。	仄仄平平平仄。(韵)▲
冉冉鸾骖鹤驭，	仄仄平平Ⓞ仄，(句)
桥倚高寒，	平平平平，(句)
鹊飞空碧。	仄平平仄。(叶)▲
问欢情几许，	仄平平仄仄，(句)
早收拾、新愁重织。	仄平Ⓟ、(豆)平平平仄。(叶)▲
恨人间、会少离多，	仄平平、(豆)仄仄平平，(句)
万古千秋今夕。	仄仄平平平仄。(叶)▲
谁念文园病客。	Ⓟ仄平平仄仄。(叶)▲

399

夜色沉沉，	仄仄平平，(句)
独抱一天岑寂。	仄仄平平平仄。(叶)▲
忍记穿针亭榭，	仄仄平平㊍仄，(句)
金鸭香寒，	平仄平平，(句)
玉徽尘积。	仄平平仄。(叶)▲
凭新凉半枕，	仄平平仄仄，(句)
又依稀、行云消息。	仄平㊍、(豆)平平平仄。(叶)▲
听窗前、泪雨浪浪，	仄平平、(豆)仄仄平平，(句)
梦里檐声犹滴。	仄仄平平平仄。(叶)▲

词律解读

1. 此词牌，双调，一百〇八字，上片四仄韵，下片五仄韵(亦有换头不用韵者，则为四仄韵)，例押入声韵。

2. 本词用入声第三部(质陌锡职缉)韵字协韵。起首韵字"拭"及下面叶韵的"织"、"息"字属入声职韵；其他韵字"碧"、"夕"、"客"、"积"属入声陌韵；"寂"、"滴"属入声锡韵。

3. 词中几处四言例用对句。即上片第一、二句(凉月横舟，银潢浸练)、第五、六句(桥倚高寒，鹊飞空碧)；下片第五、六句(金鸭香寒，玉徽尘积)。

4. 上下片第三句起至末句，句式、平仄相同。各句首字多用仄声，且多去声，起到了振起作用。句中格律多有"平平平仄"处，形成缓急相济的效果。上下片第七句五言(问欢情几许、凭新凉半枕)，句式均为上一下四。

5. 《词律》卷十九、《钦定词谱》卷三十五均以张埜词为正体，《钦定词谱》列白朴词下片首句不入韵者及滕宾减字者为"又一体"。

400

93

薄幸 春情

宋　贺铸

淡妆多态，(韵)更滴滴[1]、(豆)频回盼睐[2]。(叶)便认得、(豆)琴心先许[3]，(句)欲绾合欢双带[4]。(叶)记画堂[5]、(豆)风月逢迎[6]，(句)轻颦浅笑娇无奈[7]。(叶)向睡鸭炉边[8]，(句)翔鸳屏里[9]，(句)羞把香罗暗解[10]。(叶)

自过了、(豆)烧灯后[11]，(句)都不见、(豆)踏青挑菜[12]。(叶)几回凭双燕，(句)叮咛深意，(句)往来却恨重帘碍。(叶)约何时再?(叶)正春浓酒困，(句)人闲昼永无聊赖[13]。(叶)恹恹睡起[14]，(句)犹有花梢日在。(叶)

注释

〔1〕滴滴:眼波流动。一作"的的"。此词有异文,首句"淡妆多态"《全宋词》作"艳真多态"。"向睡鸭炉边,翔鸳屏里,羞把香罗暗解"三句,《白香词谱》与《草堂诗余》《花草粹编》、《钦定词谱》一致。而《乐府雅词》、《花庵词选》、《历代诗余》、《词综》作"便翡翠屏开,芙蓉帐掩,与把香囊偷解。"

〔2〕盼睐(lài 赖):目光流动,左顾右盼。睐,往旁边看。

401

〔3〕琴心：以琴声传达心意。《史记·司马相如传》载，卓文君新寡，好音，相如"以琴心挑之"。唐李群玉《戏赠魏四十》诗："兰浦秋来烟雨深，几多情思在琴心。"

〔4〕绾（wǎn 晚）：打结。合欢双带：绣有或织进合欢花图案的丝带，古代青年男女以此表示男女同心。宋朱熹《拟古》诗之七："结作同心花，缀在红罗襦。双垂合欢带，丽服眷微躯。"再如合欢扇、合欢被、合欢襦等，均以此图案得名。

〔5〕画堂：华丽的堂舍。唐崔颢《王家少妇》诗："十五嫁王昌，盈盈入画堂。"

〔6〕风月：既是写夜景，又是指男女之情。

〔7〕轻颦（pín 贫）：微皱眉头，女子娇媚之态。颦，皱眉。无奈：无比。宋苏舜钦、苏舜元《丙子仲冬紫阁寺联句》："松竹高无奈，烟岚翠不胜。"

〔8〕睡鸭炉：鸭形香炉。

〔9〕翔鸳屏：画有鸳鸯的屏风。

〔10〕香罗：薄纱衫。

〔11〕烧灯：指元宵节。

〔12〕踏青：春日郊游。一般在三月三日或清明节。挑菜：唐代习俗，农历二月二日到曲江拾菜，谓之挑菜节。

〔13〕昼永：漫长的白天。宋柳永《诉衷情近》词："幽闺昼永，渐入清和气候。"无聊赖：精神空虚，无所寄托。

〔14〕恹（yān 烟）恹：精神萎靡不振。唐韩偓《春尽日》诗："把酒送春惆怅在，年年三月病恹恹。"

评析

这是一首艳情词。写了作者一次艳遇，以及别后的苦苦相思。

词的上片，回忆欢会情形。前四句，写二人一见钟情。那女子天生丽质，虽然只是薄施粉黛，却依然姿态闲雅，风情万种。从她那多情顾盼之中，词人明白她早已琴心相许，欲结合欢。"琴心"化用司马相如、卓文君相爱典故。后五句，写二人相亲相狎。"轻颦浅笑娇无奈"写出欢会时伊人娇媚无比的姿态。女子的妩媚、热情、大胆令词人难以忘怀。

　　词的下片,写别后相思之苦。前六句,写欲谋再见之难。自那次激情欢会之后,词人就处在相思的煎熬与重逢的期待之中。元宵未能相会,踏青、挑菜又未能相逢,相思的痛苦实在难以忍耐。词人曾几次设法联系,但都障碍重重,音信难通,于是不禁慨叹:"约何时再?"重逢的希望甚为渺茫。"几回"三句采用了比兴方法。"双燕"是词人传达缠绵情意的信使,虽然词人向其"叮咛深意",然而它却无法通过"重帘"的阻隔。"重帘"比喻词人与情人之间感情沟通的巨大阻碍。最后四句,写词人百无聊赖之状。春意正浓,相思情切,然而却无缘相见。为情所苦,时光难耐,只好借酒麻醉,以解思愁。然而当词人一觉醒来时,却见日光依旧照在花头。词人之所以感觉时间缓慢,不是由于"昼永",而是因为"人闲",是其为情所扰,痛苦难耐的结果。

　　此词既热烈奔放,又缠绵悱恻,前欢与今愁,铺叙详尽,情致婉曲,且融景入情,秾丽之至。

词牌考原

　　《薄幸》,词牌名。见宋贺铸《东山乐府》。此词牌历来以表现男女情思为主。

　　薄幸,犹言负心,薄情。古时女子对所爱者亦昵称为薄幸。唐杜牧《遣怀》诗:"十年一觉扬州梦,赢得青楼薄幸名。"五代时,韦庄等人在词中多以女子口吻抒写对薄幸郎的怨情,如云"玉郎薄幸去无踪"(韦庄《天仙子》),"五陵薄幸无消息"(毛熙震《菩萨蛮》),"薄幸不来门半掩"(冯延巳《南乡子》)等,但唐五代尚无此词牌。北宋时,贺铸始作《薄幸》"淡妆多态"一词,抒写男女春情。此后,宋代词人吕渭老、韩元吉、仇远等人均有《薄幸》词作,内容形式亦沿袭贺词。

词谱格式

　　《薄幸》的词谱格式:

淡妆多态, 　　　　　　　　　　　⊗平平仄,(韵)
　　　　　　　　　　　　　　　　　▲

403

更滴滴、频回盼睐。	仄仄仄、(豆)平平仄仄。(叶)▲
便认得、琴心先许，	仄仄仄、(豆)平平平仄，(句)
欲绾合欢双带。	仄仄仄平平仄。(叶)▲
记画堂、风月逢迎，	仄仄平、(豆)平仄平平，(句)
轻颦浅笑娇无奈。	平平仄仄平平仄。(叶)▲
向睡鸭炉边，	仄仄仄平平，(句)
翔鸳屏里，	平平平仄，(句)
羞把香罗暗解。	平仄平平仄仄。(叶)▲
自过了、烧灯后，	仄仄仄、(豆)平平仄，(句)
都不见、踏青挑菜。	平仄仄、(豆)仄平平仄。(叶)▲
几回凭双燕，	仄平平平仄，(句)
叮咛深意，	平平平仄，(句)
往来却恨重帘碍。	仄平仄仄平平仄。(叶)▲
约何时再？	仄平平仄。(叶)▲
正春浓酒困，	仄平平仄仄，(句)
人闲昼永无聊赖。	平平仄仄平平仄。(叶)▲
恹恹睡起，	平平仄仄，(句)
犹有花梢日在。	平仄平平仄仄。(叶)▲

词律解读

1. 此词牌，双调，一百〇八字，上下片均五仄韵。

2. 本篇押仄声韵，属于词韵第五部仄韵（上声蟹，又贿半；去声泰半、卦半、队半）。其中，起首韵字"态"及下面叶韵的"睐"、"菜"、"碍"、"再"、"在"字属去声队韵。其他叶韵的"带"、"奈"、"赖"字属去声泰韵。上片末字"解"是上声蟹韵。全词乃同部上去声仄韵通押。

3. 上片第七句"向睡鸭炉边，翔鸳屏里"实为四字对句，上加一字豆，此为定格。

4. 本词七言句式以上三下四为多,如上片第二、三、五句,下片第二句均是。上片第六句(轻颦浅笑娇无奈)、下片第八句(人闲昼永无聊赖)为叶韵之七言诗句,惟平仄规律精严,只能作"平平仄仄平平仄"。上下片第七句五言(向睡鸭炉边、正春浓酒困)均为上一下四,第一字为领字,例用去声,领起下面两句。下片第三、四句或作上五下四,或作上三下六。

5.《词律》卷十九以吕渭老词(青楼春晚)为正体。《钦定词谱》卷三五以贺铸词为正体,另列沈端节词(桂轮香满)下片六仄韵者和韩元吉词(送君南浦)减一字者为"又一体"。

《疏影》（黄昏片月）

94

疏影　梅影

宋　张炎

黄昏片月，(韵)似碎阴满地[1]，(句)还更清绝。(叶)枝北枝南，(句)疑有疑无，(句)几度背灯难折。(叶)依稀倩女离魂处[2]，(句)缓步出、(豆)前村时节[3]。(叶)看夜深、(豆)竹外横斜[4]，(句)应妒过云明灭。(叶)　　窥镜蛾眉淡扫，(句)为容不在貌[5]，(句)独抱孤洁。(叶)莫是花光[6]，(句)描取春痕，(句)不怕丽谯吹彻[7]。(叶)还惊海上燃犀去[8]，(句)照水底、(豆)珊瑚疑活。(叶)做弄得、(豆)酒醒天寒，(句)空对一庭香雪[9]。(叶)

注释

〔1〕碎阴满地：《白香词谱》原为"满地碎阴"，今据唐圭璋辑《全宋词》改之。自姜夔度曲，其《疏影》第二句"有翠禽小小"，句式上一下四，为"仄仄平仄仄"拗格，后人多从之。如张翥词(山阴赋客)作"怪几番睡起"，后两字皆为"仄仄"，故此处张炎词句应为"似碎阴满地"，白香词谱作"似满地碎阴"，以平声结句，则不合律。

〔2〕倩女离魂：唐陈玄祐小说《离魂记》故事。唐张镒有女名倩娘，幼许其甥王宙。及长，两相爱慕，镒欲以女别嫁，女闻忧郁而病。王宙赴京舟中，夜不能寐。倩娘忽至，偕与俱逃。居蜀五年，生二子，始共归，诣镒

自谢。镒大惊,以女固在室有病。两女既相见,翕然合为一体。

〔3〕前村:唐齐己《早梅》诗:"前村深雪里,昨夜一枝开。"

〔4〕竹外横斜:宋苏轼《和秦太虚梅花》诗:"江头千树春欲暗,竹外一枝斜更好。"

〔5〕"为容"句:唐杜荀鹤《春宫怨》诗:"承恩不在貌,教妾若为容。"

〔6〕花光:宋衡州花光山僧仲仁,擅画梅花。宋黄庭坚诗:"雅闻花光能画梅,更乞一枝洗烦恼。"

〔7〕丽谯(qiáo 乔):华美的城楼。谯,古代城门上所建望楼,称为谯楼。吹彻:指笛曲《梅花落》吹到最后一曲。唐李白《与史郎中钦听黄鹤楼上吹笛》诗:"黄鹤楼中吹玉笛,江城五月落梅花。"《落梅花》即《梅花落》,古笛曲名。

〔8〕燃犀:《晋书·温峤传》载,温峤至牛渚矶(即采石矶),水深不可测,人谓其下多怪物,峤燃犀角而照之,见水族奇形怪状。

〔9〕香雪:形容梅花色白而味香。唐温庭筠《春江花月夜》诗:"千里涵空照水魂,万枝破鼻团香雪。"

评析

　　梅、兰、竹、菊,被古人称为"四君子"。梅花以其纤尘不染、高洁雅致的品质为世人所称道。宋人喜欢咏梅,创作了大量咏梅词。其中虽然有些也涉及梅影,但并非专门咏之。宋末元初,出现专以梅影为描写对象的词作。张炎此词就是这样一首专咏梅影的佳作。

　　词的上片,写梅影的形态。开篇三句,就月,写梅影之清绝。古人咏梅影必先写月,如宋林逋《山园小梅》诗:"疏影横斜水清浅,暗香浮动月黄昏。"张炎此词亦是从月发端,以月光衬托梅影。黄昏时分,弦月初上,月色朦胧,梅影铺地,犹如碎阴。"阴"为日照形成的阴影,词人以"碎阴"喻梅影,而云"还更清绝",说明梅花的月影比日影更加艳丽,更加超凡脱俗。而"绝"字的使用,说明梅影的"清"已达极致。第四、五、六句,就灯,写梅影之疑似。梅影清绝,使词人顿生爱意,因而枝南枝北,环绕寻觅,及至"背灯"折取,而梅枝与梅影重重叠叠,难以分辨,更加不可捉摸。"几度"绕枝,表明词人对梅影的挚爱,已到了难舍难分,迷离惝恍的境界。接下来三句,就离魂,写梅影之缥缈。"倩女离魂"出自唐陈玄祐小说《离魂记》故事。词人以倩女比梅,以离魂比梅影,魂从倩女出,影从梅中来,比喻精巧。一个"魂"字及其"缓步"的姿态,将梅影写活,使梅影的轻盈、缥缈脱然而出。段末两句,就过云,写竹外梅影。深夜时分,竹外梅影横斜,连过往云烟也为其清逸而心生嫉妒,以至遮住月光,使梅影忽明忽灭。"竹外"出自苏轼《和秦太虚梅花》诗"竹外一枝斜更好"句,竹、梅相配,创出清逸绝尘之美。

　　词的下片,写梅影的不同形态。首三句,写镜中之梅影,表其孤洁。深夜时分,皎洁的月光,把梅影映照在屋内镜面上,如同"蛾眉淡扫"的美人。她追求的不是艳丽的美貌,而是"孤洁"的操守。第四、五、六句,写画中之影,表其坚贞。衡州花光山僧仲仁,以擅画梅花闻名,黄庭坚曾赞曰:"雅闻花光能画梅,更乞一枝洗烦恼。"可见其画笔之神。词人以疑惑的语气问道,这娟娟的梅影,难道是花光和尚笔下所描取的一痕春色吗?词人将梅影比成花光笔下的梅花,任凭城楼上的玉笛如何吹彻《梅花落》曲,也不改变自己的本性。写出梅影超越凡世、坚贞不堕的精神。接下来三句,写水中之影,表其玲珑之美。词人采用了晋温峤在采石矶燃犀牛角照水底灵怪的故事。将梅影比成枝条旁出的珊瑚。随着水光的荡漾,水中的梅影就犹如水底珊瑚一般有了生命,表现出一种玲珑晶莹、活灵活现的美感。最后三句,写词人从醉酒幻境中回到现实。结拍笔锋一转,揭示出以上种种描写皆是词人酒醉的感受,是词人醉眼看世界的幻境。酒醒之时,只看到满庭院散发着幽香的雪白的梅花。

　　这首词通过词人朦胧醉眼和丰富想象创作了一个亦真亦幻,令人迷离神往的境界。此词虽为咏物词,但又有所寄托,词人对梅影清绝、孤洁的赞美,亦是作者人格精神的向往。

词牌考原

　　《疏影》,词牌名。又名《绿意》、《解佩环》、《佳色》、《绿影》。宋姜夔自度曲,入仙吕宫,见《白石道人歌曲》。得名于宋林逋《山园小梅》诗:"疏影横斜水清浅,暗香浮动月黄昏。"姜夔于南宋光宗绍熙二年(1191)冬天,取林逋诗句意,自度

《暗香》、《疏影》二曲,以咏梅花。其词序云:"辛亥之冬,予载雪诣石湖(范成大)。止既月,授简索句,且征新声。作此两曲,石湖把玩不已,使工妓隶习之,音节谐婉,乃名之曰《暗香》、《疏影》。"宋张炎《词源》云:"词之赋梅,惟白石《暗香》、《疏影》二曲,前无古人,后无来者。"张炎亦填两首《暗香》、三首《疏影》;又依《暗香》调咏荷花,易名《红情》;依《疏影》调咏荷叶,易名《绿意》。宋周密《蘋洲渔笛谱》内有数首咏物词,均赋调名本旨,以《疏影》赋梅影。彭远逊词,有"遗佩环浮沉澧浦"句,名《解佩环》。宋人填《暗香》、《疏影》两调者多用以咏梅。

词 谱 格 式

《疏影》的词谱格式:

黄昏片月,	平平仄仄,(韵)
似碎阴满地,	仄仄平仄仄,(句)
还更清绝。	平仄平仄。(叶)
枝北枝南,	仄仄平平,(句)
疑有疑无,	仄仄平平,(句)
几度背灯难折。	仄仄仄平平仄。(叶)
依稀倩女离魂处,	平平仄仄平平仄,(句)
缓步出、前村时节。	仄仄仄、(豆)平平平仄。(叶)
看夜深、竹外横斜,	仄仄平、(豆)仄仄平平,(句)
应妒过云明灭。	平仄仄平平仄。(叶)
窥镜蛾眉淡扫,	平仄平平仄仄,(句)
为容不在貌,	仄平仄仄仄,(句)
独抱孤洁。	平仄平仄。(叶)
莫是花光,	仄仄平平,(句)
描取春痕,	仄仄平平,(句)

不怕丽谯吹彻。	(仄)仄(仄)平平仄。(叶)
还惊海上燃犀去，	平平仄仄平平仄，(句)
照水底、珊瑚疑活。	仄仄仄、(豆)(平)平平仄。(叶)
做弄得、酒醒天寒，	仄仄(平)、(豆)(仄)仄平平，(句)
空对一庭香雪。	(平)仄仄平平仄。(叶)

词律解读

1. 此词牌，双调，一百一十字，上片五仄韵，下片四仄韵，多押入声韵。

2. 本词所押韵为入声第四部(物月曷黠屑叶)。起首韵字"月"属入声月韵。下面叶韵的"绝"、"折"、"节"、"灭"、"洁"、"彻"、"雪"均属入声屑韵。而"活"属入声曷韵。全词乃入声韵同部相协。

3. 上下片自第三句起，句式、平仄相同。上片第二句(似碎阴满地)句法例为上一下四。词中七言句多为上三下四。上下片第七句(依稀倩女离魂处、还惊海上燃犀去)为七言平起仄收律句，格式为"平平仄仄平平仄"。第八句亦七字句，上三下四，上三字为"仄仄仄"，系定格。下片第九句"做弄得、酒醒天寒"中，"得"字以入代平。

4.《词律》卷十九、《钦定词谱》卷三十五均以姜夔词(苔枝缀玉)为正体。《钦定词谱》列句式略异之张炎词、张翥词及首句不入韵的陈允平词为"又一体"。

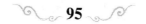

95

过秦楼 秋夜

宋　周邦彦

水浴清蟾[1]，(句)叶喧凉吹[2]，(句)巷陌马声初断[3]。(韵)
闲依露井[4]，(句)笑扑流萤，(句)惹破画罗轻扇[5]。(叶)人静夜
久凭阑，(句)愁不归眠，(句)立残更箭[6]。(叶)叹年华一瞬，(句)
人今千里，(句)梦沉书远。(叶)　　空见说、(豆)鬓怯琼
梳[7]，(句)容销金镜[8]，(句)渐懒趁时匀染[9]。(叶)梅风地
溽[10]，(句)虹雨苔滋[11]，(句)一架舞红都变[12]。(叶)谁信无聊
为伊，(句)才减江淹[13]，(句)情伤荀倩[14]。(叶)但明河影
下[15]，(句)还看疏星几点。(叶)

注释

〔1〕清蟾(chán 缠)：明月。古代传说谓月中有蟾蜍(chán chú 缠除)，故以蟾
指代明月。

〔2〕凉吹：秋风。

〔3〕巷陌：市街和郊路。

〔4〕露井：没有井亭覆盖的水井。梁简文帝萧纲《咏初桃》诗："飞花入露井，
交干拂华堂。"

〔5〕"笑扑流萤"二句:唐杜牧《秋夕》诗:"银烛秋光冷画屏,轻罗小扇扑流萤。"

〔6〕更箭:即更漏。古代以铜壶盛水滴漏报时,壶中立箭以指时间。

〔7〕怯:心惊。琼梳:饰以美玉的发梳。

〔8〕金镜:铜镜。

〔9〕匀染:指敷粉施朱,即梳妆打扮。

〔10〕梅风地溽(rù入):初夏黄梅时节,风含潮气,地面湿润。溽,湿润。

〔11〕虹雨:夏天阵雨,同时又有彩虹出现。

〔12〕舞红:风中舞动的红花。

〔13〕才减江淹:《南史·江淹传》载,南朝梁江淹,字文通,擅文章。后梦一丈人自称郭璞向其索笔,曰:"吾有笔在卿处多年,可以见还。"江淹乃探取怀中一支五色笔给对方,自此为诗绝无美句,时人谓之"才尽"。

〔14〕情伤荀倩:荀倩,名荀粲,字奉倩,三国魏人,荀彧之子。《三国志·魏志》卷十《荀彧传》引晋孙盛《晋阳秋》说,荀粲妻有美色,染病亡,粲不哭神伤,曰:"佳人难再得。"痛悼不能已,岁余亦亡。时年二十九。事亦见《世说新语·惑溺》。

〔15〕明河:银河。

评 析

这是一首怀人之作。

词的上片,从回忆入手,写追昔抚今之情。开篇三句,回忆秋凉夜景,营造优美环境。明月映入水中,树叶在秋风中飒飒作响。夜已渐深,街道上行人稀少,马蹄声绝。这是一个空明、静谧、美好的秋夜。第四、五、六句,转写秋夕情事。月色中,露井旁,伊人手持轻罗小扇,欢笑着扑打流萤。她是如此专注、忘情,以致弄破了画罗香扇。这是一个充满生活情趣的细节,是词人对昔日幸福时光的美好回忆。接下来三句,由回忆转回现实,抒发相思愁怀。夜深人静,更漏将残,词人独倚阑干,离愁万端,难以入眠。至此可知,前面所写优美夜色及伊人欢快情形,皆为词人倚栏所忆,采用的是倒叙的逆入法。"愁不归眠"的"愁"字是全

413

词情绪的核心。段末三句,写遥隔相思之痛。词人慨叹人生短暂,时光易逝。昔日相亲相爱之人,今天却远在千里之外,梦里难寻,书信难达,相思之痛难以自抑。

词的下片,通过两相对照,写离别相思之恨。首三句,写伊人形容憔悴。上片说"人今千里",故此处说"空见说"。词人徒然听说伊人由于相思的折磨,已经鬓发渐少,容颜消瘦。渐渐地连追求时尚,打扮自己的心情都没有了。第四、五、六句,承"年华一瞬",写夏日庭院景物。梅风、虹雨之后,地面湿润,长满青苔,满架的红花也都已飘尽。写景之中,既体现了季节的变迁,也兼写了词人心情的黯然,景中寓情,刻画至深。接下来三句,写自己浓重的离愁。词人慨叹,又有谁相信我为伊人如此百无聊赖? 刻骨的相思已使我的才情像江淹般衰退,精神亦如荀粲般恍惚。最后两句,以景作结。词人遥望夜空,浩瀚的银河之下,闪烁着点点的星光。此处所写正是"人静夜久凭阑"所见之景。词人孤独、愁苦的情绪皆从写景中透出。

此词结构上忽景忽情,忽今忽昔,极富变化,在时空和情景的转换中,完成感情的传递。整首词语言精美,感情真挚。清陈廷焯评云:"婉约芊绵,凄艳绝世。满纸是泪,而笔墨极尽飞舞之至。"(《云韶集》)

词牌考原

《过秦楼》,词牌名。见宋曾慥《乐府雅词》载李甲词,因词中有"曾过秦楼"句而得名。李甲词句又出自李白《忆秦娥》词"秦娥梦断秦楼月"句意。其词首句为"卖酒垆边",一百〇九字,押平声韵。李甲,字景元,居华亭乡(今上海松江),自号华亭逸人。《宋诗纪事补遗》卷三十一云:"李景元,元符中(宋哲宗年号,1098—1100),嘉善县令。"善填词,工小令,有闻于时。善画翎毛,兼工写竹。见《画继》卷三、《画史会要》卷二。米芾尝称之。苏轼题其《喜鹊图》云:"闻说神仙郭恕先,醉中狂笔势澜翻。百年寥落何人在,只有华亭李景元。"(《苏轼诗集》卷二十八《题李景元画》)存词九首。

周邦彦(1056—1121)的《过秦楼》(水浴清蟾)一词,押仄声韵,一百一十字。又名《选官子》、《苏武慢》、《惜余春慢》。《钦定词谱》卷三十五于《过秦楼》

词牌下注曰:"调见《乐府雅词》李甲作。因词有'曾过秦楼'句,取以为名。此调押平韵者只有此词,无别首宋词可校。《片玉集》以周邦彦《选官子》词刻作《过秦楼》,各谱遂名周词为仄韵《过秦楼》,不知《选官子》调其体不一,应以周词编入《选官子》调内,不得以仄韵《过秦楼》另分一体。"《钦定词谱》认为应把周邦彦词编入《选官子》调内,而不能将《过秦楼》调另分仄韵体。这一结论明显欠妥。词史上某一词调的形成,是在作家创调后人们在填词中逐渐约定俗成,而非人为的规定。周邦彦徽宗时为徽猷阁待制,提举大晟府,精通音律,曾创作不少新词调。此词显然是在李甲创作平韵《过秦楼》之后,又另创的仄韵体新调。自周邦彦的仄韵《过秦楼》问世后,自宋至明清,后之作者均仿效周邦彦的仄韵体填词,竟无一人再仿李甲的平韵体作词。以《过秦楼》为词牌的著名词作如宋方千里的"柳洒鹅黄"(《和清真词》),宋吴文英的"藻国凄迷"(《梦窗甲稿》卷一"芙蓉"),元朱晞颜的"水碧纱橱"(《瓢泉吟稿》卷三"诗余"),明刘基的"暖日蒸红"(《诚意伯文集》卷十一),明顾璘的"虎卧天门"(《凭几集》卷四《寄王子新》),以及清词中这一词牌的作品,都是仄韵体。正因如此,《钦定词谱》中言李甲词"此调押平韵者只有此词,无别首宋词可校",也就不足为奇了。因此,就《过秦楼》的词牌而言,虽然李甲使用在前,但真正对后世发生影响、得以沿用的却是周邦彦的仄韵体。故此,周邦彦的词作应视为《过秦楼》之正体。

周邦彦的《过秦楼》(水浴清蟾),不仅为填词家推崇仿作,也被历代词选本奉为样板,如宋黄昇《花庵词选》分别于卷三、卷七、卷九录入李甲、周邦彦、方千里三人的《过秦楼》;南宋编成的《草堂诗余》卷四在《过秦楼》词牌下只列周邦彦的"水浴清蟾";明陈耀文《花草粹编》卷二十三在《过秦楼》下将周邦彦与李甲之作并列。可见在清以前,人们一直把周邦彦的词列入《过秦楼》词牌之下,从无异议。此词牌自然应以周邦彦仄韵体为正体,以李甲平韵体为"另一体"。或二体并列。

词 谱 格 式

《过秦楼》的词谱格式：

水浴清蟾，　　　　　　　　仄仄平平，(句)

叶喧凉吹，　　　　　　　　⊘平平仄，(句)

巷陌马声初断。　　　　　　仄仄仄平平仄。(韵)
　　　　　　　　　　　　　　　　　▲

闲依露井，　　　　　　　　平平仄仄，(句)

笑扑流萤，　　　　　　　　⊘仄平平，(句)

惹破画罗轻扇。　　　　　　仄仄仄平平仄。(叶)
　　　　　　　　　　　　　　　　　▲

人静夜久凭阑，　　　　　　平仄仄仄平平，(句)

愁不归眠，　　　　　　　　平仄平平，(句)

立残更箭。　　　　　　　　⊘平平仄。(叶)
　　　　　　　　　　　　　　　▲

叹年华一瞬，　　　　　　　仄平平仄仄，(句)

人今千里，　　　　　　　　平平平仄，(句)

梦沉书远。　　　　　　　　仄平平仄。(叶)
　　　　　　　　　　　　　　　▲

空见说、鬓怯琼梳，　　　　平仄仄、(豆)仄仄平平，(句)

容销金镜，　　　　　　　　⊘平平仄，(句)

渐懒趁时匀染。　　　　　　仄仄仄平平仄。(叶)
　　　　　　　　　　　　　　　　　▲

梅风地溽，　　　　　　　　平平仄仄，(句)

虹雨苔滋，　　　　　　　　⊘仄平平，(句)

一架舞红都变。　　　　　　仄仄仄平平仄。(叶)
　　　　　　　　　　　　　　　　　▲

谁信无聊为伊，　　　　　　平仄平平仄平，(句)

才减江淹，　　　　　　　　平仄平平，(句)

情伤荀倩。　　　　　　　　⊘平平仄。(叶)
　　　　　　　　　　　　　　　▲

但明河影下，　　　　　　　仄平平仄仄，(句)

还看疏星几点。　　　　　　⊘仄平平仄仄。(叶)
　　　　　　　　　　　　　　　　　▲

416

词 律 解 读

1. 此词牌,双调,一百一十字。上下片各四仄韵。

2. 本篇押仄声韵,以词韵第七部仄韵(上声旱潸铣,又阮半;去声翰谏霰,又愿半)为主,兼用第十四部上声韵(上声感俭赚)。其中,起首韵字"断"属上声旱韵。"扇"、"箭"、"变"、"倩"同属去声霰韵。"远"字属上声阮韵。"染"、"点"二字属上声俭韵。这正如王力先生在《诗词格律》中指出的:"(词韵)这十九部大约只能适合宋词的多数情况。其实在某些词人的笔下,第六部早已与第十一部、第十三部相通,第七部早已与第十四部相通。其中有语音发展的原因,也有方言的影响。"

3. 此调以四、六言为主。上下片第一、二句(水浴清蟾,叶喧凉吹;鬓怯琼梳,容销金镜),第四、五句(闲依露井,笑扑流萤;梅风地溽,虹雨苔滋)例用对仗。下片第八、九句(才减江淹,情伤荀倩)亦须对仗。此调中领字有一字、三字者。词中上片第十句"叹年华一瞬",第一字"叹"为领字,用去声,领起下面三句。换头三字(空见说)为领字,下面例用四言对句和一个六字句。因此,此调极具整饬之美。

4.《词律》卷十九以李甲词(卖酒垆边)为正体,以周邦彦词为"另一体"。《钦定词谱》卷三十五亦以李甲词为正体,以周邦彦此词为《选官子》正体。

96

沁园春 有感

宋 陆游

孤鹤归来，(句)再过辽天，(句)换尽旧人[1]。(韵)念累累枯冢，(句)茫茫梦境，(句)王侯蝼蚁[2]，(句)毕竟成尘。(叶)载酒园林，(句)寻花巷陌，(句)当日何曾轻负春。(叶)流年改，(句)叹围腰带剩[3]，(句)点鬓霜新。(叶)

交亲散落如云。(叶)又岂料、(豆)而今余此身。(叶)幸眼明身健，(句)茶甘饭软，(句)非惟我老，(句)更有人贫。(叶)躲尽危机，(句)消残壮志，(句)短艇湖中闲采莼[4]。(叶)吾何恨，(句)有渔翁共醉，(句)溪友为邻。(叶)

注释

〔1〕"孤鹤"三句：题为晋陶潜所作《搜神后记》卷一："丁令威，本辽东人。学道于灵虚山，后化鹤归辽，集城门华表柱。时有少年举弓欲射之，鹤乃飞，徘徊空中而言曰：'有鸟有鸟丁令威，去家千年今始归。城郭如故人民非，何不学仙冢累累。'遂高上冲天。"

〔2〕王侯蝼(lóu 楼)蚁：蝼蚁，蝼蛄与蚂蚁，喻地位卑微的人。唐杜甫《谒文公上方》诗："王侯与蝼蚁，同尽随丘墟。"

〔3〕围腰带剩：因人变瘦，腰围变小，而显得腰带剩余。《南史·沈约传》："(约)言己老病，百日数旬，革带常应移孔。"

〔4〕莼(chún 纯):水生植物名,又名水葵,可作羹。宋陆游《寒夜移疾》诗:"天公何日与一饱,短艇湘湖自采莼。"并注云:"湘湖在萧山县,产莼绝美。"

评析

南宋淳熙五年(1178)秋,陆游自蜀返乡,此词当是词人回到山阴之后所作。抒发了词人人生无常、壮志未酬的感慨。

词的上片,写时光易逝,人生如梦。开篇七句,写物是人非,世事沧桑之感。前三句化用丁令威化鹤归来典故。以"孤鹤"自比,写自己久别归乡的感受,城郭如故,人事皆非。当词人面对座座枯冢时,顿感人生如梦。不论是贵比王侯,还是贱如蝼蚁,最终都难以逃脱归于尘土的宿命。接下来三句,写自己未负青春时光。人生短暂如梦,自然不应虚度,词人不禁忆起自己当年也曾有过"载酒园林"、"寻花巷陌"的快乐时光,美好的青春未曾辜负。然而昔日的春光毕竟如梦一般美好而短暂。上片后三句,写自己的衰暮之感。现如今,自己已经腰围瘦损,两鬓如霜,面对此景,如何不令人感慨万千呢?整个上片,充满人生如梦,盛年不再的落寞与惆怅。

词的下片,写老健自得,故作旷达。首二句,幸身独在。此二句与上片"换尽旧人"、"累累枯冢"相应。人事无常,亲戚、朋友散落如云,到如今唯我幸存,词人为此感到安慰。第三、四、五、六句,幸体尚健。此四句以"幸"字领起,庆幸在"交亲散落如云"时,自己不但能够"余此身",而且还能"眼明身健,茶甘饭软"。与那些贫困的同龄人相比,自己应该感到满足,而聊以自慰了。此种心态在词人诗文中不止一次流露,其《书喜》诗云:"眼明身健何妨老,饭白茶甘不觉贫。"接下来三句,写幸老得休。词人不但在物质生活上感到满足,而且精神上似乎也得到了解脱。他庆幸自己终于躲开了宦海沉浮的危机,可以享受荡舟采莼的清闲,然而自己的壮志也早已消磨殆尽。最后三句,幸优游自得。词人似乎在进一步强调自己对归隐生活的陶醉,有渔翁与我共醉,有溪边好友为邻,生活是何等安逸。然而"吾何恨"三字,流露出的却是词人在有"恨"下的自我排解,是对现实生活不满下的故作旷达,是壮心未酬的痛苦与悲凉。整个下片看似旷达、自得,实际上满

419

含辛酸。

此词直抒胸臆，风格悲壮，且具抑扬变化之妙。

词牌考原

《沁园春》，词牌名。又名《东仙》、《念离群》、《洞庭春色》、《寿星明》。调名源于汉朝窦宪倚势变相强夺沁水公主田园之典故。东汉明帝女沁水公主，有园田名曰沁园，为窦宪所夺，由此后世泛称公主园林为"沁园"。宋吴曾《能改斋漫录》卷十六云："今世乐府，传《沁园春》词。按，《后汉书》：'窦宪女弟立为皇后，宪恃宫掖声势，遂以县直请夺沁水公主园田。'然则沁水园者，公主之园也。故唐人类用之。唐崔湜《侍宴长宁公主东庄》诗：'沁园东郭外，鸾驾一游盘。'"唐诗中多以"沁园"指公主园林，又如储光羲《玉真公主山居》诗："不言沁园好，独隐武陵花。"以上或为调名所本。

关于《沁园春》何时作为词牌出现在词坛的，历来有不同意见。如南宋吴曾（1162年前后在世）在《能改斋漫录》卷十六提到："世传吕洞宾《沁园春》词，所谓'九返还丹'者，乃知唐之中世已有此音矣。"以吕洞宾为这一词调的创始者，将时间定在中唐。吴曾所说的这首"九返还丹"最早见于宋胡仔（1110～1170）的《苕溪渔隐丛话后集》卷三十八"回仙"，该书载："回仙有《沁园春》一阕，明内丹之旨，语意深妙，惜乎世人但歌其词，不究其理，吾故表而显之，云：'七返还丹，在人先须，炼己待时。（共一百十四字，下略）'"这位"回仙"就是唐末著名道士吕洞宾，胡仔又载："回仙自作传云：吾乃京兆人，唐末累举进士，不第，因游华山，遇钟离，传授金丹大药之方，复遇苦竹真人，方能驱使鬼神，再过钟离，尽获希夷之妙旨。"据宋祝穆《方舆胜览》卷二十九"岳州"下载："吕岩客，字洞宾，河中府人。唐吏部侍郎吕渭之孙。会昌中两举进士不第，去游庐山，遇异人，得长生诀。多游湘潭岳鄂之间，人莫之识也。"元辛文房《唐才子传》"吕岩传"亦谓："岩，字洞宾，京兆人，吏部侍郎吕渭之孙也。咸通初中第，两调县令。更值巢贼，浩然发栖隐之志。"据此，吕洞宾乃晚唐人，而非中唐人。吴曾的说法曾遭明杨慎的反驳，杨慎认为《沁园春》乃北宋王诜初作。其《丹铅总录》卷十曰："说神仙者大率多欺世诳愚，如世传《沁园春》及《解红》二词为吕洞宾作，按《沁园春》词宋驸马王晋卿初制此腔,解红儿则五代和凝歌童,凝为制《解红》一曲,初止五句,见陈氏乐书,后乃衍为《解红儿慢》。焉有吕洞宾在唐预知其腔,而填为此曲乎?"

据《宋史·陈抟传》说"关西逸人吕洞宾数来抟斋中"。陈抟(tuán 团)(872—989)五代宋初著名道教学者,字图南,号扶摇子,宋太宗时赐号希夷先生(希指视而不见,夷指听而不闻),常被尊称为陈抟老祖等。吕岩与之交往的时间大致在五代时期,因为根据前面《方舆胜览》和《唐才子传》的记载,无论吕岩是唐会昌年(841—846)举进士,还是咸通初(860)中第,到北宋建立时(960)都一百多岁了。然而,胡仔所录吕洞宾的《沁园春》,在宋代并没有产生异议,早在胡仔之前,宋代诗话中就出现了吕洞宾作《沁园春》的传说,据北宋宣和癸卯(1123)阮阅撰成的《诗话总龟》卷四十七《神仙门》载,民间先出现了《沁园春》的曲调,即所谓"都下新声"流传市邸,然后才有了吕神仙现身填词的传说。其后,南宋绍兴六年(1138)曾慥编的《类说》卷四十六"吕洞宾沁园春"条,亦转引上文。宋末俞琰撰《玄学正宗》二卷,后附有俞琰所解吕岩《沁园春》调及阴符经。由于北宋崇道之风极盛,民间出现了种种关于吕洞宾的传说,使传说中吕洞宾所作的《沁园春》,借助崇道之风广泛流传,成为宋以后最受欢迎的词牌之一。

那么,宋代究竟是谁最早用《沁园春》的词调填词的呢?除王诜外,今人有谓张先者,有谓苏轼者。应该说,杨慎断言北宋王诜初制此腔的结论是正确的。王诜(1036—1093后),字晋卿,熙宁二年(1069)娶英宗女魏国大长公主,拜左卫将军、驸马都尉。元丰二年(1079),因受苏轼牵连贬官,落驸马都尉。其词名《花发沁园春》(帝里春归),内容咏"皇家池阁园林",乃咏本题,共一百〇五字,较胡仔所录吕洞宾词字数略少。观其内容,其词当作于熙宁二年初拜驸马进入公主园林时,采用了时人所谓的"都下新声"。与王诜同时的词人张先有《沁园春》(寄都城赵阅道),赵阅道即赵抃,据今人赵润金考,词题中"都城"当为"成都"之误。赵抃熙宁五年(1072)奉诏赴成都,居二年转越州。张先词当作于熙宁五年或六年,稍后于王诜,共一百十五字。苏轼集中有《沁园春》(孤馆灯青),其小序云:"赴密州,早行,马上寄子由。"可知此词作于熙宁七年(1074)十月苏轼调任密州途中,稍后于张先之作,共一百十四字。苏词与胡仔所载吕洞宾词字数、句式基本相同,较王诜、张先词技巧成熟。所以,传说中的吕洞宾《沁园春》词当是北宋人的代作,《唐五代词》将之列入"宋元人依托唐五代人鬼仙词"。

　　总之,这个词牌最早应出现在身为驸马进入公主园林的王诜手中,原题为《花发沁园春》,内容亦咏皇家园林。后来经过张先、苏轼等人的改造,定名《沁园春》,内容亦不限于咏公主园林,而用于赠别、抒怀等。《钦定词谱》以苏轼"孤馆灯青"为正体,双调,一百十四字,押平韵。并曰:"《沁园春》,金词注般涉调,蒋氏十三调注中吕调。张辑词结句有'号我东仙'句,名《东仙》;李刘词名《寿星明》,秦观减字词名《洞庭春色》。"

词 谱 格 式

《沁园春》的词谱格式:

孤鹤归来,	Ⓧ仄平平,(句)
再过辽天,	仄仄平平,(句)
换尽旧人。	仄仄仄平。(韵)
念累累枯冢,	仄Ⓟ平Ⓧ仄,(句)
茫茫梦境,	Ⓟ平Ⓧ仄,(句)
王侯蝼蚁,	Ⓟ平Ⓧ仄,(句)
毕竟成尘。	Ⓧ仄平平。(叶)
载酒园林,	Ⓧ仄平平,(句)
寻花巷陌,	Ⓟ平Ⓧ仄,(句)
当日何曾轻负春。	Ⓧ仄平平Ⓟ仄平。(叶)
流年改,	平平仄,(句)
叹围腰带剩,	仄平平仄仄,(句)
点鬓霜新。	Ⓧ仄平平。(叶)
交亲散落如云。	平平仄仄平平。(叶)
又岂料、而今余此身。	Ⓧ仄仄、(豆)平平Ⓟ仄平。(叶)

422

幸眼明身健，	仄平平仄仄，(句)
茶甘饭软，	平平仄仄，(句)
非惟我老，	平平仄仄，(句)
更有人贫。	仄仄平平。(叶)
躲尽危机，	仄仄平平，(句)
消残壮志，	平平仄仄，(句)
短艇湖中闲采莼。	仄仄平平平仄平。(叶)
吾何恨，	平平仄，(句)
有渔翁共醉，	仄平平仄仄，(句)
溪友为邻。	仄仄平平。(叶)

词律解读

1. 此词牌体式繁多，此处所录陆游一体。双调，一百一十四字。上片四平韵，下片一般五平韵，亦有六平韵者。除上片前三句与下片前二句有异外，其余句式、格律相同。

2. 本篇押平声真韵，只在换头借用邻韵文韵，其余全部都是真韵韵字。

3. 本词第三句起平韵（仄仄仄平），重在第三字，必须用仄，是为拗句。上片第四句，下片第三句，第一字均为领字（念、幸），须用一字领起四个四言句。领字均用仄声，以用去声为佳。四个四言句当用为对仗。如上片"念"字下的"累累枯冢，茫茫梦境"，下片"幸"字下的"眼明身健，茶甘饭软；非惟我老，更有人贫"。上下片倒数第二个五言，句式为上一下四，第一字须用仄声。如上片的"叹围腰带剩"，下片的"有渔翁共醉"。

4. 此调最宜表现壮阔襟怀，而为英雄志士常采用。龙榆生曰："至于适宜铺张排比、显示宽宏器宇或雍容气度的慢曲长调，常是多用四言偶句作为对称格局，并于落脚字递换平仄作为谐调音节的主要手段。这该以《沁园春》为最好范例。"（《词学十讲》）《词律》卷十九以陆游词为正体，以秦观词一百十五字者为"又一体"。《钦定词谱》卷三十六以苏轼词（孤馆灯青）一百十四字者为正体，另列增字、减字数首为"又一体"。

97

摸鱼儿　送春

元　张翥

涨西湖、半篙新雨，麹尘波外风软[1]。兰舟同上鸳鸯浦[2]，天气嫩寒轻暖[3]。帘半卷，度一缕、歌云不碍桃花扇[4]。莺娇燕婉。任狂客无肠[5]，王孙有恨[6]，莫放酒杯浅[7]。　　垂杨岸，何处红亭翠馆[8]。如今游兴全懒。山容水态依然好，惟有绮罗云散[9]。君不见，歌舞地、青芜满目成秋苑[10]。斜阳又晚。正落絮飞花，将春欲去，目送水天远。

注释

〔1〕麹(qū 屈)尘：麹是酿酒或制酱用的发酵物，麹上所生菌，颜色黄如尘土，故称麹尘。按：本篇尾句《白香词谱》原作"目断水天远"，检张翥《蜕岩词》、《历代诗余》及唐圭璋编《全金元词》，均作"目送水天远"，故改之。

〔2〕兰舟：木兰船，船之美称。

〔3〕嫩寒：轻寒。

〔4〕"歌云"句：宋晏几道《鹧鸪天》词："舞低杨柳楼心月，歌尽桃花扇底风。"

歌云,指歌声响遏行云。桃花扇,歌舞时用的扇子。

〔5〕狂客无肠:古人称蟹为无肠公子,因其横行故称狂客。

〔6〕王孙有恨:《楚辞·招隐士》:"王孙游兮不归,春草生兮萋萋。"王孙指游子,因离家而有恨。

〔7〕"莫放"句:五代王衍《醉妆词》:"莫厌金杯酒。"

〔8〕红亭翠馆:华美的园亭馆阁。

〔9〕绮罗云散:指歌女、舞女们已经散去。

〔10〕秋苑:萧条的园囿。

评析

词人早年居杭州,经常泛舟西湖,故其词多有涉及。此词《蜕岩词》卷上又题为"春日西湖泛舟",写春日泛舟西湖的感慨。

词的上片,忆昔日泛舟之乐。开篇四句,写西湖的雨后晴光。一场春雨过后,湖水上涨半篙。湖水泛黄犹如麹尘,湖面上涟漪荡漾,春风柔和。在这微寒轻暖的宜人天气里,词人与二三好友乘着兰舟飘过湖面,来到鸳鸯浦上。词人采用通感手法,用"嫩"字、"轻"字形容西湖天气,甚为绝妙。寥寥几笔就将雨后西湖的清新、秀丽展现在读者眼前。下面六句,写游宴之乐。响遏行云的歌声,从远处楼阁上飘来,美妙动听,不绝如缕。远远望去,半卷的窗帘之下,隐约可见与歌者人面交相辉映的桃花扇。听到这如莺燕娇啼般婉转的歌声,无论你是无肠的狂客,还是离家的游子,面对如此良辰美景,都会忘却愁苦,沉入醉乡。词人极力渲染往日游湖之乐,正是为了反衬今日再游之凄凉。

词的下片,写今日再游之伤感。过片点明地点,仍然是当年游历的垂杨岸,然而词人用一个反问"何处红亭翠馆?"就写出了重游之际的震惊之感。杨柳岸边不见了红亭翠馆,西湖边已是物是人非、沧桑巨变。这不能不使词人"如今游兴全懒"。这一句承上启下,是下片乃至整首词的主旨所在。词人之所以心情黯淡,游兴索然,是因为人事发生了巨大变化。山水依旧美好,然而当日衣着绮丽以扇遮面的歌舞者,如今早已风流云散。下面词人又以"君不见"三字领起,进一步描写昔日歌舞之地如今野草丛生,满目荒凉的景象。最后四句,以景作结,抒发暮春的惆怅。此次重游已是暮春时节，夕阳西下，在落日的余晖中，柳絮飘飘，落花飞舞，大好春光即将逝去。词人极目水天，空余惆怅，无限的感慨寄于言外。

此词对比手法非常突出，前有"帘半卷，度一缕、歌云不碍桃花扇"，后有"歌舞地、青芜满目成秋苑"，"惟有绮罗云散"；前有"兰舟同上鸳鸯浦"，后有"如今游兴全懒"。以昔日之乐衬托今日之哀。语言工丽，词风婉约，确有南宋姜夔、张炎遗风。正如《四库全书总目提要》所评："其词乃婉丽风流，有南宋旧格。"（见卷一百九十九）

词牌考原

《摸鱼儿》，词牌名。唐教坊曲，用作词调。唐崔令钦《教坊记》所列曲名有《摸鱼子》。又名《摸鱼子》、《买陂塘》、《迈陂塘》、《陂塘柳》、《山鬼谣》、《安庆摸》、《双蕖怨》。"摸鱼"即捕鱼，为唐宋时俚语。儿或子，为模仿乐府曲名，即"曲子"之意。宋胡仔谓此词调最早见于宋晁补之。胡仔《苕溪渔隐丛话》前集卷五十一曰："《摸鱼儿》一词，晁无咎所作也；《满江红》一词，吕居仁所作也。余性乐闲退，一丘一壑，盖将老焉；二词能具道阿堵中事，每一歌之，未尝不击节也。"《钦定词谱》卷三十六："一名《摸鱼子》，唐教坊曲名。晁补之词，有'买陂塘，旋栽杨柳'句，更名《买陂塘》，又名《陂塘柳》，或名《迈陂塘》；辛弃疾赋怪石词，名《山鬼谣》；李冶赋并蒂荷词，有'请君试听双蕖怨'句，名《双蕖怨》。"

词谱格式

《摸鱼儿》的词谱格式：

涨西湖、半篙新雨，	仄平平、(豆)仄平平仄，(句)
麹尘波外风软。	㊀平平仄平仄。(韵)
兰舟同上鸳鸯浦，	平平㊄仄平平仄，(句)
天气嫩寒轻暖。	㊀仄仄平平仄。(叶)
帘半卷，	平仄仄，(叶)

426

度一缕、歌云不碍桃花扇。	仄仄仄、(豆)平平仄仄平平仄。(叶)
莺娇燕婉。	平平仄仄。(叶)
任狂客无肠,	仄仄仄平平,(句)
王孙有恨,	平平仄仄,(句)
莫放酒杯浅。	仄仄仄平仄。(叶)
垂杨岸,	平平仄,(句)
何处红亭翠馆。	仄仄平平仄仄。(叶)
如今游兴全懒。	平平平仄仄仄。(叶)
山容水态依然好,	平平仄仄平平仄,(句)
惟有绮罗云散。	平仄仄平平仄。(叶)
君不见,	平仄仄,(叶)
歌舞地、青芜满目成秋苑。	平仄仄、(豆)平平仄仄平平仄。(叶)
斜阳又晚。	平平仄仄。(叶)
正落絮飞花,	仄仄仄平平,(句)
将春欲去,	平平仄仄,(句)
目送水天远。	仄仄仄平仄。(叶)

词律解读

1. 此词牌,双调,一百一十六字。上片六仄韵,下片七仄韵。除第一、二句外,其余格律相同。此调必用上去声韵,不协入声韵。

2. 此调押仄声韵,本篇属于词韵的第七部仄韵(上声旱潸铣,又阮半;去声翰谏霰,又愿半)。其中,起首韵字"软"及叶韵的"卷"、"浅"字属上声铣韵。下面叶韵的"暖"、"馆"、"懒"字属上声旱韵;"扇"、"见"属去声霰韵;"婉"、"苑"、"晚"、"远"字属上声阮韵;"散"字属去声翰韵;全词乃同部上去声协韵。

3. 上下片倒数第三的五言句(任狂客无肠、正落絮飞花),句式均为上一下四。第一字为领字,须用去声。此处有用一字领起四言对句者,如上片"任"字领

427

起对句"狂客无肠，王孙有恨"。如不领起对句，前面五言句，可为上一下四，亦可用上二下三。本词有两处拗律，上片第二句（麹尘波外风软）、下片第三句（如今游兴全懒），后四字格律均为"平仄平仄"，上下片末句后三字为"仄平仄"，当遵循。

4. 此调句式参差，协韵忽疏忽密，音律时谐时拗，适于表现苍凉郁勃、幽咽低回的情调。《词律》卷十九以张耒词为正体，以欧阳修词（卷绣帘）增一字者为"又一体"。《钦定词谱》卷三十六以晁补之词（买陂塘）、辛弃疾词（更能消）、张炎词（爱吾庐）为正体，另列增韵、增字者数种为"又一体"。

98

贺新郎 春归

宋 李玉

篆缕销金鼎[1]。（韵）醉沉沉、（豆）庭阴转午，（句）画堂人静。（叶）芳草王孙知何处[2]，（句）惟有杨花糁径[3]。（叶）渐玉枕、（豆）腾腾初醒[4]。（叶）帘外残红春已透，（句）镇无聊、（豆）殢酒恹恹病[5]。（叶）云鬓乱，（豆）未忺整[6]。（叶）

江南旧事休重省[7]。（叶）遍天涯、（豆）寻消问息，（句）断鸿难倩[8]。（叶）月满西楼凭阑久，（句）依旧归期未定。（叶）又只恐、（豆）瓶沉金井[9]。（叶）嘶骑不来银烛暗[10]，（句）枉教人、（豆）立尽梧桐影[11]。（叶）谁伴我，（句）对鸾镜[12]。（叶）

注释

〔1〕篆缕：缕缕香烟飘升，如篆字形状。金鼎：铜制鼎形香炉。

〔2〕芳草王孙：《楚辞·招隐士》："王孙游兮不归，春草生兮萋萋。"

〔3〕糁(shēn 深)：原指谷类制成的小渣，此句指杨花如米粒样铺满路径。

〔4〕曹(méng 萌)腾初醒：《白香词谱》原作"腾腾春醒"，检宋赵长卿编《惜香乐府》卷四作"曹腾初醒"，故改之。曹腾，朦胧、迷糊的醉酒之状。唐韩偓《马上见》诗："去带曹腾醉，归成困顿眠。"

429

〔5〕镇:长久。殢(tì 替)酒:病酒。殢,本意滞留、纠缠。此指困于、沉溺于某
　　事物。恹(yān 烟)恹:病态,精神萎靡不振。

〔6〕忺(xiān 先):适意,高兴。《白香词谱》原作"梳",检宋赵长卿编《惜香乐
　　府》卷四、宋黄昇《花庵词选》卷八、南宋编成的《草堂诗余》俱作"忺",检
　　"梳"无据。故改之。

〔7〕重省:重新回忆。

〔8〕断鸿:孤雁。倩:请人帮自己做事。

〔9〕瓶沉金井:比喻音信全无,唐李白《寄远十二首》第八首:"金瓶落井无消
　　息,令人行叹复坐思。"又比喻爱情断绝,唐白居易《井底引银瓶》诗:"井
　　底引银瓶,银瓶欲上丝绳绝。"

〔10〕银烛:银饰烛台上的燃烛。

〔11〕"枉教人"句:传说唐末吕岩《梧桐影》诗:"今夜故人来不来? 教人立尽
　　梧桐影。"(《全唐诗》卷九百)

〔12〕鸾镜:饰有鸾鸟图案的妆镜。

评析

　　李玉流传至今的词仅此一首。词写闺中女子相思之情。

　　词的上片,写暮春时节,女主人公的慵懒、无聊之态。开篇三句,写白天闺房
内的情形。铜炉里的香烟形如篆字,缓缓上升。孤寂之中,女主人公借酒浇愁,
并沉沉睡去。庭院里树荫转到了正午,画堂之内仍然是悄无人声。整个画面是
如此沉寂,接下来两句,交代女主人公愁之原因。此两句,化用《楚辞·招隐士》
"王孙游兮不归,春草生兮萋萋"及苏轼《少年游》词"杨花似雪,犹不见还家"句
意,表明女主人公是在怀念远人。"芳草"、"杨花"表明此时已是暮春时节。"惟
有"二字又表明路上只有杨花,而无女子所盼望的归人。此二句是情语,亦是
景语。段末五句,写女主人公醒后的孤寂。她从沉醉中醒来时,看到帘外花的凋
零,草的繁茂,伤感之情油然而生。春光不再,红颜将老,百无聊赖中,只得沉醉
于醇酒之中,几至成病。由于心情落寞,情趣全无,她无心打扮自己,甚至连头发
都懒得梳理。因为即便打扮了又有谁欣赏呢? 正如《诗经·卫风·伯兮》所云:

"自伯之东，首如飞蓬。岂无膏沐，谁适为容?"

词的下片，写女主人公月下凭阑远眺之思。首三句，写无从探问远人的消息。第一句中"江南旧事"指女主人公与心上人曾有过的一段难以忘怀的温馨岁月。"休重省"是因不堪回忆而不愿"重省"。虽然不愿回忆旧时时光，但她却一直在探寻心上人的下落。然而任凭她寻遍天涯，仍然是杳无音信。此两句与上片"芳草王孙知何处"相呼应。第四、五、六句，写凭阑远思。月满西楼，女主人公凭阑远望，久久等候。她不禁猜想，虽然已经过了归来的约定日期，但他还是想着自己的，也许他正打算归来，只是日子尚未确定。然而随即她又担心起来，害怕两人的感情会"瓶沉金井"，无法挽回。"又"字意味深长，真实展现了女主人公思绪万千，愁思百转的心态。接下来两句，写最终的等待与失望。女主人公从"篆缕销金鼎"到"庭阴转午"，又到"月满西楼"，最后到"银烛暗"，几乎整日都是在苦苦相思中度过的。直到深夜，她都在盼望着听到心上人那熟悉的马嘶声。然而她最终得到的却仍是不尽的失望。词人此处化用吕岩《梧桐影》词"今夜故人来不来? 教人立尽梧桐影"句意，用一"枉"字领起，语更痛切，令人心酸。最后两句，写闺中孤凄。"鸾镜"是用来梳妆的镜子。昔日鸾镜前，人影双双，两情缱绻。今日却只能独对鸾镜，顾影自伤。"对鸾镜"与上片结句"云鬓乱，未忺整"遥相呼应。

全词以一天的时间为线索，塑造了一位善良、温柔而又多情的女性形象。情景相依，风格含蓄。宋黄昇《花庵词选》卷八评云:"李君之词，虽不多见，然风流酝藉，尽此篇矣。"

词牌考原

《贺新郎》，词牌名。又名《乳燕飞》、《贺新凉》、《风敲竹》、《金缕歌》、《金缕曲》、《金缕词》、《貂裘换酒》、《金缕衣》、《风瀑竹》，清人又有名《雪月江山夜》者。此调首见于宋苏轼《东坡乐府》。《钦定词谱》卷三十六以叶梦得《贺新郎》(睡起流莺语)为正体，双调，一百一十六字，上、下片各十句六仄韵。且云:"此调始自苏轼，因苏词后段'花前对酒'句少一字，且格调未谐，故以此词作谱。"

宋杨湜《古今词话》云:"苏子瞻守钱塘，有官妓秀兰，天性黠慧，善于应对。

湖中有宴会,群妓毕集,惟秀兰不至。遣人督之,须臾方至。子瞻问其故,具以'发结沐浴,不觉困睡,忽有人叩门声,急起而问之,乃乐营将催督之。非敢怠忽,谨以实告'。子瞻亦恕之。坐中倅车,属意于兰,见其晚来,忿恨未已。责之曰:'必有他事,以此晚至。'秀兰力辩,不能止倅之怒。是时榴花盛开,秀兰以一枝藉手告倅,其怒愈甚。秀兰收泪无言。子瞻作《贺新凉》以解之,其怒始息。其词曰:'乳燕飞华屋(下略)。'子瞻之作,皆纪目前事,盖取其沐浴新凉,曲名《贺新凉》也,后人不知之,误为《贺新郎》,盖不得子瞻之意也。"此事流传甚广,然宋胡仔《苕溪渔隐丛话》极力驳之,以为附会之言。曰:"野哉!杨湜之言,真可入《笑林》。东坡此词,冠绝古今,托意高远,宁为一娼而发邪?"并谓:"此词腔调寄《贺新郎》,乃古曲名也。今乃云取其沐浴新凉,曲名《贺新凉》,后人不知之,误为《贺新郎》。"然云《贺新凉》为古曲名,乃不知何据。宋代以此调填词者,亦有名《贺新凉》者。

此调别名甚多,《钦定词谱》卷三十六说:叶梦得词,有"唱金缕"句,名《金缕歌》,又名《金缕曲》,又名《金缕词》。苏轼词,有"乳燕飞华屋"句,名《乳燕飞》;有"晚凉新浴"句,名《贺新凉》;有"风敲竹"句,名《风敲竹》。张辑词,有"把貂裘换酒长安市"句,名《貂裘换酒》。

词 谱 格 式

《贺新郎》的词谱格式:

篆缕销金鼎。	⊗仄平平仄。(韵)▲
醉沉沉、庭阴转午,	仄平平、(豆)⊕平仄仄,(句)
画堂人静。	仄平平仄。(叶)▲
芳草王孙知何处,	⊗仄⊕平平⊗仄,(句)
惟有杨花糁径。	⊗仄平平仄仄。(叶)▲
渐玉枕、誊腾初醒。	⊗ 仄仄、(豆)平平平仄。(叶)▲
帘外残红春已透,	⊗仄⊕平平仄仄,(句)
镇无聊、嗽酒恹恹病。	仄平平、(豆)⊗仄平平仄。(叶)▲

云鬟乱，	平仄仄，(句)
未忺整。	仄平仄。(叶)▲
江南旧事休重省。	⑰平仄仄平平仄。(叶)▲
遍天涯、寻消问息，	仄平平、(豆)平平仄仄，(句)
断鸿难倩。	仄平平仄。(叶)
月满西楼凭阑久，	⑰仄⑰平平⑰仄，(句)
依旧归期未定。	⑰仄平平仄仄。(叶)▲
又只恐、瓶沉金井。	⑰ 仄仄、(豆)平平平仄。(叶)▲
嘶骑不来银烛暗，	⑰仄⑰平平⑰仄，(句)
枉教人、立尽梧桐影。	仄平平、(豆)⑰仄平平仄。(叶)▲
谁伴我，	平仄仄，(句)
对鸾镜。	仄平仄。(叶)▲

词律解读

1. 此词牌体式较多，此处所录为通用调式，双调，一百一十六字。上下片，各十句六仄韵；除第一句不同外，其余句式、格律均相同。

2. 此词牌押仄声韵。本词属词韵第十一部仄声韵(上声梗迥，去声敬径)。起首韵字"鼎"及下面叶韵的"醒"字属上声迥韵；其他叶韵的"静"、"整"、"省"、"井"、"影"字属上声梗韵。"径"、"定"两字属去声径韵；"病"、"镜"字属去声敬韵；全篇是同部上去声仄韵通押。只有一个韵字"倩"属去声霰韵。

3. 上下片之第三句，采用特殊格律"仄平平仄"，当遵循。上片第七句"嘶骑不来银烛暗"中的"不"字是以入代平。"烛"字为入声字。

4. 此调既可押上去声韵，又可押入声韵。大抵用入声韵者较激壮，用上去声韵者较凄郁。《词律》卷二十以毛开词(风雨连朝夕)为正体，列高观国词(月冷霜袍拥)为"又一体"。《钦定词谱》卷三十六列叶梦得词(睡起流萤语)为正体，另列减字、增字者十种为"又一体"。

99

春风袅娜　游丝

清　朱彝尊

倩东君着力[1]，(句)系住韶华[2]。(韵)穿小径，(句)漾晴沙[3]。(叶)正阴云笼日，(句)难寻野马[4]；(句)轻飔染草[5]，(句)细绾秋蛇[6]。(叶)燕蹴还低[7]，(句)莺衔忽溜[8]，(句)惹却黄须无数花[9]。(叶)纵许悠扬度朱户，(句)终愁人影隔窗纱。(叶)

惆怅谢娘池阁[10]，(句)湘帘乍卷[11]，(句)凝斜盼、(豆)近拂檐牙[12]。(叶)疏篱罥[13]，(句)短垣遮[14]。(叶)微风别院，(句)好景谁家。(叶)红袖招时[15]，(句)偏随罗扇；(句)玉鞭堕处[16]，(句)又逐香车[17]。(叶)休憎轻薄，(句)笑多情似我，(句)春心不定，(句)飞梦天涯。(叶)

注释

〔1〕倩:请求帮助。东君:司春之神。此词《白香词谱》与通行选本有几处异文，今据朱彝尊《曝书亭集》卷二十八校改。词谱原文作"轻飔染草"，改"飔"为"飔"；"凝斜昐"，改"昐"为"盼"；"明月谁家"，改"明月"为"好景"；"玉鞭袅处"，改"袅"为"堕"。

〔2〕韶华:春光。宋周邦彦《蝶恋花》词:"午睡渐多浓似酒，韶华已入东

君手。"

〔3〕漾：飘荡。

〔4〕野马：田野间出现的浮气，远望如奔腾之野马。《庄子·逍遥游》："野马
也，尘埃也，生物之以息相吹也。"

〔5〕飔(sī 丝)：凉风，疾风。

〔6〕绾(wǎn 晚)秋蛇：绾，缠绕。秋蛇，比喻游丝，像蛇一样柔软，飘忽在
空中。

〔7〕蹴(cù 促)：踏。

〔8〕莺衔忽溜：宋秦观《如梦令》词："莺嘴啄花红溜，燕尾点波绿皱。"溜，
溜走。

〔9〕惹却：牵缠。黄须：黄色的花蕊。

〔10〕"惆怅"句：唐温庭筠《更漏子》词："香雾薄，透帘幕，惆怅谢家池阁。"谢
家，即谢娘家。谢娘，旧时泛指所爱慕的女子。

〔11〕湘帘：以湘妃竹编制的帘子。

〔12〕檐牙：屋檐上翘似月牙的建筑装饰。

〔13〕罥(juàn 倦)：挂。

〔14〕垣(yuán 元)：墙。

〔15〕红袖招：韦庄《菩萨蛮》词："骑马倚斜桥，满楼红袖招。"红袖，妇女衣袖，
此处指妙龄女子。

〔16〕玉鞭：以玉为饰的鞭子。堕，马鞭扬落。

〔17〕香车：指女子坐的车。

评析

这是一首咏游丝的词。游丝，是蜘蛛或其他昆虫吐出的丝。因为它总是飘
荡在空中，故称为游丝。

词的上片，写游丝的活动状况，重点描写游丝和自然事物的关系。开篇四
句，写晴日游丝的活动。游丝出现在暮春时节，词人抓住这一特征，采用拟人手
法，赋予游丝以生命的活力。它要请春神出力，把美好的春光留系。它时而穿越

于小路花木之间,时而又飘荡于阳光普照的沙地之上。"系住"二字既突出了游丝的形象特征,又将"韶华"之无形化为有形,惜春之情油然而生。第五、六、七、八句,写阴天游丝的状态。当乌云遮住阳光,没有浮游之气可以凭借时,它就轻轻地飘过绿草之上,犹如细细弯曲的秋蛇。接下来三句,写游丝的低昂之态。游丝在花草间飘荡,燕子踩它,它就低下身;黄莺叼它,它又忽然溜掉;随后又牵惹无数的黄色花蕊。词人通过对游丝各种状态的生动描绘,展现了一幅色彩鲜明、充满生命活力的春天图画。段末两句,由自然转到人事。此两句仍然采用拟人手法,游丝飘过朱红门户,打算向人影绰绰的屋内窥视,却因纱窗的阻隔而深感遗憾。这两句为下片人物的出场做了铺垫。

词的下片,写游丝的漂浮之情,从怀春女子视角来写游丝。首三句,写相思女子初见游丝。池阁窗内,女子满怀惆怅地卷起竹帘,抬头斜望,见游丝正在檐牙飘荡。中间八句,写游丝的多情。女子看到游丝时而悬挂在疏篱之上,时而遮住短墙。她心想:它会随着微风飘到风景优美的别家庭院去吧。进而又想:当红袖佳人向王孙公子招手时,它会追随着她们的罗扇飘荡。而当驾车人挥舞精美的玉鞭时,它又会紧紧追逐仕女的香车不放。这游丝让人感觉甚为活泼,过于轻狂。最后四句,写女子为游丝开脱,以表心声。还是不要责备游丝轻薄吧,像我这样的人不也是多情如此,以至春心摇荡,梦飞天涯了吗? 此处词人抓住游丝和春心的共同特征,将二者联系在一起,可谓神来之笔。

此词构思巧妙,以拟人手法咏游丝,化无情为有情,描摹生动,兼具形神之妙。

词牌考原

《春风袅娜》,词牌名。梁简文帝萧纲《赠张缵》诗:"洞庭枝袅娜,澧浦叶参差。"春风袅娜(niǎo nuó 鸟挪),谓在春风中,柔枝嫩叶,摇曳生姿,调名本于此。此调为南宋冯伟寿自度曲,题名"春恨",作者注曰:"黄钟羽。"见《云月词》。宋黄昇《花庵词选》续集卷十列冯伟寿《春风袅娜》一首,注曰:"冯伟寿,名艾子,号云月。(冯)双溪子。精于律吕,词多自制腔。"《历代诗余》卷一百十八转引《古今词话》云:"冯双溪与黄玉林互相标榜。其子伟寿,字文子,精于律吕,词多自制腔。

……又有自度《春风袅娜》词，云（从略）。文子小名艾，非误文也。以双溪寿玉林《沁园春》词考之，云'更携阿艾同寿灵椿'可证。"朱彝尊此词即按冯词格律填成。

词谱格式

《春风袅娜》的词谱格式：

倩东君着力，	仄平平⊙仄，（句）
系住韶华。	仄仄平平。（韵）
穿小径，	平仄仄，（句）
漾晴沙。	仄平平。（叶）
正阴云笼日，	仄平平⊙仄，（句）
难寻野马，	⊙平⊙仄，（句）
轻飔染草，	平平仄仄，（句）
细绾秋蛇。	仄仄平平。（叶）
燕蹴还低，	仄仄平平，（句）
莺衔忽溜，	平平⊙仄，（句）
惹却黄须无数花。	仄仄平平平仄平。（叶）
纵许悠扬度朱户，	仄仄平平仄平仄，（句）
终愁人影隔窗纱。	平平平仄仄平平。（叶）
惆怅谢娘池阁，	⊙仄⊙平⊙仄，（句）
湘帘乍卷，	平平仄仄，（句）
凝斜盼，近拥檐牙。	⊙平仄、（豆）仄仄平平。（叶）
疏篱罥，	平平仄，（句）
短垣遮。	仄平平。（叶）
微风别院，	平平仄仄，（句）
好景谁家。	⊙仄平平。（叶）

红袖招时,	⊕仄平平,（句）
偏随罗扇;	⊕平⊕仄;（句）
玉鞭堕处,	⊗平仄仄,（句）
又逐香车。	仄仄平平。（叶）
休憎轻薄,	平平⊕仄,（句）
笑多情似我,	仄平平⊗仄,（句）
春心不定,	平平仄仄,（句）
飞梦天涯。	⊕仄平平。（叶）

词律解读

1. 此词牌，双调，一百二十五字。上下片各五平韵。

2. 此调押平声韵，一韵到底。本篇押平声麻韵，词中韵字"华"、"沙"、"蛇"、"花"、"纱"、"牙"、"遮"、"家"、"车"、"涯"同属下平声麻韵。

3. 上片第三、四句(穿小径，漾晴沙)，下片第四、五句(疏篱罥，短墙遮)，例作三言对。上片第七、八、九、十句(轻飔染草，细缩秋蛇。燕蹴还低，莺衔忽溜)，例作四言对，下片八、九、十、十一句(红袖招时，偏随罗扇;玉鞭堕处，又逐香车)，例作四言隔句对。

4. 上片第一句(倩东君着力)与下片结拍第二句(笑多情似我)之五言句式，均为上一下四，第一字例用去声。上片第十一句七言后三字格律例用"平仄平"，第十二句七言后三字格律例用"仄平仄"。

5.《词律》卷二〇、《钦定词谱》卷三十六均以冯伟寿词(被梁间双燕)为正体。

438

《**多丽**》（晚山青）

100

多丽 西湖

元　张翥

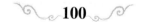

晚山青，(韵) 一川云树冥冥[1]。(叶) 正参差、(豆) 烟凝紫翠，(句) 斜阳画出南屏[2]。(叶) 馆娃归[3]、(豆) 吴台游鹿[4]，(句) 铜仙去、(豆) 汉苑飞萤[5]。(叶) 怀古情多，(句) 凭高望极，(句) 且将樽酒慰飘零。(叶) 自湖上、(豆) 爱梅仙远，(句) 鹤梦几时醒[6]？(叶) 空留在、(豆) 六桥疏柳[7]，(句) 孤屿危亭[8]。(叶) 待苏堤[9]、(豆) 歌声散尽，(句) 更须携妓西泠[10]。(叶) 藕花深、(豆) 雨凉翡翠，(句) 菰蒲软[11]、(豆) 风弄蜻蜓。(叶) 澄碧生秋，(句) 闹红驻景，(句) 采菱新唱最堪听。(叶) 见一片、(豆) 水天无际，(句) 渔火两三星。(叶) 多情月，(句) 为人留照，(句) 未过前汀。(叶)

注释

〔1〕云树：远处与云相接的树木。冥冥：昏暗。

〔2〕南屏：山名，在杭州南，峰峦耸秀，环立如屏。正对着西湖苏堤。

〔3〕馆娃：即馆娃宫。西施至吴，吴王夫差筑宫以馆西施，名馆娃宫。旧址在

今苏州吴县西南灵岩山上。

〔4〕吴台：即姑苏台。吴王夫差所筑，在今江苏吴县西南。游鹿：《吴越春秋》
　　载伍子胥谏吴王曰："吾见麋鹿游姑苏台。"

〔5〕"铜仙"句：汉武帝为求成仙，在长安建章宫神明台上立金铜仙人承露盘，
　　接甘露和玉屑饮之。三国魏明帝时，下诏将金铜仙人迁至洛阳，终因铜
　　人过重，而留于霸城。汉苑，指汉武帝时宫苑，自从拆走铜仙人后，已是
　　荒凉不堪，流萤飞舞。

〔6〕"爱梅"二句：宋初林逋隐居杭州孤山，不娶，且植梅畜鹤，不入城市二十
　　年，人称"梅妻鹤子"。鹤梦：超凡之梦，与尘梦相对而言。唐曹唐《仙子
　　洞中有怀刘阮》诗："不将清瑟理霓裳，尘梦哪知鹤梦长。"

〔7〕六桥：西湖苏堤有六桥：映波、锁澜、望山、压堤、东浦、跨虹。此句《白香
　　词谱》原作"空留得、六桥疏柳"，今据张翥《蜕岩词》卷上、唐圭璋编《全
　　金元词》改"得"为"在"。

〔8〕孤屿：指孤山。孤山在西湖里外湖之间，西泠桥之东，亦名孤屿。危亭：
　　高耸的亭子。危，高。

〔9〕苏堤：苏轼知杭州，自南至北修筑长堤，将西湖分为前后两湖，堤上夹种
　　花柳，中建六桥，世称苏堤。

〔10〕西泠：桥名，在杭州孤山西侧唤渡处。

〔11〕菰蒲(gū pú 估葡)：水生植物。菰：生在浅水中，根茎俗称茭白，果实叫
　　菰米。蒲：水生草本植物，叶长而尖，可以编席。

评析

　　此词前有小序云："西湖泛舟夕归，施成大席上，以'晚山青'为起句，各赋一
词。"由此可知，此词是词人与友人同游西湖之后所作。

　　词的上片，描写西湖风光，抒发怀古之思。开篇四句为第一层，总写湖光山
色。傍晚时分，湖面四周的青山，树木翁郁，暮霭朦胧。湖面上，烟云蒸腾，凝紫
映翠，夕阳余晖勾画出南屏山清晰的轮廓。整个画面层次清晰，对比分明，浓淡
相宜。江山永恒，人世沧桑。面对西湖胜景，词人插入一段怀古幽情。下面五句

441

为第二层,词人思接千古,遥想吴越、汉魏。西施早已杳然归去。姑苏台上野鹿游逸,一片荒芜。铜仙人被迁徙洛阳,繁华的汉代宫苑也已萤火飞舞,满目凄凉。古来世事无常,且将樽酒慰飘零。段末四句是第三层,就西湖旧事悼隐逸仙踪。词人说当年隐居孤山,以梅为妻,以鹤为子的林逋,如今早已是风流云散,人去山空,只把超凡脱俗的梦想留在了"六桥疏柳,孤屿危亭"。词人凭高望远,畅想古今,不禁有人生如梦之感。

　　词的下片,写夜游西湖之乐,亦可分三层。首二句写游兴之浓,交代畅游西湖的最佳时机。泛舟游湖,要等到苏堤上歌声散尽之后,并且要携妓前往。泛舟的最佳地点是在孤山的西泠桥。下面五句为第二层,写所见西湖近景。夜色中,荷花变为深红,阵雨后,翡翠鸟在凉爽的湖中嬉戏,蜻蜓在柔软的孤蒲梢头摆动,仿佛轻风在有意将其逗弄。澄净的碧水已生出阵阵秋意,繁盛如闹的荷花却依然把西湖美景留驻。此时,采菱的新歌从湖面飘来,美妙动听,令人陶醉。词人通过目之所见,耳之所闻,描绘了一幅色彩秾丽、生机盎然、充满诗意的图画。最后五句是第三层,写西湖远景。纵目远望,在水天相接、一望无际的湖面上,有两三点渔火在闪烁。它忽明忽暗,时隐时现,将湖面映衬得更加浩淼、空阔。不久云破月来,那如水的月光是如此多情。它徘徊不前,依依不舍地为人们留着光亮。月色多情,反衬出词人对西湖夜色的流连与陶醉。

　　此词描绘了从黄昏至晚间的西湖景色,既有大手笔的勾勒、挥洒,又有精微、细致的具体刻画,将西湖风光描写得有声有色,如诗如画。词中怀古一段,更增加了湖山永存、人事多变的沧桑之感。

词牌考原

　　《多丽》,词牌名。又名《绿头鸭》、《鸭绿头》、《陇头泉》、《跨金鸾》。

　　《绿头鸭》为唐教坊曲。入宋,倚旧曲,创新声,《绿头鸭》成了广为流传的琵琶曲名,宋曾敏行《独醒杂志》卷四载:"琵琶词《绿头鸭》云:路漫漫,汉妃出塞;夜悄悄,商妇移船。"苏轼元丰七年(1084)作《岐亭五首》,亦有诗句云:"家有红颊儿,能唱绿头鸭。"注曰:"绿头鸭,曲名。"由于唐代有个善弹琵琶的女子叫多丽,琵琶曲《绿头鸭》又易名《多丽》。据唐冯贽《云仙杂记》卷五:"张均妓多丽弹琵琶,曲顶上有高丽丝结,赵诗争夺,致伤二指。"多丽为唐天宝中刑部尚书张均家妓,善弹琵琶,因以为此调之名。

宋代首先用《多丽》的曲调填词的是聂冠卿(988—1042),北宋诗人、校勘学家。宋胡仔《苕溪渔隐丛话后集》卷三十九"长短句"引《复斋漫录》云:"翰林学士聂冠卿,尝于李良定公席上赋《多丽》词云:'想人生,美景良辰堪惜。(下略)'蔡君谟时知泉州,寄良定公书云:'新传《多丽》辞,述宴游之娱,使病夫举首增叹耳。'蔡君谟又写诗赞美:"清游胜事传都下,《多丽》新词到海边。"此事词话、词评多有转载。聂冠卿庆历元年(1041)以兵部郎中知制诰拜翰林学士,《多丽》一词当作于是时。

聂冠卿所作《多丽》(想人生)为仄韵体,押入声韵。后晁补之(1053—1110)作《多丽》(新秋近),与聂冠卿词句读格式相同,唯改押平声韵,创为平韵体(见《晁氏琴趣外篇》)。《词律》卷二〇、《词谱》卷三十七录列此调,分平韵、仄韵两类,有数体。

词 谱 格 式

《多丽》的词谱格式:

晚山青,	仄平平,(韵)
一川云树冥冥。	仄平⊕仄平平。(叶)
正参差、烟凝紫翠,	仄平平、(豆)⊕平⊛仄,(句)
斜阳画出南屏。	⊛平⊛仄平平。(叶)
馆娃归、吴台游鹿,	仄平平、(豆)⊛平⊛仄,(句)
铜仙去、汉苑飞萤。	⊛⊛仄、(豆)⊛仄平平。(叶)
怀古情多,	⊛仄平平,(句)
凭高望极,	⊛平⊛仄,(句)
且将樽酒慰飘零。	⊛平⊛仄仄平平。(叶)
自湖上、爱梅仙远,	仄⊛仄、(豆)⊛平⊕仄,(句)
鹤梦几时醒?	⊛仄仄平平。(叶)

空留在、六桥疏柳，　　　　平平仄、(豆)仄平平仄,(句)

孤屿危亭。　　　　　　　　平仄平平。(叶)

待苏堤、歌声散尽，　　　　仄平平、(豆)平平仄仄,(句)

更须携妓西泠。　　　　　　仄平平仄平平。(叶)

藕花深、雨凉翡翠，　　　　仄平平、(豆)仄平仄仄,(句)

菰蒲软、风弄蜻蜓。　　　　平平仄、(豆)平仄平平。(叶)

澄碧生秋，　　　　　　　　平仄平平,(句)

闹红驻景，　　　　　　　　仄平仄仄,(句)

采菱新唱最堪听。　　　　　仄平平仄仄平平。(叶)

见一片、水天无际，　　　　仄仄仄、(豆)仄平平仄,(句)

渔火两三星。　　　　　　　平仄仄平平。(叶)

多情月，　　　　　　　　　平平仄,(句)

为人留照，　　　　　　　　仄平平仄,(句)

未过前汀。　　　　　　　　仄仄平平。(叶)

词 律 解 读

1. 此词牌，分平韵、仄韵两种体格。此处所录为宋元词人常用之平韵格，双调，一百三十九字。上片七平韵，下片五平韵。除上片比下片多起首二句外，其余句式、格律均相同。

2. 此调押平声韵，一韵到底。本篇中韵字同属下平声青韵。

3. 上片五、六句(馆娃归、吴台游鹿，铜仙去、汉苑飞萤)，下片三、四句(藕花深、雨凉翡翠，菰蒲软、风弄蜻蜓)，两七言句例作上三下四，且用对仗。上片七、八句，下片五、六句为四言对仗。

4. 《词律》卷二〇以张翥平韵格为正体，另列晁补之词(新秋近)句式有异及聂冠卿词(想人生)之仄韵格为"又一体"。《钦定词谱》卷三十七以晁补之平韵格词(新秋近)为正体，另列句式有异者及仄韵格数种为"又一体"。

附录一　词人小传

1. 李白(701—762)，字太白，号青莲居士，祖籍陇西成纪(今甘肃秦安县)。隋末，其先世徙西域碎叶(属安西都护府，今吉尔吉斯斯坦托克马克附近)，李白出生于此。约五岁时，李白随其父迁居唐绵州彰明县清廉乡(今属四川江油市)。二十六岁时离川，漫游全国。天宝元年(742)，因道士吴筠推荐，李白被玄宗召至长安，供奉翰林。天宝三载(744)，遭谗去职，离开长安，漫游梁宋、齐鲁等地。天宝十四载(755)，安史之乱爆发，李白因参加永王李璘幕府，而受牵累，被流放夜郎(今贵州正安西北)，途中遇赦。后拟往依李光弼，行至金陵，生病而返。宝应元年(762)，李白病殁于宣州当涂(今属安徽)。李白是盛唐诗歌的杰出代表，是继屈原之后又一位伟大的浪漫主义诗人。其诗想象丰富奇特，风格雄健奔放，语言清新自然。有《李太白集》。

2. 王建(767? —830?)，字仲初，唐颍川(今河南许昌)人。出身寒微，早年从军塞上。大历十年(775)进士，授渭南(今陕西临潼东北)尉。元和中，任昭应丞。长庆初，迁太府寺丞，转秘书郎。太和中，出为陕州(今河南陕县)司马。后居咸阳，卜居原上。王建为中唐著名诗人，擅长乐府诗。与张籍齐名，世称"张王"。作品多写人民困苦生活，也写宫廷琐事和帝王奢靡生活。有《王司马集》。

3. 白居易(772—846)，字乐天，晚年自号醉吟先生、香山居士，祖籍太原，曾祖时迁居下邽(今陕西渭南市东北)，生于郑州新郑(今河南新郑市)。贞元十六年(780)进士，授校书郎。元和元年(806)，中"才识兼茂明于体用科"，改盩厔(今陕西周至)县尉。后充翰林学士，拜左拾遗。元和十年(815)，因上书言事，贬江州(今江西九江)司马。后擢忠州刺史。穆宗即位，任主客郎中。长庆元年(821)，任中书舍人。因穆宗昏庸，忠谏不纳，请任杭州刺史。敬宗初，又任苏州

445

刺史。太和初,官秘书监,转刑部侍郎。太和三年(829),以太子宾客分司东都,定居洛阳。会昌二年(842),以刑部尚书致仕。晚年隐居香山,自号"香山居士",世称"白香山"。与元稹并称"元白",积极倡导新乐府运动,提出"文章合为时而著,歌诗合为事而作"的创作主张,强调诗歌的现实内容和社会作用。风格平易浅近,明畅通俗。其词作虽然不多,但在学习民间词方面有积极贡献。有《白氏长庆集》。

4. 温庭筠(约812—866),本名岐,字飞卿,太原祁(今山西祁县)人。唐代著名诗人、词人。才思敏捷,每入试,叉手八次而成八韵,时称"温八叉"。唐宣宗大中年间,屡应进士试不第。由于恃才傲倨,好讥刺权贵,且生活浪漫,故为当政者所排斥,只做过国子监助教、方城及隋县尉之类的小官。他的诗与李商隐齐名,时称"温李"。后人辑有《温庭筠诗集》。其诗之成就虽不如李,词则富有开拓性,在词的发展史上有其重要地位。五代后蜀赵崇祚编《花间集》,首列他的词66首,把他当作"花间派"的开创者。清刘熙载《艺概》云:"温飞卿词精妙绝人,然类不出乎绮怨。"

5. 冯延巳(903或904—960),一名延嗣,字正中,五代广陵(今江苏扬州)人。南唐中主时,拜官翰林学士,进中书侍郎、同平章事。其弟延鲁攻闽兵败,坐罢相,出为昭武军节度使。后复相位,及后周攻南唐,再次罢相,以太子傅终。工诗,尤善填词。其词多写男女离情别恨,表现士大夫情趣,语言清丽,善于以景见情。其词作对宋晏殊、欧阳修等有影响。清冯煦《四印斋刻本阳春集序》云:"吾家正中翁,鼓吹南唐,上翼二主,下启欧晏,实正变之枢贯,短长之流别。"王国维《人间词话》云:"冯正中词虽不失五代风格,而堂庑特大,开北宋一代风气。"有《阳春集》。

6. 李璟(916—961),本名景通,改名瑶,又改璟,字伯玉,烈祖李昪长子,五代徐州(今属江苏)人。一说湖州(今浙江湖州)人。升元元年(937),李昪建立南唐称帝,封璟为吴王,后改封齐王。升元七年(943),昪死,璟嗣位,史称南唐中主。交泰元年(958),后周大破南唐军。南唐被迫割让江北十四州,璟去帝号,对后周奉表称臣。自金陵迁都洪州(今江西南昌),卒于洪州。璟好读书,能诗词。今存词四首,多写愁恨,当为后期作品。其词境界开阔,感情深沉,语言清新生动。

7. 李煜(937—978)，字重光，初名从嘉，号钟隐，南唐中主李璟第六子。北宋建隆二年(961)，李璟死，李煜嗣位于金陵，是为后主。时赵匡胤已经建立宋朝，李煜不敢称帝，自称"江南国主"，奉宋正朔。宋开宝八年(975)，宋破金陵，李煜降，被俘至宋都汴京。宋太平兴国三年(978)，李煜被毒死。李煜工于书画，精通音律，擅于词作。以被俘为界，词风前后变化明显，前期婉转清丽，后期则沉郁伤感。

8. 寇准(961—1023)，字平仲，北宋华州下邽(今陕西渭南北)人。太平兴国五年(980)进士。授大理评事，知巴东县。景德元年(1004)，拜同中书门下平章事。辽兵大举入侵，朝野震动。寇准力排众议，力主抗辽，促使真宗往澶州(今河南濮阳)前线，与辽订立澶渊之盟。不久为王钦若所谮，罢知陕州。天禧三年(1019)再相。真宗病，刘皇后预朝政，寇准密奏请以太子监国，事泄，罢相，封莱国公。后贬道州司马，再贬雷州司户参军。天圣元年(1023)，卒于贬所，谥忠愍。有《寇莱公集》。

9. 范仲淹(989—1052)，字希文，北宋苏州吴县(今江苏苏州)人。大中祥符八年(1015)进士，授广德军司理参军，改为集庆军节度推官。仁宗朝，为大理寺丞、秘阁校理、右司谏、吏部员外郎，知开封府。康定元年(1040)，与韩琦并为陕西经略安抚副使，兼知延州，加强对西夏的防御。庆历三年(1043)，任枢密副使、参知政事。次年，出为河东、陕西宣抚使，后任邓州、杭州、青州知州。皇祐四年(1052)，徙知颍州，卒于途中。谥文正。有《范文正公集》。

10. 柳永(987？—1055？)，初名三变，字景庄，后更名永，字耆卿。排行第七，人称"柳七"。宋建州崇安(今福建崇安县)人。柳永少时流连于汴京，在秦楼楚馆中恣情游宴，放荡不羁。乐工、歌伎每得新腔，必求柳永为之作词，一时广为传播。景祐元年(1034)进士，历任睦州团练推官、余杭令、定海晓峰盐场监官、泗州判官、太常博士，终官屯田员外郎，世称"柳屯田"。晚年流落不偶，卒于润州(今江苏镇江)。安葬之处，远近之人，每遇清明载酒上冢，谓之"吊柳七"或"吊柳会"。其词多写男女恋情，羁旅行役，且通俗美听，善于铺叙，自成一派，世称"屯田蹊径"、"柳氏家法"。宋叶梦得《避暑录话》记西夏归朝官语："凡有井水饮处，即能歌柳词。"其词对后世词家及金元戏曲、明清小说均有重大影响。有《乐章集》。

11. 张先(990—1078),字子野,北宋湖州乌程(今浙江湖州)人。天圣八年(1030)进士。历任宿州掾、吴江知县、嘉禾判官。皇祐二年(1050),晏殊知永兴军,辟为通判。皇祐四年(1052)后,以屯田员外郎知渝州。嘉祐四年(1059),知虢州。其间曾知安陆,故人称"张安陆"。治平元年(1064),以尚书都官郎中致仕,元丰元年(1078)卒。张先诗格调清新,语言工巧。长于乐府,喜作慢词。与柳永齐名。因其词有"心中事,眼中泪,意中人"语,人称"张三中"。又因其自举平生得意之三词"云破月来花弄影"(《天仙子》)、"娇柔懒起,帘幕卷花影"(《归朝欢》)、"柔柳摇摇,坠轻絮无影"(《剪牡丹》),时人称之,号曰"张三影"。有《张子野词》。

12. 张昇(992—1077),字杲卿,北宋韩城(今属陕西)人。大中祥符八年(1015)进士。累迁侍御史知杂事,因论事激切,为仁宗所不悦,出知濠、庆、秦三州。至和二年(1055),拜御史中丞,曾奉使契丹。嘉祐三年(1058),擢枢密副使,迁参知政事、枢密使。以彰信军节度使、同中书门下事判许州,改镇河阳。以太子太师致仕。熙宁十年(1077)卒。赠司徒兼侍中,谥康节。

13. 宋祁(998—1061),字子京,北宋安州安陆(今属湖北)人,后徙居开封雍丘(今河南杞县)。天圣二年(1024),与兄宋庠同登进士第,时号"大小宋"。由复州推官累迁翰林学士。与欧阳修同修《唐书》,书成,迁左丞,进工部尚书。嘉祐六年(1061)卒,谥景文。其词多写个人生活琐事,语言工丽。宋李之仪《跋吴思道小词》评其词云:"风流闲雅,超出意表。"有《宋景文集》。

14. 叶清臣(1000—1049),字道卿,北宋苏州长洲(今江苏苏州)人。天圣二年(1024)进士。历光禄寺丞、集贤校理,迁太常丞、同修起居注,进直史馆。康定元年(1040),权三司使。皇祐元年(1049)知河阳,旋卒。有《述煮茶小品》。

15. 欧阳修(1007—1072),字永叔,号醉翁,晚号六一居士,北宋吉州庐陵(今江西吉安)人。天圣八年(1030)进士,初任西京留守推官,与钱惟演、梅尧臣、苏舜钦等诗酒唱和,遂以文章名冠天下。庆历三年(1043),知谏院,擢知制诰,支持庆历新政。新政失败,又上疏反对罢免范仲淹政事,出知滁、扬、颍等州十一年。召回后,迁翰林学士,奉召与宋祁等修《唐书》。嘉祐五年(1060),任枢密副使。次年,拜参知政事。熙宁元年(1068),徙知青州,因反对青苗法,再徙蔡州。熙宁四年(1071),以太子少师致仕。熙宁五年卒,谥文忠。欧阳修为北宋诗文革新运动领袖,喜奖掖后进,曾巩、王安石、苏洵父子等都曾受到他的称誉。在文学创作上,欧阳修具有多方面的才能,其散文、诗、词创作均成就卓著。其词作深雅俊朗,对宋词有深刻影响。清冯煦《蒿庵论词》称其词云:"疏隽开子瞻,深婉开少游。"有《欧阳文忠公文集》。

16. 司马光(1019—1086),字君实,号迂夫,晚号迂叟,北宋陕州夏县(今属山西)涑水乡人,世称"涑水先生"。宝元元年(1038)进士,授奉礼郎,签苏州判官事。累迁天章阁待制兼侍讲、知谏院。英宗时,进龙图阁直学士,改右谏议大夫。神宗即位,擢翰林学士。熙宁三年(1070),因反对王安石变法,以端明殿学士出知永兴军(今陕西西安)。次年,改判西京御史台。从此居住洛阳,专意编修《资治通鉴》。哲宗即位,诏为门下侍郎,进尚书左仆射,尽废新法,复行旧制。卒赠太师、温国公,谥文正。有《司马文正公集》。

17. 王安石(1021—1086),字介甫,号半山。北宋抚州临川(今属江西)人。庆历二年(1042)进士,授签书淮南判官。庆历七年(1047),调知鄞县。历舒州通判、群牧判官。嘉祐二年(1057),知常州。次年,提点江东刑狱,入为度支判官。熙宁二年(1069),拜参知政事,主持变法。次年,拜同中书门下平章事。熙宁七年(1074),罢相,以观文殿大学士出知江宁府。次年,再度入相。熙宁九年(1076),二次罢相,出判江宁府。次年,封舒国公。元丰二年(1079),复拜尚书左仆射、观文殿大学士,改封荆国公。晚年退居江宁(今江苏南京)城外半山园。卒赠太傅,谥文。崇宁三年(1104),追封舒王。工诗善文,为唐宋八大家之一。宋王灼《碧鸡漫志》评云:"王荆公长短句不多,合绳墨处,自雍容奇特。"清刘熙载《艺概》亦评云:"王半山词,瘦削雅素,一洗五代旧习。"有《临川集》。

18. 王安国(1028—1074),字平甫,北宋抚州临川(今属江西)人。王安石弟,熙宁元年(1068),赐进士出身,除西京国子监教授,未几授崇文院校书,改著作佐郎、秘阁校理。与其兄政见不合,屡议新法之弊,且结怨于吕惠卿。吕惠卿为相时,因郑侠狱牵连,免官放归。有《王校理集》。

19. 孙洙(1031—1079),字巨源,北宋广陵(今江苏扬州)人。皇祐元年(1049)进士,授秀州法曹。复举制科,迁集贤校理、知太常礼官。治平中,兼史馆

449

检讨、同知谏院。熙宁四年（1071），出知海州。元丰元年（1078），官翰林学士。有《孙贤良集》。

20. 王观（生卒年不详），字通叟，北宋泰州如皋（今属江苏）人。嘉祐二年（1057）进士。元丰二年（1079），为大理寺丞。坐知江都县枉法受财，除名永州编管。曾因作应制词《清平乐》，被罢职，遂自号逐客。宋王灼《碧鸡漫志》评云："王逐客才豪，其新丽处与轻狂处，皆足惊人。"有《冠柳集》。

21. 苏轼（1037—1101），字子瞻，一字和仲，号东坡居士，北宋眉州眉山（今属四川）人。嘉祐二年（1057）进士，授凤翔府签书判官。熙宁中，上书力言王安石新法之弊，出为杭州通判，徙知密、徐、湖三州。元丰二年（1079），罹"乌台诗案"，责授黄州团练副使本州安置。哲宗即位，起知登州，任未旬日，召为起居舍人，寻迁中书舍人、翰林学士知制诰。元祐四年（1089），出知杭州，后改知颍州，徙扬州。元祐七年（1092），以兵部尚书召还，改礼部，兼端明殿、翰林侍读两学士。哲宗亲政，出知定州。绍圣初，知英州，未至，贬惠州安置。绍圣四年（1097），再贬昌化军安置。元符三年（1100），遇赦北归。次年，病卒于常州。赠太师，谥文忠。苏轼为艺文通才，在诗、词、文、书、画等方面均有很高成就。为北宋词坛豪放派的开创者和主要作家之一，对词的发展有重要贡献，与辛弃疾并称"苏辛"。《四库总目提要》云："词自晚唐五代以来，以清切婉丽为宗，至柳永而一变，如诗家之有白居易；至轼而又一变，如诗家之有韩愈，遂开南宋辛弃疾等一派。"有《东坡全集》、《东坡乐府》等。

22. 黄庭坚（1045—1105），字鲁直，自号山谷道人，晚号涪翁。北宋洪州分宁（今江西修水）人。治平四年（1067）进士，授叶县尉。熙宁五年（1072），为北京（今河北大名）国子监教授。元丰三年（1080），知吉州太和县（今江西泰和）。哲宗立，召为秘书省校书郎。元祐元年（1086），为《神宗实录》检讨官，编修《神宗实录》，迁著作佐郎，加集贤校理。与张耒、秦观、晁补之同游苏轼门，有"苏门四学士"之称。《神宗实录》成，擢为起居舍人。哲宗亲政，以修实录不实罪名，贬涪州（今四川涪陵）别驾、黔州（今四川彭水）安置。绍圣四年（1097），移戎州（今四川宜宾）。崇宁元年（1102），内迁知太平州（今安徽当涂），到任九天，即被罢免，主管洪州玉隆观。次年，复被除名编管宜州（今广西宜山）。崇宁四年（1105），卒于贬所,私谥文节先生。黄庭坚长于诗,与苏轼并称"苏黄"。其诗多写个人日常生活,在艺术上讲究修辞造句,追求新奇,为江西派宗祖。工书法,与苏轼、米芾、蔡襄并称"宋四家"。其词有清刚峭拔之气。清刘熙载《艺概》评其词云:"用意深至,自非小才所能办。"有《山谷集》。

23. 秦观(1049—1100),字少游,一字太虚,号淮海居士。北宋扬州高邮(今属江苏)人。元丰八年(1085)进士,授定海主簿。元祐初,苏轼荐之于朝,除太学博士,迁秘书省正字兼国史院编修官。与晁补之、张耒、黄庭坚同游于苏轼之门,时称"苏门四学士"。绍圣元年(1094),坐元祐党籍,出为杭州通判,贬监处州(今丽水)酒税,徙郴州(今湖南郴州市),编管横州,移雷州。元符三年(1100),徽宗即位,召为宣德郎。行至藤州(今广西藤县),病卒。秦观工于词,为婉约派代表作家。宋张炎《词源》评云:"秦少游体制淡雅,气骨不衰,清丽中不断意脉,咀嚼无滓,久而知味。"有《淮海集》。

24. 贺铸(1052—1125),字方回,自号庆湖遗老,北宋卫州(今河南汲县)人。宋太祖贺皇后五代族孙。熙宁中恩授右班殿直、监军器库门。元祐六年(1091),以李清臣、苏轼等荐,改入文资,易承事郎,监北岳庙。徽宗即位,始为泗州通判,徙太平州。大观三年(1109),以承议郎致仕,退居苏州、常州。政和元年(1111),以荐起,官承议郎、朝奉郎。宣和元年(1119),再致仕。宣和七年(1125),卒于常州僧舍。贺铸词常用古乐府及唐人诗句入词,内容多写闺情柔思,也多感伤时事之作。兼具婉约和豪放词风。其《青玉案》有"一川烟草,满城风絮,梅子黄时雨"之句,时人呼为"贺梅子"。有《庆湖遗老集》、《东山词》。

25. 周邦彦(1056—1121),字美成,自号清真居士,北宋杭州钱塘(今浙江杭州)人。元丰初年,为太学生,以献《汴都赋》,擢为太学正。元祐、绍圣年间,出为庐州(今安徽合肥)教授,后调溧水令。绍圣四年(1097),任国子主簿,授秘书省正字。政和二年(1112),出知隆德府(今山西长治)。政和六年(1116),提举大晟府,专事谱制乐曲。不久,知顺昌府,移知处州(今浙江丽水),值方腊起义,道梗不赴。未几罢官,辗转于钱塘、扬州、睦州。卒赠宣奉大夫。周邦彦精于音律,能自度曲,其词浑厚和雅,缜密典丽,传唱极广,影响很大。宋陈郁《藏一话腴外编》云:"二百年来,以乐府独步,贵人、学士、市侩、妓女知美成词为可爱。"清陈廷焯

《白雨斋词话》评云："词至美成,乃有大宗。前收苏(轼)、秦(观)之终,后开姜(夔)、史(达祖)之始。自有词人以来,不得不推为巨擘。"有《片玉集》。

26. 赵企(生卒年不详),字循道,北宋南陵(今属安徽)人。神宗朝进士。大观年间(1107—1110)为绩溪(今属安徽)令。重和时(1118—1119)通判台州。赵企以长短句得名,词作远传高丽。

27. 谢逸(？—1113),字无逸,自号溪堂,北宋抚州临川(今属江西)人。屡举进士不第,遂绝意仕进,终身隐居,以诗文自娱,见赏于黄庭坚。与其弟谢薖并称"二谢"。曾作蝶诗三百首,多佳句,人呼之为"谢蝴蝶"。其词远宗花间,近师晏、欧,兼具浓艳柔婉与轻倩飘逸之长。有《溪堂集》、《溪堂词》。

28. 毛滂(1060—1124?),字泽民,北宋衢州江山(今属浙江)人。元祐中,苏轼守杭,毛滂为法曹,颇受器重。苏轼曾以"文章典丽,可备著述科"荐之。元符二年(1099),知武康,改建官舍"尽心堂"为"东堂",遂号"东堂居士"。崇宁初,召为删定官。政和元年(1111),罢官归里,寄迹仙居寺。政和四年(1114),以祠部员外郎知秀州。工诗文。《四库总目提要》谓其词"情韵特胜"。有《东堂集》。

29. 万俟咏(生卒年不详),字雅言。元祐间以诗赋擅名,游上库不第,放意歌酒,自号"大梁词隐"。徽宗时,召试补官,曾任大晟府制撰官。其词在当时影响较大,黄庭坚称其为"一代词人"。有《大声集》。

30. 李重元(生卒年不详),约北宋宣和年间在世。工词,《全宋词》收其《忆王孙》词四首,皆为颇具意境的佳作。

31. 蒋元龙(生卒年不详),字子云,镇江府丹徒(今江苏镇江)人,约生活于南北宋之交。以特科入官,终县令。

32. 李清照(1084—1155?)自号易安居士,宋齐州章丘(今山东章丘西北)人,居济南(今山东省济南市)。著名学者李格非之女。十八岁时,与宰相赵挺之子、太学生赵明诚结婚。婚后生活美满,夫妻间诗词唱和,共同整理、收藏书画金石。徽宗时,赵明诚先后知青、淄、莱诸州。靖康二年(1127),金兵陷青州,李清照夫妇所藏金石书画,多被焚毁。建炎二年(1128),赵明诚知江宁府。建炎三年(1129),赵明诚卒。此后李清照只身漂泊于越州、杭州、台州一带,后卜居金华。晚年生活孤寂、凄苦。李清照擅诗词,且尤工于词。其创作以靖康之变为界,明显分为前后两期。前期作品多为闺情相思题材,表现出对爱情的向往和对自然景物的喜爱,韵调优美,风格热情明快。后期作品多抒发孤寂凄凉的身世之感,寄托了对中原故土的怀念之情,风格曲折深隐,婉转悲凉。李清照反对以作诗之法作词,严分诗、词界限,提出词"别是一家"之说。李清照词善用白描方法,状物抒情,细腻精巧,语言清新自然,音律和谐优美。在两宋词坛独树一帜,被称为"李易安体"。与秦观并为婉约派著名词人,备受后代词评家称赏。沈谦《填词杂说》评云:"男中李后主,女中李易安,极是当行本色。"李调元亦云:"易安在宋诸媛中,自卓然一家,不在秦七、黄九之下。词无一首不工。其炼处可夺梦窗之席,其丽处直参片玉之班。盖不徒俯视巾帼,直欲压倒须眉。"有《漱玉词》。

33. 李玉,宋人,生平不详。

34. 聂胜琼,北宋汴京名妓,后归李之问。存词一首,断句一。

35. 朱淑真(生卒年不详),号幽栖居士。南宋杭州钱塘(今浙江杭州)人,一说海宁(今浙江海宁县)人。生活于南宋初。出身于仕宦之家,对婚姻不满,抑郁而终。能诗工词。其词多写惆怅、幽怨之感,风格婉约。魏仲恭辑朱淑真诗词为《断肠集》《断肠词》,并序云:"清新婉丽,蓄思含情,能道人意中事,岂泛泛者所能及,未尝不一唱而三叹也。"

36. 孙道绚(生卒年不详),号冲虚居士,黄铢之母。宋张世南《游宦纪闻》卷八载,黄铢于绍兴三年(1133)亲录其母词稿,略云:"先妣冲虚居士,少聪明,颖异绝人,于书史无所不读,一过辄成诵。年三十,先君捐弃,即抱贞节以自终。平生作为文章诗辞甚富。晚遭回禄,毁爇无余。词数篇,皆脍炙在人者,因访求得之。"

37. 陆游(1125—1209),字务观,号放翁,南宋越州山阴(今浙江绍兴)人。绍兴二十四年(1154),礼部试第一,因语触秦桧而被黜。绍兴二十八年(1158),始仕福州宁德县主簿。孝宗即位,史浩、黄祖舜荐以"善词章、谙典故",赐进士出身。隆兴元年(1163),张浚北伐,陆游为镇江通判。乾道元年(1165),改隆兴通判。乾道二年(1166),免归,卜居镜湖三山。乾道六年(1170),通判夔州。乾道八年(1172),四川宣抚使王炎辟为干办公事,历蜀州通判,知嘉州、荣州。淳熙二年(1175),四川制置使范成大延置幕僚,宾主唱酬,人争传颂。因人讥其颓放,自号放翁。淳熙五年(1178),提举福建路常平茶盐。淳熙六年(1179),改提举江西路,以奏发粟赈济灾民,被劾奉祠。淳熙十三年(1186),起知严州。淳熙十五年(1188),召除军器少监。光宗即位,迁吏部郎中兼实录院检讨官,未几复被劾免。嘉泰二年(1202),诏修孝宗、光宗两朝实录,次年完成。嘉泰三年(1203)致仕。开禧三年(1207),晋爵渭南伯。嘉定二年(1209),卒。陆游与尤袤、杨万里、范成大为中兴四大诗人,人呼为"小太白"。南宋刘克庄《诗话续集》云:"放翁长短句,其激昂慷慨者,稼轩不能过;飘逸高妙者,与陈简斋、朱希真相颉颃;流丽绵密者,欲出晏叔原、贺方回之上。"有《渭南文集》、《剑南诗稿》。

38. 赵长卿(生卒年不详),自号仙源居士,宋宗室,南渡后居南丰(今属江西)。生平事迹未详。有《仙源居士惜香乐府》。《四库总目提要》评云:"长卿恬于仕进,觞咏自娱,随意成吟,多得淡远萧疏之致。"

39. 辛弃疾(1140—1207),原字坦夫,后字幼安,号稼轩居士,南宋济南历城(今山东济南)人。绍兴三十一年(1161),金兵南侵,聚众二千,加入耿京抗金部队,任掌书记。绍兴三十二年(1162),率众万人,奉表南归。授江阴军签判,广德军通判。乾道元年(1165),进《美芹十论》,力主抗金。乾道四年(1168),通判建康府。乾道六年(1170)奏请练民兵以守两淮,并献《九议》。乾道八年(1172),出知滁州。淳熙二年(1175),提点江西刑狱。淳熙五年(1178),召为大理少卿,出为湖北转运副使,知潭州兼湖南安抚使。淳熙八年(1181),提点两浙西路刑狱,旋以谏官王蔺论劾落职,闲居上饶带湖,筑室百楹,以稼名轩,自号稼轩居士,投闲置散凡十年。绍熙二年(1191),起为提点福建刑狱。次年,迁知福州兼福建安抚使。绍熙五年(1194),乞归。所居带湖雪楼毁于火,徙居铅山、瓢泉。嘉泰三年(1203),起知绍兴府兼浙东安抚使。次年,历知镇江府、隆兴府。开禧二年(1206),复为谏官所诬落职。开禧三年(1207),召赴行在奏事,未受命,卒。德祐元年(1275),追谥忠敏。辛弃疾一生以恢复为志,以功业自许,为南宋杰出爱国词人。其词作继承并发扬了苏轼豪放词风,与苏轼并称"苏辛",对后世影响很大。《四库总目提要》评云:"其词慷慨纵横,有不可一世之概,于倚声家为变调,而异军特起,能于剪红刻翠之外,屹然别立一宗,迄今不废。"有《稼轩长短句》。

40. 程垓(生卒年不详),字正伯,南宋眉州眉山(今属四川)人。苏轼中表程之才之孙。淳熙十三年(1186)游临安。绍熙三年(1192),杨万里荐以应贤良方正科,未果。清冯煦《蒿庵论词》称其词:"程正伯凄婉绵丽,与草窗所录《绝妙好词》家法相近,故是正锋。"清陈廷焯《白雨斋词话》评云:"余观其词浅薄者多,高者笔意尚闲雅。"有《书舟词》。

41. 刘过(1154—1206),字改之,号龙洲道人,南宋吉州太和(今江西泰和)人。曾数次上书,力陈恢复方略。四次应举,不中,流落江湖,依人作客。与陆游、陈亮、辛弃疾等多有唱和。其词语意峻拔,风格豪放。有《龙洲集》、《龙洲词》。

42. 姜夔(1155? —1221?),字尧章,号白石道人,南宋饶州鄱阳(今江西波阳)人。早岁孤贫,二十岁后,北游淮楚,南历潇湘,结识著名诗人萧德藻。后随之归湖州,卜居苕溪之上。其为人、创作深受杨万里、范成大称赏。绍熙四年(1193)起,姜夔依贵胄张鉴之门十年之久。庆元三年(1197),进《大乐议》,论雅乐。次年,复上《圣宋铙歌鼓吹》。庆元五年(1199),诏免解,与试礼部,不第,遂以布衣终身。六十岁以后,旅食金陵、扬州等地,晚境牢落困苦。姜夔一生困顿,然襟怀洒落。虽家无立锥,而富于翰墨图书之藏。精赏鉴,工书法,有"书家申韩"之称。姜夔为南宋开宗立派的词家巨擘之一,与周邦彦并称"周姜"。其词情意真挚,格律严谨,语言华美,风格清幽冷隽。其《白石道人歌曲》十七首词自注工尺旁谱,是流传至今唯一完整的宋代词乐文献。姜夔上承周邦彦,下启吴文英、张炎一派,是格律派的代表作家,对后世影响较大。清初浙西词派则专奉姜夔为不祧之宗,以至形成"家白石而户玉田"的盛况。有《白石道人诗集》、《诗说》等。

43. 吴礼之(生卒年不详),字子和,号顺受老人,南宋杭州钱塘(今浙江杭州)人。生平事迹不详。有《顺受老人词》五卷,不传。赵万里《校辑宋金元人词》辑有《顺受老人词》一卷,共十九首。

44. 史达祖(生卒年不详),字邦卿,号梅溪,南宋开封(今属河南)人。庆元中,韩侂胄为相,史达祖为堂吏,掌文书。表章及往来文字,拟帖撰旨,俱出其手,权炙缙绅。开禧元年(1205),曾随李壁出使金国。开禧三年(1207),韩侂胄被诛,史亦受黥刑,贬死。其词丽情密藻,柔媚轻圆,描摹刻画,尽态极妍,尤以咏物见长。张炎《词源序》评其词:"所咏瞭然在目,且不留滞于物。"有《梅溪词》。

45. 朱藻(生卒年不详)号野逸,生平事迹不详,南宋后期人。

46. 吴文英(1200? —1260?),字君特,号梦窗,又号觉翁,南宋四明(今浙江宁波)人。本姓翁,过继于吴氏。于苏州、杭州、越州三地居留最久,晚年一度客居越州,终身未仕。其词被认为可与北宋周邦彦相比肩。宋沈义父《乐府指迷》亦云:"梦窗深得清真之妙。"近代词论家多以密丽为其词风特色。有《梦窗词集》。

47. 蒋捷(生卒年不详),字胜欲,号竹山,宋末元初常州宜兴(今属江苏)人。咸淳十年(1274)进士。宋亡后,遁迹不仕,抱节以终。《四库总目提要》称其词"练字精深,调音谐畅,为倚声家之榘矱。"刘熙载《艺概》评其词曰:"蒋竹山词未极流动自然,然洗练缜密,语多创获。"有《竹山词》。

48. 张炎(1248—1320?),字叔夏,号玉田,又号乐笑翁。因其《春水》词著名,时号"张春水"。南宋名将张俊六世孙。曾祖张镃、父张枢,皆工词,对其有深刻影响。祖籍凤翔(今陕西凤翔),宋室南渡,其祖寓居临安(今浙江杭州)。宋亡,家产籍没,落拓江湖。元至元二十七年(1290),北游大都,寻求出路,失意而归。晚年流落于金陵、苏州一带,卖卜为生,落魄而死。张炎幼承家学,尤工长短句。其词作大多作于宋亡之后,抒发亡国之痛,哀怨凄楚,悲愤感人。词风情旷意远,流丽雅畅。与周密、王沂孙、蒋捷并称"宋末四大家"。著有《词源》,论词专尊姜夔,尤主"清空"与"骚雅"之说。后世遂以"姜张"并称。清初浙西词派执柄词坛,张炎词集一再翻刻,流传甚广,曾有"家白石而户玉田"之盛。有《山中白云词》。

49. 吴城小龙女,宋人传说中的神怪人物。

50. 吴激(1190—1142),字彦高,号东山,宋建州瓯宁(今福建建瓯)人。宋宰相吴栻之子,米芾之婿。宣和四年(1122)至靖康二年(1127)间,使金被留,官翰林待制。皇统二年(1142),出知深州,到官三日卒。工诗善文,字画俊逸,得米芾笔意。尤精乐府,造语清婉,与蔡松年齐名,时号"吴蔡体"。有《东山集》、《吴彦高词》。

51. 折元礼(生卒年不详),字安上,父折定远,侨居于忻(今山西忻县),遂为忻州人。金章宗明昌五年(1194)两科擢第,官至延安治中。今仅存词《望海潮》

一首。

52. 元好问(1190—1257),字裕之,号遗山,金太原秀容(今山西忻县)人,唐诗人元结后裔。兴定五年(1221)进士。正大元年(1224),中博学鸿词科,授儒林郎,充国史院编修,历任内乡、南平县令。正大八年(1231),除尚书省掾、左司都事,转员外郎。天兴三年(1234),金亡不仕,致力于金代史料的整理。其《论诗绝句》三十首,评论自汉魏迄宋重要诗人与诗歌流派,主张汉魏风骨,崇尚天然清新,反对绮丽雕琢。其词立意高远,风格沉郁。宋张炎《词源》评其词曰:"深于用事,精于炼句,有风流蕴藉处,不减周(邦彦)、秦(观)。"清陈廷焯《词坛丛话》称其词为"金人之冠"。有《中州集》。

53. 曾允元,字舜卿,号鸥江。西昌(今江西泰和西)人。

54. 张埜(生卒年不详),字埜夫,号古山,邯郸(今属河北)人。其活动期在元成宗、武宗、仁宗朝(1295—1320)。历官翰林修撰。工词,词风在苏、辛之间。元李长翁《古山乐府序》评其词云:"湛然如秋空之不云,烨然如春花之照谷,凄然如猿啼玉涧,昂然如鹤唳青霄,岑然如庖丁鼓刀,翩然如公孙舞剑,千变万态,意高语妙,真可与苏、辛二公齐驱并驾。"有《古山乐府》。

55. 萨都剌(1272?—1355?),字天赐,号直斋,回族,其祖父以功留镇代郡,遂居雁门(今山西代县)。泰定四年(1327)进士。授镇江录事司达鲁花赤。至顺三年(1332),任江南诸道行御史台掾史。以弹劾权贵,左迁淮西江北道廉访司经历。元统二年(1334),官燕南河北道肃政廉访司经历,迁闽海福建道肃政廉访司知事。晚年寓居武林(今浙江杭州),喜游历山水,尝登金陵司空山太白台,叹曰:"此老真山水精。"遂结庐其下,优游以终余年。其诗多写自然景物,亦有反映民生疾苦之作。风格俊逸洒脱,清新自然。亦工于词。有《雁门集》、《天赐词》等。

56. 张翥(1287—1368),字仲举,号蜕庵先生,元晋宁(今山西临汾)人。至正初,以隐逸荐为国子助教,旋即退居淮东。复起为翰林国史院编修官,预修辽、金、宋三史。累官翰林侍读兼国子祭酒。至正末,以河南行省平章政事致仕。《四库总目提要》评其词:"婉丽风流,有南宋旧格。"有《蜕庵集》。

57. 刘基(1311—1375),字伯温,明初浙江青田(今江青田)人。元朝元统元年(1333)进士。历官江西高安县丞、江浙儒学副提举、处州路总管府判等。后弃官还家。至正二十年(1360),被朱元璋聘至金陵,辅佐朱元璋建立帝业。吴元年(1367),任太史令,编《戊申大统历》。洪武元年(1368),兼太史率更令,奏立军卫法。授御史中丞。洪武三年(1370),授弘文馆学士,封诚意伯。次年,以老请归。洪武八年(1375),被胡惟庸所潜,遭太祖疑忌,忧愤而卒。正德九年(1514),追赠太师,谥文成。刘基博通经史,诗文兼长,散文《卖柑者言》为人传诵。其诗郁勃苍凉,七律尤佳。有《诚意伯文集》。

58. 朱彝尊(1629—1709),字锡鬯,号竹垞,又号醧舫,晚号小长芦钓师,又号金风亭长。清浙江秀水(今嘉兴)人。康熙十八年(1679),应博学鸿词科试,授翰林院检讨、日讲起居注官,参修《明史》。康熙三十一年(1692),引疾罢归,专心著述。博通经史,擅长诗词、古文,与王士祯称南北两大家。其词以姜夔、张炎为宗,注重声律,精工隽永,为浙西词派的创始人,对清初词坛有重要影响。曾辑唐宋金元词五百余家为《词综》。有《曝书亭集》。

59. 汪懋麟(1640—1688),字季角,号蛟门,晚号觉堂。清江都(今江苏扬州)人。康熙六年(1667)进士。授内阁中书,丁忧归。康熙十六年(1677),举博学鸿词,以未终制辞。服除,以徐乾学荐,以刑部主事入史馆充纂修官,与修《明史》。工诗,其词颇负时誉,朱彝尊有《一剪梅》题其《锦瑟词》云:"锦瑟新词凤阁成,赢得才名,不减诗名。风流异代许谁并? 是柳耆卿,是史邦卿? 闲闷闲愁读罢生,吾亦多情,那得无情。问何人解按银筝? 说与君听,先与吾听。"

60. 黄之隽(1668—1749),字石牧,号唐堂,清江苏华亭(今上海松江)人。康熙六十年(1721)进士。改庶吉士,授编修,充日讲起居注。提督福建学政,迁中允。雍正三年(1725),被参落职。乾隆十四年(1749)卒。喜集唐人诗句为诗,《四库总目提要》评云:"一一如自己出,可谓前无古人,后无来者。虽其词皆艳冶,千变万化不出于绮罗脂粉之间,于风骚正轨未能有合,而就诗论诗,其记诵之博,运用之巧,亦不可无一之才矣。"有《唐堂集》。

(按:《白香词谱》原录作者59人,今将《忆王孙》作者由秦观改作李重元,故将李重元小传补入,共收60人。)

附录二　词韵常用字简编

戈载的《词林正韵》把平上去三声分为十四部，入声分为五部，共十九部。据说是取古代著名词人的词韵参酌而定的。（其中有些韵部一半韵字分属不同词韵，具体参见后面的词韵常用字。）

（甲）平上去声十四部

(1) 平声东冬，上声董肿，去声送宋。

(2) 平声江阳，上声讲养，去声绛漾。

(3) 平声支微齐，又灰半；上声纸尾荠，又贿半；去声寘未霁，又泰半、队半。

(4) 平声鱼虞；上声语麌；去声御遇。

(5) 平声佳半，灰半；上声蟹，又贿半；去声泰半、卦半、队半。

(6) 平声真文，又元半；上声轸吻，又阮半；去声震问，又愿半。

(7) 平声寒删先，又元半；上声旱潸铣，又阮半；去声翰谏霰，又愿半。

(8) 平声萧肴豪，上声篠巧皓，去声啸效号。

(9) 平声歌，上声哿，去声箇。

(10) 平声麻，又佳半；上声马，去声祃，又卦半。

(11) 平声庚青蒸，上声梗迥，去声敬径。

(12) 平声尤，上声有，去声宥。

(13) 平声侵，上声寝，去声沁。

(14) 平声覃盐咸，上声感俭哛，去声勘艳陷。

（乙）入声五部

（1）屋沃。

（2）觉药。

（3）质陌锡职缉。

（4）物月曷黠屑叶。

（5）合洽。

现将其中常用的韵字简编如下：

第一部　平声：一东二冬通用

【一东】 东同铜桐峒筒童僮瞳中(中间)衷忠虫冲终仲崇嵩(崧)菘戎狨绒弓躬宫融雄熊穹穷冯风枫疯豐(丰)酆充隆窿空公功工攻蒙濛朦艨龙笼(名词,董韵同,又动词,独用)聋胧栊茏眬珑咙洪红荭鸿虹烘丛翁嗡匆葱聪骢通棕蓬篷潼

【二冬】 冬咚彤农侬宗淙锺钟(鐘)龙茏春松淞冲(衝)容榕蓉溶熔庸佣慵封胸凶兇匈汹雍邕痈浓脓重(重复)从(服从)逢缝峰锋丰蜂烽葑纵(纵横)踪茸蛩邛筇蹱恭供(供给)蚣喁

仄声：上声一董二肿、去声一送二宋通用

【一董】 董懂动孔总笼(名词,东韵同)拢桶捅蓊蠓汞颂洞(澒洞)

【二肿】 肿种(种子)踵宠垅(陇)拥冗重(轻重)冢捧勇甬踊(踴)涌(湧)俑蛹恐拱悚悚耸巩怂奉栱壅

【一送】 送梦凤洞(岩洞)众瓮(甕)贡弄冻痛栋恸仲中(射中,击中)粽讽空(空缺)控鞚哄

【二宋】 宋用颂诵统纵(放纵)讼种(种植)综俸供(供设,名词)从(仆从)缝(隙也)重(再也)共雍(州名)

第二部　平声：三江七阳通用

【三江】 江缸窗邦降(降伏)双泷庞撞(绛韵同)矼舡豇扛杠腔梆桩幢蛩(冬

韵同)

【七阳】 阳杨扬香乡光昌堂章张王(帝王)房芳长(长短)塘妆常凉霜藏(收藏)场央泱鸯秧狼床方浆觞梁(樑)娘庄黄仓皇装殇襄骧相(互相)湘厢箱创(创伤)忘芒望(观望,漾韵同)尝偿墙樯枪坊囊郎唐狂强(刚强)肠康冈苍匡荒遑行(行列)妨棠翔良航飏羌姜僵薑缰(韁)疆粮穰将(送也,持也)墙桑祥详洋徉粱量(衡量,动词)羊伤汤鲂彰漳璋猖商防筐煌篁篁隍凰徨蝗惶璜廊浪(沧浪)沧刚纲亢钢丧(丧葬)盲忙茫傍(侧也)旁汪臧琅螂榔当(应当)珰裳昂糖锵尪杭颃邙滂骦攘鸧螿瀼抢(突也)螳阊蒋(菰蒋)亡殃嫜蔷勷孀疮阆(漾韵同)

仄声:上声三讲二十二养、去声三绛二十三漾通用

【三讲】 讲港项棒蚌耩

【二十二养】 养痒象像橡仰朗桨奖蒋敞氅厂枉往颡强(勉强)惘两曩丈杖仗(漾韵同)响掌党想鲞榜爽广享向飨幌莽纺长(长幼)网荡上(上升)壤赏仿罔谠倘魍魉谎蟒漭嗓盎恍脏 (肮脏)吭沆慷褦镪抢肮犷

【三绛】 绛降(升降)巷撞(江韵同)戆

【二十三漾】 漾上(上下)望(观望,阳韵同,又名望,独用)相(卿相)将(将帅)状帐浪(波浪)唱让旷壮放向嚮仗(养韵同)畅量(度量,数量,名词)葬匠障瘴谤尚涨饷样藏(宝藏)舫访贶嶂当(适当)抗酿妄怆宕怅创(开创)酱况亮傍(依傍)丧(丧失)伉恙谅王(王天下,霸王)旺胀瞥脏(内脏)吭亢(高亢)

第三部 平声:四支五微八齐十灰(半)通用

【四支】 支枝移为(施为)垂吹(吹嘘)陂碑奇宜仪皮儿离施知驰池规危夷师姿迟龟眉悲之芝时诗棋旗期辞词祠基疑姬丝司葵医帷思(动词)滋持随维痴卮螭麾墀弥慈遗(遗失) 肌脂雌披嬉尸狸炊湄篱兹差(参差)疲茨卑亏蕤陲骑(骑马)歧岐谁斯私窥熙欺疵赀羁彝髭颐资縻饥衰锥姨夔祇涯(佳麻韵同)伊追缁箕治(治理,动词) 尼而推(灰韵同) 縻绥羲羸其淇麒崎祁骐狮锤罹漓鹂璃骊猕罴貔仳琵枇鸩栀屍匙蚩篪筛绨鸱踟嗤隋虽睢咨菑淄鹚瓷萎惟唯厮澌缌逶迤贻裨厍丕嵋郿劙蠡(瓠勺,齐韵同)麓痍猗椅(音漪,木名)嶷缡

【五微】 微薇晖辉徽挥韦围帏闱违霏菲(芳菲)妃飞非扉肥威祈沂颀旂畿机几(微也,如见几,今作几)讥矶饥玑稀希衣依归苇郗欷

【八齐】 齐脐黎犁藜梨蠡(支韵同)鼜妻萋凄悽隄(堤)低题提蹄啼绨鹈鸡稽兮奚嵇蹊倪霓(蚭)醯醍西栖棲犀嘶梯鼙批(屑韵同)跻賫赍迷泥溪圭(珪)闺携畦灘睽奎

【十灰(半)】 灰恢魁隈回徊槐(佳韵同)梅枚玫媒煤雷颓崔催摧堆陪杯醅嵬推(支韵同)诙裴培盃偎煨瑰茴胚徘坏桅傀偎(贿韵同)莓

仄声:上声四纸五尾八荠十贿(半)、去声四寘五未八霁九泰(半)十一队(半)通用

【四纸】 纸只咫是靡彼毁委诡髓累(积累)妓绮舣此蕊徙尔弭婢侈弛豕紫旨指视美否(臧否,否泰)兕几姊比(比较)水轨止市徵(角徵)喜己纪跪技蚁鄙晷子梓矢雉死履被(寝衣)垒癸趾以似耛祀史使(使令)耳里理裏李起杞跂士仕俟始齿矣耻麂枳址時玺鲤迤氏庀驶巳滓苡倚匕跬峙迤逦旖旎

【五尾】 尾苇鬼岂卉(未韵同)几(几多)伟斐菲(菲薄)匪篚悱玮

【八荠】 荠礼体米启陛洗抵邸底坻弟柢涕(霁韵同)悌济(水名)澧醴蠡(范蠡,彭蠡)祢(音你)棨诋舐眯

【十贿(半)】 贿悔海罪馁倍每汇璀磊蕾

【四寘】 寘置事地志治(治安,太平)思(名词)泪吏赐自字义利器位戏至次累(连累)伪为(因为)寺瑞智记异致备肆翠骑(车骑,名词)使(使者)试类弃饵媚鼻易(容易)辔坠醉议翅避笥帜粹侍谊帅(将帅)厕寄睡忌贰萃穗二臂嗣吹(鼓吹,名词)遂恣四骥季刺驷泗寐魅积(储蓄)食(以食食人)被芰懿觊暨愧匮馈庇泪暨堅概质(抵押)戏柜箦痢腻被(覆也)祕比(近也)鸷阆啻示嗜饲伺遗(馈遗)意薏祟值渍识(音志,记也,又标识)

【五未】 未味气贵费沸蝟翡尉畏慰蔚魏纬胃渭汇(彙)谓讳卉(尾韵同)毅既衣(著衣)蜺

【八霁】 霁制计势世丽岁济(渡也)第艺惠慧币砌滞际厉涕(荠韵同)契(契约)弊毙帝敝蔽髻锐戾裔袂系祭卫隶闭逝缀翳制替细桂税壻例誓筮蕙偈诣砺励

噬继脆睿毳抮曳蒂睇妻(以女妻人)递逮棣蓟屭系系彗瞎芮蚋薜荔唳捩粝泥(拘泥)箧薜簉睥睨赘俪羿憩

【九泰(半)】　会旆最贝沛需绘脍荟狈侩桧蜕酹兑

【十一队(半)】　队内辈佩珮退碎背秒对废海晦昧配妹喙溃吠肺末块硙乂刈悖焙淬敦(盘敦)

第四部　平声：六鱼七虞通用

【六鱼】　鱼渔初书舒居裾车(麻韵同)渠菓余予(我也)誉(动词)舆馀胥狙锄疏(疏密)疎(同疏)蔬梳虚嘘徐猪闾庐驴诸除储如墟於畲桐淤妤鸡玙蛴摅茹苴莒沮蹰歔锄据(拮据)趄龉洳

【七虞】　虞愚娱隅乌无芜巫衢儒濡襦鸁株诛殊铢蛛瑜榆愉谀腴区躯朱珠趋扶凫雏敷夫肤纡输枢厨俱驹模谟蒲胡湖瑚乎壶狐弧孤辜姑蛄徒途涂荼图屠奴呼吾梧吴租卢鲈炉芦苏酥乌汗(汗秽)枯粗都铺禺诬竽吁瞿劬需缛殳逾(踰)揄萸臾渝岖狙枵躇拘芙符符茱侏郦枠俘迂姝须滹弧蝴糊醐鄂酤鸪沽菟颥驽孥逋芙泸舻轳鸬鹕匍葡洿呜貐孚

仄声：上声六语七麌、去声六御七遇通用

【六语】　语(言语)圉吕侣旅杼仵与(给予)予(赐予)渚煮汝茹(食也)暑鼠黍杵处(居住,处理)贮女许拒炬所楚醑咀诅阻俎沮叙绪屿墅巨宁褚础苣举讵榉粔溆禦簏去(除也)

【七麌】　麌雨宇舞府鼓虎古股贾(商贾)蛊土吐(遇韵同)圃庾户树(种植,动词)煦诩努组乳弩补斧鲁橹睹(觇)腐数(动词)簿五竖普侮聚午伍釜缕部柱矩武苦取抚浦主杜坞祖愈堵扈父甫怒(遇韵同)否禹羽腑俯(俛)罟估赌卤姥鹉偻拄莽(养韵同)谱

【六御】　御处(处所)去(来去)虑誉(名词)署据驭曙助絮著(显著)豫箸恕与(参与)遽疏(书疏)庶预语(告也)踞蓣饫觑狙蓣薯

【七遇】　遇路辂赂露鹭树(树木)度(制度)渡赋布步固素具数(数量)怒(麌韵同)务雾骛鹜附兔故顾句墓暮募注驻祚裕误悟痼住戍库护屦诉蠹妒

463

惧趣娶铸绔(袴)傅付谕喻妪芋捕哺互孺寓吐(麌韵同)赴冱污(动词)恶(憎恶)忤晤负

第五部　平声：九佳(半)十灰(半)通用

【九佳(半)】　街鞋牌柴钗差(差使)崖偕阶皆谐骸排乖怀准豺侪埋霾斋槐
(灰韵同)楷揩挨

【十灰(半)】　开哀埃台苔抬该才材财裁栽哉来莱灾猜孩徕骀胎垓皑腮

仄声：上声九蟹十贿(半)、去声九泰(半)十卦(半)十一队(半)通用

【九蟹】　蟹解洒楷(佳韵同)拐矮摆买骇

【十贿(半)】　海改采彩在宰醢铠恺待殆怠乃载(岁也)凯闿蓓迨亥

【九泰(半)】　泰太带外盖大(个韵同)濑赖籁蔡害蔼艾丐奈柰汰癞霭

【十卦(半)】　懈解邂隘卖派债怪坏诫戒界介芥械薤拜快迈败稗晒溉湃寨疥
届蒯罳蕒喝聩惫

【十一队(半)】　塞(边塞)爱代载(载运)态菜碍戴贷黛概岱溉慨耐在(所在)
蒯玳再袋埭赉赛暧瞹睐

第六部　平声：十一真十二文十三元(半)通用

【十一真】　真因茵辛新薪晨辰臣人仁神亲申呻伸绅身宾滨邻鳞麟燐珍瞋嗔
尘陈春津秦频蘋颦嫔银垠笭巾囷民缗贫纯(蓴)淳醇纯唇伦纶轮沦匀旬巡驯钧均
榛蓁郴宸寅黄氤姻嫔旻䳕鮍遵岷椿循嶙辚磷骐甄询恂峋荀郇涓郇闽逡泯(轸韵同)
邠诜骏

【十二文】　文闻纹蚊雲氛分汾纷芬焚坟群裙君军勤斤筋勋熏薰曛醺荤耘云
芸沄纭溃雰氲瘟欣芹殷汶阌

【十三元(半)】　魂浑温孙门尊樽存敦墩炖㬿蹲豚村屯囤(囤积)盆奔论(动
词)昏痕根恩吞荪扪裈鲲坤仑婚阍髡馄喷猻饨臀跟飧

464

仄声：上声十一轸十二吻十三阮(半)、去声十二震十三问十四愿(半)通用

【十一轸】 轸敏允引尹尽忍准隼笋盾(阮韵同)闵悯菌泯(真韵同)蚓牝殒紧蠢陨哂诊疹赈肾蜃膑黾窘吮

【十二吻】 吻粉蕴愤隐谨近忿(问韵同)刎槿瑾恽韫

【十三阮(半)】 混棍阃悃捆衮滚鲧稳本畚笨损忖囷反盾遁很沌恳垦

【十二震】 震信印进润阵镇刃顺慎鬓晋骏闰峻衅振俊舜焮吝烬讯仞迅汛趁衬仅觐蔺浚赈(轸韵同)龇认殡摈揗缙蹒廑谆瞬韧轫殉馑

【十三问】 问闻(名誉)运晕韵训粪忿(吻韵同)酝郡分(名分)紊愠近(动词)扰汶奋郓捃靳

【十四愿(半)】 论(名词)恨寸困顿遁(阮韵同)钝闷逊嫩溷诨巽褪喷(元韵同)艮搵

第七部　平声：十三元(半)十四寒十五删一先通用

【十三元(半)】 元原源沅鼋园袁猿垣烦蕃樊喧萱暄冤言轩藩媛援辕番繁翻幡璠塬(埂)骞鸳鹓蜿湲爰掀燔

【十四寒】 寒韩翰(翰韵同)丹单安鞍难(艰难)餐檀坛滩弹残干肝竿阑栏澜兰看(翰韵同)刊丸完桓纨端湍酸团攒官观(观看)鸾銮峦冠(衣冠)欢宽盘蟠漫(大水貌)叹(翰韵同)邯郸摊玕拦珊狻鼾杆跚姗殚箪瘅谰獾倌棺剜潘拼(问韵同)盘般蹒瘢磐瞒谩馒邗汗(可汗)

【十五删】 删潸关弯湾还环鬟寰班斑蛮颜奸攀顽山闲艰间(中间)悭患(谏韵同)孱潺擐营殷(寒韵同)顽鬘斓娴鹇鳏殷(赤黑色)纶(纶巾)

【一先】 先前千阡笺鞯天坚肩贤弦烟燕(国名)莲怜田填钿(霰韵同)年颠巅牵妍眠渊涓蠲边编玄悬泉迁仙鲜钱煎然燃延筵毡旃鳣氈禅(参禅)蝉缠躔连联涟篇琄偏便(安也)绵全宣镌穿川缘鸢铅捐旋娟船涎鞭铨筌专砖圆员乾(乾坤)虔愆权拳椽传(传授)焉跹溅(溅溅，疾流貌)舷阘骈鹃亶翩扁(扁舟)沿诠痊悛靬咬滇汧蜒婵梗骈颠褰搴汘癫单(单于)鹢璇臁

仄声：上声十三阮(半)十四旱十五潸十六铣、去声十四愿(半)十五翰十六谏十七霰通用

【十三阮(半)】 阮远(远近)晚苑返阪饭(动词)偃郾蹇琬沅宛畹菀绻巘挽堰

【十四旱】 旱暖管琯满短馆(翰韵同)缓盥(翰韵同)盌懒缵(伞)卵(帑韵同)散(散布)伴诞罕灒(浣)断(断绝)侃算(动词)欵但坦袒纂

【十五潸】 潸眼简版阪盏琖产限栈(谏韵同)绾(谏韵同)柬拣板划铲屦楝栈

【十六铣】 铣善(善恶)遣浅典转(自转，不及物动词)衍犬选冕辇免展茧辩辨篆勉翦(剪)卷(同捲)显铣(霰韵同)眄(霰韵同)喘藓软蹇(阮韵同)演兖件腼鲜(少也)跣缅泫渑(音缅，渑池)缱绻腼(岘)殄扁(不正圆，又扁额)单(音善，姓也，又单父，县名)

【十四愿(半)】 愿怨万饭(名词)献健建宪劝蔓券远(动词)侃苑键贩畈圈(猪圈)

【十五翰】 翰(翰墨)岸汉难(灾难)断(决断)乱叹观(楼观)干靬散(解散)旦算(名词)玩烂贯半案按炭汗赞灒漫(寒韵同，又副词独用)冠(冠军)灌爨窜幔粲灿璨换焕唤悍弹(名词)惮段看(寒韵同)判叛涣绊盥鹳畔锻腕惋馆(旱韵同)

【十六谏】 谏雁患(删韵同)涧间(间隔)宦晏慢讪篡扮盼豢栈(潸韵同)惯串绽幻瓣苋丱办绾(潸韵同)

【十七霰】 霰殿面眄(铣韵同)县变箭战扇膳传(传记)见砚院练炼燕谦宴贱馔荐绢彦掾便(便利)眷钏线倦羡奠遍恋啭眩钏倩卞汴片禅(封禅)谴善(动词)溅饯(铣韵同)转(以力转动，及物动词)卷(书卷)甸钿(先韵同)电嚥旋(已而，副词)绚颤

第八部　平声：二萧三肴四豪通用

【二萧】 萧箫挑(挑担)貂刁凋雕彫鹏迢条髫跳蜩苕调(调和)枭浇聊辽寥撩寮僚尧幺宵消霄绡销超朝潮嚣樵侨骄娇焦蕉椒燋饶桡烧遥徭摇瑶韶昭招飙标镳瓢苗描猫要(要求)腰邀鸮乔桥侨妖夭(夭夭)漂(漂浮)飘儵桃佻徼(徼幸，徼

福)鷦鷯鴟窅姚逃潇骁獠嘹缭嫖憔颛剽

【三肴】　肴巢交郊茅嘲钞包胶爻苞梢蛟庖匏匏坳敲胞抛鲛崤铙捎㳠陶教(使也)鞘鸺抄螯咆哮抓

【四豪】　豪毫操(操持)绦髦刀萄猱褒桃槽漕旄袍挠(巧韵同)蒿涛皋号(呼号)陶鼍翱鳌敖曹遭糕篙羔高嘈搔毛滔骚韬缫膏牢醪逃槽濠劳(劳苦)洮叨咷舠饕熬嗷壕遨臊淘

仄声：上声十七篠十八巧十九皓 、去声十八啸十九效二十号通用

【十七篠】　篠小表鸟了晓少(多少)扰绕邈绍杪沼眇矫皎嫩杳窈窕袅(裹)挑(挑引)掉(啸韵同)肇缥缈渺淼茑嬝赵兆旐缴缭佻育夭(夭折)悄

【十八巧】　巧饱卯狡爪鲍挠(豪韵同)搅绞拗咬炒

【十九皓】　皓宝藻早枣老好(好丑)道稻造(造作)脑恼岛倒(仆也)祷(号韵同)捣抱讨考燥扫(号韵同)嫂保鸨稿槁昊浩镐颢呆缟槁堡皂磙

【十八啸】　啸笑照庙窍妙诏召劭邵要(重要)曜耀燿调(音调)钓吊叫少(老少)眺诮料疗潦掉峤徼(边徼)烧(野火)

【十九效】　效劾教(教训)貌校孝闹豹罩棹觉(寤也)较乐(喜爱)窖炮(枪炮)泡淖

【二十号】　号(号令)帽报导操(操行)祷(皓韵同)盗噪灶奥告(告诉)诰到蹈傲暴(强暴)好(爱好)劳(慰劳)躁造(造就)冒悼倒(颠倒)爆燥犒靠懊燠耄糙套纛(沃韵同)潦耗扫(皓韵同)

第九部　平声：五歌(独用)

【五歌】　歌多罗河戈阿和(平和)波科柯陀娥蛾鹅萝荷(荷花)何过(经过，箇韵同)磨螺禾哥娑驮(箇韵同)驼沱柁(舵)佗(他)鼍苛诃珂轲痾莎蓑梭婆摩魔讹骡靴坡颇(偏颇)峨俄呵拕拖麽涡迦磋蹉跎锣锅那(箇韵同)酡

仄声：上声二十哿、去声二十一箇通用

【二十哿】　哿火阿舵我拖娜荷(负荷)可左果裹朵锁琐堕惰妥坐(坐立)裸跛

467

颇(稍也)夥颗祸桠婀逻卵坷簸叵垛么(歌韵同)

【二十一箇】 箇个(個)贺佐大(泰韵同)饿过(经过,歌韵同,又过失,独用)和(唱和)挫课唾播座坐(行之反,又同座)破卧货涴簸轲(辚轲)那驮(歌韵同)做剁磨(磨磐)糯缚接些(楚些)

第十部　平声:九佳(半)六麻通用

【九佳(半)】 佳涯(支麻韵同)娲蜗蛙娃哇

【六麻】 麻花霞家茶华沙车(鱼韵同)牙蛇瓜斜邪芽嘉瑕纱鸦遮叉奢涯(支佳韵同)巴耶嗟遐加笳赊槎差(差错)蟆骅虾葭袈裟砂衙呀琶耙芭杷笆疤爬葩些(少也)佘鲨查楂渣爹挝拿椰珈跏枷迦痂茄桠丫哗夸洼桠杈杈

仄声:上声二十一马、去声十卦(半)二十二(祃)通用

【二十一马】 马下(上下)者野雅瓦寡社写泻夏(华夏)也把哑厦惹冶贾(姓贾)假(真假)玛舍煆剐打

【十卦(半)】 卦挂画(图画)

【二十二祃】 祃驾夜下(降也)谢榭罢夏(春夏)霸暇灞嫁赦籍(凭籍)假(休假)蔗化舍(庐舍)价射骂稼架诈亚麝怕帕坝靶鹧炙炙(音蔗,炮火,名词)乍咤诧侘罅吓娅哑(马韵同)讶迓华(姓华)桦话胯(遇韵同)跨衩柘

第十一部 平声:八庚九青十蒸通用

【八庚】 庚更(更改)羹秔粳坑(阬)盲横(纵横)觥彭亨英烹平评京惊(驚)荆明盟鸣荣莹(径韵同)兵兄卿生甥笙牲擎鲸迎行(行走)衡耕萌氓甍宏茎罂莺樱泓橙争筝清情晴精睛蜻鹠菁晶旌盈楹瀛嬴赢营婴缨贞成盛(盛受)城诚呈程声征正(正月)钲轻名令(使令)并(交并)倾萦琼鹏撑峥勍铿嵘鹦茎撑撄黥葧澎膨棚浜坪苹伦嘤轰铮狰狞绷怦璎砰鲭侦茕赓黉瞠

【九青】 青经泾形刑硎型陉亭庭廷霆蜓停宁丁仃馨星腥醒(迥韵同)傅灵棂棂龄铃玲苓伶零舲翎鸰瓴聆听(聆听,径韵同)厅汀冥溟螟铭瓶屏萍荥萤荧扃桐瞑暝鹠(庚韵同)蜻(庚韵同)娉婷

【十蒸】 蒸烝承丞惩澄(澂)陵凌绫菱冰膺鹰应(应当)蝇绳渑(音绳，水名)乘(驾乘，动词)塍昇升胜(胜任)兴(兴起)缯憕凭仍兢矜徵(徵求)凝称(称赞)登灯(镫)僧崩增曾憎矕罾层嶒能棱(稜)朋鹏肱薨腾滕藤縢恒峻凭(径韵同)姮

仄声：上声二十三梗二十四迥、去声二十四敬二十五径通用

【二十三梗】 梗影景井岭领境警请饼永骋逞颖颖顷整静省幸颈郢猛丙炳杏秉耿矿冷靖哽绠荇艋蜢皿阱憬鲠

【二十四迥】 迥炯挺梃艇醒(青韵同)酩酊并等鼎顶泂肯拯铤磬剄

【二十四敬】 敬命正(正直)令(命令)证性政镜盛(茂盛)行(品行)圣咏姓庆映病柄劲竞靓净竟孟净更(更加)并(合并)聘硬炳泳进横(蛮横)摒郑猄

【二十五径】 径定听(聆也，青韵同，又听从，独用)胜(胜败)磬磬应(答应)赠乘(名词)佞邓证秤称(相称)莹(庚韵同)孕兴(兴趣)剩凭(蒸韵同)迳甑宁(宁可)胫暝(夜也，青韵同)钉(动词)订钉锭瞪蹬蹭亘(亘古)镫(鞍镫)滢凳磴

第十二部 平声：十一尤(独用)

【十一尤】 尤邮优犹流旒留骝榴刘由油游猷悠攸牛修羞秋周州洲舟酬雠柔俦畴筹稠丘邱抽瘳遒收鸠搜愁休囚求仇浮谋牟眸侔矛侯喉猴馊呕鸥楼陬偷头投钩沟幽纠啾楸蚯踌绸惆勾娄琉疣犹邹兜呦咻貅球蜉蝣辀帱阄瘤硫浏麻湫洇酋瓯啁飕鍪篌蝼髅欧虬揉蹂缪(绸缪)鞧辏售(宥韵同)

仄声：上声二十五有、去声二十六宥通用

【二十五有】 有酒首口母后柳友妇斗狗久负厚守手右否(是否)丑受牖偶阜九后咎薮吼帚垢亩(畝)舅纽藕朽臼肘韭剖诱牡缶酉苟丑灸笱扣(叩)塿某莠寿(宥韵同)绶叟

【二十六宥】 宥候就授售(尤韵同)寿(有韵同)秀绣宿(星宿)奏富兽斗漏陋狩昼寇茂旧胄宙袖岫柚覆救厩臭佑(祐)囿豆窦瘦漱咒究疚谬皱逅嗅遘溜镂逗透骤又幼读(句读)副

469

第十三部　平声：十二侵(独用)

【十二侵】　侵寻浔临林霖针(鍼)箴斟沈(沉)砧(碪)深淫心琴禽擒钦衾吟今襟(衿)金音阴岑簪(覃韵同)壬任(负荷)歆森禁(力能胜任)褋骎嵚参(音深,星名)琛涔忱淋椹棽芩蟫琳愔暗嵚

仄声：上声二十六寝、去声二十七沁通用

【二十六寝】　寝饮(饮食)锦品枕(枕衾)审甚(沁韵同)廪衽稔懔懍沈(姓氏)朕荏

【二十七沁】　沁饮(使饮)禁(禁令)任(信任)荫浸潜谶枕(动词)噤甚(寝韵同)暗(怒喝声,或声相应)渗

第十四部　平声：十三覃十四盐十五咸通用

【十三覃】　覃潭谭昙参(参拜)骖南柟男谙庵含涵函(包函)岚蚕簪(侵韵同)探贪耽龛堪谈甘三(数名)酣柑惭蓝担(动词)蟫(侵韵同)

【十四盐】　盐檐(簷)廉帘(簾)嫌严占(占卜)髯谦奁纤签瞻蟾炎添兼缣霑(沾)尖潜阎镰粘(黏)淹箝甜恬拈砭鲇詹蟾兼歼黔钤佥拑恹

【十五咸】　咸鹹函(书函)缄岩谗衔帆衫杉监(监察)凡馋巉镵芟喃搀

仄声：上声二十七感二十八俭二十九豏、去声二十八勘二十九艳三十陷通用

【二十七感】　感览揽胆澹(淡,勘韵同)嗿(唅)坎惨(憯)敢颔撼毯黔糁湛菡莟罱椮喊嵌(咸韵同)橄榄

【二十八俭】　俭焰敛(艳韵同)险检脸染掩点簟贬冉苒陕谄忝(艳韵同)俨闪剡琰奄歔菼崄罨捡崦

【二十九豏】　豏槛范减舰犯湛斩黯

【二十八勘】　勘暗滥啖担憾暂三(再三)绀憨澹(咸韵同)瞰淡缆

【二十九艳】　艳剑念验堑赡店占(占据)敛(聚敛)厌焰(俭韵同)垫欠僭酽潋滟坫

470

【三十陷】 陷鉴泛梵忏赚蘸嵌站馅监(中书监)

第十五部 入声：一屋二沃通用

【一屋】 屋木竹目服福禄谷熟肉族鹿漉腹菊陆轴逐苜蓿宿(住宿)牧伏夙读(读书)犊渎牍椟黩縠复(恢复)粥肃碌骕鬻育六缩哭幅斛戮仆畜蓄叔淑倏独卜馥沐速祝麓辘镞蹙筑穆睦秃縠覆辐瀑郁(忧郁,郁郁葱葱)舳踟蹴踘茯袱鹏鸽髑槲扑匐簌蔟簇复(复杂)蝠菔孰塾矗竺曝鞠嗾谡簏国(职韵同)副

【二沃】 沃俗玉足曲粟烛属录辱狱绿毒局欲束鹄蜀促触续浴酷躅褥旭欲笃督赎渌琭纛碡北(职韵同)瞩嘱勖溽缛梏

第十六部 入声：三觉十药通用

【三觉】 觉(知觉)角桷榷岳乐(音乐)捉朔数(频数)卓啄琢剥驳雹璞朴壳确浊擢濯渥幄握学龌龊槊搦镯喔邈荦

【十药】 药薄恶(善恶)作乐(哀乐)落阁鹤爵弱约脚雀幕洛壑索郭错跃若酌托削铎凿箔却鹊诺萼度(测度)橐钥龠瀹着著虐掠获(收获)泊搏藿嚼勺谑廓绰霍镬莫箨缚貉各略骆寞膜鄂博昨柝拓铄铄烁灼疟蒻箬芍躇却噱矍攫醵踱魄酪络烙珞膊粕簿柞漠摸酢怍涸郝垩谔鳄噩锷颚缴

第十七部 入声：四质十一陌十二锡十三职十四缉通用

【四质】 质日笔出室实疾术一乙壹吉秩率律逸佚失漆栗毕恤密蜜桔溢瑟膝匹述黜弼跸七叱卒(终也)虱悉戌嫉帅(动词)蒺侄踬怵蟋筚篥必泌荜秫栉唧帙溧谧昵轶聿诘耋垤捽茁鹬鹬窒苾宓

【十一陌】 陌石客白泽伯迹宅席策册碧籍(典籍)格役帛戟璧驿麦额柏魄积(积聚)脉夕液尺隙逆画(动词)百辟赤易(变易)革脊翮屐获(猎获)适索厄隔益窄核舄掷责坼惜癖僻掖腋释译峄择摘弈奕迫疫昔赫瘠谪嫡亦硕貊跖鹡碛蹐隻炙(动词)踯斥夕鬲骼舶珀拆檗擘啧帻箦帼蝈嵴汐藉蓦摭襞虢绎

【十二锡】 锡壁历枥击绩笛敌滴镝檄激寂觌溺觅狄荻幂戚鹢涤的吃沥霹雳惕剔砾翟籴倜析晰淅蜥踢迪皙裼逖

【十三职】 职国德食(饮食)蚀色力翼墨极殛息熄直值得北黑侧贼饰刻则塞(闭塞)式轼域蜮殖植敕饬亟棘惑忒默织匿慝亿忆臆薏特勒肋幅仄昃稷识(知识)逼克即唧(质韵同)弋拭陟恻测翊洫啬穑鲫嶷抑或熠(屋韵同)

【十四缉】 缉辑戢立集邑急入泣湿习给十拾袭及级涩楫(叶韵同)粒汁蛰执笠隰汲吸絷挹浥悒裛岌熠葺什芨廿揖煜笈(叶韵同)圾褶翕

第十八部 入声:五物六月七曷八黠九屑十六叶通用

【五物】 物佛拂屈郁(馥郁,郁郁乎文哉)乞掘(月韵同)吃(口吃)讫绂弗勿迄不绋茀厥倔黻崛

【六月】 月骨发阙越谒没伐罚卒(士卒)竭窟笏钺歇突忽袜曰阀筏鹘(黠韵同)厥(物韵同)蹶蕨殁橛掘(物韵同)蝎勃渤字揭(屑韵同)碣粤樾鳜脖饽鹁猝惚兀羯凸咄(曷韵同)

【七曷】 曷达末阔钵脱夺褐割沫拔(挺拔)葛阏渴拨豁括抹遏挞跋撮泼秣掇(屑韵同)聒獭(黠韵同)刺喝磕蘖活鸹斡怛钹捋妲撒萨

【八黠】 黠拔(拔擢)八察杀刹轧戛瞎刮刷辖铩猾捌叭札扎帕

【九屑】 屑节雪绝列烈结穴说血舌洁别缺裂热决铁灭折拙切悦辙诀泄镟咽(呜咽)轶噎彻澈哲鳖设啮劣玦截窃孽浙子桔颉拮撷撅褐(曷韵同)缬碣(月韵同)挈抉裹薛拽(曳)爇洌瞥迭跌阅餮垤捏页阕缺谲鸠撇蹩蔑篾楔辍啜掇撒缒杰桀涅

【十六叶】 叶帖贴牒接猎妾蝶叠箧惬涉鬣捷颊楫(缉韵同)聂摄慑镊蹑协侠荚挟铗浃睫厌餍蹀躞燮摺辄婕谍堞雯喋喋碟鲽捻哗蹑笈(缉韵同)

第十九部 入声:十五合十七洽通用

【十五合】 合塔答纳榻阖杂腊匝阖蛤衲沓鸽踏拓拉盍塌呷盒卅搭褶飒磕槛逻遢蹋蜡溘邋趿

【十七洽】 洽狭峡法甲业邺匣压鸭乏怯劫胁插锸押狎夹恰峡硖掐札袷眨胛呷歃闸霎(叶韵同)

472